गृहदाह

शरतचन्द्र

जन्म : 15 सितम्बर, 1876 को हुगली जिले के देवानन्दपुर (पश्चिम बंगाल) में हुआ।

प्रमुख कृतियाँ : *पंडित मोशाय, बैकुंठेर बिल, मेज दीदी, दर्पचूर्ण, श्रीकान्त, अरक्षणीया, निष्कृति, मामलार फल, गृहदाह, शेष प्रश्न, देवदास, बाम्हन की लड़की, विप्रदास, देना पावना, पथेर दाबी* और *चरित्रहीन*।

'चरित्रहीन' पर 1974 में फिल्म बनी थी। 'देवदास' पर फिल्म का निर्माण तीन बार हो चुका है। इसके अतिरिक्त 'परिणीता' 1953 और 2005 में, 'बड़ी दीदी' (1969) तथा 'मँझली बहन' आदि पर भी चलचित्रों के निर्माण हुए हैं। 'श्रीकान्त' पर टी.वी. सीरियल भी।

निधन : 16 जनवरी, 1938

अनुवादक : विमल मिश्र

जन्म : 9 जनवरी, 1932

शिक्षा : एम.ए. हिन्दी (राँची विश्वविद्यालय)।

अनेक पत्र-पत्रिकाओं में कहानियाँ व कविता प्रकाशित।

1950 से 1956 तक देवघर के एक मिडिल स्कूल में शिक्षक। 1956 से 1965 तक देवघर कॉलेज, देवघर में असिस्टेंट लाइब्रेरियन। 1965 से 1997 तक कोलकाता के एक विख्यात हायर सेकंडरी स्कूल में शिक्षक। कोलकाता प्रवास काल में बांग्ला की तीस श्रेष्ठ कृतियों का अनुवाद।

सम्मान : बांग्ला से हिन्दी में अनुवाद के लिए 1981 में निखिल भारत बंग साहित्य सम्मेलन के 'देश' तथा 1986 में राजभाषा विभाग, बिहार सरकार के पुरस्कार से सम्मानित।

सम्प्रति : राजकमल प्रकाशन के लिए सम्पूर्ण शरत साहित्य का शुद्धतम अनुवाद करने में तल्लीन।

आवरण-चित्र : सोरित

इलाहाबाद में जन्म और शिक्षा। जनसत्ता (कलकत्ता) से पॉलिटिकल कार्टूनिस्ट की शुरुआत। दिल्ली में *आब्जर्वर, पायोनियर, सहारा टाइम्स, टाइम्स ऑफ इंडिया* में कार्टूनिस्ट, इलस्ट्रेटर के रूप में कार्य किया। वर्तमान में *आउटलुक* में बतौर इलस्ट्रेटर।

प्रकाशित कृतियाँ : 'द गेम' (ग्राफिक्स नॉवेल), महाश्वेता देवी के '19वीं धारा का अपराधी' (उपन्यास) का बांग्ला से हिन्दी में अनुवाद। राजकमल प्रकाशन से बच्चों की किताबों का एक सेट शीघ्र प्रकाश्य।

गृहदाह

शरतचन्द्र

अनुवाद
विमल मिश्र

राधाकृष्ण पेपरबैक्स

बांग्ला से हिन्दी में पहली बार शुद्ध एवं सम्पूर्ण अनुवाद

पहला पुस्तकालय संस्करण
राधाकृष्ण प्रकाशन प्राइवेट लिमिटेड द्वारा
2013 में प्रकाशित

राधाकृष्ण पेपरबैक्स में
पहला संस्करण : 2013
तीसरा संस्करण : 2024

राधाकृष्ण पेपरबैक्स : उत्कृष्ट साहित्य के जनसुलभ संस्करण

राधाकृष्ण प्रकाशन प्राइवेट लिमिटेड
जी-17, जगतपुरी, दिल्ली-110 051
द्वारा प्रकाशित

शाखाएँ : अशोक राजपथ, साइंस कॉलेज के सामने, पटना-800 006
पहली मंजिल, दरबारी बिल्डिंग, महात्मा गांधी मार्ग, प्रयागराज-211 001
1, अनमोल सोराबजी संतुक लेन, धोबी तलाव, मरीन लाइंस, मुम्बई-400 002
वेबसाइट : www.radhakrishnaprakashan.com
ई-मेल : info@radhakrishnaprakashan.com

बी. के. ऑफसेट
नवीन शाहदरा, दिल्ली-110 032
द्वारा मुद्रित

मूल्य : ₹250

GRIHDAAH
Novel by Sharatchandra
Translated by Vimal Mishra

ISBN : 978-81-8361-604-1

भूमिका

बांग्ला के सर्वश्रेष्ठ उपन्यासकार शरतचन्द्र के उपन्यास 'गृहदाह' का यह नया हिन्दी अनुवाद राजकमल प्रकाशन समूह के प्रबन्ध निदेशक श्री अशोक महेश्वरी की इच्छा का परिणाम है। क्रिया इच्छा का आनुषंगिक परिणाम है। सो, अशोक जी की इच्छा शरत-साहित्य के नए हिन्दी अनुवाद के माध्यम से साकार हो रही है। पता नहीं कैसे अशोक जी को यह मालूम हुआ कि शरत-साहित्य के पहले से उपलब्ध हिन्दी अनुवादों में खामियाँ हैं। यह जानकारी प्राप्त होते ही उन्होंने मूल शरत-साहित्य के साथ पहले से उपलब्ध हिन्दी अनुवादों का पंक्ति-दर-पंक्ति मिलान करवाकर उसकी पड़ताल कराने और जरूरत पड़ने पर नए सिरे से अनुवाद कराने की ठानी। उन्होंने यह कार्य करने की जिम्मेदारी मुझे सौंपी। यह जानते हुए भी कि यह कार्य कितना कठिन है और मेरी क्या सीमा है, मैंने उनकी इच्छा का सम्मान करते हुए यह कठिन कार्य करने की जिम्मेदारी स्वीकार की। मैं उनका बड़ा आभारी हूँ कि उन्होंने मुझे इस योग्य समझा।

अब तक मैं 'चरित्रहीन', 'पाथेर दाबि', 'श्रीकांत' और 'देवदास' का अनुवाद कर चुका हूँ और उपर्युक्त चारों अनूदित पुस्तकें प्रकाशित भी हो चुकी हैं। उसी क्रम में 'गृहदाह' का यह नया हिन्दी अनुवाद हिन्दी पाठकों के सामने प्रस्तुत है। इस अनुवाद के क्रम में मैंने पाया कि अशोक जी की जानकारी बिलकुल सही है और उनका यह अनूठा प्रयास सराहनीय है। वे अगर यह प्रयास नहीं करते तो हिन्दी-जगत् को यह कभी मालूम भी नहीं पड़ता कि शरत-साहित्य का हिन्दी में सही अनुवाद नहीं हुआ है। हालाँकि शरत-साहित्य के इन्हीं गलत अनुवादों को, जो पहले से उपलब्ध हैं, सही और शुद्ध अनुवाद समझकर हिन्दी-जगत् गद्गद था और हिन्दी पाठक इस मुगालते में थे कि उन्होंने शरत-साहित्य को पढ़ा है। मैं नीचे उदाहरणस्वरूप 'गृहदाह' के पहले से उपलब्ध हिन्दी अनुवाद में हुई कुछ गलतियों को पाठकों के सामने रखूँगा, ताकि वे समझ सकें कि मैं हवा में बात नहीं कर रहा हूँ। गलतियाँ तो पूरी पुस्तक में भरी पड़ी हैं। उन्हें जानने के लिए यह नया अनुवाद पढ़ना जरूरी है।

अनुवाद साहित्य की एक प्रमुख विधा है। अनूदित साहित्य के बिना किसी भी भाषा का साहित्य-भंडार अधूरा माना जाएगा। अनुवाद के बिना

हमारी जिन्दगी का रोजमर्रा का काम नहीं चल सकता। अन्यान्य भाषा-भाषियों के साथ हम अनुवाद के द्वारा ही अपने विचारों का आदान-प्रदान करते हैं।

मातृभाषा हमें घुट्टी में मिलती है। बाद में शुद्ध-शुद्ध बोलने और लिखने के लिए हम मातृभाषा के व्याकरण को सीखते हैं। हम जो भी अन्य भाषा सीखते हैं, उसे हम मातृभाषा के माध्यम से अनुवाद के द्वारा सीखते हैं। मसलन, अंग्रेजी के डी ओ जी—डॉग माने कुत्ता और जी ओ डी—गॉड माने ईश्वर हम मातृभाषा के माध्यम से अनुवाद के द्वारा ही सीखते हैं। इतना ही नहीं, जब हम यह सीखते हैं कि 'मैन गोज' का मतलब 'आदमी जाता है' होता है और इन्हीं दोनों शब्दों को एक साथ मिला देने पर बने शब्द 'मैंगोज' का अर्थ भी हम मातृभाषा के माध्यम से अनुवाद के द्वारा ही सीखते हैं। अंग्रेजी पूरी तरह सीख लेने के बाद हम जब किसी और भाषा को सीखते हैं, तो उस भाषा को भी हम अंग्रेजी के माध्यम से नहीं, बल्कि अपनी मातृभाषा के माध्यम से अनुवाद के द्वारा सीखते हैं। हमारा मस्तिष्क यह अनुवाद इतनी त्वरित गति से करता है कि हम यह जान ही नहीं पाते हैं कि अनुवाद के द्वारा ही हम धड़ल्ले से बोलते और लिखते हैं।

अनुवाद के लिए उस भाषा के, जिस भाषा की कृति का अनुवाद किया जा रहा हो, शिल्प-सौन्दर्य और व्याकरण की जानकारी होना बहुत जरूरी है। इन दोनों में से किसी एक की भी जानकारी के बिना अनुवाद नहीं किया जा सकता है। भाषा के शिल्प-सौन्दर्य को कुछ लोग भाषा का संस्कार कहते हैं।

मैं नीचे बड़े दावे और सबूतों के साथ यह कह रहा हूँ कि 'गृहदाह' के पहले से उपलब्ध हिन्दी अनुवाद के अनुवादक को उपर्युक्त दोनों बातों की पूरी जानकारी नहीं थी अन्यथा वे ऐसी गलतियाँ नहीं करते, जैसी की हैं।

अब जरा इन दोनों वाक्यों को देखिए :

अनुवाद पृ. 36 (1) और देर करने से न चलेगा केदार बाबू

अनुवाद पृ. 51 (2) महिम के विवाह में आए बिना कैसे चले।

मैं यहाँ शब्दार्थ-सम्बन्धी गलतियों का उल्लेख जान-बूझकर नहीं कर रहा हूँ। उन गलतियों को गिनाने लगूँगा, तो भूमिका का आकार बहुत बढ़ जाएगा। यहाँ मैं सिर्फ शिल्प-सौन्दर्य और व्याकरण सम्बन्धी गलतियों की चर्चा करूँगा।

(1) मूल बांग्ला के पृ. 481, शरत रचनावली (2) प्रकाशक—तूली कलम, 1 कॉलेज रोड कलकत्ता-9, सं. 15 में एक वाक्य है—ये सब छेड़े फेलो, अनुवादक महोदय ने इसका अनुवाद पृ. 58 पर किया है—ये कपड़े उतारो। यहाँ यह बताने की जरूरत नहीं कि कपड़े उतारने और कपड़े बदलने में क्या फर्क है। बांग्ला के 'कापड़ छाड़ो' का हिन्दी अर्थ है कपड़ा बदलो, न कि कपड़ा उतारो।

(2) मूल पृ. 495 में एक वाक्य है—आमार मन हो तो तुम्हार अजाना नई। इसका अनुवाद है—मेरा मन भी तुमसे छिपा नहीं है।
सही अनुवाद होगा—मेरा मन कैसा है, यह तो तुमसे छिपा नहीं है।

(3) मूल 503 पर एक वाक्य है–परसों थेके तोमार पथ चेये-चेये तोमार मृणालेर चोख दुईटि क्षये गेलो जे। अनूदित 58 पर इसका अनुवाद यों किया गया है–परसों से तुम्हारी राह देखते-देखते तुम्हारी मृणाल की आँखें घिस गईं।

यह विशुद्ध लिप्यन्तर है।

(4) पृ. 88 पर के इस वाक्य को पढ़िए और देखिए कि यह हिन्दी का कैसा वाक्य है–

इधर उस झुटपुटे कमरे के अन्दर एकटक देखते-देखते उसकी अपनी आँखें दुख से दुखा गईं।

लगे हाथ पृ. 90 के इस वाक्य को देखिए–

...और उसके सिर के बाल तक खड़े हो गए। होना चाहिए–उसके सर के बाल तक सिहर उठे।

(5) मूल 575 पृ. पर है–एवम् कालो पाथरेर गा दिया जेमन झरनार धारा नामिया आसे ठीक तेमनि दुई चोखेर कोले बाहिया अश्रु बहितेछे।

अनु. पृ. 179 पर इसका अनुवाद यों है–और काले पत्थर में से जैसे झरना फूट निकलता है ठीक उसी तरह उसकी आँखों से आँसू बह रहा था।

जबकि होना चाहिए–और जैसे काली चट्टान पर से होकर झरने का पानी उतर आता है, ठीक वैसे ही दोनों आँखों के नीचे पड़े काले निशान से होकर आँसू बह रहे हैं।

(6) मूल 584 पर एक वाक्य है–कार अपराध कतो बड़ो से विचार जार खुशी से करुक, आमि क्षमा करबो केबल आभार पाने चेये, एई ना माँ तोमार उपदेश?

अनु. पृ. 189 पर इसका अनुवाद इस प्रकार है–किसका गुनाह कितना बड़ा है, इसका फैसला जो चाहे करे, मैं सिर्फ अपनी ओर देखते हुए क्षमा करूँगा।

ऊपर चिह्नित पंक्ति में बांग्ला भाषा का जो शिल्प-सौन्दर्य है उसे अनुवादक महोदय ने नहीं समझा। बस सिर्फ लिप्यन्तर करके उन्होंने रख दिया, जिसका अर्थ हिन्दी पाठक कभी समझ नहीं पाएँगे। यहाँ अपनी ओर देखने का अर्थ है–अपना फायदा देखना। अतः इसका अनुवाद इस प्रकार होगा–मैं माफ करूँगा सिर्फ अपना फायदा देखकर।

अब मैं उन गलतियों का उल्लेख करता हूँ जिनका सम्बन्ध व्याकरण से है।

मूल पृ. 597 पर है–तुमि आमार चिठि पेयेछी?

अनुवाद पृ. 204 पर है–तुम्हें मेरी चिट्ठी मिली?

होना चाहिए था–तुम्हें मेरी चिट्ठी मिली है?

तुम्हें मेरी चिट्ठी मिली और तुम्हें मेरी चिट्ठी मिली है–दोनों में बड़ा भारी अन्तर है। हिन्दी का कोई भी जानकार इसे समझ सकता है।

(7) मूल पृ. 601 पर बांग्ला के वाक्य हैं–

अचला जे तोमाके कलो भालो बासितो से आमि ओ बुझिनि, तुमिओ बोझोनि, ओ निजे ओ बुझते पारिनि।

अनुवाद पृ. 209 पर इसका अनुवाद इस प्रकार है–

अचला तुम्हें कितना प्यार करती है, इसे मैंने भी नहीं समझा, तुमने भी नहीं–खुद उसने भी नहीं समझा।

यहाँ बुझिनि, बोझोनि, पारिनि–ये तीनों पूर्ण भूतकाल के वाक्य हैं। हालाँकि अनुवादक महोदय ने इन्हें सामान्य भूतकाल के वाक्य के रूप में लिख दिया। अगर वे बांग्ला का व्याकरण जानते, तो वे ऐसी गलतियाँ नहीं करते।

मैं इन वाक्यों का सही अनुवाद लिख देता हूँ–अचला तुम्हें कितना प्यार करती थी, यह न ही मैंने समझा था, न ही तुमने समझा था और न ही वह खुद समझ सकी थी।

अनुवादक एक भाषा की कृति को अनूदित करके दूसरी भाषा के पाठकों तक पहुँचाता है। इसलिए अनुवादक की जिम्मेदारी बनती है कि वह मूल भाषा के शिल्प-सौन्दर्य और व्याकरण को समझे। ऐसा न होने पर अनूदित कृति पाठकों के हृदय में वह भाव सम्प्रेषित नहीं कर पाएगी जो मूल कृति में व्यंजित और अभिव्यक्त हुआ। ऐसी स्थिति में अनूदित कृति-विशेष के प्रति पाठकों की क्या धारणा होगी, यह समझने की बात है।

शरत-साहित्य के पहले से उपलब्ध अनुवादों को पढ़ने के बाद अब मैं यह कह सकता हूँ कि एक समय-सीमा के अन्दर बांग्ला की जिन कृतियों का अनुवाद हिन्दी में हुआ है, उनमें से अधिकांश का कमोबेश यही हश्र हुआ होगा जो शरत-साहित्य का हुआ है।

–विमल मिश्र

गृहदाह

1

सुरेश महिम का जिगरी दोस्त था। दोनों ने एक साथ एफ.ए. पास किया था। उसके बाद सुरेश जाकर मेडिकल कॉलेज में भर्ती हुआ लेकिन महिम अपने पुराने सिटी कॉलेज में पढ़ता रहा।

सुरेश ने अभिमान-भरी खिन्न आवाज में कहा–"महिम, मैं तुमसे बार-बार कह रहा हूँ, बी.ए., एम.ए. पास करने से कोई फायदा नहीं होगा। अभी भी समय है, तुम्हें भी मेडिकल कॉलेज में भर्ती हो जाना चाहिए।"

महिम ने मुस्कुराते हुए कहा–"हाँ, मेडिकल कॉलेज में भर्ती तो हो जाना चाहिए मगर खर्च के बारे में भी तो सोचना चाहिए।"

"वैसे भी खर्च कितना ज्यादा होगा कि तुम खर्चा चला नहीं सकते? दूसरा, इसके अलावा तुम्हें स्कॉलरशिप भी तो मिलती है।"

महिम मुस्कुराता हुआ चुप रहा।

सुरेश ने अधीर होकर कहा–"नहीं-नहीं, यह हँसने की बात नहीं है महिम, और देरी करने से काम नहीं चलेगा। मैं यह कह देता हूँ कि तुम्हें इसी बीच एडमिशन लेना होना। खर्चे-वर्चे के बारे में बाद में विचार किया जाएगा।"

महिम ने कहा–"अच्छा।"

सुरेश बोला–"देखो महिम, मैं आज तक यह नहीं समझ सका कि सचमुच तुम्हारे लिए क्या करना अच्छा है और क्या करना अच्छा नहीं। लेकिन रास्ते में मैं तुमसे वायदा नहीं करवा सका क्योंकि मुझे कॉलेज जाने में देरी हो रही है। लेकिन कल-परसों के अन्दर इसका कोई न कोई फैसला किए बिना मैं नहीं छोड़ूँगा। कल सवेरे तुम अपने डेरे पर रहना, मैं वहाँ आऊँगा।"

इतना कहकर सुरेश अपने कॉलेज के रास्ते तेज कदमों से चला गया।

पन्द्रह दिन बीत गए हैं। कहाँ महिम और कहाँ उसका मेडिकल कॉलेज में एडमिशन लेना! एक रविवार को दोपहर में सुरेश काफी ढूँढ़ने-ढाँढ़ने के बाद एक खस्ताहाल छात्रावास में आ पहुँचा। जब वह सीधे ऊपर चढ़ गया तो देखा, सामने के एक सीलन-भरे अँधेरे कमरे के फर्श पर फटे-पुराने कुशासन बिछाकर छह-सात लड़के खाना खाने बैठे हुए हैं। महिम ने मुँह उठाकर अचानक अपने दोस्त को देखा, तो बोला–"चूँकि अचानक मुझे डेरा बदलना पड़ा, इसलिए मैं तुम्हें खबर नहीं दे सका था। तुमने पता कैसे लगाया?"

सुरेश उसका कोई जवाब दिए बिना धम्म से चौखट पर बैठ गया और लड़कों के खाने की तरफ एकटक निहारता रहा। बहुत मोटे चावल का भात, किसी चीज की पानी-सी दाल, साग, सहिजन और कंदे की बनी सब्जी और उसी की बगल में जले हुए कुम्हड़े के दो जले

टुकड़े। न दही, न दूध, न किसी तरह की मिठाई। न ही किसी की पत्तल पर मछली का एक टुकड़ा तक था।

सबके साथ महिम प्रसन्नतापूर्वक बड़ी तृप्ति के साथ वही खाना खाने लगा। लेकिन यह निहारते-निहारते सुरेश की दोनों आँखों में आँसू भर आए। उसने किसी तरह से मुँह घुमाया और आँसू पोंछकर उठकर खड़ा हो गया। मामूली कारण से ही सुरेश की आँखों में आँसू आ जाते थे।

खाना खाने के बाद महिम ने जब अपने दोस्त को अपने मामूली-से बिस्तर पर लपककर बिठाया तब सुरेश ने रुँधे स्वर में कहा—''मैं बार-बार तुम्हारा जुल्म बर्दाश्त नहीं कर सकता, महिम।''

महिम ने निरीह भाव से पूछा—''इसका क्या मतलब?''

सुरेश ने कहा—''इसका मतलब यह कि अगर मैं अपनी आँखों से नहीं देखता तो मैं यह किसी कदर यकीन नहीं कर सकता कि इतना गन्दा घर शहर के अन्दर हो सकता है और ऐसा खाना भी कोई आदमी मुँह में डाल सकता है। सो चाहे जो भी क्यों न हो, तुम्हें इस जगह का पता कैसे चला और तुम्हारे उस पुराने डेरे से, वह चाहे जितना बुरा क्यों न हो, इसकी तुलना हो ही नहीं सकती है। आखिर तुमने उसे छोड़ क्यों दिया?''

दोस्त के स्नेह ने दोस्त के कलेजे को चोट पहुँचाई। महिम अब अपनी निर्विकार गम्भीरता को बनाए नहीं रख सका। उसने नम स्वर में कहा—''तुमने मेरे गाँव के घर को नहीं देखा है। अगर तुमने उसे देखा होता, तो तुम समझते कि इस डेरे में मुझे जरा भी दुख नहीं हो सकता है। और रही खाने की बात, सो और भी शरीफ घर के लड़के जिसे आराम से खा सकते हैं, उसे मैं क्यों नहीं खा सकता?''

सुरेश उत्तेजित होकर बोला—''यह 'क्यों' की बात नहीं है। दुनिया में अच्छी-बुरी चीजें जरूर हैं। इसमें कोई शक नहीं कि जो चीज अच्छी है वह अच्छी लगती है और जो बुरी है वह बुरी लगती है। मैं सिर्फ यह जानता हूँ कि तुम्हें इतना दुख उठाने की क्या जरूरत पड़ी है?''

महिम चुपचाप मन्द-मन्द हँसने लगा, बात नहीं की।

सुरेश बोला—''तुम्हारी जरूरत तुम्हें मुबारक हो। मैं उसके बारे में जानना नहीं चाहता लेकिन मेरी जरूरत है—तुम्हें यहाँ से निकाल ले जाना। मैं गाड़ी बुलाकर तुम्हारे चीज-बस्त को अभी अपने घर ले जाऊँगा। अगर मैं तुझे यहाँ छोड़ जाऊँगा, तो न मुझे नींद आएगी और न खाना खाते बनेगा। तुम अपने डेरे के नौकर को बुलाओ, वह एक गाड़ी ले आए।''

इतना कहकर सुरेश ने महिम को खींचकर उठाया और अपने हाथों उसका बिस्तर समेटने लगा।

महिम ने बाधा देकर खींचतान नहीं मचाई मगर शान्त, गम्भीर स्वर में बोला—''पागलपन मत करो, सुरेश।''

सुरेश ने नजरें उठाकर कहा—''मैं पागलपन कर रहा हूँ? तुम नहीं जाओगे?''

''नहीं, मैं नहीं जाऊँगा।''

''तुम क्यों नहीं जाओगे? मैं क्या तुम्हारा कोई नहीं हूँ? मेरे घर जाने से क्या तुम अपमानित होगे?''

"नहीं।"

"तो? क्यों नहीं जाओगे?"

महिम बोला–"सुरेश, तुम मेरे दोस्त हो। ऐसा दोस्त मेरा और कोई नहीं है। मैं यह भी नहीं जानता कि दुनिया में ऐसा दोस्त और कितने लोगों के पास है। तुमने क्या मुझे इतना बड़ा नादान समझा है कि इतने दिनों बाद इस चीज को मैं देह के थोड़े से आराम के लिए गँवा बैठूँ?"

सुरेश बोला–"बतौर चीज दोस्ती तो तुम्हारी अकेले की नहीं है, महिम! मेरा भी तो उसमें एक हिस्सा है। यह समझाने की मेरी मजाल नहीं है कि यह अगर खो जाए तो कितना बड़ा नुकसान है। मैं क्या इतना बेवकूफ हूँ कि मैं इसे नहीं समझता हूँ? और इतना सतर्क-सावधान, इतना हिसाब-किताब करके न चलने पर, अगर यह दोस्ती बरबाद हो जाए तो हो जाए न महिम। उसकी इतनी क्या कीमत है कि इसके लिए शरीर के आराम की उपेक्षा करनी होगी?"

महिम ने हँसकर कहा–"नहीं, अबकी बार मैं हार गया हूँ। मगर एक बात मैं तुम्हें पक्की बता रहा हूँ सुरेश। वह यह कि तुम सोच रहे हो कि मैं शौक से दुख सहने के लिए यहाँ आया हूँ। पर यह सच नहीं है।"

सुरेश बोला–"यह तो अच्छी बात है। भले ही यह सच नहीं है। मैं यह जानना भी नहीं चाहता हूँ कि तुम यहाँ क्यों आए हो। लेकिन अगर रुपया बचाना ही तुम्हारा मकसद हो, तो मेरे घर आकर रहो न। इससे तो तुम्हारा मकसद मिट्टी में नहीं मिल जाएगा।"

महिम ने गरदन हिलाकर संक्षेप में कहा–"अभी रहने दो, सुरेश। अगर सचमुच ही मुझे दुख होगा, तो मैं तुम्हें बताऊँगा।"

सुरेश यह जानता था कि महिम को उसके संकल्प से नहीं डिगाया जा सकता है। वह और जिद किए बिना एक तरह से गुस्सा करके ही चला गया। लेकिन दोस्त के इस रहने और खाने की हालत को देखकर उसके मन के अन्दर काँटा चुभने लगा।

सुरेश धनी पिता का बेटा है और वह महिम को निष्कपट प्यार करता था। उसकी दिली ख्वाहिश थी कि वह किसी तरह से अपने दोस्त के काम आए। मगर किसी दिन वह महिम को उसकी मदद लेने के लिए राजी नहीं कर सका था, आज भी नहीं कर सका।

2

पाँचेक साल बाद दोनों दोस्तों में इस प्रकार बातचीत हो रही थी–

"मैं तुम्हें यह बता नहीं सकता महिम कि मुझे तुम पर कितना विश्वास था।"

"बताने के लिए मैं तो तुम पर दबाव नहीं डाल रहा हूँ सुरेश।"

"वह विश्वास शायद अब नहीं रहेगा।"

"ऐसा डर तो मैंने तुम्हें कभी नहीं दिखाया था कि अगर तुम्हारा विश्वास मुझ पर नहीं रहेगा, तो मैं तुम्हें सजा दूँगा।"

"तुम्हारा बड़े से बड़ा दुश्मन भी तुम्हें यह दोष नहीं दे सकता था कि तुम किसी से छल कर सकते हो।"

"चूँकि दुश्मन यह दोष नहीं दे सकता था इसलिए यह दोष दोस्त नहीं दे सकेगा, दर्शन-शास्त्र में तो ऐसा नहीं लिखा हुआ है।"

"छिः-छिः, आखिरकार एक ब्राह्म लड़की के चक्कर में पड़ गए। क्या है उसमें? सूखी लकड़ी की-सी शक्ल-सूरत, किताबें रटते-रटते इतनी दुबली हो गई है कि बदन में एक बूँद खून तक नहीं। धकेलने पर आधा बदन गिरने का-सा डर लगता है। मिमियाती-सी आवाज सुनने पर नफरत होती है।"

"यह सच है कि नफरत होती है।"

"देखो महिम, तुम अपने गाँव के लोगों से मजाक करो जिन्होंने कभी ब्राह्म लड़की को नहीं देखा होगा, जो अचम्भे में पड़ जाते हैं। यह सुनने पर कि औरत अंग्रेजी में पता लिख सकती है, जो उसके चले जाने पर सम्मान से दूर हटकर खड़े हो जाते हैं। तुम अपने गाँव के लोगों को विस्मय से अभिभूत कर दो, जो उसे देवी-देवता समझकर अपना सर नवा देंगे। मगर मेरा घर तो गाँव में नहीं है। मुझे तो इतनी आसानी से फुसलाया नहीं जा सकता है।"

"मैं कसम खाकर तुमसे कहता हूँ सुरेश कि तुम शहर के लोगों को फुसलाने का मेरी कोई तिकड़म नहीं है। मैं उसे अपने गाँव में रखूँगा, इसमें तो तुम्हें एतराज नहीं है?"

सुरेश गुस्सा हो उठा और कहने लगा–"तुम कहते हो, मुझे एतराज नहीं है? हाँ, मुझे करोड़ों एतराज हैं। तुम सारी दुनिया के आदरणीय पूजनीय हिन्दू की सन्तान होकर एक औरत के मोह में अपनी जात गँवाओगे? मोह! एक बार उसकी जूतियाँ, मोजे और भड़कीली पोशाक बदलवा लो और हमारी गृहलक्ष्मी जी की लाल साड़ी पहनवाकर देखो तो तुम्हारा मोह दूर होता है या नहीं? तब उस बेजान कठपुतली का रूप देखकर तुम्हारी गलती दूर होती है या नहीं। क्या है उसमें? क्या कर सकती है वह? अच्छी बात है, तुम्हारे लिए अगर सिलाई-बुनाई इतनी जरूरी है, तो कलकत्ता में दर्जियों की तो कमी नहीं है। पर पता लिखवाने के लिए तुम्हें ब्राह्म लड़की की दहलीज पर हाजिरी बजाने की जरूरत नहीं। तुम्हारे बुरे दिन आने पर वह क्या तुम्हारे लिए कूट-पीसकर थोड़ा-सा भात बना देगी? जब तुम बीमार पड़ोगे, तो वह क्या तुम्हारी सेवा करेगी? ऐसी शिक्षा क्या उसे मिली है? भगवान न करे, लेकिन बुरे दिन आनें पर वह अगर तुम्हें छोड़कर न चली आए, तो तुम मुझे सुरेश के बदले जो मर्जी उसी नाम से पुकारना, मैं बुरा नहीं मानूँगा।"

महिम चुप रहा। सुरेश फिर से कहने लगा–"महिम, तुम तो यह जानते हो कि मैं तुम्हारा मंगल छोड़ कभी गलती से भी अमंगल नहीं चाह सकता। मैंने बहुत-सी ब्राह्म औरतों को देखा है। ऐसी बात नहीं कि दो-एक अच्छी ब्राह्म औरतों को भी नहीं देखा। लेकिन हमारे हिन्दू घर की औरतों के साथ उनकी तुलना ही नहीं हो सकती है। तुम्हारा अगर शादी ही करने को जी चाहा था, तो तुमने मुझसे क्यों नहीं कहा? अच्छा, जो होना था, हो चुका है।

अब तुम्हें वहाँ जाने की जरूरत नहीं। मैं वादा करता हूँ कि एक महीने के अन्दर तुम्हारे लिए ऐसी लड़की चुन दूँगा कि जीवन में कभी तुम्हें दुख नहीं देगी। अगर मैं ऐसा नहीं कर सका, तो तुम जो मर्जी करना—इसी के श्रीचरणों में सर नवाना, मैं नहीं रोकूँगा, लेकिन एक महीने तुम्हें धैर्य धरे हमारी बचपन से लेकर आज तक की दोस्ती की मर्यादा रखनी ही पड़ेगी। कहो, हमारी बचपन से लेकर आज तक की दोस्ती की मर्यादा रखोगे न?''

महिम पहले की ही तरह चुप रहा। हाँ या नहीं, कुछ नहीं कहा। मगर उसने पूरे तौर पर यह महसूस किया कि दोस्त दोस्त की भलाई करने के लिए किस तरह भयंकर विचलित है।

सुरेश बोला—''तुम सोचकर देखो तो महिम, ब्राह्म न होते हुए भी जब तुमने पहले-पहल ब्राह्म मन्दिर में आना-जाना शुरू किया। तब क्या मैंने तुम्हें मना नहीं किया था? तुम्हारे लिए इतने बड़े इस कलकत्ता के अन्दर क्या एक भी हिन्दू मन्दिर नहीं था कि यह छल करने की कोई जरूरत थी? मैंने तभी यह सन्देह किया था कि तुम इस तरह से एक न एक विडम्बना में उलझ जाओगे।''

महिम इस बार तनिक मुस्कुराकर बोला—''हाँ, तुमने सन्देह किया था, लेकिन मैंने तो सन्देह नहीं किया था कि मेरे जाने में कोई छल था। लेकिन मैं एक बात पूछता हूँ सुरेश, वह यह कि तुम तो खुद भगवान तक को नहीं मानते हो, तो तुम हिन्दुओं के देवी-देवताओं को मानोगे? मैं ब्राह्म मन्दिर में जाऊँ या हिन्दुओं के मन्दिर में, इसमें तुम्हारा क्या आता-जाता है?''

सुरेश ने उत्तेजित स्वर में कहा—''जो नहीं है, उसे मैं नहीं मानता। यह झूठी बात है कि देवी-देवता हैं। मगर जो है उसे तो मैं इनकार नहीं करता। समाज में मैं श्रद्धा रखता हूँ, आदमी की मैं पूजा करता हूँ। मैं जानता हूँ कि आदमी की सेवा करना ही मानव-जन्म की चरम सार्थकता है। जब मैं हिन्दू के वंश में पैदा हुआ हूँ, तब हिन्दू समाज की रक्षा करना ही मेरा काम है। मैं मरते दम तक तुम्हें ब्राह्म घर में शादी करके ब्राह्मों की संख्या बढ़ाने नहीं दूँगा। तुमने क्या ऐसा वादा किया है कि तुम केदार मुखर्जी की बेटी से शादी करोगे?''

''नहीं! जिसे वादा करना कहते हैं वैसा वादा मैंने अभी तक नहीं किया है।''

''तुमने ऐसा वादा तो नहीं न किया है! अच्छी बात है। तब तुम चुपचाप बैठे रहो। मैं इसी महीने के अन्दर तुम्हारी शादी करा दूँगा।''

''तुमसे यह किसने कहा कि मैं शादी करने के लिए पागल हो उठा हूँ? तुम भी चुपचाप बैठे रहो! और कहीं शादी करना मेरे लिए असम्भव है।''

''क्यों, और कहीं शादी करना तुम्हारे लिए असम्भव क्यों है? क्या किया है तुमने? तुमने इस औरत से प्यार किया है?''

''यह आश्चर्य की बात नहीं है। लेकिन इस औरत के बारे में तुम सम्मान के साथ बात किया करो सुरेश।''

''सम्मान के साथ बात करना मैं जानता हूँ, यह मुझे सिखाने की जरूरत नहीं। मैं क्या यह पूछ सकता हूँ कि उनकी उम्र कितनी होगी?''

''नहीं जानता!''

''नहीं जानते? बीस, पच्चीस, तीस, चालीस या और भी ज्यादा–तुम कुछ नहीं जानते?''

''नहीं, मैं कुछ भी नहीं जानता।''

''वे तुमसे छोटी हैं या बड़ी, शायद तुम यह भी नहीं जानते?''

''नहीं, मैं यह भी नहीं जानता।''

''यह अन्दाजा लगाना शायद असंगत नहीं है कि जब उन्होंने तुम्हें अपने फन्दे में फँसाया, तब वे बिलकुल बच्ची नहीं होंगी। क्यों, तुम्हारी क्या राय है?''

''नहीं, तुम्हारे लिए कुछ भी असंगत नहीं है। लेकिन अभी मुझे जरा काम है सुरेश। मैं एक बार बाहर जाना चाहता हूँ।''

सुरेश बोला–''यह तो अच्छी बात है, महिम। मुझे भी अभी कुछ काम नहीं है, तो चलो, मैं तुम्हारे साथ जरा घूम आऊँ।''

दोनों ही दोस्त रास्ते पर निकल पड़े। थोड़ी देर तक चुपचाप चलने के बाद सुरेश ने धीरे-धीरे कहा–''मैंने आज जान-बूझकर तुम्हें बाधा दी, यह शायद समझाकर कहने की जरूरत नहीं है।''

महिम ने कहा–''नहीं, इसे समझाकर कहने की जरूरत नहीं है।''

सुरेश ने पहले की ही तरह मृदु स्वर में प्रश्न किया–''मैंने तुम्हें बाधा क्यों दी, महिम?''

महिम हँसा। बोला–''तुम्हारे न समझाने पर भी अगर मैंने पहले वाली बात समझी हो, तो आशा करता हूँ कि इसे भी समझाने की तुम्हें जरूरत नहीं है।''

उसका एक हाथ सुरेश के हाथ में था। सुरेश ने पसीजकर उसके हाथ पर तनिक दबाव डाला और बोला–''नहीं, महिम मैं तुम्हें समझाना नहीं चाहता हूँ। दुनिया में सभी मुझे गलत समझ सकते हैं, मगर तुम मुझे गलत नहीं समझोगे। तब भी आज मैं तुम्हारे मुँह पर ही कह रहा हूँ कि मैंने तुम्हें जितना प्यार किया है उसका आधा भी तुम मुझे प्यार नहीं कर सके हो। तुम परवाह तो नहीं करते हो। लेकिन मैं तुम्हारा थोड़ा-सा भी दुख बर्दाश्त नहीं कर सकता हूँ। एक बार सोचकर देखो तो इसी को लेकर बचपन में कितना झगड़ा हो गया था। अब इतने दिनों बाद जिनके लिए तुम मुझे ही छोड़ रहे हो उन्हीं को लेकर तुम जीवन में सुखी होगे, अगर मैं यह पक्का जानता, तो मैं अपना सारा दुख हँसते-हँसते बर्दाश्त कर लेता, कभी भी मैं एक शब्द नहीं कहता।''

महिम बोला–''भले ही मैं तुम्हें लेकर सुखी न हो सकूँ, लेकिन तुमने यह कैसे जाना कि मैं तुम्हें छोड़ दूँगा?''

''तुम मुझे छोड़ो या न छोड़ो, पर मैं तुम्हें छोड़ दूँगा।''

''क्यों? तुम मुझे क्यों छोड़ दोगे? मैं ब्राह्म होकर भी तुम्हारा दोस्त हो सकता था।''

''नहीं! किसी भी सूरत में तुम मेरा दोस्त रह सकते हो। ब्रह्मों को मैं फूटी आँखों नहीं देख सकता। नहीं, मेरा एक भी ब्राह्म दोस्त नहीं है।''

''तुम उन्हें फूटी आँखों क्यों नहीं देख सकते?''

''इसके बहुत-से कारण हैं। एक तो यह कि जो लोग हमारे समाज को बुरा मानकर छोड़ गए हैं, उन्हें अच्छा मानकर मैं किसी भी सूरत में अपना नहीं सकता। तुम तो जानते हो कि अपने समाज के प्रति मेरी कितनी ममता है। उस समाज को जो लोग देश के आगे,

विदेश के आगे, सबके आगे हेय साबित करना चाहते हैं, उनकी अच्छाई उन्हें मुबारक हो। वे लोग मेरे दुश्मन हैं।''

महिम मन-ही-मन अधीर होता चला जा रहा था, बोला–''तो अब तुम मुझे क्या करने को कहते हो?''

सुरेश बोला–''यही तो मैं इतनी देर से लगातार कह रहा हूँ।''

''अच्छा, और भी एक बार कहो।''

''चाहे जैसे भी क्यों न हो, तुम्हें इस युवती का मोह दूर करना होगा। कम-से-कम एक महीना तुम उससे यही मिलोगे।''

''मगर उससे भी अगर मेरा मोह दूर न हो तो? अगर मोह से बड़ा और भी कुछ हो तो?''

सुरेश थोड़ी देर तक सोचकर बोला–''वह सब मैं नहीं समझता महिम। मैं समझता हूँ कि मैं तुम्हें प्यार करता हूँ और उससे भी ज्यादा मैं अपने समाज को प्यार करता हूँ। लेकिन एक बार उस बात को सोचकर देखो जब बचपन में तुम्हें चेचक हुआ था और जब मुंगेर की गंगा में नाव डूब जाने की वजह से हम दोनों ही मरने-मरने को थे। चूँकि मैंने भूली-बिसरी कहानी तुम्हें याद दिला दी, इसलिए तुम मुझे माफ करना, महिम। मुझे और कुछ नहीं कहना है, मैं चला।''

इतना कहकर सुरेश अचानक पीछे मुड़ा और तेज कदमों से चला गया।

3

एक ओर सुरेश के बदन में जितनी असाधारण ताकत थी, दूसरी ओर उसका मन उतना ही कोमल और स्नेहशील था। परिचित-अपरिचित किसी के भी दुख-कष्ट की बात सुनने पर उसे रोना आता था। वह छुटपन में कभी एक मच्छर या मक्खी को नहीं मार सकता था। जैन-मारवाड़ियों की देखादेखी जेब में सूजी और चीनी लिये स्कूल से गैरहाजिर होकर पेड़ों के नीचे घूम-घूमकर उसने चींटियों को खाना खिलाया था। जिन्दगी में कितनी बार उसने मांस-मछली खाना छोड़ा था और कितनी बार शुरू किया था, इसकी कोई गिनती नहीं है। वह जिसे प्यार करता था उसके लिए कैसे क्या करेगा, यह उससे सोचते नहीं बनता था। स्कूल में महिम क्लास के अन्दर सबसे अच्छा लड़का था। हालाँकि उसके कपड़े-लत्ते और जूते फटे-पुराने थे। वह दुबला-पतला था और उसका चेहरा उदास था। यह सब देखकर ही वह उसके प्रति पहले-पहल आकर्षित हुआ था और बहुत कम दिनों में ही उन दोनों का यह आकर्षण बाढ़ के पानी की मानिन्द इतना बढ़ गया था कि समूचे विद्यालय के लड़कों के लिए चर्चा का विषय बन गया था। महिम छात्रवृत्ति में मिलनेवाले सिर्फ चार रुपयों के सहारे

कलकत्ता आया था और अपने गाँव के एक परचूनी की दुकान में रहकर स्कूल में भर्ती हुआ था। इसी समय से सुरेश ने बहुत तरह से अपने दोस्त को अपने घर लाकर रखने की कोशिश की थी, लेकिन वह उसे हरगिज राजी नहीं कर सका था। यहीं रहकर महिम ने किसी दिन आधा पेट खाकर, तो किसी दिन भूखा रहकर एंट्रेंस पास किया था। इसके पहले की घटना का वर्णन पहले के परिच्छेद में किया जा चुका है।

उस दिन के बाद से सप्ताह तक जब सुरेश की महिम से मुलाकात नहीं हुई, तो वह उसके डेरे पर आ पहुँचा। आज किसी त्योहार के चलते स्कूल-कॉलेज बन्द थे। डेरे पर आकर उसने सुना कि सवेरे का निकला महिम अभी तक नहीं लौटा है। सुरेश को इसमें कोई संशय नहीं रहा कि वह छुट्टी बिताने पटलडाँगा के केदार मुखर्जी के घर गया होगा।

जिस बेहया दोस्त ने अपने बचपन से लेकर अब तक की दोस्ती की सारी मर्यादाओं को एक मामूली औरत के मोह पर निछावर कर दिया, जो सात दिन भी धीरज नहीं रख सका, जो भागा गया, उसके खिलाफ पल भर में ही एक वैर की आग सुरेश के कलेजे के अन्दर अचानक चिनगारी की तरह जल उठी। इस बात का फैसला किए बिना ही कि अभी वहाँ जाना चाहिए या नहीं, वह गाड़ी पर चढ़ गया और कोचवान को सीधे पटलडाँगा की तरफ गाड़ी हाँकने का हुक्म दिया और मन-ही-मन कहने लगा–'अरे बेहया, अरे अहसान फरामोश! आज तू अपनी जिस जान को इस औरत को सौंपकर धन्य हुआ है, तेरी वह जान कहाँ रहती? जिसने दो-दो बार अपनी जान को हथेली पर लेकर तेरी जान को बचाया है क्या उसका जरा भी सम्मान नहीं रखना चाहिए रे?'

सुरेश को यह मालूम था कि केदार मुखर्जी का घर किस गली में है। दो-एक मामूली से पूछताछ करने के बाद गाड़ी ठीक जगह पर आ पहुँची। उतरकर सुरेश ने बैरे से प्रश्न किया और सीधे ऊपर बैठक में आ घुसा। नीचे बिछे बिस्तर पर एक बूढ़े व्यक्ति गावतकिया पर उठँगकर बैठे-बैठे अखबार पढ़ रहे थे। उन्होंने नजरें उठाकर देखा। सुरेश ने नमस्कार करके अपना परिचय दिया–"मेरा नाम सुरेशचन्द्र बन्द्योपाध्याय है, मैं महिम का बचपन का दोस्त हूँ।"

बूढ़े व्यक्ति ने प्रति-नमस्कार करके अपने चश्मे को मोड़कर रखा और कहा–"बैठिए।"

सुरेश बैठा और बोला–"मैं महिम के डेरे पर गया था। वहाँ सुना कि वह यहीं है। इसीलिए मैंने सोचा कि चलो इसी मौके पर आपसे भी जान-पहचान हो जाएगी।"

बूढ़े व्यक्ति ने कहा–"यह मेरा परम सौभाग्य है कि आप यहाँ आए हैं। लेकिन महिम इधर दस-बाहर दिनों से यहाँ नहीं आए हैं। हम लोग आज सवेरे सोच रहे थे कि पता नहीं वे कैसे होंगे?"

सुरेश मन-ही-मन तनिक ठगा-सा रह गया। बोला–"मगर उसके डेरे के लोगों ने तो कहा..."

बूढ़े व्यक्ति ने कहा–"तो वे और कहीं गए होंगे शायद। जो हो, मैं यह सुनकर निश्चिन्त हुआ कि वे अच्छे हैं।"

रास्ते में आते-आते सुरेश ने जो सब कठोर संकल्प मन-ही-मन तय कर रखे थे उन्हें वह उन बूढ़े व्यक्ति के सामने ठीक से नहीं रख सका। उनके शान्त मुँह की धीर-मृदु बातों

ने उसके अन्दर की गरमी को बहुत हद तक ठंडा कर दिया। फिर भी वह अपना कर्तव्य नहीं भूला। वह मन-ही-मन यह कहकर अपने आपको उत्तेजित करने लगा कि ये चाहे जितने भी अच्छे क्यों न हों, आखिर हैं तो ब्राह्म ही। इसलिए इनके सारे शिष्टाचार ही बनावटी हैं। ये लोग इसी तरह से नादानों को फुसलाकर अपना उल्लू सीधा कर लेते हैं। लिहाजा, इन सारे शिकारी प्राणियों के सामने किसी भी तरह से आत्मविस्मृत होकर भूलने से नहीं काम चलेगा। चाहे जैसे भी क्यों न हो, इन लोगों के पंजे से मुझे अपने दोस्त को छुड़ाना ही पड़ेगा। उसने काम की बात छेड़ी, बोला–"महिम मेरा बचपन का दोस्त है। ऐसा दोस्त मेरा कोई दूसरा नहीं है। अगर आप इजाजत दें तो मैं उसके बारे में आपसे दो-एक बातें करूँ?"

बूढ़े व्यक्ति ने तनिक मुस्कुराकर कहा–"आप उनके बारे में आराम से बातें कर सकते हैं। मैंने उनसे आपका नाम सुना है।"

सुरेश बोला–"महिम से आपकी बेटी की शादी तय हो चुकी है?"

बूढ़े व्यक्ति बोले–"हाँ, उनसे मेरी बेटी की शादी एक तरह से तय हो चुकी है।"

सुरेश बोला–"मगर महिम तो आप लोगों के ब्राह्म समाज का सदस्य नहीं है। तब भी आप अपनी बेटी की शादी उससे कराएँगे?"

बूढ़े व्यक्ति चुप रहे।

सुरेश बोला–"यह बात अभी रहने दीजिए। लेकिन उसके पास कितनी जायदाद है, अपने बीवी-बच्चों का पेट पालने की योग्यता उसमें है या नहीं, गाँव में विरोधी हिन्दू-समाज के बीच टूटे-फूटे मिट्टी के घर के अन्दर आपकी बेटी रह सकेगी या नहीं। और अगर वे वहाँ नहीं रह सकीं तब महिम क्या उपाय करेगा, आपने यह सब सोचकर देखा है क्या?"

बूढ़े केदार मुखर्जी एकबारगी तनकर उठ बैठे। बोले–"नहीं, यह सब बात तो मैंने नहीं सुनी है। महिम ने तो कभी यह सब बात नहीं बताई है।"

सुरेश बोला–"लेकिन मैंने यह सब सोचकर देखा है, मैंने महिम से यह कहा है और आज यह अप्रिय प्रसंग उठाने के लिए ही मैं आपके पास आया हूँ। अपनी बेटी के बारे में आप सोचेंगे। मगर मेरा जिगरी दोस्त इस जिम्मेदारी को अपने कन्धे पर लेकर असहनीय बोझ तले हमेशा पिसता रहे, यह तो मैं किसी भी सूरत में नहीं होने दूँगा।"

केदार बाबू का चेहरा फक पड़ गया। बोले–"यह आप क्या कहते हैं सुरेश बाबू?"

"पिताजी!" एक सत्रह-अठारह साल की लड़की अचानक कमरे में घुसी और अपने पिता के पास एक अपरिचित युवक को देखकर स्तब्ध होकर रुक गई।

"कौन? अचला? आओ बेटी, बैठो! इसमें शरमाने की कौन-सी बात है बेटी? ये हैं अपने महिम के जिगरी दोस्त।"

वह लड़की जरा आगे बढ़ आई और हाथ जोड़कर सुरेश को नमस्कार किया। सुरेश ने देखा, वह साँवली है, छरहरी है। गाल, ठोड़ी, माथा–समूचा चेहरा ही बड़ा खूबसूरत और कोमल है। दोनों आँखों में समझदारी की चमक है। नमस्कार करके वह करीब ही बैठ गई। सुरेश उसके मुँह की तरफ निहारकर पलक झपकते मुग्ध हो गया। उसके पिता बोल उठे– "तुमने महिम की बात सुनी है बेटी? हम लोग यह सोचकर मरे जा रहे थे कि वह क्यों नहीं

आता है? लो सुनो। चूँकि ये उसके जिगरी दोस्त हैं, इसीलिए तो तकलीफ उठाकर ये बताने आए थे, वरना क्या होता, बताओ तो? कौन जानता था कि वह इतना विश्वासघाती है, इतना झूठा है। उसकी अपने रोटी-कपड़े की औकात नहीं है। उफ, कितनी भयानक बात है! ऐसे आदमी के मन के अन्दर भी इतना जहर था, आयँ!"

उनकी बातें सुनकर अचला का मुँह पीला पड़ गया लेकिन सुरेश के मुँह पर भी न जाने किसने कालिख पोत दी। वह मूक कठपुतली की मानिन्द उस लड़की की तरफ निहारता हुआ स्थिर होकर बैठा रहा।

4

सुरेश को एक बार लगा, उसका निष्ठुर सच अचला के कलेजे के अन्दर जाकर मानो गम्भीर होकर बिंधा, मगर केदार बाबू ने उधर निगाह तक नहीं डाली। बल्कि अपनी बेटी को इंगित करके वे कहने लगे–"सुरेश बाबू, आप सच्चे दोस्त का कर्तव्य करने आए हैं, इस बात पर हममें से कोई भ्रम से भी अविश्वास न करे। भले ही यह अप्रिय हो, भले ही यह कठोर हो, लेकिन तब भी यह सच्चा प्यार है। माँ जब अपने बीमार बच्चे को अन्न से वंचित करती है, तो यह क्या उसे कठोर नहीं लगता है? लेकिन तब भी तो उसे यह काम करना पड़ता है। मैं सच कह रहा हूँ सुरेश बाबू कि यह मैंने सपने में भी नहीं सोचा था कि महिम हम लोगों के प्रति इतना बड़ा अन्याय कर सकता है। दो साल पहले समाज में उनके बात-व्यवहार पर मुग्ध होकर मैं खुद ही सम्मान के साथ उन्हें अपने घर बुला लाया था और अचला से उनका परिचय करा दिया था। उसका उन्होंने ऐसा सिला दिया। उफ! इतनी बड़ी धोखाधड़ी मैंने अपनी जिन्दगी में नहीं देखी थी।"

सुरेश और अचला, दोनों ही चुपचाप मुँह नीचे किए बैठे रहे। केदार बाबू अचानक उठकर खड़े हो गए और अपनी बेटी से कह उठे–"नहीं बेटी अचला, ऐसा नहीं हो सकता है। किसी भी सूरत में ऐसा नहीं हो सकता है। सुरेश बाबू, आप जैसे कर्तव्य को तरजीह देकर अपने दोस्त का काम करने आए हैं वैसे ही मैं भी अपने कर्तव्य को सामने रखकर पिता का काम करूँगा। अचला के साथ महिम का सम्बन्ध जितनी दूर आगे बढ़ गया है इसमें बिना सबूत के अगर हम लोग अपने घर का दरवाजा उसके लिए बन्द कर दें तो यह ठीक नहीं होगा। इसलिए कोई सबूत चाहिए। आप यह मत सोचिएगा सुरेश बाबू कि हम आपकी बात पर विश्वास नहीं कर सके हैं। लेकिन यह भी मेरा कर्तव्य है। क्यों बेटी अचला, मैं ठीक कहता हूँ न? यह हमारे लिए उचित है या नहीं कि हम कोई सबूत ले लें।"

दोनों ही पहले की तरह चुपचाप बैठे रहे। सबूत लेना उचित है या अनुचित इस पर किसी ने कोई टिप्पणी नहीं की।

केदार बाबू ने थोड़ी देर इन्तजार किया, फिर बोले–"लेकिन यह सबूत जुटाने की जिम्मेदारी आप ही पर है, सुरेश बाबू। महिम की घरेलू स्थिति कैसी है, वह जानना तो दूर की बात है, हम तो यह भी नहीं जानते हैं कि उसका घर किस गाँव में है।"

बैरे ने आकर बताया–"नीचे विकास बाबू इन्तजार कर रहे हैं।"

यह खबर सुनकर केदार बाबू मुरझा गए। बोले–"आज तो उनके आने की बात नहीं थी। अच्छा उनसे कह दो, मैं आ रहा हूँ।" पलटकर बोले–"सुरेश बाबू, माफ कीजिए। पाँचेक मिनट के लिए मुझे नीचे जाना होगा। उस आदमी को रुखसत करके आता हूँ। जब वह आया है तो बिना मिले वह टस से मस नहीं होगा। बेटी अचला, सुरेश बाबू को अपना गहरा दोस्त समझना। तुम्हें जो जानने की जरूरत हो, इनसे जान लेना। मैं गया और आया।" इतना कहकर वे नीचे उतर गए।

तब पल भर के लिए दोनों ने एक-दूसरे को देखा और उसके बाद दोनों ने ही सर झुका लिया। सुरेश थोड़ी देर तक चुप रहा, उसके बाद धीरे-धीरे बोला–"बचपन से लेकर आज तक हम दोनों एक-दूसरे के दोस्त हैं। लेकिन उसके व्यवहार से आप लोगों के आगे शर्म के मारे मेरा सर झुक गया है।"

अचला ने मृदु स्वर में कहा–"इसके लिए आपको शर्मिन्दा होने की कोई जरूरत नहीं है।"

सुरेश बोला–"यह आप क्या कहती हैं? उसके इस छल और पाखंडियों जैसे व्यवहार से मैं दोस्त होकर अगर शर्मिन्दा न होऊँ, तो कौन होगा, बताइए तो? लेकिन मुझे तो तभी यह समझना चाहिए था कि अन्दर कहीं न कहीं कोई बड़ी सी गड़बड़ है जब उसने शुरू से लेकर आखिर तक सारी बातें मुझसे छुपाईं।"

अचला बोली–"हम ब्राह्मसमाजी हैं। लेकिन चूँकि आप इस समाज के किसी आदमी के सम्पर्क में रहना नहीं चाहते हैं इसीलिए शायद उन्होंने आपसे हम लोगों का जिक्र नहीं किया होगा।"

अचला की बात सुरेश को अच्छी नहीं लगी। उसने यह नहीं सोचा था कि अचला उसी के मुँह पर महिम का दोष दूर करने की कोशिश करेगी। उसने सूखे स्वर में पूछा–"आशा करता हूँ, यह खबर आपने महिम से सुनी होगी।"

अचला ने सर हिलाकर कहा–"जी हाँ, उन्होंने ही एक दिन मुझे यह बताया था।"

सुरेश बोला–"आश्चर्य है कि वह यह बताना नहीं भूला था कि मुझमें क्या दोष है?"

अचला जरा उदासी से हँसकर बोली–"इसमें भला दोष की क्या बात है! सब आदमियों की प्रवृत्ति से एक-सी नहीं होती। जो लोग आप लोगों से सम्पर्क तोड़कर चले गए हैं वे लोग अगर आप लोगों को अच्छे न लगें, तो मैं इसे दोष की बात नहीं मानती।"

यह जवाब यद्यपि सुरेश के मन के लायक था और कहीं अगर वह यह सुनता तो हो सकता है, उछल उठता। लेकिन इस मितभाषी ब्राह्म युवती के मुख से ब्राह्मसमाज के प्रति अपनी बेहद वितृष्णा की बात सुनकर आज ऐसा कुछ नहीं हुआ जो उसके लिए आनन्द की बात हो। वास्तव में इस सब दलबन्दी का फैसला सुनने के लिए उसने यह बात कही भी नहीं थी बल्कि अपनी बात के जवाब में उसने अपने बारे में यह जानना चाहा था कि महिम

के मुँह से उसकी कोई अच्छाई की बात उसके कानों में पहुँची है या नहीं। अचला शायद उसके इस गुप्त इरादे का अन्दाजा नहीं लगा सकी, इसीलिए उसने उसके सवाल का सीधा जवाब देकर चुप्पी साध ली।

सुरेश ने खिन्न होकर कहा—"आप लोगों के प्रति मुझमें सामाजिक विद्वेष है या नहीं, भले ही महिम इसकी चर्चा करे, मगर उससे मुझे जरा भी डाह नहीं है। इस बात पर, मेरे मुँह से भी सुनकर भी, आप अविश्वास नहीं कीजिएगा। तब भी, हो सकता है, मैं उसके घरेलू प्रसंग को उठाने नहीं आता, अगर वह उस दिन मुझसे सही बात नहीं छुपाता।"

अचला ने सुरेश के मुँह पर नजरें टिकाकर अविचलित स्वर में कहा—"लेकिन वे तो कभी भी झूठ नहीं बोलते हैं।"

अबकी बार सुरेश वास्तव में ही विस्मय से हक्का-बक्का हो गया। थोड़ी देर तक उससे यह सोचते ही नहीं बना कि औरत के मुँह से इतना शान्त, हालाँकि दृढ़ प्रतिवाद बाहर निकल सकता है मगर वह पल भर के लिए।

जीवन में उसने संयम बरतना नहीं सीखा है, इसीलिए दूसरे ही पल वह आत्मविस्मृत होकर बोल उठा—"आप मुझे माफ कीजिएगा, लेकिन वह मेरा बचपन का दोस्त है। मैं उसे आपसे कम नहीं जानता हूँ। यहाँ अपने आपको कैद करके साफ मुकर जाने को मैं सत्यवादिता नहीं कह सकता।"

अचला ने पहले की ही तरह शान्त, मृदु स्वर में कहा—"उन्होंने तो यहाँ अपने आपको कैद नहीं किया है।"

सुरेश बोला—"आपके पिताजी ने तो यही कहा। इसके अलावा अपनी गई-गुजरी हालत को आप लोगों से छुपाने को भी ठीक सत्यप्रियता नहीं कहा जा सकता है। बीवी-बच्चे का पेट पालने की अक्षमता को दूसरे के आगे न हो, पर आपके आगे तो उसे बेधड़क जाहिर करना चाहिए था।"

अचला चुप ही रही।

सुरेश कहने लगा—"आप तो उसके दोषों को इतना ढँक रही हैं। आप ही बताइए तो कि अगर आप पहले से ही सारी बातें जान पातीं, तो क्या आप उसे इतना बढ़ावा देतीं?"

अचला पहले की ही तरह चुपचाप बैठी रही। उससे किसी तरह का जवाब न पाकर सुरेश और ज्यादा उत्तेजित होकर कहने लगा—"उसने अपने मुँह से मेरे आगे यह कबूल किया है कि उसकी मजाल भी नहीं है कि वह आपको कलकत्ता में रखकर आपका पेट पाल सके, न उसका आपको कलकत्ता में रखने का इरादा है। अपने गाँव में एक बेहद विरोधी हिन्दू-समाज के बीच वह आपको खींचकर एक छोटे-से टूटे-फूटे सँकरे मिट्टी के घर में ले जाना चाहता है, यह बात क्या उसे आपको नहीं बतानी चाहिए? यह भी पूछना क्या उसने जरूरी नहीं समझा कि आप इतना दुख झेलने को तैयार हैं या नहीं?" इतना कहकर उसने जवाब के लिए नजरें उठाईं तो देखा, अचला चिन्तित है। मुँह नीचा किए स्थिर होकर बैठी हुई है। जवाब न पाकर भी सुरेश ने समझा, उसकी बात का असर हुआ है। बोला—"देखिए, आपसे अभी मैं सही बात कहता हूँ, आज मैं सिर्फ अपने दोस्त को बचाने की ठानकर आया

था, यही था मेरा इकलौता मकसद कि वह मुसीबत में न पड़े। मगर अभी देखता हूँ कि उसे बचाने से कहीं ज्यादा मुझे आपको बचाना चाहिए। क्योंकि उसने तो जान-बूझकर मुसीबत मोल ली है, लेकिन आप तो अँधेरे में छलाँग लगा रही हैं। अभी-अभी जब आपके पिता ने मुझे ही सबूत जुटाने की जिम्मेदारी दी, तब लगा था, अपने दोस्त के खिलाफ यह जिम्मेदारी मैं नहीं लूँगा, लेकिन अभी देखता हूँ, यह काम तो मुझे करना ही होगा, नहीं तो अन्याय होगा।''

अचला बोली–''लेकिन जब वे सुनेंगे, तो क्या वे दुखी नहीं होंगे?''

सुरेश बोला–''मगर कोई चारा नहीं है। जिस आदमी ने पाखंडियों की तरह इतना बड़ा धोखा दिया है, वह दोस्त है, तो भी उसके सुख-दुख के बारे में सोचने की मैं जरूरत नहीं समझता हूँ। मगर मुसीबत यह हुई है कि मैं उसके गाँव का नाम भी नहीं जानता हूँ। अगर किसी तरीके से आज मैं सिर्फ उसके गाँव का नाम जान पाऊँ, तो कल सवेरे ही वहाँ जा पहुँचूँगा और सारे सबूत जुटा करके आपके पिता के सामने रखकर अपने दोस्त के पापों का प्रायश्चित्त करूँगा।''

अचला बोली–''लेकिन आप इतनी तकलीफ क्यों उठाएँगे? आप मेरे पिताजी से कहिए न कि वे अपने किसी विश्वासी आदमी से सारी खबर जान लें। चौबीस परगना का राजपुर गाँव तो ज्यादा दूर नहीं है।''

सुरेश ने अचरज से कहा–''राजपुर! देखता हूँ, आप तो उसके गाँव का नाम जानती हैं। आप और कुछ जानती हैं?''

अचला ने सहज भाव से कहा–''आपने जो बताया, मैं भी उतना ही जानती हूँ। राजपुर के उत्तर मुहल्ले में एक मिट्टी का घर है। अन्दर तीनेक कमरे हैं, बाहर चंडी मंडप है–उसमें गाँव की पाठशाला लगती है।''

सुरेश ने पूछा–''और महिम की घरेलू हालत के बारे में आप कुछ जानती हैं?''

अचला बोली–''इस बारे में भी आपने जितना बताया मैं भी उतना ही जानती हूँ। थोड़ी-सी जायदाद है, उससे किसी तरह से मुश्किल से गुजर-बसर हो जाता है।''

सुरेश बोला–''देखता हूँ, आप तो सब कुछ जानती हैं।''

अचला बोली–''मैं इतना ही जानती हूँ। क्योंकि एक दिन मैंने उनसे इतना ही पूछा था। और आप तो यह जानते हैं कि वे कभी झूठ नहीं बोलते हैं।''

सुरेश का सारा चेहरा स्याह हो गया। बोला–''जब आप सब कुछ जानती हैं तब आप लोगों को सतर्क करने आना मेरे लिए बिलकुल ही गैरजरूरी काम हुआ है। देखता हूँ, उसने आपको धोखा देना नहीं चाहा है।''

अचला बोली–''मैं थोड़ा-बहुत तो जानती हूँ, मगर आप तो मुझे बताने नहीं आए हैं आप जिन्हें बताने आए थे वे तो अभी यह नहीं जानते हैं। लेकिन अगर आप कहें, तो मैं जितना जानती हूँ, उतना मैं पिताजी को बता सकती हूँ।''

सुरेश ने उदासी-भरी आवाज में कहा–''वह आपकी मर्जी। लेकिन मुझे जाकर महिम को सारी बातें बताकर उससे माफी माँगनी होगी। तब जाकर मुझे चैन आएगा।''

अचला ने पूछा–''इसकी क्या कोई जरूरत है?''

सुरेश फिर से उत्तेजित हो उठा। बोला–"इसकी जरूरत नहीं है? अनजाने जो झूठी तोहमत मैंने उस पर लगाई है वह मेरा कितना बड़ा गुनाह है, इसे क्या आपने मन-ही-मन नहीं समझा है? मैंने उसे धोखेबाज, झूठा कुछ भी कहना बाकी नहीं रखा है। सारी बातें उसके आगे कबूल किए बिना कैसे मुझे छुटकारा मिलेगा?"

अचला थोड़ी देर तक चुपचाप रही, फिर धीरे-धीरे बोली–"मेरा कहना है कि इसकी कोई जरूरत नहीं है। सुरेश बाबू, मैं यह नहीं मानती कि मन-ही-मन माफी माँगने से खुलेआम माफी माँगना हर दम सबसे बड़ी चीज होती है। यह सुनकर जब वे दुख पाएँगे तब क्या जरूरत है उन्हें यह सुनाने की? बल्कि मैं पिताजी से भी मना कर दूँगी कि वे आपकी बात उनसे न कहें।"

सुरेश बोला–"अच्छा!" उसके बाद वह अचला के मुँह की तरफ थोड़ी देर तक चुपचाप निहारता रहा, फिर बोला–"मैं एक चीज बराबर देख रहा हूँ, वह यह कि यह आपकी एकमात्र कोशिश है कि महिम किसी भी वजह से जरा भी दुख न पाए। अच्छी बात है, ऐसा ही हो। मैं उससे कोई भी बात नहीं कहूँगा। आज उसके बारे में मेरे मन में जितनी बातें उठ रही हैं, वे भी मैं नहीं कहना चाहता। मगर आपसे एक बात कहे बिना मैं यहाँ से हरगिज नहीं जाना चाहता।"

अचला ने अपनी दोनों स्निग्ध आँखों को उठाकर कहा–"अच्छी बात है, कहिए।"

सुरेश बोला–"मैं उससे माफी नहीं माँग सका, मगर मैं आपसे माफी माँग रहा हूँ, आप मुझे माफ कीजिए।" इतना कहकर उसने अचानक अपने हाथ जोड़ दिए।

"छिः-छिः, यह आप क्या करते हैं।" इतना कहकर अचला ने पलक झपकते उसके दोनों हाथ पकड़ लिये और फौरन उसे छोड़ दिया, फिर बोली–"यह कैसा भयंकर अन्याय है, कहिए तो!" कहते-कहते उसका सारा चेहरा लाल हो उठा।

सुरेश का अंग-अंग रोमांचित हो उठा। इस सजीव स्पर्श और शर्मीले चेहरे की अनूठी लाल चमक ने पलक झपकते उसे बिलकुल बेबस कर डाला। वह अचला के झुके मुँह की तरफ थोड़ी देर तक स्तब्ध भाव से निहारता रहा, अन्त में धीरे-धीरे बोला–"नहीं, मैंने कोई अन्याय नहीं किया है। बल्कि मेरे हजारों अन्यायों के बीच अगर कोई ठीक काम हुआ है, तो वह यही है। आप अगर मुझे माफ कर देंगी, तो मेरा सारा क्षोभ धुल-पुँछ जाएगा।"

अचला व्याकुल होकर बोली–"आप ऐसी कोई बात न कहें। जिन्हें आपने दो-दो बार मौत के मुँह से बचाया है..."

"तो यह भी सुना है आपने?"

"हाँ, मैंने यह सुना है। आप जैसा हितैषी उनका और कौन है?"

"नहीं, शायद आपके सिवा और कोई नहीं है। और इसी नाते हम दोनों..."

अचला के चेहरे पर फिर जरा लाल चमक दिखाई पड़ी। वह बोली–"हाँ, दोस्त हैं। आपने उन्हें मौत के मुँह से बचाया है। इसीलिए उनके बारे में कही आपकी किसी भी बात को मैं अनुचित नहीं समझ सकती। आप अपने मन के अन्दर कोई क्षोभ, कोई शर्म नहीं रखिएगा। माफ शब्द का उच्चारण करने पर अगर आपको सन्तोष होता हो, तो मैं यह भी कहने को राजी थी अगर यह कहने में मुझे झिझक नहीं होती।"

"अच्छा, यह कहने की जरूरत नहीं।" इतना कहकर सुरेश उठकर खड़ा हो गया और बोला, "आपके पिता से मुलाकात नहीं हुई। वे शायद व्यस्त होंगे। महिम के साथ, हो सकता है, फिर किसी दिन आऊँ। नमस्कार।"

अचला तनिक मुस्कुराकर बोली–"नमस्कार। लेकिन उन्हीं के साथ आना होगा, इसका तो कोई मतलब नहीं है।"

"आप सच कह रही हैं?"

"हाँ, मैं सच कह रही हूँ!"

"यह मेरा परम सौभाग्य है।" इतना कहकर सुरेश ने और एक बार नमस्कार किया और बाहर निकल गया।

5

जब वह बाहर आया, तो उसका तन-मन वैसे ही डगमगाने लगा जैसे उसे नशा चढ़ आया हो। आसमान की तेज धूप अभी ढलती चली जा रही थी। उसने गाड़ी लौटा दी और अकेले पाँव-पैदल बाहर निकल पड़ा। इच्छा है, कलकत्ता के भीड़-भाड़ और शोर-गुल वाले राजपथ के बीच वह अपने आपको पूरी तरह डुबो दे और स्थिति के बारे में एक बार सोच ले।

अचला की शक्ल-सूरत, भाषा, व्यवहार–उसका सब कुछ शुरू से लेकर आखिर तक जब उसे बार-बार याद आया तो वह अपने आपको छोटा समझने लगा।

उस मुँह पर सौन्दर्य की अलौकिकता नहीं थी, बातों में, व्यवहार में ज्ञान और सूझ-बूझ का अनूठापन कहीं भी जरा भी जाहिर नहीं हुआ था। फिर भी न जाने कैसे लगने लगा कि वह अभी-अभी एक ऐसी अजीबो-गरीब चीज देख आया है जो इतने दिनों तक उसे कहीं भी नजर नहीं आई थी। रास्ते में चलते-चलते वह अपने आपसे हर पल यही प्रश्न करने लगा–'यह विस्मय किसलिए है? किस चीज ने आज उसे इतना अभिभूत कर दिया है?'

इस युवती के अन्दर कोई ऐसी चीज आज उसे दिखाई पड़ी है जिसमें अपने आपको लीन समझकर भी उसका सारा मन किसी अनजानी सार्थकता से भर गया है। उस लड़की का कोई सचमुच का परिचय अभी तक उसे नसीब तो नहीं हुआ है, मगर वह बड़ी है, बहुत बड़ी है। उसे हासिल करना किसी भी मर्द के लिए दुर्भाग्यजनक नहीं है, यह संशय एक बार भी उसके मन में क्यों नहीं पैदा होता है? सोचते-सोचते अचानक एक समय उसकी विचारधारा ठीक जगह पर चोट कर बैठी। उसे लगा, यह लड़की शिक्षा, ज्ञान और उम्र में, हो सकता है, हर विषय में उससे छोटी हो, तो भी उसने इन कई पलों की बातचीत में जो उसे इस तरह से हरा दिया वह सिर्फ अपने असाधारण संयम के बल से। इसीलिए वह इतनी शान्त होकर भी इतनी दृढ़ थी, इतना जानकर भी इतनी चुप थी। महिम के बारे में मैंने खुद

जब चतुर की भाँति अविराम बकने की कोशिश की थी तब इस लड़की ने मुँह नीचा किए सब कुछ सुना था, सब कुछ बर्दाश्त किया था, लेकिन पल भर के लिए भी चंचल होकर उसने बहस करके, झगड़ा करके अपने आपको हल्का नहीं किया था। हर दम उसने अपने आपको दबाया था, सब कुछ छिपाया था, हालाँकि कुछ भी उससे छिपा हुआ नहीं था। यह सच है कि उसने यह जानने नहीं दिया कि वह महिम को कितना प्यार करती है। मगर उसका अविचलित विश्वास हरगिज जरा-सा भी कम नहीं हुआ था। यह बात उसने कितनी आसानी से संक्षेप में बता दी।

यह कला उसने महिम से सीखी है और अच्छी तरह से सीखी है, यह बात वह बहुत बार अपने आपसे कहने लगा। और चूँकि खुद उसके अन्दर बचपन से ही बतौर चीज संयम की बेहद कमी थी। इसलिए इसका इतना आधिक्य दूसरे के अन्दर देख पाकर उसके शिक्षित भद्र अन्तःकरण ने अपने आपको इस गौरवमयी के चरणों में सर झुकाकर धन्य महसूस किया।

बहुत-से रास्तों और गलियों का चक्कर लगाने के बाद थककर सुरेश शाम के बाद घर लौटा। जब वह बैठक में घुसा तो उसने अचरज में पड़कर देखा, महिम हाथ से अपनी आँखों को दबाए एक कोच पर पड़ा हुआ है। महिम उठ बैठा और बोला–"आओ सुरेश।"

"अरे! तुम यहाँ हो!" इतना कहकर सुरेश धीरे-धीरे उसके करीब आया। और एक कुर्सी खींचकर बैठा।

महिम कभी-कभार सुरेश के घर आता था। लिहाजा सुरेश उसकी अगवानी बड़े जोश से करता था। लेकिन आज उसके मुँह से और कोई भी शब्द बाहर नहीं निकला। महिम मन-ही-मन आश्चर्यचकित हुआ और बोला–"जब मैं अपने डेरे पर वापस आया, तो सुना कि तुम आए थे। इसीलिए सोचा..."

"कि कृपा करके एक बार दर्शन दे आऊँ! यही न? याद कर सकते हो कि तुम कितने दिनों बाद आए?"

महिम ने हँसकर कहा–"हाँ, याद कर सकता हूँ। लेकिन क्या करूँ, मैं वक्त ही नहीं निकाल पाता हूँ।" इतना कहकर उसने गौर से देखा, गैस की रोशनी में सुरेश का चेहरा बेहद उदास और कठोर दिख रहा है। उसे खुश करने के इरादे से उसने स्निग्ध स्वर में फिर से कहा–"यह मैं हजारों बार कबूल करता हूँ सुरेश कि तुम्हें गुस्सा आ सकता है। लेकिन वास्तव में मुझे वक्त नहीं मिलता है। आजकल पढ़ाई-लिखाई का दबाव भी जरा है। इसके अलावा सुबह-शाम दो ट्यूशन–"

"तो तुम फिर ट्यूशन करने लगे हो?"

महिम उसके ठीक-ठीक जवाब को टाल गया और पूछा–"तुमने मुझे ढूँढ़ा था, कोई खास जरूरत थी क्या?"

सुरेश बोला–"हुँ। तुम आज नहीं आते, तो कल सवेरे मुझे जाना पड़ता।"

महिम कारण जानने के लिए जिज्ञासु मुँह से निहारता रहा। सुरेश बहुत देर तक चुपचाप अपने पाँवों के जूतों की तरफ निहारता रहा, फिर बोला–"तुम इस बीच केदार बाबू के घर शायद फिर नहीं गए थे?"

महिम बोला–"नहीं, इस बीच मैं वहाँ नहीं गया था।"

"तुम वहाँ क्यों नहीं गए थे? मेरे चलते न? अच्छा, मैं तुम्हें तुम्हारे उस वचन से मुक्त करता हूँ जो तुमने मुझे दिया था। तुम अपनी इच्छानुसार वहाँ जा सकते हो?"

महिम हँसा–"मुझे तो यह याद नहीं आता कि मैंने ऐसी प्रतिज्ञा की थी कि मैं वहाँ नहीं जाऊँगा।"

सुरेश बोला–"यह तो अच्छी बात है कि तुमने ऐसी प्रतिज्ञा नहीं की थी। तब भी अगर मेरी तरफ से कोई रोक हो तो मैंने उसे उठा लिया।"

"यह दया है या दमन सुरेश!"

"तुम्हें क्या लगता है महिम?"

"जो हमेशा लगता है, वही!"

सुरेश बोला–"इसका मतलब है मेरी सनक। यही न? तो अच्छी बात है, तुम्हारी जो मर्जी, तुम सोच सकते हो, मुझे एतराज नहीं। सिर्फ जो रोक मैंने लगाई थी उसे आज मैंने हटा दिया।"

"लेकिन क्या मैं इसका कारण पूछ सकता हूँ?"

"सनक का क्या कोई कारण होता है कि तुम्हारे पूछने पर मुझे बताना पड़ेगा।"

महिम थोड़ी देर चुप रहा फिर गम्भीर होकर बोला–"मगर सुरेश, तुम्हारी सनक के चलते सारी दुनिया रुक जाएगी और फिर उठ जाएगी, ऐसा हो, तो हो सकता है, अच्छा ही हो। लेकिन वास्तव में ऐसा होता नहीं है। जहाँ जाने में तुम्हें कोई अड़चन नहीं है वहाँ जाने में मुझे अड़चन हो सकती है।"

"इसका मतलब?"

"इसका मतलब यह है कि तुमने उस दिन ब्राह्म औरतों के बारे में जितनी बातें कहीं थीं उन्हें मैंने सोचकर देखा है। अच्छी बात है, तुमने उस दिन कहा था कि एक महीने के अन्दर तुम मेरे लिए एक लड़की तय कर दोगे, सो उसका क्या हुआ?"

सुरेश ने मुँह उठाकर देखा, "महिम गम्भीरता की आड़ में तीखा मजाक कर रहा है।"

उसने भी गम्भीर होकर जवाब दिया–"मैंने तो सोचकर देखा महिम, घटक का काम करना मेरा पेशा नहीं है।" उसके बाद उसने हँसकर कहा–"लेकिन मजाक रहने दो। चूँकि तुमने इतने दिनों तक मेरा मान रखा है, इसलिए तुम्हें हजारों धन्यवाद। लेकिन आज जब तुम्हें मेरा हुक्म मिला तब कल सवेरे ही एक बार तुम वहाँ जाओगे तो?"

"नहीं, कल सवेरे मैं घर जा रहा हूँ।"

"लौटोगे कब?"

"दस-पन्द्रह दिन लग सकते हैं, या महीना-भर भी लग सकता है।"

"महीना-भर भी लग सकता है! नहीं महिम, ऐसा नहीं हो सकता है।" इतना कहकर सुरेश ने झुककर महिम का दाहिना हाथ खींचकर अपने हाथ में लिया और बोला–"मैंने गुनाह किया है, मेरे गुनाह को माफ कर दो महिम। कल सवेरे ही तुम वहाँ एक बार जाना। वे, हो सकता है, तुम्हारी बाट जोहती हुई बैठी हों। ज्यों ही उसने यह कहा त्यों ही उसकी आवाज काँप गई।"

महिम के विस्मय की सीमा नहीं रही। सुरेश की आकस्मिक आवेग से काँपती आवाज, इस साग्रह अनुरोध–खासकर ब्राह्म औरत के बारे में–इस ससम्मान उल्लेख से वह मानो विह्वल हो उठा। वह थोड़ी देर तक अपने दोस्त के मुँह की तरफ एकटक निहारता रहा, उसके बाद पूछा–"कौन मेरी बाट जोहता हुआ बैठा हुआ है? केदार बाबू की लड़की?"

सुरेश ने सहसा अपने आपको सँभाल लिया और बोला–"वे तुम्हारी बाट जोहती हुई बैठी भी तो रह सकती हैं!"

महिम फिर थोड़ी देर तक सुरेश के मुँह ही तरफ निहारता रहा। किसी भी सूरत में यह सम्भावना उसके मन में पैदा नहीं हुई कि वह इस बीच बिना बुलाए ब्राह्म के घर जाकर परिचय करके भी आ सकता है। वह थोड़ी देर तक चुप रहा, फिर बोला–"नहीं सुरेश, मैं हार मानता हूँ, तुम्हारा आज का मिजाज वास्तव में मेरी समझ से परे है। तुम्हारे मुँह से निकली इस बात को कि ब्राह्म लड़की बाट जोहती हुई बैठी हुई है, समझना मेरे लिए असम्भव है।"

सुरेश बोला--"अच्छा, यह बात मैं तुम्हें एक दिन समझा दूँगा। तुम कहो कि कल सवेरे तुम एक बार उनसे मिलोगे?"

"नहीं, कल मिलना तो असम्भव है। मुझे सवेरे की गाड़ी से ही जाना है।"

"कुछ मिनटों के लिए भी क्या तुम उनसे नहीं मिल सकते हो?"

"नहीं, कुछ मिनटों के लिए भी मैं नहीं मिल सकता हूँ। मगर तुम्हें क्या हुआ है, बताओ तो?"

"यह मैं तुम्हें किसी दूसरे दिन बताऊँगा, आज नहीं। अच्छा, मैं खुद जाकर तुम्हारी बात बता आऊँ क्या?"

महिम और भी ज्यादा अचरज में पड़ा। बोला–"हाँ, तुम जाकर बता सकते हो। मगर इसकी तो कोई जरूरत नहीं है!"

सुरेश बोला–"भले ही जरूरत न हो, आखिर जरूरत ही तो सब कुछ नहीं है। मैं अपना परिचय दूँगा तो वे लोग मुझे पहचान सकेंगे।"

"हाँ, एक व्यक्ति तो तुम्हें जरूर पहचान लेंगे।"

सुरेश बोला–"अगर एक भी व्यक्ति मुझे पहचान ले, तो मेरे लिए यही काफी है। तुम्हारे दोस्त के रूप में मुझे पहचानेंगे न?"

महिम ने कहा–"हाँ।"

सुरेश ने अबकी बार जरा हँसने की कोशिश करते हुए कहा–"और वे मुझे पहचानेंगे–तुम्हारे सबसे बड़े ब्राह्म-विरोधी हिन्दू दोस्त के रूप में? न?"

महिम ने कहा–"लेकिन यही तो तुम्हारा प्रधान गर्व है, सुरेश!"

सुरेश बोला–"सो तो है।" इतना कहकर वह थोड़ी देर तक फर्श की तरफ निहारता रहा, फिर अचानक उठकर खड़ा हो गया और बोला–"आज मुझे बड़ी नींद आ रही है महिम। मैं सोने चला।" इतना कहकर वह अन्यमनस्क की तरह धीरे-धीरे बाहर निकल गया।

6

सुरेश मन-ही-मन निःसन्देह यह महसूस कर रहा था कि उसकी बात को महिम चाहे जैसे भी क्यों न उड़ा दे, वह उसके अनुरोध को न टाल पाने की वजह से इतने दिनों तक अचला से नहीं मिल सका था। वह अचला को चाहे जितना भी प्यार क्यों न करे लेकिन एक ब्राह्म लड़की के आगे अपने बचपन के दोस्त को नीचा नहीं दिखा सकता है। ऐसी बात अगर सुरेश ने कल सुनी होती तो भी उसका सीना दस हाथ चौड़ा हो जाता। लेकिन आज उसके सुनसान बिस्तर पर इस विचार ने उसे जरा भी आनन्द नहीं दिया। उसे लगने लगा, एक न एक दिन गपशप में, मजाक-मसखरी में सारी बातें विचित्र होकर अचला के कानों में पहुँचेंगी। उस दिन सुख की गोद में बैठे-बैठे उसे अपने पति के इस निठल्ले दोस्त की निष्फल ईर्ष्या का कोई मतलब ढूँढ़े नहीं मिलेगा। हालाँकि हँसी के बहाने भी वह मितभाषी लड़की कोई भी प्रश्न उससे नहीं करेगी। हो सकता है, सिर्फ मन-ही-मन वह तनिक मुस्कुराकर कहेगी–इस आदमी ने दोस्ती के अति अभिमान में कितना विफल परिश्रम किया है। व्यर्थ आक्रोश से कितनी जलन में जल-भुन मरा है।

रात उसे अच्छी नींद नहीं आई। जितनी बार नींद टूटी, उतनी ही बार इन सारे कड़वे विचारों ने उसे धिक्कारते हुए कहने की कोशिश की–दूसरे के लिए इतनी उत्कट माथा-पच्ची करने की बीमारी कब दूर होगी सुरेश?

सवेरे उठकर वह दिन के किसी काम में मन नहीं लगा सका और दिन चढ़ते न चढ़ते गाड़ी से केदार बाबू के घर आ पहुँचा। बैरे ने बताया–"बाबू अलीपुर अदालत गए हैं, लौटने में तीन-चार घंटे भी लग सकते हैं।"

सुरेश ने लौटने को तैयार होकर पूछा–"दोनों ही अलीपुर अदालत गए हैं?"

उसके प्रश्न को बैरा समझ नहीं सका। उसने गरदन हिलाकर कहा–"यह तो मैं नहीं जानता बाबू।"

सुरेश मुश्किल में पड़ा। वह यह तय नहीं कर सका कि मालिक की गैरहाजिरी में उसकी जवान बेटी के बारे में प्रश्न करना ब्राह्म परिवार के अन्दर शिष्टता के विरुद्ध है या नहीं। हालाँकि एकमात्र इसी लड़की की उसे जरूरत है। उसने सोचकर कहा–"तुम्हारे बाबू के लौटने में इतनी देरी नहीं भी लग सकती है न? मैं एकाध घंटा इन्तजार करके देखता हूँ।"

बैरे ने सुरेश को ले जाकर बैठक में बिठाया और कहा–"दीदीजी घर पर हैं। मैं उन्हें खबर दूँ क्या?" इतना कहकर वह जवाब के लिए निहारता रहा। उसने कल ही यह देखा था कि अचला इस आदमी के समाने बाहर निकलती है।

सुरेश ने मन के अत्यधिक आग्रह को जी-जान से रोका और निस्पृह भाव से कहा–"उन्हें खबर दोगे? अच्छा, उन्हें खबर दो। तब तक उन्हीं से दो बातें करूँ।"

बैरा चला गया। थोड़ी देर बाद अचला बगल के दरवाजे के परदे को हटाकर घुसी।

सुरेश उठकर खड़ा हो गया और बोला–"महिम तो घर चला गया। मैंने उससे इतना कहा कि वह एक बार आपसे मिलकर जाए। लेकिन उसने मेरी एक नहीं सुनी। एक ऐसा..."

अचला का चेहरा पल भर के लिए फक पड़ गया। लेकिन वह नमस्कार करके एक कुर्सी पर बैठ गई और मृदु स्वर में बोली–"जाना शायद बहुत ज्यादा जरूरी होगा। घर में कोई बीमार-वीमार तो नहीं न पड़ गया है?"

सुरेश ने उसे नमस्कार करते देखा, तो झेंपकर उसने प्रति-नमस्कार किया और अपनी अनावश्यक उत्तेजना के साथ अचला की शान्त, धीर बातों को तौलकर सौ गुना शर्मिन्दा और संकुचित हो उठा। वह अपनी आवाज को भरसक सहज और स्वाभाविक करके बोला–"जरूरत चाहे जो भी क्यों न हो, ऐसी क्या भयंकर जरूरत हो सकती है कि कम-से-कम दो मिनट के लिए भी आकर वह एक बार आपसे नहीं कह सकता है? और तब जब इसका कोई ठिकाना नहीं कि वह कब लौटेगा? आप ही कहिए घर में ही भला उसका कौन है जिसके बीमार होने के चलते उसे इस तरह से जाना होगा? मैं तो मर जाता, तो भी इस तरह से नहीं चला जाता।"

अचला के मुँह के ऊपर से होकर एक शर्मीली स्निग्ध मुस्कान कौंध गई। बोली–"चूँकि आपकी अभी तक कोई नहीं हुई है, इसीलिए आपने यह बात कही। लेकिन अगर आपकी कोई हुई होती तो आप भी ठीक उन्हीं की तरह उसकी अवहेलना करके चले जाते, यह मैं पक्का कहती हूँ।"

सुरेश ने अपने बैठने की कुर्सी के हत्थे पर जोर से एक चपत मारी और बोला–"कतई नहीं। आप मुझे नहीं पहचानती हैं, इसीलिए आप यह बात बोल सकीं। लेकिन अगर आप मुझे पहचानतीं तो आप ऐसा नहीं कह सकतीं।"

अचला बोली–"यह तो अच्छी बात है। अब से तो मैं आपको पहचान सकूँगी, और अगर आपका कोई होगा, तो मैं उसे भी पहचान सकूँगी।"

सुरेश बोला–"जरूर, सैकड़ों बार, इसके अलावा महिम जैसे दोस्त से मैं कोई बात छिपाकर रख भी नहीं सकता। उससे छिपाकर रखना मैं अच्छा भी नहीं समझता।" इतना कहकर वह अचानक उत्तेजित होकर बोल उठा–"आप कहती हैं अगर मेरा कोई होगा, तो आप जान सकेंगी, मगर मेरा कहना है कि आपको बिना बताए, आपकी सहमति बिना लिये यह सब कभी होगा ही नहीं, क्योंकि अब मेरी मजाल नहीं कि मैं आपको महिम से इतना अलग करके देख सकूँ। आज मेरे लिए आप लोग अभिन्न हैं।"

अचला ने शरमाकर मुस्कराते हुए सर हिलाया और बोली–"अच्छा यह तब देखा जाएगा। लेकिन जब तक आपको परखने का शुभ दिन नहीं आता तब तक मैं आपके दोस्त को गुनहगार नहीं ठहरा सकती सुरेश बाबू।"

सुरेश ने सहसा गम्भीर होकर कहा–"यह आपकी मर्जी। लेकिन इसमें सन्देह है कि मुझे परखने का शुभ दिन इस जनम में आएगा या नहीं। मगर इसे जाने दीजिए। मैं यह नहीं जानता कि आज सवेरे ही मैं क्यों आप लोगों के पास आया हूँ। कल रात मैं सो नहीं सका

था, मैं यह भी जानता था कि यहाँ न आने पर मैं आज भी नहीं सो सकूँगा। मैंने बहुत गुनाह किए हैं, उनमें से सबको एक-एक करके आज मैं आपके आगे कबूल करके जाऊँगा। इसीलिए मैं यहाँ आया हूँ।''

उसका प्रबल विरोध अचला से छिपा नहीं था। इसीलिए वह शंका-भरे मुँह से चुपचाप निहारती रही। सुरेश कहने लगा—''कल शाम के बाद जब मैं घर वापस गया, तो देखता हूँ, महिम बैठा हुआ है। अच्छी बात है, आप जरूर यह जानती हैं कि मैं ब्राह्मों को फूटी आँखों नहीं देख सकता यानी कि ब्राह्म-समाज को मैं उतना अच्छा नहीं समझता।''

अचला ने गरदन हिलाकर कहा—''हाँ, मैं यह जानती हूँ।''

सुरेश कहने लगा—''हाँ, यह तो आप जानेंगी ही। लेकिन आप यह बात भी नहीं भूलिएगा कि तब मैं आपको नहीं पहचानता था। इसीलिए महिम से कहा था कि वह कम-से-कम एक महीना यहाँ न आए। मैंने ऐसा क्यों कहा था, जानती हैं?''

अचला ने फिर से सर हिलाकर कहा—''नहीं! मैं नहीं जानती। लेकिन शायद आपने सोचा था कि मर्दों को कुछ भूलने के लिए एक महीना ही काफी होता है। तो ज्यादा समय लगना संगत नहीं है।''

उसके आघात को सुरेश ने विनीत भाव से ग्रहण किया और बोला—''मैं हमेशा से ही नादान हूँ। हो सकता है, कुछ-न-कुछ ऐसा ही मैंने सोचा होगा। इसके अलावा आपके खिलाफ मेरी एक खौफनाक साजिश थी। मैंने कसम खाई थी कि इसी एक महीने के अन्दर और कहीं लड़की तय करके महिम की शादी करा दूँगा। चाहे जैसे भी क्यों न हो, उसे रोकना पड़ेगा। ऐसा हरगिज न हो कि मेरा दोस्त होकर वह एक नारी के मोह में अपने समाज को छोड़कर चला जाए।''

अचला ने रुकी साँस को छोड़कर कहा—''उसके बाद?''

उसके पीले चेहरे की तरफ निहारकर सुरेश तनिक मुस्कुराया, बोला—''उसके बाद अब कोई डर नहीं है। मैंने यह बुरा इरादा छोड़ दिया है। आज मैं यही बात कबूल करके जाऊँगा। आपसे मिलने के लिए कल रात मैंने उससे बहुत कहा था। एक दिन उसने मेरा कहा माना था। लेकिन कल जो मैंने उससे कहा उसे उसने नहीं माना। आपसे मिले बिना ही वह कलकत्ता छोड़कर चला गया।''

अचला ने पूछा—''उन्होंने जाने का कोई कारण बताया था?''

सुरेश बोला—''नहीं, उसने जाने का कोई कारण नहीं बताया था। सिर्फ इतना कहा था कि काम है, बस।''

अचला ने और एक आह भरी और अपने आपसे कहने लगी—'काम है! काम है! हमेशा से उसके मुँह से यही बातें सुनती आ रही हूँ। हमेशा काम ही उसका सब कुछ है।'

सुरेश बोला—''एक चिट्ठी लिखकर भी तो वह आपको बता सकता था।''

अचला ने धीरे-धीरे सर हिलाकर कहा—''नहीं, वे चिट्ठी नहीं लिखते हैं।''

सुरेश थोड़ी देर तक चुप रहा, मुँह उठाकर निहारा, बोला—''वह यह भी तो नहीं बताता है कि क्या काम है! उसका सुख-दुख, भला-बुरा सब कुछ अकेले उसका है। स्वार्थी कहीं का! कभी किसी से उसने अपना सुख-दुख नहीं बाँटा। इसको लेकर वह बचपन से कितना

दुख मुझे देता आया है, इसकी कोई सीमा नहीं है। निष्ठुर कहीं का। दिन-पर-दिन वह खुद भूखा रहता है और हर दिन मेरा खाना-पीना हराम कर दिया है, मगर कभी किसी दिन मेरा मुँह देखकर भी उसने मेरे हाथ से कुछ नहीं लिया है। मुझे डर है जिस पत्थर के साथ मैंने कभी सुख नहीं पाया है, उसके साथ आप क्या सुखी हो सकेंगी?" कहते-कहते उसकी दोनों आँखों में आँसू छलक आए। उसने जल्दी से उन्हें पोंछ डाला, जबरन जरा मुस्कुराकर बोला–"मैं बाहर से जितना सख्त दिखता हूँ अन्दर से उतना ही कमजोर हूँ। और महिम ठीक इसका उलटा है। तब भी जैसी दोस्ती हमारी है, वैसी दोस्ती दुनिया में बहुत कम मिलती है।"

अचला ने मुँह नीचा किए मृदु स्वर में कहा–"यह मैं जानती हूँ, सुरेश बाबू। और मैं यह भी जानती हूँ कि वह दोस्ती आज भी पहले की ही तरह कायम है।"

बचपन की सारी पुरानी यादें सुरेश के कलेजे के अन्दर आलोड़ित हो उठीं। वह रुआँसा होकर बोल उठा–"जब आप यह जानती ही हैं तब आज आप मुझे यह भीख दीजिए कि अनजाने में मैंने जो दुश्मनी आप लोगों से की है वह गुनाह अब मेरे कलेजे में न बिंधे।"

उसकी आवाज जोश से फिर से रुँकने को आई और इस बेहद अकुलाहट से अचला का अपना मन भी मानो हिल-हिल उठा। उसने अपने उमड़ते आँसुओं को छिपाने के लिए मुँह घुमाया तो देखा, उसके पिता दरवाजे के सामने आ पहुँचे हैं।

केदार बाबू ने सुरेश को देखा, तो वे खुश होकर बोल उठे–"अरे, सुरेश बाबू आप?"

सुरेश ने खड़े होकर नमस्ते किया।

केदार बाबू ने बिना बैठे ही पूछा–"महिम की क्या खबर है? वह तो दिखाई नहीं पड़ता है!"

सुरेश बोला–"महिम बहुत जरूरी काम से सवेरे की ही गाड़ी से घर चला गया है। मैं यही खबर देने के लिए यहाँ आया।"

केदार बाबू ने अचरज में पड़कर कहा–"वह घर चला गया!" इतना कहकर वे सहसा जल उठे और कहने लगे–"वह घर जाए या रहे, हमें इसकी अब कोई जरूरत नहीं। लेकिन बेटा सुरेश, जब तुम्हें वक्त मिले तो घर के लड़के की तरह तुम यहाँ आना-जाना, मुझे बड़ी खुशी होगी। मगर तुम्हारा वह झूठा दोस्त अब कभी इस घर में मुँह न दिखाए। जब वह तुमको मिले, तो तुम उससे कह देना कि भले ही उसे कोई शर्म न हो, पर उसे इस बात का डर तो हो कि यहाँ आने से उसे अपमानित होना पड़ेगा।"

सुरेश गरदन झुकाए रहा। उसके मन के भाव का अन्दाजा लगाने की कोशिश करते हुए केदार बाबू उत्साह के साथ बोल उठे–"नहीं-नहीं सुरेश, इसमें तो तुम्हें शर्म महसूस करने की कोई वजह नहीं है। बल्कि इसमें कर्तव्य करने का गौरव है। तुम यह समझ नहीं पा रहे हो कि तुमने किस मुसीबत से हमें बचाया है और हम लोग तुम्हारे कितने कृतज्ञ हैं।"

वे अपनी बेटी की तरफ निहारकर बोले–"मैं कल से ही बड़ा हैरान हो रहा हूँ अचला कि उस आदमी ने सुरेश जैसे लड़के के साथ कैसे दोस्ती की थी और कैसे भला उसने इस

दोस्ती को बनाए रखा था।" फिर वे जरा रुककर बोले–"जो ऐसा कर सकता है वह हम दो निरीह व्यक्तियों को फुसलाए रखेगा, मानता हूँ यह कोई बड़ी बात नहीं है। लेकिन यह भी बड़ा अजीब है कि यह आदमी वास्तव में क्या है...कैसे यह पता लगाने की बात भी मुझ जैसे बूढ़े व्यक्ति के मन में एक दिन भी नहीं पैदा हुई थी। आश्चर्य है।"

सुरेश ने बात नहीं की। वह केदार बाबू के मुँह की तरफ निहार तक नहीं सका।

केदार बाबू थोड़ी देर तक इन्तजार करके अपनी पोशाक की तरफ निगाह डाली और बोले–"मुझे बहुत-सी बातें पूछनी हैं बेटा। तुम जरा बैठो। मैं अपने कपड़े बदल आऊँ।" इतना कहकर ज्यों ही उन्होंने जाने की तैयारी की त्यों ही सुरेश बोला–"मुझे देर हो चुकी है। आज मैं जाता हूँ। किसी दूसरे दिन आऊँगा।" इतना कहकर वह उठ पड़ा और किसी तरह से नमस्कार कर लिया और उन्हीं के साथ बाहर निकल गया।

मगर अगले दिन सवेरे ही वह फिर आया और उसके बाद वाले दिन भी ठीक इसी वक्त उसकी गाड़ी नीचे आकर रुकी।

लेकिन उसके बाद वाले दिन भी जब फिर उसकी गाड़ी की आवाज सुनाई पड़ी, तब दिन चढ़ चुका था। अचला अपने पिता को नहाने-धोने और खाने-पीने की ताकीद करके उन्हें उठाने की कोशिश कर रही थी, लेकिन वे उठ नहीं सके। उन्होंने सुरेश को खुशी के साथ बुला लिया और गपशप करना शुरू कर दिया।

चूँकि सुरेश ने यह देखा था इसीलिए दो-चार मामूली बातचीत के बाद जब उसने उठने की कोशिश की तब उसके रूखे-सूखे बालों की तरफ निगाह डालकर केदार बाबू पल भर में अचानक हड़बड़ा गए। बोले–"अभी तक न तुम नहाए हो, न तुमने खाना खाया है सुरेश?"

सुरेश ने मुस्कुराकर कहा–"मैं जरा देर से खाना खाता हूँ।"

केदार बाबू ने इसे अनसुना कर दिया। वे कहने लगे और पल भर में ही बिलकुल घबरा उठे–"अरे, अभी तक तुम नहाए नहीं हो, न तुमने खाना खाया है? नहीं, अब एक मिनट देर मत करो सुरेश। अभी नहा लो और जो खा सको, खा लो। बेटी अचला, जरा जल्दी करने को कहो। बारह बज चुके हैं।" बैरा आदि को ऊँची आवाज में पुकारते-पुकारते वे खुद ही बाहर निकल गए।

अचला इतनी देर तक स्थिर होकर खड़ी थी। अभी तक उसने किसी तरह की चंचलता जाहिर नहीं की। पिता के चले जाने के बाद वह धीरे-धीरे बोली–"आप क्या हमारे यहाँ कुछ खाइएगा?"

सुरेश मुँह उठाकर अचला के मुँह की तरफ थोड़ी देर तक निहारता रहा, फिर बोला–"आपकी क्या राय है?"

"आप तो कभी ब्राह्म के यहाँ खाते नहीं हैं।"

"नहीं, मैं ब्राह्म के घर नहीं खाता हूँ। लेकिन अगर आप खाना ला देंगी, तो मैं उसे खाऊँगा।" जरा रुककर वह फिर बोला–"आप शायद सोच रही होंगी कि मैं मजाक कर रहा हूँ। मगर ऐसी बात नहीं है। आप हाथ में दे देंगी, तो मैं सचमुच उसे खाऊँगा।" इतना कहकर वह निहारता रहा।

अबकी बार अचला ने जरा मुँह नीचा करके अपनी हँसी छिपाई, बोली–"वास्तव में मैंने सोचा था कि आप मजाक कर रहे हैं। कल तक जिन लोगों के घर खाने में आपकी नफरत की सीमा नहीं थी, आज उन्हीं में से एक का छुआ खाना खाने का कैसे आपका मन करेगा, मुझे तो यह सोचते नहीं बनता है, सुरेश बाबू?"

सुरेश ने उदास मुँह से दुख-भरे स्वर में कहा–"तो क्या इतनी देर बाद आपको यही सोचते बना कि आपका छुआ खाना खाने में मुझे नफरत होगी?"

अचला बोली–"लेकिन यह विचार तो स्वाभाविक है, सुरेश बाबू। आप जैसे एक ऊँची शिक्षा-प्राप्त व्यक्ति का हमेशा का बद्धमूल सामाजिक संस्कार अचानक एक दिन में अकारण बह जाएगा, यही सोच पाना क्या आसान है?"

सुरेश बोला–"नहीं, यह सोच पाना आसान नहीं है। लेकिन आप यही क्यों सोच रही हैं कि मेरा हमेशा का बद्धमूल सामाजिक संस्कार अकारण बहता जा रहा है! कारण हो भी तो सकता है?" इतना कहकर वह इस कदर निहारता रहा कि जवाब देते वक्त अचला बिलकुल विस्मित हो गई। उसकी बात से उसने आघात पाया है, यह उसने उसका मुँह देखकर ही समझा था और एक तरह के हिंस्र आनन्द का भी मजा ले रही थी लेकिन वह दुख अचानक एक पल में उसके समूचे मुँह को बिलकुल राख की तरह सूखा कर दे सकता है, उसने न ही यह सोचा था और न ही यह चाहा था। इसीलिए उसने खुद भी दुख पाकर अपनी बात को आसान ठिठोली में बदलने के लिए जबरन जरा मुस्कुराकर कहा–"आप ही सोचकर देखिए, आप जैसे दृढ़-प्रतिज्ञ व्यक्ति भी..."

सुरेश बोला–"हाँ, मुझ जैसा दृढ़-प्रतिज्ञ व्यक्ति भी बह जाता है।" उसकी आवाज काँपने लगी; बोला–"आप एक दिन की बात कह रही थीं। मगर जानती हैं आप कि एक दिन के भूचाल से आधी दुनिया पाताल के अन्दर समा जा सकती है। एक दिन कम नहीं होता है।" इतना कहकर वह फिर अपलक निहारता रहा। अचला डर गई। सुरेश के मुँह पर एक तरह का कैसा सूखा पीलापन है, माथे की दोनों नसें सूजी हुई हैं, दोनों आँखें चमक रही हैं, मानो वह किसी चीज को झपटा मारकर पकड़ना चाहता हो।

एक तो इतनी गर्मी, दूसरे, इतनी देर तक न वह नहाया था, न उसने खाना खाया था। बीती रात वह जरा भी सो नहीं सका था। उसके पाँवों तले की जमीन तक मानो अचानक हिल उठी। अपनी दोनों लाल-लाल आँखों को फैलाकर उसने कहा–"मैं ब्राह्मों से नफरत करता हूँ या नहीं, यह जवाब मैं ब्राह्मों को दूँगा। लेकिन आप मेरे लिए उनसे बहुत, बहुत ऊपर हैं..."

उसकी उन्मत्त मुद्रा से अचला डर के मारे सन्न रह गई। किसी तरह उस प्रसंग को दबा देने के लिए उसने डरते हुए कहने की कोशिश की–"बैरा..."

लेकिन वह धीमा मृदु स्वर सुरेश की तेज आवाज में दब गया। वह यों ही तेज आवाज में कहने लगा–"तुम कहती हो मेरा तुमसे दो दिनों का परिचय है। हाँ, सो तो है। मगर तुम यह जानती हो अचला कि दिन, घंटे और मिनट से महिम को मापा जा सकता है, लेकिन सुरेश को नहीं। वह स्थान-काल से परे है। तुमने भूचाल देखा है? जो दुनिया को लील जाता है..."

अचला बाघ से डरी हिरनी की तरह पलक झपकते उठकर खड़ी हो गई और बोली– “आपके नहाने का इन्तजाम...” इतना कहकर ज्यों ही उसने कदम बढ़ाया त्यों ही सुरेश सहसा अचला के आगे झुका और उसके दाहिने हाथ को पकड़कर खींच लिया। किसी भी औरत की यह मजाल नहीं कि वह उस उन्मत्त और आकस्मिक खिंचाव को झेल सके। उसकी धीमी डरी हुई आवाज–“बाप रे!” उसके काँपते होंठों से निकलते न निकलते सुरेश ने उसके दोनों हाथों को जोर से खींचकर अपने सीने से लगा लिया और पुकारा– “अचला।”

अचला नजरें उठाकर मूर्च्छित मंत्रमुग्ध की भाँति निहारती रही और सुरेश भी थोड़ी देर के लिए बात नहीं कर सका–सिर्फ उसके बेहद प्यासे होंठों से न जाने कैसी एक स्तब्ध तीव्र ज्वाला छिटकने लगी।

कई पल इसी तरह से रहकर सुरेश ने और एक बार अचला के दोनों हाथों को अपने सीने पर दबाए रखा और उल्लसित होकर कहने लगा–“अचला, एक बार भूचाल की इस जोरदार धड़कन को अपने हाथों से महसूस करके देखो। कैसा भीषण तांडव इस कलेजे के अन्दर उथल-पुथल मचा रहा है। यह क्या दुनिया के किसी भूचाल से छोटा है? तुम कह सकती हो अचला कि दुनिया में कौन-सी बात, कौन-सा धर्म, कौन-सा मन ऐसा है जो इस क्रान्ति के बीच पड़कर भी रसातल में नहीं समा जाएगा?”

“छोड़ दीजिए मुझे। पिताजी आ रहे हैं।” इतना कहकर अचला ने जबरन अपने आपको छुड़ा लिया और वापस जाकर शान्त होकर अपनी कुर्सी पर बैठी। दूसरे ही पल केदार बाबू कमरे में घुसकर बोले–“माफ कीजिए, थोड़ी देर हो गई, और यह बैरा मुआ रह-रहकर कहाँ जाता है, इसका कोई ठिकाना नहीं। बेटी अचला, तुझे क्या हुआ है री? तुझे क्या कोई बीमारी हुई है? चेहरा मुरझाकर बिलकुल...”

अचला ने किसी तरह से जरा मुस्कुराने की कोशिश की और बोली–“नहीं पिताजी, मुझे बीमारी क्यों होगी?”

“तब भी सरदर्द वगैरह तो नहीं न हो रहा है? ऐसी गरमी पड़ रही है कि...”

“नहीं, मुझे कुछ नहीं हुआ है। मैं अच्छी हूँ पिताजी।”

केदार बाबू बोले–“खैर, मैं यह जानकर निश्चिन्त हुआ कि तुम अच्छी हो। तुम्हारा मुँह देखकर मुझे डर लग गया था। लेकिन तुम जरा देखो बेटी, अगर...”

अचला बोली–“अच्छी बात है, पिताजी, मैं एक मिनट में सारा इन्तजाम कर देती हूँ। मगर अभी-अभी मैंने सुरेश बाबू से पूछा था कि हमारे यहाँ नहाने-खाने में उन्हें कोई एतराज तो नहीं है।”

केदार बाबू ने अचरज में पड़कर कहा–“हमारे यहाँ नहाने-खाने में उसे एतराज क्यों होगा? नहीं-नहीं, सुरेश मैंने तो तुमसे कहा ही है कि एक ही दिन में मैंने तुम्हें घर का लड़का समझा है। यह घर तुम्हारा अपना घर है।” फिर वे बेटी की तरफ निहारकर गर्व के साथ बोले–“और अगर ऐसा नहीं होता अचला, तो हमें बचाने के लिए भगवान उसे क्यों भेजते? लेकिन और देरी करना अच्छा नहीं होगा, बेटा। तुम आओ मेरे साथ, मैं तुम्हें गुसलखाना दिखा दूँ।”

लेकिन जब से केदार बाबू कमरे में घुसे थे तब से लेकर अब तक सुरेश सर झुकाए हुए था। वह फिर अपना सर हरगिज नहीं उठा सका।

अचला बोली–"जरूरत क्या है पिताजी दबाव डालने की? हम ब्राह्मों के घर खाने में, हो सकता है, उन्हें खास अड़चन हो। इसके अलावा जब खाना खाने का मन न करे तो खाना खाने पर बीमारी भी तो हो सकती है!"

केदार बाबू बिलकुल मायूस हो गए। सुरेश बड़े आदमी का लड़का है–आजाद है। घर की गाड़ी से आता-जाता है। उसे चाहे जैसे भी क्यों न हो, खिला-पिलाकर रिश्तेदार उन्हें बनाना ही होगा। अचानक जब केदार बाबू की उसके झुके मुँह के एक हिस्से पर नजर पड़ी, तो वे विस्मय से बिलकुल चौंक उठे–"अरे, तुम्हें यह क्या हुआ है सुरेश? तुम्हारा सारा मुँह मुरझाकर बिलकुल काला हो गया है। उठो-उठो, सर और मुँह पर पानी डालने में अब एक मिनट देर मत करो।" इतना कहकर वे उसका हाथ पकड़कर एक तरह से जबरन उसे उठाकर ले गए।

7

सुरेश को खाना खिलाने के बाद केदार बाबू ने इस गरमी में उसे किसी भी सूरत में छोड़ नहीं दिया। आराम करने के नाम पर उन्होंने उसे सारी दोपहरी एक कमरे में कैद कर रखा। वह आँखें मूँदे कोच पर पड़ा रहा। मगर वह हरगिज सो नहीं सका। कमरे के बाहर दोपहर का सूरज आसमान में जलने लगा और अन्दर आत्मसंयम की आत्मग्लानि उससे भी ज्यादा तेजी से सुरेश के कलेजे के अन्दर जल उठी। इस तरह सारा दिन अन्दर-बाहर जलकर अधमरा होकर जब वह उठ बैठा और सामने की खिड़की खोल दी तब दिन ढल चुका था। केदार बाबू प्रसन्न मुँह से कमरे में घुसे और जबरन एक साँस छोड़कर बोले–"आह, देख रहे हो सुरेश, कैसी गरमी पड़ रही है? मेरी इतनी उम्र हो गई है, लेकिन इसके पहले कभी भी मैंने कलकत्ता में ऐसी गरमी पड़ते नहीं देखा था। क्या थोड़ी-सी भी नींद आई थी?"

सुरेश ने गरदन हिलाकर कहा–"नहीं, मैं दिन में सो नहीं सकता हूँ।"

केदार बाबू ने फौरन कहा–"और दिन में सोना भी नहीं चाहिए। दिन में सोने से सेहत पर असर पड़ता है। तब भी मैंने तीन-चार बार उठ-उठकर देखा था कि तुम्हारा पंखा खींचनेवाला पंखा खींच रहा है या सो रहा है। ये लोग इतने बड़े शैतान होते हैं कि जिस पल तुम आँखें मूँदोगे उसी पल वे भी आँखें मूँदेंगे। खैर, जो हो, जरा चंगा हो सके हो न? मैं यह पक्का जानता था कि अगर तुम इस धूप में बाहर निकलते तो फिर तुम जिन्दा नहीं रहते।"

सुरेश चुप रहा। केदार बाबू ने कमरे की अन्यान्य खिड़कियों को खोल दिया, बैठने की कुर्सी को अपने करीब खींच लिया और बोले–"मैं सोच रहा हूँ सुरेश कि अब आलस्य करने

की जरूरत नहीं है। सब कुछ साफ-साफ बताकर महिम को एक चिट्ठी लिख दूँ। क्यों, तुम्हारी क्या राय है?"

इस सवाल ने सुरेश की पीठ पर मानो जोर से चाबुक मारा। वह ऐसा चौंक उठा कि उसे देखकर केदार बाबू बोले–"कठोर कर्तव्य कैसे करना पड़ता है, यह सबक तो तुमने ही मुझे इतने दिनों बाद सिखाया है सुरेश। अब तो तुम्हारे पीछे हटने से काम नहीं चलेगा बेटा।"

यह तो ठीक बात है। सुरेश थोड़ी देर तक चुप रहा फिर बोला–"मगर इस बारे में आपकी बेटी की भी राय लेनी होगी।"

केदार बाबू तनिक मुस्कुराकर बोले–"हाँ, सो तो लेनी ही होगी।"

"वे क्या सब कुछ साफ-साफ बताकर चिट्ठी लिख देने के लिए कहती हैं?"

केदार बाबू ने इसका सीधा जवाब दिए बिना कहा–"उसकी राय भी कुछ ऐसी ही है। इस सब विषय में आमने-सामने सवाल-जवाब करना सभी के लिए कष्टकर है। मगर वह तो बड़ी हुई है, बाकायदा पढ़ी-लिखी भी है। यह सब बात वक्त रहते साफ न कर लेने पर यह पागलपन कहाँ जा पहुँचेगा, यह तो वह समझती है। इसीलिए सोचता हूँ, आज ही रात यह काम निपटा लूँगा।"

सुरेश उदास होकर बोला–"इतनी जल्दी क्यों? दो दिन सोचना भी तो चाहिए?"

केदार बाबू बोले–"इस बारे में भला मैं क्यों सोचूँगा? उसके हाथों मैं अपनी बेटी को नहीं सौंप सकता। जरूर तब यह बुरी बात जितनी जल्दी खत्म हो उतना ही मंगल है।"

सुरेश ने पूछा–"मेरा जिक्र करना भी क्या जरूरी है?"

केदार बाबू ने हँसकर कहा–"मैं बूढ़ा हो गया हूँ। तुम क्या सोचते हो कि मुझमें इतनी भी अक्ल नहीं है! तुम्हारा नाम किसी भी दिन कोई नहीं लेगा।"

सुरेश के मुँह से एक राहत की साँस निकली। मगर उसने और कोई बात नहीं की। वह चुपचाप बैठा रहा। यह राहत की साँस केदार बाबू की नजरों से नहीं बची। उन्होंने इस बीच सुरेश के और भी दो-एक आचरणों को देखकर मन-ही-मन एक अन्दाजा लगा लिया था। उन्होंने उसके सच और झूठ को परखने के मकसद से अँधेरे में एक ढेला फेंका, बोले– "तुमने हम लोगों का जितना बड़ा उपकार किया बेटा, उससे भी बड़े उपकार की हम दोनों तुमसे उम्मीद करते हैं। हम लोग ब्राह्म तो हैं, लेकिन हम लोग उतने कट्टर ब्राह्म नहीं हैं। और मेरी बेटी तो अपनी माँ की तरह मन-ही-मन हिन्दू ही रह गई है। वह हमारे ब्राह्मपन को बिलकुल ही पसन्द नहीं करती है।"

सुरेश ने अचरज में पड़कर मुँह उठाकर निहारा। केदार बाबू उसकी इस मूक उत्सुकता को खासतौर से देखकर कहने लगे–"इसीलिए मैं अपनी बेटी को हमेशा कुँवारी हरगिज नहीं रख सकता हूँ। इस विषय में मैं तुम्हारी ही तरह पूरा हिन्दू मतावलम्बी हूँ। जैसे एक रिश्ता तुम्हारे हाथों टूट गया सुरेश, वैसे ही तुम्हें ही इसका रिश्ता बना देना होगा, बेटा।"

सुरेश ने कहा–"जो आज्ञा। मैं जी-जान से कोशिश करूँगा!"

उसके चेहरे के भाव को पढ़ते-पढ़ते केदार बाबू ने सन्दिग्ध स्वर में कहा–"मुझे दिखाई पड़ रहा है कि समाज में उसको लेकर काफी हंगामा होगा। लेकिन जितनी जल्दी हो सके, अचला की शादी कराकर इस सब चर्चा को रोक देना होगा। लेकिन एक

मुश्किल है, सुरेश।" इतना कहकर उन्होंने एक बार दरवाजे के बाहर निहारा, उसके और भी करीब जरा हट आए और अपनी आवाज को धीमी करके बोले–"और वह मुश्किल यह है कि दूल्हा रूप-गुण में अच्छा होने से ही हिन्दू-समाज की तरह उसे पकड़ लाकर शादी करा दूँगा, ऐसी बात नहीं। वह हमेशा जिस शिक्षा-संस्कार के बीच बड़ी हुई है उसमें उसकी असहमति से कुछ भी नहीं किया जा सकता है। लेकिन तब तक वह अपनी सहमति किसी भी सूरत में नहीं देगी जब तक न दोनों के बीच ऐसा कुछ-न-कुछ...समझा न सुरेश।"

बातचीत के बीच ही सुरेश थोड़ा-सा अनमना हो गया था। प्यार करने के इस इशारे ने और एक बार नए सिरे से चोट पहुँचाकर उसे अचेत कर दिया। दोपहर के उसके अपने उस उद्दंड प्रणय-निवेदन का बहुत गन्दा आचरण याद आने से बेहद शर्म के मारे उसका सारा मुँह लाल न होकर बिलकुल काला हो गया और सवेरे का जो अखबार इतनी देर तक उसके पैरों के पास फर्श पर पड़ा था उसे उसने उठा लिया और उसके विज्ञापन के पृष्ठ की तरफ एकटक निहारता रहा।

केदार बाबू यह देख पाए और इस आकस्मिक भाव-परिवर्तन के पूरे विपरीत अर्थ की कल्पना करके वे मन-ही-मन अत्यन्त पुलकित हुए और मौका समझकर उन्होंने एक बड़ी चाल चल दी। बोले–"मैं बराबर एक बड़ी अजीब चीज देखता आ रहा हूँ सुरेश। वह यह कि पता नहीं क्यों, एक आदमी को जनम-भर करीब पाकर भी उस पर तिल भर विश्वास नहीं होता है और दूसरे आदमी को, हो सकता है, सिर्फ दो घंटे करीब पाकर ही लगता है कि इसके हाथों अपनी जान तक सौंप दे सकता हूँ। लगता है, जैसे जनम-जनम का परिचय हो, सिर्फ दो घंटे का नहीं। जैसे तुम। भला बताओ तो तुमसे कितनी देर का परिचय है?"

ठीक ऐसे समय अचला कमरे में घुसी। सुरेश ने पल भर के लिए नजरें उठाईं और फिर अखबार में मन लगाया।

"पिताजी, आप अभी चाय पीजिएगा या कोको?"

"मैं कोको ही पिऊँगा, बेटी।"

"सुरेश बाबू आप चाय पियोगे न?"

सुरेश ने अखबार पर नजरें टिकाए ही धीमे स्वर में कहा–"मुझे चाय ही दीजिएगा।"

"आपकी प्याली में चीनी कम तो नहीं न डालनी होगी?"

"नहीं, मेरी प्याली में उतनी ही चीनी डालिएगा जितनी आमतौर पर औरों की प्याली में डाली जाती है।"

अचला चली गई। केदार बाबू ने अपने टूटे प्रसंग के सिलसिले को जारी रखते हुए धीरे-धीरे कहा–"देखो न सुरेश, अपनी इस बेटी के लिए ही इस बुढ़ापे में मुसीबत में पड़ा हूँ। यह बात तो मैं तुमसे छिपाकर नहीं रख सका। वरना अपनी बुरी हालत की कहानी आसानी से क्या कोई दूसरे को सुना सकता है! जो बात मैंने कभी भी किसी से नहीं कही थी, वही बात इतने यार-दोस्तों के रहते सिर्फ तुम्हीं से कहने में क्यों झिझक महसूस नहीं हो रही है? तुम क्या सोचते हो कि इसकी कोई गहरी वजह नहीं है?"

सुरेश विस्मित होकर मुँह उठाए निहारता रहा। केदार बाबू कहने लगे–"यह है भगवान का निर्देश। मेरी क्या मजाल कि मैं तुमसे यह छिपाऊँ! मुझे तो कहना ही पड़ेगा।" इतना कहकर उन्होंने अपनी कुर्सी के हत्थे पर एक चपत मारी।

लेकिन उनकी इस लम्बी-चौड़ी भूमिका के बावजूद उनकी बुरी हालत बेटी के लिए कैसी हो गई है, सुरेश इसका अन्दाजा नहीं लगा सका। तब केदार बाबू विस्तार से बताने लगे–कैसे उनका ऑर्डर सप्लाई का कारोबार निपट धोखाधड़ी और कृतघ्नता की आग में जलकर खाक हो गया, तो भी वे अडिग धीरज के साथ खड़े थे और कर्ज के लगातार बढ़ते जाने पर भी उन्होंने अपनी इकलौती बेटी को पढ़ाने-लिखाने के खर्च में जरा भी कटौती नहीं की थी। वे कहते रहे–पाँच-छह डिक्री जारी होने के डर से उसका खाना-पीना जहरीला और खुदरा कर्ज के तकाजे से उनका जीना दूभर हो गया, तो भी वे मुँह खोलकर किसी से भी कुछ नहीं कह सके थे। हालाँकि इस कलकत्ता में बहुत ऐसे हैं जो अनायास ही रुपया फेंक दे सकते हैं।

थोड़ी देर रुके और न जाने क्या सोचकर बोल उठे–"लेकिन तुम्हें तो मैंने बताया–इसमें जरा भी झिझक-हिचकिचाहट नहीं हुई। यह क्या श्रीभगवान का स्पष्ट आदेश नहीं है?" इतना कहकर उन्होंने बड़ी भक्ति से दोनों हाथों को अपने माथे से छुलाकर नमस्कार किया।

सुरेश का भगवान पर विश्वास नहीं था। वह केदार बाबू के उल्लास में शरीक नहीं हुआ। बल्कि उसका मन न जाने कैसा छोटा हो गया। उसने धीर भाव से पूछा–"आप पर कितना कर्ज है?"

केदार बाबू बोले–"कर्ज कितना है? अगर मेरा कारोबार बना रहता, तो क्या यह भला कोई कर्ज था! ज्यादा से ज्यादा तीन-चार हजार रुपया कर्ज है।

वे और भी कुछ कहने जा रहे थे, लेकिन ऐसे समय बैरे के साथ अचला घुसी। बैरे के हाथ में चाय का सामान था और उसके हाथ में नाश्ते की थाली थी।

केदार बाबू ने गरमागरम कोको की एक चुस्की ली, शाबाशी दी, प्याली को टेबल पर रख दिया और बोले–"देखो सुरेश, मैं अपने ऊपर भगवान की एक अजीब कृपा बराबर देखता आ रहा हूँ, वह यह कि वे मुझे कभी शर्मिन्दा नहीं करते हैं। मैं महिम से यह कहना चाहकर भी पता नहीं क्यों कह नहीं सकता था। वे बराबर मेरे मुँह को दबा देते थे। इतने दिनों बाद यह समझ में आया कि ऐसा क्यों होता था।" इतना कहकर उन्होंने और एक बार हाथों को अपने माथे से छुलाकर उनकी असीम कृपा के लिए उन्हें नमस्कार किया।

सुरेश ने अपनी प्याली पर नजरें टिकाए कहा–"रुपए की आपको कब जरूरत है?"

केदार बाबू ने कोको की प्याली को मुँह से अलग करके फिर से नीचे रखा और बोले–"जरूरत तो मुझे नहीं है सुरेश, जरूरत है तुम लोगों को।" इतना कहकर जरा जोर का ठहाका लगाया।

इस पहेली को न समझ पाकर सुरेश ने ज्यों ही मुँह उठाकर निहारा त्यों ही देखा, अचला जिज्ञासु मुँह से अपने पिता के मुँह की तरफ निहार रही है। उन्होंने एक बार अपनी बेटी के मुँह पर और एक बार सुरेश के मुँह पर निगाह डाली और कहा–"इसका मतलब समझना तो मुश्किल नहीं है। यह घर मैं तो अपने साथ नहीं ले जाऊँगा। अगर यह घर जाएगी, तो

तुम्हीं लोगों का जाएगा और अगर रहेगा, तो तुम्हीं दोनों का रहेगा।" इतना कहकर वे मन्द-मन्द मुस्कुराने लगे।

दोनों की आँखें चार हुईं। पलक झपकते दोनों का ही मुँह लाल हो गया और दोनों ने ही अपना-अपना सर झुका लिया।

जब केदार बाबू दो प्याली कोको पी चुके, तो उन्हें एक जरूरी चिट्ठी लिखने की बात याद आई। वे तुरन्त उठकर खड़े हो गए और बोले–"आज तुम्हें खाना खाने में बड़ी तकलीफ हुई सुरेश। कल दोपहर में यहाँ खाना।" इतना कहकर उन्होंने दावत दी और पश्चिम तरफ वाले दरवाजे को खोलकर अपने कमरे में चले गए।

खुले दरवाजे से होकर डूबते सूरज की एक लाल किरण सुरेश के मुँह पर आकर पड़ी। जब उसने गरदन घुमाई, तो उसे दिखाई पड़ा, अचला उसकी तरफ एकटक निहार रही है। उसने भी नजरें झुका लीं। दो मिनट बड़ी घड़ी की टिक्-टिक् आवाज को छोड़ समूचा कमरा निस्तब्ध रहा।

8

कमरे में चुप्पी तोड़ी सुरेश ने, बोला–"अचानक मैंने एक गजब की हरकत कर डाली।"

अचला ने बात नहीं की।

सुरेश ने फिर से कहा–"मैं जरूर आपको एक राक्षस-सा लगा रहा हूँगा। अकेले बैठी रहने की हिम्मत शायद आपको नहीं हो रही होगी, न?" इतना कहकर वह दम लेकर हँसने लगा। अचला ने अभी भी मुँह नहीं उठाया। लेकिन अगर वह मुँह उठाती तो देख पाती कि सुरेश की वह बेहद कोशिश की निष्फल हँसी सिर्फ उसके अपने ही मुँह को बार-बार अपमानित करके शर्म के मारे विकृत होती चली जा रही है।

फिर समूचा कमरा निस्तब्ध रहा और वह दीवार की घड़ी ही सिर्फ टिक्-टिक् करती हुई स्तब्धता को मापने लगी। थोड़ी देर में जब यह कठिन चुप्पी बिलकुल ही असहनीय हो उठी तब सुरेश ने अपने समूचे बदन को सीधा और कड़ा करके कहा–"देखिए जो हो चुका है उसके बाद हम लोगों के बीच आँखों के लिहाज के लिए कोई जगह नहीं है। दिन ढल गया। मैं अब जाऊँगा। मगर उसके पहले मैं दो बातों का जवाब सुनकर जाना चाहता हूँ। आप मेरी बातों का जवाब देंगी?"

अचला ने मुँह उठाया। उसकी दोनों आखें दुख से भरी हुई हैं। बोली–"कहिए।"

सुरेश थोड़ी देर तक स्थिर हो, फिर बोला–"आपके पिता का कर्ज चुका देने के लिए मैं एक बार आऊँगा। मगर आपसे मिलने की जरूरत नहीं है। मैं यह जानना चाहता हूँ कि आप जानती हैं कि हम दोनों के बारे में उनका मतलब क्या है?"

अचला बोली–"वे मुझे कुछ भी साफ-साफ नहीं बताते हैं।"

सुरेश बोला–"वे मुझे भी कुछ भी साफ-साफ नहीं बताते हैं। तब भी विश्वास है, वे मुझे ही...लेकिन आप शायद राजी नहीं होंगी?"

अचला बोली–"नहीं! राजी नहीं होऊँगी।"

"किसी भी दिन राजी नहीं होंगी आप?"

अचला ने नजर झुकाकर कहा–"नहीं, किसी भी दिन नहीं।"

"लेकिन अगर महिम की उम्मीद न हो तो?"

अचला ने अविचलित स्वर में कहा–"इसकी उम्मीद तो नहीं ही है!"

सुरेश ने प्रश्न किया–"शायद तब भी आप राजी नहीं होंगी!"

अचला ने मुँह नहीं उठाया, लेकिन पहले की ही तरह शान्त, दृढ़ स्वर में बोली–"मैं तब भी राजी नहीं होऊँगी।"

सुरेश कोच की पुश्त पर लुढ़क गया, एक आह भरी और बोला–"खैर, इससे यह तो साफ हो गया कि आप मुझसे शादी करने को राजी नहीं हैं। चलो जान बची।" इतना कहकर वह थोड़ी देर तक चुप रहा। फिर से तनकर बैठा और बोला–"लेकिन मैं इस एक मुश्किल की बात सोच रहा हूँ। वह यह कि ऐसी स्थिति में आपके पिता का कर्ज चुकेगा कैसे?"

अचला ने डरते-डरते जरा-सा मुँह उठाया और बड़ी झिझक के साथ बोली–"अब तो आप रुपया नहीं देंगे?"

"मैं रुपया नहीं दूँगा? क्यों नहीं दूँगा?" प्रश्न करके सुरेश तीखी व्यग्र नजरों से निहारता रहा। उस चितवन के आगे अचला ने सर झुका लिया।

कई पलों तक जवाब का इन्तजार करके सुरेश हँसा। लेकिन अबकी बार उसकी हँसी में भले ही खुशी न हो, पर बनावट भी नहीं थी। बोला–"देखिए, जब से आपके साथ मेरा परिचय हुआ है तब से लेकर अब तक मेरे किसी भी आचरण को अच्छा नहीं कहा जा सकता है, यह मैं खुद भी जानता हूँ। लेकिन मैं इतना छोटा भी नहीं हूँ कि रुपया नहीं दूँगा। आपके पिताजी को यह रुपया मैंने घूस देना नहीं चाहा था। मैंने मुसीबत में उनकी मदद करनी चाही थी। लिहाजा आपकी राय पर मेरा रुपया देना निर्भर नहीं करता है। यह निर्भर करता है उनके लेने पर। मैं यही सोच रहा हूँ कि अब वे रुपया लेंगे, तो कैसे लेंगे। बल्कि आइए, इस बारे में हम लोग एक सलाह करें।"

अचला ने मुँह उठाकर कहा–"कहिए।"

सुरेश कहने लगा–"संयोगवश मैं बहुत रुपयों का मालिक हूँ। हालाँकि रुपए-पैसे पर किसी दिन मेरा कोई मोह ही नहीं है। चारेक हजार रुपए मैं आराम से दे सकता हूँ। और आपके सुख के लिए तो मैं और भी कहीं ज्यादा रुपया दे सकता हूँ। इसे रहने दीजिए। अब बात यह है कि आपके पिता की धारणा है कि इन रुपयों को चुकाने की अब जरूरत नहीं होगी। हालाँकि यह एक तरह से चुकाना ही होगा। नहीं समझा आपने?"

अचला ने सर हिलाकर धीरे से कहा–"हाँ।"

सुरेश कहने लगा–"चूँकि मैं साफ-साफ कह रहा हूँ, इसलिए बुरा नहीं मानिएगा। मैं समझ पा रहा हूँ, रुपया उन्हें चाहिए ही। हालाँकि इतना रुपया कर्ज लेकर उसे चुकाने की

उनकी स्थिति नहीं है। यद्यपि मेरी अपनी तरफ से इसकी कोई भी जरूरत नहीं है–अच्छा, यह तो आसानी से ही हो सकता है। परसों तक आप अपने मन का भाव उन्हें नहीं बताएँगी तो फिर कोई गड़बड़ नहीं होगी। क्यों, परसों तक आप अपने मन का भाव उन्हें बिना बताए रह सकेंगी न?"

अचला पहले की ही तरह मुँह नीचा किए स्थिर होकर बैठी रही। सुरेश बोला–"रुपए के लोभ से आपने अपनी सहमति नहीं दी, इससे मेरा विश्वास कहीं ज्यादा बढ़ गया। बल्कि रुपए के लोभ से अगर आप अपनी सहमति देतीं, तो हो सकता है, मैं अन्त में डर के मारे पीछे हट जाता। मेरे लिए कुछ भी असम्भव नहीं है। मैं चला।" इतना कहकर सुरेश उठकर खड़ा हो गया और तनिक मुस्कुराकर कहा–"मुझे कहने का अब मुँह नहीं है। तब भी जाते वक्त एक भीख माँगकर जा रहा हूँ। वह यह कि आप मेरे गुनाहों को याद नहीं रखिएगा।" फिर वह जरा आनाकानी करके बोला–"नमस्कार। बुरे कामों से लदा जहाज लिये मैं चला। मगर मैं वास्तव में पिशाच भी नहीं हूँ। खैर, विश्वास करने का जब मैंने जरा-सा भी नहीं रखा तब कहना बेकार है।" इतना कहकर सुरेश ने हाथ जोड़कर नमस्कार किया और तेज कदमों से बाहर निकल गया।

धीरे-धीरे उसके कदम की आहट सीढ़ियों पर विलीन हो गई, अचला सुन पाई, और उसके बाद ही बेहद बेवजह उसकी दोनों आँखों से टपटप करके आँसू गिरने लगे।

केदार बाबू ने कमरे में घुसते-घुसते पूछा–"सुरेश?"

अचला ने झटपट अपने आँसू पोंछ डाले और बोली–"वे अभी-अभी चले गए।"

केदार बाबू ने अचरज में पड़कर कहा–"यह क्या, मुझसे बिना मिले ही वह चला गया? जब वह जा रहा था तब तुमने उसे यह याद दिला दिया था न कि कल उसे यहाँ खाना खाना है?"

अचला झेंपकर बोली–"यह मुझे याद नहीं था, पिताजी।"

"यह तुम्हें याद नहीं था, अच्छी बात है।" इतना कहकर केदार बाबू करीब की कुर्सी पर निश्चेष्ट भाव से बैठ गए। बेटी की दबी आवाज से उनके मन के अन्दर एक बार एक खटका तो गूँजा, लेकिन शाम के धुँधलके में उसके मुँह का भाव उन्हें दिखाई न पड़ने की वजह से वह स्थायी नहीं हो सका। बोले–"इस बुढ़ापे में मैं खुद जो नहीं करता हूँ, जिधर नहीं निहारता हूँ उसी में कोई न कोई गड़बड़ हो जाती है। इसीलिए वह नहीं होता है। जाऊँ बैरे से अभी एक चिट्ठी भेज दूँ। सुरेश के घर का पता क्या है?" इतना कहकर वे उठने को तैयार हुए।

"मैं तो यह नहीं जानती पिताजी।"

"तुम यह भी नहीं जानती हो। तुम क्या कहती हो?" इतना कहकर वे फिर से कुर्सी पर उठँग गए। मगर फौरन फिर उठ बैठे और रूखे ढंग से कहने लगे–"अगर तुम अपना हाथ-पाँव खुद ही काट डालना चाहो, तो काटो बेटी, मुझे रोकने की जरूरत नहीं। अच्छा, यह भी एक बार नहीं सोचना चाहिए कि जो एक बात पर इतना रुपया देना चाहता है, वह आदमी किस किस्म का है? उसके घर का पता भी क्या पूछकर नहीं रखना चाहिए? तुम

जितनी बड़ी हो रही हो उतनी ही कैसी होती जा रही हो अचला!" इतना कहकर उन्होंने लम्बी साँस छोड़ी।

कर्ज के फन्दे में फँसे गरीब पिता अपने जिस झूठ और हीनता के अन्दर से होकर फिलहाल अपने बचाव की कोशिश करते थे, वह सब अचला देख पाती थी। यह सब उसके हृदय को चोट पहुँचाता था, लेकिन वह इसे चुपचाप बर्दाश्त करती थी। अभी भी उसने बात करके उनकी अकारण विरक्ति का प्रतिवाद नहीं किया। लेकिन केदार बाबू यही पक्का अन्दाजा लगाकर खुश हुए कि वह मन-ही-मन बड़ी शर्मिन्दा और दुखी हुई है।

बैरा बत्ती जलाकर दे गया। वे स्नेह के साथ फटकार के स्वर में कहने लगे–"तुमने किसी भी दिन महिम की कोई खोज-खबर नहीं ली। अच्छा, यह अच्छा ही हुआ है। भगवान जो करते हैं भले के लिए ही करते हैं। मगर सुरेश के बारे में यह सब लागू नहीं होता है। देखा नहीं तुमने, ईश्वर खुद हाथ पकड़कर इसे दे गए।"

अचला ने मुँह उठाकर पूछा–"अच्छा पिताजी, सुरेश बाबू से क्या आप रुपया कर्ज लेंगे?"

केदार बाबू की भगवद्‌भक्ति अचानक बाधा पाकर विचलित हो उठी। उन्होंने अपनी बेटी की तरफ निहारकर कहा–"हाँ, नहीं मैं उससे कर्ज नहीं लूँगा। बात क्या है, जानती हो बेटी, सुरेश बड़ा अच्छा लड़का है। ऐसा ईमानदार लड़का लाखों में एक होता है। उसकी दिली तमन्ना है कि यह घर कर्ज के चलते बरबाद न हो। अगर यह घर रहेगा, तो तुम्हीं लोगों का रहेगा। मैं भला कितने दिनों का मेहमान हूँ! तुमने समझा न बेटी।"

अचला चुप रही। केदार बाबू उत्साह के साथ कहने लगे–"तुम तो यह जानती हो कि मैं हमेशा साफ-साफ बात करना पसन्द करता हूँ। मुँह से कुछ कहूँ और मन में कुछ सोचूँ–ऐसा मुझसे नहीं होनेवाला। लिहाजा मैंने खोलकर कह दिया कि अब सब कुछ जान-बूझकर महिम के हाथों बेटी को सौंपने से अच्छा है उसे पानी में फेंक देना। जब सुरेश की भी यही राय है तब उससे यह कहना ही पड़ा कि यह बात बहुत दूर तक फैल चुकी है कि उसके दोस्त के साथ तुम्हारी शादी होनेवाली है। और तब रिश्ता तोड़ने से ही काम नहीं चलेगा, बल्कि रिश्ता जोड़ना भी होगा। ऐसा न होने पर समाज में मुँह नहीं दिखाया जा सकेगा। मगर तुम चाहे जो भी कहो, कमाल का लड़का है यह सुरेश। इसीलिए मैं मंगलमय को बार-बार प्रणाम करता हूँ।"

पिता का प्रणाम करना और एक बार निर्विघ्न खत्म हो जाने के बाद अचला ने धीरे-धीरे कहा–"इनसे इतना रुपया लिये बिना क्या काम नहीं चलेगा पिताजी?"

केदार बाबू शंका से चौंक उठे, बोले–"बिना लिये तो काम नहीं चलेगा बेटी।"

"अच्छी बात है। मगर हम लोग तो रुपया अदा नहीं कर सकेंगे।"

"रुपया अदा करने की बात क्या सुरेश ने..." बात को वे उद्विग्न संशय से खत्म ही नहीं कर सके। उनका सारा चेहरा फक पड़ गया।

अचला ने उस चेहरे-मोहरे को देखकर दुख पाया। उसने जल्दी से कहा–"उन्होंने कहा था कि वे परसों आकर रुपया दे जाएँगे।"

"और रुपया अदा करने की बात..."

"नहीं, यह उन्होंने नहीं कहा है।"

"कोई वसीयत करने की बात..."

"नहीं, यह इच्छा शायद उनकी बिलकुल नहीं है।"

"ठीक वही हुआ जो मैंने सोचा था।" इतना कहकर उन्होंने राहत की साँस ली। कुर्सी से उठँगकर आँखें मूँदीं और दोनों पैरों को सामने के टेबल पर रख दिया। खुशी और आराम से उनका अंग-अंग मानो थोड़ी देर के लिए ढीला हो गया। वे थोड़ी देर तक इसी तरह से रहे, फिर पैरों को नीचे उतारकर उत्तेजित स्वर में बोले–"एक बार सोचकर देखो तो बेटी, कहाँ से क्या हो गया! इसमें क्या तुम्हें इस सर्वशक्तिमान का हाथ साफ-साफ दिखाई नहीं पड़ रहा है?"

अचला चुपचाप अपने पिता के मुँह की तरफ निहारती रही। वे जवाब के लिए इन्तजार किए बिना ही कहने लगे–"मैं आखों के सामने देख पा रहा हूँ कि यह सिर्फ उनकी कृपा है। तुमसे क्या कहूँ बेटी, ये दो साल एक रात भी मैं अच्छी तरह नहीं सो सका हूँ। मैंने सिर्फ उन्हें पुकारा है। और सुरेश को देखते ही लगा है, वह जैसे पहले जन्म में मेरी सन्तान था।"

अचला चुपचाप बैठी रही। वह यह अच्छी तरह जानती थी कि पिता की घरेलू स्थिति बहुत खराब हो गई है, लेकिन वह यही नहीं जानती थी कि वह अन्दर ही अन्दर इतनी खराब हो गई थी। आज दो सालों की एकाग्र आराधना से उसके दुख की समस्या यद्यपि मंगलमय के आशीर्वाद से अचानक हल्की तो हो गई है, लेकिन उसकी अपनी समस्या बड़ी जटिल हो गई। सुरेश से रुपया लेने के बारे में उसने अभी-अभी जो संकल्प किया था उसे फिर उसे छोड़ना पड़ा। जरा भी अड़चन डालने की बात वह अब सोच नहीं सकी। जो हो, रुपया उन लोगों को लेना ही पड़ेगा।

केदार बाबू सान्ध्य-उपासना के लिए उठ गए। अचला सारी बातों को शुरू से लेकर आखिर तक मन के अन्दर साफ-साफ समझने के लिए वहीं स्तब्ध रही।

इसमें जरा भी सन्देह नहीं कि आज अचानक उसकी जिन्दगी के दोराहे पर जो दो दोस्त ऐसे अगल-बगल आकर खड़े हो गए हैं उनमें से एक को तो आज 'जाओ' कहकर विदा करना ही होगा। मगर वह किसे 'जाओ' कहे? कौन है वह? जो महिम अपने निःसन्दिग्ध विश्वास से, कौन जाने किस कर्तव्य के चलते बेफिक्र, बेधड़क बैठा हुआ है उसके शान्त, स्थिर मुँह को याद करते ही उमड़ते आँसुओं से अचला की दोनों आँखें भर उठीं। जिसने किसी दिन कोई गुनाह नहीं किया है, हालाँकि 'जाओ' कहने से ही वह चुपचाप बाहर निकल जाएगा। इस जिन्दगी में किसी सिलसिले में किसी भी छल से वह फिर उन लोगों की राह में नहीं आएगा। अचला साफ-साफ देखने लगी, उस कल्पनातीत हमेशा-हमेशा के लिए बिछुड़ने की घड़ी में भी उसकी अटल गम्भीरता जरा भी विचलित नहीं होगी, वह किसी को भी दोष नहीं देगा, हो सकता है, वह कारण तक भी जानना न चाहे–गहरे विस्मय और तीव्र दुख की एक धुँधली रेखा, हो सकता है, उसके मुँह पर दिखाई दे। लेकिन उसके अलावा और किसी को भी यह नजर भी न आए।

उसके बाद एक दिन उसके कानों में यह बात पहुँचेगी कि सुरेश के साथ उसकी शादी हो गई। उस पल के असतर्क मौके पर, हो सकता है, एक आह निकलेगी या जरा मुस्काकर अपने काम में मन लगा देगा। इस बात की कल्पना करके इस सुनसान कमरे के अन्दर भी उसका मुँह शर्म और नफरत से लाल हो उठा।

9

दस-बारह दिन बीत गए थे। केदार बाबू का हावभाव देखकर लगता है इतनी स्फूर्ति शायद उन्हें जवानी में भी नहीं थी। आज शाम के पहले सिनेमा देखकर लौटती बार गोलदीघी के नजदीक आकर उन्होंने अचानक गाड़ी से उतरने की तैयारी करते हुए कहा–"सुरेश, मैं इतनी दूर पैदल चलकर समाज जाऊँगा। तुम लोग घर जाओ।" इतना कहकर वे हाथ की छड़ी को घुमाते-घुमाते तेजी से चले गए।

सुरेश बोला–"ऐसा लगता है कि आजकल तुम्हारे पिता की तबीयत बहुत अच्छी है।"

अचला उसी तरफ निहार रही थी, बोली–"हाँ, आपकी कृपा से ऐसा हुआ है।"

जब गाड़ी मोड़ पर मुड़ी तो वे फिर दिखाई नहीं पड़े। सुरेश ने अचला के दाहिने हाथ को खींचकर अपने हाथ में लिया और बोला–"तुम यह जानती हो कि इस बात से मैं कितना दुख पाता हूँ। इसीलिए क्या तुम बार-बार यह कहती हो अचला।"

अचला जरा उदासी-भरी हँसी हँसकर बोली–"चूँकि इतनी बड़ी कृपा कहीं भूल न जाऊँ, इसीलिए मैं इसे जब तब याद करती हूँ, आपको दुख देने के लिए मैं यह नहीं कहती हूँ।"

सुरेश ने उसके हाथ पर तनिक दबाव दिया और कहा–"इसीलिए दुख मुझे ज्यादा टीसता है।"

"क्यों?"

"मैं अच्छी तरह समझ सकता हूँ कि सिर्फ इस कृपा को याद करके ही तुम अपने मन के अन्दर जोर पाती हो। इसके अलावा तुम्हारा कोई दूसरा सम्बल नहीं है। यह सच है या नहीं, बताओ तो?"

"अगर न बताऊँ तो?"

"अगर तुम बताना न चाहो, तो मत बताओ। लेकिन क्या तुम किसी दिन मुझे यह बताओगी भी नहीं?"

अचला का मुँह उदास हो गया। उसने मुँह नीचा किए धीरे-धीरे कहा–"यह तो आप जानते हैं कि एक दिन मुझे यह बताना ही पड़ेगा।"

उसके उदास मुँह को देखकर सुरेश ने आह भरी। बोला–"अगर ऐसी बात है, तो दो दिन पहले बताने में ही भला क्या बुराई है!"

अचला ने जवाब नहीं दिया। वह अन्यमनस्क की भाँति रास्ते की तरफ निहारती रही।

मिनट भर चुप रहकर सुरेश अचानक बोल उठा–"मुझे लगता है, महिम सब कुछ जान गया है।"

अचला ने चौंककर मुँह घुमाया। उसका एक हाथ अभी तक सुरेश के हाथ में था। उसे उसने खींच लिया और पूछा–"आपने यह कैसे जाना?"

उसकी व्यग्र आवाज सुरेश के कानों में खट-से गूँजी। बोला–"वरना अब तक वह आ जाता! पन्द्रह-सोलह दिन बीत गए न!"

अचला ने सर हिलाकर कहा–"आज लगाकर उन्नीस दिन बीते। अच्छा, पिताजी ने क्या उन्हें कोई चिट्ठी-पत्री लिखी है। आप जानते हैं?"

सुरेश ने संक्षेप में कहा–"नहीं, मैं नहीं जानता हूँ।"

"वे घर से वापस आए हैं या नहीं, आप जानते हैं?"

"नहीं, मैं यह भी नहीं जानता हूँ।"

अचला ने गाड़ी के बाहर फिर से नजरें टिकाईं और मृदु स्वर में बोली–"तब तो पिताजी को चाहिए कि उनकी खोज-खबर लेकर एक चिट्ठी में सारी बातें लिखकर उन्हें बता दें। अचानक किसी दिन वे फिर न आ धमकें!"

फिर थोड़ी देर के लिए दोनों चुप रहे। सुरेश ने और एक बार उसके ढीले हाथ को अपने हाथ में लिया और धीरे-धीरे कहने लगा–"मुझे सबसे ज्यादा दुख तब होता है अचला जब लगता है कि तुम किसी दिन मुझ पर विश्वास नहीं कर सकोगी। तुम्हें हमेशा यह लगेगा कि सिर्फ रुपए के जोर से ही मैं तुम्हें छीन लाया हूँ। यह है मेरा दोष।"

अचला ने जल्दी से मुँह घुमाकर बाधा देते हुए कहा–"ऐसी बात आप न कहें। मैं आपको कोई दोष नहीं दे सकती हूँ।" वह जरा रुकी, फिर बोली–"यह तो जानी हुई बात है कि रुपए का जोर दुनिया में हर जगह है। मगर उस जोर से आपने जो जोर नहीं लगाया है। पिताजी भले ही न जान सकें, लेकिन मैं सब कुछ जान-बूझकर अगर आप पर अविश्वास करूँ तो मुझे नरक में भी जगह नहीं मिलेगी।"

सुरेश एक मामूली-सी बात से ही हमेशा विचलित हो जाता है। अचला की इतनी सी प्रिय बात से उसकी आँखों में आँसू आ गए। उसने अचला के दोनों हाथों को उठाया और उन्हीं से उसने अपने आँसू पोंछ डाले और बोला–"तुम यह मत सोचना कि मैं यह नहीं समझ सकता हूँ कि यह कितना बड़ा गुनाह है और कितना बड़ा अन्याय है। मगर मैं बड़ा कमजोर हूँ। बड़ा कमजोर हूँ। यह आघात महिम सह सकता है, लेकिन मेरा कलेजा फट जाएगा।" इतना कहकर उसने मानो एक कठिन धक्के को सँभाल लिया और रुआँसा होकर बोला–"मैं यह सोच ही नहीं सकता हूँ कि तुम मेरी नहीं हो, दूसरे की हो। यह सोचते ही मेरे पाँवों के नीचे की जमीन डगमगा जाती है कि मैं तुम्हें नहीं पाऊँगा।"

उसी वक्त रास्ते के किनारे गैस की बत्तियाँ जलाई जा रही थीं। ज्यों ही गाड़ी उसकी गली में घुसी त्यों ही एक चमकती रोशनी सुरेश के मुँह पर पड़ी। उस रोशनी में उसकी आँखों में लबालब भरे आँसू अचला को नजर आ गए। पल भर की करुणा में वह वही कर बैठी जो उसने किसी दिन नहीं किया था। वह उसके सामने झुक गई, अपने हाथ से उसके

आँसू पोंछ दिए और कह डाला—"मैं किसी भी दिन पिताजी की बात नहीं टालती। उन्होंने तो मुझे तुम्हारे ही हाथों सौंप दिया है।"

सुरेश अचला के उस हाथ को खींचकर अपने मुँह के पास लाया और उसे बार-बार चूमते-चूमते कहने लगा—"यही मेरा सबसे बड़ा इनाम है अचला। इससे ज्यादा मैं और कुछ नहीं चाहता लेकिन तुम मुझे इससे वंचित मत करना।"

गाड़ी घर के सामने आकर खड़ी हो गई। साईस दरवाजा खोलकर हट गया। सुरेश खुद उतरा, जतन के साथ सावधानी से अचला का हाथ पकड़कर उसे नीचे उतारा और जब दोनों ने ही एक साथ निहारा तो देखा—"ठीक सामने महिम खड़ा है और उस पर पल भर के लिए निगाह पड़ते ही ये दोनों मानो बिलकुल पत्थर में तब्दील हो गए।"

दूसरे ही पल अचला ने अव्यक्त आर्त स्वर में कोई आवाज करके जोर से अपना हाथ खींच लिया और पीछे हटकर खड़ी हो गई।

महिम ने विस्मय से हक्का-बक्का होकर कहा—"सुरेश, तुम यहाँ?"

सुरेश के मुँह से पहले-पहल बात न फूटी। उसके बाद वह अपने पीले चेहरे पर सूखी हँसी खींच लाया और बोला—"वाह, महिम तुम हो। उसके बाद तो फिर तुम मिले ही नहीं। बात क्या है जी? तुम कब आए? चलो-चलो, ऊपर चलो।" इतना कहकर उसने अचला के करीब आकर उसके हाथ को हिला दिया और हँसने की मुद्रा में कहा—"लेकिन आपके पिता ने अच्छा मजाक किया। वे गए समाज और आपको पहुँचा देने की जिम्मेदारी पड़ी इस गरीब पर। खैर, यह एक तरह से अच्छा ही हुआ है। नहीं तो, महिम से, हो सकता है, मुलाकात ही नहीं होती। घर में तुम इतने दिनों तक क्या कर रहे थे, बताओ तो, जरा सुनूँ तो सही?"

महिम बोला—"काम था।" विस्मय के प्रभाव में उसे अचला को नमस्कार करने की बात याद नहीं आई।

सुरेश ने उसे एक धक्का देकर कहा—"अच्छे आदमी हो तुम तो। खैर, जो हो। हम लोग चिन्ता से मरे जाते हैं, एक चिट्ठी तक नहीं देनी चाहिए? तुम खड़े क्यों रहे? ऊपर चलो।" इतना कहकर वह उसे एक तरह से जबरन ऊपर धकेल ले गया। लेकिन बैठक में आकर जब सब बैठ गए तब बेहद अचानक उसकी अस्वाभाविक चतुराई बिलकुल रुक गई। गैस की तेज रोशनी में उसका चेहरा स्याह हो उठा। दो-तीन मिनट किसी ने बात नहीं की।

महिम ने एक बार सुरेश की तरफ निगाह डाली, फिर एक बार अचला की तरफ सूनी निगाह डालकर उससे प्रश्न किया—"सब अच्छा है तो?"

अचला ने गरदन हिलाकर जवाब दिया, मगर उसने मुँह उठाकर निहारा नहीं।

महिम बोला—"मैं बड़ा भौचक्का हो गया हूँ। लेकिन सुरेश से तुम लोगों का परिचय कैसे हुआ?"

अचला ने मुँह उठाया और निराश होकर बोल उठी—"उन्होंने पिताजी के चार हजार रुपए का कर्ज अदा कर दिया है।

उसका मुँह देखकर महिम के अपने मुँह से सिर्फ बाहर निकला—"उसके बाद?"

"उसके बाद तुम पिताजी से पूछना।" इतना कहकर अचला उठी और तेज कदमों से बाहर निकल गई।

महिम थोड़ी देर तक बैठा रहा, अन्त में सुरेश की तरफ निहारकर कहा–"बात क्या है सुरेश?"

सुरेश ने उद्दंड ढंग से जवाब दिया–"तुम्हारी तरह मेरे लिए रुपया ही जान नहीं है। केदार बाबू ने मुसीबत में पड़कर मुझसे मदद माँगी, तो मैं उन्हें मदद देता हूँ, बस। बात इतनी-सी है। वे अगर अदा न कर सकें, तो आशा करता हूँ, यह दोष मेरा नहीं है। तब भी अगर तुम मुझे ही दोषी समझते हो तो तुम सैकड़ों बार मुझे दोषी समझ सकते हो, इसमें मुझे कोई एतराज नहीं है।"

सुरेश की यह बेतुकी कैफियत और उसे जाहिर करने का अनूठा ढंग देखकर महिम वास्तव में बेवकूफों की मानिन्द निहारता रहा। अन्त में बोला–"भला अचानक मैं तुम्हें दोषी क्यों समझूँगा, इसका तो कोई मतलब मुझे सोचते नहीं बनता सुरेश। अगर तुम कृपा करके और जरा खोलकर नहीं बताओगे, तो मैं समझ नहीं पाऊँगा।"

सुरेश ने पहले की ही तरह रूखे स्वर में कहा–"मैं खोलकर भला क्या बताऊँ? इसमें बताने को आखिर है ही क्या?"

महिम बोला–"हाँ, इसमें बताने को है। मैं जिस दिन घर गया था उस दिन तुम इन लोगों को पहचानते नहीं थे। इस बीच इतना घनिष्ठ परिचय कैसे हुआ? और एक ब्राह्म परिवार को मुसीबत में चार हजार रुपए देने लायक इतनी उदारता तुम्हारे मन में आई तो आई कैसे? फिलहाल तुम मुझे इतना ही समझा दोगे, तो मैं कृतार्थ हो जाऊँगा सुरेश।"

सुरेश बोला–"ऐसा हो सकता है। मगर अभी मेरे पास समझाने का वक्त नहीं है। मुझे अभी जाना है। इसके अलावा तुम केदार बाबू से पूछ लो न। वे तो तुम्हें सब कुछ बताने के लिए इन्तजार किए हुए हैं।"

"हाँ, ठीक कहा तुमने। मैं उन्हीं से पूछ लूँगा।" इतना कहकर महिम खड़ा हो गया। बोला–"सब कुछ सुनने का बड़ा कौतूहल था। लेकिन तब भी उनके इन्तजार में बैठे रहने का वक्त नहीं है। मैं चला..."

सुरेश स्थिर होकर बैठा रहा, पर उसने कोई बात नहीं की।

महिम जब बाहर आया, तो उसे दिखाई पड़ा, सामने की रेलिंग पकड़े इधर ही निहारती हुई अँधेरे में अचला खड़ी है। लेकिन उसने करीब आने या बात करने की जरा भी कोशिश नहीं की। यह देखकर वह भी सीढ़ियों से होकर धीरे-धीरे नीचे उतर गया।

10

कई बेहद जरूरी दवाएँ खरीदने के लिए महिम कलकत्ता आया था। लिहाजा रात की ही गाड़ी से वह घर लौट आया। सुरेश ने पता लगाकर यह जाना कि महिम आज डेरे पर नहीं गया था। चारेक दिनों बाद तीसरे पहर केदार बाबू की बैठक में केदार बाबू, सुरेश और

अचला बैठे हुए थे। वहाँ शायद इसी बात की चर्चा हो रही थी। केदार बाबू पर सिनेमा देखने का नया जोश सवार हो गया था। बात थी कि चाय पीने के बाद ही आज भी वे लोग बाहर निकल पड़ेंगे। सुरेश की गाड़ी खड़ी थी। ऐसे समय बुरे ग्रह की भाँति महिम धीरे-धीरे आकर अचानक दरवाजे के नजदीक खड़ा हो गया।

सभी ने मुँह उठाकर निहारा और सभी के मुँह के भाव में एक बदलाव दिखाई पड़ा।

केदार बाबू ने विरस मुँह से जबरन जरा मुस्कुराकर अगवानी की–"आओ महिम।"

महिम नमस्कार करके अन्दर आकर बैठा। यह पूछे जाने पर कि घर में इतनी देर क्यों लगी, जवाब में उसने सिर्फ इतना ही बताया कि खास काम था।

सुरेश टेबल पर से उस दिन का अखबार हाथ में लेकर पढ़ने लगा और अचला ने बगल की कुर्सी से अपनी सलाई उठा ली और बुनाई में मन लगाया। लिहाजा बातचीत अकेले केदार बाबू के ही साथ चलने लगी।

अचानक एक समय अचला उठकर बाहर चली गई और मिनट भर बाद ही वापस आकर बैठी और थोड़ी ही देर बाद सर के ऊपर खींचा जानेवाला पंखा हिल-डुलकर धीरे-धीरे चलने लगा। अचानक हवा लगने से केदार बाबू खुश होकर बोल उठे–"चलो जान बची। पंखा खींचनेवाले मुए को इतनी देर बाद दया आई।"

सुरेश ने तीखी, टेढ़ी नजरों से देख लिया, महिम के माथे पर पसीने की बूँदें चुहचुहा आई हैं। क्यों अचला उठकर गई थी, क्यों पंखा खींचनेवाले को बेवजह दया आई, सारी बातें उसके मन के अन्दर बिजली की गति से कौंध गईं। जिस हवा से केदार बाबू खुश हुए उसी हवा में उसका अंग-अंग जलने लगा। वह अचानक गरदन उठाकर कड़वी आवाज में बोल उठा–"पाँच बज गए हैं। अब देरी करने से काम नहीं चलेगा केदार बाबू।"

केदार बाबू ने बातचीत बन्द करके चाय के लिए शोर मचाया, तो बैरे ने चाय का सारा सामान ला दिया। अचला ने सलाइयाँ रख दीं, दो प्याली चाय बनाई और ज्यों ही उन प्यालियों को सुरेश और पिता के सामने आगे बढ़ाया त्यों ही केदार बाबू ने पूछा–"तुम चाय नहीं पिओगी बेटी?"

अचला ने गरदन हिलाकर कहा–"नहीं, पिताजी मैं चाय नहीं पिऊँगी। बड़ी गरमी है।"

अचानक जब उनकी नजर महिम की तरफ पड़ी, तो वे हड़बड़ाकर बोल उठे–"अरे, यह क्या? तुमने महिम को चाय क्यों नहीं दी? तुम क्या चाय नहीं पिओगे महिम?"

वह जवाब देता, इसके पहले ही अचला मुड़कर खड़ी हो गई और उसके मुँह की तरफ निहारकर स्वाभाविक मृदु स्वर में बोली–"नहीं, इतनी गरमी में तुम्हें चाय पीने की जरूरत नहीं। इसके अलावा तुम्हें तो बेवक्त चाय बर्दाश्त नहीं होती है।"

महिम के सीने पर से न जाने किसने असहनीय भारी पत्थर के बोझ को धकेलकर गिरा दिया। वह बात नहीं कर सका। सिर्फ अव्यक्त विस्मय से वह अपलक आँखों से निहारता रहा।

अचला बोली–"जरा सब्र करो। मैं लाइम-जूस से शरबत बनाकर लाती हूँ।" इतना कहकर वह सहमति की प्रतीक्षा किए बिना ही कमरे को छोड़कर चली गई।

सुरेश दूसरी तरफ मुँह घुमाकर चाबीवाले खिलौने की तरह धीरे-धीरे चाय पीने तो लगा, मगर उसकी हर बूँद तब उसके मुँह में बेस्वाद और कड़वी होती चली गई थी।

चाय पीकर केदार बाबू जल्दी से कपड़े बदलकर तैयार होकर जब आए तो देखा, अचला अपनी जगह पर बैठे-बैठे एकाग्र मन से बुनाई कर रही है। उन्होंने परेशान और हैरान होकर कहा—"तुम अभी भी बैठे-बैठे बुनाई कर रही हो, तुम तैयार क्यों नहीं हुई हो?"

अचला ने मुँह उठाकर शान्त भाव से कहा—"मैं नहीं जाऊँगी पिताजी।"

"तुम नहीं जाओगी? यह तुम क्या कह रही हो?"

"नहीं, पिताजी आज आप लोग जाइए। मुझे अच्छा नहीं लग रहा है।" इतना कहकर वह जरा मुस्कुराई।

सुरेश ने अभिमान और गहरे गुस्से को दबाकर कहा—"चलिए, केदार बाबू, आज हमीं लोग चलें। हो सकता है, उनकी तबीयत अच्छी नहीं हो। जरूरत क्या है दबाव डालने की?"

केदार बाबू ने उसकी तरफ निहारा, तो उन्हें उसके अन्दर के गुस्से का पता चला। उन्होंने अचला से कहा—"तुम्हें क्या किसी तरह की बीमारी हुई है?"

अचला बोली—"नहीं पिताजी, मुझे बीमारी क्यों होगी? मैं अच्छी हूँ।"

सुरेश महिम की तरफ पीठ करके खड़ा था। वह उसके मुँह का भाव नहीं देख सका। बोला—"चलिए, हम लोग चलें केदार बाबू। उन्हें घर में कोई काम होगा। जबरन ले जाने की जरूरत क्या है?"

केदार बाबू ने कठोर स्वर में पूछा—"तुम्हें घर में कोई काम है?"

अचला ने सर हिलाकर कहा—"नहीं।"

केदार बाबू अचानक चिल्ला उठे—"मैं कहता हूँ, चलो। बेअदब अड़ियल लड़की।"

अचला के हाथों की सलाइयाँ छूटकर नीचे गिर गईं। वह स्तम्भित मुँह से अपनी आँखों को फाड़कर पहले सुरेश की तरफ और बाद में अपने पिता की तरफ निहारती रही, फिर अचानक मुँह घुमाकर तेज कदमों से उठकर चली गई।

सुरेश का मुँह स्याह हो गया। वह बोला—"आप हर चीज में जबर्दस्ती करते हैं। मगर मैं अब देर नहीं कर सकता। आप इजाजत दें तो मैं जाऊँ।"

केदार बाबू अपने अभद्र आचरण से मन-ही-मन शर्मिन्दा हो रहे थे। सुरेश की बात से वे गुस्सा हो उठे। मगर उनका गुस्सा उतरा महिम पर। वह बेहद दुखी और क्षुब्ध होकर उठने ही वाला था कि केदार बाबू बोले—"तुम्हें क्या कोई काम है महिम?"

महिम अपने आपको रोककर उठकर खड़ा हो गया और बोला—"नहीं।"

केदार बाबू चलने को तैयार होकर बोले—"अच्छा, तो आज हम लोग जरा व्यस्त हैं। दूसरे दिन आओगे तो..."

महिम बोला—"जो आज्ञा। आऊँगा। लेकिन मुझसे क्या आपको कोई खास काम है?"

केदार बाबू ने सुरेश को सुनाकर कहा—"मुझे अपने लिए कोई काम नहीं है। लेकिन तुम अगर जरूरत समझो, तो आना। दो-एक बातों पर चर्चा की जाएगी।"

तीनों ही बाहर निकल गए। नीचे आकर महिम को बिना देखे ही सुरेश केदार बाबू को लेकर अपनी गाड़ी पर सवार हो गया। कोचवान ने गाड़ी हाँक दी।

महिम कुछ ही दूर आया, तो पीछे उसे अपना नाम सुनाई पड़ा। अपना नाम सुनकर जब वह मुड़कर खड़ा हो गया, तो देखा, केदार बाबू का बैरा है। वह बेचारा हाँफते-हाँफते

उसके करीब आया और कागज का एक टुकड़ा उसके हाथ में दिया। उस पर पेंसिल से सिर्फ लिखा हुआ था, अचला। बैरा बोला–"उन्होंने आपको बुलाया है।"

वापस आकर ज्यों ही उसने सीढ़ी पर कदम रखा त्यों ही उसे दिखाई पड़ा, अचला सामने खड़ी है। उसकी लाल-लाल आँखों की पलकें तब भी पुरनम थीं। जब वह अचला के पास आया, तो अचला बोली–"तुम क्या अपने कसाई दोस्त के हाथों मुझे जबह करने के लिए छोड़ गए। जिसने तुम्हारे प्रति इतनी बड़ी कृतघ्नता की उसके हाथों तुम मुझे छोड़कर कैसे जा रहे हो?" इतना कहकर वह फूट-फूटकर रोने लगी।

महिम स्तब्ध होकर खड़ा रहा। दो मिनट बाद अचला ने आँचल से अपने आँसू पोंछकर कहा–"मुझे शरमाने का अब वक्त नहीं है। देखूँ तुम्हारा दाहिना हाथ।" इतना कहकर उसने खुद ही उसका दाहिना हाथ खींच लिया और अपनी उँगली से सोने की अँगूठी उतारकर उसकी उँगली में पहनाते-पहनाते बोली–"मैं अब सोच नहीं सकती। अब जो करना है तुम करो।" इतना कहकर उसने झुककर उसके पाँवों को छूकर प्रणाम किया और धीरे-धीरे कमरे में चली गई।

महिम ने अच्छी या बुरी कोई बात नहीं की। वह बहुत देर तक रेलिंग से टिककर चुपचाप खड़ा रहा और फिर धीरे-धीरे उतरकर घर के बाहर निकल गया।

11

शाम के बाद जब महिम सर झुकाए अपने डेरे की तरफ धीरे-धीरे चला जा रहा था तब उसके मुँह को देखकर किसी की भी यह कहने की मजाल नहीं थी कि ठीक उसी वक्त उसकी सारी जान दुख से बाहर आने के लिए उसी के हृदय की दीवार में जी-जान से सेंध लगा रही थी। कैसे सुरेश यहाँ आया था, कैसे उसने इतना घनिष्ठ परिचय किया–यह सब छोटी-मोटी कहानी अभी भी वह जान तो नहीं पाया था, लेकिन असली चीज अब उससे छिपी नहीं थी। केदार बाबू को वह पहचानता था। जहाँ उन्हें एक बार रुपए की बू मिलती है वहाँ से वे किसी भी सूरत में आसानी से अपना मुँह नहीं घुमा लेते हैं, इसमें उसे जरा भी संशय नहीं था। सुरेश को भी वह बचपन से विभिन्न रूपों में देखता आया है। संयोगवश वह जिसे प्यार करता है, उसे पाने के वास्ते वह क्या नहीं दे सकता है, इसकी भी कल्पना करनी कठिन है। रुपया तो कुछ भी नहीं है, यह तो हमेशा ही उसके लिए बड़ी तुच्छ चीज है। एक दिन जिस महिम के लिए मुंगेर की गंगा में अपनी जान देने में भी कोताही नहीं की थी आज अगर वह दूसरे के प्यार के प्रबल मोह में उसी महिम की तरफ निगाह न डाले, तो उसे वह कैसे दोष दे सकता है। लिहाजा सारी बातों को एक भयंकर दुर्घटना मानने के सिवा किसी को भी उसने कोई खास दोष नहीं दिया। लेकिन ये जो इतनी विरोधी और प्रचंड

शक्तियाँ सहसा जाग उठी हैं। इन्हें रोक करके अचला उसके पास लौट आएगी, यह विश्वास उसे नहीं था। इसीलिए उसकी आखिरी बात और अन्तिम आचरण ने पल भर के लिए चंचल करने के सिवा महिम को किसी भी बात का सच्चा भरोसा नहीं दिया था। अँगूठी की तरफ बार-बार निहार करके भी वह थोड़ी भी तसल्ली हासिल नहीं कर सका। हालाँकि आखिरी फैसला होना भी बेहद जरूरी है। इस तरह से अपने आपको बहलाकर अब एक पल भी बिताया नहीं जा सकता है। जो होना है सो हो। वह कोई आखिरी फैसला कर ही लेगा। यह ठान करके ही आज वह रात के आठ बजे के बाद अपने खस्ताहाल छात्रावास में जा पहुँचा।

अगले दिन तीसरे पहर जब वह केदार बाबू के घर गया तो, उसे खबर मिली कि वे लोग अभी-अभी निकल गए हैं, कहीं दावत है। उसके बाद वाले दिन भी जाने से मुलाकात नहीं हुई। बैरे ने बताया कि सभी सिनेमा देखने गए हैं। लौटने में देर होगी। सभी में कौन-कौन हैं, यह प्रश्न किए बिना महिम अन्दाजा लगा सका। अपमान और अभिमान चाहे जितना भी बड़ा क्यों न हो, लगातार दो दिन लौट आना ही उसके जैसे आदमी के लिए काफी हो सकता था। मगर हाथ की अँगूठी ने उसे उसके डेरे में टिकने नहीं दिया, अगले दिन उसने फिर से उसे धकेलकर भेज दिया। आज वह सुन पाया, बाबू घर में हैं, ऊपर के कमरे में बैठकर चाय पी रहे हैं।

केदार बाबू ने महिम को दरवाजे के नजदीक देखा, तो उन्होंने मुँह उठाकर गम्भीर स्वर में सिर्फ कहा–"आओ महिम।" महिम ने हाथ जोड़कर चुपचाप नमस्कार किया।

दूर की खुली खिड़की के किनारे एक सोफे पर अचला और सुरेश अगल-बगल बैठे हुए थे। अचला की गोद में तसवीरों की एक मोटी किताब थी। दोनों मिलकर तसवीरों को देख रहे थे। सुरेश ने पल भर के लिए नजरें उठाईं और फिर से तसवीरों को देखने में मन लगाया। मगर अचला ने नजरें उठाकर भी नहीं देखा। उसका झुका हुआ मुँह दिखाई तो नहीं पड़ा, लेकिन वह जिस तरह से बड़े आग्रह के साथ अपनी किताब के पन्नों की तरफ झुकी रही, उससे ऐसा सोचना बिलकुल असंगत नहीं होता कि पिता की आवाज और आगन्तुक की पदचाप कुछ भी उसके कानों में नहीं पहुँची थी।

महिम ने कमरे में घुसकर एक कुर्सी खींच ली और उस पर बैठ गया।

केदार बाबू ने बहुत देर तक फिर कोई बात नहीं की। वे जरा-जरा करके चाय पीने लगे। जब चाय की प्याली खाली हो गई और चुप रहना एकदम ही असम्भव हो गया तक उसे मुँह से अलग करके नीचे रखा और बोले–"अच्छा तो बताओ, अभी तुम क्या कर रहे हो? ऐसा लग रहा है कि तुम्हारे कानून के इम्तिहान का नतीजा निकलने में तो अभी भी महीने भर की देर है।"

महिम बोला–"जी हाँ!"

केदार बाबू बोले–"मान लिया कि तुम पास हुए। तुम पास होगे, इसमें मुझे कोई सन्देह नहीं है। लेकिन कुछ दिन प्रैक्टिस करके हाथ में कुछ रुपया इकट्ठा किए बिना तो और किसी तरफ मन नहीं लगा सकोगे। क्यों सुरेश, तुम्हारी क्या राय है? महिम की घरेलू स्थिति तो सुनने में आता है कि उतनी अच्छी नहीं है!"

सुरेश ने बात नहीं की। महिम तनिक मुस्कुराया और धीरे-धीरे बोला–"प्रैक्टिस करने से ही हाथ में रुपया इकट्ठा हो जाएगा, इसकी भी तो कोई गारंटी नहीं है।"

केदार बाबू ने सिर हिलाकर कहा–"नहीं, सो तो नहीं है। यह तो ईश्वर के हाथ में है। लेकिन ऐसा कुछ भी नहीं है जो कोशिश करने से नहीं होता है। हमारे शास्त्रकारों ने कहा है–पुरुषसिंह! तुम्हें भी वही पुरुषसिंह बनना पड़ेगा। और किसी तरफ नजर नहीं रहेगी–सिर्फ उन्नति ही उन्नति। उसके बाद घर बसाओ; जो मर्जी करो। कोई बुराई नहीं है। अगर ऐसा नहीं करोगे, तो महापाप लगेगा।" इतना कहकर उन्होंने सुरेश की तरफ एक बार निहारा और कहा–"क्यों सुरेश, क्या राय है तुम्हारी? हिन्दू लोग अपनों को रोटी-कपड़ा नहीं दे सकते, अपने बच्चों को पढ़ा-लिखा नहीं सकते, इसी तरह से तो उनका पतन हो गया। हम ब्राह्म समाज के लोग भी अगर अच्छी मिसाल न सिखाएँ तो फिर समाज में किसी भी सूरत में किसी को भी मुँह तक नहीं दिखा सकेंगे? क्यों, मैं ठीक कहता हूँ न? क्यों सुरेश, क्या राय है तुम्हारी?"

सुरेश पहले की तरह चुप रहा। महिम अन्दर ही अन्दर अधीर होकर बोला–"आपकी नसीहत मैं याद रखूँगा। मगर आपने क्या यही चर्चा करने के लिए मुझे आने को कहा था?"

केदार बाबू ने उसके मन का भाव समझा; बोले–"नहीं, सिर्फ यही चर्चा करने के लिए मैंने तुम्हें नहीं बुलाया था। और भी बातें करनी हैं लेकिन..." इतना कहकर उन्होंने सोफे की तरफ निहारा।

सुरेश उठकर खड़ा हो गया और बोला–"तो हम लोग उस कमरे में जाकर जरा बैठते हैं।" इतना कहकर वह झुका और अचला की गोद से तसवीरों की किताब को उठा लिया। लेकिन उसका यह इंगित अचला के आगे बिलकुल निष्फल हो गया। वह जैसी बैठी हुई थी, वैसी ही बैठी रही। उसने उठने की जरा भी तैयारी नहीं की।

केदार बाबू ने यह देखा, तो बोले–"तुम लोग जरा उस कमरे में जाकर बैठो बेटी। महिम के साथ मुझे जरा बात करनी है।"

अचला ने मुँह उठाकर पिता के मुँह की तरफ निहारा और बोली–"मैं यहाँ रहूँगी पिताजी।"

सुरेश बोला–"अच्छा, अच्छी बात है। मैं जा रहा हूँ।" इतना कहकर उसने एक तरह से गुस्सा करके ही हाथ की किताब अचला की गोद में फेंक दी और धम-धम करता हुआ कमरे से बाहर निकल गया।

केदार बाबू ने अपने मुँह के भाव से यह साफ-साफ समझा दिया कि वे अपनी बेटी की इस हरकत से खुश नहीं हुए। लेकिन उन्होंने जिद भी नहीं की। वे नाराज होकर थोड़ी देर तक चुपचाप बैठे रहे। फिर बोले–"महिम, तुम यह मत सोचो कि मैं तुमसे नाखुश हूँ, बल्कि तुम पर मुझे काफी विश्वास है। इसीलिए दोस्त की नाईं मैं तुम्हें नसीहत दे रहा हूँ कि अभी किसी तरह की जिम्मेदारी कन्धे पर लेकर अपने आपको निकम्मा मत बनाओ। अपनी तरक्की करो, नाम कमाओ। उसके बाद जिम्मेदारी लेने का तुम्हें काफी वक्त मिलेगा।"

महिम ने मुँह घुमाकर एक बार अचला की तरफ निहारा। उसने पलक झपकते नजरें झुका लीं। तब उसने उसके पिता की तरफ निहारते हुए कहा–"आपका कहा मेरे सर आँखों पर। लेकिन आपकी बेटी की भी क्या यही इच्छा है?"

केदार बाबू फौरन बोल उठे—"जरूर! जरूर!" उसके बाद वे थोड़ी देर तक चुप रहे। फिर बोले—"कम-से-कम यह तो पक्का है कि सब कुछ जान-बूझकर मैं अपनी बेटी को तुम्हारे हाथों नहीं सौंप सकता।"

महिम ने शान्त स्वर में कहा—"अंग्रेजों का एक रिवाज है। वह यह कि ऐसी स्थिति में वे एक-दूसरे के लिए इन्तजार करते हैं। तो क्या मैं यह समझूँ कि आपकी यही मंशा है।"

केदार बाबू अचानक आग-बबूला हो उठे, बोले—"देखो महिम, मैंने तुम्हें इसलिए नहीं बुलाया है कि मैं तुम्हारे आगे कसम खाऊँगा। तुमने जैसा सलूक हमारे साथ किया है उससे कोई दूसरा बाप होता, तो महाभारत मच जाता। लेकिन मैं बेहद शान्तिप्रिय आदमी हूँ। चूँकि मैं किसी तरह की गड़बड़ी और हंगामा पसन्द नहीं करता। इसीलिए यथासम्भव मीठे शब्दों से मैंने अपने मन का भाव तुम्हें बता दिया। मेरी बात सुनने के बाद तुम इन्तजार करोगे या नहीं करोगे और अंग्रेज क्या करते हैं, इसकी कैफियत देना मुझे जरूरी नहीं लगता। इसके अलावा, हम अंग्रेज नहीं, बंगाली हैं। जब हमारी बेटियाँ बड़ी हो जाती हैं तब न हमारी आँखों में नींद आती है और न हमें खाना अच्छा लगता है। यह तुम खुद क्या नहीं जानते?"

महिम का मुँह-आँख पल भर के लिए लाल हो उठा। लेकिन उसने अपने आपको सँभाल लिया और धीर भाव से बोला—"मैंने क्या सलूक किया है जिसके चलते कहीं और इतना बड़ा हादसा हो जाता। मैं आपसे यह सवाल नहीं करना चाहता। मैं सिर्फ आपकी बेटी के मुँह से सुनना चाहता हूँ कि उनकी भी यही मंशा है या नहीं।" इतना कहकर वह खुद उठकर गया और अचला के सामने खड़ा होकर बोला—"क्यों, तुम्हारी भी यही मंशा है?"

अचला ने न मुँह उठाया, न बात की।

महिम ने उमड़ते आँसू को जबरन रोका और फिर से कहा—"एकान्त में तुम्हारे मन की बात जानने और पूछने का मुझे मौका नहीं मिला, इसके लिए मैं माफी चाहता हूँ। उस दिन शाम को झोंक में आकर तुमने जो काम कर डाला था उसका भी जवाब देने की तुम्हें जरूरत नहीं। तुम सिर्फ एक बार कहो कि तुम वह अँगूठी वापस चाहती हो या नहीं?"

सुरेश आँधी की गति से कमरे में घुसा और बोला—"अब मैं चलता हूँ केदार बाबू। अब एक मिनट इन्तजार करने की मुझे गुंजाइश नहीं है।"

वहाँ मौजूद सभी ने ठक-से रहकर नजरें उठाकर निहारा। केदार बाबू ने पूछा—"क्यों?"

सुरेश ने नाटकीय मुद्रा में अपने दोनों हाथ बढ़ा दिए और कहा—"नहीं-नहीं, मैंने जो गलती की है उसके लिए मुझे माफ नहीं किया जाना चाहिए। मेरा जिगरी दोस्त आज प्लेग से मरने को है और मैं हूँ कि सब कुछ भूलकर यहाँ बैठे-बैठे वक्त बरबाद कर रहा हूँ।"

केदार बाबू ने हड़बड़ाकर कहा—"यह तुम क्या कह रहे हो सुरेश? तुम्हारे दोस्त को प्लेग हुआ है? तो क्या तुम वहाँ जाओगे?"

सुरेश ने जरा मुस्कुराकर कहा—"हाँ, मैं वहाँ जरूर जाऊँगा। बहुत पहले ही मुझे वहाँ जाना चाहिए था।"

केदार बाबू अत्यन्त शंकित हो उठे, बोले—"मगर उन्हें तो प्लेग हुआ है। वे क्या तुम्हारे कोई खास रिश्तेदार हैं!"

सुरेश बोला–"आप पूछते हैं कि वह मेरा कोई रिश्तेदार है? वह रिश्तेदारों से भी कहीं बड़ा है, केदार बाबू।" महिम की तरफ कनखियों से देखकर यही पहली बार बात की, बोला–"महिम, अपने निशीथ को कल रात से प्लेग हुआ है। उसके बचने की उम्मीद नहीं है। मुझे तुम्हें भी एक बार कहना चाहिए। तुम उसे देखने जाओगे?"

महिम बतौर नाम निशीथ को याद नहीं कर सका। बोला–"कौन निशीथ?"

"कौन निशीथ! यह तुम क्या कह रहे हो महिम? इसी बीच तुम अपने निशीथ को भूल गए? जिसके साथ तुम पूरा सेकंड ईयर पढ़े वह इतनी बड़ी मुसीबत के दिन तुम्हें अब याद नहीं आ रहा है?" इतना कहकर उसने गरदन घुमाकर एक बार अचला के मुँह की तरफ निहार लिया और व्यंग्य के स्वर में बोला–"सो तो याद नहीं आएगा, उसे प्लेग हुआ है न!"

इस ताने को महिम ने चुपचाप बर्दाश्त करके पूछा–"वे क्या भवानीपुर से आया करते थे?"

सुरेश ने व्यंग्य करके जवाब दिया–"हाँ, वही निशीथ। लेकिन निशीथ नाम के तो दो-चार लड़के नहीं थे महिम कि इतनी देर तक तुम्हें याद नहीं आया था। मैं फिर पूछता हूँ, तुम वहाँ जाओगे क्या?"

जब महिम उसे जान सका, तो बोला–"निशीथ कहाँ रहता है अभी?"

सुरेश बोला–"और कहाँ रहेगा भला!" वह अपने घर में है, भवानीपुर में। तुम्हें क्या ऐसा नहीं लगता है कि इस वक्त तुम्हें उससे मिलना चाहिए? मैं डॉक्टर ठहरा, मुझे तो वहाँ जाना ही पड़ेगा। और अगर तुम उसके साथ अपनी दोस्ती को न भूले हो, तो तुम भी मेरे साथ वहाँ जा सकते हो। केदार बाबू आप लोगों की बातें शायद खत्म हो गई होंगी? आशा करता हूँ, कम-से-कम थोड़ी देर के लिए भी आप उसे एक बार छुट्टी देंगे।"

यह न समझ पाने की वजह से कि उसका यह व्यंग्य किसके प्रति हुआ, केदार बाबू उद्विग्न मुँह से एक बार महिम के मुँह की तरफ और एक बार अपनी बेटी के मुँह की तरफ निहारने लगे। वे आज भी इसका अता-पता नहीं भाँप सके हैं कि उनके इस बड़े आदमी, भावी दामाद का मान-अभिमान किस वजह और किस बात से विक्षुब्ध हो उठता है। उनके मुँह से कोई शब्द नहीं निकला, महिम भी हक्का-बक्का चुपचाप निहारता रहा।

देखते ही देखते अचला का समूचा मुँह लाल हो उठा। उसने धीरे-धीरे आकर हाथ की किताब सामने के टेबल पर रख दी और इतनी देर बाद बात की, बोली–"तुम डॉक्टर हो, तुम्हें तो वहाँ जाना ही चाहिए। लेकिन उनकी कानून की किताब में तो यह नहीं लिखा हुआ है कि प्लेग का इलाज कैसे होता है। वे वहाँ किसलिए जाएँगे, जरा सुनूँ तो सही!"

इस अप्रत्याशित जवाब को सुनकर सुरेश ठगा-सा रह गया। लेकिन दूसरे ही पल वह बोल उठा–"मैं वहाँ डॉक्टरी करने नहीं जा रहा हूँ। उसे डॉक्टरों की कमी नहीं है। मैं जा रहा हूँ अपने दोस्त की सेवा करने। मैं अपनी दोस्ती को जान से भी बड़ा मानता हूँ।"

एक निष्ठुर मुस्कान की झलक अचला के होंठों पर कौंध गई, बोली–"ऐसी तो कोई बात नहीं है कि सभी तुम जैसे महान होंगे। अगर उन्हें दोस्ती की इतनी समझ न हो तो मैं यह नहीं समझती कि इसमें शरमाने की कोई बात है। सो चाहे जो हो, उस जगह वे हरगिज नहीं जाएँगे।"

सुरेश का चेहरा स्याह हो गया।

केदार बाबू सशंकित हो उठे। वे डरते हुए कहने लगे, "वह सब तू क्या कह रही है अचला? सुरेश जैसा...सचमुच ही तो निशीथ बाबू जैसी..."

अचला ने रोककर कहा—"निशीथ बाबू को तो पहले-पहल वे जान ही नहीं सके। इसके अलावा वे डॉक्टर हैं, वे वहाँ जा सकते हैं। लेकिन दूसरे को वे बेकार में मुसीबत के बीच खींचकर क्यों ले जाना चाहते हैं?"

चोट खाने पर सुरेश को सुधबुध नहीं रहती है। उसने टेबल पर जोर से मुक्का मारा और जो मुँह में आया, ऊँची आवाज में बोल उठा—"मैं डरपोक नहीं हूँ। मैं इस बात से नहीं डरता कि मेरी जान चली जाएगी।" उसने महिम को दिखाकर कहा—"इस नमकहराम से पूछकर देखो कि मैंने उसे मरते-मरते बचाया था या नहीं?"

अचला उत्तेजित स्वर में बोली—"नमकहराम वे! खूब कहा आपने! लेकिन जिसे एक समय बचाया जा सकता है उसका क्या दूसरे समय जी चाहे तो, खून भी किया जा सकता है?"

केदार बाबू हक्का-बक्का हो कहने लगे—"रुको न अचला। रुको न सुरेश। यह सब क्या कर रहे हो तुम लोग, बताओ तो?"

सुरेश ने लाल-लाल आँखों से केदार बाबू की तरफ निहारकर कहा—"मैं प्लेग के बीच जा सकता हूँ, इसमें कोई बुराई नहीं है। महिम की जान ही जान है और मेरी कुछ नहीं। देखा न आपने?"

लाज और क्षोभ से अचला रो पड़ी। वह रुआँसी होकर कहने लगी—"वे अपनी जान दे सकते हैं, मैं उन्हें मना नहीं कर सकती। लेकिन जहाँ रोकने का मेरा पूरा हक है वहाँ मैं रोकूँगी ही। मैं किसी भी सूरत में उन्हें जाने नहीं दूँगी।"

इतना कहकर ज्यों ही उसने जाने की तैयारी की त्यों ही केदार बाबू चिल्ला उठे—"तू कहाँ जाती है अचला?"

अचला ठिठककर खड़ी हो गई और बोली—"नहीं पिताजी, दिन-रात इतना जुल्म अब मैं बर्दाश्त नहीं कर सकती। जो एकदम असम्भव है, जान रहते मेरे लिए जिसे स्वीकार करने की बिलकुल गुंजाइश नहीं है उसी को लेकर आप लोग मुझे दिन-रात बींध रहे हैं।" इतना कहकर वह अपनी उमड़ती रुलाई को दबाते-दबाते तेज कदमों से कमरे को छोड़कर चली गई।

केदारबाबू मतिमन्द की भाँति थोड़ी देर तक निहारते रहे, अन्त में बार-बार कहने लगे—"सबके सब बच्चे हैं। ये क्या हरकत कर रहे हैं, बताओ तो?"

12

महीना भर बीत गया है। केदार बाबू राजी हुए हैं, यह तय हो गया है कि महिम के साथ अचला की शादी अगले रविवार को होगी। उस दिन जो हरकत करके सुरेश गया था वह सचमुच ही केदार बाबू के कलेजे में बिंधी थी। लेकिन ऐसी बात नहीं कि उसी अपमान के

महत्त्व को पैमाना बनाकर उन्होंने अन्त में महिम पर प्रसन्न होकर अपनी सम्मति दी थी। सुरेश खुद न जाने कहाँ लापता हो गया है। इतने दिनों के अन्दर उसका कोई अता-पता नहीं मिला है। सुनने में आता है कि उसी रात वह पश्चिम में पता नहीं कहाँ चला गया है। वह कब लौटेगा, यह कोई भी नहीं बता सकता है।

उस दिन अपनी रुलाई दबाने के लिए जब अचला कमरे को छोड़कर चली गई तब तीनों बहुत देर तक मुँह लटकाए बैठे रहे। लेकिन पहले-पहल बात की खुद सुरेश ने। उसने केदार बाबू के मुँह की तरफ निहारकर कहा–"अगर आपको कोई एतराज न हो, तो आपके सामने ही आपकी बेटी से कई बातें करना चाहता हूँ।"

केदार बाबू ने घबराकर कहा–"हाँ, तुम उससे बात कर सकते हो। तुम उससे बात करोगे, इसमें भला मुझे क्या एतराज हो सकता है सुरेश? ये सब बचकानी बाते हैं।"

"तो फिर आप एक बार उन्हें बुला भेजिए। मेरे पास ज्यादा वक्त नहीं है।"

उसके मुँह और आवाज की अस्वाभाविक गम्भीरता को देखकर केदार बाबू ने मन-ही-मन शंका अनुभव की। लेकिन वे जबरन तनिक मुस्कुराए, फिर वही टेक लेकर कहने लगे–"यह सब बचकानी हरकत है। लेकिन अगर तुम उसे अपने आपको जरा सँभालने नहीं दोगे तो...समझा न सुरेश...वह सब प्लेग-व्लेग वाली जगह का नाम लेने से ही...औरतों का मन है न, एक बार यह सब सुनने से ही औरतें बेहोश हो जाती हैं, समझा न बेटा।"

सुरेश के मन की हालत किसी तरह की कैफियत पर ध्यान देने लायक नहीं थी। वह अधीर होकर बोल उठा–"वास्तव में, केदार बाबू मेरे पास इन्तजार करने के लिए वक्त नहीं है।"

"सो तो है। सो तो है। अरे, कौन है वहाँ?" कहकर केदार बाबू ने बुलाया और महिम की तरफ तिरछी नजरों से देखा।

महिम उठकर खड़ा हो गया और नमस्कार करके चुपचाप बाहर निकल गया।

केदार बाबू खुद जाकर जब अचला को बुला लाए तब तीसरे पहर के सूरज की लाल किरणें पश्चिम के दरवाजे-खिड़कियों से होकर समूचे कमरे में फैल गई थीं। उस रोशनी में चमकते इस युवती के छरहरे दुबले-पतले बदन की तरफ निहारकर पल भर के लिए सुरेश के विक्षुब्ध मन पर एक मोह और पुलक का स्पर्श कौंध गया। मगर वह स्थायी नहीं हो सका। उसके मुँह की तरफ निगाह पड़ते ही उसका वह भाव पलक झपकते काफूर हो गया। लेकिन तब भी वह अपनी नजरों को हटा नहीं सका। अपलक निहारता हुआ स्तब्ध बैठा रहा। अचला के मुँह पर आसमान की रोशनी तो नहीं पड़ी थी, लेकिन सामने की दीवार से टकराकर लौटती लाल चमक में उसका समूचा मुँह सुरेश की नजरों में सख्त ब्रांज की बनी मूर्ति-सी लगी। उसे साफ-साफ दिखाई पड़ा किसी गहरी वितृष्णा ने इस नारी के सारे माधुर्य, सारी कोमलता को चूसकर मुँह की हरेक रेखा तक को अविचलित दृढ़ता से बिलकुल धातु की तरह सख्त कर डाला है। सहसा केदार बाबू की जोरदार आह से जब सुरेश की सुध लौटी, तो वह तनकर बैठा।

केदार बाबू ने और एक बार अपनी पुरानी टिप्पणी जाहिर करते हुए कहा– "यह सब पागलपन है। मुझे यह सोचते नहीं बनता कि मैं किससे क्या कहूँ?"

सुरेश ने अचला से बड़ी गम्भीर आवाज में प्रश्न किया–"आप जो कह गईं वही ठीक है।"

अचला ने गरदन हिलाकर कहा–"हाँ!"

"इसमें अब कोई बदलाव सम्भव नहीं है।"

अचला ने सिर हिलाकर कहा–"नहीं!"

खून के उबाल ने आग की एक लपट की तरह सुरेश के मुँह-आँख को चमका दिया। लेकिन उसने अपनी आवाज को संयत करके ही कहा–"मेरी जान तक की कोई कीमत नहीं है, तभी मैं जानता था।" उसका कलेजा तब जला जा रहा था। वह जरा स्थिर रहा, फिर बोला–"अच्छा, मैं यह पूछता हूँ कि मैं ही क्या आप लोगों का पहला शिकार हूँ, या ऐसे और भी बहुतेरे इस फन्दे में पड़कर अपनी-अपनी हजामत बनवा गए हैं?"

असहनीय विस्मय से अचला ने अपनी दोनों आँखों को फैलाकर निहारा।

सुरेश ने केदार बाबू की तरफ निहारकर कहा–"सुनने में आता है कि बाप-बेटी का साजिश करके शिकार पकड़ने का कारोबार विलायत में नया नहीं है। लेकिन मैं आपसे यह भी कहता हूँ केदार बाबू कि एक दिन आप लोगों को जेल जाना पड़ेगा।"

केदार बाबू चिल्ला उठे–"यह सब तुम क्या कह रहे हो सुरेश?"

सुरेश ने अविचलित स्वर में जवाब दिया–"चुप रहिए केदार बाबू, नाटक का अभिनय बहुत दिनों से चल रहा है। यह पुराना हो चुका है। अब इससे मैं बहलनेवाला नहीं। मेरा जो रुपया गया है, वह जाए। उसके बदले सबक भी मुझे कम नहीं मिला। लेकिन यही आखिरी होना चाहिए।"

अचला रो उठी–"आपने इनसे रुपया क्यों लिया पिताजी?"

केदार बाबू ने पागलों की तरह एक टुकड़ा कोरा कागज तलाशने के लिए इधर-उधर हाथ बढ़ाया। अन्त में एक पुराने अखबार को जोर से खींच लिया और चिल्लाकर कहा–"मैं अभी हैंडनोट लिख देता हूँ।"

सुरेश बोला–"रहने दीजिए, रहने दीजिए। हैंडनोट लिखने की कोई जरूरत नहीं है। आप रुपया वापस देने से रहे, यह मैं जानता हूँ। लेकिन मैं भी उन रुपयों के लिए मुकदमा करके आपके साथ अदालत में खड़ा नहीं होऊँगा।"

जवाब देने के लिए केदार बाबू अपने होंठों को बार-बार हिलाने लगे, मगर गले से एक भी शब्द नहीं निकला।

सुरेश ने अचला की तरफ मुड़कर निहारा। उसके बेहद पीले चेहरे और पुरनम आँखों की तरफ निहारकर उसे रत्ती भर भी दया नहीं आई। बल्कि उसके अन्दर का दुख सौ गुना बढ़ गया। वह पैशाचिक निष्ठुरता के साथ बोल उठा–"तुम्हें गर्व करने को क्या है अचला, ऐसा मुँह का लावण्य, ऐसा लकड़ी का-सा बदन, ऐसा बदन का रंग। तब भी मैं तुम पर लट्टू हो गया–यह क्या तुम्हारे रूप पर मुग्ध होकर? तुम यह सोचना भी नहीं।"

पिता के सामने इस बेइज्जती से अचला मुँह को अपने दोनों हाथों से ढँककर कोच पर औंधी गिर पड़ी।

सुरेश उठकर खड़ा हो गया और बोला–"ब्राह्म को मैं फूटी आँखों नहीं देख सकता। जिन लोगों के पास तक फटकने में मुझे नफरत होती थी उनके घर में घुसते ही जब मेरा जनम भर का संस्कार–हमेशा का बैर–पल भर में धुल-पुँछ गया तभी मुझे यह सन्देह होना

चाहिए था कि यह जादू है। मेरा जो हुआ है सो हो। लेकिन जाते वक्त मैं आप लोगों को हजारों धन्यवाद दिए बिना नहीं जा पा रहा हूँ। धन्यवाद अचला!"

अचला मुँह उठाए बिना ही रुआँसी होकर बोल उठी–"पिताजी, आप उनसे कहिए कि वे चुप रहें। हम लोग पेड़ के नीचे रहेंगे, वह भी कहीं अच्छा है। मगर उनका आपने जो कुछ लिया है उसे उन्हें लौटा दीजिए।"

सुरेश उठकर खड़ा हो गया और बोला–"तुम लोग पेड़ के नीचे रहोगे? एक दिन तुम लोगों को पेड़ के नीचे रहने के लिए भी जगह नहीं मिलेगी? यह मैं कह दे जा रहा हूँ। लेकिन उस दिन तुम मुझे याद करना।" इतना कहकर जवाब का इन्तजार किए बिना ही वह तेज कदमों से बाहर निकल गया।

केदार बाबू थोड़ी देर तक चुपचाप बैठे रहे। अन्त में एक लम्बी साँस छोड़कर बोले–"उफ, कितना भयानक आदमी है। अगर मैं ऐसा जानता होता, तो क्या मैं उसे अपने घर घुसने देता?"

पिता की बातें अचला के कानों में पहुँचीं, मगर वह कुछ भी नहीं बोली। वह जिस तरह से औंधी पड़ी-पड़ी रो रही थी उसी तरह से बहुत देर तक वह चुपचाप आँसू बहाती रही। करीब की कुर्सी पर बैठे-बैठे केदार बाबू सब कुछ देखते रहे। लेकिन दिलासा का एक शब्द कहने की भी अब उनकी हिम्मत नहीं हुई। शाम हो गई। बैरे ने आकर ज्यों ही गैस-बत्ती जलाने की तैयारी की त्यों ही अचला चुपचाप उठकर अपने कमरे में चली गई।

लेकिन महिम ने इसके बारे में कुछ भी नहीं जाना। सिर्फ जिस दिन केदार बाबू ने बड़ी आसानी से अपनी बेटी के साथ उसकी शादी की सम्मति दी, उसी दिन वह कुछ देर के लिए विह्वल की भाँति स्तब्ध रहा। बहुत तरह की बहुत सारी बातें, बहुत सारे संशय उसके मन में पैदा हुए, मगर उसके इस सौभाग्य का मूल कारण खुद सुरेश ही है, इसकी कल्पना भी उसके मन में पैदा नहीं हुई। अचला के प्रति उसका स्नेह, प्रेम और कृतज्ञता से उसका समूचा हृदय भर उठा। लेकिन वह हमेशा से ही चुप्पा प्रवृत्ति का आदमी है। वह जोश और उल्लास किसी भी दिन जाहिर नहीं कर सकता था। और अगर वह जोश और उल्लास जाहिर करता, तो भी, हो सकता है, वह बिलकुल ही एक अप्रत्याशित, असम्बद्ध आचरण-सा लोगों की नजरों में लगता। बल्कि आज शाम के वक्त जब वह अकेले केदार बाबू के साथ दो-चार बातें करने के बाद डेरे पर वापस गया तब और दिनों की तरह अचला से मिलकर उसे नमस्कार तक करके जा नहीं सका। शादी की बात केदार बाबू ने खुद ही छेड़ी थी। प्रसंग उठाने से लेकर सम्मति देने और शादी का दिन तय करने तक सब कुछ उन्होंने अकेले ही किया। लेकिन यह सब कुछ उन्होंने कोई दूसरा चारा न होने की वजह से ही किया। उनके मुँह पर स्फूर्ति या उत्साह का जरा भी निशान जाहिर नहीं हुआ। दिन गुजरने लगे और शादी का दिन आया।

परसों शादी है। लेकिन चूँकि उन्होंने यह तय कर रखा था कि वे अपनी बेटी की शादी में धूमधाम और चहल-पहल नहीं करेंगे इसलिए उन्होंने इस बात में कोई कोताही नहीं की थी कि आनेवाला शुभ-विवाह बिना किसी धूम-धड़ाके के चुपचाप हो सके।

आज भी तीसरे पहर वे यथासमय चाय पीने बैठे थे। एक सलाई लिये अचला करीब के कोच पर बैठी हुई थी। बहुत दिनों तक बहुत दुखों के बीच दिन बिता करके आज कई

दिनों से उसके मन में जो शान्ति आई थी, उसकी जरा-सी झलक उसके पीले मुँह पर मद्धिम चाँदनी की मानिन्द स्निग्ध महसूस हो रही थी। चाय पीते-पीते बीच-बीच में केदार बाबू उसे ही गौर से देख रहे थे। जब से सुरेश झगड़ा करके चला गया है तब से लेकर अब तक वे खिन्न होकर दिन बिता रहे थे। उन्हें एक यही फिक्र है कि वह वापस आकर क्या करेगा, नहीं करेगा। इसके अलावा खुद उन्हें इस बारे में क्या करना चाहिए–हैंडनोट लिख देना चाहिए या रुपया अदा करने के लिए और कहीं से कर्ज लेने की कोशिश करनी चाहिए या महिम को जिम्मेदारी सौंप देनी चाहिए, क्या किया जाए, यह सोच-सोचकर उन्हें इससे छुटकारा पाने का कोई रास्ता नहीं सूझ रहा था। हालाँकि कुछ-न-कुछ करना बेहद जरूरी है। इस बात पर निर्भर करके हमेशा नहीं रहा जा सकता है कि सुरेश कभी लौटकर नहीं आएगा। या बेटी की भाँति अपने खयालों में डूबकर आँखें मूँदे रहने से ही मुसीबत को टाला जा सकेगा, यह भी वे भली-भाँति समझ रहे थे। हताश प्रेमी एक दिन चंगा हो जाएगा और उस दिन वापस आकर इस बात को चारों ओर फैलाकर बहुत बड़ा हंगामा मचा देगा और जो रुपया उसने चेक से उन्हें दिया है उसका कोई दस्तावेज न होने के बावजूद उसे अदालत में उड़ाया नहीं जा सकेगा। इस बारे में सोच-सोचकर वे एक तरफ से निःसन्दिग्ध हो गए थे। लेकिन इस बात की गुंजाइश नहीं थी कि वे अपनी बेटी से इस बारे में कोई सलाह तक कर सकें। सुरेश का नाम लेने में भी उन्हें डर लगता था। अभी अचला के इस शान्त, स्थिर मुखड़े की तरफ निहारते-निहारते उन्हें बड़े हार्दिक दुख के साथ सिर्फ यह लगने लगा कि यही लड़की उनके सारे दुखों की जड़ है। हालाँकि कितनी सुविधा हुई थी और निकट भविष्य में और भी कितनी सुविधा हो सकती थी।

बूढ़े पिता के बार-बार मना करने के बावजूद जिस निष्ठुर बेटी ने उनके सुख-दुख की तरफ निगाह तक नहीं डाली, सब बंटाधार कर दिया, उस स्वार्थी बेटी के विरुद्ध उनका गुप्त क्रोध अभिशाप की भाँति जब-तब अकसर यही कामना करता था कि वह इसका नतीजा भुगते। एक दिन उसे रो-रोकर कहना पड़े–'पिताजी, आपकी बात न मानने की सजा मुझे मिल रही है।' दूल्हे के हिसाब से सुरेश महिम की तुलना में कहीं ज्यादा वांछनीय है। यह विश्वास उनके मन में इतना बद्धमूल हो गया था कि उससे नाता टूट जाने को वे बहुत बड़ा नुकसान मान रहे थे। मन-ही-मन उस पर उनका क्रोध नहीं था। इतनी घटना के बाद भी अगर आज फिर उसे वापस पाने का उपाय होता, तो इस शादी को तोड़ देने में वे शायद जरा भी आनाकानी नहीं करते। मगर कोई उपाय नहीं है, कोई उपाय नहीं है। अचला से वे इस बारे में कुछ नहीं कह सकते थे।

बुनाई करते-करते अचला ने सहसा मुँह उठाकर कहा–"पिताजी, सुरेश बाबू के बारे में छपी खबर पढ़ी आपने।"

अचला की जबान पर सुरेश का नाम! केदार बाबू ने चौंककर निहारा। उन्हें अपने कानों पर विश्वास नहीं हुआ। सवेरे का अखबार टेबल पर पड़ा था। अचला ने उसे उठा लिया और फिर से वही प्रश्न किया। अखबार की जगह पर उन्होंने सवेरे नजरें फिराई थीं। लेकिन दूसरे की खबर ढूँढ़कर जानने लायक आग्रह उनके मन के अन्दर अभी नहीं था। बोले–"कौन सुरेश?"

अचला ने अखबार की उस जगह को ढूँढ़ते-ढूँढ़ते कहा–"शायद ये अपने ही सुरेश बाबू हैं।"

केदार बाबू विस्मय से अपनी दोनों आँखों को फैलाकर बोल उठे–"ये अपने सुरेश बाबू हैं? क्या किया उन्होंने? कहाँ हैं वे?"

अचला उठकर आई और अखबार की उस जगह को दिखाकर अखबार अपने पिता के हाथ में दे दिया, बोली–"इसे पढ़कर देखिए न पिताजी।"

केदार बाबू ने चश्मे के लिए अपनी जेब को टटोलकर कहा–"मैं अपना चश्मा, हो सकता है, अपने कमरे में ही छोड़ आया हूँ। तुम्हीं इसे पढ़ो न बेटी। बात क्या है, जरा सुनूँ तो सही?"

अचला ने पढ़कर सुनाया–"फैजाबाद के एक संवाददाता ने लिखा है–उस दिन शहर के गरीबों के मुहल्ले में भयंकर आग लग गई थी। एक तो शहर में प्लेग फैला हुआ है, दूसरे इस दुर्घटना से दुखी लोगों के दुखों की कोई सीमा नहीं है। कुछ दिनों से सुरेश नाम के एक भद्र युवक यहाँ आकर पैसे, दवा-दारू और अपनी मेहनत से बीमारों की सेवा कर रहे थे। मुसीबत की घड़ी में वे मौजूद होकर सुन पाए कि चारपाई पकड़े कोई औरत एक जलते घर के अन्दर घिर गई है–उसे बचानेवाला कोई और नहीं है।

"संवाददाता ने उसके बाद लिखा है–उसकी जान बचाने के लिए कैसे यह साहसी बंगाली युवक अपनी जान हथेली पर लेकर जलती आग के बीच घुसा–आदि-आदि।"

खबर पढ़ना खत्म हो गया। केदार बाबू बहुत देर तक चुपचाप बैठे रहे। उसके बाद वे एक साँस छोड़कर बोले–"तुम्हें क्या ऐसा लगता है कि यह अपना सुरेश है?"

"पिताजी," अचला ने शान्त-भाव से कहा–"हाँ, पिताजी ये अपने ही सुरेश बाबू हैं!"

केदार बाबू और एक बार चौंक उठे। शायद अपने अनजाने में ही अचला के मुँह से इस 'अपने ही' शब्द पर जरूरत से ज्यादा जोर पड़ गया था। हो सकता है, ऐसा एक निश्चित विश्वास जताने के लिए ही हुआ हो, मगर केदार बाबू के कलेजे के अन्दर यह दूसरी तरह से गूँज उठा। और जिस तरह से डूबता आदमी तिनके का सहारा लेने के लिए अपने दोनों हाथों को बढ़ा देता है ठीक उसी तरह बूढ़े पिता ने अपनी बेटी के मुँह के इस एक शब्द को बड़े आग्रह से अपने कलेजे में धर दबोचा। यही एक शब्द उनके कानों को पलक झपकते कितनी असम्भव सम्भावनाओं का दरवाजा खुलने की खबर सुना गया, इसकी सीमा नहीं रही। उनका चेहरा आज इतने दिनों बाद अचानक आशा के आनन्द से चमक उठा। बोला–"अच्छा बेटी, तुम्हें क्या नहीं लगता है कि..."

अचला ने सहसा पिता को रुकते देखा, तो उसने उनके मुँह की तरफ निहारकर कहा–"क्या नहीं लगता है पिताजी?"

केदार बाबू सावधानी से आगे बढ़ने के लिए अपने मुँह की बात को दबाकर बोले–"तुम्हें क्या यह नहीं लगता है कि सुरेश ने जो सलूक हम लोगों के साथ किया उसके लिए वह खास दुखी है?"

अचला ने फौरन हामी भरते हुए कहा–"मुझे यह जरूर लगता है पिताजी।"

केदार बाबू बड़े जोर से सर हिलाकर बोले–"वह जरूर दुखी हैं, जरूर दुखी हैं। मैं सैकड़ों बार कहता हूँ, वह जरूर दुखी हैं। अगर वह अपने सलूक के लिए दुखी नहीं होता, तो वह इस तरह से यहाँ से नहीं भागता, एक मामूली-सी औरत को बचाने के लिए वह आग के अन्दर नहीं घुसता। मुझे यह पक्का महसूस हो रहा है कि वह सिर्फ पछतावे की आग में जलकर अपनी जान निछावर करने गया था। यह सच है या नहीं, कहो तो बेटी?"

अचला पिता की बात के ठीक-ठीक जवाब को टाल गई और धीरे-धीरे बोली–"सुना है, दूसरे को बचाने के लिए इस तरह से और भी दो-एक बार उन्होंने अपनी जान जोखिम में डाली थी।"

अचला की बात केदार बाबू को उतनी अच्छी नहीं लगी। बोले–"यह अलग बात है अचला। लेकिन यह आग में कूदना। यह तो निश्चित रूप से मौत को गले लगाना है। इन दोनों में जो फर्क है उसे तुम समझ नहीं पा रही हो।"

अचला ने कोई प्रतिवाद किए बिना कहा–"हाँ, इन दोनों में कोई फर्क तो है। मगर जो महान होते हैं, उन्हें किसी भी हालत में दूसरे की मुसीबत में अपनी मुसीबत याद नहीं रहती है।"

केदार बाबू उत्साह से उछल पड़े। तेज आवाज में बोले–"ठीक! ठीक। मैं यही तो तुमसे कह रहा हूँ अचला–वह एक महान व्यक्ति है। उसके साथ क्या और किसी की तुलना की जा सकती है? इतने लोग तो हैं, मगर कौन पाँच-पाँच हजार रुपए एक बात पर दे सकता है, बताओ तो! उसने चाहे जो भी क्यों न किया हो, उसे बड़े दुख से ही कर डाला है। यह मैं तुमसे कसम खाकर कह सकता हूँ।"

मगर कसम खाने की कोई जरूरत नहीं थी। उस सच्चाई को अचला खुद जितना जानती थी उसका सौवाँ हिस्सा भी वे नहीं जानते थे। लेकिन वह जवाब नहीं दे सकी। पल भर की शर्म कहीं उसके चेहरे पर समझ में न आ जाए, इस डर से वह जल्दी से गरदन झुकाकर चुप रही। लेकिन बूढ़े की प्यासी नजरों से वह छिपी नहीं रही। वे पुलकित चित्त से कहने लगे–"आदमी तो देवता नहीं है–वह तो आदमी है। उसमें अच्छाई भी है और बुराई भी। लेकिन चूँकि उसमें अच्छाई और बुराई दोनों है इसलिए उसके कमजोर पलों की उत्तेजना को उसका स्वभाव नहीं माना जा सकता है। बाहर के लोग चाहे जो मर्जी कहें, लेकिन हम लोग भी अगर इसे बुराई मान लें तो उनमें और हममें फर्क कहाँ है, बताओ तो? बड़े आदमी तो ढेरों हैं, मगर इस तरह से देना कौन जानता है? क्या लिखा गया है उसे और एक बार पढ़ो तो बेटी। आग के अन्दर से वह उसे सुरक्षित निकाल लाया? उफ, वह कितना महान है। देवता और किसे कहते हैं।" इतना कहकर उन्होंने लम्बी साँस छोड़ी।

अचला पहले की ही तरह मुँह नीचा किए चुपचाप बैठी रही।

केदार बाबू थोड़ी देर तक स्तब्ध भाव से बैठे रहे, फिर अचानक बोल उठे–"एक बार तार करके हमें क्या उसकी खबर नहीं लेनी चाहिए? उसकी इस मुसीबत के दिनों में भी क्या हमें अभिमान करना शोभा देता है?"

अबकी बार अचला ने मुँह उठाकर कहा–"लेकिन हम लोग तो उनका पता नहीं जानते हैं पिताजी।"

केदार बाबू बोले–"पता? फैजाबाद में क्या कोई ऐसा है जो अपने सुरेश को आज नहीं पहचानता है? उस पर मुझे बहुत गुस्सा आया था। लेकिन अभी मुझे कुछ याद नहीं है। तार लिखकर अभी भेज दो न बेटी। मैं उसकी खबर जानने के लिए बड़ा व्याकुल हो उठा हूँ।"

"मैं अभी उन्हें तार कर देती हूँ पिताजी।" इतना कहकर वह तार का कागज लाने के लिए कमरे के बाहर निकली, तो बिलकुल सुरेश के सामने पड़ गई।

मन का गहरा दुख झेलने की थकान इतनी जल्दी आदमी के चेहरे को इतना सूखा और इतना बदसूरत कर दे सकता है, जीवन में आज अचला यही पहली बार देख पाई, तो वह चौंक उठी। थोड़ी देर तक किसी के भी मुँह से शब्द नहीं निकला। उसके बाद उसी ने बात की। बोली–"पिताजी बैठे हुए हैं? आइए, कमरे में आइए। आप फैजाबाद से कब आए? आप अच्छे तो हैं?"

अनजाने उसकी आवाज में कितना स्नेह-भरा दुख जाहिर हुआ। इसका उसे खुद पता नहीं चला। लेकिन सुरेश एकदम टूट पड़ने जैसा हुआ, मगर तब भी आज उसने अपने बीते दिनों के कठोर सबक बेकार नहीं होने दिया। उन दोनों लाल-लाल चरणों पर घुटनों के बल बैठकर अपनी सारी हरकतों को लुटा देने के जोरदार इरादे को आज उसने जी-जान से रोक लिया और सम्मान के साथ बोला–"आपने यह कैसे जाना कि मैं फैजाबाद में था?"

अचला ने पहले की ही तरह स्नेह-भीगे स्वर में कहा–"अभी-अभी अखबार में यह खबर पढ़कर पिताजी ने मुझे आपको तार करने के लिए कहा। आपके लिए वे बड़े उद्विग्न हैं। आइए, एक बार उनसे मिल लीजिए।"

इतना कहकर ज्यों ही उसने मुड़ने की तैयारी की त्यों ही सुरेश बोल उठा–"हो सकता है, वे मेरे लिए उद्विग्न हों, लेकिन तुमने मुझे कैसे माफ किया अचला?"

अचला के होंठों पर तनिक मुस्कान की झलक दिखाई पड़ी। बोली–"मुझे इसकी जरूरत नहीं पड़ी है। मैंने एक दिन के लिए भी आप पर गुस्सा नहीं किया है। आइए, कमरे में आइए।"

सुरेश ने जब यह बताया कि महिम की चिट्ठी से शादी की खबर पाकर वह जल्दी से चला आया है, तब केदार बाबू शर्म से चंचल हो उठे, मगर अचला के मुँह के भाव से कुछ भी जाहिर नहीं हुआ।

सुरेश बोला–"महिम की शादी हो और उसमें मैं शरीक न होऊँ, भला यह कैसे हो सकता है? वरना और भी कुछ दिन मैं अस्पताल में रह जाता तो अच्छा होता।"

केदार बाबू ने उत्कंठा से भरकर पूछा–"तुम अस्पताल में क्यों थे सुरेश? वैसा तो कुछ..."

सुरेश बोला–"जी नहीं, वैसा कुछ नहीं हुआ था। लेकिन तबीयत अच्छी नहीं थी।"

केदार बाबू शान्त होकर बोले–"इसके लिए भगवान को लाखों प्रणाम करता हूँ। अचला ने जब अखबार में छपी तुम्हारी अलौकिक कहानी पढ़कर सुनाई सुरेश, तुमसे क्या कहूँ, तब आनन्द और गर्व से मेरी आँखों से आँसू बहने लगे। मैंने मन-ही-मन कहा–ईश्वर! मैं धन्य हूँ कि मैं ऐसे आदमी का भी दोस्त हूँ।" इतना कहकर उन्होंने दोनों हाथों को जोड़कर अपने माथे से छुलाया। वे जरा रुके, फिर बोले–"लेकिन मैं तब भी कहता हूँ बेटा कि अपनी जान को बार-बार क्या इतने जोखिम में डालना चाहिए? एक मामूली-सी जान को बचाने की कोशिश में एक इतनी बड़ी महान जान अगर चली जाती, तो इससे क्या दुनिया का ज्यादा नुकसान नहीं होता?"

"नुकसान भला क्या होता!" इतना कहकर सुरेश ने शरमाते हुए मुँह घुमाया, तो देख पाया, अचला अपलक आँखों से इतनी देर तक उसी के मुँह की तरफ निहार रही थी। अब उसने अपनी नज़रें झुका लीं।

केदार बाबू बार-बार कहने लगे–"ऐसी बात जबान पर लानी भी नहीं चाहिए। क्योंकि इससे अपनों के कलेजे में कितना बड़ा दुख टीसता है, इसकी सीमा नहीं।"

सुरेश हँसने लगा, बोला–"अपना तो मेरा कोई नहीं है केदार बाबू। अगर कोई अपना है, तो वह हैं मेरी फूफी। मेरे जाने पर उन्हें ही थोड़ा-बहुत दुख होगा।"

उसके मुँह की हँसी के बावजूद यह सुनकर कि उसका कोई नहीं है, केदार बाबू की सूखी आँखें नम हो उठीं, बोले–"सिर्फ क्या तुम्हारी फूफी ही दुख पाएँगी सुरेश? ऐसी बात नहीं है बेटा, यह बूढ़ा भी खास कम दुख नहीं पाएगा। खैर, इसे जाने दो। कम-से-कम जब तक मैं जिन्दा हूँ तब तक तुम अपनी तबीयत पर जरा ध्यान देना। सुरेश, बस मुझे इतना ही कहना है।"

घड़ी में रात के दस बजे। घर लौटने की तैयारी करके सुरेश ने अचानक हाथ जोड़कर कहा–"मेरी एक विनती है केदार बाबू। वह यह कि यह तय हुआ है कि महिम की शादी मेरे ही घर से होगी। लेकिन शादी तो परसों है। कल रात भी आप लोगों को इस नाचीज के घर एक बार पधारना पड़ेगा। वरना यह विश्वास नहीं होगा कि मुझे माफी मिली है। कहिए, आप लोग आइएगा न?" इतना कहकर उसने अचानक झुककर केदार बाबू का पैर छूना चाहा।

केदार बाबू ने हड़बड़ाकर शायद उसे जबरन रोकने की कोशिश की थी, तभी अचानक उसकी धीमी कराह सुनकर वे उछल उठे। पीठ का थोड़ा-सा हिस्सा जल जाने की वजह से वहाँ बैंडेज किया गया था। एक शॉल ओढ़कर सुरेश ने उसे इतनी देर तक छिपा रखा था। अनजाने में खींचतान करते वक्त उन्होंने बैंडेज को हटा दिया था। खुले जख्म की तरफ निहारकर वे डरते हुए चिल्ला उठे।

अचला बिजली लगने की तरह उठकर आई, बैंडेज को पकड़ लिया और बोली–"डरने की कोई बात नहीं। मैं ठीक से बाँध देती हूँ।" इतना कहकर उसने उसे दूसरी तरफ के सोफे पर बिठा दिया और हिफाजत के साथ सावधानी से बैंडेज को यथास्थान बाँधने लगी।

केदार बाबू आँखें मूँदकर अपनी कुर्सी पर धम से बैठ गए। बहुत देर तक उन्होंने किसी तरह की कोई चीं-चपड़ नहीं की। कोच की पुश्त पर अपनी दोनों कोहनियों को टिकाए पीछे

खड़ी होकर अचला चुपचाप पट्टी बाँध रही थी। देखते ही देखते उसकी दोनों आँखों में आँसू भर आए और थोड़ी ही देर बाद वे मोती के आकार में एक-एक करके टपकने लगे। सुरेश इसको देख नहीं पाया। इधर उसका ध्यान ही नहीं था। वह सिर्फ मुँदी आँखों से स्थिर होकर बैठा हुआ अपने असीम प्रेम के पात्र दोनों कोमल हाथों का करुण स्पर्श अपने कलेजे के अन्दर अनुभव करता रहा।

किसी तरह से अपने आँसू पोंछकर अचला ने एक समय चुपके-चुपके कहा–''आज मेरे आगे आपको एक प्रतिज्ञा करनी होगी।''

सुरेश का ध्यान टूटा, तो वह चौंक उठा, मगर उसने भी उतने ही मृदु स्वर में प्रश्न किया–''क्या प्रतिज्ञा करनी होगी मुझे?''

''यह कि इस तरह से आप अपनी जान नहीं गँवाएँगे?''

''मगर जान तो मैं जान-बूझकर गँवाना नहीं चाहता हूँ। लेकिन जब मैं किसी को मुसीबत में पड़ा देखता हूँ तब मैं अपने आप पर काबू नहीं रख पाता हूँ। यह तो मेरा बचपन का स्वभाव है अचला।''

अचला ने उसका प्रतिवाद नहीं किया। लेकिन फौरन उसने एक लम्बी साँस को दबा डाला, सुरेश को इसका पता न चला। जब पट्टी बाँधना खत्म हो गया, तो सुरेश उठकर खड़ा हो गया और धीरे-धीरे बोला–''लेकिन कल आपको इस गरीब के घर पधारना होगा।'' उसकी दोनों आँखें छलछला उठीं, मगर आवाज में व्याकुलता जाहिर नहीं हुई।

अचला ने मुँह नीचा किए गरदन हिलाकर कहा–''अच्छा।''

सुरेश ने केदार बाबू को नमस्कार करके हँसकर कहा–''देखिएगा, मुझे निराश मत कीजिएगा।'' इतना कहकर उसने अचला के मुँह की तरफ निहारा, उसे और एक बार आने को कहा और चुपचाप धीरे-धीरे बाहर निकल गया।

अगले दिन यथासमय सुरेश की गाड़ी आ पहुँची। केदार बाबू तैयार ही थे। बेटी को साथ लेकर दावत खाने चल पड़े।

सुरेश के घर के फाटक के अन्दर घुसकर केदार बाबू दंग रह गए। यह तो जानी हुई बात थी कि वह बड़ा आदमी है, लेकिन सिर्फ अन्दाज से यह पक्का करना अब तक कठिन हो गया था कि वह कितना बड़ा आदमी है। पर आज जब वे इस बारे में बिलकुल निःसन्दिग्ध हुए, तो उनकी जान में जान आई।

सुरेश ने आकर दोनों की अगवानी की; हँसकर बोला–''महिम की जिद को आज भी तोड़ा नहीं जा सका केदार बाबू। कल दोपहर के पहले इस घर में घुसने के लिए वह हरगिज राजी नहीं हुआ।''

केदार बाबू ने उस बात का कोई जवाब नहीं दिया। तीनों ज्यों ही बैठक में घुसे त्यों ही एक प्रौढ़ औरत दरवाजे के पीछे से बाहर निकलीं और अचला का हाथ पकड़कर उसे घर के अन्दर ले गईं। उनके अपने कमरे के फर्श पर एक कालीन बिछा हुआ था। उसी पर उन्होंने अचला को बड़े जतन से बिठाया और अपना परिचय दिया। बोलीं–''मैं नाते में तुम्हारी सास लगती हूँ बहू। मैं महिम की फूफी हूँ।''

अचला ने उनके पैर छूकर उन्हें प्रणाम किया और विस्मय के साथ उनके मुँह की तरफ निहारकर कहा–"आप यहाँ कब आईं?"

यह वह नहीं जानती थी कि महिम की फूफी थीं। उस प्रौढ़ औरत ने उसके विस्मय के कारण का अनुमान किया, हँसकर बोली–"मैं यहीं रहती हूँ बेटी। मैं सुरेश की फूफी हूँ। लेकिन महिम भी तो पराया नहीं है। इसीलिए मैं उसकी भी फूफी लगती हूँ, बेटी।"

उनके स्वभाव, कोमल आवाज में एक ऐसा स्नेह और हार्दिकता जाहिर हुई कि पल भर में ही अचला का कलेजा आलोड़ित हो उठा। उसकी माँ नहीं है, इस कमी को जरा भी पूरी करनेवाली कोई ऐसी रिश्तेदार औरत घर में किसी दिन नहीं थी। जब से उसने होश सँभाला है तब से लेकर अब तक वह पिता के ही स्नेह में पली-बढ़ी है। लेकिन उस स्नेह ने उसके हृदय के कितने हिस्से को खाली छोड़ रखा था, यह पल भर में ही तब साफ हो गया जब आज पराए के घर में पराए की फूफी ने 'बहू' कहकर पुकारा और उसे लाड़ लड़ाकर अपने करीब बिठाया। पहले-पहल अनूठे सम्बोधन से जरा शरमा गई, मगर उसका माधुर्य, उसका गौरव उसके नारी-हृदय की गहराई में बहुत देर तक गूँजता रहा।

देखते-ही-देखते दोनों में बातों का सिलसिला शुरू हो गया। अचला ने शरमाते हुए प्रश्न किया–"अच्छा फूफी, आपने तो मुझे अपने करीब बिठाया। चूँकि मैं ब्राह्म लड़की हूँ, इसलिए आपने तो मुझसे नफरत नहीं की।"

फूफी ने जल्दी से अपनी उँगलियों को उसकी ठोड़ी से छुलाकर चूमा और बोलीं–"मैं तुमसे नफरत क्यों करूँगी बेटी।" फिर जरा हँसकर बोलीं–"चूँकि मैं हिन्दू की लड़की हूँ, इसलिए मैं क्या इतनी नादान हूँ, इतनी गई-गुजरी हूँ बहू कि तुम जैसी लड़की को अपने करीब बिठाने में सिर्फ इसलिए झिझक महसूस करूँगी कि हमारा धर्म अगल-अलग है। नफरत करना तो बहुत दूर की बात है बेटी।"

अचला बेहद शर्मिन्दा होकर बोली–"मुझे माफ कीजिए फूफी, मैं यह नहीं जानती थी। अपने समाज के बाहर किसी औरत के साथ मैं किसी दिन मिल-जुल नहीं सकी हूँ। सिर्फ सुना था कि हिन्दू औरतें हम लोगों से बड़ी नफरत करती हैं। यहाँ तक कि हमारे साथ उठने-बैठने पर भी उन्हें नहाना पड़ता है।"

फूफी ने कहा–"यह नफरत नहीं है बेटी, यह एक आचार है। हमारे बाहरी आचरण को देखकर, हो सकता है, तुम लोगों को बहुत समय ऐसा ही लगे। लेकिन मैं सच कहती हूँ बेटी कि सचमुच की नफरत हम किसी से नहीं करते हैं। मेरे गाँव के घर में आज भी मेरी बागदी ताई जिन्दा है, मैं उसे कितना प्यार करती हूँ, यह मैं तुम्हें बता नहीं सकती।" वे थोड़ी देर रुककर फिर बोलीं–"अच्छा, मैं तुमसे एक बात पूछती हूँ बेटी। वह यह कि यह क्या सुरेश के मुँह से सुनकर या आज मुझे देखकर तुम्हें याद आया?"

सुरेश का जिक्र हुआ, तो अचला धीरे-धीरे बोली–"हाँ, बहुत दिन पहले एक बार उन्होंने भी यह कहा तो था!"

फूफी बोलीं–"ऐसा ही है उसका स्वभाव। कोई बात अगर मन में घर कर गई तो फिर खैर नहीं। वह वही बात चारों ओर कहता फिरता है। किसी दिन ब्राह्मों के साथ मिले-जुले बिना ही उसने यह सोच लिया कि वह उनसे बड़ी नफरत करता है। इसी को लेकर कितने

दिन महिम के साथ झगड़ा होने की स्थिति आ गई थी। लेकिन मैंने तो उसे एक तरह से पाल-पोसकर बड़ा किया है। मैं जानती हूँ, वह किसी से नफरत नहीं करता है। उसकी मजाल नहीं कि वह किसी से नफरत करे। यह देखो न बेटी, जिस दिन से उसने तुम लोगों को देखा उसी दिन से...''

मगर वे अपनी बात खत्म नहीं कर सकीं। अचला के मुँह की तरफ नजर पड़ने की वजह से ही अचानक बीच में ही रुक गईं। उन्होंने उन लोगों के बारे में यहाँ तक जाना है, यह अचला समझ नहीं पाई, तो भी उसे यह सन्देह हुआ कि कम-से-कम कुछ बातें फूफी से छिपी नहीं हैं। थोड़ी देर के लिए दोनों ही चुप रहीं। अचला ने अपने शर्म को दबाकर दूसरी बात छेड़ी। पूछा–''फूफी, तो क्या आपने ही सुरेश बाबू को पाल-पोसकर बड़ा किया था?''

फूफी जोश से भरकर बोलीं–''हाँ बेटी, मैंने ही उसे पाल-पोसकर बड़ा किया है। जब वह दो साल का था तभी उसके माँ-बाप का देहान्त हो गया था। आज भी मेरा वह काम खत्म नहीं हुआ है, आज भी वह बोझ मेरे सर से नहीं उतरा है। किसी का भी दुख, कष्ट, किसी की भी आफत-मुसीबत वह बर्दाश्त नहीं कर सकता है। जान की आशा-भरोसा छोड़कर वह खतरे में कूद पड़ता है। मैं कितनी डरते-डरते दिन-रात रहती हूँ बेटी, वह मैं तुम्हें बता नहीं सकती।''

अचला ने धीरे-धीरे पूछा–''फैजाबाद की घटना सुनी है आपने?''

फूफी ने गरदन हिलाकर कहा–हाँ, मैंने सुनी तो है बेटी। इसीलिए मैं भगवान से हमेशा कहती हूँ–भगवान मेरे जीते जी मुझे वह दिन न दिखाना, मेरे सर पर अपना पाँव रखकर मुझे पाताल में भेज देना। यह मैं किसी भी सूरत में बर्दाश्त नहीं कर सकूँगी।'' कहते-कहते उनकी आवाज भर्रा गई।

उनकी उस मातृ-स्नेह से भरे मुँह की कातर प्रार्थना सुनकर अचला की आँखें नम हो गईं। वह करुण स्वर में बोली–''आप उन्हें ऐसा करने से मना क्यों नहीं कर देती हैं फूफी?''

फूफी आँसू बहाते-बहाते तनिक मुस्कुराकर बोलीं–''तुम मेरे मना करने की बात कहती हो? मेरे मना करने से क्या होगा बेटी? जिसके मना करने से सचमुच फायदा होगा, उसे ही तो मैं आज कितने सालों से ढूँढ़ती फिर रही हूँ। लेकिन यह तो ऐसी-वैसी लड़की का काम नहीं है। जो उसे बचा सके वैसी लड़की अगर भगवान न दें, तो मैं कहाँ पाऊँगी बेटी?''

अचला थोड़ी देर चुप रही। उसके बाद धीरे-धीरे पूछा–''तो क्या आपको कोई मनपसन्द लड़की कहीं नहीं मिल रही है?''

फूफी बोलीं–''बस, अभी-अभी तुमसे कहा न बेटी कि अगर भगवान नहीं देंगे तो किसी दिन कोई नहीं पाता है। जो सुरेश इस बात पर कभी कान नहीं देता था उसने खुद आकर जिस दिन कहा कि फूफी, अबकी बार मैं तुम्हारे लिए एक नौकरानी ला दूँगा, उस दिन मुझे कितनी खुशी हुई थी, यह मुँह से बताया नहीं जा सकता है। मैंने मन-ही-मन आशीर्वाद देकर कहा–तुम्हारे मुँह में घी-शक्कर बेटा। मेरा वह दिन कब आएगा जब मैं अपने बहू-बेटे को अपने घर लाऊँगी। मैंने उससे कितना कहा कि सुरेश, तुम मुझे उसे एक बार दिखा दे, मगर वह हरगिज राजी नहीं हुआ। उसने हँसकर कहा कि फूफी जिस दिन सगाई होगी उस दिन तुम जाकर एकबारगी शादी का दिन तय करके आना। उसके बाद अचानक एक दिन उसने

आकर कहा कि बात बनी नहीं फूफी। मैं रात की गाड़ी से पश्चिम चला। मैंने उसको कितना पूछा कि किस बात की दिक्कत हो गई, तू मुझे खोलकर बता। लेकिन उसने कोई बात ही नहीं की। उसी रात वह चला गया। मैंने मन-ही-मन सोचा कि मेरे बेटे के चाहने से तो भला शादी नहीं हो सकती है, उस लड़की को भी तो इससे शादी करने के लिए जनम-जनम तक तपस्या करनी होगी। क्यों, तुम्हारी क्या राय है बेटी?"

अचला ने चुपचाप गरदन हिलाई। इतनी देर बाद उसे इस बात का पता चला कि वह लड़की कौन है। फूफी यह नहीं जानती हैं। उसे एक बार लगा तो कि उसके कलेजे से एक पत्थर उतर गया, लेकिन पत्थर आसानी से नहीं उतरा था उसने कलेजे के बहुत बड़े हिस्से को चीर-फाड़ दिया था। यह दूसरे ही पल वह साफ-साफ महसूस करने लगी।

जब खाना बन गया, तो फूफी ने अचला को अलग बिठाकर खिलाया और अपने साथ लेकर घर के हर कमरे, हर चीजबस्त को घूम-घूमकर दिखा लाई, फिर सहसा एक आह भरकर बोली–"बेटी, भगवान के आशीर्वाद से किसी भी चीज की कमी नहीं है, लेकिन यह मानो ऐसा बैकुंठ है जहाँ लक्ष्मी नहीं है। कभी-कभी तो मैं अपने आँसुओं को रोक नहीं पाती बहू।"

नौकर आकर खबर दे गया। बाहर केदार बाबू खाने के लिए तैयार हो गए हैं। ज्यों ही अचला ने फूफी के पैरों को छूकर प्रणाम किया त्यों ही उन्होंने उसका एक हाथ पकड़ा और एक बार जरा झिझककर चुपके-चुपके बोलीं–"मैं तुमसे एक बात पूँछू बेटी, अगर तुम बुरा न मानो तो?"

अचला उनके मुँह की तरफ निहारकर जरा मुस्कुराई।

फूफी बोलीं–"मैंने सुरेश से तुम्हारे और महिम के बारे में सब कुछ सुना है बेटी। उसी के मुँह से मैंने सुना कि चूँकि महिम गरीब है इसलिए तुम्हारे पिता नहीं चाहते थे कि तुम्हारी शादी उसके साथ हो। सिर्फ तुम्हारे ही चलते..."

अचला ने गरदन झुकाकर मृदु स्वर में कहा–"हाँ, यह सच है फूफी।"

फूफी ने अचानक उमड़ते जोश से अचला के दोनों हाथों को धर दबोचा और बोलीं–"मैं तो यही चाहती हूँ बेटी। तुमने जिसे प्यार किया है उसके आगे रुपए-पैसे, धन-दौलत की क्या बिसात है? मन में कोई क्षोभ मत रखो बेटी। मैं महिम को बहुत अच्छी तरह जानती हूँ। वह ऐसा लड़का है कि एक दिन भगवान के आशीर्वाद से अपने जीवन में बहुत सफल होगा। भले ही अभी तुम उसके चलते चाहे जितना भी दुख क्यों न पाओ! भगवान इतने बड़े प्यार का हरगिज अनादर नहीं कर सकते, यह मैं तुमको पक्का कहती हूँ।"

अचला ने और एक बार झुककर उनके पैरों को छुआ।

उन्होंने उसकी ठोड़ी को छूकर चूमा और मृदु स्वर में बोलीं–"आहा, काश, मैं एक ऐसी ही बहू के साथ घर-संसार पर पाती!"

सुरेश ने आकर दोनों को गाड़ी पर चढ़ा दिया और चुपचाप नमस्कार करके लौट आया। जाते वक्त लालटेन की रोशनी में पल भर के लिए उसके मुँह ने अचला का ध्यान आकर्षित किया। उस मुँह पर क्या था, यह भगवान जानते हैं। मगर जोर की रुलाई उसके गले तक आ गई। बग्घी तेजी से रास्ते पर आ गई। रास्ते की भीड़ तब तक कम हो गई

थी। जब उसने अचानक उधर निहारा तो उसे लगा कि अब तक वह जैसे कोई बहुत बड़ा सपना देख रही थी। पर यह बताना मुश्किल है कि वह सुखद था या दुखद।

केदार बाबू अब तक चुप ही थे। शायद सुरेश का ऐश्वर्य उनके दिमाग के अन्दर चक्कर लगा रहा था। वे सहसा एक आह भरकर बोले–"हाँ, वह बड़ा आदमी तो है।"

मगर बेटी की तरफ से जरा भी आवाज नहीं आई। उत्साह के अभाव में बाकी दूरी तक वे चुप ही रहे।

जब गाड़ी आकर उनके दरवाजे पर लगी और कोचवान दरवाजा खोल हटकर खड़ा हो गया तब और एक बार उनकी सुध लौटी। फिर एक बार आह भरकर वे मन-ही-मन बोले–'सुरेश को हममें से कोई पहचान नहीं सका है!'

14

आज अचला की शादी है। सुरेश पल भर के लिए विवाह-मंडप की तरफ जाता हुआ दिखाई पड़ा था। उसके बाद वह पता नहीं कहाँ गायब हो गया। रातभर केदार बाबू के घर में उसका कोई पता नहीं चला।

शादी हो गई। दो-एक दिनों तक अचला के मन के अन्दर उथल-पुथल होती रही। जिस रात वह सुरेश के घर दावत खाने गई उस रात उसकी फूफी ने जो कुछ कहा था वह उसे किसी भी सूरत में भूल नहीं पा रही थी। आज उसका अन्त हुआ।

महिम की अटल गम्भीरता आज भी जस की तस रही। खुशी का, गम का कोई भी निशान उसके मुँह पर दिखाई नहीं पड़ा। तब भी शादी के वक्त इस मुँह को देखकर अचला का समूचा कलेजा आनन्द और माधुर्य से भर गया। मन के अन्दर अपने पति के चरणों पर सर रखकर वह मन-ही-मन बोली–'प्रभु, अब मैं नहीं डरती। तुम्हारे साथ मैं चाहे जहाँ और जिस हालत में क्यों न रहूँ, वही मेरे लिए स्वर्ग है। आज से तुम्हारी झोंपड़ी मेरे लिए राजमहल है।'

जिस दिन अचला अपनी ससुराल जाने लगी उस दिन केदार बाबू ने कुरते की आस्तीन से अपनी आँखों को पोंछकर कहा–"बेटी, मैं आशीर्वाद देता हूँ कि तुम अपने पति के साथ दुख और गरीबी को कबूल कर जीवन और कर्तव्य की राह पर बेधड़क आगे बढ़ती रहो। भगवान तुम लोगों का भला करेंगे।" इतना कहकर वे पहले की ही तरह अपनी आँखें पोंछते-पोंछते बगल के कमरे में घुस गए।

उसके बाद सावन की एक कम रोशन दोपहर में बादलों भरे आसमान से रिमझिम बरसते पानी में गाँव के कीचड़ और फिसलन भरे रास्ते से होकर पालकी पर चढ़कर अचला अपनी ससुराल आ पहुँची। लेकिन इतनी ही दूरी में उसकी नई-नई शादी की आधी खूबसूरती गायब हो गई।

ठेठ देहात के साथ अखबारों के जरिए ही उसका परिचय हुआ था। उस परिचय में दुख और गरीबी के हजारों संकेतों के बीच भी हर पंक्ति में कविता थी, कल्पना की खुशबू थी। पालकी से उतरकर वह घर के अन्दर आई और एक बार चारों ओर गौर से देखा। किसी दृष्टि ने जरा भी कवित्व से उसके हृदय को चोट नहीं पहुँचाई। उसकी कल्पना का ठेठ देहात प्रत्यक्ष रूप में इतना दुखपूर्ण और सुनसान है, मिट्टी के घर के कमरे जो इतने सीलन भरे हैं, अँधेरे दरवाजे-खिड़कियाँ जो इतने सँकरे और छोटे-छोटे हैं ऊपर बाँस की बल्लियाँ और मचान जो इतने भद्दे हैं यह वह सपने में भी सोच नहीं सकती थी। यह समझकर कि इस भद्दे घर में उसे जिन्दगी गुजारनी होगी, उसका कलेजा मानो टुकड़े-टुकड़े होने लगा। पति का मुँह, शादी की खुशी, सब कुछ पल भर में मृग-मरीचिका की भाँति उसके हृदय से विलीन हो गया। घर में सास-ससुर, देवरानी-ननद कोई भी नहीं था। दूर के रिश्ते की एक दादी अपनी मर्जी से वर-वधू को घर में लिवा ले जाने के लिए दूसरे मुहल्ले से आई थीं। वे शादी की पारम्परिक सज-धज की कमी को देखकर अव्यक्त विस्मय से थोड़ी देर तक चुपचाप खड़ी रहीं। अन्त में उन्होंने वधू का हाथ पकड़कर उसे कमरे में लाकर बिठा दिया।

जल्दी ही समूचे गाँव में यह बात फैल गई कि यह सच है कि एक म्लेच्छ की बेटी को ब्याहकर घर लाया है। शादी के पहले ही इस तरह की एक अफवाह और चर्चा थोड़ी-बहुत हो चुकी थी। अब बहू को देखकर किसी को जरा भी सन्देह नहीं रहा कि जो बात फैली थी वह सौ फीसदी सही है।

जब पड़ोसिनें चली गईं तो दादी आकर बोलीं—"बहू, आज मैं जाती हूँ। मुझे बहुत दूर जाना है। और घर गए बिना भी तो काम नहीं चलेगा। छोटा पोता..." आदि कहते-कहते वे कुछ कहने का मौका दिए बिना ही चली गईं।

अचला ने यह समझा था कि वे सिर्फ एक रिश्ता याद करके ही नहीं जा सकी थीं और इसके लिए मन-ही-मन छटपटा रही थीं। वास्तव में दादी का कसूर नहीं था। वे अगर यह जानतीं कि बात यहाँ तक आ पहुँचेगी तो हो सकता है, वे हमारे पास तक नहीं फटकतीं। क्योंकि गाँव में इतनी चौड़ी छातीवाला आदमी कम ही मिलता है जो गाँव में रहकर इन सब चीजों से न डरे।

जब दादी चली गईं तो घर का नौकर यदु और उड़िया ब्राह्मण तथा कलकत्ता से अभी-अभी आई अचला के मायके की नौकरानी हरि की माँ को छोड़ समूचा घर सूना हो गया। कुछ देर के लिए बारिश रुक गई थी। फिर बूँदाबाँदी शुरू हो गई। हरि की माँ करीब आकर धीरे-धीरे बोली—"ऐसा घर तो मैंने देखा नहीं दीदी, कहीं कोई नहीं है।"

अचला मुँह नीचा किए स्तब्ध बैठी हुई थी। अन्यमनस्क की भाँति सिर्फ बोली—"हुँ।"

हरि की माँ फिर से बोली—"महिम बाबू तो दिखाई नहीं पड़ रहे हैं। एक बार मिलकर वे कहाँ गए?"

अचला ने इस बात का भी जवाब नहीं दिया।

लेकिन इस जंगल में घिरे सुनसान घर के अन्दर हरि की माँ का अपना चित्त चाहे जितना भी विशाल क्यों न हो जाए उसने अचला को बचपन से पाल-पोसकर बड़ा किया है। इसलिए उसे तनिक सचेत करने के लिए बोली—"तुम डरती क्यों हो? सचमुच ही तो हम

किसी बियाबान में तो नहीं आ गए हैं। जब महिम बाबू आ जाएँगे तो सब ठीक हो जाएगा। तब तक तुम यह सब बदल डालो दीदी। मैं ट्रंक खोलकर कपड़ा-लत्ता निकाल देती हूँ।"

"अभी रहने दो हरि की माँ।" इतना कहकर अचला पहले की ही तरह लकड़ी के बुत की मानिन्द बैठी रही। जिन्दगी का उसका सारा स्वाद-गन्ध उड़न-छू हो गया था।

बारिश जोरों की आई। उस मूसलाधार बारिश के बीच कब गोधूलि गायब हो गई, कब सावन के घने बादलों भरे आसमान को भेदकर गाँव के उदास घर में शाम उतर आई, कुछ भी पता नहीं चला। सिर्फ आनन्द-रहित अँधेरे कमरे के कोने-कोने में नम अँधेरा चुपचाप ज्यादा घना होने लगा। यदु ने आकर कमरे के बीचोबीच लालटेन रख दी। हरि की माँ ने प्रश्न किया—"महिम बाबू कहाँ हैं जी?"

"क्या पता?" इतना कहकर यदु लौटने को तैयार हुआ। उस संक्षिप्त और बुरे जवाब से हरि की माँ शंकित होकर बोली—"क्या पता, यह तुम क्या कह रहे हो? क्या वे बाहर में नहीं हैं?"

"नहीं, वे बाहर में नहीं हैं।" इतना कहकर यदु चला गया।

यह अच्छी तरह समझ में आया कि वह इन लोगों के आने से खुश नहीं है। हरि की माँ बेहद डरकर अचला के पास हट आई और डरती हुई आवाज में बोली—"मुझे तो रंग-ढंग अच्छा नहीं लग रहा है। दरवाजे में ब्योंड़ा लगा दूँ?"

अचला ने अचरज में पड़कर कहा—"तू दरवाजे में ब्योंड़ा क्यों लगाएगी?"

हरि की माँ बचपन में अपना गाँव छोड़कर कलकत्ता आ गई थी। उसके बाद वह फिर कभी अपने गाँव नहीं गई थी। ठेठ देहात में चोर-डाकुओं को मारने आदि की कहानियों की यादों को छोड़ और सब कुछ उसके आगे धुँधला हो गया था। वह बाहर के अँधेरे में चकित दृष्टि डालकर अचला से सट गई और चुपके-चुपके बोली—"ठेठ देहात ठहरा। कुछ कहा नहीं जा सकता है, दीदी।" कहते-कहते उसके रोंगटे खड़े हो गए।

ठीक ऐसे समय आँगन के बीच से पुकार आई—"चौधरानी, तुम कहाँ हो जी?" यह कहते-कहते एक बीस-इक्कीस साल की दुलबी-पतली छरहरी लड़की पानी में भीगते-भीगते दरवाजे पर आ पहुँची, बोली—"पहले मैं तुम्हें प्रणाम कर लूँ चौधरानी। उसके बाद मैं कपड़े बदलूँगी।" यह कहती हुई वह कमरे में घुसी। झुककर अचला को प्रणाम किया, लालटेन को उठाकर अचला के मुँह के करीब लाई। थोड़ी देर तक उसे एकटक देखा और चिल्लाकर पुकारा—"सँझले भैया, ओ सँझले भैया..."

घर पहुँचकर महिम खुद इस लड़की को लिवा लाने गया था। उसने दूसरे कमरे से आवाज दी—"क्या है री मृणाल?"

"इधर आओ न, बताती हूँ।"

महिम ने दरवाजे के बाहर आकर कहा—"क्या है री?"

मृणाल ने लालटेन की रोशनी में और एक बार अच्छी तरह से अचला का मुँह देख लिया और बोली—"न, तुम्हीं जीते हो सँझले भैया। अगर तुम मुझसे शादी करते, तो तुम ठगे जाते भई।"

महिम ने बाहर से उसे डाँटते हुए कहा—"तू हरगिज मेरी बात नहीं सुनेगी मृणाल? फिर यही सब दिल्लगी करती है? तू क्या मेरी बात नहीं सुनेगी?"

"वाह! तुम इसे दिल्लगी कहते हो?" वह अचला के मुँह की तरफ निहारती हुई मुस्कराकर बोली–"चौधरानी, माँ की कसम, मैं सही कह रही हूँ भई, मैं दिल्लगी नहीं कर रही हूँ। अच्छा, तुम अपने दूल्हे से ही पूछो कि उन्होंने एक समय मुझे पसन्द किया था या नहीं।"

महिम ने कहा–"तो तू करती रह बक-बक, मैं बाहर चला!"

मृणाल बोली–"सो तुम जाओ न? मैंने क्या तुम्हें पकड़ रखा है?" उसने अचला की ठोड़ी को एक बार बड़े स्नेह से हिला दिया और बोली–"अच्छा, भई चौधरानी, तुम्हें जलन होती है क्या? इस गिरस्ती की मैं ही तो मालकिन होनेवाली थी। मगर मेरी मुँहजली माँ ने पता नहीं क्या मन्तर सँझले भैया के कानों में घुसा दिया कि मैं सँझले भैया की आँखों का काँटा बन गई। वरना..., अरे यदु, घोषालजी कहाँ गए?"

यदु बोला–"वे हाथ-पाँव धोने तालाब गए हैं।"

"ऐं! वे इस अँधेरे में तालाब गए हैं।" मृणाल का मुस्कुराता चेहरा पल भर में चिन्ता के मारे उदास हो गया। वह घबराकर बोली–"यदु, तू लालटेन लेकर एक बार तालाब जा तो बेटा। बूढ़े आदमी ठहरे, अभी अँधेरे में फिसलकर कहीं गिर पड़ेंगे तो उनका हाथ-पैर टूट जाएगा।"

दूसरे ही पल उसने अचला के मुँह की तरफ निहारा और शरमाती हुई हँसकर बोली–"कैसा नसीब लेकर मैं इस दुनिया में आई थी भई चौधरानी, एक बहत्तर साल के बूढ़े के साथ मेरा पल्लू बाँध दिया गया, उसकी सेवा करते-करते और उसे सँभालते-सँभालते ही मेरी जान निकल गई। अच्छा भई, पहले मैं दूसरे कमरे से अपने भीगे कपड़े बदलकर आऊँ, उसके बाद बातें होंगी। लेकिन मैं यह कह देती हूँ कि मुझे अपनी सौत समझकर तुम मुझ पर गुस्सा मत करना। और कहो तो, मैं अपने बूढ़े को भी तुम्हें बाँट दूँगी।" इतना कहकर उसने अपनी हँसी की शोभा से समूचे कमरे को मानो रोशन कर दिया और तेज कदमों से चली गई।

इस कोटि के हँसी-मजाक से अचला का किसी दिन परिचय नहीं हुआ था। सारा मजाक उसे इतना भद्दा और बुरा लगा था कि शर्म के मारे वह बिलकुल संकुचित हो गई थी। वह यह सोच नहीं सकती थी कि इतनी बड़ी बेशर्म चतुराई किसी औरत के अन्दर रह सकती है। लिहाजा सारे मजाक ने उसकी जनम भर की शिक्षा और संस्कार की नींव को जाकर चोट पहुँचाई थी। मगर तब भी उसे लगने लगा कि इसके आने से उसके निर्वासन का आधा दुख मानो दूर हो गया। और यह कौन है? कहाँ से आई, इसके साथ क्या रिश्ता है, सब कुछ जानने के लिए अचला उत्सुक हो उठी।

हरि की माँ बोली–"यह लड़की कौन है, दीदी? बड़ी मजाकिया है!"

अचला ने गरदन हिलाकर सिर्फ 'हाँ' कहा।

भीगे कपड़े बदलकर मृणाल इस कमरे में आकर बोली–"मैं सिर्फ हँसी-मजाक करके ही गई चौधरानी। मैंने अपना असली परिचय अभी तक नहीं दिया है और परिचय भी भला ऐसा क्या है! जो तुम्हारे दूल्हा हैं वे हैं मेरी माँ के बाप। इसीलिए मैं उन्हें बचपन से सँझले भैया कहकर पुकारती हूँ।" इतना कहकर वह जरा देर स्थिर रही फिर बोली–"मेरे पिता और तुम्हारे ससुर दोनों गहरे दोस्त थे। अचानक एक दिन गाड़ी के नीचे आ जाने से जब पिताजी

का दाहिना हाथ टूट गया और उनकी नौकरी चली गई तब तुम्हारे ससुर ने इस घर में उन लोगों को पनाह दी। उसके बहुत बाद मेरा जन्म हुआ था। सँझले भैया तब आठ साल के थे। उनकी माँ का देहान्त उनके जन्म के बाद ही हो गया था। तुम्हारे ससुर के दो बड़े बेटे डिफ्थीरिया से पहले गुजर गए थे। इसीलिए, मेरी माँ जब से यहाँ आई तब से लेकर मरने तक इस घर की गृहिणी बनीं। उसके बाद पिताजी चल बसे। हम लोग इसी घर में रहे। उसके बहुत बाद तुम्हारे ससुर स्वर्ग सिधारे। मगर हम लोग रह ही गए। मेरी शादी हुए पाँच साल हुए। पलासी के घोषाल परिवार में मेरा ब्याह करके सँझले भैया ने मुझे दूर कर दिया है। माँ जिन्दा रहती तो भी जो हो एक जोर रहता।"

"बड़ी बहू इस कमरे में हो क्या?" इतना कहकर एक ठिगना-सा गोरा बूढ़ा दरवाजे के नजदीक आकर खड़ा हो गया।

मृणाल बोली–"आओ, आओ।" अचला के मुँह की तरफ निहारकर वह मुँह दबाकर मुस्कुराती हुई बोली–"ये हैं मेरे पति, चौधरानी। अच्छा तुम्हीं कहो तो भई, उस बहत्तर साल के बूढ़े के साथ मैं फँसूँगी? इस जनम का रूप-यौवन सब क्या मिट्टी में नहीं मिल गया भई?"

अचला क्या जवाब देती, उसने शर्म के मारे सर झुका लिया।

उस आदमी का नाम है–भवानी घोषाल। उन्होंने हँसकर कहा–"आप यह विश्वास नहीं कीजिएगा चौधरानी। सब झूठी बात है। वह सिर्फ नुक्ताचीनी दिखाने की कोशिश करती हैं। वरना, मेरी उम्र तो अभी बावन या ति...।"

मृणाल बोली–"चुप रहो, चुप रहो। यह सँझला भैया मेरा कितना बड़ा दुश्मन है, यह भगवान ही जानते हैं। मुझे हर दृष्टि से मिट्टी में मिला दिया। अच्छा, इस बहत्तर साल के बूढ़े के हाथों सौंपने से बेहतर हाथ-पाँव बाँधकर मुझे पानी में फेंक देना नहीं होता, चौधरानी? सच-सच कहो भई।"

अचला पहले की ही तरह मुँह नीचा किए चुप रही।

घोषाल धीरे-धीरे कमरे में घुसकर थोड़ी देर तक चुपचाप अचला के शर्म से झुके मुँह की तरफ निहारते रहे, फिर सहसा एक बहुत लम्बी साँस छोड़कर बोले–"आपने मुझे बचा लिया चौधरानी। इस छोकरी का गुमान इतने दिनों बाद टूटा। रूप के गुमान में न यह आँखों से देख पाती थी और न कानों से सुन पाती थी।"

फिर अपनी पत्नी को देखकर बोले–"क्यों अब गुमान टूटा न? जंगल में इतने दिनों तक रँगा सियार बनी हुई थी। शहर का रूप किसे कहते हैं अब गौर से देखो।"

मृणाल बोली–"नहीं, मेरा गुमान नहीं टूटा है। मेरा गुमान जहाँ है, वह वहीं है। किसकी मजाल है जो इसे कहीं और तोड़ दे।" इतना कहकर उसने अपने पति की तरफ गुप्त रूप से कनखियों से देखा, सहसा अचला को यह नजर आ गया।

घोषाल हँसकर बोले–"आपने सुना न चौधरानी? जरा सावधानी से रहिएगा। इन दोनों में कितना प्रेम है। ये दोनों एक-दूसरे के यहाँ कितना आते-जाते हैं, कुछ कहा नहीं जा सकता है। और मैं तो बहत्तर साल का बूढ़ा हूँ, बीच में रहूँ तो भला क्या और न रहूँ तो भला क्या? आप अपने पति को सँभालकर रखिएगा। हितैषी बूढ़े का यही कहना है।"

"मृणाल, तुम लोग क्या रात भर इसी को लेकर रहोगी?"

"तो क्या करूँगी सँझले भैया?"

"एक बार रसोईघर की तरफ भी नहीं जाओगी?"

मृणाल उछल उठी और बोली–"कितनी गलती हो गई है सँझले भैया, उड़िया ब्राह्मण को मुझे पहले देख आना चाहिए था। अच्छा तुम लोग बाहर जाओ, हम लोग जा रहे हैं।"

महिम ने पूछा–"यह हम लोग कौन हैं?"

मृणाल बोली–"मैं और चौधरानी।" फिर अचला से बोली–"मैं जब आई हूँ तब इस घर-गिरस्ती का सारा चार्ज तुम्हें समझा दूँगी, तब जाकर मैं जाऊँगी सँझली दीदी।"

महिम और भवानी बाहर चले गए। मृणाल ने अचला से फिर से कहा–"मुझे दो दिन पहले ही आना चाहिए था। मगर सास के दमे के चलते घर छोड़कर हरगिज निकल नहीं सकी। अच्छा तुम कपड़े बदलकर तैयार हो जाओ सँझली दीदी। मैं फौरन वापस आकर तुम्हें ले जाऊँगी।" इतना कहकर मृणाल रसोईघर के लिए चल दी।

बारिश थम गई थी और घने बादलों के छँट जाने की वजह से जो नवमी की चाँदनी में आसमान का बहुत बड़ा हिस्सा साफ होता चला जा रहा था।

मृणाल ने खाना बनाने का सारा इन्तजाम ठीक कर दिया और अचला के पास आकर बैठी। उसने उसका एक हाथ अपने हाथ में लिया और बोली–"चौधरानी कहने से बेहतर है सँझली दीदी कहना। क्यों, तुम्हारी क्या राय है सँझली दीदी?"

अचला ने मृदु स्वर में कहा–"हाँ।"

मृणाल बोली–"रिश्ते में तुम मुझसे बड़ी हो, तो भी उम्र में मैं तुमसे बड़ी हूँ। इसीलिए जी चाहता है कि मुझे भी तुम मृणाल दीदी कहकर पुकारो, क्यों?"

अचला ने कहा–"अच्छा।"

मृणाल बोली–"आज मैं तुम्हें रसोईघर दिखा लाई; लेकिन कल एकबारगी भंडार की चाबी मैं तुम्हारे आँचल में बाँध दूँगी, क्यों?"

अचला बोली–"चाबी की मुझे जरूरत नहीं है भई।"

मृणाल हँसकर बोली–"भंडार की चाबी की तुम्हें जरूरत नहीं है? बाप रे, यह तुम क्या कह रही हो? भंडार क्या तुच्छ चीज है सँझली दीदी कि तुम कहती हो कि उसकी चाबी की जरूरत नहीं है। गृहिणी के राज की वही तो है राजधानी जी।"

अचला बोली–"भले ही भंडार गृहिणी के राज की राजधानी हो, पर मुझे उसका लोभ नहीं है। लेकिन तुम पर मुझे बड़ा लोभ है। मैं तुम्हें जल्दी छोड़नेवाली नहीं मृणाल दीदी।"

मृणाल ने अचला को अपनी दोनों बाँहों में भर लिया और बोली–"सौत को मारकर भगाने के बजाय उसे अपने घर में रोक रखना चाहती हो, यह तुम्हारी कैसी अक्ल है सँझली दीदी?"

अचला ने धीरे-धीरे कहा–"तुम्हारे ये मजाक मुझे अच्छे नहीं लगे भई। अच्छा इस गाँव में क्या सभी इसी तरह से मजाक करते हैं?"

मृणाल खिलखिलाकर हँस उठी बोली–"नहीं-नहीं, चौधरानी सभी मजाक नहीं करते हैं। मजाक सिर्फ मैं ही करती हूँ। सभी को मजाक करना आता कहाँ है कि करेंगे।"

अचला बोली–"अगर हमें मजाक करना आता होता तो भी हम ऐसा मजाक नहीं कर सकते भई! हमारे कलकत्ता के समाज में बहुतेरे, हो सकता है, यह सोच भी नहीं सकते हैं कि कोई शरीफ औरत ऐसा मजाक कर सकती है।"

मृणाल जरा भी नहीं शरमाई। बल्कि जबरन अचला को और एक बार अपनी बाँहों में भर लिया और बोली–"तुम्हारे शहर की कितनी शरीफ औरतें ऐसे तुम्हें अपनी बाँहों में भर सकती हैं जैसे मैं तुम्हें अपनी बाँहों में भर सकती हूँ, बताओ तो सँझली दीदी? सभी क्या सब काम कर सकते हैं? मैंने तुम्हें भला कितनी देर देखा है, पर इसी बीच लग रहा है कि मेरी कोई बहन नहीं थी, मुझे एक छोटी बहन मिल गई। और यह फिर कहने की बात नहीं है, जिन्दगी भर मुझे इसका सबूत देना होगा, यह याद रखना यहाँ कोई हँसी-मजाक नहीं चलेगा।"

अचला पढ़ी-लिखी लड़की है। इस देहात में विरोधी समाज के बीच उसका भावी जीवन किस तरह बीतेगा, यह उसने इस घर में कदम रखते ही समझ लिया था। इस मौके को उसने आसानी से नहीं गँवाया। मजाक को गम्भीरता में बदलकर बोली–"मृणाल दीदी, सचमुच ही क्या इसका सबूत तुम जिन्दगी भर दे सकोगी?"

मृणाल बोली–"हम तो शहर की औरत हैं नहीं भई! हमें तो सबूत देना ही पड़ेगा। जो कसम तुम्हें छूकर मैंने खाई, मैं मर जाऊँगी, तो भी उससे तो मुकर नहीं सकूँगी।"

अचला ने इस बात को और ज्यादा तूल दिए बिना दूसरी बात छेड़ी, हँसकर बोली–"तो यह भी वैसे ही मुझे छूकर कसम खाकर कहो कि तुम यहाँ से जल्दी नहीं भागोगी।"

मृणाल हँस पड़ी और बोली–"बेवकूफ समझकर क्या तुम मुझे लगातार जाल में फँसाना चाहती हो सँझली दीदी? लेकिन यह तो मैं पहले ही कह चुकी हूँ भई कि तुम्हें अच्छी तरह से जिम्मेदारी समझाए बिना यहाँ से नहीं भागूँगी।"

अचला ने सिर हिलाकर कहा–"जिम्मेदारी समझ लेने का मुझे जरा भी आग्रह नहीं है।"

मृणाल बोली–"पर मैं तुम्हें चार्ज समझा दूँगी, तब जाऊँगी। मगर मेरे लिए तो ज्यादा दिनों तक घर से दूर रहने की गुंजाइश नहीं है भई। जानती हो न, कितनी बड़ी गिरस्ती है मेरे सर पर।"

अचला ने गरदन हिलाकर कहा–"नहीं, मैं यह नहीं जानती।"

मृणाल ने अचरज में पड़कर पूछा–"सँझले भैया ने मेरी बात पहले तुम्हें नहीं बताई है?"

अचला बोली–"नहीं, उन्होंने किसी दिन तुम्हारी बात मुझे नहीं बताई है। उन्होंने अपने घर के बारे में सारी बातें मुझे बताई थीं। लेकिन मुझे बड़ा अजीब महसूस हो रहा है मृणाल दीदी कि जो बात उन्हें सबसे पहले मुझे बतानी चाहिए थी, वही बात, यानी कि तुम्हारी बात उन्होंने मुझे क्यों नहीं बताई थी?"

मृणाल ने अन्यमनस्क की भाँति कहा–"हाँ, यह बात तो उन्हें तुम्हें बतानी चाहिए थी।"

अचला थोड़ी देर तक चुप रही। उसके बाद उसने मुस्कुराते हुए मृदु स्वर में पूछा–"तो क्या पहले-पहल उनकी शादी तुमसे होनेवाली थी?"

मृणाल तब भी अन्यमनस्क होकर सोच रही थी, बोली–"हाँ।"

अचला बोली–"तो उनकी शादी तुमसे क्यों नहीं हुई? अगर उनकी शादी तुमसे होती, तो अच्छा होता।"

इतनी देर बाद अचला की बात ने मृणाल के कानों के अन्दर जाकर चोट की। उसने अचला के मुँह की तरफ नजरें उठाकर कहा–"चूँकि यह शादी नहीं होनेवाली थी, इसलिए नहीं हुई।"

अचला ने फिर भी प्रश्न किया–"यह शादी होने में क्या अड़चन थी? आखिर तुम तो सचमुच ही उनकी कोई रिश्तेदार नहीं थी। इसके अलावा बचपन में जो प्यार मन में पैदा होता है उसे ठुकराना भी तो अच्छा नहीं।"

अचला के प्रश्न करने के ढंग से मृणाल अचानक चौंक उठी। थोड़ी देर तक वह अचला के मुँह की तरफ अपलक निहारती रही, फिर बोली–"तुम यह सब कुछ क्यों ढूँढ़ती फिर रही हो सँझली दीदी। तुम क्या यह सोचती हो कि बचपन के हर प्यार का यही आखिरी अंजाम है? या आदमी शादी करानेवाला मालिक है? यह सिर्फ इस जनम का नहीं, जनम-जनम का रिश्ता है। मैं जिनकी हमेशा की दासी हूँ उनके हाथों उन्होंने मुझे सौंप दिया है। आदमी के चाहने न चाहने से क्या आता-जाता है?"

अचला झेंपकर बोली–"यह सही बात है मृणाल दीदी। मैं यही पूछ रही थी..." वह अपनी बात खत्म नहीं कर सकी। मारे शर्म के उसका सारा चेहरा लाल हो उठा।

मृणाल से यह छिपा नहीं रहा। उसने अचला के हाथ को स्नेह के साथ अपनी मुट्ठी में लिया और बोली–"तुम्हें सिर्फ हाल में पति मिला है। मगर मैं इन पाँच सालों से अपने पति की सेवा कर रही हूँ। मेरी यह बात सुनो भई, पति के इस पहलू को किसी दिन अपनी अक्ल के बल पर समझने की कोशिश मत करना। बल्कि इससे धोखा खाना भी कहीं अच्छा है। मगर जीतने से फायदा नहीं है।"

यदु ने बाहर से कहा–"दीदी, बाबू लोगों के लिए आसन लगा दिया गया है।"

"अच्छा, तू चल, मैं जा रही हूँ।" इतना कहकर मृणाल ने अपने दोनों हाथों को बढ़ाकर अचला के मुँह को करीब खींच लिया, उसे चूमा और उठकर तेज कदमों से चली गई।

15

"ओ सँझली दीदी!"

अचला बगल के कमरे से घबराकर इस कमरे में आ गई।

आँचल को कमर में लपेटे मृणाल एक छोटे-से दराज को अकेले ही खींचकर सीधा करके रख रही थी। अचला कमरे में घुसी, तो वह बड़ी नाराजगी से चिल्ला उठी–"अरी मुँहजली लड़की, तुम नवाबों की तरह हाथ पर हाथ धरे बैठी रहोगी और मैं तुम्हारे सोने के कमरे को सहेज दूँगी। लो, झाड़ू को उठा लो और उस कोने को साफ कर डालो।" इतना कहकर वह अपनी हँसी को और दबा न पाने की वजह से खिलखिलाकर हँस उठी।

शोर-शराबा सुनकर हरि की माँ भी पीछे आई थी, वह बोली–"यह तुम क्या कह रही हो दीदी? घर में कितने नौकर-नौकरानियाँ हैं, दीदी की क्या किसी दिन झाड़ू पकड़ने की आदत है। जो आज वह ठेठ देहाती औरतों की तरह कमरे में झाड़ू लगाएगी। मैं कमरे को बुहार देती हूँ।" इतना कहकर वह झाड़ू उठाने जा रही थी, कि तभी मृणाल ने बनावटी गुस्से भरे स्वर में उसे डाँट दिया और बोली–"तू रुक तो। दीदी को तू क्या मुझसे ज्यादा पहचानती हैं कि तू मध्यस्थता करने आई है।" इतना कहकर उसने अचला के हाथ में झाड़ू दे दिया और हरि की माँ से हँसकर बोली–"अरी, तेरी दीदी चाहने पर जो काम कर सकती है उसे तेरे सात ठेठ देहात की लड़कियाँ नहीं कर सकती हैं।" फिर वह अचला से बोली–"लो तो सँझली दीदी, उस कोने को चट-से बुहार डालो तो।"

अचला बुहारती हुई बोली–"मृणाल दीदी, तुम जादू जानती हो न?"

मृणाल बोली–"यह तुमने क्यों कहा, बताओ तो?"

अचला बोली–"अगर तुम जादू नहीं जानती हो तो मैं इस घर को साफ करने के लिए झाड़ू पकड़ती। यह बाजीगरी नहीं, तो और क्या है?"

मृणाल बोली–"तुम झाड़ू नहीं पकड़ोगी, तो कौन झाड़ू पकड़ेगा जी? तुम्हारा घर झाड़ने-बुहारने के लिए क्या दूसरे मुहल्ले से पदी की मौसी आएगी? लो बातों-बातों में वक्त बरबाद करने की जरूरत नहीं। शाम हो रही है।"

अचला ने काम करते-करते हँसकर कहा–"न ही तुम खुद पल भर बैठती हो और न ही तुम मुझे पल भर बैठने देती हो। मुझसे मेहनत करवा-करवाकर तुमने मेरी जान निकाल दी। मैं सच कहती हूँ मृणाल दीदी, पाँच-छह दिन तुमने जितनी मेहनत मुझसे करवाई है, उतनी मेहनत चाय बागान के मालिक भी शायद अपने कुलियों से नहीं करवाते होंगे।"

मृणाल ने नजदीक आकर उसकी ठोड़ी पर उँगली से एक टहोका मारा और बोली–"इसीलिए तो घर-बार देखकर लग रहा है कि घर में लक्ष्मी आई हुई है। तू कहती है, यों पाँच-छह दिन मैंने तुझसे बहुत मेहनत करवाई है, भई सँझली दीदी–जिस दिन तुम्हें अपने पति-पुत्र और घर-गिरस्ती को लेकर नहाने-खाने का वक्त नहीं मिलेगा, सिर्फ उसी दिन औरत के रूप में जन्म लेना सार्थक होगा। मैं भगवान से यही प्रार्थना करती हूँ कि तुम्हारा भी दिन कभी आए। अभी ऐसी क्या मेहनत करनी पड़ी है गृहिणी कि मेहनत का रोना रोती!" इतना कहकर उसने हँसने की कोशिश तो की, मगर उसके होंठ काँप गए।

हरि की माँ फफक-फफककर रो पड़ी और बोली–"यही आशीर्वाद दो दीदी, सिर्फ यही आशीर्वाद दो।"

उसे अचला की माँ याद आ गई थी। वे सती अत्यन्त असमय जब स्वर्ग सिधारी थीं तब अपनी बित्ता भर बेटी को हरि की माँ के हाथों सौंप गई थीं। वही लड़की अब इतनी बड़ी होकर ससुराल में गिरस्ती करने आई है।

मृणाल ने उसे डाँटकर कहा–"कमबख्त, बात-बात में टसुआ बहानेवाली, तू रोती क्यों है?"

हरि की माँ ने आँखें पोंछते-पोंछते कहा–"मैं क्या शौक से रोती हूँ दीदी? तुम्हारी बातें सुनकर मैं रुलाई हरगिज रोक नहीं सकती हूँ। कसम से कहती हूँ, मुझे यह सोचते नहीं बनता है कि अगर तुम नहीं आई होती, तो हमारी एक रात भी कैसे कटती?"

मृणाल को इस घर में आए आज छह दिन हुए। जब से वह यहाँ आई है तब से लेकर अब तक वह घर-बार से लेकर लोगों तक की शक्ल-सूरत को बदल देने के काम में अपने आपको मशगूल रखा है। लेकिन उसके सारे काम-काज और हँसी-मजाक के बीच से उसके यहाँ से चली जानेवाली बात अचला को दुख दे रही थी, क्योंकि मृणाल के कामों, बातों और आचार-व्यवहार में एक इतना बड़ा सहज अपनापन था जिसके पीछे आराम से खड़े-खड़े अचला झाँककर अपनी नई जिन्दगी की अनजानी घर-गृहस्थी को पहचान लेने का वक्त पा रही थी और इससे भी बड़ी जिस चीज को अच्छी तरह से और खासतौर से पहचानने का उसे कौतूहल हुआ था वह है खुद मृणाल। उसके घर की माली हालत अच्छी नहीं है, इसका पता उसके दोनों जेवर रहित हाथों की तरफ निहारने से ही चल जाता है। तिस पर बीमार बूढ़ा पति है, जिसे अचला किसी भी दृष्टि से उसके लायक नहीं समझती है, ऊपर से घर में उसे इतनी मेहतन-मशक्कत करनी पड़ती है जिसका कोई अन्त नहीं। मरणासन्न बूढ़ी सास, दिन-रात गले पड़ी हुई है, जो वजह-बेवजह अविराम बक-झक करती रहती है। यह बात उसने खुद मृणाल के मुँह से सुनी है, हालाँकि कोई भी प्रतिकूल परिस्थिति देखकर इस लड़की को जिन्दगी की राह में काहिल करके बिठा नहीं सकती है। दिल की खुशी-गमी के सिवा बाहर की किसी भी चीज का कोई अस्तित्व नहीं है—ऐसा है ठेठ देहात की इस मूर्ख लड़के का भाव। हर पल साथ रहकर वह यह अच्छी तरह समझ रही थी कि जैसे कमल कीचड़ में पैदा होकर भी कीचड़ से अछूता रहता है ठीक वैसे ही यह अनपढ़, गरीब देहाती लक्ष्मी भी हर तरह के घरेलू दुख और गरीबी की गोद में दिन-रात रहकर भी सारे दुख-दर्दों के ऊपर अनायास तिरती फिर रही है। न ही उसके बदन में थकान, न है उसके चेहरे पर शिकन। लिहाजा, अचला को भी वह सारे कामों के बीच खींचकर अविराम ढोती फिर रही थी। यद्यपि उनमें से किसी के साथ उसके शिक्षा-दीक्षा, संस्कार का सामंजस्य नहीं था, फिर भी बिना बताए मुँह मोड़कर खड़ा हो जाना जैसे बहुत बड़ी शर्म की बात हो, ऐसा अचला को लग रहा था। अपने भाग्य को कोसने के लिए वह पल भर अफसोस करती, इन छह दिनों के अन्दर इतनी-सी भी फुर्सत उसे नहीं मिली है। सारे समय को वह काम और हँसी-मजाक से ऐसे गुलजार कर दे रही थी, इसीलिए उसके ससुराल लौट जाने के इंगित से ही अचला को लग रहा था कि फौरन ही यह समूचा मिट्टी का घर अपने दरवाजे, खिड़कियाँ, दीवार समेत मानो ताश के घर की तरह पलक झपकते औंधा गिर जाएगा। मृणाल दीदी के चले जाने पर वह एक पल भी यहाँ कैसे टिकेगी!

शाम के बाद एक समय अचला ने कहा—"यह जो तुम हर दम यहाँ से चली जाने की बात कहती हो, यह अच्छी बात नहीं है। अच्छा तुम्हीं बताओ तो कि ऐसी कौन लड़की है, जो मायके आकर इतनी जल्दी ससुराल चली जाती है। ऐसा नहीं हो सकता है। जब तक मैं कलकत्ता नहीं जाती हूँ तब तक तुम्हें यहाँ रहना ही पड़ेगा।"

मृणाल बोली—"मैं क्या करूँ सँझली दीदी? बूढ़ी सास न खुद मरती है, न मुझे एक पल को छोड़ती है। मैं कहती हूँ, अरी बुढ़िया, तू मर। तेरे बेटे की उम्र साठ साल होनेवाली है। अन्त में तू उसे खा लेगी तब जाकर जाएगी? दिन-रात इतनी खाँसती रहती है, एक बार भी तेरा दम नहीं अटकता है?"

अचला हँस पड़ी और बोली–"तुम्हें क्या वे देख नहीं सकती हैं?"

मृणाल सर हिलाकर बोली–"नहीं, वे मुझे फूटी आँखों नहीं देख सकती हैं!"

अचला बोली–"और तुम उन्हें देख सकती हो?"

मृणाल बोली–"मैं भी उन्हें फूटी आँखों नहीं देख सकती हूँ। मैंने तो मन्नत मान रखी है कि बुढ़िया मरेगी तो मैं सवा रुपए के बतासे चढ़ाऊँगी।"

अचला ने सर हिलाकर कहा–"मुझे यह विश्वास नहीं होता है, मृणाल दीदी। तुम्हारे मुँह की बात सुनकर यह कहने की हरगिज गुंजाइश नहीं है कि तुम दुनिया में किसे नहीं देख सकती हो। हो सकता है, इसी बुढ़िया को तुम सबसे ज्यादा प्यार करती हो!"

मृणाल मुस्कुराती हुई बोली–"मैं उसी बुढ़िया को सबसे ज्यादा प्यार करती हूँ? ऐसा हो सकता है।" इतना कहकर उसने अचला का गाल दबा दिया। और काम करने चली गई।

मृणाल के चली जाने की बात कहते-कहते फिर कुछ दिन गुजर गए। एक दिन अचानक उसे नजर आया कि जाने के लिए कथनी में उसे जितनी जल्दबाजी है, उतनी जल्दबाजी उसकी करनी में नहीं है। सचमुच ही चली जाने को वह ठीक इतनी उत्सुक नहीं है। इतने दिन तक उसके पीछे खड़ी होकर वह दुनिया को जिस तरह से पहचान ले रही थी अब जब वह उसके परदे के बाहर आई, तो दुनिया का वह रूप उसकी नजरों में नहीं रहा। इस घर में जब से उसने कदम रखा है तब से लेकर अब तक जब भी उसने उसे महिम के साथ कोई मजाक करते देखा है, तभी उसका कलेजा धक्-से कर उठा है। लेकिन अब बीच-बीच में मानो सुई चुभने लगी। यह सब कुछ भी नहीं है, इसके अन्दर वास्तविक मजाक को छोड़ और कुछ भी नहीं है। मन भारी करने की कोई वजह नहीं है–उसका मन बड़ा अपवित्र है। इस तरह से वह अपने आपको जितना डाँटने-फटकारने की कोशिश करती है, उतना ही पता नहीं कहाँ से सन्देह के विपरीत तर्क उसके हृदय के अन्दर न चाहते हुए भी बार-बार मुँह उठाकर उसे मुँह चिढ़ाता रहता है। महिम की स्वाभाविक गम्भीरता यहाँ बड़ी ज्यादती सी उसे लगती है। वह यह कहकर वितर्क किया करती है कि मजाक का जवाब मजाक से देने में भला कौन बुराई है, जो मजाक का जवाब मजाक से नहीं दे सकता है वह तो कम-से-कम मुस्कुराता हुआ उसका मजा लूट ही सकता है। वह साफ-साफ देख पाती है कि जब मृणाल मजाक करना शुरू करती है, तो महिम शर्मिन्दा होकर किसी तरह से जल्दी से दूसरी जगह भागकर जान बचाता है। इसीलिए कहीं कोई गुप्त अन्याय है, आजकल यह विचार वह किसी भी तरह से मन से निकाल नहीं सकती है। मृणाल के साथ काम करते-करते भी उसे सैकड़ों बार लगता है कि वह खुद औरत होकर जब कलेजे के अन्दर ईर्ष्या का दुख ढोती रहकर भी इसे किसी भी तरह से छोड़ नहीं दे पा रही है तो इतने दिनों तक एक साथ रहकर भी क्या कोई मर्द इस औरत को प्यार किए बिना रह सकता है।

अचला यह नहीं जानती थी कि मृणाल के आने पर उड़िया ब्राह्मण अपने खाना बनाने की जिम्मेदारी से छुटकारा पा जाता था। इस बार भी वह छुट्टी पाकर घूमता फिर रहा था, लेकिन अचला गौर से देखने लगी, मृणाल अपने हाथों खाना बनाकर महिम को खिलाना दिलोजान से पसन्द करती है। आज सवेरे वह अचानक बोल उठी–"मृणाल दीदी, आज तुम्हारी छुट्टी है?"

मृणाल समझ न पाई, तो बोली–"किस काम से छुट्टी है, सँझली दीदी?"

अचला बोली–"खाना बनाने के काम से। आज मैं ही खाना बनाऊँगी।"

मृणाल ठगी-सी रहकर बोली–"हाय री फूटी तकदीर! तुम भला क्या खाना बनाओगी!"

अचला ने सर हिलाकर कहा–"वाह, मैं क्या खाना बनाना नहीं जानती हूँ? घर में मैंने तो कितने दिन खाना बनाया है। ऐसा नहीं हो सकता है, मृणाल दीदी! आज मैं खाना बनाऊँगी ही।"

उसका आग्रह देखकर मृणाल उदास हो गई, बोली–"मेरे रहते तुम क्यों रसोईघर के धुएँ में तकलीफ झेलोगी भई?"

उसके मुँह के भाव को देखकर अचला जिद करके बोली–"अगर ऐसी बात है, तो ब्राह्मण रसोइए के रहते तुम्हीं भला क्यों तकलीफ झेलती हो? इस वक्त मैं जरूर खाना बनाऊँगी।"

मृणाल कुछ भी समझ नहीं सकी कि उसे खाना बनाने का इतना आग्रह क्यों है? उसने अपनी हँसी को दबाकर बनावटी अभिमान के सुर में गरदन हिलाकर कहा–"वाह री लड़की! तुम क्या एक-एक करके मेरा सब कुछ छीन लेना चाहती हो? सब कुछ तो तुमने छीन लिया है। तुम्हें क्या यह भी बर्दाश्त नहीं हो रहा है कि दो दिन मैं उसे खाना बनाकर खिला दूँ। अभी से क्या सौतिया डाह शुरू हो गई!"

अचला का कलेजा फिर धक् से कर उठा। मृणाल की आखिरी बात ने जाकर उसकी ईर्ष्या के दुख पर जोर से चोट की। उसने पल भर में ही गम्भीर होकर संक्षेप में कहा, "नहीं, आज मैं ही खाना बनाऊँगी।"

इतनी देर बाद मृणाल देख पाई कि अचला ने गुस्सा किया है। इसीलिए और तर्क-वितर्क किए बिना वह खिन्न होकर थोड़ी देर तक चुप रही, फिर बोली– "अच्छी बात है। तो तुम्हीं खाना बनाना जी। अच्छा चलो मैं तुम्हें दिखा आऊँ कि कहाँ क्या है?"

दोनों में से कोई भी यह नहीं जानती थी कि महिम इतनी देर तक घर पर ही था। सहसा उसे सामने देखकर दोनों ही झेंप गईं।

महिम ने अचला से धीरे-धीरे कहा–"मृणाल जब तक यहाँ है, तब तक वही खाना बनाए न!"

महिम यह जानता था कि वह क्यों एतराज कर रही थी। मगर यह बात तो खोलकर नहीं कही जा सकती।

अचला और भी जल उठी। लेकिन उसने अचानक सुर दबाकर सिर्फ कहा–"नहीं, मैं ही खाना बनाने जा रही हूँ।" इतना कहकर वह बहस-मुबाहिसे का इन्तजार किए बिना तेज कदमों से हट गई।

अचला जबरन खाना बनाने गई। खाना बनाने के काम में वह किसी से भी कम नहीं थी। लेकिन इधर वह मन ही नहीं लगा सकी। बीते दिनों की सारी कहानियाँ हिलते-डुलते सिर्फ खच से बिंधने लगीं। उसे लगने लगा, हो सकता है, महिम किसी भी दिन उसे उस तरह से प्यार नहीं कर सका हो। उसकी शादी के थोड़ा पहले सुरेश को लेकर जो संघर्ष छिड़ा था, उसकी बातों को कुरेद-कुरेदकर सोचकर आज सहसा वह साफ-साफ देख पाई कि महिम उसके प्रति हमेशा ही उदासीन है। यहाँ तक कि पिता की राय से उसके साथ शादी होने की

बात जब टूटने-टूटने को हो गई थी तब भी महिम जरा भी विचलित नहीं हुआ था, इसमें उसे अब रत्तीभर भी सन्देह नहीं रहा।

जब से मृणाल यहाँ आई है तब से लेकर अब तक मृणाल और अचला एक साथ खाना खाने बैठती थीं। दोपहर में अचला ने मृणाल को बुलाने के लिए हरि की माँ को भेज दिया और उसका इन्तजार करने लगी। हरि की माँ ने वापस आकर कहा–"मृणाल दीदी को बुखार-सा आ गया है। वे नहीं खाएँगी।"

अचला कोई बात किए बिना मृणाल के कमरे में आ घुसी। मृणाल आँखें मूँदे बिस्तर पर लेटी हुई थी। अचला बोली–"खाना खाने चलो मृणाल दीदी।"

मृणाल ने आँखें खोलकर देखा, तनिक मुस्कराई और बोली–"तुम खा लो जी भई, सँझली दीदी। मेरी तबीयत अच्छी नहीं है।"

अचला ने मुरझाए स्वर में प्रश्न किया–"क्या हुआ है? बुखार आया है?"

मृणाल बोली–"ऐसा ही लग रहा है। आज नहीं खाऊँगी, तो बुखार उतर जाएगा।"

अचला ने झुककर हाथ से मृणाल के माथे के ताप को महसूस किया और बोली–"मैं इतनी बेवकूफ नहीं हूँ मृणाल दीदी। चलो, खाना खाओगी।"

मृणाल ने गरदन हिलाकर कहा–"कसम से कह रही हूँ सँझली दीदी, मेरे खाना खाने की गुंजाइश नहीं है। भला तुम तकलीफ उठाकर क्यों बुलाने आई भई? बल्कि चलो, मैं जाकर तुम्हारे सामने बैठती हूँ।"

अचला ने सख्त होकर कहा–"मुझे ऐसी शिक्षा नहीं मिली है मृणाल दीदी कि मैं एक भूखी सहेली को मुँह के सामने बिठाकर खाना खाऊँ।"

मृणाल फिर भी हँसने की कोशिश करती हुई बोली–"और अगर सहेली के लिए खाना खाने का उपाय न हो तो?"

अचला ने पहले की ही तरह जवाब दिया–"पर पहले मैं यह तो सुनूँ कि सहेली के लिए खाना खाने का उपाय क्यों नहीं है? तुम्हें बुखार नहीं आया है, आया है गुस्सा। अगर तुम यह चाहती हो कि खुद न खाकर तुम मुझे भूखों मारोगी, तो साफ-साफ कहो, मैं तुम्हें और तंग नहीं करूँगी।"

मृणाल जल्दी से उठ बैठी और झोंक में आकर बोल पड़ी–"मैं अपने पति की कसम खाकर कहती हूँ सँझली दीदी कि मैंने जरा भी गुस्सा नहीं किया है। मगर मेरे लिए खाने की गुंजाइश नहीं है। चलो दीदी, मैं तुम्हें अपनी गोद में बिठाकर खिलाऊँगी जी।"

अचला बोली–"ओ, तो तुम्हें बुखार-वुखार नहीं आया था। वह सिर्फ बहाना था।"

मृणाल चुप रही। अचला खुद भी थोड़ी देर तक स्तब्ध भाव से रही, फिर एक साँस छोड़कर धीरे-धीरे बोली–"इतनी देर बाद बात समझ में आई। लेकिन शुरू में ही अगर तुम मुँह खोलकर यह कह देती मृणाल दीदी कि मेरा छुआ हुआ खाना खाने में तुम्हें घृणा होती है, तो यह अनुचित जिद करके मैं तुम्हें दुख नहीं देती। खुद मुझे भी नौकर-नौकरानियों के सामने शर्मिन्दा नहीं होना पड़ता। खैर, इसे जाने दो। मुझे माफ करना भई। मगर सुना है कि दूध में छूत नहीं लगती। इसीलिए मैं एक कटोरा दूध ला देती हूँ, और यदु जाकर दुकान से थोड़ा-सा सन्देश खरीद लाए। क्यों तुम्हारी क्या राय है?"

पहले-पहल मृणाल हक्का-बक्का की मानिन्द स्तब्ध रही। थोड़ी देर बाद जब उसकी स्तब्धता दूर हो गई, तो भी उसने बात नहीं की। मुँह नीचा किए चुप्पी साधे बैठी रही।

अचला ने फिर से ताना मारते हुए कहा–"क्यों, तुम्हारी क्या राय है?"

मृणाल ने आँचल से अपनी आँखें पोंछी और मृदु स्वर में बोली–"अभी रहने दो।"

अचला और भी थोड़ी देर तक चुपचाप खड़ी रही, फिर धीरे-धीरे चली गई।

मृणाल ने न ही मुँह उठाया, न ही बात की। बूढ़ी सास के लिए उसे खाना बनाना पड़ता है। वे बड़ी सफाई-पसन्द औरत हैं। अगर वे यह बात सुनेंगी तो कभी उसका दिया पानी तक नहीं छुएँगी। उन्हें बड़ा अभिमान है। अचला के आगे उसने उस बात का आभास तक जाहिर नहीं किया।

अचला ने रसोईघर में जाकर वहाँ का काम निपटाया, हाथ धोया और अपने कमरे में जाकर लेट गई। लेकिन चाहे और जिस भी कारण से क्यों न हो पर सिर्फ इसीलिए मृणाल ने उस खाने को नहीं छुआ था कि वह उसके हाथ का बना खाना था। चूँकि अचला इसे झूठ मानती थी, इसलिए उसने इस तरह से चोट पहुँचाई। मगर अचला इसे सच मानती तो वह मुँह से कह भी नहीं सकती। हालाँकि जो सुबह आज कलह से शुरू हुई थी, उसकी दोपहर में भगवान ने बना-बनाया खाना किसी के भी नसीब में नहीं लिखा है, इसे दोनों ने ही मन-ही-मन समझा।

तीसरे पहर बैलगाड़ी घर के सदर दरवाजे पर आ पहुँची। मृणाल अचला के कमरे के अन्दर घुसकर बोली–"मैं नमस्कार करने आई हूँ सँझली दीदी। मैं अपने घर चली। अगर कभी जी चाहे तो मुझे बुलावा भेज देना, मैं आ जाऊँगी।" उसके बाद वह थोड़ी देर रुकी, फिर बोली–"मैं जा रही हूँ, तुम एक शब्द भी नहीं बोलोगी भई।" इतना कहकर वह उत्सुकता भरी नजरों से निहारती रही। मगर अचला एक शब्द भी नहीं बोली। वह जैसी बैठी हुई थी, वैसे ही सर झुकाए बैठी रही।

उसके कमरे से बाहर निकलते ही मृणाल देख पाई, महिम घर में घुस रहा है। बोली–"जरा रुको सँझले भैया, तुम्हें भी प्रणाम कर लूँ।"

महिम ने मुँह उठाकर पूछा–"तू कुछ खाए बिना ही अपनी घर चली मृणाल? ऐसा करो, रात को यहाँ रहकर कुछ खा-पी लो, फिर सवेरे चली जाना।"

मृणाल तनिक मुस्कुराई और सर हिलाकर बोली–"नहीं सँझले भैया, यदु गाड़ी बुला लाया है। आज मैं जाती हूँ। लेकिन किसी दूसरे दिन तुम मुझे लिवा लाना।" इतना कहकर उसने अपने गले में आँचल डालकर उसके पैर छुए। बोली–"तुम्हें मेरे सर की कसम सँझले भैया, किसी दूसरे दिन मुझे लिवा लाना, भूलना नहीं भई।"

आज महिम हँस पड़ा। बोला–"मुँहजली, तेरा स्वभाव क्या किसी दिन नहीं बदलेगा?"

"मरने पर बदलेगा, उसके पहले नहीं।" इतना कहकर मृणाल और एक बार हँसी और जाकर गाड़ी पर सवार हो गई।

अचला ने इसकी कल्पना भी नहीं की थी कि मृणाल आज ही इतने अचानक चली जाएगी। न खुद मृणाल ने कुछ खाया था, न उसे खाने दिया था। इस कसूर की सबसे बड़ी

सजा उसे वह किस तरह से देगी, अकेले कमरे में बैठे-बैठे इतनी देर तक अचला यही सोच रही थी। प्यार करनेवाले पर घृणा करने का कलंक लगाने जैसी बड़ी सजा कोई दूसरी नहीं है, यह प्यार ही बता देता है। मृणाल को यही भारी सजा देने की बात मन-ही-मन तय करके अचला बैठी हुई थी। मृणाल दीदी उससे इसलिए मन में घृणा करती है कि वह ब्राह्म लड़की है। उसने यह तय किया था कि उठते-बैठते यही ताना देकर वह आज का बदला लेगी। मगर सब बेकार हो गया।

हालाँकि भूखी मृणाल विदा लेकर जब कमरे से बाहर निकल गई थी तब उसकी भी दोनों आँखों में आँसू भर आए थे। लेकिन मृणाल की उस खिलखिलाहट ने तपते रेगिस्तान की मानिन्द पलक झपकते उसके निकले आँसुओं को सोख लिया और दरवाजे के पीछे खड़ी होकर वह पूरा मन लगाकर दोनों के विदा होने का नजारा देखकर निस्तब्ध खड़े-खड़े ठीक वैसे ही जलने लगी जैसे पेड़ पर गाज गिरने पर पेड़ जलने लगता है।

थोड़ी देर बाद जब महिम कमरे में घुसा, तब उसका स्वाभाविक धैर्य लगभग जड़ से खत्म हो चुका था। लेकिन फिर भी उसके जनम भर के शिक्षा-संस्कार ने उसे नीचता के हाथ से बचा लिया। जी-जान लगाकर उसने अपने आपको रोका और कठोर हँसी हँसकर बोली–"वास्तव में शहर के आदमी के ठेठ गाँव में आकर रहने जैसी विडम्बना शायद दुनिया में कम ही होगी, न?"

महिम अपनी पत्नी के मुँह की तरफ निहारता हुआ थोड़ी देर तक चुप रहा, फिर बोला–"तुम अपनी बात कह रही हो न? मैं समझ सकता हूँ। पहले-पहल तुम्हें तरह-तरह की तकलीफें होंगी। लेकिन मैंने यह हरगिज नहीं सोचा था कि मृणाल से तुम्हारी नहीं बनेगी। क्योंकि उसके साथ किसी दिन किसी का भी झगड़ा नहीं हुआ है।"

अचला बोली–"यह खबर भला तुमने कहाँ सुनी कि मेरे साथ मुहल्ले भर के लोगों का हमेशा झगड़ा होता है?"

महिम ने धीरे-धीरे कहा–"तुमने दिनभर खाया-पीया नहीं है, रहने दो। इन सब बातों की अभी जरूरत नहीं है।"

अचला और ज्यादा जल उठी और बोली–"मृणाल दीदी भी तो बिना खाए ही अपने घर गई, लेकिन उनके साथ हँस-हँसकर बात करने में तो तुम्हें कोई एतराज नहीं हुआ था।"

महिम ठक-से रहकर बोला–"यह सब तुम क्या कह रही हो अचला?"

अचला बोली–"मैं यह कह रही हूँ कि मैंने ऐसा कौन सा बड़ा गुनाह तुम्हारे आगे किया है जिसके चलते मुझे यों अपमानित किए बिना तुम्हारा काम नहीं चल रहा था?"

महिम ने हक्का-बक्का होकर फिर से वही प्रश्न किया। बोला–"यह तुम क्या कह रही हो? इन सब बातों का क्या मतलब है?"

अचला अचानक जोर से बोल उठी–"इसका मतलब यह है कि किस गुनाह के चलते मुझे यों अपमानित किया तुमने? तुम्हारा क्या किया है मैंने?"

महिम विह्वल हो उठा–"मैंने तुम्हें अपमानित किया है?"

अचला बोली–"हाँ, तुमने मुझे अपमानित किया है!"

महिम ने प्रतिवाद करते हुए कहा–"यह झूठ है।"

अचला पल भर के लिए स्तम्भित रही। उसके बाद आवाज को मृदु करके बोली–"मैं कभी झूठ नहीं बोलती। मगर इस बात को जाने दो। अब अगर तुम्हें इस बात का गुमान हो कि तुम सत्यवादी हो, तो तुम सही जवाब दोगे?"

महिम उत्सुक दृष्टि से सिर्फ निहारता रहा।

अचला ने प्रश्न किया–"मृणाल दीदी जो करके आज चली गईं उसे क्या तुम्हारे ठेठ गाँव के समाज में अपमानित करना नहीं कहते हैं?"

महिम बोला–"लेकिन तुम मुझे इसमें शुमार करना क्यों चाहती हो?"

अचला बोली–"बताती हूँ। पहले तुम यह बताओ कि इसे यहाँ क्या कहा जाता है?"

महिम बोला–"अच्छी बात है। अगर यहाँ यही कहा जाता है तो..."

अचला ने रोककर कहा–"अगर कहा जाता हो तो, नहीं ठीक-ठीक जवाब दो।"

महिम बोला–"हाँ, ठेठ गाँव में भी लोग इसे अपमानित करना ही समझते हैं।"

अचला बोली–"तो गाँव के लोग भी इसे अपमानित करना मानते हैं न? तब तो तुमने सब जान-बूझकर मुझे यों अपमानित करवाया है। तुम यह जरूर जानते थे कि वे मेरे हाथ का बना खाना नहीं खाएँगी। यह ठीक है या नहीं?" इतना कहकर वह अपलक आँखों से निहारती हुई महिम के कलेजे के अन्दर तक अपनी जलती दृष्टि मानो भेजने लगी। महिम पहले की ही तरह अभिभूत की भाँति सिर्फ निहारता रहा। उसके मुँह से एक शब्द भी बाहर नहीं निकला।

ठीक ऐसे समय बाहर से सुरेश की चिल्लाहट आ पहुँची–"महिम तुम कहाँ हो जी?"

16

"अरे, सुरेश! तुम आए हो? आओ-आओ, घर के अन्दर आओ। तुम अच्छे हो न?"

महिम के स्वागत-भाषण खत्म होने के पहले सुरेश सामने आकर खड़ा हो गया। उसने अपने हाथ के ग्लैडस्टोन बैग को नीचे रखा और बोला–"हाँ, मैं अच्छा हूँ। लेकिन यह कैसी बात है? तुम अकेले क्यों खड़े हो? अचला बहूरानी पल भर में सचला होकर गायब कैसे हो गईं? जब मैं मोड़ पर था तभी उनका जोर का प्रेमालाप सुनकर मुझे यह पता चल गया था कि तुम्हारा घर कहाँ है?"

वास्तव में अचला ने गुस्से में आकर अपनी आखिरी बात जरा जोर से कही थी। ठीक दरवाजे के बाहर ही वह सुरेश के कानों में पहुँची थी।

सुरेश बोला–"देखा महिम, विदुषी पत्नी मिलने पर कितनी सुविधा होती है? उसको आए भला कितने दिन हुए हैं, लेकिन इसी बीच ठेठ गाँव के प्रेमालाप का ढंग तक उन्होंने ऐसा हासिल कर लिया है कि ठेठ गाँव की औरतों की मजाल नहीं कि वे कोई खोट निकाल सकें।"

शर्म के मारे महिम का मुँह आकर्ण लाल हो गया, वह खड़ा रहा। सुरेश ने कमरे की तरफ निहारकर अचला से फिर से कहा–"बड़े बेमौके आकर मैंने मजा किरकिरा कर दिया भाभी। इसके लिए मुझे माफ करना। महिम, तुम खड़े क्यों हो? बैठने के लिए कोई जगह हो, तो मुझे वहाँ ले चलो। मैं जरा बैठूँगा। पैदल चलते-चलते पैरों का जोड़-जोड़ टूट रहा है। अच्छी जगह तुमने घर बनवाया था भई! चलो-चलो, कलकत्ता चलो।"

"चलो," कहकर महिम ने उसे बाहर की बैठक में लाकर बैठाया।

सुरेश बोला–"भाभी क्या मेरे सामने नहीं निकलेगी? वे क्या परदानशीन हो गई हैं?"

महिम जवाब देता इसके पहले ही बगल के दरवाजे को धकेलकर अचला घुसी। उसके चेहरे पर झगड़े का कोई निशान तक नहीं था। उसने नमस्कार किया और प्रसन्न होकर बोली–"यह तो आशातीत सौभाग्य है। मगर यों अचानक आप कैसे आए?"

उसके प्रफुल्लित मुँह पर सुख-सौभाग्य के उदय की कल्पना करके सुरेश का कलेजा ईर्ष्या से जल उठा। उसने हाथ जोड़कर प्रति-नमस्कार किया और बोला–"अभी देखता तो हूँ कि मुझे यों अचानक नहीं आ जाना चाहिए था। लेकिन कौन-सी हरकत हो रही थी? Their first defference या आप जब से यहाँ आई हैं तब से लेकर अब तक इसी तरह से मनमुटाव चल रहा है। यह दोनों में से कौन-सी हरकत है?

अचला पहले की ही तरह मुस्कुराती हुई बोली–"किस हरकत की बात सुनने से आप ज्यादा खुश होंगे, कहिए? दूसरी हरकत की बात सुनने से पहले आप ज्यादा खुश होंगे न? तब तो मुझे वही कहना चाहिए, मेहमान को मन छोटा नहीं करना चाहिए।"

सुरेश का मुँह गम्भीर हो गया, बोला–"किसने कहा कि मेहमान को मन छोटा नहीं करना चाहिए? घर की गृहिणी का यही तो है असली काम, यही तो है उसका पक्का परिचय?"

अचला ने हँसते-हँसते कहा–"जब घर ही नहीं तब घरवाली भला कैसे होगी! मुझे इस बात की चिन्ता है कि इस गरीब की झोंपड़ी के अन्दर आज आपकी रात कैसे कटेगी? धन्य हैं आप कि जान-बूझकर आप यह दुख सहने आए हैं।"

उसके बाद उसने अपने पति की तरफ निहारा और बोली–"अच्छा, नयन बाबू से कहकर चन्द्रबाबू के घर में आज रात भर के लिए उनके सोने का इन्तजाम नहीं किया जा सकता है? उनका पक्का घर है। बैठकखाना भी है। वहाँ उन्हें कोई तकलीफ नहीं होती।"

सौजन्य के परदे में उन दोनों के व्यंग्य के इन सारे प्रच्छन्न घात-प्रतिघातों से महिम मन-ही-मन अधीर होता चला जा रहा था, मगर उसे यह सोचते नहीं बन रहा था कि वह इन्हें रोके तो कैसे रोके। ऐसी स्थिति में खुद सुरेश ने ही इसका प्रतिवाद किया; उसने सहसा हाथ जोड़कर कहा–"मुझसे दोष हुआ है भाभी, बल्कि जरा चाय-वाय दो, उसे पीकर बदन में ताकत ले आऊँ? उसके बाद नयन बाबू से या श्रवण बाबू से कहो, चन्द्रबाबू के पक्के घर में सोने की सिफारिश मानने को मैं राजी हूँ। लेकिन तुम चाहे जो भी क्यों न कहो महिम, इसके प्रति अगर इतना आकर्षण सचमुच है, तो यह खुश होने की बात तो है।"

महिम की तरफ से अचला ने ही उसका सहसा जवाब दिया—"खुश होना न होना, यह आदमी के अपने हाथ में है, लेकिन यह मेरे ससुर की ड्योढ़ी है, इसके प्रति आकर्षण न होकर अगर बड़े लाट के राज-भवन के प्रति आकर्षण होता तो वही तो गलत होता। खैर, पहले बदन में ताकत हो, उसके बाद बातें होंगी। मैं चाय का पानी चढ़ाने के लिए कह आई हूँ, पाँच मिनट के अन्दर मैं चाय ला देती हूँ। तब तक आप मुँह बन्द किए जरा आराम कीजिए।" इतना कहकर अचला हँसती हुई चली गई।

उसके चले जाते ही सुरेश के कलेजे की जलन बढ़ गई। वह अपने आपको हमेशा ही दुर्बल और अस्थिर चित्त समझता था और इसके लिए उसे कोई लाज या क्षोभ भी नहीं था। बचपन में यार-दोस्त जब महिम से उसकी तुलना करके उस पर सनकी आदि होने का आरोप लगाते तब वह मन-ही-मन खुश होकर कहता कि यह ठीक है कि उसमें पक्का इरादा करने की ताकत नहीं है, उसे जब जो जी में आता है, करता है। मगर उसका हृदय उदार है, वह कभी भी ओछा या छोटा काम नहीं करता है। वह अपनी आमदनी के मुताबिक खर्च करना नहीं जानता है। वह यह हिसाब करके दान नहीं देता है कि किसे दान देना चाहिए और किसे दान नहीं देना चाहिए। जब उसका मन रो उठता है तो चाहे जिसे और जिस भी वजह से हो अपना पहनावा तक देकर चले जाने में वह नहीं हिचकता है। लेकिन किसी की भी मजाल नहीं कि यह कहे कि सुरेश ने किसी से भी बैर किया है या अपने स्वार्थ के लिए कोई ऐसा काम किया है जो उसे नहीं करना चाहिए था। लिहाजा जिन्दगी भर जिस सुरेश की हृदय के मामले में बेहद कामचोर के रूप में बदनामी थी और जो सुरेश खुद भी इसे सच मानता था उसी सुरेश को जब अचानक अचला के सम्बन्ध में आखिरी पल में अपने इतने बड़े संयम का परिचय मिला तब अपने अन्दर इस अज्ञात शक्ति को देख पाकर उसने सिर्फ आत्मतृप्ति ही नहीं प्राप्त की, बल्कि उसका पूरा हृदय गर्व से फैल गया। अचला की शादी के बाद दो दिनों तक वह अपने आपसे लगातार यही बात कहता रहा कि वह शक्तिहीन और अक्षम नहीं है, वह इच्छाओं का गुलाम नहीं है। बल्कि जरूरत पड़ने पर वह अपनी तमाम इच्छाओं को अपने हृदय से जड़ से उखाड़ फेंक दे सकता है। दोस्ती क्या चीज है, अपने दोस्त के लिए वह कितना त्याग कर सकता है, अब उसके दोस्त और उसकी पत्नी इसे समझने की कोशिश करें।

लेकिन किसी झूठ से लम्बे अरसे तक किसी दूरी को पाटकर नहीं रखा जा सकता है। उसका आत्मसंयम सच्ची चीज नहीं है, यह आत्म-प्रवंचना है। इसलिए एक पूरा सप्ताह न बीतते ही इस झूठे संयम का मोह उसके फैले हुए हृदय से धीरे-धीरे बाहर निकलकर उसे सँकरा करने लगा। उसका मन बार-बार यह कहने लगा कि इस स्वार्थ-त्याग से उसे क्या मिला? इसने उसे क्या दिया? किस सहारे को लेकर वह अपने आपको अब खड़ा रखेगा? फूफी ने कहा—'बेटा, अब तुम एक ऐसी बहू घर में ले आ जिसके साथ मैं गिरस्ती बसाऊँ।'

एक दिन समाज के दरवाजे पर जब केदार बाबू से उसकी मुलाकात हुई, तो उन्होंने साफ-साफ कहा कि उन्होंने जो कुछ किया है, वह अच्छा नहीं हुआ है। महिम के साथ अचला की शादी कराने की तो शुरू-शुरू में उनकी इच्छा नहीं थी, चूँकि सिर्फ वह निश्चेष्ट

रहा, इसीलिए उन्होंने अन्त में इस शादी के लिए अपनी सहमति दी। जब वह घर आया, तो उसके मन के अन्दर अभिशाप-सा जगने लगा, इस शादी से उनमें से कोई भी सुखी न हो। अपनी स्थिति को लाँघने का गुनाह दोस्त भी महसूस करे और अचला भी अपनी गलती को समझ पाकर आत्मग्लानि में जल मरे। भले ही उसने उन लोगों का इतना बुरा चाहा, लेकिन उसका मन छोटा नहीं है। इस बुरा चाहने के लिए वह अपने आपको बहुत तरह से फटकारने लगा। मगर उसका दुखी, प्रताड़ित हृदय हरगिज काबू में नहीं रहा, वह बेहद अड़ियल बच्चे की तरह लगातार यही बात दोहराता रहा। यों ही महीना भर उसने किसी तरह से बिता दिया। उसके बाद जब एक दिन अपने कौतूहल को और दबा नहीं सका, तो अन्त में हाथ में बैग लिये वह महिम के घर आ पहुँचा।

सुरेश ने महिम के मुँह की तरफ निहारकर कहा–"अब तुम समझ पा रहे हो महिम कि मेरी बात कितनी सही है?"

महिम ने पूछा–"कौन-सी बात?"

सुरेश पंडित की तरह बोला–"यही कि मैं ठेठ गाँव में रहता तो नहीं हूँ, लेकिन मैं इसका सब कुछ जानता हूँ। मैंने फिर भी क्या तुम्हें सावधान नहीं कर दिया था कि गाँव और समाज से बड़ा भारी विरोध होगा।"

महिम ने सहज भाव से कहा–"कहाँ, वैसा तो कोई खास विरोध नहीं हुआ है?"

"विरोध और किसे कहते हैं? क्या तुम्हारे घर किसी ने खाना खाया? यही क्या काफी अशान्ति और अपमान नहीं है?"

"मैंने किसी को खाना खाने के लिए कहा नहीं था।"

"तुमने किसी को खाने के लिए नहीं कहा था? अच्छा, पर तुमने 'बहू-भात' की दावत मुझे तो नहीं दी थी, महिम?"

"चूँकि मैंने वह रस्म अदा नहीं की थी, इसीलिए मैंने तुम्हें दावत नहीं दी थी।"

सुरेश ने विस्मित होकर कहा–"तुमने 'बहू-भात' की रस्म अदा नहीं की थी? ओ, तुम लोग तो भला... लेकिन इस तरह से कितने उपद्रवों को टाला जा सकता है महिम? मुसीबतें आएँगी, बाल-बच्चे होंगे, काम-काज होगा, दुनियादारी में क्या यह सब नहीं होता है? मेरा कहना है..."

इसी समय अचला यदु के साथ कमरे में घुसी। यदु के हाथ में चाय का सरंजाम था और खुद उसके हाथ में मिठाई का थाल था। सुरेश की आखिरी बात उसके कानों में पहुँची थी, लेकिन उसके मुँह के भाव से सुरेश यह समझ नहीं सका। जब दोनों दोस्तों का नाश्ता और चाय पीना खत्म हुआ, तो महिम ने अपने कन्धे पर चादर डाली और उठकर खड़ा हो गया। गाँव का जमींदार मुसलमान है। उसके लड़के को महिम अंग्रेजी पढ़ाता था। जमींदार खुद पढ़ना-लिखना नहीं जानता था, तो भी उसमें उदारता थी। महिम के साथ उसका सद्भाव भी काफी था। इसलिए गाँव के लोगों ने समाज की दुहाई देकर आज तक उस पर जुल्म ढाने की हिम्मत नहीं की थी।

अचला बोली–"आज अगर तुम जमींदार के लड़के को पढ़ाने नहीं जाते, तो क्या काम नहीं चलता?"

महिम बोला—"क्यों? मैं उसे पढ़ाने क्यों नहीं जाऊँ?"

अचला के मन की शक्ति और हृदय की निर्मलता चाहे जितनी बड़ी भी क्यों न हो, सुरेश के साथ उसका रिश्ता जैसा बन गया था उसमें उसके अचानक आ जाने से भी औरत झिझक महसूस किए बिना नहीं रह सकती है। सुरेश को वह अच्छी तरह पहचानती थी। उसका हृदय चाहे जितना भी महान क्यों न हो, उस हृदय की झोंक पर उसे कोई आस्था नहीं थी। यहाँ तक कि उसे डर लगता था। शाम को उसी के साथ उसे अकेले छोड़कर महिम के जाने की बात सुनकर वह मन-ही-मन उत्कंठित हो उठी, लेकिन बाहर उसे जरा भी जाहिर किए बिना हँसकर कहा—"वाह! ऐसा कैसे हो सकता है? मेहमान को अकेले छोड़कर..."

महिम बोला—मेरे चले जाने से मेहमाननवाजी में कोई कोताही नहीं होगी। इसके अलावा तुम तो हो।

अचला ने आनाकानी करते हुए कहा—"लेकिन मैं भी नहीं रह सकूँगी।" फिर सुरेश की तरफ निहारकर बोली—"हमारा उड़िया ब्राह्मण इतना पक्का रसोइया है कि उसके साथ न रहने पर कुछ भी मुँह में डालने की गुंजाइश नहीं रहेगी। मेरा कहना है, तुम बल्कि..."

महिम ने गरदन हिलाकर कहा—"नहीं, ऐसा नहीं हो सकता है। महज दो घंटे की तो बात है।" इतना कहकर उसने कमरे के कोने से लाठी को उठाकर हाथ में लिया। एक तो महिम के काम करने के तौर-तरीके में उलट-फेर नहीं होता है, दूसरे इस एक मामूली कारण को लेकर बार-बार आग्रह प्रकट करने में भी अचला को शर्म आने लगी, कहीं उसके डर को सुरेश की नजरों में आ जाने की वजह से उसकी शर्म सौ गुना बढ़ न जाए।

महिम धीरे-धीरे बाहर निकल गया। उसे सुनाकर सुरेश ने अचला से हँसकर कहा—"क्यों, तुमने अपना मुँह खाली किया? मैं तो हमेशा से जानता हूँ कि वह ऐसा आदमी नहीं है कि किसी का कहा मानेगा। तुम चाहे जो भी कोई किताब मुझे देकर अपने काम में चली जाओ। मेरा वक्त ठाठ से गुजर जाएगा।"

उसकी बात अचानक अचला को टीसी कि वास्तव में महिम किसी दिन उसकी कोई बात नहीं मानता है। भले ही यह उसका बहुत बड़ा गुण क्यों न हो, लेकिन तब भी सुरेश का कहा अपने पति की इस जनम भर की कर्तव्यनिष्ठा का परिचय उसी के सामने आज उसे अपमानजनक उपेक्षा के रूप में बिंधा। कोई बात किए बिना वह अपने कमरे में गई, यदु से एक बांग्ला किताब भेज दी और रसोईघर चली गई।

बहुत रात गए सोते वक्त महिम ने पूछा—"सुरेश ने तुम्हें बताया कि वह यहाँ कितने दिन रहेगा?"

यों ही विभिन्न कारणों से दिन भर पति पर उसका मन प्रसन्न नहीं था। ऊपर से यह कल्पना करके कि इस प्रश्न के अन्दर एक गन्दा व्यंग्य छिपा हुआ है, वह पलक झपकते जल उठी, कठोर आवाज में प्रश्न किया—"इसका मतलब?"

महिम ठगा-सा रह गया। उसने सीधे ढंग से यह जानना चाहा था, उसने व्यंग्य या ताना कुछ भी नहीं मारा था। उन लोगों की इनती देर की बातचीत के बीच वह सुरेश से संकोच से यह प्रश्न नहीं पूछ सका था और उसने अपने से यह नहीं बताया था। मगर उसे यह उम्मीद थी कि सुरेश ने जरूर अचला को यह बताया होगा।

महिम को चुप रहता देख अचला ने खुद ही कहा–"इस बात का मतलब इतना सीधा है कि तुम्हें पूछने की भी जरूरत नहीं है। तुम्हारा यह विश्वास है कि सुरेश बाबू किसी इरादे से यहाँ आए हैं और उनका वह इरादा पूरा होने में कितनी देर होगी, इसे मैं जानती हूँ, यही न?"

महिम और भी थोड़ी देर तक चुप रहा। उसके बाद स्निग्ध स्वर में बोला–"मेरा वैसा कोई विश्वास नहीं है। लेकिन मृणाल के बर्ताव से आज तुम्हारा मन अच्छा नहीं है, तुम कुछ भी धीर भाव से समझ नहीं सकोगी। आज तुम सो जाओ, कल वे बातें होंगी।" इतना कहकर वह खुद ही बिस्तर पर लेटा और करवट लेकर सोने की तैयार की।

अचला भी लेट तो गई, लेकिन वह हरगिज सो नहीं सकी। उसके मन के अन्दर जो झुँझलाहट लगातार जमा होती चली जा रही थी, वह अगर एक मामूली से झगड़े के रूप में बाहर निकल जा सकती, तो हो सकता है, वह स्वस्थ हो जाती। लेकिन इस तरह से उसका मुँह बन्द कर देने से वह अपने ही अन्दर सिर्फ जलने लगी। हालाँकि जो प्रसंग बन्द हो गया उसे साधारण अनपढ़ औरत की तरह अनचाहे छोड़ने में जो शर्म और नीचता है उसे भी वह बिलकुल नहीं कर सकती है। वह सिर्फ कल्पना में अपने पति को प्रतिवादी बनाकर जलते सवाल-जवाबों से अपने आपको क्षत-विक्षत करती हुई आधी रात तक जागी रहकर बिस्तर पर छटपटाती रही।

महिम रोज तड़के उठकर अपना खेत-खलिहान देखने जाता था। वापस आने में किसी दिन दोपहर ढल जाती थी।

अचला की नींद जरा दिन चढ़े टूटी। जब वह हड़बड़ाकर बाहर आई, तो देखा, यदु हाथ में केतली लिये रसोईघर चला जा रहा है। उसने उसे बुलाकर पूछा–"बाबू कुछ कह गए, यदु?"

यदु बोला–"हाँ, वे कह गए हैं कि वे दोपहर के पहले लौट आएँगे?"

अचला ने प्रश्न किया–"नए बाबू उठे हैं?"

यदु बोला–"हाँ! वे उठ गए हैं। उन्होंने ही तो चाय बनाने के लिए कह दिया।"

अचला ने जल्दी से मुँह-हाथ धोया, कपड़े बदले और बाहर आई, तो देखा–सुरेश ने बहुत पहले ही तैयार होकर कमरे की सारी खिड़कियों को खोल दिया, खुले दरवाजे के सामने एक कुर्सी खींच ली और कल की उसी किताब को पढ़ रहा है। सुरेश ने अचला की पदचाप सुनी तो उसने किताब से मुँह उठाकर निहारा। अचला के मुँह पर रात के जागने के सारे निशान चमक रहे थे। आँखों के नीचे कालिख पड़ गई है, गाल पीले हैं, होंठ मैले हैं–वह जितना देखने लगा, उतनी ही उसकी आँखें ईर्ष्या की आग में जलने लगीं। मगर वह अपनी नजर हरगिज नहीं हटा सका।

उसकी चितवन की मुद्रा से अचला विस्मित हुई, लेकिन वह इसका अर्थ नहीं समझ सकी, बोली–"आप कब उठे? मुझे उठने में आज देरी हो गई।"

"मैं यही तो देख रहा हूँ।" इतना कहकर सुरेश ने धीरे-धीरे सर हिलाया। सामने की दीवार पर एक बहुत पुराना बड़ा-सा आईना टँगा हुआ था। ठीक उसी समय अचला की नजर उस पर पड़ी, तो सुरेश की चितवन का अर्थ पल भर में ही उसके आगे साफ हो गया। और अपनी बदसूरती की शर्म से मानो वह बिलकुल गड़ गई। वह यह मुँह किस तरह से

छिपाएगी, कहाँ छिपाएगी, सुरेश की गलत धारणा का वह कैसे प्रतिवाद करेगी, जब उससे कुछ भी सोचते नहीं बना, तो वह तेज कदमों से बाहर निकल गई–कहते-कहते गई–"जाती हूँ, आपके लिए चाय ले आऊँ।"

सुरेश ने कोई बात नहीं की, उसने सिर्फ एक लम्बी आह भरी और सूनी नजरों से आसमान की तरफ निहारता हुआ स्तब्ध होकर बैठा रहा।

दसेक मिनट बाद चाय का सरंजाम हाथ में लिये अचला फिर से जब कमरे में घुसी तब सुरेश ने अपने आपको सँभाल लिया था। चाय पीते-पीते सुरेश बोला–"पर तुमने चाय नहीं पी?"

अचला हँसकर बोली–"मैं अब चाय नहीं पीती हूँ।"

"क्यों? अब तुम चाय क्यों नहीं पीती हो?"

"चाय पीना अब अच्छा नहीं लगता है। इसके अलावा यह जगह गरम है न, चाय पीने से नींद नहीं आती है। कल तो लगभग सारी रात मैं सो नहीं सकी थी। नींद न आने पर मुँह-आँख का क्या हाल होता है, जला मुँह लोगों को दिखाया नहीं जा सकता है।" इतना कहकर वह शरमाती हुई हँसने लगी।

सुरेश थोड़ी देर तक चुप रहा, फिर बोला–"लेकिन यह तो तुम्हारी बचपन की आदत है। महिम तुम्हें चाय पीने के लिए नहीं कहता है?"

अचला हँसकर बोली–"कहने पर भी भला सुनता कौन है? इसके अलावा आखिर यह ऐसी क्या चीज है जिसके पिए बिना काम ही न चले?"

सुरेश यह साफ देख पाया कि उसकी यह हँसी सूखी हँसी है। वह फिर थोड़ी देर चुप रहकर बोला–"तुम तो यह जानती ही हो कि भूमिका बाँधकर बात करने की मेरी आदत नहीं है। मैं ऐसा कर भी नहीं सकता। लेकिन दो-एक बातें साफ-साफ पूछने पर क्या तुम गुस्सा करोगी?"

अचला मुस्कुराती हुई बोली–"लो, सुनी इनकी बात! मैं गुस्सा क्यों करूँगी?"

सुरेश बोला–"अच्छी बात है। तो फिर मैं पूछता हूँ–तुम क्या यहाँ सुख से हो?"

अचला का मुस्कुराया चेहरा लाल हो उठा, बोली–"यह प्रश्न आपको करना ही नहीं चाहिए?"

"क्यों, मुझे यह प्रश्न क्यों नहीं करना चाहिए?"

अचला ने सर हिलाकर कहा–"मैं सुख से नहीं हूँ, आपको ऐसा लगना ही अनुचित है।"

सुरेश जरा उदास हँसी हँसकर बोला–"मन क्या इस बात की फिक्र करके सोचता है कि क्या उचित है और क्या अनुचित! सिर्फ दो महीने पहले सिर्फ मुझे यह सोचना चाहिए था, इतना ही नहीं, सिर्फ मुझे ही यह सोचने का हक था। आज दो महीने बाद सारा हक अगर चला गया हो तो चला जाए, मैं यह शिकायत नहीं करता। अब सिर्फ सही बात जानकर मैं जाना चाहता हूँ। मैं जब से यहाँ आया हूँ, तब से लेकर अब तक एक बार लग रहा है कि तुम जीत गई हो, एक बार लग रहा है कि तुम हार गई हो। मेरा मन कैसा है, यह तो तुमसे छिपा नहीं है। एक बात सचमुच बताओ तो अचला कि क्या सही है?"

दुर्निवार्य रुलाई अचला के गले तक आ गई। लेकिन जी-जान से उसकी ताकत को रोककर अचला ने जोर से सर हिलाकर कहा–"मैं अच्छी हूँ।"

सुरेश धीरे-धीरे बोला–"अच्छी बात है!"

इसके बाद थोड़ी देर तक किसी को भी कोई शब्द ढूँढ़े नहीं मिला। सुरेश अचानक चौंककर बोल उठा–"और एक बात! तुम्हारे चलते मैंने कितना कुछ झेला है, यह क्या तुम्हें कभी..."

अचला अपने दोनों कानों में उँगली डालकर बोल उठी–"आप उन सब बातों की चर्चा मत कीजिए?"

सुरेश ने खुले दरवाजे पर अपने दोनों हाथों को फैला करके अचला के भागने के रास्ते को रोककर कहा–"नहीं, उन सब बातों को कहे बिना मैं नहीं रह सकता, तुम्हें सुनना ही पड़ेगा।"

उसकी वैसे ही नजरें हैं जो याद आने पर अब भी अचला सिहर उठती है। वह जरा पीछे हट गई और डरती हुई बोली–"अच्छा, तो कहिए।"

सुरेश बोला–"तुम डरो मत। मैं तुम्हारे बदन पर हाथ नहीं लगाऊँगा। मुझे अभी भी यह होश है।" इतना कहकर वह फिर से कुर्सी पर बैठ गया और बोला–"यह बात तुम्हें याद रखनी ही होगी कि भले ही मैं तुम पर अपना सारा हक खो चुका हूँ, तो भी मुझ पर तुम्हारा सारा हक बरकरार है।"

अचला ने बाधा देकर कहा–"यह याद करने से मुझे कोई फायदा नहीं है।" लेकिन कहते-कहते वह देख पाई कि उसकी बात ने जोर से चोट पहुँचाकर सुरेश को पल भर के लिए बदरंग कर दिया और उसी पल खुद उसने भी यह साफ महसूस किया कि खेद की बात उसकी अपनी पीठ पर जोर से आ गिरी।

वह थोड़ी देर तक चुप रहने के बाद कोमल स्वर में बोली–"सुरेश बाबू, उन सब बातों को सुनना मेरे लिए भी पाप है और आपको भी। वे सब बातें नहीं कहनी चाहिए। क्यों आप उन सब बातों को उठाकर मुझे दुख दे रहे हैं?"

सुरेश ने उसके मुँह पर नजरें टिकाकर कहा–"तुम क्या दुख पाती हो अचला?"

अचला के मुँह से अचानक बाहर निकला गया–"मैं क्या पत्थर हूँ सुरेश बाबू?"

सुरेश ने अपनी नजरें अचला के मुँह पर से हटाईं तो नहीं, मगर अचला की दोनों आँखें झुक गईं। सुरेश ने धीरे-धीरे कहा–"बस, यही मेरे जीवन भर का सहारा रहा अचला। इससे ज्यादा मैं और नहीं चाहता।" इतना कहकर वह पल भर स्थिर रहा, फिर बोला–"जब तुम पत्थर नहीं हो तब तुम मुझे अब इस आखिरी भीख से हरगिज वंचित नहीं कर सकती हो। तुम्हारे सुख की जिम्मेदारी जिस पर मर्जी रहे, लेकिन तुम्हारे हाथों जब मैं सिर्फ दुख ही पाता आया हूँ तब तुम्हारे दुख का बोझ आज से मेरा रहे, यही वरदान आज मैं माँगता हूँ। तुम मुझे भीख दो।" कहते-कहते रुलाई से उसकी आवाज रुँध गई। अचला की आँखों से भी उसके बीते दिन-रात का जमा सारा दुख उसके न चाहते हुए भी अबकी बार पिघलकर टप-टप करके टपकने लगा।

ठीक ऐसे समय दरवाजे के बाहर जूतों की आहट सुनाई पड़ी और दूसरे ही पल महिम ने कमरे में घुसते-घुसते कहा–"क्या जी सुरेश, चाय-वाय पी तुमने?"

सुरेश सहसा जवाब नहीं दे सका। उसने मुँह नीचा करके धोती के छोर से किसी तरह से अपनी आँखें पोंछ डालीं और अचला आँचल से अपना मुँह ढँककर महिम की बगल से होकर तेज कदमों से बाहर निकल गई। महिम एक पाँव कमरे के अन्दर और एक पाँव कमरे के बाहर रखकर हक्का-बक्का-सा खड़ा रहा।

17

अपने आपको रोककर महिम कमरे में घुसा, एक कुर्सी खींच ली और उस पर बैठ गया।

तब सुरेश की वैसी स्थिति थी जिस स्थिति में मनुष्य का मन सबसे ज्यादा बेझिझक और अनायास झूठ गढ़ सकता है। उसने चट से हाथ से अपनी आँखें पोंछ डालीं, शर्मिन्दा होकर मुस्कुराते हुए उदार भाव से स्वीकार किया कि वह वास्तव में बड़ा कमजोर हो गया था। मगर महिम ने इसके लिए जरा भी चिन्ता प्रकट नहीं की। यहाँ तक कि उसने यह भी नहीं पूछा कि वह क्यों कमजोर हो गया था।

तब सुरेश खुद ही अपनी कैफियत देने लगा। बोला–"चाहे जो कुछ भी क्यों न कहें महिम, यह मैं जोर देकर कह सकता हूँ कि इन लोगों के आँसू देखने पर न जाने कहाँ से खुद मेरी अपनी आँखों में आँसू आ जाते हैं, उन्हें हरगिज सँभाला नहीं जा सकता है। मैं अगर वहाँ नहीं गया होता, तो केदार बाबू तो इस बार हरगिज जिन्दा नहीं रहते। मगर वे तो खासे बदमिजाज आदमी हैं जी महिम, इकलौती लड़की है, तब भी उसे खबर नहीं देने दी। शादी के बाद से ही वे नाराज हैं, पर उनकी नाराजगी का जोड़ नहीं। मैंने कहा, जो होना था वह तो हो ही चुका है।"

महिम ने पूछा–"तुम्हें चाय मिली है तो जी?"

सुरेश ने गरदन हिलाकर कहा–"हाँ, चाय तो मुझे मिल गई है। मगर बाप को ऐसा सलूक मिला, तो किसकी आँखों में आँसू न आए, कहो। जब मर्द ही हरदम यह झेल नहीं पाता, तो यह तो ठहरी औरत!"

महिम बोला–"हाँ, तुम्हारा कहना तो सही है। अच्छा यह तो बताओ कि रात को तुम्हारी नींद में कोई खलल तो नहीं पड़ी थी, सुरेश? तुम अच्छी तरह सो सके थे तो? नई जगह है..."

सुरेश जल्दी से बोल उठा–"नहीं, नई जगह होने की वजह से मेरी नींद में कोई खलल नहीं पड़ी थी। एक ही करवट में रात बीत गई थी। अच्छा महिम, केदार बाबू ने अपनी बीमारी की खबर तुम लोगों को बिलकुल ही नहीं दी, यह कैसी अजीब बात है, जरा इसे सोचकर देखो तो!"

महिम ने बिलकुल सहज ढंग से कहा–"यह अजीब बात तो है।" इतना कहकर उसने तनिक मुस्कुराकर कहा–"मुँह-हाथ धोकर जरा टहलने निकलोगे क्या? जाओ तो जरा

चटपट निपट लो भाई, मुझे फिर घंटे भर के अन्दर निकलना पड़ेगा। अभी तक मैंने अपना सुबह का काम-काज नहीं निपटाया है।"

सुरेश ने अपनी किताब में मन लगाते हुए कहा–"कहानी बड़ी अच्छी लग रही है। मैं इसे खत्म कर डालूँ।"

"अच्छी बात है, तो कहानी ही खत्म कर डालो। मैं दो घंटे के अन्दर ही लौट आऊँगा।" इतना कहकर महिम उठकर चला गया।

ज्यों ही वह पीछे मुड़ा त्यों ही सुरेश ने नजरें उठाकर निहारा। लगा, किसी अदृश्य हाथ ने पल भर के अन्दर उसके समूचे मुँह पर मानो शर्म की कालिख पोत दी हो।

जिस दरवाजे से होकर महिम बाहर निकल गया उस खुले दरवाजे की तरफ अपलक निहारता हुआ सुरेश लकड़ी जैसा सख्त होकर बैठा रहा। मगर अन्दर ही अन्दर उसकी अनचाही जिम्मेदारी की सारी विफलताएँ क्रुद्ध अभिमान से उसके अंग-अंग को डसने लगी।

दोनों दोस्तों की बातचीत दरवाजे के पीछे खड़ी होकर अचला कान लगाकर सुन रही थी। महिम के कपड़े बदलने के लिए कमरे में घुसने के थोड़ी ही देर बाद वह किवाड़ धकेलकर घुसी।

महिम ने ज्यों ही नजरें उठाकर निहारा त्यों ही अचला ने स्वाभाविक मृदु स्वर में पूछा–"मेरे पिताजी ने क्या तुम्हारे प्रति बहुत बड़ा गुनाह किया है?"

अचानक ऐसे सवाल का मतलब न समझ पाकर, महिम जिज्ञासु होकर चुप रहा।

अचला ने फिर पूछा–"मेरी बात शायद तुम समझ नहीं सके?"

महिम बोला–"नहीं, मैं तुम्हारी बात समझ नहीं सका। तुम्हारी बातें प्रिय नहीं हैं, तो भी साफ तो हैं। लेकिन उनका अर्थ समझना कठिन है। कम-से-कम मेरे लिए उनका अर्थ समझना कठिन तो है।"

अचला ने मन के गुस्से को भरसक दबाकर जवाब दिया–"इन दोनों में से कोई भी तुम्हारे लिए कठिन नहीं है। मगर कठिन है इसे कबूल करना। सुरेश बाबू को जो बात तुम आराम से बता आए वही बात मुझे बताने की शायद तुम्हारी हिम्मत नहीं हो रही है। लेकिन आज मैं तुमसे साफ-साफ पूछना चाहती हूँ कि मेरे पिताजी क्या तुम्हारे लिए इतने तुच्छ हो गए हैं कि उनकी भयंकर बीमारी की खबर पर तुम कान देना जरूरी नहीं समझते हो?"

महिम ने गरदन हिलाकर कहा–"मैं इसे बेहद जरूरी समझता हूँ। मगर जहाँ यह जरूरी नहीं है वहाँ तुम मुझे क्या करने को कहती हो?"

अचला बोली–"कहाँ यह जरूरी नहीं है, जरा सुनूँ तो सही?"

महिम थोड़ी देर तक अचला के मुँह की तरफ चुपचाप निहारता रहा, उसके बाद कठोर आवाज में कह डाला–"जैसे अभी-अभी सुरेश की बातों पर कान देना जरूरी नहीं था। और जैसे इसको लेकर तुम्हें भी इतना गुस्सा करके मेरे मुँह से खींचकर कड़ी बात निकलवाने की जरूरत नहीं थी। जाने दो अब और नहीं, जिस पानी के नीचे कीचड़ हो उसे घोल देना मैं बुद्धिमानी नहीं समझता।"

इतना कहकर महिम बाहर निकलने जा रहा था कि तभी अचला तेज कदमों से सामने आई और रास्ता रोककर खड़ी हो गई। थोड़ी देर बाद वह दाँतों से जोर से होंठों को दबाए

रही, ठीक लगा जैसे किसी आकस्मिक दुःसह आघात के हृदय विदारक चीत्कार को वह जी-जान से रोक रही हो। उसके बाद बोली–"तुम्हें क्या, बाहर कोई खास जरूरी काम है? दो मिनट तुम इन्तजार नहीं कर सकते हो?"

महिम बोला–"हाँ, मैं इन्तजार कर सकता हूँ।"

अचला बोली–"तो फिर बात साफ हो ही जाए। पानी जब हट जाता है तभी यह पता चलता है कि नीचे कीचड़ था, है न?"

महिम ने गरदन हिलाकर कहा–"हाँ।"

अचला बोली–"बेकार में पानी को गँदला कर देने की हिमायती मैं भी नहीं हूँ। लेकिन इस डर से कि कहीं पानी गँदला न हो जाए, कीचड़ को न निकाल फेंकना क्या अच्छा है? एक दिन पानी गँदला हो जाए तो हो जाए न अगर बराबर के लिए कीचड़ से छुटकारा मिल जाएँगे। क्यों, तुम्हारी क्या राय है?"

महिम ने कठोर भाव से कहा–"मुझे कोई एतराज नहीं है। मगर उससे कहीं ज्यादा मेरा जरूरी काम पड़ा हुआ है, अभी समय नहीं होगा।"

अचला ने ठीक वैसी ही कठोर आवाज में कहा–"जब तुम अपना यह कहीं ज्यादा जरूरी काम निपटा लोगे तब तो फुरसत होगी न? अच्छी बात है, मैं तब तक इन्तजार करती रहूँगी।" इतना कहकर उसने रास्ता छोड़ दिया और हटकर खड़ी हो गई।

महिम कमरे से बाहर निकल गया। जब तक वह दिखाई पड़ा तब तक वह स्थिर होकर खड़ी रही। उसके बाद उसने किवाड़ बन्द कर दिया।

घंटे भर बाद जब वह नहाने के प्रसंग को लेकर बाहर सुरेश के कमरे में आकर खड़ी हो गई तब उसके मुँह के थके-हारे भाव को सुरेश ने नजर उठते ही महसूस किया। सुरेश यह अन्दाजा लगाकर कि इसी बीच महिम के साथ उसका कुछ-न-कुछ जरूर हो गया होगा, मन-ही-मन बेहद संकुचित हो उठा। लेकिन हिम्मत करके वह सवाल नहीं कर सका।

अचला चुपचाप खड़ी रही, फिर पूछा–"वह क्या हो रहा है?"

सुरेश बैग के अन्दर कल इस्तेमाल किए अपने कपड़े-लत्ते को सहेजकर रख रहा था। बोला–"एक बजे के अन्दर ही तो ट्रेन है, जरा पहले ही ठीक कर ले रहा हूँ।"

अचला ने जरा अचरज में पड़कर प्रश्न किया–"आप क्या आज ही जाएँगे?"

सुरेश ने मुँह उठाए बिना ही कहा–"हाँ।"

अचला बोली–"आप आज ही क्यों जाएँगे, बताइए तो?"

सुरेश ने पहले की तरह ही मुँह नीचा किए रहकर कहा–"अब रहकर क्या होगा? तुम लोगों को एक बार देखने आया था, सो देख लिया।"

अचला थोड़ी देर तक स्थिर रही, फिर बोली–"तो आप वहाँ से उठ जाइए। यह सब काम आप लोगों का नहीं, औरतों का है। मैं सहेजकर सब ठीक कर देती हूँ।"

इतना कहकर वह ज्यों ही आगे बढ़ आई त्यों ही सुरेश घबराकर बोल उठा–"नहीं-नहीं, तुम्हें कुछ करने की जरूरत नहीं। यह कोई बड़ा काम नहीं है, यह तो बड़ा..."

लेकिन उसके मुँह की बात खत्म न होते ही अचला ने बैग को उसके सामने से खींच लिया। उसे औंधा करके सारी चीज-बस्त को गिराया और तहाए हुए कपड़ों को और एक

बार तहाकर बैग के अन्दर धीरे-धीरे रखने लगी। सुरेश करीब ही खड़ा होकर बेहद सकुचाकर बार-बार कहने लगा—"ऐसा करने की कोई जरूरत नहीं थी। ऐसा करने की अगर...मैं खुद ही...आदि-आदि।"

अचला ने बहुत देर तक किसी भी बात का जवाब नहीं दिया। वह धीरे-धीरे काम करते-करते बोली—"आपकी बहन या पत्नी होतीं तो वे ही यह करतीं, आपको करने नहीं देतीं। लेकिन आपको इस बात का डर है कि अगर आपका दोस्त वापस आकर यह देख पाए तो...यही न? मगर वे देख भी लें, तो क्या है? यह तो औरतों का ही काम है।"

सुरेश चुपचाप खड़ा रहा। अभी-अभी महिम के साथ उसका जो कुछ हो गया है, अचला उसे जरूर नहीं जानती है। इसीलिए उस बात को छेड़कर उसे दुखी करने की उसकी हिम्मत नहीं हुई। हालाँकि उसे डर भी लगने लगा कि कहीं वह आ न जाए और फिर अपने आँखों से यह देख न ले।

अचला ने नफासत से बैग को सजा दिया और धीरे-धीरे बोली—"आप पिताजी की बीमारी की बात नहीं उठाते तो अच्छा था। इससे सिर्फ उनका अपमान ही हुआ, उन्होंने तो इसकी परवाह ही नहीं की।"

सुरेश ने चौंककर कहा—"क्या कहा तुमसे महिम ने?"

अचला ने उसका ठीक-ठीक जवाब दिए बिना बगल के दरवाजे को आँखों से दिखाकर कहा—"बाहर वहाँ खड़ी होकर मैंने खुद ही सब सुना है।"

सुरेश ने झेंपकर कहा—"इसके लिए मैं तुमसे माफी माँगता हूँ अचला।"

अचला ने मुँह उठाकर मुस्कुराते हुए कहा—"क्यों? आप माफी क्यों माँगते हैं।"

सुरेश ने दुखी होकर कहा—"कारण तो तुमने खुद ही बताया। मेरी अपनी गलती से उन्हें और तुम्हें दोनों को आज मैंने अपमानित किया है। इसीलिए मैं तुमसे खासतौर से माफी माँगता हूँ अचला।"

अचला ने मुँह उठाकर निहारा। सहसा उसका सारा मुँह-आँख अन्दर के आवेग से चमक उठा, बोली—"आपने चाहे जो कुछ भी क्यों न किया हो सुरेश बाबू वह तो आपने मेरे लिए ही किया है। मुझे शर्मिन्दगी से बचाने के लिए ही तो आज आप शर्मिन्दा हो रहे हैं। तब भी मुझसे आपको माफी माँगनी पड़ेगी। इतनी बड़ी हैवान मैं नहीं हूँ कि इसके लिए आप शर्मिन्दा हो रहे हैं? आपने जो किया है अच्छा किया है।"

सुरेश की ठगी-सी सूरत की तरफ निहारकर अचला ने समझा कि वह उसकी बात को समझ नहीं सका है। इसीलिए वह पल भर चुप रहकर बोली—"आज ही आप नहीं जाइएगा सुरेश बाबू। अगर आप यहाँ कुछ शर्मिन्दा हुए हैं, तो वह तो मेरी ही लाज बचाने के लिए हुए हैं। वरना अपने लिए आपको ऐसा करने की कोई जरूरत ही नहीं थी। और यह घर अकेले आपके दोस्त का नहीं है, इस पर मेरा भी तो कुछ हक है। उसी हक के बल पर आज मैं आपसे कह रही हूँ कि आप मेरा मेहमान बनकर कम-से-कम और कुछ दिन रहिए।"

उसकी हिम्मत को देखकर सुरेश अभिभूत हो गया। लेकिन झिझकते हुए उसने कुछ कहने की तैयारी की कि तभी उसे दिखाई पड़ा कि महिम अपना बाहर का काम निपटाकर घर में घुस रहा है। अचला तब तक बैग को सामने लेकर इस तरफ पीठ किए फर्श पर बैठी

हुई थी। इस डर से कि यह न जान पाने की वजह से कि महिम आ गया है, कहीं वह और भी कुछ कह न डाले। वह बिलकुल संकुचित होकर बोल उठा–"अरे महिम, तुम आ गए। अपना सारा काम निपटा लिया तुमने?"

"हाँ, मैंने सारा काम निपटा लिया।" इतना कहकर जब उसने कमरे में कदम रखा तो अचला को उस हालत में देखकर कहा–"यह क्या हो रहा है?"

अचला ने गरदन घुमाकर देखा, लेकिन उस सवाल का जवाब दिए बिना पहले के प्रसंग के सिलसिले को जारी रखते हुए उसने सुरेश से कहा–"आप मेरे भी तो दोस्त हैं। सिर्फ दोस्त भला क्यों, आपने हमारे लिए जो किया है उससे आप मेरे रिश्तेदार बन गए हैं। आप अगर इस तरह से चले जाएँगे तो मेरी लाज और क्षोभ की सीमा नहीं रहेगी। आज आपको तो मैं किसी भी सूरत में नहीं बख्शूँगी।"

सुरेश ने सूखी हँसी हँसकर कहा–"लो, सुनो भाभी की बात महिम। मैं तुम लोगों को देखने आया था, सो देख लिया, बस। मगर इस जंगल के बीच मुझे बेकार में ज्यादा दिन रोक रखने से तुम्हीं लोगों को भला क्या फायदा है और मुझे भी यह दुख सहने से भला क्या फायदा है, कहो?"

महिम ने धीर भाव से जवाब दिया–"तुम शायद गुस्सा करके चले जा रहे थे। लेकिन यह वे पसन्द नहीं करती हैं।"

अचला ने तीखी आवाज में कहा–"और तुम यह पसन्द करते हो क्या?"

महिम ने जवाब दिया–"मेरी बात तो नहीं हो रही है।"

सुरेश मन-ही-मन उत्कंठित हो उठा। उसकी इस चर्चा को किसी भी सूरत में रोक देने के लिए प्रसन्नता का स्वाँग रचते हुए उसने मुस्कुराकर कहा–"यह क्या झूठा कलंक तुम मुझ पर लगा रहे हो! मैं गुस्सा क्यों करूँगा जी, अच्छे-खासे आदमी हो तुम लोग तो। अच्छी बात है, अगर मेरे यहाँ रहने से तुम लोग खुश होओगे, तो मैं और भी दो-एक दिन यहाँ रह जाऊँगा। भाभी, मेरे कपड़ों को अब बैग में रखने की जरूरत नहीं। उन्हें निकाल डालो। महिम, चलो जी, तुम्हारे तालाब में आज नहा आऊँ। उसके बाद घर जाकर एक शीशी कुनैन गटक लूँगा।"

"चलो," इतना कहकर महिम कपड़े-लत्ते बदलने के लिए कमरे से बाहर निकल गया।

18

नए जूते के काटने के दर्द को गुप्त रूप से बर्दाश्त करके बाहर आराम का स्वाँग रचनेवालों की तरह ही सुरेश ने सारा दिन हँसी-खुशी में बिता दिया, लेकिन दूसरा, जिसे और भी गुप्त रूप से इस दर्द का हिस्सेदार बनना पड़ा, ऐसा नहीं कर सका।

पति की अविचलित गम्भीरता के आगे इस बुरे पाखंड और इतनी बेहयाई में उसे क्षोभ और अभिमान से सर पटककर मरने को जी चाहने लगा। उन्हें आज तक हृदय से न पहचान सकी है, तो भी उसने उन्हें बुद्धि से पहचाना था। वह साफ-साफ देखने लगी, इस तीक्ष्ण बुद्धिमान, मितभाषी व्यक्ति के आगे यह अभिनय बिलकुल ही बेकार होता जा रहा है। हालाँकि शर्म की कालिख हर पल मानो उसके मुँह पर और ज्यादा गाढ़ी होती चली जा रही है। आज सवेरे के बाद महिम कहीं बाहर नहीं गया है। इसलिए दिन के भात खाने से लेकर रात के पूरियाँ खाने तक लगभग सारा समय इसी तरह से कट गया।

आधी रात तक बिस्तर पर छटपटा करके अचला ने धीरे-धीरे कहा–"रात भर बत्ती जलाकर पढ़ने से दूसरा सो नहीं सकता है। तुमसे क्या मैं इतनी-सी भी दया की उम्मीद नहीं कर सकती!"

उसकी आवाज से महिम चौंक उठा, जल्दी से पलीता नीचे उतार दिया और कहा–"मुझसे गलती हो गई, मुझे माफ करो।" इतना कहकर उसने किताब बन्द करके बत्ती बुझा दी और बिस्तर पर आकर लेट गया। इस मुँहमाँगी कृपा के लिए अचला ने कृतज्ञता प्रकट नहीं की। यह सन्नाटा भरा अँधेरा दुख से बोझिल होकर हर पल उसके लिए असहनीय होता जाने लगा। जब वह और बर्दाश्त नहीं कर सकी, तो एक समय उसने धीरे-धीरे पूछा–"अच्छा, जाने-अनजाने दुनिया में गलती करने पर उसकी सजा भुगतनी पड़ती है, यह क्या सच है?"

महिम ने बड़े सहज ढंग से जवाब दिया–"जानकार लोग ऐसा ही तो कहते हैं।"

अचला फिर से थोड़ी देर तक चुप रही, फिर बोली–"तो जो गलती हम दोनों ने की है, जिसका बुरा नतीजा शुरुआत से ही शुरू हो गया है, उसका आखिरी नतीजा कैसा होगा, तुम इसका अन्दाजा लगा सकते हो?"

महिम बोला–"नहीं, मैं इसका अन्दाजा नहीं लगा सकता?"

अचला बोली–"मैं भी इसका अन्दाजा नहीं लगा सकती। लेकिन सोच-सोचकर मैंने समझा है कि और सब कुछ छोड़ दें, तो भी सिर्फ मर्द के तौर पर इस सभी का ज्यादा बोझा मर्दों को ढोना चाहिए।"

महिम बोला–"और भी जरा सोचोगी तो देख पाओगी कि औरतों का बोझ इससे तिल भर भी कम नहीं हो जाता है। मगर यह मर्द है कौन? मैं या सुरेश?"

महिम ने अँधेरे में भी यह महसूस किया कि अचला सिहर उठी।

थोड़ी देर तक चुप रहकर अचला धीरे-धीरे बोली–"यह मैंने सोचा था कि तुम एक दिन मुझे मुँह पर ही अपमानित करना शुरू करोगे। और मैं यह भी जानती हूँ कि यह चीज एक बार शुरू होने पर कहाँ खत्म होती है, यह कोई नहीं कह सकता है। लेकिन मैं झगड़ा कर भी नहीं सकूँगी या चूँकि शादी हुई है इसलिए झगड़ा करती हुई मैं तुम्हारी घर-गिरस्ती भी नहीं कर सकूँगी। कल या परसों मैं पिताजी के यहाँ लौट जा ऊँगी।"

महिम बोला–"लेकिन तुम्हारे पिता आश्चर्यचकित होंगे।"

अचला बोली–"नहीं! वे आश्चर्यचकित नहीं होंगे। चूँकि वे जानते थे इसीलिए उन्होंने बार-बार मुझे सावधान करने की कोशिश की थी कि इसका नतीजा किसी दिन अच्छा नहीं

होगा। ऐसी शादी करके आदमी कलकत्ता में रह सकता है, मगर ठेठ गाँव में समाज, रिश्तेदारों, दोस्तों सबको छोड़कर सिर्फ पत्नी के साथ ज्यादा दिनों तक कोई भी नहीं रह सकता है। इसलिए वे चाहे और जो भी क्यों न हों, आश्चर्यचकित नहीं होंगे।''

महिम बोला–''तो तुमने उनकी मनाही क्यों नहीं मानी थी?''

अचला ने जी-जान से एक उमड़ती साँस को दबा दिया और बोली–''इसलिए कि मैंने सोचा था कि तुम बिना समझे कुछ भी नहीं करते हो।''

''तो तुम्हारी यह धारणा अब बदल गई है।''

''हाँ!''

''इसीलिए यह पता चलने पर कि साझे के कारबार में फायदा नहीं हुआ, तुमने दुकान उठा दीं और अब घर लौट जाना चाह रही हो।''

''हाँ!''

महिम थोड़ी देर चुप रहा, फिर बोला–''तो तुम लौट जाओ। लेकिन अगर तुमने इसे व्यापार समझा हो, तो मेरे और तुम्हारे विचारों में मेल नहीं होगा। मगर यह भी मत भूलना कि बतौर चीज व्यापार को भी समझने में वक्त लगता है। यह गलती अगर कभी तुम्हारी समझ में आए, तो तुम मुझे बताना, मैं उसी वक्त जाकर तुम्हें ले आऊँगा।''

अचला की आँख से एक बूँद आँसू लुढ़क पड़ा। उसे उसने हाथ से पोंछ डाला, कई पलों तक स्थिर रही, उसके बाद अपनी आवाज को संयत करके बोली–''गलती आदमी से बार-बार नहीं होती है। मैं समझती हूँ कि तुम्हें यह तकलीफ उठाने की जरूरत नहीं पड़ेगी।''

महिम बोला–''चूँकि उसे समझा नहीं जा सकता है, इसीलिए उसे भविष्य कहा जाता है। उस भविष्य की चिन्ता को भविष्य के लिए छोड़कर मुझे बख्श दो, मैं और बकबक नहीं कर सकता।''

अचला ने आघात पाकर कहा–''तुम क्या मेरी खिल्ली उड़ा रहे हो? अगर तुम मेरी खिल्ली उड़ा रहे हो, तो मुझसे गलती हो रही है। मैं सचमुच ही कल-परसों चली जाना चाहती हूँ।''

महिम ने कहा–''मैं सचमुच ही तुम्हें जाने देना नहीं चाहता!''

अचला ने अचानक अत्यन्त उत्तेजित होकर पूछा–''तो क्या तुम मुझे मेरी मर्जी के खिलाफ जबरन रखोगे? ऐसा तुम हरगिज नहीं कर सकते जानते हो?''

महिम ने शान्त और सहज भाव से जवाब दिया–''अच्छी बात है। तुम तो आज ही रात नहीं न जा रही हो? कल-परसों जब तुम जाओगी तब विचार करके देखा जाएगा अभी काफी वक्त है। आज इतना ही रहने दो।'' इतना कहकर उसने सर के तकिए को उलटा लिया, सारे प्रसंगों को जबरन बन्द कर दिया, निश्चिन्त भाव से लेट गया और शायद दूसरे ही पल सो गया।

अगले दिन सवेरे जब सुरेश चाय पीने बैठा, तो उसने पूछा–''महिम तो खेतों की फसल देखने आज भी भोर में निकल गया है शायद?''

अचला ने गरदन हिलाकर कहा–''दुनिया इधर से उधर हो जाए, तो भी उनके दस्तूर में हेर-फेर की गुंजाइश नहीं है।''

सुरेश ने चाय के प्याले को मुँह से हटाकर नीचे रखा और बोला–"एक हिसाब से वह हम लोगों से कहीं अच्छा है। उसके काम में एक गति है जो मशीन के पहिए की तरह तब तक चलेगा ही जब तक उसमें दम है।"

अचला बोली–"मशीन जैसा होने को क्या आप अच्छा कहते हैं?"

सुरेश ने सर हिलाकर कहा–"हाँ, मशीन जैसा होने को मैं अच्छा कहता हूँ। क्योंकि यह क्षमता खुद मुझमें नहीं है। कमजोर होने में कितनी बुराई है उसे तो मैं जानता हूँ। इसीलिए जो स्थिरचित्त है उसकी प्रशंसा किए बिना मैं नहीं रह सकता। लेकिन तुम आज मुझे छुट्टी दो। मैं घर जाऊँगा।"

अचला तुरन्त राजी हो गई। बोली–"जाइए। मैं कल जाऊँगी!"

सुरेश ने अचरज में पड़कर कहा–"तुम कहाँ जाओगी कल?"

"मैं कल कलकत्ता जाऊँगी!"

"अचानक तुम कलकत्ता क्यों जाओगी? पर कल तो तुमने यह नहीं बताया था?"

"पिताजी बीमार हैं। इसीलिए उन्हें एक बार देखने जाऊँगी।"

सुरेश के मुँह पर चिन्ता की छाया पड़ी। बीमार बाप को अचानक देखने की इच्छा होना दुनिया में कोई अजीब घटना नहीं है। मगर डर लगता है कि कहीं मेरे चलते गुस्सा करके...

अचला ने उसका कोई जवाब नहीं दिया। यदु सामने से होकर जा रहा था। सुरेश ने पुकारकर कहा–"तेरे बाबू खेतों से लौटे हैं रे?"

यदु बोला–"वे तो आज सवेरे से निकले ही नहीं हैं। वे अपने पढ़ने के कमरे में सो रहे हैं।"

अचला जल्दी से गई और दरवाजे के बाहर से झाँककर देखा, महिम एक कुर्सी पर उठँगकर बैठे-बैठे अपने दोनों पाँवों को टेबल पर रखकर सो रहा है। रात की अधूरी नींद को कोई इस तरह से पूरी कर ले रहा है। दुनिया में यह बेहद अजीब नहीं है। लेकिन वास्तव में तब अचला के विस्मय की सीमा नहीं रही जब उसने अपनी आँखों से देखा कि उसके पति दिन का काम बन्द रखकर असमय सो गए हैं। वह दबे पाँव कमरे में घुसकर चुपचाप उसके मुँह की तरफ निहारती रही। सामने की खुली खिड़की से होकर सुबह की हल्की-सी रोशनी उस नींद में डूबे मुँह पर पड़ रही थी। आज अचानक इतने दिनों बाद एक ऐसी चीज उसे देखने को मिली जिसे इसके पहले किसी दिन उसने नहीं देखी थी। आज उसने देखा, शान्त मुँह पर मानो अशान्ति का बारीक जाल पड़ा हुआ हो, माथे पर जो कई रेखाएँ पड़ गई हैं वे एक साल पहले तक वहाँ नहीं थीं। आज उसे लगा कि समूचे मुँह का भाव ही मानो किसी चीज के दुख से थका-हारा हो। वह चुपचाप आई थी, चुपचाप ही चली जाना चाह रही थी। मगर पाँव के पीकदान से टकरा जाने की वजह से जितनी-सी आवाज हुई उसे ही सुनकर महिम ने आँखें खोलकर निहारा। अचला भाँपकर बोली–"अभी क्यों सो रहे हो? तुम बीमार तो नहीं हो गए हो?"

महिम आँखें मलता हुआ उठ बैठा और बोला–"क्या पता, बीमार न होना ही तो आश्चर्यजनक है।"

अचला कोई दूसरा प्रश्न किए बिना कमरे से बाहर निकल गई।

खाने-पीने के बाद सुरेश जाने के लिए तैयार हो रहा था, महिम करीब ही एक कुर्सी पर बैठकर उसके साथ बातचीत कर रहा था। अचला दरवाजे के नजदीक आकर बिना किसी भूमिका के बोल उठी–"कल मैं भी आ रही हूँ। मौका मिला तो पिताजी से एक बार मिल लीजिएगा।"

सुरेश ने विस्मय प्रकट करते हुए कहा–"ठीक है।" इतना कहकर उसने महिम के मुँह की तरफ नजरें उठाकर पूछा–"भाभी को तुम कल ही कलकत्ता भेज रहे हो क्या महिम?"

पत्नी की इस अनचाही खिलाफत से महिम का मन जल उठा, लेकिन उसने अपने मुँह के भाव को प्रसन्न ही रखा और मन्द-मन्द मुस्कुराकर बोला–"कोई दूसरी अड़चन नहीं थी। मगर हमारे इस ठेठ गाँव के गृहस्थों के घर में नाटक रचने का रिवाज नहीं है। कल ही भला क्यों, आज ही तो मैं उसे तुम्हारे साथ भेज दे सकता था।"

सुरेश का मुँह शर्म के मारे लाल हो उठा। अचला पलक झपकते यह देखकर जबरन हँसकर बोली–"सुरेश बाबू, चूँकि हम लोगों का घर शहर में है, इसलिए शर्मिन्दा होने की कोई वजह नहीं है। बीमार माँ-बाप को देखने जाना अगर ठेठ गाँव का रिवाज न हो, तो मेरा तो कहना है कि हमारा शहर का नाटक कहीं अच्छा है। ऐसा कीजिए, आप आज भर के लिए यहाँ रह जाइए न। कल हम दोनों एक ही साथ चलेंगे।"

उसकी इस बेहद उद्‌दंडता से सुरेश का मुँह बदरंग हो गया। वह सर झुकाए कहने लगा–"नहीं-नहीं, मेरे और रहने की गुंजाइश नहीं है, भाभी। तुम चाहो तो कल चली जाना। लेकिन मैं आज ही चला।" कहते-कहते उसने तीव्र उत्तेजना से बैग को हाथ में लिया और उठकर खड़ा हो गया।

उसकी उत्तेजना के आवेग ने अचला को भी एक बार मानो जड़ से हिला दिया। वह अचानक व्याकुल होकर बोल उठी–"अभी भी ट्रेन में बहुत देरी है सुरेश बाबू। आप इसी बीच जाइएगा नहीं, जरा रुकिए। मेरी दो बातें कृपा करके सुनते जाइए।" उसकी दुखी आवाज के आकुल अनुरोध से दोनों ही श्रोता एक ही साथ चौंक उठे।

अचला किसी तरह देखे बिना कहने लगी–"मैं तुम्हारे किसी काम नहीं आई सुरेश बाबू। लेकिन तुम्हारे अलावा अब हमारे बुरे समय का कोई दोस्त नहीं है। तुम जाकर पिताजी से कहना कि इन लोगों ने मुझे बन्द कर रखा है। ये लोग मुझे कहीं भी जाने नहीं देंगे। मैं यहाँ मर जाऊँगी। सुरेश बाबू तुम लोग मुझे यहाँ से ले जाओ। जिसे मैं प्यार नहीं करती उसकी घर-गिरस्ती करने के लिए मुझे तुम लोग छोड़ मत दो।"

महिम विह्वल की नाईं चुपचाप निहारता रहा।

सुरेश मुड़कर खड़ा हो गया और अपनी दोनों आँखों को चमकाकर जोर से बोल उठा–"तुम जानते हो महिम, वे ब्राह्म महिला हैं। वे कहने को औरत हैं, तो भी तुम्हें उन पर पाशविक बल प्रयोग करने का कोई अधिकार नहीं है।"

महिम पल भर के लिए अभिभूत हो गया था। उसने अपने आपको रोककर शान्त स्वर में पत्नी से कहा–"तुम किसलिए क्या कर रही हो, इसे एक बार सोचकर देखो तो अचला।" उसके बाद उसने सुरेश से कहा–"पशु-बल, मानव-बल किसी भी बल का प्रयोग मैं किसी पर किसी दिन नहीं करता हूँ। तो अच्छी बात है, सुरेश, तुम अगर रह सको तो आज भर

के लिए रह जाओ। उन्हें साथ लेकर कल ही जाओ न। मैं खुद जाकर तुम लोगों को ट्रेन पर चढ़ा आऊँगा, इससे गाँव के लोगों की नजरों में यह खटकेगा भी नहीं।'' फिर वह जरा रुककर बोला–''मुझे जरा काम है। मैं अभी चला। सुरेश, जब तुम नहीं जाओगे तब तुम कपड़े-लत्ते बदल डालो। मैं घंटे भर के अन्दर लौट आऊँगा।'' इतना कहकर वह धीरे-धीरे कमरा छोड़कर चला गया।

अचला बुत की मानिन्द चौखट पकड़े जैसे खड़ी थी, वैसे ही खड़ी रही। सुरेश मिनट भर मुँह नीचा किए रहा, उसके बाद अचानक ठहाका लगाकर बोला–''वाह रे वाह! एक अच्छा अंक अभिनीत किया गया। तुमने भी बुरा अभिनय नहीं किया था, मैंने तो कमाल का अभिनय किया था। उसके घर में उसकी पत्नी को लेकर मैंने उसी पर आँखें लाल कीं। और क्या चाहिए? और मेरा दोस्त जरा मीठी हँसी हँसकर ठीक शाबाशी देकर निकल गया। मैं शर्त बदकर कह सकता हूँ अचला कि वह आड़ में गला फाड़कर ठहाका लगाने के लिए ही काम के बहाने निकल गया। जाने दो। आईना एक बार लाओ तो भाभी, देखूँ, अपना मुँह कैसा दीख रहा है।'' इतना कहकर उसने निहारा, देखा, अचला का मुँह बिलकुल फक पड़ गया है। उसने कोई जवाब नहीं दिया, सिर्फ लम्बी साँस छोड़कर धीरे-धीरे चली गई।

19

जिस बिस्तर को छूने में भी आज अचला को नफरत महसूस होनी चाहिए थी उसे ही जब वह रोज की तरह लगाने के लिए तीसरे पहर कमरे में घुसी तब उसका सारा मन कहाँ और किस दिशा में था–जिसे मानव-चित्त के बारे में थोड़ी-सी भी जानकारी है उससे यह छिपा नहीं रह सकता है।

रोज किया जानेवाला काम यन्त्रवत् खत्म करके लौटते वक्त बगल के छोटे-से टेबल की तरफ अचानक उसकी नजर पड़ गई और पैड पर फैली एक छोटी-सी चिट्ठी को उसने पलक झपकते पढ़ डाला। सिर्फ एक पंक्ति की चिट्ठी थी, उस पर न दिन लिखा हुआ था, न तारीख। मृणाल ने लिखा है–''अजी सँझले भैया, तुम क्या कर रहे हो? परसों से तुम्हारी बाट जोहते-जोहते तुम्हारी मृणाल की आँखें पथरा गईं।''

बड़ी देर तक अचला की पलकें नहीं हिलीं। जैसे पत्थर का बुत पलकें झपकाए बिना निहारता रहता है, वैसे ही वह अपनी पलकें झपकाए बिना उस एक पंक्ति पर अपनी नजरें बिछाए स्थिर होकर खड़ी रही। यह चिट्ठी कब की लिखी हुई है, कब कौन इसे लाकर दे गया है, यह कुछ भी नहीं जानती है। मृणाल का घर किस तरफ है, किस दिशा से उसके घर में घुसना पड़ता है, किस रास्ते पर उसका घर है, किसलिए वह इस तरह से अपनी व्यग्र उत्सुक नजरें बिछाए हुए है–इसका कुछ भी जानने की गुंजाइश नहीं है। सामने के ये स्याही

के कई निशान सिर्फ यह जानकारी दे रहे हैं कि कोई किसी और के इन्तजार में बाट जोहता हुआ अपनी आँखें बरबाद कर रहा है। मगर मुलाकात नहीं होती है।

इधर उस नीम-अँधेरे कमरे के अन्दर एकटक निहारते-निहारते उसकी अपनी आँखें दुखने लगीं और काले-काले अक्षर पहले-पहल धुँधले और बाद में छोटे-छोटे कीड़ों की तरह समूचे कागज पर जैसे रेंगने लगे। तब भी यों एक तरह खड़ी होकर, हो सकता है वह और कुछ देर निहारती रहती, मगर अपने अनजाने इतनी देर से उसके अन्दर ही अन्दर जो साँस क्रमशः जमा होती चली जा रही थी वही जब रुके स्रोत के बाँध को तोड़ने की नाईं अचानक आवाज करके गरजती हुई बाहर निकल आई तब उस आवाज से चौंककर उसकी सुध लौट आई। उसने मुँह उठाकर दरवाजे के बाहर देखा, शाम की झुटपटा आँगन में उतरता आ रहा है और यदु लालटेन जलाकर बाहर के कमरे में देने के लिए चला जा रहा है। उसने उसे पुकारकर पूछा–"बाबू लौट आए हैं यदु?"

यदु बोला–"नहीं माँ जी, अभी तक तो वे नहीं लौटे!"

इतनी देर बाद अचला को याद आया, दोपहर के उस लज्जाजनक अभिनय का एक अंक जब समाप्त हुआ, तो वे बाहर निकल गए थे। तब के गए वे अभी तक नहीं लौटे हैं। पति की रोज-रोज की गतिविधि के बारे में आज उसे जरा भी सन्देह नहीं रहा। जब से सुरेश आया था तब से लेकर अब तक एक ऐसे उत्कट और अविच्छिन कलह की धारा इस घर में बह रही थी कि उसी में लवलीन होकर अचला और सब भूल गई थी। वह पति को प्यार नहीं करती है, हालाँकि गलती से उसने शादी की है। जिन्दगी भर उसी गलती की गुलामी करने के खिलाफ उसका अशान्तचित्त विद्रोह की घोषणा करके दिन-रात लड़ाई कर रहा था। मृणाल की बात वह एक तरह से भूल गई थी, मगर आज शाम के धुँधलके में उसी मृणाल की एक पंक्ति उसकी सारी पुरानी जलन को लेकर जब उलटी धारा से वापस आ पहुँची तब यह पल भर में साबित हो गया कि उसका पति, जिसके साथ उसने गलती से शादी की है, दूसरी नारी के प्रति आसक्त है और उसका यह सन्देह जी को जलाने के लिए दुनिया के किसी भी विचार से कम नहीं है।

उस चिट्ठी को और एक बार पढ़ने के इरादे से उसने उसे अपनी आँखों के पास लाने के लिए हाथ बढ़ाया लेकिन गहरी नफरत से उसका हाथ अपने आप लौट आया। वह चिट्ठी वहीं पहले की ही तरह खुली पड़ी रही। अचला कमरे से बाहर आई, बरामदे के खम्भे के सहारे स्तब्ध होकर खड़ी रही।

अचानक उसे लगा–सब झूठ है। जब यह घर-द्वार, पति-घर-संसार, खाना-पहनना, लेटना-बैठना कुछ भी सच नहीं है तब किसी भी चीज के लिए आदमी को हाथ-पैर मारने की जरूरत नहीं है। सिर्फ मन की गलती से आदमी छटपटाता रहता है। वरना ठेठ गाँव ही क्या और शहर ही क्या, और फूस का घर ही क्या और राजमहल ही क्या?

और पति-पत्नी, माँ-बाप, भाई-बहन का रिश्ता ही भला क्या! और किसलिए आदमी गुस्सा करता है, रोता-धोता है, झगड़ा-टंटा करता है। दोपहर में इतनी बड़ी घटना होने के बाद भी जो पति अपनी पत्नी को अकेले छोड़कर घंटों निश्चिन्त होकर बाहर वक्त गुजार सकता है, उसके मन की बात को परखने के लिए वह इतनी माथा-पच्ची क्यों करती है?

सब झूठ है! सब धोखा है! मरीचिका की तरह सब झूठ है। लेकिन दुनिया उसके लिए इतनी सूनी नहीं हो जाती। अगर वह एक बार मृणाल की उस भाषा पर सारा ध्यान न लगाकर उसी मृणाल को एक बार समझने की कोशिश करती। दूसरी नारी के आचरण और हमेशा खुश रहनेवाली उस देहाती के आचरण को अगर वह मिलाकर देखती, तो उसके अपने मन को इन कई शब्दों की कालिख इस तरह से काला शायद नहीं कर दे पाती।

यदु ने वापस आकर कहा–"बाबू ने पूछा कि चाय का पानी गरम हुआ है क्या?"

अचला ठीक मानो नींद से जागी, बोली–"किस बाबू ने पूछा?"

यदु ने जोर देकर कहा–"हमारे अपने बाबू ने पूछा है। वे तो अभी-अभी लौट आए। चाय का पानी तो कब का गरम हो चुका है माँ जी।"

"अच्छा, तुम चलो, मैं आ रही हूँ।" इतना कहकर अचला रसोईघर की तरफ आगे बढ़ गई। थोड़ी देर बाद नौकर के हाथ में चाय और नाश्ता देकर जब वह बाहर आई तो देखा, महिम अँधेरे बरामदे में चहलकदमी कर रहा है और सुरेश कमरे के अन्दर लालटेन के पास मुँह लाकर एक अखबार पढ़ रहा है। जैसे कोई भी किसी की मौजूदगी आज जान भी नहीं पाया हो। जिस अत्यन्त लज्जाजनक संकोच ने दोनों पुराने दोस्तों के बीच सहज शिष्टाचार के रास्ते को भी बन्द कर दिया है उसका उपलक्ष्य याद आते ही अचला के दोनों पाँव रुक गए।

महिम ने अचला को देखा, तो वह ठिठककर खड़ा हो गया और बोला–"सुरेश को चाय देने में इतनी देर क्यों हुई?"

अचला के मुँह से कोई शब्द हरगिज बाहर नहीं निकला। वह पल भर सर झुकाए खड़ी रही, फिर चुपचाप धीरे-धीरे कमरे के अन्दर आ पहुँची।

यदु ने चाय का सामान टेबल पर रख दिया और बाहर निकल गया। सुरेश ने अखबार रख दिया और मुँह घुमाए बोला–"महिम कहाँ है? वह अभी भी नहीं लौटा है क्या?"

तुरत महिम ने कमरे में घुसकर एक कुर्सी खींच ली और उस पर बैठ गया। लेकिन उसने यह गैरजरूरी बात कहने की जरूरत महसूस नहीं की कि वह तो दसेक मिनटों से उसी के करीब बरामदे में चहलकदमी कर रहा था।

उसके बाद ही सन्नाटा छा गया। अचला ने चुपचाप मुँह नीचा किए दो प्याली चाय बनाकर एक प्याली सुरेश को दी और दूसरी पति की तरफ आगे बढ़ा दी। उसके बाद चुपचाप ही उठकर जा रही थी कि तभी महिम के बुलावे से वह चौंककर खड़ी हो गई।

महिम बोला–"जरा इन्तजार करो।" इतना कहकर खुद ही चट से उठा और किवाड़ में ब्योंड़ा लगा दिया। पलक झपकते उसकी छह नली पिस्तौल की बात सुरेश को याद आई और हाथ की प्याली काँप उठने की वजह से थोड़ी-सी चाय छलककर फर्श पर गिर गई। उसका मुँह मुर्दों का-सा बरदरंग हो गया। बोला–"तुमने दरवाजा बन्द क्यों किया?"

उसकी आवाज, मुँह के भाव और प्रश्न करने की मुद्रा से अचला को भी ठीक वही बात याद आई, तो उसके सर के बाल तक खड़े हो गए। शायद एक बार उसने चिल्लाने की भी कोशिश की, मगर उसकी वह कोशिश कामयाब नहीं हुई। महिम ने पल भर अचला की तरफ निगाह डाली, तो वह सब कुछ समझ गया। उसके बाद उसने सुरेश के मुँह की तरफ

निहारकर कहा–"दरवाजा मैंने इसलिए बन्द किया कि कहीं नौकर न आ जाए। वरना मेरी पिस्तौल हमेशा जैसे सन्दूक में बन्द रहती है, वैसे ही अभी भी सन्दूक में बन्द है। अगर मैं यह जानता कि तुम लोग डर जाओगे, तो मैं दरवाजा बन्द नहीं करता।"

सुरेश ने चाय की प्याली नीचे रखी और हँसने जैसा मुँह का भाव बनाकर कहा–"यह, भला मैं क्यों डरूँगा जी? तुम मुझ पर गोली चलाओगे। वाह, जान जाने का डर? मुझे? भला कब देखा तुमने? अच्छा जो हो..."

उसकी बेतुकी कैफियत खत्म होती, इसके पहले ही महिम बोला–"सचमुच ही मैंने कभी भी तुम्हें डरते नहीं देखा है। मैं तो ऐसा ही जानता था कि तुम्हें जान का मोह नहीं है। सुरेश तुम्हारा यह अधःपतन जो तुम जैसे आदमी को भी इतना छोटा बना दे सकता है, आज मेरे कलेजे में मेरे दुख से ज्यादा टीसा। नहीं, कल तुम्हें जरूर घर जाना है। किसी बहाने और देरी नहीं की जा सकती है।"

सुरेश ने तब भी कोई जवाब देना चाहा, लेकिन अबकी बार उसके गले से स्वर भी नहीं फूटा। वह अपनी गरदन भी सीधी नहीं कर सका। वह उसके अनजाने ही झुक गई।

"तुम अन्दर जाओ, अचला..." इतना कहकर महिम ने ब्योंड़ा खोला और अँधेरे के बीच बाहर निकल गया।

अबकी बार सुरेश ने गरदन उठाकर जबरन हँसते हुए कहा–"लो सुनो उसकी बात! ऐसी कितनी बन्दूक-पिस्तौलों को चला-चलाकर मैं बूढ़ा होने को आया। अब उसकी एक टूटी-फूटी पिस्तौल के डर से मैं मर गया हूँ और क्या? जो हो उसकी बात सुनकर हँसी आती है।" इतना कहकर सुरेश खुद ही हाँफ-हाँफकर हँसने लगा। उस हँसी में शरीक होने लायक आदमी कमरे के अन्दर अचला को छोड़ और कोई नहीं था। लेकिन वह जिस ढंग से गरदन झुकाए इतनी देर तक खड़ी थी, उसी ढंग से और भी कुछ देर स्तब्ध भाव से रही। फिर धीरे-धीरे बगल के दरवाजे से होकर अन्दर चली गई।

घंटे भर बाद जब महिम अपने कमरे में घुसा तो देखा, वहाँ कोई नहीं है। और जब बगल के कमरे में गया, तो देखा, फर्श पर चटाई बिछाकर हाथ पर सर रखे अचला लेटी हुई है। पति को कमरे में घुसता देख वह उठ बैठी। बगल में एक खाली चौकी थी, महिम उस पर बैठ गया और बोला–"क्यों तुम्हारा मायके जाना तो ठीक है?"

अचला नीचे की तरफ निहारती हुई बैठी रही। उसने कोई जवाब नहीं दिया।

महिम ने थोड़ी देर इन्तजार करके फिर से कहा–"तुम जिसे प्यार नहीं करती हो, उसी की घर-गिरस्ती तुम्हें करनी होगी। पति होने पर भी मैं तुम पर इतना बड़ा जुल्म नहीं ढा सकता।"

लेकिन महिम यह देखकर कि अचला पहले की ही तरह पत्थर के बुत की मानिन्द स्थिर रही, कहने लगा–"मगर तुमसे मुझे दूसरी शिकायत है। मेरा स्वभाव तो तुम जानती हो। सिर्फ शादी के बाद से ही नहीं, बहुत पहले से ही तुम मुझे जानती थी कि मैं सुख-दुख चाहे जो भी हो, अपने प्राप्य के अलावा जरा भी ऊपरी पावने की कभी उम्मीद नहीं करता हूँ। ऊपरी पावना अगर मिलता है तो भी मैं उसे नहीं लेता हूँ। प्यार पर तो जबर्दस्ती नहीं की जा सकती है अचला। अगर तुम मुझे प्यार न कर सको, तो यह हो सकता है, दुख की बात

है, मगर यह लाज की बात तो नहीं है। तब क्यों तुम इतने दिनों तक दुख पा रही थी? क्यों तुमने मुझे बिना बताए यह सोच लिया था कि मैं तुम्हें जबरन रोक रखूँगा। किसी दिन किसी भी विषय में तो मैंने जबर्दस्ती नहीं की है। वे लोग तुम्हें यहाँ से निकालकर ले जाएँगे तब जाकर तुम्हारी जान बचेगी, और अगर तुम मुझे बताती, तो क्या कोई उपाय नहीं होता? तुम्हारी जान की कीमत क्या सिर्फ वे ही लोग समझते हैं?"

अचला ने अपनी रुआँसी आवाज को भरसक सहज और स्वाभाविक बनाकर धीरे से कहा–"तुम भी तो मुझे प्यार नहीं करते हो?"

महिम ने अचम्भे में पड़कर कहा–"यह तुमसे किसने कहा? मैंने तो कभी यह नहीं कहा है?"

अचला को गरम हो जाने में देर नहीं लगी, बोली–"सिर्फ कहना ही क्या सब कुछ है? सिर्फ मुँह का कहा ही सच है, और सब झूठ है? गुस्से में आकर मन के दुख से आदमी के मुँह से जो कुछ निकल जाता है उसे ही सिर्फ सच मानकर तुम जबर्दस्ती करना चाहते हो? जो तुम्हारी तरह तौलकर बात न कर सके, तो क्या उसके सर पर पैर रखकर उसे रसातल में भेज देना चाहिए?" कहते-कहते उसका गला रुँधने को आया।

महिम कुछ भी न समझ पाकर बोला–"इसका मतलब?"

अचला ने अपनी उमड़ती रुलाई को दबाकर कहा–"बुरा मत मानो। तुम जैसे सावधान आदमी भी झूठ को हमेशा दबाकर रख सकता है। तुमसे भी तो कितनी गलतियाँ हो सकती हैं। तुम आँखें खोलकर देखो, अपने टेबल पर। सिर्फ हमीं लोगों से..."

महिम ने लगभग हक्का-बक्का होकर पूछा–"क्या है मेरे टेबल पर?"

अचला मुँह पर आँचल रखकर चटाई पर औंधी हो गई। उससे और कोई जवाब न पाकर महिम अपना टेबल देखने गया। उसके पढ़ने के घर के टेबल पर कुछ किताबें पड़ी हुई थीं, लगभग दस मिनट तक उसने उन्हें उलट-पुलटकर देखा। नीचे उसके इर्द-गिर्द सब कुछ छानबीन करके पत्नी के आरोप का जरा भी आशय समझ न पाकर विमूढ़ की नाईं लौटती बार सोने के कमरे की तरफ नजर पड़ी। ज्यों ही उसने अन्दर एक कदम रखा त्यों ही मृणाल की उस चिट्ठी पर उसकी नजर पड़ी। उसने उसे हाथ में उठा लिया, उसे पढ़ते ही अचानक महिम को आज पल भर में वैसे ही रास्ता दिखाई पड़ा जैसे अँधेरे में बिजली चमकने पर रास्ता दिखाई पड़ता है। यह समझने में अब और देर नहीं लगी कि अचला ने क्या इंगित किया है। उसे हाथ में लेकर महिम बिस्तर पर बैठकर सूनी नजरों से बाहर के अँधेरे में निहारता हुआ चुप्पी साधे रहे। जिस तरह से वह पहले दिन आई थी, जिस तरह से वह चली गई थी, सौत कहकर उसने अचला से जितना मजाक किया था सब एक-एक करके उसे याद आने लगा। ठेठ गाँव के इन सब हँसी-मजाक की बातों से जो औरत परिचित नहीं है उसे हर दिन ये बातें किस तरह से बिंधी होंगी और वह खुद भी जब किसी दिन इस मजाक में खुले मन से शरीक नहीं हो सका है, लेकिन पत्नी के सामने शरमाकर बार-बार अड़चन डालने की कोशिश की है–उसकी वह शर्म अगर इतनी पढ़ी-लिखी, अक्लमन्द औरत की धारणा में गुनहगार की सचमुच की शर्म के रूप में धीरे-धीरे बद्धमूल होती चली गई हो, तो आज उसे वह किस चीज से जड़ से उखाड़ फेंकेगा? बाहर के अँधेरे

के अन्दर से ही आज बहुत सारी सच्चाइयाँ उसे दिखाई देने लगीं। किस तरह से अचला का हृदय धीरे-धीरे हट गया होगा, किस तरह से पति का साथ दिन-पर-दिन जहरीला हुआ होगा, किस तरह से पति का घर हर पल जेल बन गया होगा—सब कुछ वह साफ-साफ देखने लगा। इस तकलीफदेह कैद के अन्दर बच निकलने की जो आकुल प्रार्थना सुरेश के आगे तक उमड़ उठी थी वह उसके मन की किस गहराई से ऊपर आई थी, यह भी आज महिम के मन की आँखों से छिपा नहीं रहा। जिस अचला को उसने वास्तव में तहेदिल से प्यार किया था उसी अचला के इतने दिनों तक करीब रहकर भी उसके इतने बड़े मन के दुखों के प्रति आँखें मूँदे रहने को वह बहुत बड़ा गुनाह मानता है। लेकिन इस तरह से अब तो एक पल भी नहीं रहा जा सकता है। आज इस बात का अन्दाजा लगाना भी मुश्किल है कि पत्नी के हृदय को वापस पाने का उपाय है या नहीं और वह कहाँ कितनी दूर हट गया है। मगर बहुतेरे विरोधों का मुकाबला करके भी उसने जिसे पति के रूप में अपनाया था उसी से अपमानित और लांछित होकर आज उसे लौटना पड़ रहा है। इतनी बड़ी गलती तो उसे बतानी होगी।

महिम धीरे-धीरे उठकर गया और जब अचला के दरवाजे के सामने खड़ा हो गया, तो देखा, किवाड़ बन्द है और जब उसे धकेला तो देखा, वह अन्दर से बन्द है। धीरे-धीरे दो बार पुकारने पर जब उसे कोई आवाज नहीं मिली तब सिर्फ ऐसी बात नहीं कि जबरन शान्ति भंग करने का उसका मन नहीं किया। बल्कि एक बड़ी कठिन परीक्षा की जिम्मेदारी से फिलहाल छुटकारा पाकर वह खुद भी जैसे जी उठा।

महिम वापस आकर बिस्तर पर लेट गया। लेकिन उसकी बगल की जगह आज सूनी पड़ी रही, यह सोचकर कि दूसरे कमरे में वह भूखी फर्श पर पड़ी हुई है उसकी आँखों में हरगिज नींद नहीं आई। उठकर जाकर उसे नींद से जगा लाना चाहिए या नहीं, यह सोचते-सोचते हिचकिचाते-हिचकिचाते आधी रात को शायद कुछ देर के लिए उसकी आँखें लग गई थीं। सहसा मुँदी आँखों ने तीखी रोशनी महसूस की तो उसने आँखें खोलकर निहारा। सिरहाने की खुली खिड़की और छप्पर की झिरी से होकर काफी रोशनी और विकट धुएँ से कमरा भर गया था और काफी करीब एक ऐसी आवाज उठ रही थी जो कानों में घुसकर अंग-अंग को सुन्न कर देती थी। कहाँ आग लगी है, यह पक्का जानकर भी कुछ देर के लिए वह हाथ-पाँव हिला नहीं सका। लेकिन उन्हीं कई पलों के बीच ही उसके दिमाग के अन्दर से होकर मानो ब्रह्मांड कौंध गया। वह उछलकर उठ बैठा और जब दरवाजा खोलकर बाहर आया तो देखा, रसोईघर और जिस कमरे में आज अचला सो गई है, उसी के बरामदे के एक कोने को चीरकर धू-धू करती लपटें ऊपर के समूचे जामुन के पेड़ को लाल कर डाला है। ठेठ गाँव के फूस के घर में जब आग लगती है, तो उसे बुझाने की कल्पना करना भी पागलपन है। आग बुझाने की कोशिश भी कोई नहीं करता है। मुहल्ले के लोग अपने-अपने चीजबस्त और गाय-बछड़ों को हटाने के लिए भाग-दौड़ करते हैं और दूसरे मुहल्ले के लोग एक तरफ औरत और एक तरफ मर्द इकट्ठा होकर बेहद बेफिक्र होकर हाय-हाय करते हैं और कितना अन्न जल रहा है और कैसे यह आग लगी, इसी की चर्चा करते हुए समूचा घर जलकर राख हो जाने तक इन्तजार करते हैं। उसके बाद घर लौटकर

हाथ-पैर धोकर बाकी रात बिस्तर पर लोट-पोट कर लेते हैं और फिर से सवेरे हाथ में झारी लिये एक-एक करके दिखाई देते हैं और चर्चा के सिलसिले को सवेरे भर के लिए खत्म करके घर जाकर नहाते-धोते और खाते-पीते हैं। लेकिन एक के घर-आँगन का राख का बड़ा-सा ढेर दूसरे की नियमित जिन्दगी में जरा भी खलल नहीं डाल सकता है।

महिम ठेठ गाँव का आदमी है। सारी बातें वह जानता था। इसीलिए उसने बेकार का शोर-गुल करके बेवक्त मुहल्ले के लोगों की नींद नहीं तोड़ दी। इसकी कोई जरूरत नहीं थी। क्योंकि इस बात की सम्भावना नहीं थी कि उसके आम-कटहलों के इतने बड़े बगीचे को लाँघकर वह आग की चिनगारी और किसी के भी घर को छू सकती है। बाहर के जिन कमरों में सुरेश और नौकर-चाकर सोए हुए थे उनमें आग लगने में तब भी देर थी। देर नहीं थी सिर्फ अचला के कमरे में आग लगने में उसने उसी के दरवाजे पर जोर से दस्तक देकर पुकारा–"अचला।"

अचला ठीक जैसे जाग रही थी, इसी तरह से उसने जवाब दिया–"क्या है?"

महिम बोला–"दरवाजा खोलकर निकल आओ!"

अचला ने थकी आवाज में जवाब दिया–"क्या होगा निकलकर? मैं तो अच्छी हूँ।"

महिम बोला–"देरी मत करो। निकल आओ, कमरे में आग लगी है।"

उसकी बात के जवाब में अचला डरी हुई आवाज में चिल्ला उठी। उसके बाद सन्नाटा छा गया। महिम ने फिर से व्यग्र होकर उसे पुकारा, तो उसने और आवाज नहीं दी। महिम को ठीक इसी बात का डर था। क्योंकि घर में आग लगना क्या होता है। इसकी किसी तरह की धारणा ही अचला को नहीं थी। महिम ने ठीक समझा, इसके पहले वह आँखें मूँदे ही बात कर रही थी, लेकिन जिस दृश्य ने कुछ देर के लिए उसे भी सन्न कर दिया था उसी दृश्य को आँखें खोलते ही देखकर अचला बेहोश हो गई थी। मगर इस हादसे के लिए महिम तैयार ही था। उसने एक किवाड़ को ऊपर उठाकर खोल डाला और अन्दर घुसा तथा बेहोश पत्नी को सीने से लगाए जल्दी जी-जान से आकर खड़ा हो गया।

अबकी बार वह सबको जगाने के लिए नाम ले-लेकर चिल्लाने लगा। सुरेश पीले मुँह से बाहर निकाल आया। यदु वगैरह और सब भी दरवाजा खोलकर भागते हुए बाहर निकल पड़े। उसके बाद ही एक जोर की आवाज करके अचला होश में आई और पति के गले में जी-जान से अपनी दोनों बाँहें डालकर फूट-फूटकर रो उठी।

महिम सबको लेकर जब बाहर खुली जगह में आ गया तब बड़े कमरे के छप्पर में आग लग गई थी। अबकी बार उसे याद आया, अचला के जेवर वगैरह जो भी कीमती चीजें हैं, सब उसी कमरे में हैं और अब पल भर देर करने पर कुछ भी बचाया नहीं जा सकेगा।

अचला प्रकृतिस्थ हो गई थी। उसने जोर से पति के हाथ को धर दबोचा और बोली–"नहीं, ऐसा नहीं हो सकता। बदला लेने का क्या तुम्हें यही समय मिला? मैं तुम्हें उसके अन्दर हरगिज नहीं जाने दूँगी। जाए, सब जल जाए।"

"बिना गए काम नहीं चलेगा अचला।" इतना कहकर महिम ने जबरन हाथ छुड़ा लिया और उस घनीभूत धुएँ के अन्दर तेज कदमों से जा घुसा। यदु चिल्लाते-चिल्लाते उसके पीछे हो लिया।

सुरेश इतनी देर तक अभिभूत की भाँति निहारता हुआ करीब ही खड़ा था। अचानक उसकी सुध लौटी, तो ज्यों ही उसने उसके पीछे हो लेने की तैयारी की त्यों ही अचला ने उसकी धोती का खूँट पकड़ लिया और कठोर आवाज में बोली—"आप कहाँ जा रहे हैं?"

सुरेश ने खींचा-तानी करते हुए कहा—"महिम क्यों गया..."

अचला कड़वे स्वर में बोली—"वे गए अपनी चीजों को बचाने के लिए। पर आप कौन होते हैं? आपको मैं किसी भी सूरत में नहीं जाने दूँगी।"

उसकी आवाज में स्नेह का जरा भी सम्बन्ध नहीं था। यह जैसे उसने अनधिकारी के ऊधम को फटकारकर दबा दिया।

दो-तीन मिनट बाद ही महिम अपने दोनों हाथों में दो सन्दूक लिये और यदु सर पर एक बड़ा ट्रंक लिये आ पहुँचे। महिम ने दोनों सन्दूकों को अचला के पैरों के पास रखकर कहा। तुम अपने जेवरों के सन्दूकों को हरगिज अपने हाथ से जाने मत देना। हम लोग बाहर के कमरे में अगर कुछ बचा सकते हैं, तो उसे बचाने की कोशिश करते हैं।

अचला के मुँह से कोई शब्द बाहर नहीं निकला। उसकी मुट्ठी में तब भी सुरेश की धोती का खूँट था, वह वैसा का वैसा रहा। महिम ने पल भर के लिए उधर अपनी निगाह डाली और यदु को साथ लेकर फिर से ओझल हो गया।

20

सुबह की पहली किरण में अचला की नजर ज्यों ही पति के मुँह पर पड़ी त्यों ही उसका कलेजा हाहाकार करके रो उठा। अपने आँसुओं को अब किसी भी सूरत में रोक नहीं सकी। यह क्या हुआ है? धूल, बालू और राख से उसके सर के बाल रूखे हो गए हैं। उसका मुँह विरस, बदरंग और मुरझा गया है। आग की गरमी ने झुलसाकर एक ही रात में उसके इतने सुन्दर पति को मानो बूढ़ा बना दिया है। गाँव के लोग चारों ओर घूम-फिरकर शोर मचा रहे थे। देखने में आ रहा है कि पीतल और काँसे के सारे बरतन-वरतन जल गए हैं। सो वे भले ही जल जाएँ मगर शाल-दुशाले और जेवर-तेवर ही एक ट्रंक में भला कितने बचे होंगे। इसी को लेकर बेहद तीखी टीका-टिप्पणी चल रही है। इन्हीं के थोड़ी दूर पर बुझती आग के ढेर की तरफ सूनी नजरों से निहारता हुआ महिम चुपचाप खड़ा था। वह सब कुछ सुन पा रहा था, लेकिन उसके मन की हालत लोगों का कौतूहल दूर करने लायक नहीं थी। दूसरे मुहल्ले के भीखू बैनर्जी, जो बड़े नामचीन व्यक्ति हैं, गठिया के चलते यहाँ तक नहीं आ सके थे, पर अभी लाठी के सहारे अपने दल-बल के साथ उन्हें आते देख महिम आगे बढ़ गया। बैनर्जी बाबू तरह-तरह के विलाप करके अन्त में बोले—"तुम्हारे पिता के स्वर्ग सिधारे बहुत दिन हो गए हैं। मगर वे और मैं अलग-अलग नहीं थे। हम दोनों एक जान दो जिस्म थे।"

महिम ने गरदन हिलाकर विनयपूर्वक बताया कि इसमें उसे कोई सन्देह नहीं है। यह सुनकर उन्होंने कहा कि वे पहले से ही यह जानते थे कि यह घटना घटेगी।

महिम चौंककर जिज्ञासु होकर निहारता रहा। बगल में ही बाड़े की आड़ में अचला चीज-बस्त लिये स्तब्ध होकर बैठी हुई थी। वह भी सुनने के लिए कान खड़ा किए रही। इतनी ही भूमिका बाँधकर बैनर्जी बाबू कहने लगे–"ब्रह्मा को क्रोध तो खामखा नहीं आता है बेटा। तुमने हम लोगों से एक बार पूछा तक नहीं। इतने बड़े ब्राह्मण के बेटे होकर तुमने कितना बड़ा काम किया, बताओ तो?"

महिम उनकी बात समझ नहीं सका। तब उन्होंने अपनी बात की विस्तृत व्याख्या करने के लिए अपने अनुचरों की तरफ निगाह डाली और कहने लगे–"हम सभी बात करते थे कि कुछ-न-कुछ होगा ही। पर और किसी पर ब्रह्मा क्यों नहीं नाराज हुए? बेटा! जो ब्राह्म है, वही ईसाई है। अंग्रेजों को ईसाई और बंगालियों को ब्राह्म कहते हैं। यह हम लोगों से, जो शास्त्रों के जानकार हैं, छिपा नहीं रहता है।"

वहाँ मौजूद सभी ने इसका अनुमोदन किया। वे उत्साह पाकर बोल उठे–"तुम चाहे जो भी क्यों न करो बेटा, पहले इसका प्रायश्चित्त करो, फिर उसे छोड़ दो..."

महिम ने हाथ जोड़कर कहा–"रुकिए। मैं आप लोगों को अपमानित करना नहीं चाहता। लेकिन जो नहीं है उसे जबान पर मत लाइए। मैं जिन्हें घर लाया हूँ उनके पुण्य से घर रहे, तो अच्छा है, और नहीं तो घर बार-बार जल जाए, यह भी मुझे बर्दाश्त होगा।" इतना कहकर वह दूसरी जगह चला गया।

बैनर्जी बाबू अपने सारे दल-बल को लेकर मुँह बाए खड़े रहे। फिर लाठी ठक-ठक करते हुए घर लौट गए। वे मन-ही-मन जो कहते-कहते गए उसे जबान पर न लाना ही बेहतर है।

अचला सब सुन पाई थी। उसकी दोनों आँखों से आँसुओं की बड़ी-बड़ी बूँदें टपकने लगीं।

यदु ने आकर कहा–"माँ जी, बाबू ने कहा कि तुमसे पूछकर मैं कहारों को बुला लाऊँ। उन्हें बुला लाऊँ?"

अचला ने आँचल से अपने आँसू पोंछ डाले और बोली–"बाबू को एक बार बुला दो तो यदु।"

"और पालकी?"

"अभी रहने दो!"

जब महिम उसके करीब आकर खड़ा हुआ तो उसकी आँखों में फिर आँसू भर आए। जब उसने अचानक झुककर उसके पैरों को छूकर हाथ अपने सर से लगाया, तो महिम उसके विस्मित और व्यग्र हो उठा। हो सकता है, वह पति के दोनों हाथों को पकड़कर उसे खींचकर अपने पास बैठाती, हो सकता है, वह और भी कोई बचपना कर डालती, वह क्या करती, यह उसके अन्तर्यामी ही जानते थे। मगर सवेरा हो चुका है। चारों ओर उत्सुक लोग हैं। अचला ने अपने आपको संयत कर लिया और बोली–"पालकी क्यों बुलवा रहे हो?"

महिम बोला–"नौ बजे की ट्रेन पकड़ सकोगी, तो हर तरह से सुविधा होगी। एक बजे के अन्दर घर पहुँचकर नहा-धोकर खा-पी लोगी। कल रात को भी तो तुमने कुछ नहीं खाया था।"

"और तुम क्या करोगे?"

"मैं क्या करूँगा?' उसने जरा सोच लिया और बोला–"मेरी भी, जो हो, कोई उपाय तो होगा ही।"

"तो फिर मेरा भी कोई उपाय होगा। मैं नहीं जाऊँगी।"

"क्या उपाय होगा, बताओ?"

अचला इस सवाल का जवाब नहीं दे सकी। एक बार उसके मुँह में आया कि कहे, जंगल में पेड़ के नीचे रहूँगी। लेकिन यह तो सचमुच ही सम्भव नहीं है। और मुहल्ले के किसी के भी घर में क्षण भर के लिए रहना कितना अपमानजनक है, यह संकेत तो उसे अभी-अभी अच्छी तरह से मिल गया है। ऐसी बात नहीं कि मृणाल की बात बार-बार याद नहीं आई थी, मृणाल की बात बार-बार याद आई थी, मगर शर्म के मारे वह यह मुँह से कह नहीं सकी। वह थोड़ी देर तक चुप रही, फिर बोली–"तो तुम भी साथ चलो।"

महिम ठगा-सा रहकर बोला–"मैं साथ जाऊँ? इससे क्या फायदा होगा?"

अचला बोली–"क्या करने से नफा होगा और क्या करने से नुकसान, यह देखने की जिम्मेदारी आज से मैं लूँगी। यह मुझे मालूम पड़ चुका है कि तुम्हारा भला चाहनेवाला यहाँ ज्यादा नहीं है। इसके अलावा तुम्हारी शक्ल-सूरत एक ही रात के अन्दर जो हुई है उसे तुम देख नहीं पा रहे हो, मैं देख पा रही हूँ। मेरे गले पर तुम छुरी चला दोगे, तो भी मैं तुम्हें यहाँ अकेले छोड़कर नहीं जाऊँगी।"

महिम के मन के अन्दर उथल-पुथल होने लगी, मगर वह स्थिर रहा।

अचला कहने लगी–"तुम इतनी फिक्र क्यों कर रहे हो? मेरे जेवर तो हैं। उनसे पश्चिम में जहाँ कहीं भी एक छोटा-सा घर हम अनायास खरीद सकेंगे। मैं चाहे जहाँ भी रहूँ, तुम मुझे भूखों नहीं मारोगे। यह कोशिश तुम्हें करनी ही होगी। और मैंने कहा है न कि तुम्हारी जिम्मेदारी आज से मुझ पर है।"

यदु ने नजदीक आकर पूछा–"मैं पालकी लाने जाऊँ माँ जी?"

जवाब के लिए अचला उत्सुक आँखों से पति के मुँह की तरफ निहारती रही। महिम ने इसका जवाब दिया। उसने यदु को पालकी लाने का हुक्म दिया और पत्नी से कहा–"मगर मैं तो अभी नहीं जा सकता।"

उसकी बात सुनकर अचला का कलेजा अनिर्वचनीय शान्ति और तृप्ति से भर गया। वह मन के आवेग को रोककर सहज ढंग से बोली–"हाँ, यह सच है कि अभी तुम नहीं जा सकते। लेकिन कहो कि शाम की गाड़ी से जरूर जाओगे? वरना मैं खाना लिये बैठे-बैठे फिक्र करूँगी, और..."

मगर उसकी टिप्पणी महिम की लम्बी साँस से मानो बुझ गई। वह उदास होकर डरती हुई बोली–"तुम उस वक्त नहीं जा सकोगे? तो इस अँधेरी रात में किसके घर में..." लेकिन कहते-कहते वह रुक गई। जिसके घर में उसके पति के रात गुजारने की सम्भावना है उसकी याद आते ही उसका मुँह गम्भीर और बदरंग हो उठा। शायद उसके मन की बात महिम ने नहीं समझी। पूछा–"कलकत्ता में तुम मुझे कहाँ जाने को कहती हो?"

अचला ने तुरन्त जवाब दिया–"मैं तुम्हें पिता के यहाँ जाने को कहती हूँ।"

महिम ने गरदन हिलाकर कहा–"नहीं, मैं वहाँ नहीं जाऊँगा।"

"क्यों, वहाँ तुम क्यों नहीं जाओगे? वह भी क्या तुम्हारा अपना घर नहीं है?"

महिम ने पहले की ही तरह सर हिलाकर बताया–"नहीं, वह घर मेरा अपना घर नहीं है।"

अचला बोली–"तो फिर ऐसा करते हैं कि वहाँ सिर्फ दो दिन ही रहकर हम लोग पश्चिम चले जाएँगे।"

"नहीं, मैं वहाँ नहीं जाऊँगा?"

अचला यह जानती थी कि उसे अपनी बात से डिगाना सम्भव नहीं है। वह जरा सोचकर बोली–"तो चलो हम लोग यहीं से पश्चिम के किसी शहर चले चलें। मैं यह अच्छी तरह जानती हूँ कि मैं साथ रहूँगी तो हमें कहीं तकलीफ नहीं होगी। मगर जेवरों को तो बेचना पड़ेगा। कलकत्ता को छोड़ जेवर कैसे बेचे जाएँगे?"

महिम दूसरी तरफ निहारता हुआ चुप रहा। अचला ने व्यग्र आवाज में पूछा–"पश्चिम में भी तो बड़ा शहर है। वहाँ भी तो जेवर बेचे जा सकते हैं? बैंक में मेरे लगभग दो सौ रुपए हैं। अभी उन्हीं से हमारे जाने का खर्चा चल जा सकता है? तुम चुप क्यों हो? कहो न जल्दी।"

महिम पत्नी की आँखों की तरफ निहार नहीं सका, लेकिन जवाब दिया, बोला–"मैं तुम्हारे जेवर नहीं लूँगा अचला।"

अचानक एक बहुत बड़ा धक्का खाकर जैसे अचला पीछे हट गई। थोड़ी देर बाद बोली–"मैं क्या यह जान सकती हूँ कि तुम मेरे जेवर क्यों नहीं लोगे?"

महिम ने उसका जवाब नहीं दिया और थोड़ी देर तक दोनों निस्तब्ध रहे। अचानक अचला एक साथ ढेरों सवाल कर बैठी। बोली–"दुनिया में पति क्या सिर्फ तुम्हीं एक हो। बुरे वक्त में और लोग अपनी पत्नी के जेवर कैसे लेते हैं? पत्नी के जेवर आखिर रहते हैं किसलिए? तुमने इतनी मुश्किल से इन्हें बचाने की कोशिश ही क्यों की?" इतना कहकर उसने टीन के छोटे-से सन्दूक को हाथ से धकेल दिया–"मुसीबत के दिनों में अगर ये किसी काम न आएँ तो झूठमूठ में इस बोझ को ढोते फिरने की जरूरत क्या है। आग अभी भी जल रही है। मैं इन्हें खींचकर आग में फेंक देती हूँ और निश्चिन्त होकर चली जाती हूँ। फिर तुम्हारा जो जी चाहे, करो।" इतना कहकर उसने आँचल से अपनी आँखें दबा लीं।

दो मिनट चुप रहकर महिम धीरे-धीरे बोला–"मैंने सब सोचकर देखा अचला। मगर तुम तो यह जानती हो कि मैं कोई काम झोंक में आकर नहीं करता हूँ या और कोई ऐसा करे, मैं यह भी नहीं चाहता हूँ। तुम जो देना चाह रही हो, उसे मैं अगर अपना समझकर ले सकता, तो आज मेरे सुख की सीमा नहीं रहती। मगर मैं उसे हरगिज नहीं ले सकता। दुख देखकर तुम्हारी तरह और भी एक आदमी ने और भी कहीं ज्यादा मुझे देना चाहा था। लेकिन वह भी जैसे दया थी, वैसे ही यह भी दया है। मगर मेरा ऐसा विश्वास है कि इससे न तुम लोगों का, न मेरा, किसी का भी अन्त तक भला नहीं होगा।"

अचला और बर्दाश्त नहीं कर सकी। रोना भूल शायद प्रतिवाद करने के लिए ही ज्यों ही उसने अपनी चमकीली आँखों को ऊपर उठाया त्यों ही पति की नजरों का पीछा

करते-करते वह दुख पाई कि थोड़ी दूर पर उन लोगों का जो तालाब है उसी के घाट की बगल में नीम के पेड़ के नीचे बने चबूतरे पर सुरेश हाथ पर सर रखकर आसमान की तरफ मुँह उठाए चुपचाप पड़ा हुआ है। अचला के मुँह की बात मुँह में ही रह गई और उसका तना हुआ सर अपने आप झुक गया।

लेकिन महिम कुछ अन्यमनस्क-सा अपने मन से ही कहने लगा–'ऐसी बात नहीं कि मैं सिर्फ कभी शान्ति नहीं पाऊँगा; बल्कि यह सम्बन्ध ही किसी दिन हमारे बीच नहीं बना है कि मैं तुम्हें बार-बार वंचित कर सकूँ।' फिर थोड़ी देर रुककर वह बोला–''अचला, अपने आपको खाली करके दान करने में बड़ा दुख उठाना पड़ता है। मगर झोंक में, हो सकता है, ऐसा पल भर में किया जा सकता है। लेकिन उसका नतीजा जिन्दगी भर भुगतना पड़ता है। मैं जानता हूँ कि एक गलती के चलते तुम लोगों के पछतावे की सीमा नहीं रहेगी। फिर एक गलती हो जाएगी, तो तुम किसी दिन न अपने आपको माफ कर सकोगी न मुझे। इस नुकसान को बर्दाश्त करने लायक संबल तुम्हारे पास नहीं है। भले ही आज तुम्हें इस बात का पता न चले, पर दो दिन बाद तुम्हें इसका पता चलेगा। इसीलिए तुमसे कुछ भी मैं नहीं लूँगा।''

उसकी बातें अचला के कलेजे के अन्दर बिंधी। पति की नजरों में वह कितनी परायी है, इसे उसने आज जितना महसूस किया उतना और किसी दिन महसूस नहीं किया था। और तुरत मृणाल की याद से वह गुस्से से भर उठी। वह भी कठोर होकर बोल उठी–''तुम इतनी देर से जो समझा रहे हो उसे मैंने समझा है। हो सकता है तुम्हारी ही बातें सही हों, हो सकता है, तुम्हारा मुँह देखकर दया आने की वजह से मैंने अपना सब कुछ तुम्हें देना चाहा था। हो सकता है, दो दिनों बाद मुझे सचमुच इसके लिए पछताना पड़ता; सब ठीक है, मगर देखो, दूसरे के मन की इच्छा को समझ लेने लायक चाहे जितनी भी बुद्धि तुम्हें क्यों न हो, तुम्हें समझा देने की भी चीज हैं। पत्नी की चीज को जबरन लेना तो दूर की बात है, हाथ फैलाकर उसे लेने का सम्बल तुम्हारे पास भला क्या है? अब तुमसे मैं तर्क नहीं करूँगी। इतनी सी समझ-बूझ अभी भी तुममें बाकी है, आज से यही मेरी सान्त्वना है। लेकिन मैं चाहे जहाँ भी क्यों न रहूँ, एक न एक दिन तुम्हें सारी बातें समझनी ही होंगी। समझनी ही होंगी।'' इतना कहकर उसने हाथ से अपना मुँह दबाकर रुलाई रोकी।

नौ बजे की ट्रेन से सुरेश भी घर लौट रहा था। बीती रात आग लगने की घटना ने उसे एक तरह से न जाने कैसा कर दिया था। किसी से बात करने की उसमें शक्ति नहीं थी। गाड़ी आने में अभी भी थोड़ी देर थी। सुरेश महिम को बुलाकर स्टेशन के एक छोर पर ले गया और थोड़ी देर तक वह चुप रहा। उसके बाद बोल उठा–''महिम, तुमने यह सन्देह तो नहीं किया है कि आग मैंने लगाई होगी?''

महिम ने उसके दोनों हाथों को जोर से पकड़ लिया और सिर्फ बोला–''छिः!''

सुरेश की दोनों आँखें छलछलाने लगीं। वह रुआँसा होकर बोला–''कल से इसी डर से मुझे शान्ति नहीं है महिम।''

महिम ने चुपचाप सिर्फ उसके हाथों को जरा दबा दिया। उसके बाद बोला–''सुरेश, एक सचमुच का गुनाह बहुत से झूठे गुनाहों का बोझ ढो लाता है। लेकिन आज भी मैं ऐसा

मानता हूँ कि बहुत दुख पाकर तुम चाहे जो भी क्यों न करो, जिसे 'क्राइम' कहते हैं, उसे तुम किसी दिन नहीं कर सकते हो।" वह थोड़ी देर रुका, फिर बोला–"तुम भगवान को तो नहीं मानते हो लेकिन जो भगवान को मानता है वह दिन-रात प्रार्थना करता है कि वे उसका यह विश्वास तोड़ न दें।"

ट्रेन आ गई। जनाने डिब्बे में अचला और उसकी नौकरानी को चढ़ाकर महिम जब सुरेश के पास आया, तो उसने खिड़की से हाथ बढ़ाकर उसका दाहिना हाथ पकड़ लिया और बोला–"तुम्हारे कल के नुकसान को पूरा करने देने की जो बात मैंने कही थी, मेरी उस बात को तुमने मंजूर नहीं किया। लेकिन तुम्हारे भगवान तुम्हारी प्रार्थना मंजूर करें भाई। वे मुझे और छोटा न करें।" इतना कहकर उसने उसका हाथ छोड़ दिया और मुँह घुमाकर बैठा।

उधर खिड़की पर मुँह रखकर अचला यदु से इतनी देर तक चुपके-चुपके न जाने क्या कह रही थी। जब महिम उसके नजदीक आया, तो उसने पूछा–"मृणाल दीदी के पति क्या आज गुजर गए?"

महिम ने गरदन हिलाकर कहा–"हाँ, सुना कि वे घंटा भर पहले चल बसे।"

अचला ने पूछा–"लगभग दस-बारह दिनों से उन्हें न्यूमोनिया हो गया था। मुझे यह खबर देना भी तुमने किसी दिन जरूरी नहीं समझा था?"

महिम ने जवाब देना चाहा लेकिन बातों को सहेजकर कैसे कहे, यह सोचते-सोचते गाड़ी सीटी बजाकर चल पड़ी।

21

केदार बाबू की सेहत तब भी पहले जैसी नहीं हो पाई थी। खाने-पीने के बाद वे आकर बरामदे में एक आरामकुर्सी पर लेट गए थे और अखबार पढ़ते-पढ़ते हो सकता है, उनकी आँखें जरा लग गई थीं। दरवाजे पर किराए की गाड़ी की कर्कश आवाज सुनाई पड़ी, तो उन्होंने आँखें खोलकर देखा, सुरेश, उनकी बेटी और दाई गाड़ी से उतरे, उनकी नींद की खुमारी पल भर में हिरन हो गई। किसी अनजानी शंका से वे हड़बड़ाकर उठ पड़े और गला फाड़कर चिल्लाए–"अचला, तुम क्यों आई? सुरेश, तुम कहाँ से आ रहे हो? क्यों, बात क्या है? यह सब कैसी हरकत है, मैं तो कुछ समझ नहीं पाता हूँ।"

अचला उठकर आई और पिता के पैर छुए, सुरेश ने प्रणाम किया और बोला–"महिम का तार आपको नहीं मिला है?"

केदार बाबू उद्विग्न होकर बोले–"नहीं, मुझे तो उसका तार नहीं मिला है?"

सुरेश ने एक कुर्सी खींच ली और उस पर बैठकर कहा–"तब या तो वह तार करना भूल गया है या तार अभी भी नहीं आ पहुँचा है।"

केदार बाबू बोले–"भाड़ में जाए तार। बात क्या है, यही पहले बताओ न। तुम इन लोगों को कहाँ से ले आए?"

सुरेश बोला–"कल रात आग लगने से महिम का घर जल गया।"

"महिम का घर जल गया है! सर्वनाश! यह तुम क्या कह रहे हो, घर जल गया? कैसे जला? महिम कहाँ है? ये लोग तुम्हें कहाँ मिलीं?" एक साँस में इतने सवाल करके केदार बाबू धम से अपनी आरामकुर्सी पर बैठ गए।

सुरेश ने कहा–"इन लोगों को मैं वहीं से लेकर आ रहा हूँ। मैं वहीं था न!"

केदार बाबू नाराज और गम्भीर हो उठे, बोले–"तुम वहाँ थे? तुम वहाँ कब गए? मैं तो कुछ नहीं जानता हूँ। मगर वह कहाँ है?"

सुरेश बोला–"महिम तो आ नहीं सका, इसीलिए..."

उनका गम्भीर मुँह काला पड़ गया। उन्होंने सर हिलाकर कहा–"नहीं-नहीं, यह सब अच्छी बात नहीं है। यह बड़ी बुरी बात है। इससे बढ़कर और कोई अन्याय नहीं हो सकता है। यह सब तो मैं किसी भी सूरत में..." कहते-कहते उन्होंने नजरें उठाकर बेटी के मुँह की तरफ निहारा।

अचला इतनी देर तक एक कुर्सी की पुश्त पर हाथ रखे खड़ी थी। पिता का यह सन्देह उसके मर्म में जाकर बिंधा। उसके इस अचानक आने के कारण पर उन्होंने जरा भी विश्वास नहीं किया था, यह साफ-साफ समझकर शर्म और नफरत से उसका चेहरा फक पड़ गया।

केदार बाबू ने यहाँ गलती की। बेटी के मुँह के भाव से उनका सन्देह और पक्का हुआ। आरामकुर्सी पर लेटकर उन्होंने हाथ के अखबार को मुँह पर रखा और एक साँस छोड़कर बोले–"तुम लोग जो अच्छा समझो, करो। मैं कल ही घर छोड़कर और कहीं चला जाऊँगा।"

सुरेश ने क्रोध भरे विस्मय से कहा–"यह सब आप क्या कह रहे हैं केदार बाबू? आप भला घर छोड़कर क्यों जाएँगे और आखिर हुआ ही क्या है?" इतना कहकर वह एक बार अचला की तरफ और एक बार उसके पिता की तरफ निहारने लगा। लेकिन किसी का भी मुँह उसे नजर नहीं आया।

केदार बाबू से कोई जवाब न पाकर वह उठकर खड़ा हो गया और बोला–"खैर, महिम ने मुझ पर जो जिम्मेदारी सौंपी थी उसे मैंने पूरा कर दिया है। अब आप लोग जो अच्छा समझें करें। मैंने भी अभी तक नहाया-खाया नहीं है। मैं घर चला।" इतना कहकर वह ज्यों ही कई कदम दरवाजे की तरफ आगे बढ़ा त्यों ही केदार बाबू उठ बैठे और थकी आवाज में बोले–"ओह, तुम जा क्यों रहे हो? बात क्या है? तब भी सुनूँ न! आग कैसे लगी?"

सुरेश ने अभिमान से कहा–"यह मैं नहीं जानता।"

"तुम वहाँ कब गए?"

"मैं वहाँ पाँच-छह दिन पहले गया था। मैंने अभी तक नहीं खाया है, मैं और देरी नहीं कर सकता।" इतना कहकर उसने फिर से चलने की तैयारी की, तो केदार बाबू बोल उठे–"ओ हाँ, देखता हूँ, तुममें से किसी ने नहाया-खाया नहीं है। मगर तुम किसी जंगल में तो नहीं आ गए हो, यह भी तो घर है, यहाँ भी तो नौकर-चाकर हैं। अचला, पुकारो न एक बार बैरे को–तुम खड़े क्यों हो? बैठो-बैठो सुरेश, बात क्या हुई, खोलकर सब बताओ, जरा सुनूँ तो सही!"

सुरेश वापस आकर बैठा। वह थोड़ी देर चुप रहा, फिर बोला–"मैं रात को सो रहा था, महिम का चीत्कार सुनकर अपने कमरे से निकल पड़ा, तो देखता हूँ, सब धू-धू करके जल रहा है। फूस का घर था, उसे बुझाने का उपाय नहीं था। उसे बुझाने की विफल कोशिश भी किसी ने नहीं की। सब कुछ जल गया, और क्या!"

केदार बाबू उछल उठे और बोले–"यह तुम क्या कह रहे हो जी, सब कुछ जल गया। कुछ भी बचाया नहीं जा सका? और अचला के जेवर वे भी नहीं बचे?"

"वे बच गए हैं!"

"चलो, तब भी गनीमत है।" इतना कहकर उन्होंने लम्बी साँस छोड़ी और फिर कुर्सी पर आकर बैठ गए। वे थोड़ी देर तक स्तब्ध भाव से बैठे रहे, फिर पूछा–"तब भी आग कैसे लगी?"

सुरेश बोला–"मैंने कहा न आपसे, इस बात की जानकारी अभी तक नहीं हुई है। लेकिन मैं यह जानकर आया हूँ कि गाँव के अन्दर खास कोई उसका भला चाहनेवाला नहीं है।"

"क्या? गाँव के अन्दर खास कोई उसका भला चाहनेवाला नहीं है?"

"नहीं, गाँव के अन्दर खास कोई उसका भला चाहनेवाला नहीं है।"

केदार बाबू ने और कोई बात नहीं की। बहुत देर तक वे चुपचाप बाहर की तरफ निहारते हुए बैठे रहे। अन्त में और एक गहरी साँस छोड़ी, उठकर खड़े हो गए और बोले–"जाओ नहा आओ सुरेश। और देर मत करो। देखता हूँ क्या खाना बनाया जा रहा है।" इतना कहकर वे उसे साथ लेकर बाहर निकल गए।

खानपान के बाद भी उन्होंने सुरेश को जाने नहीं दिया। एक आरामकुर्सी पर वह नींद में पड़ा हुआ था। अचला ने भी नहाने के बाद अपने कमरे में जाकर ब्योंड़ा लगा लिया था। उसके बाद उसका कोई अता-पता नहीं था। आराम नहीं था सिर्फ केदार बाबू को। अब तो तार के आने न आने की कोई खास सार्थकता नहीं थी, फिर भी उसी के लिए वे दिन भर छटपटाते रहे। शाम के समय बेवक्त नहीं सोना चाहिए। इस बहाने बेटी को बुलवा भेजा और जब वह आई, तो पहले ही बोल उठे–"तुम लोगों ने तो कहा कि उसने तार किया है, तार किया है। पर कहाँ, तार का तो कोई अता-पता नहीं है! तुम लोग ट्रेन से आ गए और तार अभी तक नहीं पहुँचा। अच्छा रुको तो, मैं देखता हूँ।" इतना कहकर बेटी का जवाब सुने बिना ही वे अपनी चप्पलें फट-फट करते-करते तेज कदमों से बाहर निकल गए और थोड़ी देर बाद नीचे से उनकी उत्तेजित आवाज साफ-साफ सुनाई पड़ने लगी। अचला की नौकरानी को पकड़कर वे तरह-तरह की जिरह कर रहे थे और उनकी बात के जवाब में वह रूठी-सी रहकर बार-बार प्रतिवाद करती हुई कह रही थी कि यह आप क्या कह रहे हैं बाबू? मैं अपनी आँखों से देख आई कि आग लगने पर घर-बार सब जलकर राख हो गया और आप हैं कि कह रहे हैं कि घर-बार नहीं जला है। और आग अगर नहीं लगी होती, तो घर-बार जलकर राख कैसे हो गया, एक बार विचार करके देखिए तो।

सुरेश सब सुन रहा था। उसने सर उठाया, तो देखा अचला चौखट पकड़कर खड़े-खड़े फक पड़े चेहरे से कान लगाकर हरेक शब्द को गटक रही है। उसने मजाक की मुद्रा में कहा–"तुम बता सकती हो कि तुम्हारे पिता को क्या हुआ?"

अचला ने चौंककर मुँह घुमाया और बोली–"नहीं, मैं नहीं बता सकती।"

सुरेश बोला–"मैं पक्का कह सकता हूँ कि उन्होंने विश्वास नहीं किया है। उनकी धारणा है कि आग लगने की कहानी शुरू से लेकर आखिर तक हम लोगों की गढ़ी हुई है।" वह जरा चुप रहा, फिर बोला–"क्या सच है और क्या झूठ, इसका पता उन्हें एक दिन चलेगा ही, मगर उनका सन्देह ऐसा है कि यहाँ आना मेरे लिए बिलकुल असम्भव हो उठा है।"

अचला ने मुरझाए चेहरे से पूछा–"तो क्या आप यहाँ नहीं आएँगे?"

सुरेश उठकर खड़ा हो गया और बोला–"शायद अब यहाँ आना सम्भव नहीं है। मुझे भी तो थोड़ा-सा आत्म-सम्मान बचाना है। तुम मेरा बैग किसी आदमी से मेरे घर भिजवा देना।"

अचला ने गरदन हिलाकर कहा–"अच्छा। लेकिन उसके यहाँ आने न आने के बारे में कोई बात नहीं की।"

"तो कल सवेरे उसे भिजवा देना। उसके अन्दर मेरी बहुत-सी जरूरी चीजें हैं।" इतना कहकर वह केदार बाबू का इन्तजार किए बिना ही बाहर निकल गया।

केदार बाबू वापस आकर थोड़े अचरज में तो पड़े, मगर वे मन-ही-मन जो अप्रसन्न हुए थे वह महसूस नहीं हुआ।

रात को बहुत देर तक बिस्तर पर छटपटाकर अचला उठ गई। उसकी इच्छा है कि बाहर के बरामदे में खड़ी होकर सामने के राजपथ पर आते-जाते लोगों की तरफ निहारकर वह थोड़ी देर के लिए भी अन्यमनस्क हो।

अपने कमरे के दूसरी तरफ के किवाड़ को खोलकर जब वह बरामदे में आई, तो देखा, तब भी बैठक में बत्ती जल रही है। पहले उसने सोचा कि नौकर गैस बन्द करना भूल गए होंगे, मगर कई कदम आगे बढ़ते ही जब अन्दर से अपने पिता की आवाज उसके कानों में पहुँची तो उसके विस्मय की सीमा नहीं रही। वे हमेशा दस बजते न बजते बिस्तर पर चले जाते हैं, लेकिन आज साढ़े दस बज चुके हैं। दूसरे ही पल नौकरानी की आवाज सुनाई पड़ी। वह कह रही है–जब पति गुजर गया है, मुझे तो ऐसा नहीं लगता है, बाबू कि अब मृणाल दीदी ससुराल में घर-गिरस्ती करेगी। महिम बाबू के साथ दादा-पोती का कैसा नाता है, यह तुम्हीं लोग जानो।

उसके बात के जवाब में केदार बाबू ने सिर्फ 'हुँ' कहा और चुप रहे।

अचला समझ गई कि इसके पहले बहुत-सी बातें हो चुकी होंगी। मृणाल के बारे में, महिम के बारे में, उसके बारे में–कुछ भी छूटा नहीं होगा। लेकिन इस डर से कि कहीं अपने बारे में बेहद अप्रिय बात अपने ही कानों सुननी न पड़े, वह जैसे चुपचाप आई थी वैसे ही चुपचाप लौट जाना चाहा, लेकिन न जाने किस चीज ने उसके पैरों को लोहे की जंजीर में बाँध दिया।

केदार बाबू थोड़ी देर तक चुप रहे, फिर प्रश्न किया–"तो यह कहो कि उन दोनों में बनी नहीं।"

नौकरानी बोली–"बिलकुल नहीं बाबू, कतई नहीं। एक दिन के लिए भी नहीं।"

इस नौकरानी को अचला इतने दिनों तक नादान ही समझती थी। आज उसने देखा, उसे किसी से कम अक्ल नहीं है।

केदार बाबू फिर कई मिनट चुप रहे फिर बोले–"तो कहो कि किसी ने खाया नहीं था। जब से सुरेश गया तब से लेकर अब तक एक तरह से झगड़े-टंटे में ही दिन बीत रहा था।"

नौकरानी का जवाब सुनाई तो नहीं पड़ा, लेकिन पिता के मुँह की टिप्पणी सुनकर ही यह समझ में आ गया कि उसने गरदन हिलाकर कैसी राय जाहिर की। क्योंकि दूसरे ही पल केदार बाबू ने एक गहरी साँस छोड़कर कहा—"मैं यह पहले से ही जानता था कि एक दिन ऐसा होगा। आजकल के लड़के-लड़कियाँ माँ-बाप की बात की परवाह नहीं करते हैं। वरना मैंने तो सबकुछ एक तरह से ठीक कर डाला था। अगर उसने मेरी बात मानी होती तो आज उसे किसी बात की फिक्र नहीं करनी पड़ती।" इतना कहकर उन्होंने और एक लम्बी साँस छोड़ी, यह भी साफ-साफ सुनाई पड़ी।

नौकरानी ने पूरी सहानुभूति के साथ फौरन कहा—"आप ठीक कहते हैं बाबू। अगर उन्होंने आपकी बात मानी होती, तो आज किस बात की फिक्र थी। ठेठ गाँव में एक फूस का छप्परवाला मिट्टी का घर था। वह भी नहीं रहा। आज महिम बाबू तो..." इतना कहकर उसने भी अपनी बात को खत्म किए बिना ही एक लम्बी साँस से बहुत दूर तक धकेल दिया।

"किस्मत की बात है!" इतना कहकर केदार बाबू दो मिनट चुप रहे, फिर उठकर खड़े हो गए और बोले—"अच्छ तू जा।" इतना कहकर उन्होंने उसे भेज दिया और बत्ती बुझाने के लिए बैरे को बुलाने लगे।

अचला पाँव दबाए धीरे-धीरे अपने कमरे में आकर बिस्तर पर लेट गई। पिता की उदारता और उनकी भद्रताबोध की धारणा किसी भी दिन उसके कान के अन्दर बड़े ऊँचे स्तर की नहीं थी, मगर वह जो इतनी छोटी है कि वे घर की नौकरानी के साथ एकान्त में इस बात की चर्चा कर सकते हैं, यह भी वह कभी सोच नहीं सकती थी। आज उसका मन छोटा होकर जमीन पर लोट रहा है। लेकिन उसका पति, उसके पिता, उसकी नौकरानी, उसका दोस्त—सभी जब उसी की तरह जमीन पर पड़े हुए हैं तब किसी को अपना सहारा बनाकर किसी दिन वह इस धूल की सेज से उठकर खड़ी हो सकेगी, इस भरोसे की वह कल्पना भी नहीं कर सकी।

22

जैसे दुनिया के और लोगों में गुण-दोष होता है वैसे ही केदार बाबू में भी गुण-दोष है। केदार बाबू ने यही कामना की थी कि उनकी बेटी की शादी ऐसे लड़के से हो जो पढ़ा-लिखा हो, जिसकी आर्थिक स्थिति अच्छी हो। महिम अच्छा लड़का है, उसने एम.ए. पास किया है, गाँव में इतनी जमीन-जायदाद है कि रोटी-कपड़े की कमी नहीं है। इसलिए उसके हाथों अपनी बेटी को सौंप देने में उन्होंने अपने आपको सौभाग्यशाली माना था। लेकिन अचानक उसके अमीर दोस्त सुरेश ने जब अपनी गाड़ी से आकर एक उलटे ढंग

की जानकारी दी और खुद को दामाद के तौर पर उम्मीदवार बना दिया तब दोनों दोस्तों की आर्थिक स्थिति का हिसाब करके महिम को खारिज करने में केदार बाबू के मन के अन्दर कोई एतराज पैदा नहीं हुआ। वे प्यार के बारीक सिद्धान्त से कोई खास वास्ता नहीं रखते थे। उनका विश्वास था कि लड़कियाँ पति के हिसाब से उसे ही सबसे श्रेष्ठ मानती हैं जिसके साथ वे गाड़ी-पालकी पर चढ़कर जेवर पहनकर सुख-आराम से रह सकती हैं। लिहाजा यह तय करने में उन्हें बहुत ज्यादा सोचना नहीं पड़ा कि बेटी को खुश करना ही अगर पिता का कर्तव्य है, तो इतने बड़े अनचाहे मौके को हाथ से नहीं जाने देना चाहिए। यहाँ तक कि शादी के पहले ही अमीर दामाद से पाँचेक हजार रुपए कर्ज लेना भी उन्होंने बुरा नहीं समझा था। और जब यह घर उसका रहेगा तब कर्ज चुकाने की फिक्र ने उन्हें परेशान नहीं किया था।

हालाँकि अभागिन लड़की ने सब चौपट कर दिया, उसने हरगिज घुटने नहीं टेके, इसलिए आखिरकार उसी महिम के हाथों उन्हें अपनी बेटी सौंप देनी तो पड़ी, मगर इस हादसे से उनके क्षोभ की सीमा नहीं रही। इसके अलावा जो बात अभी उन्हें अपने आगे खुद कबूल करनी पड़ी वह यह कि अब रुपया लौटा देना जरूरी है। लेकिन इसका कोई दस्तावेज न होने की वजह से और कर्ज चुकाने का रास्ता भी खूब साफ और सरल नजर न आने की वजह से इसके विचार को भी वे अपने हृदय के अन्दर उतना उजागर नहीं कर सके। लिहाजा सवाल मन के अन्दर पैदा तो हुआ, मगर जवाब पहले की ही तरह धुँधला बना रहा।

अचला ससुराल चली गई। इसके बाद सुरेश की आवाजाही और नजदीकियाँ केदार बाबू पसन्द नहीं करते थे। यह कहलवाकर कि वे घर पर नहीं हैं ज्यादातर वक्त उससे मिलते भी नहीं थे। लेकिन चूँकि वे उसे प्यार करते थे इसलिए बेटी के बुरे सलूक से वे मन के अन्दर शर्मिन्दा और दुखी बने रहे।

इसी तरह से दिन बीत रहा था। लेकिन अचानक एक दिन वे बहुत बीमार हो गए। सुरेश ने आकर उनका इलाज किया और बेटे से भी ज्यादा टहल-टकोरी करके उन्हें चंगा कर दिया। जब उन्होंने खुद कर्ज की चर्चा की तो इस बात को उसने यह कहकर हँसी में उड़ा दिया कि वे रुपए उसने अपनी दोस्त को दहेज में दिए हैं। तब से इस युवक के प्रति उनका स्नेह रोज गहरा और स्वाभाविक होता जाने लगा। यहाँ तक कि समय-समय पर बेटी के खिलाफ उनके मन के अन्दर अभिशाप-सा पैदा होता कि अभागिन लड़की ने इस हीरे को नहीं पहचाना, बल्कि उपेक्षा करके इसे छोड़ दे गई। वह अब इसकी सजा भुगते।

यह सच है कि इस मामले में महिम उसकी आँखों का काँटा बन गया था। भले ही महिम उनकी आँखों का काँटा बन गया था लेकिन उन्होंने सपने में भी यह नहीं सोचा था कि उनकी बेटी नारी-धर्म को तिलांजलि देकर अपने पति को छोड़ने की बड़ी बदनामी कमाकर उसके पास आ जाएगी और इस महापाप में जिस व्यक्ति ने उसकी मदद की है, वह चाहे जितना भी बड़ा क्यों न हो, उसके प्रति पिता के मन का भाव कैसा बुरा हो जाएगा, इसका अन्दाजा लगाना कठिन नहीं है।

दूसरी तरफ, पिता के प्रति बेटी का मनोभाव पहले चाहे जैसा भी क्यों न रहा हो, पर जिस दिन उन्होंने सिर्फ रुपए के लालच से महिम को छोड़ सुरेश के हाथों उसे सौंपने के लिए कमर कस ली थी और कर्ज चुकाने का कोई उपाय न रहने के बावजूद उससे कर्ज लिया था, उसी दिन से बतौर आदमी केदार बाबू अचला की नजरों से बहुत नीचे गिर गए थे। लेकिन तब वह अश्रद्धा सौ गुना बढ़ गई थी जब कल रात वह अपने कानों सुन पाई कि उन्होंने अपनी बेटी के चरित्र के बारे में गुप्त रूप से नौकरानी की राय लेने में भी झिझक महसूस नहीं की।

लेकिन उसी के साथ अचला आज अपने आपको भी देख पाई। उसका अंग-अंग रोमांचित होकर नजर आया कि जिस पल उसने पति को अपने मुँह से यह कहा था कि उसे वह प्यार नहीं करती है उसी पल नारी की सर्वोत्तम मर्यादा भी दुनिया से उसके लिए मिट गई थी। इसीलिए आज वह पति के आगे छोटी है। पिता के आगे छोटी है, अपनी नौकरानी के आगे छोटी है, यहाँ तक कि उस सुरेश जैसे आदमी की नजरों में भी आज वह इतनी छोटी है कि लालसा की संगिनी की कल्पना करना भी उसके लिए अब दुराशा नहीं है? मगर सचमुच ही क्या, वह छोटी है? इतनी छोटी है क्या? उस दिन उसने जिसके प्यार को सर्वश्रेष्ठ बनाने के लिए सारे विरोधों, सारे प्रलोभनों को पैरों से कुचलकर पार किया था वह उसी के प्यार से वंचित है। आज इसी बीच यह बात क्या सभी भूल गए हैं? पति ने उसे सुरेश के साथ भेज दिया, तो भी उसने उसकी कोई खोज-खबर नहीं ली। इस उदासीनता का गहरा अपमान और लांछना उसे रात भर मानो आग से जलाने लगी।

सवेरे जब नींद टूटी तब दिन चढ़ चुका था। बाल सूरज की किरणें खुली खिड़की के अन्दर से होकर कमरे के फर्श पर बिखर रही थीं। वह धीरे-धीरे बिस्तर पर उठ बैठी, सिरहाने की खिड़की को खोल दिया और शहर के रास्ते की तरफ निहारती हुई चुपचाप बैठी रही।

कलकत्ता के राजपथ पर भीड़ रुकने का नाम नहीं लेती है। कोई काम पर चला आ रहा है, कोई घर लौट रहा है, तो कोई सुबह की धूप और हवा में खामखा घूमता फिर रहा है—यह निहारते-निहारते अचानक एक समय उसे लगा कि इस समय कोई भी तो घर में बैठा हुआ नहीं है, और मैंने ही भला वास्तव में ऐसा कौन सा बड़ा गुनाह किया है जिससे मैं मुँह नहीं दिखा सकती। मैंने खुद अपने आपको कैद कर रखा है। अगर मैंने कोई गुनाह किया भी हो, तो वह मैंने उनके प्रति किया है। इसकी सजा वे ही मुझे देंगे। लेकिन बिना किसी भेदभाव के जो कोई मुझे सजा देने आएगा उसके द्वारा दी गई सजा को किसलिए सर झुकाकर लूँगी?

अचला तुरन्त उठकर खड़ी हो गई और सारी ग्लानि को मानो जबरन नोच डाला। मुँह-हाथ धोया, कपड़े बदले और बैठक में आ घुसी।

केदार बाबू अपनी आरामकुर्सी पर बैठकर अखबार पढ़ रहे थे। उन्होंने फिर एक बार मुँह उठाया और फिर अखबार के पन्ने पर मन लगाया।

थोड़ी ही देर बाद बैरा केतली में चाय का गरम पानी और दूसरे सामान लाकर टेबल पर रख गया। केदार बाबू खुद उठकर आए, अपने लिए एक प्याला चाय बना ली और हाथ में प्याला लिये चुपचाप अपनी आरामकुर्सी पर वापस जाकर अखबार ले बैठे।

अचला ने मुँह नीचा किए बैठे-बैठे पिता का सारा आचरण देखा, मगर खुद आगे बढ़कर उनके लिए चाय बना देने की या एक शब्द पूछने की न ही उसकी हिम्मत हुई, न ही उसका जी चाहा।

मगर कमरे के अन्दर इस तरह से बुत की मानिन्द मुँह बन्द किए बैठा रहना भी असम्भव है, यहाँ तक कि इस तरह से लम्बे अरसे तक एक घर के अन्दर उनके साथ रहना सम्भव और उचित है या नहीं, और अगर उनके साथ रहना सम्भव और उचित नहीं है, तो वह क्या उपाय करेगी। इस जटिल समस्या का कहीं जरा निराले में बैठकर फैसला कर लेने के लिए जब वह उठने ही वाली थी कि तभी उसने असहनीय विस्मय से निहारा, तो देखा, सुरेश कमरे में घुस रहा है।

उसने हाथ जोड़कर केदार बाबू को नमस्कार किया, तो उन्होंने मुँह उठाकर सर जरा हिलाया और फिर से पढ़ने में मन लगाया।

सुरेश ने कुर्सी खींच ली और बैठा। चाय की चीजों को हटाने के लिए बैरा कमरे में घुसा, तो उसने उससे कहा–"मेरा बैग कहाँ है, उसे मेरी गाड़ी में रख दो तो। हजामत बनाने की चीजें उसके अन्दर हैं। देरी मत करो, मुझे अभी जाना है।"

"जो आज्ञा।" इतना कहकर वह चला गया तो कमरे में फिर सन्नाटा छा गया। थोड़ी देर बाद सुरेश ने अचानक पूछा–"महिम की कोई खबर मिली?"

केदार बाबू मुँह उठाए बिना ही बोले–"नहीं।"

सुरेश बोला–"ताज्जुब है!"

उसके बाद फिर सन्नाटा छा गया। बैरे ने वापस आकर बताया–"आपका बैग मैंने गाड़ी में रख दिया है।"

"तो मैं चला। महिम की चिट्ठी आने पर मुझे खबर भेज दीजिएगा।" इतना कहकर सुरेश ने जब उठने की तैयारी की, तो सहसा केदार बाबू ने हाथ के अखबार को फर्श पर फेंक दिया और बोल उठे–"तुम जरा इन्तजार करो सुरेश, मैं आ रहा हूँ।" इतना कहकर उसके मुँह की तरफ निगाह डाले बिना ही चप्पलें फट-फट करते हुए जरा तेज कदमों से ही कमरा छोड़कर चले गए।

इतनी देर तक अचला मुँह नीचे किए हुए ही थी। जब केदार बाबू बाहर निकल गए, तो विस्मित सुरेश ने ज्यों ही अचानक मुँह घुमाया त्यों ही उसकी नजर अचला की डरी, दुखी और बेहद उदास दोनों आँखों पर जाकर पड़ी। उसने पूछा–"क्या बात है?"

अचला ने मुँह नीचा किया और सिर्फ सर हिलाया।

सुरेश बोला–"मैं कितना दुखी हूँ, कितना शर्मिन्दा हुआ हूँ, यह मैं तुम्हें कहकर नहीं बता सकता।"

अचला मुँह नीचा किए चुपचाप बैठी रही।

वह फिर बोला–"तुम्हारे पिता मुझे इतना गया-गुजरा, इतना बड़ा मक्कार समझ सकते हैं, यह मैंने सपने में भी नहीं सोचा था।"

इस आरोप का भी अचला ने कोई जवाब नहीं दिया। वह पहले की ही तरह स्थिर होकर बैठी रही।

सुरेश बोला–"मेरी ऐसी इच्छा हो रही है कि मैं इसी वक्त महिम के पास जाकर उसे..." उसकी बात खत्म नहीं हो सकी, केदार बाबू लौट आए।

उनके हाथ में एक छोटा-सा कागज है। उसे उन्होंने सुरेश के सामने टेबल पर रख दिया और बोले–"आलस्य के चलते मैं तुम्हारे उन रुपयों की रसीद नहीं दे सका हूँ। मैंने पाँच हजार रुपयों का हैंडनोट लिख दिया है। सूद शायद मैं अब दे नहीं सकूँगा, लेकिन यह घर तो रहा, इससे मूल वसूल हो ही जाएगा।"

सुरेश स्तम्भित की नाईं थोड़ी देर तक खड़ा रहा, फिर बोला–"पर मैंने तो आपसे हैंडनोट नहीं माँगा है केदार बाबू!"

केदार बाबू बोले–"हाँ, यह सच है कि तुमने मुझसे रुपया नहीं माँगा है, मगर मुझे तो देना चाहिए। इतने दिनों तक मैंने तुम्हें हैंडनोट नहीं दिया था यही मुझसे काफी अन्याय हो गया है सुरेश। उस कागज को तुम अपनी जेब में रख लो। मैं बूढ़ा हो गया हूँ, अचानक अगर मैं मर जाऊँ, तो रुपए की गड़बड़ी हो सकती है।"

सुरेश ने जोश के साथ जवाब दिया–"केदार बाबू, सुरेश और चाहे जो भी क्यों न करे, वह रुपए को लेकर कभी किसी के साथ गड़बड़ी नहीं करता है। इसके अलावा आप खुद भी यह अच्छी तरह जानते हैं कि ये रुपए मैं नहीं माँगता हूँ। यह मैंने अपनी दोस्त को दहेज दिया है।"

केदार बाबू बोले–"तो फिर तुम यह अपने दोस्त को ही देना, मुझे नहीं। मैंने जो लिया है वह मेरा ही कर्ज है।"

सुरेश बोला–"अच्छी बात है। तो मैं अपनी दोस्त को ही दूँगा।" इतना कहकर उसने उस कागज को टेबल पर से उठा लिया और दो कदम पीछे हटकर ज्यों ही अचला के सामने खड़ा हुआ त्यों ही केदार बाबू चिनगारी की मानिन्द जल उठे। वे चिल्लाकर बोले–"खबरदार सुरेश! कल से बहुत अपमान मैंने चुपचाप सहन किया है, लेकिन मैं कह देता हूँ कि यह मुझे हरगिज बर्दाश्त नहीं होगा कि मेरी बेटी को मेरी नजरों के सामने तुम रुपया दे जाओगे।" इतना कहकर वे काँपते-काँपते अपनी आरामकुर्सी पर धम से बैठ गए।

पहले-पहल सुरेश चौंककर केदार बाबू की तरफ अपलक आँखों से निहारता रहा। उनके इस तरह से बैठ जाने पर अपने बदरंग मुँह से अचला की तरफ निहारा तो देखा, वह पल भर में मानो पत्थर हो गई हो। बड़ी कोशिश से सुरेश ने एक बार कुछ कहने की भी कोशिश की लेकिन उसके सूखे गले से एक अव्यक्त ध्वनि के सिवा साफ-साफ कुछ भी बाहर नहीं निकला। वह फिर मुड़ा तो देखा, केदार बाबू अपनी दोनों हथेलियों से मुँह को ढँककर पहले की ही तरह पड़े हुए हैं। और उसने बात करने की कोशिश भी नहीं की। सिर्फ जड़वत् और भी मिनट भर स्तब्ध भाव से रहा, अन्त में धीरे-धीरे कमरे से बाहर निकल गया।

वह चला गया, लेकिन बेटी और पिता ठीक पहले की ही तरह एक ही ढंग से बैठे रहे; और दीवार पर टँगी हुई बड़ी घड़ी की टिक्-टिक् आवाज को छोड़कर समूचे कमरे में सिर्फ एक निष्ठुर चुप्पी छाई रही।

नीचे सुरेश की रबर टायरवाली गाड़ी फाटक को पार कर गई, यह घोड़े की टापों से समझ में आया और दूसरे ही पल बैरे ने कमरे में घुसकर पुकारा–"बाबू!"

केदार बाबू ने नजरें उठाकर देखा, उसके हाथ में कागज का एक फटा हुआ टुकड़ा है। और कुछ कहना नहीं पड़ा। वे उछल उठे और उसकी तरफ अपना दाहिना हाथ बढ़ाकर चिल्ला उठे–"इसे ले जा। कहता हूँ, मुआ, ले जा इसे सामने से। निकलो यहाँ से कहता हूँ।"

हक्का-बक्का बैरा अपने मालिक की हरकत देखकर जब तेज कदमों से भाग गया, तो उन्होंने बेटी की तरफ लाल-लाल आँखों से निहारा और अपनी आवाज को जरा और भी ऊँची करके बोले–"हरामजादे मक्कार ने अगर और किसी दिन किसी बहाने मेरे घर में घुसने की कोशिश की, तो मैं उसे पुलिस के हवाले कर दूँगा, यह मैं तुम्हें बता रखता हूँ अचला।"

अपना नाम सुनकर अचला ने अपने बेहद पीले मुँह को धीरे-धीरे उठाया और अपनी दोनों दुखी, उदास आँखों को खोलकर पिता के मुँह की तरफ चुपचाप निहारती रही।

वे बोले–"मक्कार इस बात को याद रखे कि रुपए बिखेरकर पिता की आँखों को बन्द नहीं किया जा सकता है।"

अचला ने फिर भी कोई जवाब नहीं दिया, लेकिन उसकी उदास नजरें क्रमशः तेज होती जाने लगीं, यह पिता की नजरों में नहीं आया। वे तर्जनी उठाते हुए कहने लगे–"हैंडनोट को फाड़ डालने पर बाप को घूस नहीं दी जा सकती है, मैं उसे यह समझाकर दम लूँगा। मैं खुद यह घर बेचकर कर्ज चुकाऊँगा। और जहाँ मर्जी, चला जाऊँगा। कोई रोक नहीं सकता है, यह मैं कह रखता हूँ।"

इतनी देर बाद अचला ने बात की। पहले पलह उसे बाधा तो मिली, मगर उसके बाद वह स्थिर, अविचलित स्वर में बोली–"मैं क्या यह आशा करती हूँ पिताजी कि बिना कर्ज चुकाए आप यह घर मेरे लिए रख जाएँगे? अगर आप यह काम नहीं करते, तो मुझे ही करना पड़ता।"

केदार बाबू ने और ज्यादा उत्तेजित भाव से जवाब दिया–"तुम लोग जो कर आए हो उसी से तो मैं भद्र समाज में मुँह नहीं दिखा पा रहा हूँ। यह तुम जानती हो?"

अचला ने पहले की तरह शान्त और दृढ़ स्वर में उनकी बात का जवाब दिया–"नहीं, मैं नहीं जानती। अगर मैंने ऐसा कुछ किया होता पिताजी, जिसके चलते आप मुँह नहीं दिखा पाते हैं, तो सबसे पहले मेरा मुँह आप लोगों में से कोई देख नहीं पाता। उस गाँव में और चाहे जिस चीज की कमी क्यों न हो, पर डूब मरने लायक पानी की कमी नहीं थी।" कहते-कहते रुलाई से उसका गला रुँधने को आया, बोली–"कल से आप जिस बात के लिए मुझे अपमानित कर रहे हैं, चूँकि यह गलत है सिर्फ इसीलिए मैं बर्दाश्त कर सकी हूँ, नहीं तो..."

इतना कहने के बाद उसकी आवाज बिलकुल बन्द हो गई। उसने मुँह पर आँचल रखकर उमड़ती रुलाई को किसी तरह से रोका और तेज कदमों से कमरे से बाहर निकल गई।

केदार बाबू बिलकुल हक्का-बक्का हो गए। गुस्सा करने, चोट पहुँचाने, अफसोस करने यानी बेटी के निन्दनीय आचरण से हर तरह के गहरे विषाद का कारण एकमात्र उन्हीं के लिए घटित हुआ है, यही था उनका विश्वास। लेकिन इस बात की सम्भावना सपने में भी उसके मन में पैदा नहीं हुई थी कि दूसरा पक्ष भी अचानक उन्हीं के आचरण को और ज्यादा

निन्दनीय मानकर उनके मुँह पर उनका तिरस्कार करके तीव्र अभिमान से रोता हुआ चला जा सकता है। इसीलिए वे अभिभूत की नाईं थोड़ी देर तक खड़े रहे। फिर धीरे-धीरे बैठ गए और सर पर हाथ फेरते बार-बार कहने लगे–"यह लो, यह फिर एक हरकत।"

इसके बाद बाप-बेटी के आठ-दस दिन कैसे बीते, इसे सिर्फ अन्तर्यामी ने ही देखा। अचला किसी भी सूरत में अपने कमरे को छोड़कर बाहर नहीं निकली। घर के नौकर-नौकरानियों को भी मुँह दिखाना उसके लिए असम्भव हो गया था। बीते कई दिनों की तरह आज भी वह रास्ते की तरफ निहारती हुई दिन बिताने के लिए खिड़की के करीब आकर बैठी थी।

जाड़े के दिन हैं। दोपहर के साथ ही एक मलिन छाया मानो आसमान से धीरे-धीरे आकर जमीन पर पड़ रही थी। और उस मलिनता के साथ अपने सारे जीवन के किसी अज्ञात सम्बन्ध को अपने मन की गहराई में अनुभव करके उसका सारा मन इस ढलते दिन की तरह ही चुपचाप अवसन्न होता आ रहा था। ऐसी भी बात नहीं है कि उसकी आँखें ठीक कुछ देख रही थीं। हालाँकि आदतन ऊपर-नीचे, इर्द-गिर्द भी उसकी नजरों से बच नहीं रहा था। यों ही एक ही ढंग से बैठे-बैठे दिन जब और बाकी नहीं रहा तब वह सहसा देख पाई, सुरेश की गाड़ी उसके घर में घुस रही है। पलक झपकते उसका समूचा मुँह बदरंग हो गया और चोर पुलिस को देखता जिस तरह से बगटुट भागता है ठीक उसी तरह से वह खिड़की के पास से उठकर भाग आई और एकबारगी चारपाई पर लेट गई।

बीस मिनट बाद उसके बन्द दरवाजे पर दस्तक पड़ी और बाहर से उसके पिता ने स्निग्ध स्वर में पुकारा–"बेटी अचला, तुम जगी हुई हो क्या?"

मगर आवाज न पाकर उन्होंने और ज्यादा कोमल स्वर में कहा–"दिन ढल चुका है बेटी उठो। सुरेश की फूफी तुम्हें लेने आई हैं। महिम बहुत बीमार है।"

अचला ने बिस्तर से उठकर चुपचाप दरवाजा खोल दिया, तो सुरेश की फूफी आकर कमरे में घुसीं।

अचला ने झुककर उनके पैर छूकर प्रणाम किया।

केदार बाबू सबके बाद कमरे में घुसे, बिस्तर के एक सिरे पर बैठे और बेटी से कहा–"तुम लोगों के चले आने के बाद से ही महिम को बहुत बुखार आया है। बहुत सम्भव है, रात को ठंड लगने, चिन्ता से, मेहनत से, तरह-तरह के कारणों से उसे यह बुखार आया है।" इतना कहकर वे सुरेश की फूफी से फिर से बोले–"मैं यह सोचकर मरा जा रहा हूँ कि जब से उसने इन लोगों को भेजा है तब से लेकर अब तक उसने कोई खबर क्यों नहीं दी? मेरा सुरेश दीर्घजीवी हो, वह जाकर समझदारी करके उसे यहाँ नहीं ले आता तो क्या होता, यह भगवान ही जानें!" इतना कहकर स्नेह-भरे अनुताप से उनकी आवाज भर्राने को आई।

अचला ने चुपचाप मुँह नीचा किए खड़ी होकर सब सुना, न उसने कोई प्रश्न किया, न थोड़ी-सी भी चंचलता प्रकट की।

सुरेश की फूफी ने अचला की बाँह पर अपना दाहिना हाथ रखा और शान्त, मृदु स्वर में बोलीं–"डरो मत बेटी। वह दो ही दिनों में अच्छा हो जाएगा।"

अचला ने कोई बात किए बिना और एक बार झुककर प्रणाम किया, अलगनी पर से सिर्फ पहनने के कपड़े खींच लिये और जाने के लिए तैयार होकर खड़ी हो गई।

इस जाड़े के तीसरे पहर में ठंड के बीच थोड़ा-सा भी गरम कपड़ा-लत्ता लिये बिना, यों ही अनभ्यस्त सज-धज उसे बाहर जाते तैयार देख बूढ़े पिता का कलेजा टीसा लेकिन सामने मौजूद उस विधवा की सज-धज की तरफ जब उन्होंने निगाह डाली, तो फिर उन्हें बाधा देने को जी नहीं चाहा। उन्होंने सिर्फ इतना कहा–"चलो बेटी, मैं भी साथ चलता हूँ।" इतना कहकर उन्होंने चप्पलें पहनीं और सबसे पहले सीढ़ियाँ उतरकर नीचे आ गए।

23

महिम के प्रति अचला का सबसे बड़ा अभिमान यह था कि पत्नी होकर भी वह एक दिन के लिए पति के सुख-दुख की भागीदार नहीं बन सकी थी। इसको लेकर सुरेश ने भी अपने दोस्त से बचपन से बहुत झगड़ा किया है। लेकिन कोई फायदा नहीं हुआ है। महिम उस चीज को कंजूस के धन की तरह हमेशा सारी दुनिया से कुछ इस तरह से छिपाकर अगोरता फिरा है कि दुख और बुरे वक्त में उसकी मदद करना किसी के लिए भी दूर रहे, कोई किसी दिन यही नहीं भाँप सका है कि उसे किस चीज की कमी है और मदद लेने में उसे किस बात की हिचकिचाहट है।

लिहाजा घर जब जल गया तब बाप-दादा के उस जले हुए घर की राख के ढेर की तरफ निहारकर महिम के कलेजे में कौन-सा बाण बिंधा, उसका मुँह देखकर अचला इसका अन्दाजा भी नहीं लगा सकी। मृणाल के विधवा होने पर भी महिम को कितना दुख हुआ था, इसका भी वह अन्दाजा नहीं लगा सकी थी। जिस दिन उसने अपने मुँह से यह सुना दिया था कि वह उसे प्यार नहीं करती है उस दिन उस आघात के महत्त्व के बारे में भी वह इसी तरह अँधेरे में थी। हालाँकि वह इतनी बड़ी नादान भी नहीं है कि हर तरह के दुर्भाग्य में पति की बेधड़क उदासीनता को वास्तव में सही मानकर उसके मन के अन्दर कोई सन्देह नहीं झाँकता था। इसीलिए उस दिन स्टेशन पर वह पति के अविचलित, शान्त मुँह की तरफ निहारकर पूरे रास्ते भर सिर्फ यही बात सोचते-सोचते आ रही थी कि सहिष्णुता के इस झूठे मुखौटे के पीछे उसके मुँह का सचमुच का भाव, पता नहीं कैसा है?

आज उसकी बीमारी की खबर को हल्की और स्वाभाविक घटना का रूप देने के लिए केदार बाबू ने जब सहज आवाज में कहा था कि इस खबर से वे जरा भी हैरान नहीं हुए हैं, बल्कि वे मन-ही-मन इस बात की आशंका कर कहे थे कि इतनी बड़ी दुर्घटना के बाद ऐसा कुछ-न-कुछ होगा तब अचला के अपने मन में जो भाव पल भर के लिए भी उभरा था उसे विशुद्ध उत्कंठा कहना भी शोभा नहीं देता है।

सुरेश की रबर टायरवाली गाड़ी तेज रफ्तार से चली जा रही थी। फूफी ने एक तरफ के दरवाजे को खींच दिया था और चुपचाप बैठी थी और उन्हीं की बगल में अचला पत्थर

के बुत की मानिन्द स्थिर होकर बैठी थी। सिर्फ केदार बाबू किसी से उत्साह न पाकर भी रास्ते की तरफ सूनी निगाह डालकर धड़ल्ले से बक रहे थे। सुरेश जैसा दयालु, बुद्धिमान, कार्यकुशल लड़का समूचे भारत में नहीं है। महिम के अड़ियलपन के मारे वे विरक्त हो उठे हैं। जिस गाँव में न आदमी है, न डॉक्टर-वैद्य हैं, सिर्फ चोर-डाकू, सियार-कुत्ते रहते हैं उस ठेठ गाँव में जाकर रहने की सजा एक दिन उसे भुगतनी ही पड़ेगी—ऐसी सारी संगत-असंगत टिप्पणियाँ वे निरन्तर इन दो मूक नारियों के कानों में धड़ल्ले से उड़लते चले जा रहे थे।

इसका कारण भी था। ऐसी बात नहीं कि केदार बाबू स्वभावतः इतनी हल्की प्रवृत्ति के आदमी थे। लेकिन आज उनके हृदय का गहरा आनन्द किसी संयम की पाबन्दी नहीं मान रहा था। उनके गहरे दोस्त सुरेश के साथ खुलेआम झगड़े, इकलौती बेटी के मौन विद्रोह और सबसे बढ़कर बिलकुल गन्दे-ओछे सन्देह का जो गुप्त बोझ बीते कई दिनों से उनकी छाती पर चक्की की तरह चढ़ बैठा था वही बोझ आज फूफी के अप्रत्याशित ढंग से आ जाने की वजह से अचानक गायब हो गया था। महिम की बीमारी की खबर को उन्होंने अपने मन के अन्दर कोई महत्त्व ही नहीं दिया है। अगर रात में दैव संयोग से उसे ठंड लग गई हो और उसके चलते अगर उसे जरा बुखार-वुखार-सा आ गया हो, तो वह कुछ भी नहीं है। फूफी ने यह दिलासा दी थी कि वह दो-तीन दिनों के अन्दर अच्छा हो जाएगा। हो सकता है, इतना भी वक्त न लगे, हो सकता है, कल सवेरे ही वह अच्छा हो जाए। उसकी बीमारी के बारे में उन्होंने यह सोच रखा था। मगर असली बात यह है कि सुरेश खुद जाकर उसे पकड़कर अपने घर ले आया है और किसी भी बहाने उसकी पत्नी को उसकी बगल में ला देने के वास्ते अपनी फूफी तक को भेज दिया है। बेटी और दामाद के बीच कुछ दिनों से एक मनमुटाव चला आ रहा था। नौकरानी के मुँह से सुनी इस बात को वे एक बार भी नहीं भूले हैं। लिहाजा सब उस दाम्पत्य-कलह का नतीजा है, आज यह सच्चाई साफ हो जाने से इस अविराम बकबक के बीच भी उन्हें बड़ी आत्मग्लानि के साथ यह लगने लगा कि वहाँ पहुँचकर उस पूरे बेगुनाह और शरीफ नौजवान के मुँह की तरफ वे नजरें उठाकर कैसे देखेंगे? लेकिन उनकी बेटी की समूची देह पर एक कठिन नीरवता विराज रही थी। उसने भी मन-ही-मन समझा था कि बीमारी खास कुछ भी नहीं है। पर वह सिर्फ यह नहीं समझ पा रही थी कि सुरेश उसे कैसे पकड़ लाया। पति को उसने इतना-सा पहचाना था।

शाम हो गई है। रास्ते की गैस की बत्तियाँ जल उठी हैं। गाड़ी सुरेश के घर के फाटक के अन्दर घुसी और बरसाती के करीब आकर रुकी। केदार बाबू ने गला बढ़ाकर देखा और सहसा उद्विग्न स्वर में बोल उठे—"दो-दो गाड़ियाँ क्यों खड़ी हैं?"

फौरन अचला की चकित दृष्टि उन गाड़ियों पर पड़ी और लालटेन की रोशनी में वह साफ देख पाई, सुरेश एक बूढ़े अंग्रेज को सम्मान के साथ गाड़ी पर चढ़ा रहा है और दूसरा अंग्रेज पोशाक पहने बंगाली बगल में खड़ा है। दोनों ही पलक झपकते यह समझ पाए कि वे डॉक्टर हैं।

जब वे लोग चले गए, तो इन लोगों की गाड़ी बरसाती में आकर लगी। सुरेश खड़ा था। केदार बाबू ने चिल्लाकर प्रश्न किया—"महिम कैसा है, सुरेश? उसे कौन-सी बीमारी हुई है?"

सुरेश ने कहा—"वह अच्छा है। आइए।"

केदार बाबू ने और ज्यादा व्याकुल आवाज में पूछा–"उसे कौन-सी बीमारी हुई है, यही बताओ न, जरा सुनूँ तो सही!"

सुरेश बोला–"बीमारी का नाम बताने पर तो आप उसे समझ नहीं सकेंगे। उसे बुखार आया है। कलेजे में जरा सर्दी जमी है। आप उतर जाइए। उन लोगों को उतरने दीजिए।"

केदार बाबू ने उतरने की कोशिश किए बिना ही कहा–"अगर कलेजे में थोड़ी-सी सर्दी जम गई है तो उसका इलाज तो तुम खुद ही कर सकते हो। मैं कोई बच्चा नहीं हूँ–सुरेश। अगर इतनी सी बात थी, तो तुमने दो-दो डॉक्टरों को क्यों बुलाया? और इस अंग्रेज डॉक्टर को भला तुमने किसलिए बुलाया?" यह कहते-कहते उनकी आवाज काँपने लगी।

सुरेश उनके नजदीक आया, उनका हाथ पकड़कर उन्हें उतार लिया और बोला– "फूफी, तुम अचला को अन्दर ले जाओ। मैं आ रहा हूँ।"

अचला ने किसी से भी कोई प्रश्न नहीं किया। उसके मुँह का भाव भी अँधेरे में दिखाई नहीं पड़ा। उतरते वक्त उसके पाँव डगमगाने लगे, यह भी किसी को नजर नहीं आया। वह जैसे चुपचाप आई थी वैसे ही चुपचाप उतरकर फूफी के पीछे-पीछे घर के अन्दर चली गई।

कई मिनट बाद दरवाजे का भारी परदा हटाकर जब वह बीमार महिम के कमरे के अन्दर घुसी तब वह शायद अपने घर के बारे में कुछ बोल रहा था। उस लड़खड़ाती आवाज के दो शब्द जब उसके कानों में पहुँचे, तो उसे यह समझने में और बाकी नहीं रहा कि वह बर्रा रहा है और बीमारी कितनी बढ़ चुकी है। पल भर के लिए दीवार के सहारे टिककर उसने अपने आपको दृढ़ कर रखा।

महिम के सिरहाने बैठकर जो औरत उसके माथे पर आइस बैग रख रही थी उसने मुड़कर निहारा और दबें पाँव उठकर आई। अचला को झुककर प्रणाम किया और सीधी होकर खड़ी हो गई। विधवा का वेश, गरदन तक छोटे-छोटे बाल, इसके मुँह पर हर युग की सारी विधवाओं का वैराग्य मानो गहरे रूप में विराज रहा था। दीये की मद्धिम रोशनी में पहले-पहल इसे मृणाल के रूप में अचला पहचान नहीं सकी थी। पर अब जब दोनों स्थिर होकर आमने-सामने खड़ी हुईं तो पल भर के लिए दोनों ही मानो स्तम्भित हो गईं। एक बार अचला का समूचा बदन हिल-डुल उठा, कुछ कहने के लिए उसके होंठ भी काँपने लगे, मगर कोई भी शब्द उसके मुँह से फूटकर बाहर नहीं निकला। और दूसरे ही पल उसका मूर्च्छित शरीर टूटी लता की भाँति मुणाल के पैरों पर गिर पड़ा।

होश आने पर अचला ने निहारा, तो देखा वह पिता की गोद में सर रखे एक कोच पर लेटी हुई है। एक नौकरानी उसके मुँह, आँख पर गुलाब पाश से गुलाबजल छिड़क रही है और बगल में खड़ा होकर सुरेश धीरे-धीरे पंखा झल रहा है।

बात क्या हुई है। यह याद करने में उसे थोड़ी देर लगी। लेकिन जब याद आया, तो शर्म से गड़कर ज्यों ही उसने उठ बैठने की तैयारी की त्यों ही केदार बाबू ने रोक दिया और बोले–"जरा आराम करो बेटी, अभी उठने की जरूरत नहीं।"

अचला ने मृदु स्वर में कहा–"नहीं पिताजी, मैं बहुत अच्छी हो गई हूँ।" इतना कहकर उसने बैठने की कोशिश की, तो पिता ने उसे जबरन पकड़ रखा और चिन्तापूर्वक बोले– "अभी उठने की कोई जरूरत नहीं है अचला। बल्कि तुम जरा सोने की कोशिश करो।"

सुरेश ने भी धीमे से शायद इसी बात का अनुमोदन किया। अचला ने चुपचाप उसके मुँह की तरफ निहारा, अपने पिता की बात के जवाब में सिर्फ पिता के हाथ को धकेल दिया, सीधे उठकर खड़ी हो गई और बोली–"मैं यहाँ सोने के लिए नहीं आई हूँ बाबू जी। मुझे कुछ भी नहीं हुआ है। मैं दूसरे कमरे में जा रही हूँ।" इतना कहकर वह प्रतिवाद का इन्तजार किए बिना बाहर निकल गई।

इस घर के चप्पे-चप्पे को वह नहीं भूली है। बीमार महिम का कमरा पहचान लेने में उसे देर नहीं लगी। जब वह उस कमरे में घुसी, तो मृणाल ने नज़रें उठाकर देखा, बोली–"तुम आकर थोड़ी देर बैठो सँझली दीदी। मैं पूजा-पाठ निपटा दूँ। जरा नजर रखना कि आइस बैग लुढ़ककर गिर न जाए।" इतना कहकर उसने अचला को अपनी जगह पर बिठा दिया और कमरा छोड़कर चली गई।

24

सख्त न्यूमोनिया दूर होने में वक्त लगेगा। लेकिन महिम धीरे-धीरे अच्छा होता चला जा रहा था, इस बार अब उसे खतरा नहीं है। यह बात सबके आगे साफ होती चली गई थी। उसका बर्राना, उसकी खोई-खोई नजरें सब शान्त और स्वाभाविक होने को आ रहा था।

दस दिनों बाद एक दिन तीसरे पहर महिम शान्त भाव से सो रहा था। इस साल हर जगह ठंड ज्यादा पड़ी थी। ऊपर से अभी-अभी एक बौछार हो गई है। महिम की चारपाई से सटाकर एक चौकी पर बिस्तर लगाया गया था। उसी पर सब अच्छी तरह से गरम कपड़े ओढ़कर बैठे थे। सबके आँख-मुँह पर एक चिन्तारहित तृप्ति झलक रही थी। सिर्फ फूफी घर के काम-काज में दूसरी जगह लगी हुई थी और केदार बाबू तब भी घर से आकर शामिल नहीं हो सके थे।

सुरेश की तरफ निहारकर मृणाल ने अचानक हाथ जोड़कर कहा–"अब मेरा इस्तीफा मंजूर करने का हुक्म हो सुरेश बाबू। मैं अपने गाँव जाऊँ। इस कड़ाके की ठंड में मेरी बूढ़ी सास, हो सकता है, मर ही जाए।"

सुरेश बोला–"अब भी क्या उनका जिन्दा रहना जरूरी है? नहीं, उनके लिए मैं आपको जाने नहीं दूँगा।"

मृणाल ने पल भर के लिए अपनी गरदन घुमाकर शायद एक लम्बी साँस दबा ली। उसके बाद सुरेश के मुँह की तरफ निहारकर तनिक मुस्कुराती हुई बोली–"सिर्फ आपने ही नहीं सुरेश बाबू, यह प्रश्न पहले मैंने भी बहुत बार किया है। लगता भी है कि अब उनका जाना ही अच्छा है। लेकिन जो मारने और जिलानेवाले हैं उन्हें तो इस बात का खयाल नहीं है। अगर उन्हें इस बात का खयाल होता, तो हो सकता है, दुनिया में बहुत सारे दुख-कष्टों के हाथ से आदमी छुटकारा पाता।"

अचला इतनी देर तक चुप ही थी। मृणाल की बात से शायद अपने पति की मौत की बात याद करके वह बोली–"इसका मतलब यह है कि जो अन्तर्यामी हैं वे यह जानते हैं कि आदमी बड़े से बड़े दुख में भी अपनी मौत नहीं चाहता है।"

मृणाल के मुँह पर एक गुप्त दुख का निशान उभर उठा। उसने सर हिलाकर कहा–"नहीं सँझली दीदी, ऐसी बात नहीं है। ऐसा समय सचमुच ही आता है जब आदमी वास्तव में मरना चाहता है। उस दिन आधी रात को जब मेरी नींद अचानक टूट गई, तो मैंने देखा, मेरी सास अपने बिस्तर पर नहीं थी। मैं जल्दी से बाहर निकली, तो देखती हूँ, पूजा-घर का दरवाजा जरा खुला हुआ है। मैं चुपके-चुपके दरवाजे की बगल में आकर खड़ी हो गई। देखती हूँ, वे गले में आँचल डालकर भगवान को हाथ जोड़कर मौत की भीख माँग रही हैं। कह रही हैं, अगर एक दिन भी मैंने तन-मन से तुम्हारी सेवा की हो, तो आज मेरी लाज दूर करो। मैं मुक्ति चाहती हूँ और न स्वर्ग, मैं सिर्फ यह चाहती हूँ कि तुम मुझे और शर्मिन्दा न करो। मैं यह मुँह अपनी बहू को दिखा नहीं सकती हूँ।" कहते-कहते मृणाल फूट-फूटकर रोने लगी।

इस प्रार्थना के अन्दर माँ के हृदय का कितना बड़ा गहरा दुख निहित था, यह अनुभव करने में किसी को भी देर नहीं लगी। सुरेश की दोनों आँखों में आँसू भर आए। किसी के भी मामूली-से दुख से ही वह कातर हो जाता था। आज इस सन्तानहीन बूढ़ी माँ के हार्दिक दुख की कहानी सुनकर उसके कलेजे के अन्दर आँधी बहने लगी। वह थोड़ी देर तक स्तब्ध भाव से फर्श की तरफ निहारता रहा, फिर मुँह उठाकर अचानक उल्लसित आवाज में बोल उठा–"अच्छा तुम जाओ दीदी, तुम अपनी बूढ़ी सास की सेवा करके अपना कर्तव्य करो। मैं अब तुम्हें नहीं रोकूँगा। इस अभागे देश के पास आज भी अगर गर्व करने को कुछ है तो वह है तुम जैसी औरतें। ऐसी चीज को शायद और कोई देश नहीं दिखा सकता है।" इतना कहकर उसने जिज्ञासु होकर एक बार अचला की तरफ निहारा। मगर चूँकि वह खिड़की के बाहर मटमैले बादलों के एक टुकड़े की तरफ नजरें टिकाए चुपचाप बैठी थी, इसलिए उसके पास से कोई आवाज नहीं आई।

लेकिन मृणाल ने शरमाकर इस चर्चा को अपने पर से हटाकर दूसरी ओर मोड़ देने के लिए जल्दी से जबरन तनिक मुस्कराई और बोली–"नहीं, दूसरे देश में ऐसी औरतें क्यों नहीं होंगी? आप सब देशों की खबर जानते हैं न। अच्छा, सँझले भैया आपसे बड़े हैं या छोटे?"

इस अजीब सवाल को सुनकर सुरेश ने मुस्कुराकर कहा–"आप यह क्यों पूछ रही हैं, बताइए तो?"

मृणाल ने बाधा देते हुए कहा–"नहीं, अब आप मुझे आप नहीं कहिएगा। मैं दीदी हूँ, तो भी उम्र में छोटी हूँ। तब आप मँझले भैया होंगे या छोटे भैया? बताइए, बताइए, जल्दी बताइए कि आप सँझले भैया से बड़े हैं या छोटे?"

अचला ने आसमान से नजरें हटाकर अबकी बार उसकी तरफ निहारा। बहुत दिन पहले जिस दिन इस औरत ने इतनी जल्दी इतने अनायास उससे सँझली दीदी का नाता जोड़ लिया था उस दिन की बात उसे याद आई। लेकिन चूँकि मृणाल के चरित्र का यह पहलू सुरेश को मालूम नहीं था इसलिए वह इस अजीब औरत के मुँह की ओर ताकता हुआ मजाक भरी हँसी हँसकर बोला–"मैं छोटा भैया हूँ; छोटा भैया। तुम्हारे सँझले भैया से मैं लगभग डेढ़ साल छोटा हूँ।"

मृणाल बोली–"तो छोटे भैया, कृपा करके एक आदमी ठीक कर दीजिए जो मुझे कल सुबह गाड़ी से पहुँचा देगा।"

सुरेश ने अभी-अभी उसे जाने की इजाजत दी, तो भी उसने यह नहीं सोचा था कि वह कल सवेरे ही जाने को तैयार हो जाएगी। इसीलिए वह थोड़ी देर तक स्थिर रहा, फिर तनिक गम्भीर होकर बोला–"और दो दिन भी क्या, तुम यहाँ नहीं रह सकती हो दीदी? तुम पर जिम्मेदारी सौंपकर हम लोग महिम के लिए बिलकुल निश्चिन्त थे। ऐसा नहीं लगता है कि अस्पताल में भी मैंने कभी किसी को इतना सतर्क होकर इतना तरतीब से सेवा करते देखा होगा। क्यों तुम्हारी क्या राय है अचला?"

उसकी बातों के जवाब में अचला ने सिर्फ सर हिलाया।

मृणाल ने यह देखकर कि सुरेश चिन्तित हो गया है, मुस्कुराते हुए कहा–"आप इस बात के लिए जरा भी चिन्ता मत कीजिए। जिसकी चीज है उसी के हाथों सौंपकर मैं जा रही हूँ। नहीं तो, मैं भी हो सकता है, जा नहीं सकती। आपको तो याद होगा, मुझे किस तरह से जल्दी में चला जाना पड़ा था। इसीलिए मैं कोई इन्तजाम करके नहीं आई हूँ। कल मुझे छुट्टी दीजिए छोटे भैया। फिर जब भी आप मुझे हुक्म कीजिएगा मैं तभी चली आऊँगी।"

सुरेश फिर थोड़ी देर चुप रहा। उसके बाद सहसा बोल बैठा–"अच्छा मृणाल, मैं सिर्फ यही सोचता हूँ कि उस ठेठ देहात में सिर्फ अपनी बूढ़ी सास की सेवा और पूजा-पाठ करके तुम्हारा सारा समय कैसे कटेगा?"

मृणाल के मुँह पर फिर से दुख का निशान उभर आया। मगर वह हँसती हुई बोली–"समय काटने की जिम्मेदारी तो मुझ पर नहीं है छोटे भैया। जिन्होंने समय बनाया है वे इसका इन्तजाम करेंगे।"

सुरेश बोला–"सो तो हुआ। लेकिन तुम्हारी सास तो ज्यादा दिनों तक जिन्दा नहीं रहेगी और महिम को भी डॉक्टर के सलाह के मुताबिक अच्छा होकर किसी स्वास्थ्यकर शहर में कुछ दिनों तक रहना पड़ेगा। तब तुम वहाँ अकेले कैसे रहोगी?"

मृणाल ने ऊपर की तरफ निगाह डाली और फिर से तनिक मुस्कुराई। बोली–"यह वे ही जानें?"

अनजाने में सुरेश के मुँह से एक आह निकली। मृणाल बोली–"छोटे भैया, क्या यह सब आप नहीं मानते हैं?"

"क्या सब?"

"यही, जैसे कि भगवान को..."

"नहीं! मैं भगवान को नहीं मानता।"

"तो क्या हम लोगों के लिए आपके मुँह से अवज्ञा की आह निकली, छोटे भैया?"

सुरेश ने इस सवाल का सहसा कोई जवाब नहीं दिया। वह थोड़ी देर तक अनमने की मानिन्द उसके मुँह की तरफ निहारता रहा, फिर अचानक गरदन हिलाकर बोल उठा–"नहीं मृणाल, ऐसी बात नहीं है। बल्कि भगवान को माननेवाले एक अनजाने भविष्य की जिम्मेदारी एक उतने ही अनजाने ईश्वर पर सौंपकर ऐसी जीत के रास्ते पर चलते हैं, जिस पर हम नहीं

चल सकते हैं। यह मैंने बहुत देखा है। मगर यह सब चर्चा रहने दो दीदी। हो सकता है मेरे प्रति तुम्हारे मन में नफरत पैदा हो जाए।''

मृणाल ने जल्दी से झुककर सुरेश के पैरों को छूकर हाथ अपने माथे से लगाया और बोली–''अच्छा रहने दीजिए।''

सुरेश ने ठक-से रहकर कहा–''यह तुमने क्या किया मृणाल?''

''क्या किया मैंने छोटे भैया?''

''कहीं कोई बात नहीं, अचानक तुमने मेरे पैर छुए?''

मृणाल बोली–''बड़े भाइयों के पैर छूने के लिए भला क्या शुभ मुहूर्त देखना पड़ता है?'' इतना कहकर वह हँसती हुई उठकर चली गई।

''यह तो बड़ी अजीब लड़की है।'' इतना कहकर स्नेह-भरी हँसी हँसकर सुरेश ने अचला के मुँह की तरफ निहारने की कोशिश की, तो वह विस्मय से बिलकुल अभिभूत हो गया। उसे ऐसा महसूस हुआ जैसे उसके मुँह पर वैसा ही अँधेरा छाया हुआ हो जैसा अँधेरा सावन की घनी घटा से आसमान में छा जाता है। लेकिन विस्मय का धक्का सँभालकर वह इस बारे में किसी तरह के प्रश्न का आभास देता, इसके पहले ही अचला हक्का-बक्का सुरेश को अक्ल का घोड़ा दौड़ाने का काफी मौका देकर तेज कदमों से मृणाल के लगभग साथ ही कमरा छोड़कर बाहर निकल गई।

वहीं स्तब्ध भाव से बैठकर सुरेश अपने आपसे सिर्फ यह पूछने लगा–यह क्या कैसे हो गया? मृणाल के प्रणाम करने के साथ इसका कोई न कोई गहरा सम्बन्ध है। इसका वह अपने मन से पक्का अन्दाजा लगाने लगा; मगर यह सम्बन्ध है कहाँ? मृणाल उसके पैरों को छूकर अचानक क्यों चली गई और पलक झपकते ही अचला उस तरह से मुँह लटकाए कमरा छोड़कर भला क्यों चली गई? लेकिन अपने बर्ताव और बातचीत को शुरू से आखिर तक बारीकी से छान-बीन कर याद करके भी उसे कोई अता-पता ढूँढ़े नहीं मिला। हालाँकि उसने यह भी समझा कि अगल-बगल दो इतनी बड़ी घटनाएँ भी कुछ खामखा नहीं घटी थीं। लिहाजा उसके मन के अन्दर यह सन्देह काँटे की तरह चुभने लगा कि उसी का कोई अज्ञात निन्दनीय आचरण ही इस अनर्थ की जड़ है।

मगर मृणाल से भी इस बारे में किसी तरह का प्रश्न करना असम्भव है। रात भर वह एक तरह से करवट बदलता रहा और सुबह एक समय अचला को एकान्त में पाकर बोला–''तुम्हें एक बात का जवाब देना होगा।''

अचला का मुँह शर्म से लाल हो उठा। वह किस बात का जवाब चाहता था यह उससे छिपा नहीं था। यह समझकर कि उसे बीती रात के उस अज़ीब आचरण की कैफियत देनी होगी। उसने लाल मुँह से मृदु स्वर में कहा–''किस बात का...?''

सुरेश ने धीरे-धीरे कहा–''कल मृणाल अचानक मेरे पैरों को छूकर उठकर चली गई। तुम भी मुँह लटकाए गुस्सा करके चली गई, यह क्या इसलिए कि मैंने उसकी सास के मरने की बात कही थी।''

इस अप्रत्याशित प्रश्न से अचला को एक रास्ता दिखाई पड़ा, तो वह मन-ही-मन खुश होकर बोली–''इस तरह का प्रसंग क्या तुम्हें छेड़ना चाहिए था? उस बेचारी का पति

नहीं रहा, सास के मर जाने से वह कितनी असहाय हो जाएगी उसे तुम एक बार सोचकर देखो तो!"

सुरेश बड़ा क्षुब्ध होकर बोला—"मुझसे बड़ा अन्याय हो गया है, लेकिन वे तो और ज्यादा दिन जिन्दा नहीं रह सकती हैं, यह तो खुद मृणाल भी समझती है। इसके अलावा वह भला असहाय क्यों होगी?"

अचला ने जवाब दिया—"पर हम लोगों ने तो उससे यह बात एक बार भी नहीं कही है। बल्कि तुम्हीं ने उसे तरह-तरह से डराया कि गाँव में वह अकेले किस तरह से रहेगी?"

सुरेश ने बेहद दुखी होकर पूछा—"तो उसके जाने के पहले मुझे क्या उसे हिम्मत नहीं बँधानी चाहिए? उसे कोई डर नहीं, यह बात क्या उसे..." कहते-कहते विशुद्ध करुणा से उसकी आवाज पुरनम होने को आई।"

अचला उसके मुँह की तरफ निहारकर हँसी। दूसरे के दुख से दुखी होनेवाले इस सहृदय युवक की दया की हजारों कहानियाँ पलक झपकते उसे याद आ गईं। वह गरदन हिलाकर बोली—"नहीं, न ही तुम्हें उसे हिम्मत बँधाने की जरूरत है और न ही डराने की। जब वह समय आएगा तब मैं चुप नहीं रहूँगी।"

सुरेश ने आत्मविस्मृत आवेग से उसका हाथ जोर से धर दबोचा और उसे बड़े जोर से हिलाकर बोल उठा—"यही तो तुम्हारे लायक बात है। यही तो तुमसे मैं चाहता हूँ अचला।" लेकिन इतना कह डालते ही उसने बेहद शर्म से उसका हाथ छोड़ दिया और बगटुट भाग गया।

उसका जो उल्लास पल भर पहले परार्थ के निर्मल आनन्द के अन्दर पैदा हुआ था वह उसके शरमाकर भाग जाने से पल भर में भद्दा और गन्दा होकर दिखाई पड़ा। अचला के कलेजे का खून बिजली की रफ्तार से बहा, माथे पर पसीने की बूँदें चुहचुहा उठीं और उसका अंग-अंग सिहर उठा, तो करीब की एक कुर्सी पर वह बेजान की मानिन्द बैठ गई। थोड़ी देर में उसका वह भाव दूर तो हो गया लेकिन बीमार पति के बिस्तर पर जाकर बैठने में सारी सुबह उसे न जाने कैसा डर-सा लगने लगा।

चली जाने को तैयार मृणाल को जाने में दो दिनों की देरी हो गई। जब वह महिम के पास विदा लेने गई तो देखा, आज वह बड़े बेवक्त करवट लेकर सो गया है। विदा लेने आनेवाली ने इस कपट निद्रा के कारण का निश्चित अनुमान करके भी चुपके-चुपके कहा—"उन्हें अब जगाने की जरूरत नहीं सँझली दीदी। क्यों, तुम्हारी क्या राय है?"

उसकी बात के जवाब में अचला के होंठों की कोरों पर तनिक टेढ़ी मुस्कान दिखाई पड़ी। मृणाल ने मन-ही-मन समझा कि यह छल उसके अलावा भी एक और नारी के आगे जाहिर हो गया है। उसके प्रति अचला मन के अन्दर गुप्त ईर्ष्या का भाव पालती है। महिम से किसी दिन इस बात का आभास तक न पाकर भी वह यह जानती थी। यह बेहद निराधार बैर उसे काँटे की भाँति चुभता था। लेकिन फिर भी अचला अपनी हीनता से आज भी इस बीमार आदमी की पवित्र दुर्बलता को गलत समझेगी, यह उसने नहीं सोचा था। पल भर के लिए उसका मन जल उठा, लेकिन उसने तुरत अपने आपको रोक लिया और अचला के कान में कहा—"तुम तो सब जानती हो सँझली दीदी। तुम मेरी तरफ से उनसे माफी माँग लेना। कहना अच्छा होकर जब वे फिर गाँव लौटेंगे और मैं जिन्दा रही, तो मुलाकात होगी।"

नीचे केदार बाबू बैठे थे। जब मृणाल उन्हें प्रणाम करके खड़ी हो गई तो उनकी आँखों की कोरों में आँसू आ गए। इस थोड़े समय के अन्दर ही सबकी तरह उन्होंने भी इस विधवा लड़की को बेहद प्यार किया था। उन्होंने कुरते की आस्तीन से अपने आँसू पोंछे और कहा–"बेटी, तुम्हारी ही बदौलत महिम को हमने यम के मुँह से वापस पाया है। जब भी मर्जी हो, जब भी जरा घूमने का जी चाहे, तुम अपने इस बूढ़े बेटे को मत भूलना माँ! मेरा घर तुम्हारे लिए दिन-रात खुला रहेगा मृणाल।"

अचला करीब ही चुपचाप खड़ी थी। मृणाल ने उसे दिखाकर मुस्कुराते हुए कहा–"यम के बाप की क्या मजाल है पिताजी कि वह उनके पास से सँझले भैया को ले जाए। जिस दिन मैंने उन्हें सँझली दीदी के हाथों सौंप दिया है उसी दिन मेरा काम पूरा हो गया है।"

केदार बाबू के मुँह का भाव जरा गम्भीर हुआ, लेकिन वे और कुछ नहीं बोले।

दो बूढ़े कर्मचारी और एक नौकरानी मृणाल को उसके गाँव पहुँचा देने के लिए तैयार हो गए थे। घोड़ागाड़ी उन लोगों को लेकर स्टेशन के लिए जब फाटक के बाहर निकल गई, तो केदार बाबू के मन के अन्दर से एक आह निकली। वे सिर्फ धीरे-धीरे बोले–"यह तो अजीब और अनोखी लड़की है।"

सुरेश का मन भी शायद इसी भाव से भरा हुआ था। उसने किसी तरफ देखे बिना हामी भरी और जोश के साथ बोल उठा–"मैंने कभी भी ऐसी कोई दूसरी लड़की नहीं देखी है केदार बाबू? न ही कभी इतनी मीठी बात सुनी है। इतना कुशल काम-काज भी मैंने कभी नहीं देखा है। उसे चाहे जो भी काम करने को दिया जाए उसे वह इतनी अनोखी कुशलता से कर देती है कि लगेगा, जैसे वह हमेशा से यही काम करती है। हालाँकि आश्चर्य इस बात का है कि वह किसी गाँव के बाहर तक नहीं गई है।"

केदार बाबू इसे सही मानते थे तो भी उन्होंने विस्मय जाहिर करते हुए कहा–"यह तुम क्या कह रहे हो सुरेश?"

सुरेश बोला–"मैं सही कह रहा हूँ। उसकी तरफ निहार-निहारकर मुझे बीच-बीच में लगता था कि जनम-जनम के संस्कार नाम की कहावत, क्या पता, सही है।" इतना कहकर वह हँसने लगा।

परलोक सम्बन्धी प्रसंग से केदार बाबू थोड़ी देर तक चिन्तित होकर स्थिर भाव से रहे, उसके बाद सहसा बोल उठे–"सो चाहे जो भी हो, ये कई दिन उसे देख-देखकर मुझे यह पक्का विश्वास हुआ है कि औरतों में यह लड़की बेशकीमती हीरा है। इसे जीवन भर यों जीते जी मरी हुई बनाकर रखना सिर्फ पाप नहीं, महापाप है। अगर यह मेरी बेटी होती, तो मैं किसी भी सूरत में हाथ पर हाथ धरे बैठा नहीं रहता।"

सुरेश ने अचम्भे में पड़कर पूछा–"तो आप क्या करते?"

केदार बाबू ने उत्तेजित स्वर में कहा–"मैं उसकी फिर से शादी करा देता। उन्नीस-बीस साल की लड़की को एक बूढ़े के साथ ब्याहकर जोगन बना देनेवाले उसके दोस्त नहीं दुश्मन थे। दुश्मन के काम को मैं किसी भी सूरत में न्यायसंगत नहीं मान लेता।"

केदार बाबू थोड़ी देर तक चुप रहे, उसके बाद वे फिर से कहने लगे–"इसके अलावा उसके पति के बर्ताव के बारे में एक बार सोचकर देखो तो सुरेश। दो-दो पत्नियों के मरने

के बाद पचास बरस की उम्र में जब वह ऐसी लड़की से शादी करने को राजी हुआ तब उस पाखंडी ने अपनी सुख-सुविधा को छोड़ अपनी पत्नी के भविष्य के प्रति कितना ध्यान दिया था, इसकी कल्पना करो तो!"

सुरेश को चुप्पी साधे देख केदार बाबू और ज्यादा उत्तेजित हो उठे। बोले–"नहीं सुरेश, मैं यह बहस नहीं छेड़ता हूँ कि विधवा की शादी कराना अच्छा है या बुरा। मगर ऐसी स्थिति में तुम्हारा सारा हिन्दू-समाज अगर चीख-चीखकर यह कहे कि विधवा की शादी न कराना अच्छा है, तो भी मैं यह नहीं मानूँगा कि यही व्यवस्था एक दुधमुँही बच्ची के लिए सबसे बेहतर है। उसके लिए जरा भी ऐसा कुछ नहीं है जिसका मुँह देखकर वह एक दिन भी बिता सके। सारी जिन्दगी को क्या तुम लोगों ने खिलौना समझ रखा है सुरेश कि ब्रह्मचर्य-ब्रह्मचर्य चिल्लाने से ही सारी दुनिया उसके लिए रातोरात बदलकर ऋषियों का तपोवन बन जाएगी। उस लड़की के सिर्फ कपड़े-लत्ते की तरफ निहारने पर मेरा कलेजा फट जाया करता है।

सुरेश ने न जवाब दिया, न ही मुँह उठाकर निहारा, लेकिन कनखियों से देख पाया कि चौखट के सहारे टिककर अचला इतनी देर तक जहाँ बुत की मानिन्द खड़ी थी, वहाँ अब वह नहीं थी, पता नहीं कब वह चुपचाप कमरे के अन्दर चली गई थी।

मृणाल चली गई, अचला जब भी सुरेश के मुँह की तरफ नजर उठाकर देखती है तभी उसे लगता है कि वह अनमना बना हुआ है और किसी बात का अफसोस मानो उसे निरन्तर मुरझा दे रहा है।

दो दिनों बाद एक दिन तीसरे पहर सुरेश बरामदे में बिलकुल धूप में आरामकुर्सी पर बैठकर चुपचाप कोई किताब पढ़ रहा था। उसने कदमों की आहट सुनकर निहारा तो देखा, खुद अचला इसी के लिए चाय लेकर आ रही है। ऐसी घटना पहले किसी दिन नहीं घटी थी। इसीलिए वह भौचक्का रहकर तनकर उठ बैठा और पूछा–"बैरा कहाँ है? आज तुम चाय लेकर क्यों आई?"

अचला ने इस सवाल का जवाब दिए बिना ही एक तिपाई को खींचकर आरामकुर्सी की बगल में रखा और उस पर चाय का प्याला रख दिया। उसने भी दूसरी कुर्सी खींच ली और उस पर बैठ गई।

इस अनूठे आचरण से उससे दूसरा सवाल करने की अब सुरेश की हिम्मत नहीं हुई। उसने सिर्फ चाय का प्याला चुपचाप उठा लिया।

अचला थोड़ी देर तक स्तब्ध भाव से बैठी रही। उसके बाद उसने मृदु स्वर में पूछा–"अच्छा सुरेश बाबू, आप क्या विधवा विवाह को किसी भी स्थिति में अच्छा नहीं मानते हैं?"

सुरेश ने चाय के प्याले से मुँह उठाए बिना ही जवाब दिया–"मैं विधवा-विवाह अच्छा मानता हूँ। इसका कारण यह है कि आज भी कुसंस्कार मुझमें उतनी गहराई तक नहीं पहुँचा है।"

अचला ने अपने को और पल भर सोचने का मौका दिए बिना कहा–"तो फिर मृणाल जैसी लड़की से शादी करने में आपको तो जरा भी एतराज नहीं होना चाहिए।"

सुरेश हाथ में चाय का प्याला हाथ लिये तनकर बैठा और बोला–"इस बात का मतलब?"

अचला के मुँह या आवाज में किसी तरह की उत्तेजना प्रकट नहीं हुई। उसने बड़े सहज ढंग से कहा–"मैं आपकी बहुत ऋणी हूँ। इसके अलावा मैं आपका भला चाहनेवाली हूँ। मैं

आपको सुन्दर, सहज और स्वाभाविक गृहस्थ देखना चाहती हूँ। एक दिन आप शादी करने को तैयार थे। आज आपसे मेरी विनती है कि आप मृणाल से शादी कीजिए।"

जैसे अचला को ये सारी बातें कठस्थ हों वैसे ही एक ही साँस में इतनी बातें कहकर वह हाँफने लगी।

सुरेश पत्थर की बुत की मानिन्द बहुत देर तक स्थिर होकर बैठा रहा। अन्त में बोला–"इससे तुम क्या सचमुच ही सुखी होओगी?"

अचला ने कहा–"हाँ! इससे मैं भी सुखी होऊँगी।"

"वह मुझसे शादी करने को राजी होगी?"

"ऐसा ही तो मेरा विश्वास है।"

सुरेश जरा उदासी हँसी हँसकर बोला–"पर मेरा विश्वास ऐसा नहीं है। तुमने किताबों में तो पढ़ा होगा कि जिन दिनों सती-प्रथा प्रचलित थी उन दिनों कोई कोई सती हँसते-हँसते जल मरती थी। मृणाल उसी दर्जे की औरत है। ऐसी औरतों को मुँह की बातों से राजी कराना तो बहुत दूर की बात है। अगर इनके हाथ-पाँव एक-एक करके काट दिए जाएँ, तो भी इन्हें दूसरी शादी करने के लिए राजी नहीं कराया जा सकता है। इस असम्भव को सम्भव करने की कोशिश करके उसके आगे मेरी मिट्टी पलीद मत करो अचला। उसने मुझे भैया कहकर पुकारा है, उसके आगे मैं अपने सम्मान को बनाए रखना चाहता हूँ।"

देखते ही देखते अचला का समूचा मुँह काला पड़ गया। जब सुरेश की बात खत्म हो गई, तो वह कठोर आवाज में बोल उठी–"दुनिया में सिर्फ मृणाल ही इकलौती सती नहीं है सुरेश बाबू! ऐसी सतियाँ भी हैं जो मन-ही-मन अगर एक बार किसी को अपना पति मान लेती हैं तो लाख प्रलोभन से भी उन्हें फिर डिगाया नहीं जा सकता है। इनकी बात अगर आपने किताबों में न पढ़ी हों, तो भी इसे सही मानिए सुरेश बाबू।" इतना कहकर स्तम्भित अभिभूत सुरेश की तरफ निगाह डाले बिना ही यह गर्विता नारी दृढ़ कदमों से कमरा छोड़कर बाहर निकल गई।

25

एक की आकुल, सरल प्रशंसा के अन्दर दूसरे के लिए कितना बड़ा कठोर आघात और अपमान छिपा रह सकता है, इसे कहने और सुननेवालों में से कोई भी पल भर पहले नहीं जानता था। सुरेश हाथ का प्याला हाथ में लिये सन्न होकर बैठा रहा और अचला अपने कमरे में घुसकर चुपचाप दरवाजे को बन्द करके तकिए पर मुँह रख जोर की रुलाई की तेज गति को रोकने लगी। बगल में ही महिम का कमरा है। कहीं जरा भी आवाज उसके कानों में जाकर न पहुँचे। वास्तव में अन्तर्यामी को छोड़ उस रुलाई की कहानी किसी दूसरे व्यक्ति ने नहीं जाना।

लेकिन उसने खुद इस गहरे दुख के अन्दर नया तत्त्व प्राप्त किया—नारी-जीवन का यह सतीत्व कितना बड़ा धन है इतने दिनों बाद उसकी पूरी महिमा आज ही पहली बार उसकी नजरों के सामने पूरा उजागर होकर दिखाई पड़ी। उस दिन सुरेश के संसर्ग में पिता की सन्दिग्ध दृष्टि का वह अनुचित उपद्रव सोचकर बहुत ज्यादा गुस्सा और दुखी हुई थी, लेकिन आज अचानक उस अधर्मी, परायी स्त्री पर बुरी नजर रखनेवाले सुरेश को ही जब उसने सतीत्व के चरण-कमलों में सर नवाकर प्रणाम करते देखा तब अपना सचमुच का स्थान भी अब उसकी नजरों से छिपा नहीं रहा।

और भी एक चीज है। वह यह कि आज इस सच्चाई को भी उसने पहली बार समझा कि साफगोई की ताकत कितनी बड़ी है। वह पढ़ी-लिखी औरत है। यह बात उससे छिपी हुई नहीं थी कि पति के प्रति तन-मन से निष्ठा रखना ही सतीत्व है। यह वह अच्छी तरह से जानती थी कि सिर्फ तन या सिर्फ मन कोई भी अकेला पूरा नहीं है। फिर भी जब उसका मन विचलित हुआ था, जब उसने पति से यह कहने में भी संकोच नहीं किया था कि वह उसे प्यार नहीं करती है, तब भी लेकिन किसी दिन उसे ऐसा नहीं लगा था कि वह छोटी है। मगर आज जब सुरेश के साफ कथन ने अनजाने उसके नाम के साथ व्यभिचारिणी शब्द जोड़ देना चाहा तभी उसकी समूची अन्तरात्मा मानो एक हृदयविदारक दुख से आर्त स्वर में चिल्लाकर रो उठी।

मगर ऐसी बात नहीं है कि इसी वजह से मृणाल के प्रति उसकी दिलचस्पी बढ़ी। लेकिन वह अपने आपसे बार-बार यह प्रतिज्ञा करने लगी कि इस लड़की के प्रसंग में जो चेतना आज उसने प्राप्त की उसे वह जिन्दगी में कभी भी नहीं भूलेगी।

बाहर पिता की लाठी की आवाज और पीछे सुरेश के कदमों की आहट उसे सुनाई पड़ी। समझ गई कि वे लोग महिम को देखने चले जा रहे हैं और थोड़ी ही देर बाद जब उसने पिता की आवाज में अपना बुलावा सुना, तो उसने आँचल से अच्छी तरह से अपना मुँह-आँख पोंछकर दरवाजा खोला और उस कमरे में जा पहुँची।

केदार बाबू उसके मुँह की तरफ निहारकर घबराते हुए बोल उठे—"आज बात क्या है? दो बजे उसे शोरबा देना था, चार बज गए, पर अभी तक उसे तुमने शोरबा नहीं दिया है। अरे, यह क्या तुम्हारा मुँह-आँख इतना बोझिल क्यों है? तुम सो रही थी क्या?"

अचला जवाब दिए बिना तेज कदमों से चली गई। महिम को शोरबा देने का काम मृणाल ही करती थी। नौकर शोरबा चूल्हे पर चढ़ा देता था और वह अन्दाज से यथासमय उसे उतार लेती थी। उसके चले जाने पर यह जिम्मेदारी अचला पर आ गई थी। आज यह बात उसे याद नहीं थी। वह भागी हुई गई, तो देखा, आग बहुत पहले बुझ चुकी है और पूरा शोरबा जलकर सूख गया है।

बहुत देर तक वहाँ स्तब्ध होकर खड़ी रहकर जब वह वापस आई तब केदार बाबू यह बात सुनकर अचला से कुछ भी कहे बिना सिर्फ सुरेश से कठोर भाव से कहा—"मैंने तो तभी तुमसे कहा था सुरेश कि अब अगर एक अच्छी नर्स को नहीं रखोगे, तो महिम को बचा नहीं सकोगे। मैं अपनी बेटी को जितना समझता हूँ तुम लोग क्या उसे उससे ज्यादा समझोगे?"

सुरेश चुप्पी साधे बैठा रहा। लेकिन किसी ने भी यह नहीं देखा था कि महिम इतनी देर तक चुपचाप पत्नी के लज्जित और उदास मुँह की तरफ एकटक निहार रहा था। उसने

अब धीरे-धीरे कहा—"नर्स के हाथों दवा तक खाने का मेरा मन नहीं करेगा सुरेश। लेकिन उनकी मदद करनेवाला एक आदमी रख दो। कल और परसों दोनों ही रात उन्हें रात भर जागना पड़ा है। दिन में जरा आराम करने की फुरसत न मिलने पर मशीनी इनसान भी काम नहीं कर सकता है भाई!"

उसकी बात अक्षरशः भले ही सही न हो, तो भी गलत नहीं है। सुरेश ने खुश होकर मुँह उठाया, लेकिन केदार बाबू ने अपनी कठोर बात से शर्मिन्दा होकर ज्यों ही कुछ-न-कुछ कहने की तैयारी की त्यों ही अचला कमरे से बाहर निकल गई।

रात को उसका बहुत बार जी चाहा कि वह पति से अपने ढेरों गुनाहों के लिए माफी माँगकर एक बार यह पूछे कि उस जैसी पापिनी को तिरस्कार से बचाने की उसे क्या पड़ी थी। मगर बेहद शर्म के मारे किसी भी सूरत में इस सवाल ने उसके मुँह से निकलने का नाम नहीं लिया।

सुरेश का एक काम था, वह यह कि रोज बहुत रात गए वह एक न एक बार महिम के कमरे में घुसकर तमाम जरूरी इन्तजामों को ठीक कर देता था, तब सोने जाता था। मृणाल के रहते वह लगभग रात भर आया-जाया करता था और उसकी जरूरत भी थी, लेकिन कई दिनों से देखने में आया कि वह अब आसानी से कमरे में नहीं घुसता है। जरूरत पड़ने पर नौकरानी को भेजकर वह खोज-खबर लेता है। सिर्फ शाम के पहले पल भर के लिए सिर्फ एक बार आकर जानकारी लेता है। उसके इस नए आचरण ने सबसे पहले अचला का ही ध्यान आकर्षित किया था। लेकिन इस बारे में जरा मामूली-सी टिप्पणी करना भी उसके लिए सम्भव नहीं है, इसीलिए वह चुप्पी साधे थी। लेकिन जिस दिन खुद महिम ने इसका जिक्र किया। उस दिन उसे कहना ही पड़ा कि आजकल वे ज्यादातर वक्त घर में भी नहीं रहते हैं। इसकी वजह क्या है। यह भी वह नहीं जानती है। महिम ने चुपचाप सुना, उसने किसी तरह की राय जाहिर नहीं की।

अगले दिन सुबह अचला नीचे उतर रही थी और सुरेश किसी काम से उसी सीढ़ी से होकर ऊपर आ रहा था। मुँह उठाकर अचला को देखते ही वह दूसरी तरफ हट गया। वह हर तरह से उसी से बचकर चला जा रहा है। इस बारे में अब उसे कोई सन्देह नहीं रहा और एक दिन उसने जिस मन से कामना की थी आज उसका वही मन सुरेश के आचरण से दुख से दुखी हो उठा।

26

अचला के सारे कामकाज और उठने-बैठने के बीच भी हृदय की गुप्त गहराई में जो बात हर पल जलने लगी वह यह है कि सुरेश के मन के अन्दर कोई बहुत बड़ा बदलाव काम कर रहा है जिसके साथ उसका अपना कोई सम्बन्ध नहीं है। जो गहरा प्यार एक दिन उसके मन में पैदा होकर बड़ा हो गया था वह आज टूटे-फूटे आश्रय की नाईं उसे छोड़कर दूसरी जगह

चला गया है। अपने आपको वह हजारों तिरस्कारों और हजारों कटु बातों से लांछित करने लगी। लेकिन फिर भी इस विदाई के दुख को आज वह किसी भी तरह से मन से दूर नहीं हटा सकी। यहाँ तक कि विकट डर से उसके रोंगटे खड़े हो गए और यह संशय उसके मन में झाँकने लगा कि अपने अनजाने उसने भी सुरेश को गुप्त रूप से प्यार किया है या नहीं। हर बार वह इस आशंका को असंगत, निराधार मानकर हँसी में उड़ा देने लगी। वह अपने आपको ताना मारती हुई कहने लगी कि इस असम्भव के सम्भव होने के पहले वह फाँसी लगाकर मर जाएगी। फिर भी यह बात उसके मन के पीछे छाया की तरह लगी ही रही। घूमते-फिरते जैसे वह इसे अपनी आँखों से देखने लगी और शायद इस विभीषिका से अपने आपको बचाने के लिए उसने नहाने-खाने के वक्त को छोड़ दिन-रात में एक पल भी पति से दूर होने की हिम्मत नहीं की। बगल का जो कमरा उसके अपने इस्तेमाल के लिए निर्धारित था उस कमरे में इन कई दिनों के अन्दर घुसने का भी उसका मन नहीं किया। इस तरह से भी कुछ दिन गुजर गए।

महिम करीब-करीब अच्छा हो गया है। हवा-पानी बदलने के लिए जल्दी ही जबलपुर जाने की बातचीत चल रही है। उस दिन सवेरे अचला फर्श पर बैठकर एक स्टोव पर पति के लिए दूध गरम कर रही थी; दूध बार-बार उबल रहा है। किसी तरफ निहारने की उसे जरा भी फुरसत नहीं है। वह यह नहीं जानती थी कि महिम इतनी देर तक उसी की तरफ एकटक निहार रहा था। अचानक पति के आह भरने की आवाज उसके कानों में पहुँची तो उसने मुँह उठाकर सिर्फ एक बार निहारा और फिर से अपने काम में मन लगाया।

महिम किसी दिन ज्यादा बात नहीं करता है। लेकिन आज सहसा आह भरकर वह बोल उठा–"वास्तव में अचला बड़ा दुख झेले बिना कोई बड़ी चीज हासिल नहीं की जा सकती है। मेरा घर भी फिर बन जाएगा, बीमारी भी एक दिन दूर हो जाएगी। मगर इससे भी जो अनमोल चीज मैंने हासिल की वह हो तुम। आजकल मुझे लगता है, तुम्हारे बिना मेरा एक भी दिन नहीं कटेगा।

अचला चुपचाप गरम दूध को कटोरे में उड़ेलकर ठंडा करने लगी। उसने कोई जवाब नहीं दिया। महिम जरा रुका, उसके बाद फिर से बोला–"मृणाल, सुरेश इन लोगों ने मेरी सेवा कुछ कम नहीं की है। लेकिन क्या पता क्यों, जब भी मुझे होश आता तभी मैं न जाने कैसी एक परेशानी महसूस करता, सिर्फ लगता हो सकता है, इन लोगों को कितनी तकलीफ, कितनी दिक्कतें हो रही हों–इन लोगों की कृपा का कर्ज मैं किस तरह से इस जिन्दगी में चुकाऊँगा। लेकिन भगवान का बनाया यह ऐसा सम्बन्ध है कि तुम्हारे बारे में कभी यह नहीं लगता है कि इस सेवा का कर्ज एक दिन मुझे चुकाना ही होगा। मुझे बचाना तुम्हारी अपनी ही गरज है।" इतना कहकर महिम तनिक मुस्कुराया।

अचला गरदन झुकाकर दूध को हिलाने लगी, उसने कोई बात नहीं की।

महिम ने कहा–"और कितना ठंडा करोगी, लाओ दो!"

तब भी अचला ने जवाब नहीं दिया, वह पहले की ही तरह मुँह नीचा किए बैठी रही। पहले-पहल महिम तनिक विस्मित हुआ मगर दूसरे ही पल वह समझ पाया कि अचला अपने आँसुओं को पति से छिपाने के लिए ही इस तरह से एक ढंग से मुँह नीचा किए बैठी हुई है।

क्यों सुरेश नहीं आता है इसकी वजह पक्के तौर पर भले ही महिम ने न समझी तो भी उसने इसका अन्दाजा नहीं लगाया है ऐसी बात नहीं है। इससे क्षोभ-मिश्रित एक आनन्द का भाव ही उसके मन के अन्दर था। क्योंकि अचला सतर्क हो गई है। सुनसान में अचानक उससे मुलाकात हो सकती है, इसी डर से वह कमरा छोड़कर आसानी से दूसरी जगह जाना नहीं चाहती है। यह उसने मन-ही-मन अनुभव किया। आज इसीलिए उसका मन दिन भर मानो वसन्ती हवा में उड़ता फिरता रहा। उसके बिस्तर से थोड़ी दूर पर एक कुर्सी थी। उस दिन देर रात तक उस पर बैठकर अचला कोई किताब पढ़ रही थी। अगले दिन सवेरे जब उसने महिम की पुकार सुनी तो वह हड़बड़ाकर उठ बैठी और खिड़की से देखा दिन चढ़ चुका है।

महिम ने किसी काम के बारे में कहना चाहा, पर वह चुप हो गया। और पत्नी को सिर से लेकर पैर तक बार-बार देखकर विस्मय-भरे स्वर में पूछा–"तुम्हारी अपनी शॉल क्या हुई?"

अचला ने उससे भी ज्यादा विस्मय से अपनी तरफ निगाह डाली, तो देखा अभी-अभी जागने पर जिस शॉल को ओढ़ वह उठकर आई है वह सुरेश की है। पति के सवाल ने उसे जैसे चाबुक मारा। लाज और दुख से उसका मुँह बदरंग हो गया, लेकिन किसी भी सूरत में उससे यह सोचते नहीं बना कि आखिर यह हुआ तो हुआ कैसे! उसे याद आया, बीती रात उनके सो जाने पर उसने अपनी शॉल को तहाकर उनके पैरों को ढँक दिया था और वह सिर्फ आँचल को ओढ़कर पढ़ने बैठी थी। याद आता है, नींद में बीच-बीच में उसे बहुत ठंड लग रही थी। उसके बाद जागने पर वह यही देख रही है।

लेकिन पत्नी के अत्यन्त लज्जित और उदास मुँह की तरफ निहारकर महिम स्नेह के साथ मुस्कुराया। बोला–"इसमें शरमाने की क्या बात है अचला? नौकर ने ही, हो सकता है, अदला-बदली करके तुम्हारी शॉल उसके कमरे में और उसकी तुम्हारे यहाँ रख गया हो। हो सकता है, सुरेश खुद ही कल तीसरे पहर उसे छोड़ गया हो, और रात को पहचान न पाकर तुमने उसे ओढ़ लिया हो। बैरे को बुलाकर उसे बदल लाने के लिए कह दो।"

"जाती हूँ। बैरे से उसे बदल लाने को कह देती हूँ।" इतना कहकर उस शॉल को हाथ में लिये अचला बाहर निकल आई और बगल के कमरे में घुसकर जब अवसन्न की भाँति बैठ गई, तब उसके लिए कुछ भी समझना और बाकी नहीं था। बहुत रात गए सबके सो जाने पर सुरेश चुपचाप कमरे में घुसा था और ठंड में उसे उस तरह से सोई देखकर उसे अपनी शॉल ओढ़ाकर चुपचाप चला गया था। इसमें उसे अब जरा भी सन्देह नहीं रहा। वह आँखें मूँदकर उन झुकी हुई प्यासी नजरों को साफ-साफ देख पाकर रोमांचित हो उठी। उसे लगने लगा कि सिर्फ उसी को देखने के लिए और अच्छी तरह से देखने के लिए वह इस तरह से आया होगा और हो सकता है वह रोज रात को आता रहा हो। यह कोई जान भी नहीं सकता है।

उसकी इस बुरी हरकत से उसकी लाज की सीमा नहीं रही। इसे वह गन्दा, भद्दा और ओछा कहकर उसे हजारों तरह से अपमानित करने लगी और मेहमान के प्रति मकान मालिक की चोरी-छिपे की गई इस हरकत को वह किसी दिन माफ नहीं करेगी, ऐसी प्रतिज्ञा

उसने अपने से की। मगर फिर भी उससे यह छिपा नहीं रहा कि उसका पूरा मन इस आरोप पर हामी नहीं भर रहा है और कहाँ कौन-सी चीज उसे इतने दिनों तक उठते-बैठते बींध रही थी यह भी बिलकुल साफ होकर दिखाई पड़ा।

केदार बाबू के एक बचपन के दोस्त जबलपुर में रहते हैं। उनके पास से जवाब आया कि हवा-पानी और कुदरती नजारों के लिए यह जगह बहुत अच्छी है। उनका अपना घर भी बहुत बड़ा है, महिम को अगर आना ही पड़े तो वह आराम से उन्हीं के पास रह सकता है।

एक दिन सवेरे केदार बाबू ने आकर यह जानकारी दी और कहा–"माघ का महीना जब खत्म होने ही वाला है और महिम जब रास्ते की थोड़ी-बहुत तकलीफें झेल सकता है, तब और जरा भी देर किए बिना उसे वहाँ चला जाना चाहिए।" जवानी में वे खुद एक बार जबलपुर गए थे। वहाँ का हवा-पानी और कुदरती नजारा कैसा है, यह उन्हें याद था। उन्होंने बड़े उल्लास से उन सबका वर्णन करते हुए कहा–"जगदीश की पत्नी अभी भी जिन्दा है। माँ की तरह हिफाजत करेगी और क्या चाहिए! इसी बहाने वे और एक बार जबलपुर देख लेंगे। महिम ने चुपचाप यह सब सुना। मगर कोई उत्साह जाहिर नहीं किया। इस बेरुखी को सिर्फ अचला ने ही देखा। पिता के चले जाने पर उसने धीरे-धीरे पूछा–"क्यों, जबलपुर तो बड़ी अच्छी जगह है, वहाँ जाने को क्या तुम्हारा जी नहीं चाहता है?"

महिम बोला–"तुम सब मुझे जितना स्वस्थ और सबल समझ रहे हो उतना स्वस्थ और सबल मैं अभी भी नहीं हुआ हूँ। किसी दिन होऊँगा या नहीं, मैं इसकी उम्मीद नहीं करता।"

अचला बोली–"इसीलिए तो डॉक्टर ने तुम्हें हवा-पानी बदलने की सलाह दी है। एक बार घूम आओगे तो सारी बीमारी दूर हो जाएगी।"

महिम ने धीरे-धीरे गरदन हिलाई और थोड़ी देर तक चुप रहा। बाद में बोला–"क्या पता! लेकिन इस हालत में खुद अपने या दूसरे पर निर्भर करके मुझे स्वर्ग जाने का भी भरोसा नहीं होता है। अचला मैं अन्दर ही अन्दर बड़ा कमजोर, बड़ा बीमार हूँ। तुम अगर मेरे पास नहीं रहोगी तो हो सकता है, मैं ज्यादा दिन जिन्दा न रहूँ।" कहते-कहते उसकी आवाज पुरनम हो उठी।

जो मुँह खोलकर कभी कुछ नहीं माँगता है, जो कभी अपने दुख और कमी को जाहिर नहीं करता है उसी के मुँह की इस आकुल विनती ने अचला के हृदय में रुके सारे स्नेह, करुणा और माधुर्य का मुँह एक साथ पल भर में ही वैसे ही खोल दिया जैसे बाण चोट पहुँचाकर हृदय को चीर देता है। वह अपने आपको और रोक नहीं सकी और इस डर से कि कहीं वह कुछ कर न बैठे, अपने आँसुओं को दबाते-दबाते बिलकुल भागती हुई बाहर निकल गई। महिम हक्का-बक्का-सा बहुत देर तक विस्मय और दुख से उस खुले दरवाजे की तरफ निहारता रहा, फिर धीरे-धीरे लेट गया।

फिर जब दोनों की मुलाकात हुई तब पति-पत्नी में से किसी ने इस बारे में कोई बात नहीं की। अगले दिन अचला हाथ में एक तार लिये आई और मुस्कुराती हुई बोली–"जगदीश बाबू ने तार का जवाब दिया है। उन्होंने अपने डेरे के नजदीक हम लोगों के लिए एक छोटा-सा घर ठीक कर दिया है।"

महिम ने उसकी बात को ठीक से समझे बिना कहा–"इसका मतलब?"

अचला बोली—"चूँकि वे पिताजी के दोस्त हैं इसलिए वे अपने घर में तुम्हें जगह दे सकते हैं, लेकिन हम दोनों जाकर तो उनके कन्धे पर बोझ बनकर सवार नहीं हो जा सकते हैं। इसीलिए मैंने पिताजी को चिट्ठी लिख दी थी कि वे उन्हें कल ही तार करके हमारे लिए एक डेरा ठीक कर देने के लिए कह दें। यह उसका जवाब है।" इतना कहकर उसने पीले लिफाफे को पति के बिस्तर पर फेंक दिया।

महिम ने उसे हाथ में लेकर शुरू से आखिर तक पढ़ा और बोला—"अच्छा।" उसने यह समझा कि अचला अपनी मर्जी से साथ जाना चाहती है। लेकिन कल के उसके आचरण को, जो आज भी उतना ही कठिन और अनजाना है, याद करके किसी तरह की बेकार की चंचलता जाहिर करने का अब उसका मन नहीं किया।

मगर अचला की तरफ से जाने की तैयारी बड़े पैमाने पर होने लगी। उस दिन दोपहर में वह घर आकर अपना चीजबस्त सहेज रही थी; केदार बाबू ने दरवाजे से बाहर खड़े होकर थोड़ी देर तक चुपचाप देखा और कहा—"तुम्हारे गए बिना क्या काम नहीं चलेगा बेटी?"

अचला ने चौंककर मुँह उठाया और पूछा—"क्यों पिताजी?"

सेहत और इलाज की दृष्टि से उसका साथ रहना ठीक संगत नहीं है, पिता होकर बेटी से यह बात कहने में केदार बाबू ने शर्म महसूस की। इसीलिए उन्होंने महिम की मौजूदा आर्थिक स्थिति को इंगित करके कहा—"ज्यादा दिनों की तो बात नहीं है। इसके अलावा जगदीश के यहाँ उसे कोई दिक्कत ही नहीं होती। इस थोड़े-से वक्त के लिए ज्यादा खर्चा-वर्चा करके..."

असली बात अचला ने नहीं समझी। उसने पिता की तरफ निगाह डालकर प्रश्न किया—"उन्होंने यह कहा है क्या?"

"नहीं-नहीं, महिम ने कुछ नहीं कहा है। सिर्फ मैं ही ऐसा सोच रहा हूँ..."

"आप इस बात की फिक्र मत कीजिए पिताजी। मैं यह सब ठीक कर लूँगी।" इतना कहकर अचला ने फिर से अपने काम में मन लगाया और अगले ही दिन छिपकर उसने अपने दो जेवर बेचकर नकद रुपया कर लिया।

यह तय था कि वे लोग फागुन के बीचोबीच जबलपुर जाएँगे। मगर सुरेश की फूफी ने पंडित को बुलवाकर पत्रा दिखवाया और यह तय कर दिया कि वे लोग महीने के पहले सप्ताह में जबलपुर जाएँगे। यही राय सबको मान लेनी पड़ी।

जाने के दो दिन पहले से ही अचला की पूरी जान जैसे हवा में तिरती फिरने लगी। कलकत्ता छोड़ने के बाद कुछ दिनों के लिए अपनी ससुराल के सिवा उसे जिन्दगी में कभी दूसरी जगह जाना नहीं पड़ा है। आज तक उसने पश्चिम का मुँह नहीं देखा है। वहाँ कितने स्मारक हैं, कितने वन-जंगल हैं, कितने पहाड़-पर्वत हैं, कितने नद-नदियाँ हैं, जल-प्रपात हैं। ऐसा कितना कुछ है, जिसकी कहानियाँ लोगों के मुँह से सुनने के अलावा उन्हें खुद देखने की कल्पना किसी दिन उसके मन में पैदा नहीं हुई है। इस बार उन सब आश्चर्यजनक चीजों को वह अपनी आँखों से देखने चली जा रही है। इसके अलावा वहाँ उसका पति स्वस्थ हो जाएगा। अकेले वही वहाँ घर वाली, गृहिणी होगी, हर काम में पति की मदद करेगी। वहाँ जलवायु स्वास्थ्यकर है, वहाँ जीने की राह सहज और सुगम है। उनके अच्छा हो जाने पर

हो सकता है, एक दिन वे लोग वहीं अपनी घर-गिरस्ती बसा बैठें और निकट भविष्य में जो अपरिचित अतिथि एक-एक करके उन लोगों की गृहस्थी को भर देंगे। उनके कोमल चेहरों को बेहद परिचित की तरह वह अपनी आँखों के सामने साफ देखने लगी। ऐसे कितने सुख के सपने दिन-रात उसके दिमाग में चक्कर लगाने लगे। इसकी इयत्ता नहीं है। और सारी बातों के बीच पति उसे छोड़कर अब स्वर्ग जाने में भरोसा नहीं करते हैं, इस बात ने घुल-मिलकर मानो उसके सारे विचारों को ही बिलकुल मधुमय बना दिया। अब उसे किसी के भी प्रति कोई क्षोभ, कोई शिकायत नहीं रही। मन की सारी ग्लानि धुल-पुँछ गई और हृदय गंगाजल की भाँति निर्मल और पवित्र हो उठा। आज उसकी बड़ी साध होने लगी कि जाने के पहले वह एक बार मृणाल को देखे और उसे सीने से लगाकर जाने-अनजाने किए अपने सारे गुनाहों के लिए उससे माफी माँग ले। आज सुरेश के लिए भी उसका मन रोने लगा। वह गहरा दोस्त होकर भी शर्म और झिझक से उन लोगों से मिलने नहीं आ सकता है। अपने इस दुर्भाग्य के गुप्त दुख को उसने ाज जितना अनुभव किया उतना शायद किसी दिन नहीं किया था। उससे भी हृदय से माफी माँगकर विदा लेनी है। लेकिन जब उसने उसकी खोज करवाई, तो उसने जाना कि वह कल से ही घर पर नहीं है।

जाने के दिन सवेरे से ही आसमान में बादल छा गए थे और बूँदाबाँदी शुरू हो गई थी। चीजबस्त बाँध लिये गए थे। थोड़ा-सा चीजबस्त स्टेशन भी भेजा जा चुका था। टिकट भी कटा लिया गया था। अचला के लिए भी सेकंड क्लास का टिकट कटाया जाना था। लेकिन उसने घोर एतराज करते हुए महिम से कहा था—झूठमूठ में रुपया बरबाद करने का इरादा हो, तो कटवा लो। मैं स्वस्थ, सबल हूँ। इसके अलावा कितने बड़े लोगों की लड़कियाँ इंटर क्लास के जनानी डिब्बे में जाती हैं और मैं नहीं जा सकती? मैं इंटर क्लास को छोड़ सेकंड क्लास में किसी भी सूरत में नहीं जाऊँगी।

लिहाजा वैसा ही इन्तजाम किया गया था।

पूरे दो दिन सुरेश से मुलाकात नहीं हुई थी। लेकिन आज सवेरे दुर्दिन के चलते हो या किसी दूसरी वजह से, वह अपने पढ़ने के कमरे में था। इस आनन्दरहित कमरे के अन्दर अचला ठीक वैसे ही घुसी जैसे वसन्ती हवा का कोई झोंका घुसता है। उसकी आवाज में आनन्द का आधिक्य छलक रहा था; बोली—"सुरेश बाबू, इस जनम में अब हम लोगों का मुँह आप नहीं देखेंगे क्या? हम लोगों ने कौन-सा इतना बड़ा गुनाह किया है, बताइए तो?"

सुरेश चिट्ठी लिख रहा था। उसने मुँह उठाकर निहारा। उन लोगों का घर जल जाने पर अगल-बगल के पेड़ों की जो शक्ल-सूरत अचला आने के दिन अपनी आँखों से देख आई थी सुरेश के इस मुँह ने इस तरह से उसकी याद दिला दी कि वह मन-ही-मन सिहर उठी। वसन्ती हवा का झोंका लौट गया। वह क्या कहने आई थी, सब भूलकर उसके करीब गई और उद्विग्न स्वर में पूछा—"तुम क्या बीमार हो, सुरेश बाबू? पर तुमने मुझे तो बताया नहीं था?"

सिर्फ पल भर के लिए सुरेश ने मुँह उठाया था। तुरत उसने मुँह नीचा करके कहा—"नहीं, मैं बीमार नहीं हूँ, मैं अच्छा ही हूँ।" इतना कहकर उसने किताब के पन्ने को उलटते-उलटते फिर से कहा—"आज ही तो तुम लोग जाओगे। सब कुछ ठीक हो गया है? कितने दिनों बाद, हो सकता है फिर मुलाकात हो।"

मगर जब एक मिनट तक दूसरे पक्ष से कोई जवाब नहीं मिला तो, सुरेश ने विस्मय से मुँह उठाकर निहारा। अचला की दोनों आँखों में आँसू भर आए थे। आँखें चार होते ही आँसुओं की बड़ी-बड़ी बूँदें टप-टप करके टपक पड़ीं।

सुरेश की धमनियों में गरम लहू उबल उठा। लेकिन आज उसने अपनी सारी ताकत इकट्ठा करके अपने आपको संयत किया और नजरें झुका लीं।

अचला ने आँचल से अपने आँसू पोंछे और भर्राई आवाज में बोल उठी–"तुम्हारी तबीयत कतई अच्छी नहीं है सुरेश बाबू। तुम भी हमारे साथ चलो।"

सुरेश ने सर हिलाकर सिर्फ कहा–"नहीं, मैं तुम लोगों के साथ नहीं जाऊँगा।"

"क्यों, तुम हम लोगों के साथ क्यों नहीं जाओगे? तुम्हारे लिए...।" उसकी बात खत्म नहीं हो पाई कि दरवाजे के बाहर से बैरे ने पुकारकर कहा–"बाबू, आपकी चाय..." कहते-कहते वह परदा हटाकर कमरे में घुसा और दूसरे ही पल अचला दूसरी तरफ मुँह घुमाकर बाहर निकल गई।

घंटे भर बाद जब वह अपने पति के कमरे में घुसी तो महिम ने पूछा–"सुरेश कई दिनों से कहाँ गया है, जानती हो? फूफी से भी वह कुछ कहकर नहीं गया है। वह क्या आज मुझसे मुलाकात नहीं करेगा?"

अचला ने धीरे-धीरे कहा–"आज तो वे घर पर ही हैं?"

महिमा बोला–"नहीं, वह घर पर नहीं है। अभी-अभी मुझे दाई कह गई कि वह सवेरे ही पता नहीं कहाँ निकल गया है।"

अचला चुप रही। थोड़ी देर पहले उससे उसकी मुलाकात हुई थी, वह बहुत बीमार है। उसने बचपन की तरह इस बार भी तुम्हारी जान बचाई है। सिर्फ इस कृतज्ञता के लिए भी तुम्हें उसे एक बार अपने यहाँ बुलाना चाहिए, अब उससे कोई खतरा नहीं है, जो खुद शर्मिन्दा है, उसे शक-भरी नजरों से देखकर और शर्मिन्दा मत करो। अपने मन की इन सब बातों में से एक भी बात वह अपने मुँह से नहीं कह सकी। वह पति के मुँह की तरफ नजरें उठाकर अच्छी तरह से देख तक नहीं सकी। उसने चुपचाप कोई जवाब दिए बिना करीब के किसी काम में अपने आपको लगा दिया।

क्रमशः स्टेशन जाने का वक्त करीब आता गया। नीचे केदार बाबू का हो-हल्ला सुनाई पड़ा। और फूफी जल-भरा कलश लिये हड़बड़ा गईं। नौकरों ने चीजबस्त गाड़ी के ऊपर रख दिया। जो मकान-मालिक हैं सिर्फ उन्हीं का कोई अता-पता नहीं चला। हालाँकि इस बात की खुलेआम किसी ने चर्चा करने की भी हिम्मत नहीं की। इस बात ने अन्दर ही अन्दर यों ही सबको कुंठित कर दिया था।

केदार बाबू ने बेटी को जरा अकेले में पाया, तो उसके सर पर हाथ रखकर स्नेह-भरे स्वर में बोले–"सती बनो बेटी, माँ जैसी बनो। बुढ़ापे में बिना समझे मैंने बहुत-सी बातें कही हैं बेटी, तू गुस्सा मत कर।" इतना कहकर वे जल्दी से हट गए।

महिम ने गाड़ी पर चढ़ते वक्त अचला से एकान्त में खिन्न स्वर में चुपके-चुपके कहा– "उसने सचमुच ही हम लोगों से मुलाकात नहीं की। उससे एक बात कहने के लिए मैं दो दिनों से उसकी बाट जोह रहा था।"

पिता का कहा सुनकर उसकी आँखों से आँसू बह रहे थे। उसने सिर्फ गरदन हिलाकर बताया–नहीं।

दरवाजे के पीछे फूफी खड़ी थीं। अचला ने गहरी भक्ति से उन्हें प्रणाम करके उनके पैर छुए, तो उन्होंने गद्‌गद स्वर में असंख्य आशीर्वाद देते हुए कहा–"तुम्हारे हाथों की कतरियाँ अक्षय हों बेटी। पति को नीरोग करके जल्दी वापस लाओ। मैं यही प्रार्थना करती हूँ।"

"यही मेरे लिए सबसे बड़ा आशीर्वाद है फूफी।" इतना कहकर अपने आँसू पोंछते-पोंछते वह गाड़ी में जा बैठी। उसकी बात केदार बाबू के कानों में पहुँची। वे अपनी अक्षम्य लज्जा से मानो मर गए।

27

हावड़ा स्टेशन से पश्चिम जानेवाली गाड़ी के छूटने में सिर्फ दसेक मिनट की देर है। बाहर बादलों-भरा आसमान है, बूँदाबाँदी रुकने का नाम नहीं ले रही है। लोगों के पैरों के पानी और कीचड़ से समूचा प्लेटफॉर्म भर उठा है। मुसाफिर फिसलने से बचते हुए भीड़ को चीरकर किसी तरह से गठरी-मोटरी लिये जगह तलाशते फिर रहे थे। ऐसे समय अचला ने निहारा, तो देखा हाथ में एक बहुत बड़ा बैग लिये सुरेश आ रहा है।

विस्मय और दुश्चिन्ता से केदार बाबू का चेहरा फक पड़ गया। उसके करीब आते न आते उन्होंने चिल्लाकर पूछा–"बात क्या है सुरेश! तुम कहाँ चले जा रहे हो?"

उनकी बात का जवाब सुरेश ने अचला को दिया। उसी के मुँह की तरफ निहारकर मुरझाई हँसी हँसकर बोला–"न, मैंने देखा कि तुम्हारी सलाह और निमंत्रण दोनों में से किसी की भी अवहेलना नहीं की जा सकती है। आज सवेरे अगर तुम इस तरह से मेरी आँखों में उँगली डालकर नहीं दिखाती, तो हो सकता है, मैं यह समझ ही नहीं पाता कि मेरी तबीयत कितनी खराब हो गई है। चलो, तुम लोगों का मेहमान बनकर ही कुछ दिन देखता हूँ कि मैं अच्छा हो सकता हूँ या नहीं। मैं सही कह रहा हूँ।"

"यह तो अच्छी बात है, अच्छी बात है सुरेश। इसके अलावा नई जगह में हम लोगों को भी काफी मदद मिलेगी।" इतना कहकर महिम ने पल भर के लिए एक बार अचला की तरफ निगाह डाली। उस पल की मूक दुखी दृष्टि मानो सभी को ऊँची आवाज में सुनाकर अचला से बोल उठी–'तुमने मुझे यह क्यों नहीं बताया? जिसके स्वास्थ्य को लेकर तुमने मन-ही-मन इतनी उत्कंठा भुगती है, आज सवेरे तक तुम दोनों ने इस बात की चर्चा की। तुमने मुझे इसकी भनक तक क्यों नहीं लगने दी थी। इस आँखमिचौली की क्या जरूरत थी अचला?'

मगर अचला दूसरी तरफ मुँह घुमाए रही और सुरेश थोड़ी देर तक विमूढ़ की भाँति रहा। उसके बाद अचानक अन्दर की उत्तेजना को बाहर धकेल लाया और बेवजह घबराहट के साथ बोल उठा–"लेकिन अब तो देरी नहीं है। चलो, चलो, पहले गाड़ी पर चढ़ जाऊँ उसके बाद बातचीत होगी। चलिए केदार बाबू।" इतना कहकर वह सिर्फ सामने की तरफ नजरें टिकाकर सबको एक तरह से धकेलता हुआ ले चला।

केदार बाबू ने बहुत देर तक कोई बात नहीं की। उन्होंने महिम को उसकी जगह पर बिठा दिया और अचला को जनाना डिब्बे में चढ़ा दिया। सिर्फ गाड़ी छूटते वक्त जब सुरेश ने झुककर उन्हें प्रणाम किया और महिम की बगल में जाकर बैठा तभी उन्होंने उससे कहा– "तुम साथ हो, आशा करता हूँ रास्ते में कोई खास तकलीफ नहीं होगी। जनाना डिब्बा थोड़ी दूर पर है, बीच-बीच में तुम अचला की खोज-खबर लेना सुरेश।" और महिम को और एक बार सतर्क कर देते हुए कहा–"देखना पहुँचते ही खबर देने में गलती न हो। मैं बड़ा उद्विग्न रहूँगा।" इतना कहकर अपने आँसुओं को दबाते हुए चले गए। उनका खिन्न उदास मुँह और स्नेह-भरी आवाज बहुत देर तक दोनों दोस्तों के कानों के अन्दर गूँजती रही।

गाड़ी छूटने पर ठंड के डर से महिम कम्बल को सर से लेकर पाँव तक ओढ़कर तुरत लेट गया। लेकिन सुरेश वहीं एक ही ढंग से बैठा रहा। उसके मुँह की तरफ देखनेवाला कोई नहीं था। अगर कोई होता तो वह कहता कि वे दोनों आँखें आज किसी भी सूरत में स्वाभाविक नहीं है। अगर अन्दर बहुत बड़ा अग्निकांड न हुआ हो तो आदमी की आँखों से ऐसी कठिन रोशनी हरगिज फूटकर बाहर नहीं निकलती है।

पैसेंजर गाड़ी हर छोटे-बड़े स्टेशन पर रुकती मन्थर गति से आगे बढ़ने लगी। और बाहर उसी गति से रिमझिम पानी बरसने लगा। एक बड़े स्टेशन पर जब गाड़ी ने रुकने की तैयारी की तो महिम ने अपने कम्बल के अन्दर से मुँह बाहर निकालकर कहा–"भीड़ नहीं थी, थोड़ी देर तुम सो क्यों नहीं लिये सुरेश? ऐसी सुविधा की तो बराबर आशा नहीं की जा सकती है।"

सुरेश ने चौंककर कहा–"हाँ, अब सोऊँगा।"

उसका यह चौंकना इतना असंगत और अकारण दिखा कि महिम विस्मय के साथ ठगा-सा रहा। वह जैसे उसकी नजरों से बचकर कोई गुनाह कर रहा था और पकड़े जाने के डर से ही इतना त्रस्त हो गया है, इस भाव को महिम बहुत देर तक अपने मन से दूर नहीं कर सका।

गाड़ी रुक गई।

सुरेश अपनी हालत को महसूस करके जरा हँसी-मजाक से अपने मुँह को सरस बनाकर बोला–"मैंने सोचा था कि तुम सो रहे हो। इसीलिए मैं यों चौंक उठा था..."

महिम ने सिर्फ कहा–"हुँ।" मगर यह गैरजरूरी कैफियत भी उसे अच्छी नहीं लगी।

सुरेश बोला–"उन्हें कुछ चाहिए या नहीं, एक बार मैं खबर ले सकता तो..."

"लेकिन पानी नहीं पड़ रहा है?"

"उतना पानी नहीं पड़ रहा है। मैं चट से देख आता हूँ।" इतना कहकर सुरेश दरवाजा खोलकर बाहर निकल गया। जब वह जनाना डिब्बे के सामने आया, तो देखा,

अचला को इस बीच एक हमउम्र हमसफर मिल गया है और वह उसी के साथ गपशप कर रही है। वही पहले सुरेश को देख पाई, तो अचला को चिकोटी काटकर वह मुँह घुमाकर बैठी। अचला ने ज्यों ही नजरें उठाकर देखा त्यों ही सुरेश ने पूछा–"कुछ चाहिए या नहीं?"

अचला ने गरदन हिलाकर कहा–"नहीं, मुझे कुछ नहीं चाहिए। तुम्हें पानी में भीगने की जरूरत नहीं, जाओ।" लेकिन इतना कहकर वह उठकर अपनी खिड़की के पास आई और मृदु स्वर में बोली–"मेरे लिए तुम्हें चिन्ता करने की जरूरत नहीं है। लेकिन जिनके लिए चिन्ता है, तुम उन पर ध्यान रखना।"

सुरेश बोला–"उस पर तो मेरा ध्यान है ही। मगर तुम्हें कुछ खाना या सिर्फ थोड़ा-सा पानी..."

अचला ने मुस्कराकर कहा–"नहीं जी नहीं, मुझे कुछ नहीं चाहिए। लेकिन तुम खुद पानी में भीगकर बीमार पड़ना चाहते हो क्या?"

सुरेश ने पल भर अचला के मुँह की तरफ निगाह डाली और फौरन नजरें झुका लीं, बोला–"मैं तो बहुत दिनों से बीमार पड़ना चाहता हूँ, मगर बीमारी है कि इस अभागे के पास तक फटकने का नाम भी नहीं लेती है।"

उसकी बात सुनकर शर्म के मारे अचला के कान तक लाल हो उठे। मगर इस आशंका से कि कहीं सुरेश मुँह उठाते ही इसे देख न पाए, उसने किसी तरह से इसे एक दिल्लगी की शक्ल देने के लिए जबरन हँसकर कहा–"अच्छा, एक बार चलो न। तब मैं तुमसे इतनी मेहनत करवाऊँगी कि..."

लेकिन वह अपनी बात खत्म नहीं कर सकी। उसकी छिपी लाज ने इस छद्म दिल्लगी की बाहरी अभिव्यक्ति को मानो आधे रास्ते में ही धिक्कार देकर रोक दिया।

गाड़ी छूटने की घंटी बजी। सुरेश ने पता नहीं क्या कहने के लिए मुँह उठाया, तो भी अन्त में कुछ कहे बिना ही वह चला जा रहा था कि तभी सहसा बाधा पाकर वह मुड़ा तो देखा उसके रैपर का एक खूँट अचला की मुट्ठी में है। वह फुसफुसाकर अचानक उसे डाँट उठी–"मैंने तुम्हें साथ जाने के लिए कहा है, यह बात तुमने सबके समाने जाहिर क्यों कर दी? क्यों तुमने मुझे इतना शर्मिन्दा किया?"

सुरेश तब से ठीक इसी बात पर हजारों बार विचार करके पछतावे से जल रहा था। इसीलिए उसकी बात के जवाब में उसने सिर्फ करुण स्वर में कहा–"मैंने बिना समझे गुनाह कर डाला है अचला।"

अचला ने जरा भी शान्त हुए बिना पहले की ही तरह गरम स्वर में कहा–"मैं नहीं मानती कि तुमने बिना समझे यह बात कही है, बल्कि तुमने जानबूझकर मुझे नीचा दिखाने के लिए ही सबके सामने यह बात कही है।"

ट्रेन चलने लगी थी, सुरेश को और बात कहने का मौका नहीं मिला। अचला ने उसके रैपर को छोड़ दिया, तो वह धड़कते कलेजे से तेज कदमों से चला गया। वह किसी तरफ बिना निहारे भागता तो चला, लेकिन नजरों से उसका पीछा करते वक्त दूसरे की धड़कन बिलकुल रुकने-रुकने को आई। अचला को दिखाई पड़ गया, दूसरी खिड़की से मुँह बढ़ाकर

महिम ठीक उन्हीं लोगों की तरफ निहार रहा है। जब वह वापस आकर उस जगह पर बैठी जहाँ वह पहले बैठी थी, तो उस औरत ने पूछा–"वे क्या आपके बाबू हैं?"

अन्यमनस्क अचला ने सिर्फ एक हुँकारी भरी और दूसरी खिड़की के बाहर पेड़-पौधों, खेत-मैदानों की तरफ सूनी नजरों से निहारती रही। जिस कहानी को अधूरी छोड़कर वह सुरेश के पास गई थी, वापस आकर उसे पूरी करने का अब उसका मन नहीं किया।

फिर एक के बाद एक गाँव और शहर पार होते जाने लगे। फिर मन का क्षोभ दूर हो जाने से अचला का मुँह निर्मल और प्रशान्त हो उठा। फिर वह अपनी हमसफर के साथ खुले दिल से बातचीत करने में शरीक हो सकी। जिस शर्म ने घंटा भर पहले उसे दुखी कर दिया था वह अब उसे याद भी नहीं रही।

एक बड़े स्टेशन पर सुरेश खानसामा के हाथों से चाय और अन्यान्य खाने-पीने की चीजें लेकर पहुँचा। अचला ने उन्हें ले लिया और स्नेह के साथ शिकायत-भरे स्वर में बोली–"तुम्हें इतना करने को कौन कह दे रहा है बताओ तो? क्या तुम्हारे दोस्त ने ऐसा करने को कहा है?"

अचला यह अच्छी तरह से जानती थी कि इस बारे में सुरेश किसी के भी कहने के लिए रुका नहीं रहता है। फिर भी इस अनचाही सेवा के बदले वह यह स्निग्ध ताना दिए बिना नहीं रह सकी।

सुरेश मुँह दबाकर हँसता हुआ चला जा रहा था कि तभी अचला ने उसे वापस बुलाया। उस दबी हँसी की झलक तब भी उसके होंठों पर थी। उसकी तरफ निगाह पड़ते ही अचला सहसा मुस्कुराई तो लाज और कुंठा से उसका मुँह लाल हो उठा। इस लाल झलक को सुरेश ने अपनी दोनों आँखों से मानो जी भर पिया।

अचला ने पति की खबर लेने के लिए ही उसे वापस बुलाया था। उन्हें किसी तरह की तकलीफ या दिक्कत हो रही है या नहीं, या किसी चीज की जरूरत है या नहीं, वे यहाँ एक बार आ सकते हैं या नहीं, यह सब एक-एक करके उसने जान लेना चाहा था, लेकिन इसके बाद इस बारे में और कोई प्रश्न करने की भी उसमें शक्ति नहीं रही। उसने असंगत गम्भीरता के साथ सिर्फ पूछा–"हम लोगों को तो इलाहाबाद में गाड़ी बदलनी पड़ेगी। कितनी रात गए गाड़ी वहाँ पहुँचेगी? एक बार इसकी जानकारी लेकर मुझे बता जा सकेंगे?"

"अच्छा।" इतना कहकर सुरेश भौचक्का रहकर चला गया।

अचला वापस आई, तो देखा, वह औरत अपनी जगह छोड़कर दूर जा बैठी है। अचला मन की विरक्ति को छिपा न सकी, तो बोली–"आप लोगों के घर में क्या कोई चाय-डबलरोटी नहीं खाता?"

उस औरत ने विनम्रता से हँसकर कहा–"हाय-हाय, आप क्या यह समझती हैं कि इस आफत से कोई घर निजात पा सका है? चाय-डबलरोटी तो सभी खाते हैं।"

अचला बोली–"तो फिर आप घृणा से क्यों दूर जा बैठीं?"

उस औरत ने लज्जित स्वर में कहा–"नहीं भई, मैं घृणा से नहीं जा बैठी हूँ। मर्द तो सब कुछ खाते हैं, लेकिन मेरे ससुर यह पसन्द नहीं करते हैं, और हम औरतों के लिए तो..."

एक दिन खाने-पीने की चीजों को छूने की बात को लेकर मृणाल से एक ऐसा ही अलगाव हुआ था। उस दिन जिस वजह से वह अपने आप पर काबू नहीं रख सकी थी, आज भी उसी वजह से मन के दुख से आत्मविस्मृत हो गई और उस औरत की बात खत्म न होते ही रूखी आवाज में बोल उठी–"मैं आपको तंग करना नहीं चाहती। आप आराम से वापस आकर अपनी जगह पर बैठिए।" इतना कहकर पलक झपकते उसने चाय और खाने-पीने की सारी चीजों को खिड़की से बाहर फेंक दिया। वह औरत बहुत देर तक चुपचाप काठ-मारी सी बैठी रही। उसके बाद एकबारगी पूरा मुँह घुमाकर बैठी और आँचल से अपनी आँखें पोंछने लगी। शायद उसने यही सोचा कि इतनी देर के इतने परिचय और बातचीत की जिसने जरा भी मार्यदा नहीं रखी, वह इन आँसुओं को देखकर पता नहीं क्या कर बैठेगी।

थोड़ी देर के लिए बारिश रुकी तो भी आसमान में घने बादल क्रमशः जमा होते चले जा रहे थे। तीसरे पहर के आसपास फिर से जोरों से पानी आया। इस पानी में वह औरत उतर जाएगी, वह इसकी तैयारियाँ करने लगी।

अचला और स्थिर नहीं रह सकी। वह बिलकुल उसके पास आकर बैठ गई। उसने उसके हाथ को खींचकर अपने हाथ में लिया और स्निग्ध स्वर में बोली–"मैं अपने बर्ताव के लिए बेहद शर्मिन्दा हूँ। आप मुझे माफ कीजिए।"

वह मुस्कुराई, मगर वह सहसा जवाब नहीं दे सकी।

अचला फिर से बोली–"मेरा मन भारी रहने पर मैं क्या कर डालती हूँ, इसका कोई ठिकाना नहीं रहता है! मेरे पति बीमार हैं, मैं उन्हें लेकर हवा बदलने जा रही हूँ। वे अच्छे हो जाएँ, तो अच्छा ही है। नहीं, तो उस परदेस में क्या होगा यह सिर्फ भगवान ही जानें।" कहते-कहते उसकी आवाज नम हो उठी।

वह औरत विस्मित होकर बोली–"लेकिन आपके पति को देखने पर ऐसा नहीं लगता है कि वे बीमार हैं।"

अचला बोली–"मेरे पति इसी गाड़ी में हैं, मगर आपने उन्हें नहीं देखा है। वे मेरे पति के दोस्त हैं।"

वह औरत और भी ज्यादा अचरज में पड़कर चुप रही।

अचला को यह बात याद ही नहीं थी कि उसके यह पूछने पर कि वह उसका पति (बाबू) है या नहीं, उसने 'हुँ' कहकर हामी भरी थी। लेकिन वह औरत इसे नहीं भूली थी। मगर उसके विस्मय को अचला ने दूसरे ढंग से लिया। सुरेश के साथ अपने आचरण और बातचीत को उसने अपने मन के दुख से विकृत किया, तो वह हिन्दू-नारी की नजरों में कैसा अटपटा दिखा होगा, इसकी कल्पना करके वह शर्म से मर गई और बेहद बेकार के और भद्‌दे जवाब के रूप में उसने कह डाला–"हम हिन्दू नहीं, ब्राह्म हैं।"

अचला ने यह देखकर कि वह औरत तब भी चुप रही, झिझक के साथ उसका हाथ छोड़ दिया और बोली–"हमारे आचार-व्यवहार को आप लोग पूरा न समझ सकें, तो आप लोग हमें अजीब न समझें।"

अबकी बार वह औरत हँसी, बोली–"हम लोग तो ऐसा नहीं साचेते हैं, बल्कि आप ही लोग, चाहे जिस किसी वजह से भी क्यों न हो, हम लोगों से दूर रहना चाहते हैं। आप पूछेंगे

कि मैंने यह कैसे जाना? हमारे ही दो-एक रिश्तेदार हैं जो आप लोगों के समाज के हैं। उन्हीं से मैं यह जान सकी हूँ।" इतना कहकर वह हँसने लगी।

अचला ने पूछा–"उसकी वजह क्या है?"

वह औरत बोली–"यह आप जरूर जानती हैं। अगर आप यह नहीं जानती हैं, तो अपने समाज के किसी से पूछ लीजिएगा।" इतना कहकर उसने उस प्रसंग को अचानक दबा दिया और बोली–"अच्छा, उतनी दूर न जाकर आप अपने पति को लेकर हमारे यहाँ क्यों नहीं आ जाती हैं?"

"कहाँ, आरा?"

"बाप रे! वहाँ क्या आदमी रहता है? चूँकि मेरे पति ठेकेदारी करते हैं, इसीलिए मुझे बीच-बीच में आरा जाकर रहना पड़ता है। मैं डेहरी की बात कह रही हूँ। सोन नदी पर हमारा छोटा-सा घर है। वहाँ दो दिन रहने पर आपके पति अच्छे हो जाएँगे। आप जाएँगी वहाँ?" इतना कहकर उस औरत ने अचला के दोनों हाथों को खींचकर अपने हाथों में लिया और जवाब की उम्मीद में उसके मुँह की तरफ निहारती रही।

इस अपरिचित औरत की उत्सुकता और हार्दिक आग्रह को देखकर अचला मुग्ध हो गई। बोली–"लेकिन आपके पति की तो इजाजत चाहिए। उनके न कहने पर तो मैं नहीं जा सकती हूँ।"

उस औरत ने सर हिलाकर कहा–"बड़े आए इजाजत देनेवाले। चूँकि हम सेवा करने के लिए दासी हैं, इसलिए क्या हर बात में दासी हैं? ऐसा सोचिएगा भी नहीं। हुक्म देने के हम ही तो मालिक हैं। वह जगह पसन्द न हो, तो सीधे डेहरी चली जाइएगा। जरा भी चिन्ता नहीं कीजिएगा। यह मैंने आपको बता दिया। इजाजत लेनी होगी, तो मैं लूँगी। आपको क्या गरज है?" इतना कहकर उस सौभाग्यवती औरत ने आनन्द के अतिरेक में अचला को बाँहों में भर लिया।

ट्रेन की धीमी गति से यह समझ में आया कि आरा स्टेशन करीब आता जा रहा है। उसने अचला के दोनों हाथों को खींचकर फिर से अपनी गोद में लिया और आवेश से बोली–"मेरे जाने का समय हुआ, मैं चली। मगर मैं कह जाती हूँ कि आप सोच-सोचकर झूठमूठ में मन भारी मत कीजिएगा। आपको कोई डर नहीं। आपके पति बहुत जल्दी अच्छे हो जाएँगे। लेकिन वादा कीजिए कि लौटती बार एक बार मेरे यहाँ पधारिएगा।"

अचला ने आँसुओं को दबाकर कहा–"अगर वह दिन आया, तो मैं एक बार आपसे जरूर मिलूँगी।"

वह औरत बोली–"वह दिन आएगा ही, जरूर आएगा। मैं आपको पहचान सकी हूँ। यह मैं कह जाती हूँ कि आपकी इतनी बड़ी भक्ति और प्यार को भगवान कभी भी नहीं ठुकराएँगे। ऐसा हो ही नहीं सकता है।"

अचला जवाब नहीं दे सकी, उसने मुँह घुमाकर एक उमड़ती हुई रुलाई को रोक लिया।

बारिश के बीच गाड़ी आकर प्लेटफॉर्म पर रुकी। उस औरत का छोटा देवर दूसरी जगह था। वह आया और गाड़ी का दरवाजा खोलकर खड़ा हो गया। अचला उसके कान के पास अपना मुँह लाई और चुपके-चुपके बोली–"आप तो अपने पति का नाम नहीं लेंगी, यह मैं

जानती हूँ, लेकिन आप यह तो बताइए कि आपका नाम क्या है? अगर कभी वापस आऊँ तो आपकी खोज-खबर कैसे मिलेगी?"

उस औरत ने मन्द-मन्द हँसकर कहा—"मेरा नाम है—राक्षसी। डेहरी आकर किसी बंगाली औरत से पूछिएगा, तो वह बता देगी कि मैं कहाँ रहती हूँ। मगर तुम दोनों आना भई। मेरे सर की कसम है, मैं तुम लोगों की बाट जोहती रहूँगी। सोन नदी पर ही मेरा घर है।" इतना कहकर उस औरत ने अपने दोनों हाथ जोड़कर अचानक नमस्कार किया और भीगते-भीगते बाहर निकल आई।

ट्रेन फिर धीरे-धीरे चलने लगी। अभी-अभी शाम हुई है, लेकिन मूसलाधार वर्षा के साथ मिलकर हवा ने इस दुर्दिन की रात को मानो सौ गुना भयंकर बना दिया है। खिड़की के शीशे के अन्दर से निहारकर उसकी आँखें दुखने लगीं। उसे सिर्फ यह लगने लगा कि इस घनघोर अँधेरे ने जैसे उसका आदि-अन्त लील लिया हो। रोशनी का मुँह, आनन्द का मुँह अब वह कभी भी नहीं देखेगी। इससे इस जिन्दगी में अब उसे छुटकारा नहीं है। अकेले सुनसान डिब्बे के अन्दर वह एक कोने में आकर अपनी शॉल को सर से लेकर पाँव तक ओढ़कर आँखें बन्द करके लेट गई और अबकी बार उसकी दोनों आँखों से टप-टप करके आँसू टपकने लगे। उसे यह भी सोचते नहीं बना कि आखिर ये आँसू क्यों टपक रहे हैं, और उसे किस बात का इतना बड़ा दुख है। लेकिन रुलाई को भी वह किसी तरह से काबू में नहीं रख सकी। जोरदार लहरों की मानिन्द वह उसके कलेजे को चकनाचूर करके गरजती हुई घुमड़ने लगी। उसे पिता याद आए, उसे बचपन की सहेलियाँ-हमजोलियाँ याद आईं, फूफी याद आईं, मृणाल याद आई, अभी-अभी जो औरत राक्षसी के नाम से अपना परिचय दे गई, वह याद आई। नौकर यदु तक मानो उसकी आँखों के आगे से होकर बार-बार आवाजाही करके टहलने लगा। वह जैसे सबसे हमेशा-हमेशा के लिए विदा लेकर कहाँ किसी अनजाने सफर पर निकल पड़ी हो, उसके कलेजे में ऐसा ही दुख टीसने लगा।

इस तरह से वह लगतार आँसू बहाती रही, पर जब गाड़ी अगले स्टेशन पर आकर रुकी तब उसका दुखी हृदय बहुत कुछ शान्त हो गया था। वह उठ बैठी और व्याकुल नजरों से देखने लगी, काश, कोई जनाना मुसाफिर इस दुर्दिन की रात में भी उसके डिब्बे में संयोग से आ जाए। भीगते-भीगते कोई-कोई उतर गई। कोई-कोई तो चढ़ी भी लेकिन उसके डिब्बे के करीब तक कोई नहीं आई।

जब गाड़ी छूटी, तो सिर्फ एक आह भरकर वह अपनी जगह पर वापस आई और शॉल को सर से लेकर पाँव तक ओढ़कर ज्यों ही वह पहले की तरह लेट गई त्यों ही अबकी बार किसी अचिन्तनीय कारण से उसका दुखी चित्त अचानक सुख की कल्पना से भर उठा। लेकिन यह कोई नई बात नहीं है। जिस दिन हवा बदलने का प्रस्ताव पहली बार उठा था उस दिन भी उसने ऐसा ही सपना देखा था। आज भी वह पहले की ही तरह अपने पति को याद करके उन्हीं की सेहत और लम्बी उम्र की कामना करती हुई एक अपरिचित जगह आनन्द और सुख-शान्ति का जाल बुनते-बुनते विभोर हो गई।

यह उसे याद नहीं है कि वह कब सो गई थी और वह कितनी देर तक सोती रही। सहसा अपना नाम सुनकर जब वह हड़बड़ाकर उठ बैठी, तो देखा, दरवाजे के पास सुरेश

खड़ा है और उसी खुले दरवाजे के अन्दर से होकर हवा के झोंके के साथ पानी के घुस जाने से अन्दर बाढ़-सी आ गई है।

सुरेश ने चिल्लाकर कहा—"जल्दी उतर जाओ, गाड़ी प्लेटफॉर्म पर खड़ी है। तुम्हारा अपना बैग कहाँ है?"

अचला की दोनों आँखें तब उनींदी थीं। मगर उसे याद आया, इलाहाबाद स्टेशन से जबलपुर के लिए गाड़ी बदलनी होगी। उसने अपना बैग दिखा दिया, हड़बड़ाकर उतर पड़ी और व्याकुल होकर कहा—"मगर इतने पानी में तुम उन्हें कैसे उतारोगे? यहाँ पालकी-वालकी क्या कुछ नहीं मिलता है? वरना बीमारी बढ़ जाएगी, सुरेश बाबू।"

पानी की आवाज में यह समझ में नहीं आया कि सुरेश ने क्या जवाब दिया? उसने एक हाथ में बैग लिया, दूसरे हाथ से अचला के एक हाथ को जोर से धर दबोचा और दूसरी तरफ के प्लेटफॉर्म पर जाने के लिए तेज रफ्तार से उसे खींचता हुआ ले चला। जो ट्रेन जाने के लिए तैयार होकर इन्तजार कर रही थी उसी के फर्स्ट क्लास के एक खाली डिब्बे में अचला को सुरेश ने धकेल दिया और जल्दी से बोला—"तुम स्थिर होकर बैठो। मैं उसे उतार लाता हूँ।"

"तो फिर मेरी यह मोटी शॉल ले जाओ, उन्हें अच्छी तरह से ढँककर लाना।" इतना कहकर अचला ने हाथ बढ़ाकर जब अपनी शॉल सुरेश के बदन पर फेंक दी, तो वह तेज रफ्तार से चला गया।

अँधेरे में जहाँ तक नजर जाती है वहाँ तक अचला गौर से देखती रही। दूर-दूर पर खम्भों पर स्टेशन की लालटेन जल रही है, लेकिन इस जोरदार पानी के बीच वह रोशनी इतनी धुँधली और कम है कि उसके सहारे कुछ भी लगभग दिखाई नहीं पड़ता है। पानी में भीगते हुए मुसाफिर भाग-दौड़ कर रहे हैं। कुली बोझ उठाए आ-जा रहे हैं। कर्मचारी परेशान हो उठे हैं। धुँधली छाया की तरह यह दिखाई पड़ता है, बस। क्रमशः वह भी कम होने को आया। स्टेशन का घंटा जोर से बज उठा और जिस ट्रेन से अचला अभी-अभी उतर आई है वह भयंकर अजगर की नाईं फोंस-फोंस करके गगन-पवन को कँपाती हुई प्लेटफॉर्म को छोड़ करके बाहर निकल गई और अखंड अन्धकार को छोड़ सामने और कोई रुकावट नहीं रही।

फिर घंटी बजी, अचला ने यह समझा कि यह घंटी इसी गाड़ी को छोड़ने के लिए बजी। लेकिन वे लोग गाड़ी पर चढ़े या नहीं, चढ़े तो किस डिब्बे में चढ़े, सारा चीजबस्त चढ़ाया गया या नहीं, या कुछ रह गया, कुछ भी न जान पाकर वह अत्यन्त चिन्तित हो उठी।

एक चपरासी कम्बल ओढ़कर हाथ में नीली लालटेन लिये तेजी से चला जा रहा था। जब वह सामने आया, तो अचला ने उसे बुलाकर प्रश्न किया—"सब मुसाफिर चढ़ गए हैं या नहीं?" उसने फर्स्ट क्लास का डिब्बा देखा, तो वह ठिठककर खड़ा हो गया और बोला—"हाँ, मेम सा'ब।"

लेकिन अचला ने थोड़ी स्थिर होकर जब समय के बारे में पूछा, तो उस आदमी ने कहा—"नौ बज के..."

"नौ बज के?" अचला चौंक उठी। मगर उसकी ट्रेन तो लगभग पिछली रात इलाहाबाद स्टेशन पहुँचती। उसने व्याकुल होकर प्रश्न किया–"यह इलाहाबाद स्टेशन है?"

लेकिन वह आदमी और रुक नहीं पा रहा था। ऊपर छत नहीं थी। इसलिए आसमान से बरसते पानी को छोड़ गाड़ी की छत से आ रहे पानी के छींटे उसके मुँह-आँख में सुई की तरह चुभ रहे थे। उसने हाथ की लालटेन को तेजी से हिला दिया और मुगलसराय-मुगलसराय कहता हुआ तेजी से चला गया।

सीटी बजाकर गाड़ी चल पड़ी। ऐसे समय सुरेश उसके सामने से होकर भागते-भागते कह गया–"डरने की बात नहीं, मैं बगल के ही डिब्बे में हूँ।"

28

यह सच है कि सुरेश बगल के डिब्बे में जाकर चढ़ा, मगर वे? वह तो आँखें खोलकर निरन्तर बाहर की तरफ निहार रही है। उनकी शक्ल-सूरत चाहे जितनी भी धुँधली क्यों न हो, क्या वे एक बार भी उसे नजर नहीं आते? और इलाहाबाद स्टेशन के बदले इस नए स्टेशन पर आखिर किसलिए गाड़ी बदली गई? पानी की बौछार से उसके बाल, उसका ब्लाउज सब भीग जाने लगा, तब भी वह खुली खिड़की से बाहर बार-बार मुँह निकालकर एक बार आगे, एक बार पीछे अँधेरे के बीच पता नहीं क्या देखने की कोशिश कर रही थी, यह वही जाने। लेकिन उसके मन ने यह हरगिज कबूल करना नहीं चाहा कि उसका पति इस गाड़ी में नहीं है और वह बिलकुल दूसरे पर निर्भर होकर बेहद अकेले सुरेश के साथ किसी लक्ष्यहीन अनजाने सफर पर जा रही है। इसी गाड़ी में वे कहीं न कहीं होंगे ही होंगे।

सुरेश चाहे जैसा भी क्यों न हो, और वह चाहे जो भी क्यों न करे, पर एक बेकसूर औरत को उसके समाज, धर्म और नारी के सारे गौरव से फुसलाकर इस अनिवार्य मृत्यु के बीच धकेल देगा, इतना बड़ा पागल वह नहीं है। खासकर इससे उसे क्या फायदा होगा? अचला की जिस देह के प्रति उसे इतना लोभ है उस देह को एक वेश्या की देह में बदलती देखने के लिए अचला जिन्दा नहीं रहेगी, इस सीधी बात को अगर उसने न समझा हो, तो प्यार करने की बात वह जबान पर लाया था किस मुँह से? नहीं-नहीं, यह हो ही नहीं सकता है। इंजन की तरफ कहीं वे जल्दी चढ़ गए होंगे, वह देख नहीं पाई है।

सहसा एक जोरदार झोंका उसके मुँह-आँख पर आकर पड़ा तो वह सिकुड़कर कोने की तरफ हट आई और इतनी देर बाद उसने अपनी तरफ गौर से देखा, उसके पहनावे का कोई भी हिस्सा ऐसा नहीं था जो जरा भी सूखा हो। बरसात के पानी ने उसे इस कदर भिगो दिया है कि आँचल से लेकर ब्लाउज के आस्तीन तक से टप-टप करके पानी टपक रहा है। इस जाड़े की रात में उसने अनजाने जो झेला था, जानकर अब वह उसे नहीं झेल सकी और कुछ

बदलने के इरादे से उसने काँपते हाथों से बैग को खींच लिया और ताला खोलने की तैयारी कर रही थी तभी गाड़ी की गति बहुत धीमी होने को आई और जल्दी ही गाड़ी स्टेशन पर आकर रुकी। पानी लगातार बरस रहा है, यह कौन-सा स्टेशन है? यह जानने का उपाय नहीं है। तब भी बैग खुला ही पड़ा रहा। वह अन्दर की प्रबल चिन्ता के मारे एकबारगी दरवाजा खोलकर बाहर उतरी और अँधेरे में आवाज लगाती हुई भीगते-भीगते तेज कदमों से सुरेश की खिड़की के सामने आकर खड़ी हो गई।

उसने चिल्लाकर पुकारा–"सुरेश बाबू!"

इस डिब्बे में दो बंगाली और एक अंग्रेज थे। सुरेश एक कोने में सिकुड़कर दीवार से टिककर आँखें मूँदे बैठा हुआ था। अचला को शायद इस बात का डर था कि हो सकता है, उसके गले से आसानी से आवाज न निकले। इसीलिए उसकी बड़ी कोशिश से निकाली गई आवाज ने न सिर्फ सुरेश को ही, बल्कि वहाँ मौजूद सभी को ठीक वैसे ही बिलकुल चौंका दिया जैसे घायल जानवर का तीव्र आर्तनाद चौंका देता है। अभिभूत सुरेश ने आँखें खोलीं, तो देखा, दरवाजे पर अचला खड़ी है। उसके उघरे मुँह पर एक ही साथ पड़ रही अनगिनत जल-धाराओं और गाड़ी की चमकीली रोशनी ने एक ऐसे रूप के इन्द्रजाल की रचना की है कि सब लोगों की मुग्ध-दृष्टि विस्मय से बिलकुल मूक हो गई है। वह भागता हुआ आकर जब अचला के पास खड़ा हो गया, तो उसने प्रश्न किया–"मैं उन्हें नहीं देख रही हूँ, वे कहाँ हैं? तुमने उन्हें किस डिब्बे में चढ़ाया है?"

"चलो, मैं तुम्हें दिखा देता हूँ।" इतना कहकर सुरेश बरसात के बीच ही उतर गया और जिधर से अचला आई उधर ही उसका हाथ पकड़कर उसे खींचता हुआ लेकर चला गया।

दोनों बंगाली एक-दूसरे का मुँह देखकर जरा मुस्कुराए। अंग्रेज ने कुछ भी नहीं समझा था। लेकिन जनाना आवाज के आकुल प्रश्न ने उसके मर्म को छुआ था। उसने फर्श पर गिरे कम्बल को अपने पाँवों पर खींच लिया, सिर्फ एक लम्बी साँस छोड़ी और स्तब्ध होकर बाहर के अँधेरे की तरफ निहारता रहा।

अचला के डिब्बे के सामने आकर सुरेश ठिठककर खड़ा हो गया। अन्दर की तरफ निगाह डालकर उसने डरते हुए प्रश्न किया–"तुम्हारा बैग खुला क्यों है?" और उसके जवाब के लिए पल भर भी इन्तजार नहीं किए बिना दरवाजे को जोर से धकेल दिया और अचला को जबर्दस्ती खींचकर अन्दर चढ़ा दिया और दरवाजा बन्द कर दिया।

सुरेश ने उँगली से दिखाते हुए कहा–"इसे खोला किसने?"

अचला बोली–"मैंने! मगर उसे रहने दो। वे कहाँ हैं, मुझे दिखा दो। या सिर्फ यह बता दो कि वे किधर हैं। मैं खुद उन्हें ढूँढ़ लूँगी।" यह कहते-कहते जब उसने दरवाजे की तरफ कदम बढ़ाए, तो सुरेश ने उसका हाथ पकड़ लिया और कहा–"तुम्हें दिखाई नहीं पड़ रहा है कि गाड़ी खुल गई है।"

अचला ने बाहर के अँधेरे में निहारा तो समझा, उसका कहना सही है। गाड़ी चलने लगी है। उसकी दोनों आँखों को निराशा मानो मूर्त रूप में दिखाई पड़ी। वह मुड़कर खड़ी हो गई, उन्हीं नजरों से उसने सिर्फ पल भर के लिए सुरेश के बेहद पीले और उदास मुँह की तरफ निहारा, दूसरे ही पल कटे पेड़ की नाईं आवाज करती हुई फर्श पर लोट गई। दोनों हाथों से

सुरेश के पाँव पकड़े और रो उठी–"कहाँ हैं वे? तुमने क्या उन्हें सोते में गाड़ी से फेंक दिया है? बीमार आदमी का खून करके तुम्हें..."

लेकिन इतने बड़े भयंकर आरोप का आखिरी हिस्सा तब भी खत्म नहीं हो सका। अचानक उसकी हृदय-विदारक दहाड़ों ने सुरेश को बिलकुल पत्थर बना दिया और चारों ओर इसी जैसी एक भयानक पागल रात के बीच जाकर विलीन हो गई और वहीं उस गद्दीदार बेंच से उठँगकर सुरेश असहनीय विस्मय से सिर्फ स्तब्ध होकर निहारता रहा। उसके बाद थोड़ी देर तक वह यह समझ नहीं सका कि उसके पैरों के नीचे क्या हो रहा था। बहुत देर बाद उसने अपने दोनों पैरों को खींच लेने की कोशिश की और धीरे-धीरे बोला–"तुम्हें ऐसा विश्वास होता है कि मैं यह काम कर सकता हूँ?"

अचला ने पहले की ही तरह रोते-रोते जवाब दिया–"तुम सब कर सकते हो। हमारे घर में आग लगाकर तुमने उन्हें जलाकर मारना चाहा था। मैं तुम्हारे पैरों पड़ती हूँ। तुम बताओ कि तुमने कहाँ क्या किया?" इतना कहकर उसने और एक बार उसके दोनों पैरों को पकड़ा और उसी के बाद जोर-जोर से सर पटकने लगी। लेकिन दोनों पाँव जिसके हैं उसने बिलकुल सन्न होकर अचेत की नाईं सिर्फ आँखें खोलकर निहारा।

बाहर मतवाली रात पहले की ही तरह उछल-कूद करने लगी। आसमान में बिजली पहले की ही तरह बार-बार अँधेरे को चीरकर टुकड़े-टुकड़े कर डालने लगी। उद्दंड आँधी-पानी पहले की ही तरह सारी दुनिया को तरह-नहस कर देने लगी। मगर इन दो अभिशप्त नर-नारी के अन्ध-हृदय के नीचे जो प्रलय भरता हुआ फिरने लगा, उसके आगे यह सब बिलकुल तुच्छ और नगण्य होकर बाहर ही पड़ा रहा।

सहसा जब अचला अपनी भू-शय्या को छोड़कर तीर की गति से उठकर खड़ी हो गई तो सुरेश का जैसे सपना टूट गया। उसने निहारा, तो देखा अगला स्टेशन क़रीब आता जा रहा है। इसलिए गाड़ी की रफ्तार कम होने को आई है। उसे यह समझने में देर नहीं लगी कि अचला क्यों इस तरह से खड़ी हो गई। सुरेश ने प्रबल कोशिश से अपने आपको रोक लिया। उसके बाद अपना दाहिना हाथ बढ़ाकर बाधा दी। और बोला–"बैठो। महिम इस गाड़ी में नहीं है।"

"वे इस गाड़ी में नहीं हैं तो कहाँ हैं वे?" कहते-कहते अचला सामने की बेंच पर धम से बैठ गई।

सुरेश ने गौर से देखा, उसके मुँह पर से खून का आखिरी निशान तक गायब हो गया है। अब तक के इतने रोने-धोने और सर पटकने के बीच भी हृदय में उसकी तमाम प्रतिकूल युक्तियों के खिलाफ भी एक तरह की अव्यक्त अन्तर्निहित गाथा थी कि हो सकता है, यह सब आशंका सही न हो, हो सकता है, बेहद बुरे सपने का असहनीय दुख नींद टूटने के साथ ही सिर्फ एक आह में खत्म हो जाए और पुलक से सारी दुनिया रंगीन हो उठे। कोई ऐसी ही अचिन्तनीय चीज, हो सकता है तब भी शुरू से लेकर आखिर तक उसके कलेजे को खाली करके नहीं चली गई है। क्योंकि तब तक भी वे सारी चीजें बनी हुई थीं जिनकी वह कामना करती है। हालाँकि एक रात भी नहीं बीती कि अब उसका कुछ नहीं है। बिलकुल कुछ नहीं है। पलक झपकते न झपकते उसका जीवन दुखों की अन्तिम सीमा को लाँघकर

बिलकुल बाहर निकल गया। वह शायद किसी तरह से यह विश्वास नहीं कर पा रही थी कि इतनी बड़ी बेनतीजा मुसीबत में वह जिन्दा है। वे दोनों स्थिर होकर बैठे रहे। गाड़ी आकर एक अनजान स्टेशन पर लगी और थोड़ी देर बाद उस स्टेशन को छोड़कर चली गई।

सुरेश ने कुछ कहने की कोशिश की, फिर थोड़ी देर तक चुप रहा, एक बार उठकर खड़ा हो गया। खिड़की के शीशे को उठा दिया, कई बार चहलकदमी करके सहसा अचला के सामने स्थिर होकर खड़ा हो गया और बोला–"महिम अच्छा है, अब तक शायद वह इलाहाबाद पहुँच गया होगा।" फिर जरा रुककर बोला–"वहाँ से वह जबलपुर भी जा सकता है, कलकत्ता भी वापस जा सकता है।"

अचला ने धीरे-धीरे मुँह उठाया और पूछा–"और हम लोग कहाँ जा रहे हैं?"

उस आँसुओं के दागवाले मुँह पर दुख-भरी निराशा की चरम प्रतिमूर्ति और एक बार सुरेश को नजर आई। यह बात अब उससे छिपी नहीं थी कि उससे कितनी बड़ी भूल हो गई है और इसके लिए आज वह अपनी हत्या भी कर सकता था। लेकिन जिसकी हजारों छलनाओं ने उसकी सही दृष्टि को इस तरह से ढँककर इस भूल के बीच ही बार-बार उँगली से इशारा किया है उस छलनामयी के खिलाफ भी उसका पूरा मन बिलकुल जहरीला हो उठा है। इसीलिए आज वह अचला के सवाल के जवाब में कड़वे स्वर में बोल उठा–"शायद हम लोग सशरीर नरक जा रहे हैं। जिस अधःपतन के रास्ते को दिखाकर तुम मुझे इतनी दूर तक खींच लाई हो, उसके बीच में तो चाहकर भी रुकने के लिए जगह नहीं मिलेगी। अब अन्त तक जीना ही होगा।"

उसकी बात सुनकर अचला सर से लेकर पाँव तक एक बार काँप उठी। उसके बाद वह बिना कोई जवाब दिए सर झुकाए रही। जो झूठा, कायर, पराई औरत को इस तरह से फुसलाकर बुरे रास्ते पर लाकर भी बेझिझक इतना बड़ा शर्मनाक कलंक उस पर लगा सकता है उससे कहने के लिए किसी के पास और क्या हो सकता है?

सुरेश फिर चहलकदमी करने लगा। शायद इस पत्थर के बुत के सामने खड़ा होकर बात करने की उसमें शक्ति नहीं थी। वह कहने लगा–"तुम जो ऐसा भाव दिखा रही हो जैसे अकेले तुम्हारा ही सर्वनाश हुआ हो। लेकिन जिसे सर्वनाश कहते हैं वह मेरा कितना हुआ है, जानती हो? मैं तुम लोगों जैसा ब्रह्मज्ञानी नहीं हूँ, मैं नास्तिक हूँ। मैं पाप-पुण्य का शिगूफा नहीं छोड़ता। मैं ठोस, सचमुच के सर्वनाश की बात सोचता हूँ। तुममें रूप है, तुम्हारी आँखों में आँसू हैं, औरतों के जितने हथियार हैं वे तुम्हारे तरकस में जरूरत से ज्यादा हैं। तुम्हारी किसी भी राह में अड़चन नहीं आएगी। मगर मेरे नतीजे की तुम कल्पना कर सकती हो? मैं मर्द ठहरा, इसीलिए जेल जाने के रास्ते को बन्द करने के लिए मुझे अपने हाथ से खुद को गोली मारनी होगी।" इतना कहकर सुरेश ठिठककर खड़ा हो गया और सीने के बीच हाथ डालकर दिखाया।

अचला ने कुछ कहने को तैयार होकर मुँह उठा करके भी चुपचाप मुँह घुमा लिया। उसकी आँखों में घृणा छलक रही थी, सुरेश जब यह देख पाया, तो वह गुस्से से जल उठा और बोला–"मोरपंख लगा लेने से कौवा कभी मोर नहीं बनता है, अचला। उस चितवन को मैं पहचानता हूँ मगर वह तुम्हें शोभा नहीं देती है। वह जिसे शोभा देती है वह है मृणाल,

तुम नहीं। तुम हिन्दू घर की असूर्यम्पश्या कुलवधू नहीं हो। इतने से तुम्हारी जात नहीं जाएगी। तुम जहाँ मर्जी उतरकर चली जाओ। मैं चिट्ठी लिख देता हूँ, उसे महिम को दिखाना, वह तुम्हें अपना लेगा, रुपया देता हूँ, अपने बाप को देना, उनका मुँह बन्द हो जाएगा। मुझे क्या चिन्ता है अचला, यह ऐसा कौन-सा बड़ा गुनाह है?"

वह फिर चहलकदमी करने लगा। उसने एक बार नजरें उठाकर भी नहीं देखा, उसके जलते भाले ने पता नहीं कहाँ क्या काम किया। जंगली जानवर खाने के लालच से जाल में फँसकर अन्ध क्रोध में जो पाता है उसे ही जैसे दाँतों से फाड़ डालना चाहता है ठीक वैसे ही सुरेश ने अचला को बिलकुल टुकड़े-टुकड़े कर देना चाहा। अचानक वह बीच में खड़ा हो गया और बोला–"यह ऐसा कौन-सा भयानक गुनाह है? पति के कमरे में खड़ी होकर उनके मुँह पर तुमने कहा था कि तुम पराए मर्द को प्यार करती हो--यह क्या तुम भूल गई हो? ऐसा तुम्हारा विश्वास है कि जिस आदमी ने कमरे में आग लगाकर तुम्हारे पति को जलाना चाहा था उसी के साथ तुमने चली आना चाहा था और उसी के साथ तुम आई भी। याद आता है? उसके घर में, उसके आश्रय में रहकर गुप्त रूप से रो-रोकर उसी को अपने साथ आने के लिए मनाया था, याद आता है? उससे भी क्या यह बड़ा गुनाह है? और भी रोज-रोज की कितनी अनगिनत छोटी-मोटी बातें हैं। इसीलिए आज मुझमें इतनी हिम्मत हुई है। दरअसल तुम एक वेश्या हो, इसीलिए मैं तुम्हें फुसलाकर लाया हूँ। मैंने सोचा था पहले-पहल तुम जरा चौंक उठोगी, बस। मैंने तुमसे इससे ज्यादा उम्मीद नहीं की है। मैं तुमसे बार-बार यह कह देता हूँ अचला कि तुम सती-सावित्री नहीं हो। यह तेज, यह गरूर तुम्हें शोभा नहीं देता है। यह तुम्हारे लिए बेहद अनधिकार चर्चा है।"

इतना कहकर सुरेश दम अटकने से जब बेजान होकर रुका तो अचला मुँह उठाकर टूटी आवाज में चिल्ला उठी–"आप मत रुकिए सुरेश बाबू, और भी कहिए। मुझे अपने दोनों पैरों से रौंद-रौंदकर दुनिया में जितनी कटु बातें हैं, जितने गन्दे ताने हैं, जितने अपमानजनक शब्द हैं, सब कहिए।" इतना कहकर वह फर्श पर अचानक औंधी गिर पड़ी और रुके दुख भरे फटे स्वर में कहने लगी–"यही मैं चाहती हूँ। इसी की मुझे जरूरत है; यही है हमारा सचमुच का संस्कार। दुनिया से, भगवान से, आपसे यही मेरा एकमात्र प्राप्य है।

सुरेश डिब्बे की दीवार से टिककर सन्न होकर निहारता रहा। अचला के लम्बे बाल खुलकर फर्श पर लोटने लगे, उसके भीगे ब्लाउज-साड़ी धूल और कीचड़ से मैले हो उठे। मगर सुरेश उधर कदम नहीं बढा सका। जैसे नया शिकारी अपने पहले-पहल जमीन पर पड़े शिकार को छटपटाता हुआ भौचक्का होकर गौर से देखता है वैसे ही वह अपनी दोनों अपलक आँखों से किसी एक मरणासन्न नारी की अन्तिम घड़ी का सबूत लेने के लिए खड़ा रहा।

फिर गाड़ी की गति क्रमशः धीमी होती गई। उसके बाद गाड़ी धीरे-धीरे स्टेशन पर आकर रुकी। सुरेश सीधा होकर खड़ा हो गया और शान्त, सहज आवाज में बोला–"लोग तुम्हें इस हालत में देखेंगे तो अचरज में पड़ जाएँगे। तुम उठकर बैठो, मैं अपने डिब्बे में चला। सुबह होने पर तुम जहाँ उतरना चाहोगी, मैं तुम्हें उतार दूँगा। तुम जहाँ जाना चाहोगी, मैं तुम्हें भेज दूँगा। पर इस बीच भयंकर कुछ-न-कुछ करने की कोशिश मत करना, उससे

कोई फायदा नहीं होगा।" इतना कहकर सुरेश दरवाजा खोलकर नीचे उतर गया और सावधानी से उसे बन्द करके पता नहीं क्या सोचकर थोड़ी देर तक चुपचाप खड़ा रहा। उसके बाद मुँह चढ़ाकर बोला–"तुम मेरी बात नहीं समझोगी। मगर तुम इतना सुन रखो कि इस दुनिया में फैसला करने की जिम्मेदारी मैंने ली। और मैं तुम्हारा कोई अहित नहीं होने दूँगा। इसका सारा कर्ज मैं पाई-पाई चुका जाऊँगा।"

गाड़ी की लगातार और एकरस आवाज के साथ ही हर बार सुरेश की झपकियाँ टूट तो रही थीं, लेकिन बोझिल पलकों को उठाकर गौर से देखने की अब उसमें ताकत नहीं थी। भीगे कपड़ों में उसे बहुत ठंड लग रही थी। वास्तव में वह बीमार हो जा सकता है और मौजूदा स्थिति में यह कितनी भयंकर बात होगी, इसे वह अन्दर ही अन्दर महसूस भी कर रहा था, मगर बैग खोलकर कपड़े बदलने की तैयारी एक असम्भव अभिलाषा की भाँति ही उसके मन के अन्दर सुन्न होकर पड़ी थी। ठीक ऐसे समय एक परिचित आवाज की पुकार उसके कानों में जा पहुँची–कुली-कुली। उसने अधजगे की तरह आँखें खोलकर देखा, गाड़ी किसी स्टेशन पर रुकी हुई है और अब अँधेरा छँट गया, कब वर्षा रुकी और कब मटमैले बादलों के अन्दर से होकर आ रही एक तरह की गँदली रोशनी में सब कुछ साफ हो उठा है, यह वह जान ही नहीं सका। उसे दिखाई पड़ा, बहुतेरे उतर रहे हैं, बहुतेरे चढ़ रहे हैं और उसी के बीच खड़ी होकर एक शोक में डूबी नारी पता नहीं किसलिए आग्रह से इन्तजार कर रही है। यह है अचला। एक कुली एक बहुत बड़ा चमड़े का बैग कन्धे पर लेकर उतरा और आकर जब उसके करीब खड़ा हुआ, तो उसने उससे कुछ पूछा और गेट की तरफ धीरे-धीरे आगे बढ़ गई।

इतनी देर तक सुरेश निश्चेष्ट की तरह सिर्फ निहार रहा था। शायद उसने जो कुछ अपनी आँखों से देखा था उसे अन्दर घुसने की राह नहीं मिल रही थी। लेकिन जैसे बिजली छू जाने से जड़ता दूर हो जाती है वैसे ही प्लेटफॉर्म के किसी छोर पर गूँजती गाड़ी छोड़ने की घंटी ने उसके अन्दर-बाहर की सारी जड़ता को पल भर में एक करके दूर कर दिया। उसने पल भर में अपना बैग खींच लिया और दरवाजा खोलकर बाहर आ गया।

टिकट की बात अचला को याद ही नहीं थी। जब वह दरवाजे के मुँह पर टिकट बाबू को देखकर ठिठककर खड़ी हो गई, तो सुरेश ने पीछे से स्निग्ध स्वर में कहा–"रुको मत, चलो। मैं टिकट दे रहा हूँ।"

अचला को इस बात का पता ही नहीं चला कि वह आ गया है। पल भर के लिए कुंठा और डर से उसके पाँव नहीं उठे लेकिन इस झिझक को दूसरा ताड़ सके, इसके पहले ही वह धीरे-धीरे बाहर निकल आई।

बाहर आकर उन लोगों में जो बातचीत हुई वह इस प्रकार है–

सुरेश बोला–"मैंने सोचा था कि तुम सीधे कलकत्ता ही वापस जाना चाहोगी। पर तुम यहाँ डेहरी में अचानक क्यों उतर पड़ी? यहाँ क्या तुम्हारी जान-पहचान का कोई है?"

अचला दूसरी तरफ निहार रही थी, उसने उसी तरफ निहारते हुए जवाब दिया– "कलकत्ता मैं किसके पास जाऊँगी।"

"लेकिन यहाँ? तुम किसके पास जाओगी?"

सुरेश खुद भी थोड़ी देर तक चुप रहा, फिर बोला—"मेरी किसी बात पर, हो सकता है, अब तुम विश्वास न करो, और इसके लिए मुझे कोई शिकायत भी नहीं है। मैं सिर्फ तुमसे आखिरी वक्त एक विनती करता हूँ।"

अचला पहले की ही तरह चुपचाप खड़ी रही।

सुरेश बोला—"ऐसा नहीं है कि मैं अपनी बात किसी को समझा नहीं सकता लेकिन मैं किसी को समझाना ही नहीं चाहता। मेरी चीज मेरे साथ ही जाए, जहाँ जाने पर यहाँ की आग मुझे और नहीं जला सकेगी वहीं जाने की आज मैंने राह पकड़ी। लेकिन मेरा आखिरी सहारा तुम मुझे दो, मैं हाथ जोड़कर तुमसे यही विनती करता हूँ।"

फिर भी अचला के मुँह से एक भी शब्द बाहर नहीं निकला।

सुरेश कहने लगा—"मैंने खुद तुम्हें बहुत कटु बातें कही हैं। तुम्हें बहुत दुख दिया है। लेकिन मैं मरकर भी यह बर्दाश्त नहीं कर सकूँगा कि बाद में अच्छा रहने के घमंड में मैं तुम्हारे सर कलंक की कालिख पोत दूँ। मैं तुमसे विनती करता हूँ अचला कि विदा होने के पहले तुम मुझे इतना सा मौका दो।"

उसकी आवाज में क्या था, यह तो अन्तर्यामी ही जानें। अचानक अचला की दोनों आँखों में गरम आँसू भर आए। मगर तब भी उसने अपनी आवाज को जी-जान से अविकृत रखा और मृदु स्वर में सिर्फ पूछा—"तो मुझे क्या करना होगा?"

सुरेश ने अपनी जेब से टाइम-टेबल बाहर निकाल गाड़ी का समय देख लिया और बोला—"तुम्हें कुछ भी नहीं करना है, लेकिन शाम के पहले जब किसी भी तरफ जाने का उपाय नहीं है तब इतने से वक्त के लिए तुम अब मुझ पर अविश्वास मत करो, मैं सिर्फ यही चाहता हूँ। मेरे द्वारा अब तुम्हारा कोई अहित नहीं होगा। यह मैं आज तुम्हारे नाम की कसम खाता हूँ।"

उसकी बात के जवाब में उसने कोई भी बात नहीं की, लेकिन यह समझ में आया कि वह राजी हुई है।

इस बात की आशंका से कि उनके प्रति लोगों का ध्यान और कौतूहल बढ़ेगा। स्टेशन लौटकर उसके छोटे-से मुसाफिरखाने में जाकर इन्तजार करने का दोनों में से किसी का भी मन नहीं किया। पूछताछ करने पर मालूम पड़ा कि बड़े रास्ते पर सम्राट शेरशाह के नाम की प्रचलित सराय का अस्तित्व आज भी बिलकुल लुप्त नहीं हुआ है। थोड़ी देर के लिए दोनों अपने-अपने हार्दिक दुख को भूलकर शहर के एक छोर पर स्थित उसी सराय के लिए बैलगाड़ी से चल पड़े।

रास्ते में किसी ने किसी से भी बात नहीं की, किसी ने किसी के मुँह की तरफ भी नजरें उठाकर नहीं देखा। सिर्फ बैलगाड़ी आकर जब सराय के आँगन में रुकी तब उतरते वक्त पल भर के लिए सुरेश के मुँह की तरफ अचला की नजर पड़ी। ऐसे में वह मन-ही-मन सिर्फ आश्चर्यचकित नहीं, उद्विग्न हुई। उसकी दोनों आँखें भयानक लाल हैं, हालाँकि उसके मुँह पर न जाने किस चीज ने कालिख पोत दी है। दुनिया के बहुत आँधी-तूफानों के बीच उसने उसे देखा है। लेकिन वह ऐसा याद नहीं कर सकी कि उसका यह रूप उसने और कभी देखा है।

गाड़ीवान को किराया देकर विदा करके सुरेश ने अपने मनीबैग को वहीं रख दिया और कहा–"फिलहाल यह तुम्हारे पास रहा। अगर कोई जरूरत समझो, तो लेने में शरमाना मत।"

अचला का जी चाहा कि वह पूछे कि इस बात का क्या मतलब है। मगर वह पूछ नहीं सकी।

सुरेश बोला–"यह सामनेवाला कमरा ही कुछ अच्छा है। तुम जरा आराम करो, मैं बगल के किसी कमरे में ये कपड़े-लत्ते बदल आऊँ। क्या पता, इन्हीं सबके चलते ऐसा भद्दा लग रहा है।" इतना कहकर उसने अचला की सुविधा-असुविधा की तरफ और जरा भी निगाह डाले बिना अपना बैग हाथ में लिया और ठीक शराबियों की तरह लड़खड़ाते-लड़खड़ाते बरामदे को पार करके कोने के कमरे में जा घुसा।

उसके चले जाने पर अचला अकेले रास्ते के किनारे खड़ी नहीं रह सकी। इसीलिए वह बड़ी मुश्किल से अपने भारी बैग को खींचते-खींचते सामनेवाले कमरे के अन्दर ले आई और उसी पर स्तब्ध होकर बैठकर रास्ते पर आते-जाते लोगों को देखने लगी।

29

उस कमरे के सामने बैग पर बैठे-बैठे आशा और भरोसे का सपना देखती हुई अचला के दो घंटे कैसे गुजर गए, यह वह जान नहीं सकी। सूरज के उगे थोड़ी देर हुई है। जाड़े के दिनों के धूल-भरे पेड़ कल के आँधी-पानी से धुल निर्मल होकर सुबह के सूरज की किरणों से झलमला रहे हैं। भीगे स्निग्ध राजपथ से होकर तरोताजा राहगीरों ने प्रसन्न होकर चलना शुरू किया है, कभी दो-एक इक्के छोटी-छोटी घंटियों की आवाज चारों ओर मुखरित करते हुए दौड़े चले जा रहे हैं। बीच-बीच में छोटे-छोटे चरवाहे गाय-भैंसों को लेकर ऊँची आवाज में अजीबो-गरीब रिश्तेदारी जोड़ते हुए किसी गाँव की तरफ चले जा रहे हैं। करीब की किसी झोंपड़ी से आटा पीसने की चक्की की आवाज में घुल-मिलकर गैर-बंगाली गृह वधू का अविराम अपरिचित सुर तिरता हुआ आ रहा है। कुल मिलाकर एक नए दिन का रोजमर्रा उसकी चेतना में धीरे-धीरे गतिशील होता चला जा रहा था, इसी के विचित्र प्रवाह में उसका दुख, उसका दुर्भाग्य, उसकी दुश्चिन्ता थोड़ी देर के लिए पता नहीं कहाँ बह गया था। उसे यह याद नहीं था कि वह ठीक किसलिए और क्यों यहाँ इस तरह से बैठी हुई है। जब दो देहाती लड़कों ने विस्मित होकर उसे देखा, तो उसे अचानक याद आया।

वे आँगन के एक छोर से आँखें फाड़-फाड़कर उसे निहार रहे थे। इस टूटी-फूटी गन्दी सराय के पुराने दिनों का गौरवपूर्ण इतिहास उन दोनों लड़कों को मालूम नहीं था। लेकिन जब से उन्होंने होश सँभाला है तब से लेकर अब तक उन्होंने ऐसे खास मेहमान को इस

सराय में आते नहीं देखा है। उनकी मूक आँखों की चितवन ने यह बात अचला को साफ-साफ बता दी। नींद से जागने के बाद जब वे रोज की तरह यहाँ खेलने आए, तो आज सहसा उन्हें यह अजीब घटना नजर आ गई है।

अचला चौंक उठी और खड़ी होकर उसने उनसे कुछ प्रश्न करना चाहा था, मगर दोनों लड़के पल भर में गायब हो गए। लेकिन उसी पल उसे याद आया, लगभग दो घंटे पहले सुरेश कपड़े बदलने के नाम से बगल के कमरे में जा घुसा था, पर तब का गया वह अब तक नहीं लौटा है। यह जानने के लिए कि इतनी देर तक वह अकेले वहाँ क्या कर रहा है, वह धीरे-धीरे आगे बढ़कर उस कमरे के सामने जा पहुँची और जब बन्द किवाड़ के अन्दर से उसे कोई आवाज नहीं मिली तो वह दो मिनट चुप रही। उसके बाद जब उसने धीरे-धीरे दरवाजे को धकेला, तो उसे सामने जो कुछ दिखाई पड़ा उससे एक ही साथ मुक्ति के तीव्र आवेग और विकट भय से पल भर के लिए उसका समूचा तन-मन मानो पत्थर हो गया। कमरे में अँधेरा है--सिर्फ दूसरी तरफ की एक टूटी-फूटी खिड़की से होकर थोड़ी-सी रोशनी घुसकर फर्श पर पड़ रही है। वहीं नीम अँधेरा के बीच बेहद गन्दे धूल-बालू पर सुरेश चित लेटा हुआ है और वह वही कपड़ा-लत्ता पहने है जो पहले था। सिर्फ खुले बैग के अन्दर से कुछ चीजबस्त इधर-उधर बिखरे हुए हैं।

पलक झपकते उसकी आखिरी बातें अचला को याद आईं, वह डॉक्टर है, ऐसी बात नहीं कि उसने सिर्फ आदमी की जान बचाने का ही हुनर सीखा था, बल्कि उसे चुपचाप बाहर निकाल देने का कौशल भी उससे छिपा नहीं था। याद आया, भयंकर भूल के लिए उसकी वह उत्कट आत्मग्लानि याद आया। उसका वह विदा माँगना, वह भरोसा देना--सबसे बढ़कर उसका वह बार-बार प्रायश्चित्त करने का निष्ठुर इंगित सबने एक साथ एक साँस में इस लोटती देह के एकमात्र परिणाम की बात उसके कानों में कह दिया। वहीं उसी दरवाजे को पकड़कर वह धीरे-धीरे बैठ गई। उसकी इतनी हिम्मत नहीं हुई कि वह अब कमरे में घुसे।

लेकिन अबकी बार जब उसने इस अचेत देह की तरफ निहारा, तो उसकी दोनों आँखें भर आईं। वह उसी के लिए इतनी बड़ी बदनामी का बोझ सर पर लेकर हताशा में इस तरह से इस दुनिया से हमेशा के लिए चला गया। उसका गुनाह चाहे जितना बड़ा क्यों न हो, उसे माफ न कर सके, इतना बड़ा कठोर हृदय दुनिया में कम ही होगा। और आज ही पहली बार उसके आगे उसका अपना गुनाह भी साफ होकर दिखाई पड़ा।

सुरेश से पहली बार जान-पहचान होने के दिन से लेकर उस दिन तक जितनी इच्छा-अभिलाषा, जितनी भूल-चूक, जितना मोह, जितनी छलना, जितना आग्रह-आवेश उन दोनों के बीच से होकर बह गया है, सभी के सभी एक-एक करके बार-बार लौटकर दिखाई देने लगे। उसका अपना आचरण, उसके पिता का आचरण, यह सब जब उसे याद आया, तो अचानक उसका अंग-अंग सिहर उठा। सिर्फ अपना नहीं, बहुतों के बहुत सारे पापों का भारी बोझ ढोता हुआ आज सुरेश जिस न्यायाधीश के चरणों में जा पहुँचा है उसकी दी हुई सारी सजा वह चुपचाप मुँह बन्द किए कबूल कर लेगा या एक-एक करके सारे दुखों और आरोपों को व्यक्त करके उनसे माफी माँगेगा।

दुनिया में मजा लूटने के लिए उसके पास ढेरों साज-सामान, बहुत से उपकरण जमा थे। फिर भी वह चुपचाप जरा भी आडम्बर किए बिना सब कुछ छोड़-छाड़कर चला गया। इसका गहरा दुख अचला को आज बार-बार लौटकर बींधने लगा। उसने वास्तव में जान से प्यार किया था। आज उस मौत के सामने खड़ी होकर यह बात पूछने और इस पर अविश्वास करने का अब जरा भी मौका नहीं रहा।

फिर आँसुओं की धारा झरझर करके उसके दोनों गालों पर से होकर बहने लगी। बीती रात डिब्बे के अन्दर उन दोनों में काफी कटु बातें हुई थीं। इस बात पर काफी बहस हो गई थी कि धर्म क्या है, अधर्म क्या है, न्याय क्या है और अन्याय क्या है। लेकिन वह सब कितनी बड़ी थोथी बकवास है, अचला तब उसके बारे में क्या जानती थी। प्यार की न कोई जात है, न धर्म। विचार, विवेक, अच्छे-बुरे का बोध कुछ भी नहीं है। जो इस तरह से मर सकता है वह समाज के बनाए इस सब कायदे-कानून के बहुत ऊपर है, ये सब पाबन्दियाँ उसे छू नहीं सकती हैं। इस मौत के सामने खड़ी होकर वह आज इस बात को अस्वीकार करे, तो किस तरह से करे!

अचला आँचल से अपनी आँखें पोंछ रही थी कि तभी सहसा उसका कलेजा धक से कर उठा और उसे लगा, लाश जरा हिल उठी और दूसरे पल एक धीमे आर्त स्वर के साथ सुरेश करवट बदलकर लेटा। तो वह मरा नहीं है, जिन्दा है, एक आवेग के प्रचंग वेग से अचला भागी गई। उसके पास गिरी और टूटी आवाज में बोली–''सुरेश बाबू!''

अपना नाम सुनकर सुरेश ने अपनी दोनों लाल-लाल आँखें खोलकर निहारा, मगर उसने कोई बात नहीं की।

अचला और कोई बात नहीं कर सकी। सिर्फ उमड़ती रुलाई उसकी आवाज को रोककर आँसुओं के रूप में निरन्तर टपटप करके टपकने लगी। लेकिन पल भर पहले के आँसू और इस आँसू में कितना फर्क है।

हालाँकि उसकी सारी चिन्ताओं के बीच जो चिन्ता अन्दर ही अन्दर गुप्त रूप से उसे बेहद सता रही थी, वह है इसका वास्तविक पहलू। इस अनजानी अपरिचित जगह में सुरेश की लाश को लेकर वह क्या उपाय करेगी, किसे बुलाएगी, किससे कहेगी, हो सकता है ढेरों अप्रिय चर्चाएँ हों, बहुतेरे गन्दे सवाल उठें। वह उनका किसे क्या जवाब देगी, हो सकता है, पुलिस खींचतान करके सारी बातें उगलवा ले, उस सब खुली स्वीकारोक्ति की शर्म से उसका सारा तन-मन अन्दर ही अन्दर दुखी था और कैसा दुखी होता जा रहा था, उसका सब कुछ शायद वह खुद भी पूरा समझ नहीं पाई थी। अभी उस मुसीबत की असीम लांछना से अचानक छुटकारा पाकर उसकी रुलाई ने अब रुकने का नाम नहीं लिया और वह मरा नहीं है, सिर्फ इससे उसके प्रति अचला का समूचा हृदय कृतज्ञता से लबालब भर उठा।

कुछ देर इसी तरह से गुजरने पर सुरेश ने धीरे-धीरे पूछा–''तुम रो क्यों रही हो अचला?''

अचला टूटी आवाज में बोल उठी–''क्यों तुम इस तरह से सोए रहे? तुम क्यों नहीं गए? क्यों तुमने मुझे इतना डराया?''

अचला की आवाज में जो स्नेह उद्वेलित हो उठा वह इतना करुण, इतना मधुर था कि सिर्फ सुरेश का नहीं, बल्कि अचला के अपने अन्दर भी उसने न जाने कैसे एक तरह के मोह का संचार किया। उसने फिर से कहा–"तुम्हें अगर इतनी ही नींद लगी थी तो तुमने मुझसे क्यों नहीं कहा? मैं तो उधर के बड़े कमरे को साफ करके जो हो कुछ बिछाकर तुम्हारा एक बिस्तर लगा देती। ट्रेन के वक्त होने में तो काफी देरी थी।"

सुरेश ने कोई जवाब नहीं दिया, सिर्फ विगलित स्नेह से उसके मुँह की तरफ निहारा और धीरे-धीरे हाथ बढ़ाकर अचला के दाहिने हाथ को उठाकर अपने गरम माथे पर रखा और सिर्फ एक आह भरी।

अचला ने चौंककर कहा–"यह तो बहुत गरम है। तुम्हें क्या बुखार आ गया है?"

सुरेश बोला–"हूँ। इसके अलावा मुझे ऐसा भी नहीं लगता है कि यह बुखार आसानी से उतरेगा शायद..."

अचला ने अपना हाथ धीरे-धीरे खींच लिया और उसकी बात के जवाब में उसके भी मुँह से अबकी बार सिर्फ एक आह निकली। उसका सारा उद्वेलित स्नेह-ममता पल भर में जमकर मानो पत्थर हो गया। उसने मन-ही-मन यही प्रतिज्ञा की थी कि सहन करने, धीरज धरने की उसमें जितनी शक्ति थी उसे इकट्ठा करके वह स्थिर होकर आज दिन भर गाड़ी के लिए इन्तजार करेगी, लेकिन इस अचिन्तनीय और अप्रत्याशित मुसीबत के बादलों में उसकी आशा की पतली किरण भी जब पल भर में गायब हो गई तब मौत को छोड़ दुनिया में और माँगी जानेवाली चीज उसके लिए दूसरी नहीं रही।

उसे इस तरह से यहाँ अकेले छोड़ जाने की बात की वह कल्पना भी नहीं कर सकी, लेकिन जिसकी बीमारी की हर तरह की जिम्मेदारी, सारा भारी बोझ उसके सर पर पड़ा उसको लेकर इस अपरिचित जगह में वह क्या करेगी, कहाँ किससे क्या मदद मिलेगी, किस परिचय से आदमी की सहानुभूति हासिल करेगी। दिन-रात क्या अभिनय करेगी, यह सब चिन्ता उसके दिमाग में बिजली की गति से वह दौड़कर भागेगी, या दहाड़ें मारकर रोएगी, या जोर-जोर से सर पटककर इस अभिशप्त जीवन को लगे हाथ खत्म करके निश्चिन्त होगी–इनमें से किसी चिन्ता का कोई ओर-छोर उसे नहीं मिला।

30

उस दिन स्टेशन से लौटती बार रास्ते में पानी से थोड़ा-सा भीग जाने से गठिया और बुखार से केदार बाबू ने सात-आठ दिनों तक चारपाई पकड़ ली थी। बेटी-दामाद की सकुशल पहुँच न पाने की वजह से बहुत चिन्तित होने के बावजूद वे जबलपुर के दोस्त को पोस्टकार्ड लिखने के सिवा खास कुछ नहीं कर पाए थे। आज इसका जवाब आया

है। उन्होंने सिर्फ इतनी-सी खबर दी है कि यहाँ कोई भी नहीं आया है और वे किसी की भी कोई खबर नहीं जानते हैं। उन कई पंक्तियों को बार-बार पढ़कर केदार बाबू उदास होकर सूनी नजरों से बाहर की तरफ निहारते हुए सिर्फ चश्मे के दोनों शीशों को बार-बार पोंछने लगे। उन लोगों का क्या हुआ, वे लोग कहाँ गए, खबर जानने के लिए वे किसे बुलाएँ, कहाँ चिट्ठी लिखें, किससे पूछें, उन्हें कुछ भी सोचते नहीं बना। सारी मुसीबतों में जो व्यक्ति तन-मन से उनकी मदद किया करता था वह सुरेश भी नहीं है, वह भी साथ गया है।

ठीक ऐसे समय बैरे ने आकर दूसरी चिट्ठी उनके सामने रख दी। केदार बाबू ने किसी तरह से चश्मे को नाक पर चढ़ा दिया और व्यग्र हाथ से उस चिट्ठी को उठाकर देखा, चिट्ठी उनकी बेटी अचला के नाम है। जनाना हाथ की गजब की साफ लिखावट है। यह चिट्ठी किसने लिखी, कहाँ से आई, यह जानने के आग्रह से दूसरे की चिट्ठी खोलने-न-खोलने का सवाल उन्हें याद नहीं आया। उन्होंने जल्दी से लिफाफे को फाड़ डाला और पहले चिट्ठी लिखनेवाली का नाम पढ़कर देखा, लिखा हुआ है, तुम्हारी मृणाल। उसके बाद यहाँ भी वे उसे शुरू से लेकर आखिर तक बार-बार पढ़कर बाहर की तरफ सूनी नजरों से निहारते हुए चश्मा पोंछने के काम में लग गए। उनके मन के अन्दर क्या होने लगा, यह जगदीश्वर जानें। बहुत देर तक चश्मा साफ करने के काम को स्थगित रखकर उन्होंने फिर से उसे नाक पर चढ़ाया और दूसरी बार उस चिट्ठी को शुरू से लेकर आखिर तक पढ़ने लगे। मृणाल ने औरत की सहिष्णुता, क्षमा, धैर्य के बारे में बहुत तरह के तीव्र, मधुर उपेदश देकर अन्त में लिखा है–

यह सच है कि सँझले भैया तुम्हारे बारे में कुछ भी नहीं कहते हैं, पूछने पर भी वे बड़े गम्भीर हो जाते हैं, मगर मैं तो औरत हूँ। मैं तो सब समझ सकती हूँ। अच्छा सँझली दीदी, झगड़ा-टंटा किसमें नहीं होता भई! लेकिन इसी बात के लिए इतना अभिमान! तुम्हारे पति अपने तन-मन की मौजूदा हालत को समझे बिना गुस्सा कर भी सकते हैं, अधीर होकर अन्याय करते चले भी आ सकते हैं। लेकिन तुम तो अभी भी पागल नहीं हुई हो कि उनके कहे पर तुमने आराम से हामी भर दी और कहा–अच्छा, ऐसा ही हो, जाओ। तुम उस जंगल में जाकर रहो। इसीलिए मैं सिर्फ यह सोचती हूँ सँझली दीदी कि किस तरह से जी कड़ा करके तुमने अपने मरणासन्न पति को इतनी आसानी से इस जंगल में भेज दिया और उन्हें भेजकर स्थिर होकर ये सात-आठ दिन ही क्यों, कहो कि सात-आठ बरस निश्चिन्त मन से तुम अपने मायके में बैठी रही। मैं सच कह रही हूँ, उस दिन जब वे अपना चीजबस्त लेकर मेरे घर में घुसे, तो मैं उन्हें अचानक पहचान नहीं सकी थी। तुम लोगों में क्यों झगड़ा हुआ, कब झगड़ा हुआ, किसलिए पश्चिम जाने के बदले वे अपने गाँव चले आए, यह सब मैं कुछ भी नहीं जानती हूँ और मैं यह जानना भी नहीं चाहती हूँ। लेकिन तुम्हें मेरे सर की कसम है, तुम चिट्ठी पाते ही चली आना। तुम तो जानती ही हो भई कि अपनी सास को छोड़कर मुझे कहीं भी जाने की गुंजाइश नहीं है। तब भी हो सकता है, मैं खुद जाकर तुम्हारे पाँव पकड़कर तुम्हें खींच लाती अगर सँझले भैया इतने बीमार नहीं हो गए होते। एक बार आओ, एक बार अपनी आँखों से उन्हें देखो तब समझोगी कि यह असंगत मान करके तुमने

कितना बड़ा अन्याय किया है। यह घर भी तुम्हारा है, मैं भी तुम्हारी हूँ, इसलिए इस घर में आने में तुम जरा भी मत हिचकिचाओ। मैं तुम्हारी बाट जोहती रही। तुम्हारे चरणों में कोटि-कोटि प्रणाम। और एक बात। सँझले भैया को यह मालूम नहीं होना चाहिए कि मैंने तुम्हें यह चिट्ठी लिखी है। मैंने उनसे छुपाकर तुम्हें यह चिट्ठी लिखी है। इति, तुम्हारी मृणाल।

चिट्ठी खत्म करके मृणाल ने 'पुनश्च' लिखकर एक कैफियत दी है। वह यह कि मैं यह जानती हूँ कि चूँकि अपने पति की गैरमौजूदगी में घड़ी भर भी तुम सुरेश बाबू के घर में नहीं रहोगी इसीलिए मैंने यह चिट्ठी तुम्हारे मायके के पते पर लिखी। आशा करती हूँ, तुम्हें यह चिट्ठी मिलने में देर नहीं होगी।

केदार बाबू के हाथ से वह चिट्ठी खिसककर गिर पड़ी, वे और एक बार आसमान की तरफ नजरें टिकाए अपने चश्मा पोंछने के काम में मशगूल हो गए। इतना तो समझ में आ गया है कि महिम जबलपुर के बदले अभी अपने गाँव में है और अचला वहाँ नहीं है। पर वह कहाँ है, उसका क्या हुआ—यह सब बात या तो महिम नहीं जानता है या जानकर भी बताना नहीं चाहता है।

अचानक लगा, सुरेश ही भला कहाँ है? वह तो यह कहकर उन लोगों के साथ हो लिया था कि वह उन लोगों का मेहमान बनेगा। वह जरूर घर नहीं लौटा होगा। अगर वह घर लौटा होता तो, एक बार मिलता ही। उसके बाद पिता के कलेजे के अन्दर जो आशंका अचानक भाले सा आकर गिरी उसके आघात से वह और सीधे नहीं रह सके। उसी आरामकुर्सी पर उठँगकर पड़े-पड़े उन्होंने अपनी दोनों आँखें मूँद लीं।

दोपहर को नौकरानी सुरेश के घर से खबर लेकर वापस आई, तो उसने बताया—"उनकी फूफी कुछ भी नहीं जानती हैं। कोई चिट्ठी-पत्री न पाकर वे भी चिन्तित बनी हुई हैं।"

रात को एकान्त सोने के कमरे में केदार बाबू दीये की रोशनी में और एक बार मृणाल की चिट्ठी को लेकर बैठे। उसका हर अक्षर बारीकी से चर्चा करने लगा। काश, कहीं खड़ा होने लायक थोड़ी-सी जगह मिल जाए! अगर कहीं खड़ा होने लायक जगह नहीं मिलेगी, तो कहाँ जाकर किस तरह से अपना मुँह छिपाएँगे, वे यह नहीं जानते थे। वे हमेशा से पीढ़ी-दर-पीढ़ी कलकत्ता के रहनेवाले हैं। यह बात वे सोच नहीं सकते थे कि कलकत्ता के बाहर कहीं कोई शरीफ आदमी जिन्दा रह सकता है, यह बात वे सोच नहीं सकते थे। जनम भर की परिचित जगह, समाज, पुराने यार-दोस्त सबसे अलग होकर कहीं अनजानी जगह में अगर बाकी जिन्दगी गुजारनी पड़े, तो वे असहनीय, कठिन कई दिन किस तरह से कटेंगे, यह उनकी कल्पना के परे है और यह भी उनकी कल्पना के परे है कि बेटी होकर जिस अभागिन ने इस सजा का बोझ अपने बूढ़े बीमार पिता के कमजोर कन्धे पर डाल दिया उसे वे क्या कहकर अभिशाप दें।

रात में वे एक बार भी पलकें नहीं झपका सके और भोर में उन्हें कब्जियत का दर्द फिर महसूस हुआ, लेकिन आज जब दुनिया में कोई भी अपना कहलानेवाला उन्हें ढूँढ़े नहीं मिला तब बेजान-से बिस्तर पर पड़े रहने में भी उन्हें नफरत महसूस हुई। इतने बड़े

दुख को भी आज वे शान्त होकर छुपाए और दिनों की तरह बाहर आए और रेलवे स्टेशन जाने के लिए गाड़ी बुलाने और जल्दी से कपड़ा-लत्ता सहेज लेने के लिए बैरे से कहा।

31

जाड़े का सूरज तीसरे पहर में ढल जाने की तैयारी कर रहा था और उसी की गुनगुनी किरणों से सोन नदी की बगल का दूर तक फैला बालू धू-धू कर रहा था। ऐसे समय एक बंगाली के घर के बरामदे में रेलिंग पकड़े अचला उधर निहारती हुई चुपचाप खड़ी थी। उसकी अपनी जिन्दगी के साथ उस तपते बाबू का कोई घनिष्ठ सम्बन्ध था या नहीं, यह दीगर बात है, लेकिन उन दोनों अपलक आँखों की तरफ पल भर निगाह डालने से ही यह समझ में आ सकता था कि उस तरफ से निहारते रहने पर कुछ भी नजर नहीं आ सकता है। सिर्फ सारी दुनिया एक विचित्र और विराट बाजीगरी-सी प्रतीत होती है।

"दीदी?"

अचला चौंकी और मुड़कर देखा। जो औरत एक दिन अपना नाम राक्षसी बताकर आरा स्टेशन पर उतर गई थी, यह वही है। वह अचला के करीब आई और उसके विकल और बेहद उदास मुँह पर नजर रखी, उसके बाद अभिमान के सुर में बोली–"अच्छा दीदी, सभी देख रहे हैं कि सुरेश बाबू अच्छे हो गए हैं। डॉक्टर कह रहा है कि अब जरा भी डर नहीं है। तब भी दिन-रात न तुम्हारी चिन्ता दूर होती है, न तुम्हारे मुँह पर हँसी खिलती है। यह क्या तुम्हारी ज्यादती नहीं है? हम लोगों के भी पति हैं, जब वे बीमार-वीमार होते हैं तो हमारी भी चिन्ता के मारे जान निकल जाती है मगर कसम से कहती हूँ भई, तुम्हारे साथ कोई तुलना ही नहीं हो सकती है।"

अचला ने मुँह घुमा लिया, सिर्फ एक साँस छोड़ी, पर कोई जवाब नहीं दिया।

उस औरत ने गुस्सा करके कहा–"उफ! तुमने फुस से सिर्फ खास साँस क्यों छोड़ी?" इतना कहकर उसने कई पल इन्तजार किया फिर भी जब अचला से उसे किसी तरह का जवाब नहीं मिला तब उसने उसका एक हाथ खींचकर अपनी मुट्ठी में लिया और अत्यन्त करुण स्वर में पूछा–"अच्छा, सुरमा दीदी, सही बात बताओ तो भई, हमारे घर में तुम्हारा मन पल भर भी नहीं टिक रहा है, न? शायद तुम्हें यहाँ बहुत दिक्कत हो रही है। सच है न?"

अचला नदी की तरफ जैसे निहार रही थी वैसे ही निहारती रही। मगर अबकी बार उसने जवाब दिया, बोली–"तुम्हारे ससुर ने मेरा जो उपकार किया है उसे क्या मैं इस जनम में भूल सकूँगी भई!"

वह औरत हँसी; बोली—"भूलने के लिए जैसे मैं तुम्हें मनाती फिर रही हूँ!" और दूसरे ही पल उसने बनावटी शिकायत-भरी आवाज में कहा—"और इसीलिए क्या तब पिताजी के इतने पुकारने पर भी तुमने आवाज नहीं दी? तुमने सोचा, बूढ़ा अब तब..."

अचला बड़े विस्मय से मुँह घुमाकर बोल उठी—"नहीं, ऐसा कतई नहीं हो सकता है।"

राक्षसी ने जवाब दिया—"ऐसा क्यों नहीं हो सकता है? तब भी काश मैं खुद गवाह न होती। मैं पूजाघर में थी, वहीं मेरे कानों में आवाज आई—सुरमा। ओ बेटी सुरमा। ऐसे चार-पाँच बार पिताजी को तुम्हें पुकारते सुना। मैं पूजा की सामग्रियों को करीने से रख रही थी। मैंने उन्हें एक बगल में धकेल दिया और भागी हुई आई तो देखती हूँ, वे सीढ़ियाँ उतरकर नीचे जा रहे हैं। मैं सचमुच कह रही हूँ दीदी, मजाक नहीं कर रही हूँ।"

अचला ने मन-ही-मन यह समझा कि क्यों वृद्ध के 'सुरमा' बुलावे को उसके अनमन चित्त का दरवाजा ढूँढ़े नहीं मिला था, फिर वह शर्म और पछतावे से चंचल हो उठी। बोली—"शायद इसीलिए कमरे के अन्दर..."

राक्षसी बोली—"वे कहाँ कमरे के अन्दर थीं जिनके लिए कमरा है, वे तो तब बाहर टहलने निकली थीं। मैं आँगन से साफ देख पाई कि वे ठीक ऐसे ही रेलिंग पकड़े खड़ी हैं।" इतना कहकर वह जरा रुकी और मुस्कुराती हुई बोली—"लेकिन तुम तो अब भला आपे में नहीं थी, भई कि तुम्हें बूढ़े-बूढ़े की पुकार सुनाई पड़ेगी। तुम जो सोच रही थी वह अगर कहूँ तो..."

अचला ने चुपचाप फिर नदी के उस पार अपनी नजरें टिकाईं। इन सब बातों का जवाब देने की उसने कोशिश तक नहीं की। लेकिन यहाँ यह कह रखना जरूरी है कि राक्षसी के नाम के साथ उसके स्वाभाव का जरा भी मेल नहीं था और नाम भी उसका राक्षसी नहीं है, उसका नाम है—वीणापाणि। चूँकि जब वह पैदा हुई थी तभी उसकी माँ चल बसी थी, इसलिए उसकी दादी ने गुस्सा करके उसे यह कलंग लगा दिया था, और पड़ोसियों और सास-ससुर से यह बुरा नाम वह छिपाकर नहीं रख सकी थी।

यह देखकर कि अचला अचानक मुँह घुमाकर चुप हो गई है, वह मन-ही-मन शरमाई, दुखी स्वर में बोली—"अच्छा सुरमा दीदी, तुमसे क्या मजाक करने की भी गुंजाइश नहीं है? मैं क्या यह नहीं जानती कि तुम पिताजी की कितनी श्रद्धा-भक्ति करती हो? उनसे तो हम लोगों ने सब कुछ सुना है। वे सवेरे टहलकर आ रहे थे, और तुम इस अनजानी जगह में रोते-रोते डॉक्टर को ढूँढ़ने भागी थी। उसके बाद वे तुम्हारे साथ जाकर सराय से तुम्हारे पति को घर ले आए। यह सब भगवान का काम है दीदी, वरना तुम लोग इस घर में पधारोगे, उस दिन गाड़ी में यह बात किसने सोची थी? मगर मुझे मेरे सवाल का जवाब नहीं मिला। मैंने पूछा था कि इस बात का मुझे पता चला है कि हमारे यहाँ तुम्हें पल भर भी अच्छा नहीं लग रहा है। मगर क्यों तुम्हें यहाँ अच्छा नहीं लग रहा है? क्या तकलीफ, क्या दिक्कत यहाँ तुम लोगों को हो रही है, भई! मैं सिर्फ यही जानना चाह रही हूँ।" इतना कहकर उसने पहले की तरह इस बार थोड़ी देर तक इन्तजार किया। उसके बाद अचानक इस औरत को लगा कि चाहे जिस वजह से भी क्यों न हो, वह जवाब के लिए झूठमूठ में इन्तजार किए हुए है। तब जिसे उसके ससुर ने सम्मान के साथ रहने के लिए जगह दी है और जिसे खुद उसने सुरमा दीदी कहकर प्यार किया है उसका मुँह ज्यों ही उसने जबरन खींचकर घुमाया त्यों ही

वह देख पाई कि उसकी दोनों आँखों की कोरों से आँसुओं की धारा बहती चली जा रही है। वीणापाणि स्तब्ध होकर खड़ी रही और अपने आँचल से उसके आँसू पोंछकर अपनी सूनी नजरें दूसरी जगह डालीं।

अगले दिन तीसरे पहर अभी-अभी हाथ में आई एक मासिक पत्रिका से एक छोटी कहानी पढ़कर वीणापाणि अचला को सुना रही थी। बेंत की एक कुर्सी पर अधलेटे ढंग से बैठकर अचला कुछ सुन रही थी और कुछ उसके कानों के अन्दर बिलकुल ही नहीं पहुँच रहा था। ऐसे समय वीणापाणि के ससुर रामचरण लाहिड़ी सीढ़ियाँ चढ़कर 'बेटी राक्षसी' कहते हुए आ पहुँचे। अचला और वीणापाणि दोनों ही हड़बड़ाकर उठकर खड़ी हो गईं, वीणापाणि ने एक कुर्सी खींचकर अपने ससुर के नजदीक रखी और उत्सुक होकर पूछा–"क्या है पिताजी?"

रामचरण लाहिड़ी अत्यन्त निष्ठावान हिन्दू हैं। वे इत्मीनान से कुर्सी पर बैठे और अचला के मुँह की तरफ स्नेह के साथ प्रशान्त दृष्टि डालकर बोले–"तुमसे एक बात कहनी है बेटी! भट्टाचार्य जी अभी-अभी आए थे। वे तुम पति-पत्नी के नाम से नारायण को तुलसी चढ़ा रहे थे, कल उनका तुलसी चढ़ाना खत्म होगा। लेकिन बेटी कल तुम्हें तकलीफ उठाकर थोड़ी देर तक बिना खाए रहना होगा। वे हमारे ही घर नारायण को लाकर काम खत्म कर जाएँगे और कहीं तुम्हें जाना नहीं होगा।"

उनकी बात सुनकर अचला का समूचा मुँह बिलकुल स्याह हो उठा। मद्धिम रोशनी में रामचरण लाहिड़ी को यह नजर नहीं आया, मगर वीणापाणि को यह नजर आया। वह हिन्दू घर की लड़की है, जनम से ही वह इसी संस्कार के बीच पली-बढ़ी है और बीमार पति के कल्याण के लिए यह कितने उत्साह और आनन्द की बात है। इसे वह संस्कार जैसा ही समझती है। लेकिन अचला के मुँह के भाव के इस विकट बदलाव से उसके विस्मय की सीमा नहीं रही। फिर भी उसने सहेली की तरफ से पूछा–"अच्छा पिताजी, नारायण को तुलसी चढ़वाई आपने सुरेश बाबू के लिए, लेकिन उन्हें उपवास न करके दीदी को उपवास क्यों करना पड़ेगा?"

रामचरण लाहिड़ी ने मुस्कुराकर कहा–"वे और तुम्हारी यह दीदी क्या अलग-अगल हैं बेटी? सुरेश बाबू तो अपनी इस हालत में उपवास कर नहीं सकेंगे, इसीलिए तुम्हारी सुरमा दीदी को ही उपवास करना होगा। शास्त्र में विधि है बेटी, कोई चिन्ता नहीं है।"

अचला ने इसके भी जवाब में हाँ या नहीं, कुछ भी नहीं कहा, तब उसकी यह निश्चेष्ट चुप्पी इस शुभाकांक्षी वृद्ध को भी नजर आ गई। उन्होंने सीधे अचला के मुँह की तरफ निहारकर प्रश्न किया–"इसमें क्या तुम्हें कोई आपत्ति है सुरमा?" इतना कहकर वे बेहद और बार-बार प्रतिवाद की प्रत्याशा से निहारते रहे।

अचला सहसा इसका भी कोई जवाब नहीं दे सकी। वह थोड़ी देर तक चुप रही, फिर धीरे-धीरे अत्यन्त मृदु स्वर में बोली–"उनसे कहने पर वे ही उपवास करेंगे शायद।"

उसके बाद सभी चुप रहे। उसका यह कहना कितना अटपटा, कितना कटु और निष्ठुर लगा, इसे कहनेवाले के सिवा किसी ने भी शायद महसूस नहीं किया। लेकिन सिर्फ अन्तर्यामी को छोड़कर यह बात और कोई नहीं जान सका।

रामचरण लाहिड़ी उठकर खड़े हो गए और बोले—"तो ऐसा ही होगा।" इतना कहकर वे धीरे-धीरे उतर गए। नौकर बत्ती दे गया। लेकिन अचला और वीणापाणि दोनों ही संकुचित और कुंठित होकर पहले की ही तरह चुपचाप बैठी रहीं। मासिक पत्रिका की उस इतनी उत्तेजक और बलशाली कहानी के बाकी हिस्से को खत्म करने लायक जोर भी किसी में भी नहीं रहा।

बाहर अँधेरा घना होता जाने लगा और उसी को भेदकर उस पार का मटमैला तट एक छोर से लेकर दूसरे छोर तक इन दो क्षुब्ध, मौन, लज्जित नारियों की आँखों के सामने सपनों की मानिन्द तिरने लगा।

इसी तरह से, हो सकता है, और भी बहुत वक्त कट जा सकता था, मगर पता नहीं क्या सोचकर वीणापाणि सहसा अपनी कुर्सी अचला की बगल में खींच लाई और अपना दाहिना हाथ अपनी सहेली की गोद पर रखकर चुपके-चुपके कहा—"उस पार के उस टीले की तरफ निहारते मुझे क्या लग रहा था, जानती हो दीदी? लग रहा था, जैसे ठीक तुम हो। मानो ऐसे अँधेरे से घिरे एक...अरे, यह क्या, तुम यों सिहर क्यों उठी भई?"

अचला पल भर चुप रही, फिर धीमे स्वर में बोली—"अचानक न जाने कैसी ठंड लगी भई!"

वीणापाणि उठकर गई, कमरे के अन्दर से एक गरम कपड़ा लाई, अचला के अंग-अंग को बड़े जतन से ढँक दिया और अपनी जगह पर बैठी, बोली—"एक बात तुमसे पूछने को बड़ा जी चाहता है दीदी, लेकिन न जाने कैसी शर्म आती है। अगर तुम गुस्सा न करो तो..."

अनजानी आशंका से अचला का कलेजा हिलने लगा। इस डर से कि ज्यादा बात करने की कोशिश करने पर कहीं आवाज न काँप जाए, वह सिर्फ 'नहीं' कहकर ही स्थिर रही।

वीणापाणि ने दुलार करके उसके हाथ पर जरा-सा दबाव डाला और कहने लगी—"तुम मेरी बड़ी बहन हो और मैं तुम्हारी छोटी बहन हूँ। मगर उस दिन गाड़ी में तो मैं तुम्हारी कोई नहीं थी। तो क्यों तुमने अपना परिचय मुझसे इस तरह से छिपाना चाहा था? जो तुम्हारे पति हैं उनके बारे में तुमने कहा कि वे तुम्हारे कोई नहीं हैं। तुमने कहा कि तुम्हारे बीमार पति दूसरे डिब्बे में हैं, और तुम उन्हें लेकर जबलपुर जा रही हो। लेकिन तुम मुझे धोखा नहीं दे सकी थी। मैंने ठीक पहचाना था कि वे तुम्हारे कौन हैं? फिर तुमने कहा कि तुम लोग ब्राह्म हो।" इतना कहकर वह तनिक मुस्कुराई और बोली—"लेकिन अभी देख रही हूँ कि तुम्हारे पति के जनेऊ को देखने पर विष्णुपुर के पाठक भी शरमा जा सकते हैं। अच्छा भई, तुमने क्यों इतनी झूठ कहा था, बताओ तो?"

अचला जबरन सूखी हँसी हँसकर बोली—"और अगर मैं न बताऊँ तो?"

वीणापाणि बोली—"तो फिर मैं बताऊँगी। मगर पहले तुम यह कहो कि अगर मैं सही बात बताऊँगी, तो तुम मुझे क्या दोगी?"

अचला के कलेजे के अन्दर रक्त-संचार मानो बन्द हो जाने जैसा हुआ। उसके मुँह पर जो मौत का पीलापन छाने को आया वह बत्ती की मद्धिम रोशनी में वीणापाणि को नजर आया या नहीं, यह कहना कठिन है। लेकिन वह मुँह दबाकर फिर जरा मुस्कुराई और बोली—"अच्छा कुछ दो या न दो, पर अगर मैं सही बात बता सकूँ, तो तुम मुझे क्या खिलाओगी, बताओ अचला दीदी?"

अचला का अपना नाम अपने कानों में जलती आग की लौ की नाईं घुसा और दूसरे ही पल से वह एक तरह की नीम-बाहोश और नीम-बेहोश की तरह सख्त होकर बैठी।

वीणापाणि कहने लगी–"लेकिन हम दोनों बहनों का उतना दोष नहीं है भई, जितना दोष हम दोनों के पतियों का है। एक ने बुखार की खुमारी में तुम्हारा सही नाम जाहिर कर दिया और दूसरे उसी से तुम्हारा सही परिचय सोचकर निकाल लाए।"

अचला ने जी-जान से जोर लगाकर अपने विक्षुब्ध कलेजे को संयत करके पूछा–"तो मेरा सही परिचय क्या है, जरा सुनूँ तो सही?"

वीणापाणि बोली–"सही हो या न हो भई, लेकिन तुम्हें यह मानना ही होगा कि अक्ल उसे है। वे अचानक एक दिन रात को आकर बोले–तुम्हारी अचला दीदी की करतूत! क्या है जानती हो जी? वे घर से भागकर आई हैं। मैंने गुस्सा करके कहा–जाओ, तुम्हें चालाकी करने की जरूरत नहीं है। अगर यह बात उनके कानों में पहुँचेगी, तो इस जनम में फिर वे तुम्हारा मुँह नहीं देखेंगी।"

अचला कुर्सी के हत्थों पर दोनों मुट्ठियाँ कसीं और बैठी रही।

वीणापाणि कहने लगी–"वे बोले कि मेरा मुँह वे देखें या न देखें। यह बात सही है, यह मैं कसम खाकर कह सकता हूँ। देवरानी-ननद के साथ झगड़ा हो या सास-ससुर से न बनने की वजह से हो, वे अपने पति के साथ घर छोड़कर निकल आई हैं। सुरेश बाबू का रंग-ढंग देखकर तो लगता है कि तुम्हारी दीदी अगर उन्हें समुद्र में डूबने को कहें, तो भी उनमें इनकार करने की ताकत नहीं है। उसके बाद चाहे जहाँ कहीं भी हो, दोनों नाम बदलकर अनजानी जगह में तब तक रहेंगे जब तक बूढ़े-बूढ़ी दुनिया भर में खोजकर; उन्हें मनाकर रो-रोकर अपने बहू-बेटे को घर नहीं ले जाएँ। यह अगर असली घटना न हो तो तुम मुझे...

"मैंने कहा, अच्छा, माना कि तुम्हारा कहना सही है। मगर गाड़ी में मुझ जैसी एक अपरिचित मूर्ख औरत से झूठ बोलने की दीदी को ऐसी क्या गरज पड़ी थी? इस पर उन्होंने हँसकर जवाब दिया–तुम्हारी दीदी अगर तुम जैसी अक्लमन्द होतीं, तो फिर हो सकता है, उन्हें ऐसी कोई गरज ही नहीं पड़ती। लेकिन वे तुम जैसी अक्लमन्द कतई नहीं हैं। ज्यों ही उन्होंने सुना कि तुम डेहरी की रहनेवाली हो, तुम दो दिनों बाद ही डेहरी जाओगी त्यों ही वे अचला के बदले सुरमा, डेहरी जानेवाली के बदले जबलपुर जानेवाली और हिन्दू महिला के बदले ब्राह्म महिला बन गईं। यह तुम्हारे दिमाग में नहीं घुसा राक्षसी कि जबलपुर जानेवाले मुसाफिर अचानक गाड़ी बदलकर भला यहीं क्यों लौटें और वे अपने बीमार पति को लेकर किसी बंगाली के घर न ठहरकर उतनी दूर स्थित गैर-बंगाली मुहल्ले में एक टूटी-फूटी सराय में जाकर क्यों ठहरेंगी?" कहते-कहते वीणापाणि अचानक बगल में झुककर अचला के गले से लिपट गई और स्नेह और प्रेम से पसीजकर उसके कान के पास मुँह लाकर धीमे स्वर में बोली–"बताओ न दीदी, क्या हुआ था? मैं किसी दिन किसी से कोई बात नहीं कहूँगी, तुम्हें छूकर आज मैं कसम खाती हूँ।"

वीणापाणि के मुँह से अपने बारे में सच्चाई को जानने की यह झूठी कहानी सुनकर अचला का समूचा बदन पल भर के लिए जड़ पदार्थ की तरह सहेली की गलबहियाँ से लुढ़क गया। इस जीवन की चरम लाज रूप धारण कर एक-एक कदम करके कहाँ आगे बढ़ आई

है, इसे वह गौर से देख रही थी, लेकिन वह जब बेहद अचानक अचिन्तनीय रूप से मुँह घुमाकर दूसरे रास्ते चली गई और जब उसे छुआ तक नहीं, तब इस विपुल सौभाग्य को ढोने लायक शक्ति और उसमें नहीं थी। सिर्फ दोनों आँखों से अविराम बहती आँसुओं की धारा को छोड़ बहुत देर तक कहीं जीवन का कोई और लक्षण उसके अन्दर अनुभूत नहीं हुआ।

यों थोड़ा वक्त हुआ। वीणापाणि अपने आँचल से उसके आँसुओं को बार-बार पोंछती रही। फिर स्नेह के साथ करुण स्वर में बोली–"सुरमा दीदी, तुम उम्र में मुझसे बड़ी हो, तो भी छोटी बहन का कहा मानो भई, अब घर लौट जाओ। मैं कहती हूँ, यह सफर तुम लोगों के लिए अच्छा नहीं है। बहुत दुख से जब हाथों की कतरियाँ बनी हुई हैं दीदी, तब अभिमान करके गुरुजनों को और दुख मत दो, उन लोगों को और चिन्ता में मत डालो। झुककर ससुराल लौट जाने में कोई शर्म, कोई बेइज्जती नहीं है दीदी।"

थोड़ी देर तक चुप रहकर वह फिर से बोली–"तुम चुप क्यों हो भई? तुम घर नहीं जाओगी? माँ-बाप पर गुस्सा करके घर छोड़कर सुरेश बाबू कभी अच्छे नहीं रहे। तुम्हारे मुँह से यह बात सुनने पर वे खुश ही होंगे, यह तुमसे मैं पक्का कहती हूँ।"

अचला अपनी आँखें पोंछकर अबकी बार सीधी होकर बैठी। उसने निहारा तो देखा, वीणापाणि पहले की ही तरह उत्सुक होकर उसकी तरफ निहार रही है। पहले-पहल जवाब देने में उसे बड़ी शर्म आने लगी, लेकिन जब उसे इस बात में कोई सन्देह नहीं रहा कि सिर्फ चुप रहने से ही इस औरत से छुटकारा नहीं मिलनेवाला है, तब उसने अपने सारे संकोच को जबरन त्याग करके धीरे-धीरे कहा–"हम लोगों के लिए घर लौट जाने का कोई उपाय नहीं है वीणा।"

वीणापाणि ने विश्वास नहीं किया। बोली–"तुम लोगों के लिए घर लौट जाने का कोई उपाय नहीं है? यह सच है कि मैं तुम्हें ज्यादा दिनों से नहीं जानती हूँ, लेकिन मैं जितना जानती हूँ उससे सारी दुनिया के सामने खड़ी होकर मैं कसम खाकर यह कह सकती हूँ कि तुम ऐसा काम कभी नहीं कर सकती हो दीदी जिसके चलते कोई तुम्हारा किसी तरह का रास्ता बन्द कर सकता है। अच्छा, तुम अपनी ससुराल का पता बता दो तो, हम लोग तो परसों सवेरे की गाड़ी से घर जा रहे हैं। पिताजी को साथ लेकर मैं खुद तुम्हारे घर जा पहुँचूँगी। देखती हूँ बूढ़े-बूढ़ी मुझे क्या जवाब देते हैं। जो तुम्हारे सास-ससुर हैं वे मेरे भी सास-ससुर हैं उनके पास जाकर खड़ी होने में मुझे कोई शर्म नहीं है।"

अचला ने चौंककर कहा–"तुम लोग परसों अपने घर जाओगे, यह बात तो मैंने सुनी नहीं थी? तो यहाँ कौन-कौन रहेंगे?"

वीणापाणि बोली–"यहाँ तो कोई नहीं रहेगा। सिर्फ नौकर और दरबान घर पर पहरा देंगे। मेरी चचेरी सास बहुत दिनों से चारपाई पकड़े हुए हैं, उनके जिन्दा रहने की उम्मीद अब नहीं है। उन्होंने सभी को एक बार देखना चाहा है।"

अचला ने पूछा–"तुम्हारी ससुराल कहाँ है?"

वीणापाणि ने कहा–"कलकत्ता के पटलडाँगा।"

पटलडाँगा का नाम सुनकर अचला का चेहरा मुरझा गया। थोड़ी देर तक वह चुप रही, फिर धीरे-धीरे बोली–"वीणा, तो फिर हम लोगों को भी यह घर छोड़कर कल ही जाना चाहिए। यहाँ तो अब रहा नहीं जा सकता है।"

वीणापाणि हँस उठी। बोली–"तो क्या इसीलिए तुम लोगों को घर जाने के लिए मैं इतना मना रही हूँ? इतनी देर बाद शायद मेरी बात का तुमने यह मतलब निकाला। नहीं दीदी, मुझसे दोष हो गया है। तुम्हें कहीं जाने के लिए अब कभी मैं नहीं कहूँगी। जब तक मर्जी, इस झोंपड़ी में तुम लोग रहो। हममें से किसी को भी कोई एतराज नहीं है।"

मगर इस समय निमंत्रण का अचला कोई जवाब नहीं दे सकी। वह थोड़ी देर तक चुप रही, फिर मुँह लटकाकर पूछा–"तो क्या सचमुच ही तुम लोगों का जाना तय हो चुका है?"

वीणापाणि बोली–"हाँ, हम लोगों का जाना तय हो चुका है। आज गाड़ी में रिजर्वेशन तक करवा लिया गया है। पिताजी के कमरे में अगर एक बार झाँकोगी, तो देख पाओगी कि शायद ज्यादा से ज्यादा चीजबस्त बाँधकर तैयार किया जा चुका है।"

नौकरानी आकर दरवाजे पर खड़ी हो गई और बोली–"बहू, माँ जी एक बार तुम्हें रसोईघर में बुला रही हैं।"

"आती हूँ।" इतना कहकर वह तनिक मुस्कुराई और सहसा और एक बार अचला को गलबहियाँ डालकर कान में बोली–"अब तक लोगों की भीड़ में बड़ी मुश्किल से तुम लोगों के दिन कटे हैं। अब खाली घर है। कहीं कोई नहीं है। आफत-बला मैं भी दूर हो जाऊँगी–अब समझा न भई दीदी जी?" इतना कहकर उसने दो उँगलियों से अपनी सहेली के माथे को जरा दबा दिया और तेजी से नौकरानी के पीछे-पीछे चली गई।

थोड़ा-सा आनन्द देकर दक्खिनी बयार-सी यह सौभाग्यवती युवती हौले कदमों से नजरों से दूर चली गई, लेकिन उसकी कान में कही आखिरी दो बातें अचला अपने दो कानों के अन्दर लेकर वहीं पत्थर के बुत की तरह स्तब्ध होकर बैठी रही। सिर्फ आज की रात और कल का दिन बाकी है। उसके बाद न कोई अड़चन, न कोई खलल इस खाली सुनसान हवेली के अन्दर। पास और दूर जहाँ तक उसकी नजर जाती है–भविष्य के बीच जब उसने आँखें खोलकर देखा, तो सिर्फ अकेली उसके और सुरेश के सिवा और कोई भी उसे नजर नहीं आया।

32

इस सुनसान हवेली के अन्दर सिर्फ सुरेश के साथ उसे जिन्दगी गुजारनी पड़ेगी और वह बुरा दिन हर पल नजदीक आता जा रहा है। न अड़चन, न खलल, न शर्म–आज नहीं, कल कहकर कोई बहाना बनाने तक का उसे मौका नहीं मिलेगा।

वीणापाणि ने कहा था–"सुरमा दीदी, ससुराल अपना घर है, औरतों को वहाँ झुककर जाने में कोई शर्म नहीं है!"

हाय रे हाय। उसका कौन है, और क्या नहीं है, इसके जमा-खर्च का हिसाब उसके अन्तर्यामी को छोड़ और किसने रखा है? फिर भी आज भी उसका अपना पति है और

अपना कहने के लिए वह प्यारा-सा जला घर दुनिया से लुप्त नहीं हो गया है। आज भी वह पल भर के लिए उसके बीचोबीच जाकर खड़ी हो सकती है।

खूँटे से बँधे जानवर की आँखों के सामने से यह बाहर की खुली जगह जब तक बिलकुल ढँक नहीं जाती है तब तक जैसे वह एक ही जगह पर बार-बार सर पटककर मरता रहता है, ठीक वैसे ही उसके बेकाबू मन की प्रचंड कामना उसके कलेजे के अन्दर हाहाकार करके बाहर के लिए रास्ता ढूँढ़ती मरने लगी। बगल के कमरे में सुरेश निश्चिन्त होकर सो रहा है, बीच का दरवाजा जरा-सा खुला है और उसी के इस किनारे फर्श पर चटाई बिछाकर सर से लेकर पाँव तक कम्बल ओढ़े गैर-बंगाली नौकरानी घोड़ा बेचकर सो रही है। समूचे घर के अन्दर कोई जगा हुआ है, इसका आभास तक नहीं है। सिर्फ वही जैसे आग की सेज पर जल जाने लगी। बहुत दिनों तक इसी पलंग पर उसकी बगल में वीणापाणि सोई थी, मगर आज उसका पति मौजूद है, इसलिए वह अपने कमरे में सोने गई है और इस डर से कि इस विचार का छोर पकड़कर अपना विक्षिप्त दुखी चित अचानक उन्हीं लोगों के बन्द कमरे के पलंग की तरफ नजरें चलाकर ईर्ष्या और अपमान से लाज के अणु-परमाणु में कहीं फट न जाए उसने अपने आपको प्रचंड शक्ति से खींचकर लौटाया, लेकिन तुरन्त उसका समूचा बदन वैसे ही थर-थर काँपने लगा जैसे उसने बिजली छू ली हो।

बगल के किसी कमरे की घड़ी में दो बजे। उसने शॉल को फेंक दिया और ज्यों ही वह उठ बैठी त्यों ही उसने अनुभव किया कि इस जाड़े की रात में भी उसके माथे और मुँह पर पसीने की बूँदें चुहचुहा आई हैं। तब उसने अपने सिरहाने की तरफ की खिड़की खोल दी, तो दिखाई पड़ा, कृष्ण पक्ष की अष्टमी का चाँद ठीक सामने ही उगा हुआ है। और उसी की स्निग्ध मृदु किरणों से सोन का नीला पानी बहुत दूर तक चमक रहा है। आधी रात की ठंडी हवा ने उसके गरम माथे पर हाथ फेर दिया और वहीं उस खिड़की के करीब वह अपनी तकदीर की आखिरी समस्या को लेकर बैठ गई।

इस बात को अचला ने जरूर समझा था कि उसके इस अभिशप्त, अभागे जीवन का जो कुछ सच है सब कुछ लोगों को सिर्फ एक अजीब उपन्यास-सा लगेगा और जिस दिन इस कहानी की पहली बार शुरुआत हुई थी उसी दिन से जितने झूठ ने इस जीवन में सच का मुखौटा पहनकर अपना रूप दिखाया है उनमें से एक-एक को याद करके क्रोध, क्षोभ, अभिमान से उसकी आँखों से आँसू बहने लगे और जिस भाग्यविधाता ने उसकी जवानी के पहले आनन्द को झूठ से इतना विकृत, इतने मजाक की चीज बनाकर दुनिया के सामने उजागर करने में जरा भी ममता महसूस नहीं की, उसी निर्मम-निष्ठुर को उसने अगर बचपन से भगवान मानने की शिक्षा पाई हो, तो उसकी वह शिक्षा बिलकुल व्यर्थ और बिलकुल निरर्थक हो गई है। वह आँखें पोंछते-पोंछते बार-बार कहती रही–हे ईश्वर, तुम्हारी इतनी बड़ी दुनिया में इस अभागिन के जीवन को छोड़ मजाक करने, मनोरंजन करने का और क्या खाक कुछ भी नहीं था।

उसने मन-ही-मन कहा–कहाँ थी मैं और कहाँ था सुरेश! ब्राह्म-परिवार के पास तक फटकने में जिसकी घृणा और विद्वेष की सीमा नहीं थी, किस्मत के खेल से आज उसी आदमी की आसक्ति का क्या कोई आदि-अन्त नहीं रहा! जिसे उसने किसी दिन प्यार नहीं

किया है वही उसके लिए जान से बढ़कर है, सिर्फ इसी झूठ को क्या सभी ने जान रखा? और जो सच है उसे क्या कहीं किसी के भी पास जगह नहीं मिली? फिर उसी झूठ को उसके अपने ही मुँह से प्रचारित होने की इतनी जरूरत थी? भाग्य की इतनी बड़ी विडम्बना किसी को नसीब हुआ है? पति को उसने बड़े दुख से पाया था, लेकिन किस्मत को यह बर्दाश्त नहीं हुआ? उसकी चरम दुर्दशा का बोझ ढोता हुआ अचानक एक दिन सुरेश अभिशाप की भाँति उन लोगों के गाँव के घर में जा पहुँचा। उसके सुख का घोंसला जल गया और तुरत उसका भाग्य भी जलकर राख हो गया था, यह बात समझने में जब और बाकी नहीं रहा, तब फिर क्यों उसके बीमार पति को उसी की गोद पर ला देना पड़ा, जिसे वह बिलकुल खो बैठी थी, सेवा से फिर उसे पूरे तौर पर लौटा देना ही अगर विधाता का संकल्प था, तो आज क्यों उसकी दुख-दुर्दशा, लांछना, अपमान का कोई ओर-छोर नहीं है?

अचला दोनों हाथों को जोड़कर रुँधे स्वर में कहने लगी–"जगदीश्वर, अगर एक दिन तुमने मुझे ऐसा विश्वास करने दिया था कि स्वस्थ पति के आशीर्वाद से सारे अपराधों का प्रायश्चित्त हो गया है, तो इतनी बड़ी दुर्गति के अन्दर तुमने मुझे किसलिए अकेला छोड़ दिया? वह तो हिचकिचाया नहीं था, इतनी हरकतों के बाद भी उसने सुरेश को साथ आने को कहा था। दुनिया में यह अपराध अब दूर नहीं होगा, कलंक का यह दाग अब मिटेगा नहीं। लेकिन अन्तर्यामी मेरे नसीब से तुमने भी क्या गलत समझा? इस कलेजे में हमेशा क्या है, यह क्या तुम्हारी भी नजरों में नहीं आया?"

पिता की चिन्ता को, पति की चिन्ता को वह मानो जी-जान से जोर लगाकर अपने दोनों हाथों से धकेल दिया करती थी, आज भी सारी चिन्ताओं को उसने पास नहीं फटकने दिया। मगर उसे मृणाल की बातें याद आईं और याद आईं फूफी। आते वक्त स्नेह-भरे करुण स्वर में सती-साध्वी कहकर उन्होंने जितने आशीर्वाद दिए थे वे सब याद आए। आज जब उसने अपने बारे में उन लोगों के मनोभाव की कल्पना करने की कोशिश की तो अचानक हार्दिक आघात से थोड़ी देर के लिए उसकी सारी समझदारी ढँक गई और तन-मन की उस कमजोर अभिभूत हालत में जब उसने खिड़की पर सर रखा, तो शायद अनजाने में आँखों से आँसू गिर रहे थे, ऐसे समय पीछे हल्की-सी पदचाप सुनकर वह चौंककर मुड़ी, तो देखा नंगे बदन, नंगे पाँव सुरेश खड़ा है। पल भर की उत्तेजना में, हो सकता है, उसने कुछ कहने की कोशिश की थी, लेकिन रुलाई ने उसकी आवाज रोक दी। इसे दबाकर बात करने का शायद अब उसका मन नहीं किया इसीलिए मुँह घुमाकर उसे पहले की ही तरह सलाखों पर सर रखा, लेकिन जो आँसू अब तक उसकी आँखों से बूँद-बूँद करके टपक रहे थे वे मानो अचानक तटों को तोड़कर पागल धारा में भागते हुए बाहर निकल पड़े।

कहीं कोई आवाज नहीं हो रही है। रात का गहरा सन्नाटा घर के अन्दर-बाहर परसने लगा। पीछे खड़ा होकर सुरेश पत्थर के बुत की तरह स्तब्ध है। सहसा उसका समूचा बदन वैसे ही काँपने लगा जैसे हवा से बाँस के पत्ते काँपते हैं और पलक झपकाते न झपकाते उसने अपने दोनों हाथों को बढ़ाकर अचला का सर खींच लिया और उसे अपने सीने पर दबा रखा।

अचला ने अपने आपको छुड़ा लिया और आँखें पोंछीं, लेकिन बहुत बड़ा विस्मय यह है कि जो आदमी उसके इतने बड़े दुख की जड़ है उसके इस व्यवहार से आज अचला

को उत्कट घृणा महसूस नहीं हुई, बल्कि वह मृदु स्वर में बोली–"तुम इस कमरे में क्यों आए हो?"

सुरेश चुप रहा। शायद आवाज न निकलने से वह जवाब नहीं दे सका।

अचला ने धीरे-धीरे खिड़की बन्द कर दी और बोली–"ठंड से तुम्हारे हाथ काँप रहे हैं। जाओ, नंगे बदन और खड़े मत रहो, कमरे में जाकर लेट जाओ।"

सुरेश की आँखें जल उठीं, लेकिन उसकी आवाज काँपने लगी। उसने अचला के हाथ को अपने हाथ में खींचा और धीमे स्वर में बोला–"तो फिर तुम भी मेरे कमरे में आओ।"

अचला पल भर मूक विस्मय से उसके मुँह की तरफ निहारती रही, फिर बोली–"नहीं, आज नहीं।" इतना कहकर उसने धीरे-धीरे अपना हाथ छुड़ा लिया।

इस शान्त, संयत टाल-मटोल के अन्दर ठीक-ठीक क्या था, यह जरूर समझ न पाने की वजह से सुरेश चुपचाप खड़ा रहा।

अचला उसकी तरफ निहारे बिना ही फिर से बोली–"क्या तुम यह जान पाकर इस कमरे में घुसे थे कि मैं ज़गी हुई हूँ।"

सुरेश आहत होकर बोला–"नहीं तो क्या मैं यह जानकर घुसा हूँ कि तुम सोई हुई हो, तुम यही आशा करती हो?"

"आशा!" अचला मुँह घुमाकर तनिक मुस्कुराई। यह तीखी, कठोर मुस्कुराहट दीये की बेहद मद्धिम रोशनी में भी सुरेश की नजरों से नहीं बच सकी। उस मुस्कुराहट ने मानो स्पष्ट बात करके कहा–अरे कायर! सोई औरत के कमरे में चोरों की तरह नहीं घुसना चाहिए। मर्दों के इस महत्त्व का क्या तुम आज भी दावा करते हो? मगर उसने मुँह से कोई बात नहीं की। थोड़ी देर बाद वह खिड़की को छोड़कर उठकर खड़ी हो गई और धीरे-धीरे बोली–"तुम्हारी तबीयत अच्छी नहीं है, और मत जागो, जाओ, सो जाओ।" इतना कहकर वह धीरे-धीरे अपने बिस्तर पर आई और सर से पाँव तक ओढ़कर लेट गई।

थोड़ी देर तक सन्न हाकर सुरेश वहीं खड़ा रहा, उसके बाद दबे पाँव अपने कमरे में चला गया।

33

दो-एक नौकर-नौकरानियों को छोड़कर घर के सभी के कलकत्ता गए पाँच-छह दिन हो गए। सिर्फ जा नहीं सके हैं मकान मालिक। किसी जरूरी काम के बहाने वे आखिरी वक्त में पीछे हट गए थे। कई दिन से रामचरण बाबू अपने काम को लेकर व्यस्त थे। वे ज्यादा दिखाई नहीं पड़ते थे। अचानक आज तड़के वे आवाज देते हुए ऊपर के बरामदे में आ पहुँचे और सुरमा का नाम लेकर पुकारने लगे।

जाड़े के दिन में इतनी सुबह तब तक कोई बिस्तर छोड़कर नहीं उठा था, अपना नाम सुनकर अचला हड़बड़ाकर दरवाजा खोल करके बाहर आकर खड़ी हो गई और थोड़ी ही देर बाद सुरेश और एक दरवाजा खोल आँखें पोंछते-पोंछते बाहर निकल आया। अभी-अभी नींद से जागे दम्पती को अलग-अलग कमरे से निकलते देखकर रामचरण बाबू की प्रसन्न दृष्टि सहसा विस्मय से सन्दिग्ध हो उठी, यह सुरेश देख तो नहीं पाया, लेकिन अचला की नजरों से यह छिपा नहीं रहा।

रामचरण बाबू सुरेश की तरफ निहारकर जरा अफसोस के साथ बोले–"सुरेश बाबू, पुकारकर मैंने बेवक्त आपकी नींद तोड़ दी, बड़ा अन्याय हो गया।"

सुरेश ने हँसकर कहा–"इसमें अन्याय की कोई बात नहीं है। इसका कारण यह है कि मैं जगा ही था। वरना बाहर से पुकारकर क्यों, ढोल पीटकर भी आप मेरे कमरे की शान्ति को भंग नहीं कर सकते थे। मगर इतने तड़के आप यहाँ क्यों आए?"

रामचरण बाबू ने अचला से कहा–"आज अपनी सुरमा बेटी को एक जिम्मेदारी देना जरूरी हो गया है।" इतना कहकर उन्होंने एक बार उसकी तरफ मुड़कर निहारा और मुस्कुराते हुए बोले–"मेरी पालकी तैयार है, मुझे अभी निकलना होगा। शायद दो-तीन बजे के पहले मैं लौट नहीं सकूँगा। इसलिए इस बूढ़े के लिए थोड़ा-सा दाल-भात बनाकर रख देना बेटी, ताकि देर से आकर मुझे चूल्हा न जलाना पड़े।"

ये परम निष्ठावान शाकाहारी ब्राह्मण अपनी पत्नी और पतोहू को छोड़ और किसी के भी हाथों बना खाना नहीं खाते हैं। उनका रसोईघर भी बिलकुल पूरा अलग है।

यहाँ तक कि सबको उस रसोईघर में जाने का भी अधिकार नहीं था। और चूँकि बीच-बीच में वे खुद अपना खाना बना लिया करते थे। इसीलिए औरतें घर छोड़कर कलकत्ता जा सकी थीं। कई दिनों से उन्होंने खुद अपने हाथों अपना खाना बनाया था। लेकिन आज अचानक उन्होंने इस अनजान, अपरिचित लड़की को यह जिम्मेदारी सौंप दी, तो वह विस्मय और सबसे ज्यादा डर से अभिभूत हो गई।

रामचरण बाबू ने उस उदास मुँह की तरफ निहारकर स्नेह के साथ कहा–"तुम सोच रही होगी बेटी कि यह बूढ़ा आज क्या कहता है। खाना बनाने और खाने-पीने को लेकर जो इतना भेदभाव बरतता है, जो इतना हंगामा करता है, उसे आज क्या हुआ? सो हो! राक्षसी के हाथों बना खाना खाने में जब मुझे आपत्ति नहीं होती है तब तुम्हारे हाथों बना खाना खाने में आपत्ति क्यों होगी? अब खाना बने, तो अच्छा है, न बने तो अच्छा है। उतनी देर में वापस आकर मैं चूल्हा नहीं जला सकूँगा।" इतना कहकर वे अचला के मूक मुँह की तरफ थोड़ी देर तक निहारते रहे। उसके बाद उन्होंने फिर से मुस्कुराकर कहा–"तुम जरूर मन-ही-मन यह सोच रही हो कि इस बूढ़े के मन में अचानक अगर इतनी बड़ी उदारता पैदा हुई है, तो मुझे तकलीफ न देकर यह गैर-बंगाली ब्राह्मण रसोइए के हाथों बना खाना खा सकता, तो अच्छा होता। नहीं बेटी, नहीं, यह अच्छा नहीं होता। आज भी इस बूढ़े में उतना ही दकियानूसीपन है, उतना ही कुसंस्कार है। मैं मर जाऊँगा, तो भी उस गैर-बंगाली महाराज, जो सन्ध्या और गायत्री का जाप नहीं करता है, के हाथों बना खाना मेरे गले नहीं उतरेगा। और यह भी सच नहीं है कि अपनी राक्षसी बेटी और तुम्हें इस बीच में एकबारगी एक कर

ले सका हूँ। लेकिन जितना देखता हूँ, मुझे लग रहा है, यह बेटी भी अगर एक दिन खाना बना दे, तो वह मेरे लिए अन्नपूर्णा का अन्न नहीं होगा, यह किसी भी सूरत में नहीं मानूँगा। लेकिन मैं तो और देरी नहीं कर सकूँगा बेटी, बाकी जो रहा वह मैं खाते-खाते कहूँगा। और वही कहना तब सचमुच का कहना होगा।" इतना कहकर ज्यों ही उन्होंने चलने की तैयारी की त्यों ही अचला घबरा उठी, यह तय करते न करते कि वह क्या कहे जो बात सबसे पहले मुँह में आ गई, उसने उसे ही कह डाला, बोली–"मगर मैं तो अच्छा खाना बनाना नहीं जानती हूँ। मेरा बनाया खाना आपको तो पसन्द नहीं आएगा।"

बूढ़े रामचरण बाबू मुड़कर खड़े हो गए और तनिक मुस्कुराए। बोले–"तुम मुझे यह विश्वास करने को कहती हो बेटी?"

अचला बोली–"सभी क्या खाना बनाना जानते हैं?"

उन्होंने जवाब दिया–"मैं क्या यही कह रहा हूँ कि सभी खाना बनाना जानते हैं।"

अचला को इस बात का अचानक कोई जवाब देते नहीं बना, तो वह चुप रही। लेकिन सुरेश के लिए वहाँ खड़ा रहना एक तरह से असम्भव हो उठा। अचला के बदरंग मुँह की तरफ उसने कनखियों से निहारा, तो उसने उसका दुख समझा। रामचरण बाबू का संस्कार, उनका हिन्दू आचार अच्छा हो या बुरा, सही हो या गलत उन्हें खाना बनाकर खिलाने के अन्दर जो गन्दा धोखा छुपा है, वह अचला से छिपा नहीं है और इस शरीफ औरत का विवेक इस गुप्त बात के गहरे पाप से अपने आपको हरगिज छुटकारा नहीं दे रहा है, जब यह उसे उसके उदास, पीले मुँह पर साफ-साफ दिखाई पड़ा, तो वह और किसी तरफ निगाह डाले बिना मुँह-हाथ धोने के बहाने तेजी से सीढ़ियों से नीचे उतर गया।

"तो फिर मैं चला।" इतना कहकर रामचरण बाबू भी तुरत सुरेश के पीछे-पीछे चल पड़े। पल भर के लिए अचला हक्का-बक्का होकर खड़ी रही, उसके बाद उसने अपने आपको जबरन सचेत कर लिया और पुकारा–"एक बात सुनिए..."

रामचरण बाबू मुड़े, तो देखा, सुरमा न जाने क्या कहना चाहकर भी चुपचाप नजरें झुकाए खड़ी है। अब वे कई कदम आगे बढ़कर आए और बोले–"और एक बात तुम्हें बतानी है बेटी। वह यह कि जब तुम्हारा संकोच किसी भी सूरत में दूर होने का नाम नहीं ले रहा है, तब...जानती है, सुरमा बचपन में मैं था मुहल्ले का मँझला भैया। तुम्हारे बाप से मैं हो सकता है उम्र में छोटा भी न होऊँ। तो फिर मुझे मँझले ताऊ कहकर क्यों नहीं पुकारती हो बेटी?"

अचला यह जानती थी कि रामचरण बाबू उसे बेहद स्नेह करते हैं। प्यार की इस अभिव्यक्ति से उसकी आँखों की कोरों में आँसू आ गए। इसीलिए उसने सिर्फ चुपचाप गरदन हिलाकर सहमति जताई।

उन्होंने प्रश्न किया–"तुम्हें और कुछ कहना है?"

अचला पहले की ही तरह चुपचाप थोड़ी देर तक फर्श की तरफ निहारती रही। इस बार शायद उसने अपनी सारी ताकत को एक करके धीरे से कहा–"लेकिन मेरे पिता ब्राह्म थे।"

रामचरण बाबू अचानक चौंक गए–"वे सचमुच के ब्राह्म थे या वैसे ब्राह्म थे जैसे कलकत्ता आकर कुछ लोग दो दिनों में शौक से ब्राह्म बन जाते हैं? वे ब्राह्मों के दल में

बैठकर हिन्दुओं को चुन-चुनकर जितनी गालियाँ देते हैं उनती गालियाँ सचमुच के ब्राह्म कभी मुँह में ला भी नहीं सकते हैं। उसके बाद घर लौटकर समाज में खड़े होकर वे ही ब्राह्मों को इतनी गाली-गलौज देते हैं कि उतना मधुर वचन हिन्दुओं के पूर्वज भी कभी नहीं बोल सकते हैं। मैं पूछता हूँ, वे वैसे ही ब्राह्म थे न बेटी? अगर वे वैसे ब्राह्म थे, तो मुझे जरा भी आपत्ति नहीं है।"

अचला का मुँह-आँख शर्म से लाल हो उठा। उसने सिर्फ इतना कहा–"नहीं, वे सचमुच के ब्राह्म थे।"

उसका जवाब सुनकर वे जरा हताश हो गए। लेकिन वे थोड़ी ही देर में प्रसन्न होकर बोले–"पिता ब्राह्म थे तो थे। भला इससे क्या? बेटी तो अब उनका कर्जदार नहीं है कि इतना डरना होगा। बल्कि जिसके साथ तुमने धर्म का बँटवारा किया है बेटी वे जब हिन्दू हैं, उनके गले में जब जनेऊ शोभा पा रहा है, उन्होंने जब उस जनेऊ को अभी तक अपमानित नहीं किया है तब बाप का कर्म तो तुम्हें छू नहीं सकता है। मगर तुम चाहे जितनी भी चाल क्यों न चलो, सुरमा, तुम अपने ताऊ को आज और चकमा नहीं दे सकोगी। आज तुम्हें खाना बनाना ही पड़ेगा। इसीलिए बाप की शिक्षा के प्रभाव से तुमने उस दिन उपवास करना नहीं चाहा था। पर आज उसे सूद समेत वसूल करूँगा, तब जाकर तुम्हें छोड़ूँगा।" इतना कहकर उनको फिर से चले जाते देखकर अचला इतनी देर बाद अपनी स्तब्धता को पल भर में लाँघ गई। साफ-साफ बोली–"अच्छा ताऊ जी, मेरे ब्राह्म होने पर आप मेरे हाथ का बना खाना खाएँगे?"

उन्होंने कहा–"नहीं! तब मैं तुम्हारे हाथ बनाया खाना नहीं खाऊँगा। मगर तुम तो ब्राह्म हो नहीं सकती।"

अचला ने प्रश्न किया–"लेकिन अगर मैं ब्राह्म होती, तो क्या सिर्फ इसलिए मैं आपके लिए अछूत हो जाती कि मेरा धर्म अलग है।"

उन्होंने कहा–"तुम अछूत क्यों होगी बेटी? तुम तो अछूत नहीं हो। मगर मैं तुम्हारे हाथ का बना खाना नहीं खाता।"

इस बारे में आज उसे बहुत-सी बातें जानना जरूरी है। इसीलिए वह चुप नहीं रह सकी। बोली–"आप मेरे हाथ का बना खाना क्यों नहीं खाते? क्या घृणा से नहीं खाते?"

वे सहसा कोई जवाब नहीं दे सके। सिर्फ उसके मुँह की तरफ एकटक निहारते रहे।

अचला ने अपने सारे संकोचों को छोड़ दिया था, बोली–"ताऊजी, मैं जानती हूँ, आपकी दया-माया कितनी बड़ी है, इसके बहुत-से गवाह इस दुनिया में हैं, लेकिन हम लोगों से बड़ा गवाह और कोई नहीं है। लेकिन यही मुझसे सोचते नहीं बनता कि आप जैसे आदमी का मन किस तरह से इतना अनुदार हो सकता है! आप कैसे आदमी से इतनी घृणा कर सकते हैं!"

वे अचानक व्याकुल होकर बोल उठे–"मैं घृणा करता हूँ? किससे घृणा करता हूँ, बेटी? कब घृणा करता हूँ बेटी?"

अचला बोली–"जिसके हाथ के बने खाने को आप छूते तक नहीं, वही है आपकी घृणा का पात्र। उसी से आप मन-ही-मन घृणा करते हैं। और यह भी आप लम्बे अरसे

की आदत से भूल गए हैं कि आप घृणा करते हैं। अपने उस गैर-बंगाली नौकर की बात छोड़ दीजिए, रसोइए के हाथ का बना खाना भी आपके गले नहीं उतरेगा, यह भी आपने अपने ही मुँह से जाहिर किया है। इससे देश का कितना नुकसान, कितनी अवनति हुई है, यह तो...''

रामचरण बाबू चुपचाप सुन रहे थे और अचला की उत्तेजना को भी देख रहे थे। उसकी बात अचानक खत्म होने पर वे तनिक मुस्कुराकर बोले--''बेटी, घृणा हम किसी भी आदमी से नहीं करते हैं। जो शिकायत तुमने की वह शिकायत अंग्रेज करते हैं। उनसे तुम्हारे पिता ने सीखा है और उनसे तुमने सीखा है। वरना आदमी तो भगवान है यह ज्ञान सिर्फ उन्हें नहीं, हमें भी था, आज भी है।''

इसी समय नीचे से हल्का-सा शोरगुल सुनाई पड़ रहा था। उन्होंने उधर पल भर कान लगाकर कहा--''सुरमा, बतौर चीज खाना जिन लोगों के बीच बहुत बड़ी चीज बहुत बड़े तामझाम का मामला है, उनके साथ हमारा मेल नहीं हो सकता है। हमारे लिए भात-भुरता खाना तुच्छ चीज है। तुम आज उसका थोड़ा-सा जुगाड़ कर रखना--उसे खाते-खाते चर्चा की जाएगी कि घृणा हम किससे कितनी करते हैं और देश की अवनति इससे कितनी हो रही है--मगर शोरगुल बढ़ रहा है, और नहीं बेटी, मैं चला।'' इतना कहकर वे जरा तेजी से उतर गए।

34

लगभग तीसरे पहर खाना खाने के बाद रामचरण बाबू ने तृप्ति से जोरदार डकार लेकर जब उठने की कोशिश की तब अचला ने बड़ी मुश्किल से तनिक मुस्कुराकर कहा--''लेकिन ताऊजी, जिस दिन आप यह जानेंगे कि आज आपकी जात गई उस दिन आप गुस्सा नहीं कीजिएगा, यह मैं कह देती हूँ।''

उन्होंने स्नेह के साथ मन्द-मन्द गरदन जरा हिलाई और बोले--''अच्छा बेटी, ऐसा ही होगा।'' इतना कहकर उन्होंने आचमन किया और बाहरी घर में चले गए। उनकी खड़ाऊँ की खटखट की आवाज जब तक सुनाई पड़ी तब तक अचला सम्पूर्ण दृष्टि से मानो उसी आवाज का पीछा करने लगी। उसके बाद जब वह आवाज विलीन हो गई, कब बाहरी दुनिया ने उसकी चेतना से लुप्त होकर उसे पत्थर बना दिया, इसका उसे पता भी नहीं चला।

बहुत पुरानी गैर-बंगाली नौकरानी ने बँगला भाषा के साथ-साथ बंगालियों के आचार-व्यवहार, कायदे-कानून को कुछ सीखा था। वह किसी काम से इधर आई तो बहू के बैठने की मुद्रा देखकर वह दंग रह गई और उम्र में बड़ी होने के हक से अपनी सीखी

बँगला में ढलते दिन की तरफ अचला का ध्यान आकर्षित करते हुए प्रश्न किया–''आज खाने-पीने की कोई जरूरत है, या इसी तरह से बैठी रहने से ही काम चल जाएगा।''

अचला ने चौंककर आँखें खोलीं, तो देखा, दिन ढल रहा है। जाड़े की शाम होने ही वाली है। एक धुँधलका थकान की तरह आसमान के हर हिस्से में भरने को आ रहा है। शरमाकर वह उठकर खड़ी हो गई और हँसकर बोली–''मैंने ऐसा ठीक किया है लालू की माँ कि मैं एकबारगी शाम के बाद खाऊँगी। आज मुझे भूख-प्यास जरा भी नहीं है।''

लालू की माँ विस्मित होकर बोली–''थोड़ी देर पहले ही तो तुमने कहा बहू कि बड़े बाबू के खा लेने के बाद तुम खाओगी।''

''न, एकबारगी रात को ही खाऊँगी।'' इतना कहकर और ज्यादा बात करने का मौका दिए बिना ही अचला तेज कदमों से ऊपर चली गई।

अगर उसे थोड़ा-सा वक्त मिलता तो वह ऊपर के बरामदे में रेलिंग की बगल में कुर्सी खींच लेती थी और नदी की तरफ निहारती हुई चुपचाप बैठती थी। आज रात भी वह उसी तरह से बैठी थी। पर जब अचानक रामचरण बाबू की चप्पलों की आवाज सुनकर अचला मुड़ी तो देखा, वे बिलकुल बीचोबीच आकर खड़े हो गए हैं और कुछ कहने के पहले ही उन्होंने अपने हाथ का हुक्का एक कोने में टिकाकर रखा, एक कुर्सी को करीब खींच लिया और उस पर बैठे। फिर तनिक मुस्कुराकर बोले–''उसी बात का कोई फैसला करने के लिए मैं आया सुरमा कि तुम्हारे ब्रह्मज्ञानी पिता ठीक हैं या इस बूढ़े ताऊजी की बात ठीक है। उस तर्क का कोई निपटारा किए बिना आज अब मैं नीचे नहीं जानेवाला।''

अचला ने समझा यह वही जाति-भेद का प्रश्न है। उसने थके स्वर में कहा–''मैं तर्क करना नहीं जानती हूँ ताऊजी।''

रामचरण बाबू ने सर हिलाकर कहा–''अरे, बस करो! तुम क्या सीधे आदमी की लड़की हो बेटी? लेकिन बात बिलकुल गलत है, यही गनीमत है। नहीं तो मैं हार ही गया था।''

अचला के मन की हालत ऐसी नहीं है कि वह किसी विषय को लेकर तर्क करे। इस तर्क-युद्ध से अपने आपको बचा लेने का जब उसे जरा सा मौका मिला, तो उसने कहा–''तो फिर अब और क्या तर्क करना है ताऊजी? आप ही की तो जीत हुई है।'' फिर वह जरा रुककर बोली–''हारे हुए को दोबारा हराने से क्या फायदा है आपको?''

रामचरण बाबू ने उसकी बात का तुरत कोई जवाब नहीं दिया। वे बहुत उम्रदराज हैं। दुनिया में उन्होंने बहुतेरी चीजें देखी हैं। इसलिए यह अवसन्न आवाज भी जैसे उनसे छिपी नहीं रही। वैसे ही उसके थके-हारे पीले मुँह को देखकर यह बात भी उनसे छिपी नहीं रही कि यह लड़की सुख से नहीं है और इसके मन के अन्दर कोई भयानक दुख भट्ठे की आग की तरह दिन-रात जल रहा है। वे थोड़ी देर तक चुप रहे, फिर अचानक हँसने की कोशिश करते हुए उन्होंने बड़े स्नेह के साथ कहा–''न, बहाना काम नहीं आया बेटी। बूढ़ा आदमी ठहरा। बकबक करना पसन्द करता हूँ। शाम के वक्त अकेली जान हाँफ उठती है। इसीलिए सोचा कि झूठ-मूठ कहकर बेटी को जरा गुस्सा दिलाकर थोड़ी

गपशप करूँ, मगर छल पकड़ा गया।'' इतना कहकर उन्होंने झुककर हुक्के के लिए अपना हाथ बढ़ा दिया।

अचला ने यह समझा कि वे जाने के लिए हुक्का ले रहे हैं और यह समझकर कि नीचे जाकर अकेले में उनका वक्त बड़े दुख से कटेगा, उसका चित्त दुखी हो उठा। इसीलिए वह जल्दी से कुर्सी छोड़कर उठी, खुद ही हुक्के को उठा लिया और उसे उनके फैले हाथ पर देते-देते कहा—''आप जितनी मर्जी हुक्का पीना चाहें, यहीं बैठे-बैठे पीजिए, मगर मैं अभी आपको उठकर हरगिज नहीं जाने दूँगी।''

उन्होंने हुक्के को हाथ में लिया और हँसकर बोले—''अरे बाप रे! लगाम को एकदम इतनी ढीली मत करो बेटी कि भविष्य में सँभाल न सको। मेरा मुँह बन्द किए हुक्का पीना कैसा होता है, यह तो तुमने नहीं देखा है। बल्कि इससे अच्छा है कि मुझे जरा-जुरा कहने दो कि...''

''आदमी का दम न अटक जाए, न ताऊजी? अच्छी बात है, कहिए। मगर क्या लेकर आप बकबक शुरू करेंगे, कहिए तो?''

रामचरण बाबू ने मुँह से ढेर सारा धुआँ ऊपर की तरफ छोड़ दिया और बोले—''यह पूछकर तुमने मुझे मुश्किल में डाल दिया बेटी। ज्यादा बकबक करनेवाले से भी यह सवाल करने पर उसका मुँह बन्द हो जाता है।''

''अच्छा ताऊजी, किसी दिन अगर आप यह जान पाएँ कि जबरन जिसके हाथ का बना भात आज आपने खाया है उससे नीच, उससे घृणित दुनिया में और कोई नहीं है, तब आप क्या करेंगे? प्रायश्चित्त करेंगे? और शास्त्र में अगर उसकी विधि भी न हो तो?''

रामचरण बाबू बोले—''तब तो समझो कि झंझट ही खत्म हो गया बेटी। फिर प्रायश्चित्त नहीं करना पड़ेगा।''

''लेकिन तब मेरे प्रति आपको कितनी घृणा होगी।''

''तुम्हारे प्रति मुझे कब घृणा होगी बेटी?''

''जब आपको इस बात का पता चलेगा कि मेरी कोई जात तक नहीं है।''

रामचरण बाबू ने हुक्के को अपने मुँह से हटा लिया और उस धुँधलके में थोड़ी देर तक उसके मुँह की तरफ निहारते रहे, फिर धीरे-धीरे बोले—''तुम लोगों की यही बात मैं हरगिज नहीं समझ पाता हूँ बेटी। और तुम लोगों को क्यों कहूँ? जानती हो सुरमा, मैंने अपने बेटे के मुँह से यह शिकायत सुनी है। वह तो साफ-साफ कहता है कि इसी खानदान के भेदभाव से सारा देश लगभग रसातल में चला जा रहा है। क्योंकि इसकी जड़ में है घृणा और घृणा से कोई बड़ा फायदा नहीं होता है।''

अचला मन-ही-मन बड़ी विस्मित हुई। उसे इस बात की धारणा ही नहीं थी कि ये सब चर्चाएँ किसी मौके से इस घर में छिड़ सकती हैं। बोली—''तो क्या यह बात गलत है?''

रामचरण बाबू ने तनिक मुस्कुराकर कहा—''यह बात गलत है या नहीं, यह जवाब मैंने भले ही नहीं दिया बेटी मगर यह बात सही नहीं है। मैं शास्त्र के विधि-नियम को मानकर चलता हूँ, बस इतना ही जो लोग शास्त्र के इस विधि-नियम से और भी जरा ज्यादा इस बात को मानते हैं, जैसे—मेरे गुरुदेव, वे अपना खाना खुद अपने हाथों बनाकर खाते हैं। वे अपनी

बेटी तक को हाथ नहीं लगाने देते हैं। इससे क्या यह तय किया जा सकता है कि वे अपनी इकलौती सन्तान से घृणा करते हैं?"

अचला से कोई जवाब देते नहीं बना, तो वह चुप रही।

रामचरण बाबू ने हुक्के में और कई बार दम लगाया और बोले–"जवानी में मैंने बहुत सारे देशों का चक्कर लगाया है, कितने वन-जंगलों, पहाड़-पर्वतों, कितने तरह के लोगों, कितने तरह के आचार-व्यवहारों को देखा है। उन सबका नाम हो सकता है, तुम लोगों को मालूम न हो। कहीं खानपान का भेदभाव है, तो कहीं उसका नाम तक नहीं सुना है। तब भी तो बेटी, वे लोग उतने ही असभ्य हैं, उतने ही छोटे हैं।" इतना कहकर उन्होंने बुझी चिलम में दो बार बेकार का कश लगाया और आखिरी बार हुक्के को खम्भे के कोने से टिकाकर रखा। अचला जैसे चुपचाप बैठी थी वैसे ही चुपचाप बैठी रही।

रामचरण बाबू खुद भी थोड़ी देर तक स्तब्ध रहे, तनकर बैठे और बोले–"असली बात जानती हो सुरमा, तुम लोगों ने अंग्रेजों से सबक सीखा है। वे उन्नत हैं, वे राजा हैं, वे धनी हैं। उन लोगों के बीच अगर पैरों को ऊँचा करके हाथों के बल चलने का इन्तजाम होता, तो तुम लोग कहते कि ठीक इस तरह से चलना न सीखने पर और उन्नति करने का आशा-भरोसा नहीं है।"

ये सब तर्क-युक्तियाँ अचला ने बँगला के दैनिक अखबारों में बहुत पढ़ी हैं। इसीलिए कोई बात किए बिना वह तनिक मुस्कुराई। इस मुस्कुराहट को रामचरण बाबू ने देखाा, लेकिन जैसे वे उसे देख नहीं पाए हैं, कुछ इस तरह से वे अपनी बात को दोबारा कहने लगे–"मैं जब श्रीधाम श्रीक्षेत्र में जाता हूँ तब कितने जाने-अनजाने लोगों के बीच जा पड़ता हूँ। खानपान में छुआछूत का भेदभाव वहाँ नहीं है। वहाँ कभी यह नहीं लगता है कि छुआछूत का भेदभाव करना चाहिए। लेकिन अगर घृणा के बीच इसका जन्म होता तो क्या मैं इतनी आसानी से यह काम कर सकता था। मैंने तो किसी के भी हाथ का बना खाना लगभग नहीं खाया है। मगर रास्ते के बड़े से बड़े दीन-दुखियों से भी मैंने मन-ही-मन कभी घृणा की है..."

अचला व्यग्र व्याकुल आवाज में बाधा देती हुई बोल उठी–"मैं क्या आपको नहीं जानती हूँ ताऊजी? इतनी दया दुनिया में और किसे है!"

"यह दया नहीं है बेटी, दया नहीं है, यह प्यार है। उन्हीं लोगों को मैं ज्यादा प्यार करता हूँ। लेकिन असली बात क्या है, जानती हो बेटी? कोई जात ही भला क्या और कोई आदमी ही भला क्या, धीरे-धीरे जब वह हीन बन जाता है तब सबसे तुच्छ चीज के मत्थे सारा दोष मढ़कर वह सान्त्वना प्राप्त करता है। सोचता है, इस आसान बाधा को सँभाल लेने से ही वह रातोरात बड़ा बन जाएगा। हम लोगों का भी यही ढंग है। लेकिन जो कठिन है, जो जड़ है..."

उन्हें अपनी बात खत्म करने का और वक्त नहीं मिला। सीढ़ियों पर जूतों की आवाज सुनकर ज्यों ही उन्होंने मुँह घुमाया त्यों ही उन्हें सुरेश दिखाई पड़ा, तो वे एकबारगी प्रश्न कर बैठे–"अच्छा सुरेश बाबू, आप तो हिन्दू हैं। आप तो हमारे जाति-भेद को मानते हैं?"

सुरेश अचकचा गया। यह भला कैसा सवाल है? जिस चोरबालू पर से होकर वे लोग चले जा रहे हैं उसकी पड़ताल किए बिना ही अचानक कदम बढ़ाने पर पता नहीं किस गहराई में वह समा जाएगा, यह पक्का नहीं है। यहाँ सच्चाई ही सही है या नहीं, सावधानी से इसका हिसाब लगाना चाहिए। इसलिए वह डरते-डरते करीब आया और एक बार अचला के मुँह की तरफ निहारकर मतलब समझने की कोशिश की, मगर उसका मुँह उसे दिखाई नहीं पड़ा। तब एक सूखी हँसी हँसकर उसने हिचकिचाहट-भरे स्वर में कहा–"हम लोग क्या हैं, यह तो आप अच्छी तरह जानते हैं रामचरण बाबू।"

रामचरण बाबू बोले–"मैं तो ऐसा ही जानता था कि मैं अच्छी तरह यह जानता हूँ कि आप लोग क्या हैं? लेकिन आपकी पत्नी तो बिलकुल शुरू से आखिर तक उसे उलटा-पुलटा कर देना चाह रही हैं। कह रही हैं कि जाति-भेद जैसे इतने बड़े अन्याय और इतने बड़े सर्वनाश को वे हरगिज स्वीकार नहीं कर सकती हैं। म्लेच्छ के हाथ का बना खाने में भी उन्हें कोई आपत्ति नहीं है और यह शिक्षा उन्हें पैदा होने के बाद से अपने ब्राह्म पिता से मिली है। उनके हाथ का बना खाना खाने से आज मेरी जात गई या नहीं और कोई प्रायश्चित्त करना जरूरी है या नहीं, अब तक यही बात हो रही थी। क्यों, आपकी क्या राय है?"

सुरेश कहे तो क्या कहे! अचला का मिजाज उससे छिपा नहीं है और यह खबर भी उनके लिए नई नहीं है कि वहाँ विद्रोह की आग रोज जल रही है, मगर वही आग आज अचानक कहाँ तक फैल चुकी है, यही अन्दाजा न लगा पाने की वजह से वह आशंका और चिन्ता से मुरझा गया। लेकिन पल भर बाद ही उसने अपने आपको सँभाल लिया और पहले की तरह तनिक मुस्कुराने की कोशिश की, मगर अबकी बार उस कोशिश ने सिर्फ मुस्कुराहट को ढँक लिया और मुँह को विकृत किया, बस।

सुरेश बोला–"वे आपसे मजाक कर रही हैं।"

रामचरण बाबू ने गम्भीर होकर सर हिलाया, बोले–"उनका मुझसे मजाक करना उचित नहीं है, तो भी यह बात सोचने में मुझे आपत्ति नहीं थी। लेकिन पति के भले के लिए भी जब हिन्दू-घर की लड़की ने अपने कर्तव्य का पालन करना नहीं चाहा, तुलसी चढ़ाने के दिन भी उन्होंने हरगिज उपवास नहीं किया, खैर! यह अगर मजाक हो, तो यह थोड़ा कठोर मजाक तो है। अच्छा सुरेश बाबू, आपकी शादी तो हिन्दू रीति-रिवाज से ही हुई थी?"

सुरेश ने कहा–"हाँ!"

रामचरण बाबू मन्द-मन्द मुस्कुराने लगे, बोले–"यह मैं जानता हूँ।" फिर अचला की तरफ निहारकर बोले–"तुमसे मुझे बहुत सी बातें करनी हैं बेटी। लेकिन तुम्हारे पिता के ब्राह्म होने का अब कोई दुख नहीं है। मैं ऐसे बहुत से ब्राह्मों को जानता हूँ जो समाज में जाकर भी आँखें मूँदते हैं, थोड़ा-बहुत अनाचार भी करते हैं, मगर जब बेटी की शादी कराने का वक्त आता है, तो फिर हिसाब की कोई गड़बड़ी नहीं करते हैं। जाने दो, मेरी एक चिन्ता दूर हुई।"

लेकिन उनकी चिन्ता की तुलना में भी बहुत ज्यादा चिन्ता दूर हो गई सुरेश की। वह फौरन रामचरण बाबू के सुर में सुर मिलाकर बोल उठा–"आपने ठीक कहा है रामचरण बाबू। ऐसे ही लोग ज्यादा हैं। वे..."

अचानक दोनों ही चौंक उठे। बातों के बीच में ही अचला की तीखी आवाज ठीक जैसे गरज उठी। उसने सुरेश के मुँह पर अपनी तीखी नजरें टिकाकर कहा—"इतना गुनाह करने के बाद भी तुम्हें अपना गुनाह बढ़ाने में शर्म नहीं आती है? और सो भी फिर मेरे ही मुँह पर। तुम जानते हो, यह सब झूठ है। तुम जानते हो, मेरे पिता धोखेबाज नहीं हैं। वे मन से होशोहवास से सच्चे ब्राह्मसमाजी हैं। तुम जानते हो, वे..." कहते-कहते वह कुर्सी छोड़ उठकर खड़ी हो गई।

सुरेश पहले-पहल अचकचा गया। लेकिन गरदन घुमाकर जब उसने रामचरण बाबू की विस्मय से पीली आँखों की तरफ निहारा, तो अचानक वह भी जल उठा। बोला—"क्या झूठ है? तुम्हारे पिता क्या हिन्दू घर में अपनी बेटी की शादी कराने को राजी नहीं थे? तुम भी सही बात बताओ?"

अचला ने उसकी बात का कोई जवाब नहीं दिया। शायद पल भर चुप रही, फिर अपने आपको सँभाल लिया। उसके बाद धीरे-धीरे बोली—"वह बात तुम आज मुझसे क्यों पूछ रहे हो? वे अपनी बेटी को हिन्दू-घर में क्यों ब्याहना चाहते थे, इसे क्या दुनिया में सबसे ज्यादा तुम खुद ही नहीं जानते हो? तुम ठीक जानते हो, मैं क्या हूँ, मेरे पिता क्या हैं, लेकिन इसको लेकर तुम्हारे साथ तू-तू, मैं-मैं करने का मेरा मन नहीं करता है, इतना ही नहीं, बल्कि मुझे शर्म आती है। तुम्हारी जो मर्जी हो, तुम गढ़-गढ़कर उनसे कहो। मगर मैं सुनना नहीं चाहती। तुम कहो, मैं चली।" इतना कहकर वह एक तरह से तेज कदमों से ही बगल के कमरे में जा घुसी।

वह चली गई, लेकिन कुछ देर के लिए दोनों ही निश्चल पत्थर-से हो गए।

रामचरण बाबू ने शायद बेहद मन की गलती से एक बार अपने हुक्के के लिए हाथ बढ़ाया, मगर तभी उन्होंने अपना हाथ खींच लिया। जरा हिल-डुलकर बैठे। एक बार खाँसकर गले को साफ किया और बोले—"आजकल आपकी तबीयत कैसी है सुरेश बाबू?"

सुरेश अन्यमनस्क हो गया था। चौंककर बोला—"जी, अच्छी है।" इतना कहते ही शायद उसे सही बात याद आई। बोला—"छाती में इस जगह पर थोड़ा-सा दर्द है। क्या पता, कल से फिर बढ़े या..."

रामचरण बाबू बोले—"तब देखिए तो सुरेश बाबू! इस ठंड में इतनी रात तक आपका बाहर घूमते फिरना क्या अच्छा है?"

"मैं निरर्थक घूमता फिरा नहीं था रामचरण बाबू! उस घर के लिए आज मैं दो हजार रुपए बयाना दे आया।"

रामचरण बाबू ने विस्मय जाहिर किया, फिर अन्त में बोले—"वह घर नदी पर है। अच्छा ही है। लेकिन अगर आप मुझसे पूछते तो मैं हो सकता है, मना करता। उस दिन बातों-बातों में मैंने समझा था कि सुरमा यहाँ बिलकुल नहीं रहना चाहती है।" उन्होंने हँसकर पूछा—"आपने उनकी सहमति ली है या सिर्फ आप अपनी ही मर्जी से इसे खरीद बैठे?"

सुरेश ने इस सवाल का जवाब दिए बिना सिर्फ कहा—"उनके यहाँ न रहने का कोई खास कारण तो मुझे नहीं दीखता है। इसके अलावा रहने लायक कुछ माल-असबाब भी मैंने कलकत्ता से मँगवाया है। बहुत सम्भव है, कल-परसों के अन्दर ही वह सब आ जाएगा।"

रामचरण बाबू थोड़ी देर तक स्तब्ध रहे, फिर पता नहीं क्या सोचकर पुकार उठे– ''सुरमा।''

अचला ने आवाज नहीं दी। लेकिन वह कमरे के अन्दर से बाहर निकली और धीरे-धीरे अपनी कुर्सी पर आकर बैठी।

रामचरण बाबू ने स्निग्ध स्वर में कहा–''बेटी, तुम्हारे पति ने तो यहाँ बहुत बड़ा घर खरीद डाला। अब तो तुम इस बूढ़े ताऊ को छोड़कर नहीं चली जा सकोगी बेटी।''

अचला चुप रही।

उन्होंने ने फिर से कहा–''सिर्फ घर और माल-असबाब नहीं, मैं जानता हूँ गाड़ी-छकड़ा भी आ रहा है। और उससे भी ज्यादा मैं यह जानता हूँ कि सब कुछ तुम्हारे ही लिए है।'' इतना कहकर उन्होंने मुस्कुराते हुए एक बार सुरेश और एक बार अचला के मुँह की तरफ निहारा। लेकिन उस गम्भीर खिन्न मुँह से जरा भी आनन्द का निशान जाहिर नहीं हुआ। इस धुँधलके में, हो सकता है, यह दूसरे को ठीक दिखाई नहीं पड़ता। मगर तीक्ष्ण दृष्टि रामचरण बाबू की नजरों से वह बच नहीं सका। फिर भी उन्होंने प्रश्न किया–''लेकिन बेटी, तुम्हारी सहमति...''

अचला ने अबकी बार बात की, बोली–''मेरी सहमति की तो जरूरत नहीं है ताऊजी।''

रामचरण बाबू जल्दी से बोल उठे–''यह तुम कैसी बात कह रही हो बेटी? तुम्हीं तो सब हो, तुम्हारी ही मर्जी से तो...''

अचला उठकर खड़ी हो गई और बोली–''नहीं, ताऊजी नहीं, मेरी मर्जी से कुछ भी आता-जाता नहीं। आप सारी बातें नहीं समझेंगे और मैं आपको समझा भी नहीं सकूँगी, मगर अब आपको मुझसे कोई काम न हो, तो मैं जाऊँ...''

रामचरण बाबू के मुँह से कोई बात बाहर नहीं निकली और उसकी जरूरत भी नहीं पड़ी। सहसा गैर-बंगाली नौकरानी कड़ाही भर आग लेकर ज्यों ही आ पहुँची त्यों ही सबकी नजर उस पर गई। रामचरण बाबू अचरज में पड़कर पूछने जा रहे थे कि तभी सुरेश ने झेंपकर कहा–''मैंने बैरे को आग लाने को कहा था, देखता हूँ, उसने फिर दूसरे से कह दिया है। मेरे इस दर्द पर जरा...''

आग की जरूरत की कोई विशद व्याख्या करने की जरूरत नहीं पड़ी। लेकिन उसके लिए तो और एक आदमी चाहिए। रामचरण बाबू ने अचला के मुँह की तरफ निहारा, मगर उसने पल भर में मुँह घुमा लिया और थके स्वर में बोली–''मुझे बड़ी नींद लगी है ताऊजी, मैं चली।'' इतना कहकर वह जवाब का इन्तजार किए बिना चली गई और दूसरे ही पल उसके किवाड़ बन्द होने की आवाज आ पहुँची।

रामचरण बाबू धीरे-धीरे कुर्सी छोड़कर उठकर खड़े हो गए और नौकरानी के हाथ से आग की बोरसी अपने हाथ में लेकर बोले–''तो फिर चलिए सुरेश बाबू...''

''आप?''

''हाँ, मैं ही। यह नई बात नहीं है। यह काम इस जीवन में बहुत हो चुका है।'' इतना कहकर वे एक तरह से जबरन ही उसे खींचकर अपने कमरे में ले गए। बोरसी को कमरे के फर्श पर रख दिया, उसके मुरझाए उदास मुँह की तरफ थोड़ी देर तक एकटक निहारते

रहे। उसके एक हाथ को धर दबोचा और पुरनम आवाज में बोल उठे—"नहीं सुरेश बाबू, नहीं, यह किसी भी सूरत में नहीं चल सकता है, किसी भी सूरत में नहीं। मैं पक्का जान रहा हूँ कि कुछ-न-कुछ हुआ है। मैं एक बार आपको...मगर रहने दीजिए इस बात को, अगर जरूरत पड़े, तो यह बूढ़ा और एक बार..." इतना कहकर वे सहसा चुप हो गए।

सुरेश एक शब्द भी नहीं बोल पाया, लेकिन बच्चों की तरह पहले-पहल उसके होंठ बार-बार काँप उठे, उसके बाद आँसू छिपाने के लिए उसने अपना मुँह घुमाया।

35

एक सोफे पर सुरेश आँखें मूँदे लेटा हुआ था और करीब ही एक कुर्सी पर बैठकर बूढ़े रामचरण बाबू उसकी दुखती छाती पर सेंक दे रहे थे। ऐसे समय दरवाजा खुलने की आवाज सुनकर दोनों ने निहारा, तो देखा, अचला घुस रही है। उसने बिना आडम्बर के कहा—"रात बहुत हो गई है ताऊजी, आप सोने जाइए।"

"इसी के लिए तो मैं इन्तजार किए हुए हूँ बेटी।" इतना कहकर वे चट से उठकर खड़े हो गए और सुरेश से कहा—"अब तक हम दोनों ने सिर्फ कठिनाइयाँ ही भुगती हैं। यह सब काम क्या हम लोग कर सकते हैं?" अचला की तरफ अपनी कुर्सी को जरा आगे बढ़ाकर उन्होंने कहा—"जिसका जो काम है उसी को वह काम करना शोभा देता है। यह लो, बैठो। मैं जरा हाथ-पाँव फैला लूँ तो जान बचे।" इतना कहकर उन्होंने काफी थकान के चलते एक बहुत लम्बी जँभाई लेकर दो बार चुटकी बजाई, हुक्का उठा लिया और कमरे से बाहर होकर सावधानी से दरवाजे को बन्द करते मुस्कुराकर बोले—"यही सौभाग्य है कि ऊँघते-ऊँघते मैं अपना हाथ-पाँव नहीं जला बैठा हूँ। क्यों सुरेश बाबू, आपकी क्या राय है?"

सुरेश ने कोई बात नहीं की, सिर्फ आँखें मूँदे-मूँदे ही दोनों हाथों को जोड़कर नमस्कार किया।

अचला चुपचाप उनकी छोड़ी कुर्सी पर जा बैठी और सेंक देने के फ्लानेल को गरम करते-करते धीरे-धीरे पूछा—"फिर दर्द क्यों हुआ? किस जगह दर्द महसूस हो रहा है।"

सुरेश ने न आँखें खोलीं, न जवाब दिया। सिर्फ हाथ उठाकर उसने अपनी छाती के बाएँ हिस्से को छूकर दिखाया। फिर सन्नाटा छा गया। ऐसा सन्नाटा छाया कि लगने लगा, शायद इस मूक अभिनय का अन्तिम अंक तक ऐसे ही सन्नाटे में खत्म होगा। मगर ऐसा हुआ नहीं। सहसा अचला के फ्लानेल समेत हाथ को सुरेश ने अपनी छाती पर दबाकर रखा। अचला के मुँह पर चिन्ता का कोई निशान प्रकट नहीं हुआ। वह यही प्रत्याशा कर रही थी, बोली—"छोड़ो, और भी जरा सेंक दे दूँ।"

सुरेश ने उसका हाथ छोड़ दिया, मगर पलक झपकते वह उठ बैठा। अपने दोनों हाथों को बढ़ाकर अचला को उसकी कुर्सी पर से खींच लाया और अपनी छाती से

कसकर लगाकर उसे अनगिनत चुम्बनों से बिलकुल अभिभूत कर डाला। पल भर पहले जैसे लगा था कि इस जोश-खरोश रहित नाटक का अन्त, हो सकता है, ऐसे ही सन्नाटे में हो, लेकिन पल न बीतते ही फिर यह महसूस होने लगा कि इस अत्यन्त निर्लज्जता की शायद न सीमा है, न अन्त। हर दिशा, हर काल में फैलकर यह पागलपन हमेशा शायद ऐसे ही अनन्त अक्षय बना रहेगा, किसी दिन किसी भी युग में यह रुकने का नाम नहीं लेगा, न अलग होगा।

अचला ने न बाधा दी, न जोर लगाया। लगा, इसके लिए भी वह तैयार ही थी। सिर्फ उसका शान्त मुँह बिलकुल पत्थर-सा ठंडा और कठोर हो उठा। सुरेश को होश नहीं था। नहीं तो इस मुँह को चूमने की लाज और अपमान आज उसकी समझ में आ भी जाता। यह सच है कि उसकी समझ में यह नहीं आया। लेकिन सिर्फ थकान के मारे शायद यह पागलपन जब स्थिर होने को आया तब अचला ने धीरे-धीरे अपने आपको छुड़ा लिया और अपनी जगह पर वापस आकर बैठी।

इस तरह जब और भी बहुत वक्त चुपचाप कटा तब सुरेश अचानक एक लम्बी साँस छोड़कर बोल उठा–"अचला, इस तरह से हम लोगों के और कितने दिन कटेंगे?" इतना कहकर जवाब का इन्तजार किए बिना ही वह कहने लगा–"तुम्हारा दुख मैं जानता हूँ। लेकिन तुम मेरा भी दुख एक बार सोचकर देखो। मैं तो गया।"

इस सवाल का जवाब दिए बिना ही अचला ने पूछा–"तुमने क्या यहाँ घर खरीदा है।"

सुरेश बड़े आग्रह से बोल उठा–"घर तो मैंने तुम्हारे ही लिए खरीदा है अचला।"

अचला ने उसकी इस बात का भी कोई जवाब दिए बिना फिर से प्रश्न किया–"तुमने क्या माल-असबाब, गाड़ी-छकड़ा भी मँगवाया है?"

सुरेश ने पहले की ही तरह जवाब दिया–"मगर सब कुछ तो तुम्हारे ही लिए है।"

अचला चुप रही। इस सबकी उसे क्या जरूरत है। यह सब वह चाहती है या नहीं, इस आदमी से यह प्रश्न करने जैसा अपने आपको ताना मारना और क्या है? इसीलिए इस बारे में और कोई बात किए बिना वह चुप रही। कई पल बाद उसने पूछा–"रामचरण बाबू के आगे क्या तुमने मेरे पिता का नाम लिया है? यह कहा है कि मेरा घर कहाँ है?"

सुरेश ने कहा–"नहीं!"

"और क्या सेंक देने की जरूरत है?"

"नहीं।"

"तो फिर अभी मैं चली। मुझे बड़ी नींद आ रही है।" इतना कहकर अचला कुर्सी छोड़ उठकर खड़ी हो गई, बोरसी को हटाकर रखा और कमरे से बाहर निकलकर ज्यों ही किवाड़ को बन्द करने की तैयारी करने लगी त्यों ही सुरेश हड़बड़ाकर उठ बैठा और बोला–"आज और एक बात बताती जाओ, अचला। तुम क्या और कहीं जाना चाहती हो? सच-सच बताओ।"

अचला बोली–"तुम किस जगह जाने की बात कह रहे हो?"

सुरेश बोला–"जहाँ भी हो। जहाँ न कोई हमें पहचानता हो, न कोई जानता हो, वैसी किसी जगह, वह जगह चाहे जितनी..."

आग्रह के आवेश में सुरेश की आवाज काँपने लगी। अचला ने उसे देखा, लेकिन खुद उसने बेहद स्वाभाविक और सरल आवाज में धीरे-धीरे जवाब दिया—"यहाँ भी तो हमें कोई नहीं पहचानता था। आज भी तो हमें कोई नहीं पहचानता है।"

सुरेश ने उत्साह पाकर कहने की कोशिश की—"मगर इतना क्रमशः..."

अचला ने बाधा देकर कहा—"यही न कि लोग क्रमशः हमें जान पाएँगे। बहुत सम्भव है, यहाँ भी लोग हमें क्रमशः जान पाएँगे। मगर इस बात की सम्भावना तो दूसरी जगह भी होगी।"

सुरेश उल्लास से चंचल होकर कहने लगा—"तो फिर यहीं रहना तय रहा। तो तुम चाहती हो कि हम यहीं रहें, बताओ अचला? तुम एक बार साफ-साफ बता दो।" कहते-कहते न जाने किस चीज ने उसे धकेलकर उठा दिया लेकिन व्यग्र पाँवों को फर्श पर रखते ही उसने सहसा स्तब्ध होकर निहारा, तो देखा, दरवाजे को बन्द करके अचला गायब हो गई है।

कई दिनों से आसमान में बादलों की आवाजाही शुरू होकर आँधी-पानी की शुरुआत हो रही थी। सुरेश के नए घर में काफी असबाब और साज-सामान कलकत्ता से आकर ढेर होकर पड़ा हुआ है, उन्हें सहेजकर करीने से रखने की तरफ किसी भी पक्ष का ध्यान नहीं है। दो बड़े-बड़े घोड़े और एक बेशकीमती गाड़ी आकर परसों से लेकर अब तक किसी अस्तबल में साईस-कोचवान के जिम्मे है। कोई भी उसकी खोज-खबर नहीं लेता है। दिन जैसे-तैसे करके गुजरते चले जा रहे हैं। ऐसे समय एक दिन दोपहर में बूढ़े रामचरण बाबू एक हाथ में हुक्का और दूसरे हाथ में एक नीली चिट्ठी लिये आ पहुँचे।

अचला रेलिंग की बगल में बेंत के सोफे पर अधलेटे ढंग से पड़े-पड़े एक बँगला मासिक पत्रिका का विज्ञापन पढ़ रही थी। ताऊजी को देखकर उठ बैठी। रामचरण बाबू ने चिट्ठी आगे बढ़ा दी और कहा—"यह लो सुरमा, तुम्हारी राक्षसी की चिट्ठी। चूँकि वह इतने दिनों तक तुम्हें लिख नहीं सकी थी, इसलिए उसने मेरी चिट्ठी में जितनी अनगिनत माफी माँगी है उतना ही अनगिनत प्रणाम भी किया है। उसे तुम माफ कर दो।" इतना कहकर उन्होंने मुस्कुराते हुए कागज उसके हाथ में दे दिया। एक कुर्सी करीब खींच ली, उस पर बैठे और नदी की तरफ निहारते हुए हुक्का पी-पीकर धुएँ से अँधेरा कर दिया।

अचला ने चिट्ठी को शुरू से लेकर आखिर तक दो बार पढ़कर मुँह उठाकर निहारा, बोली—"तो ये सभी के सभी परसों सवेरे की गाड़ी से आ जाएँगे? ये फूफी कौन है ताऊजी? और उनकी राजपुत्र-वधू, राजपुत्र गार्जेन ट्यूटर..."

रामचरण बाबू ने हँसकर कहा—"राक्षसी बेटी को मजाक करने का जब कोई मौका मिलता है, तो वह किसी को बख्शती नहीं है। फूफी है मेरी छोटी विधवा बहन और राजपुत्र-वधू है उसकी बेटी—भंडारपुर के भवानी चौधरी की पत्नी। सो वह चाहे जो भी क्यों न कहे, वह राजे-रजवाड़े का घर ही तो है। राजपुत्र है उसका दसेक बरस का बेटा—और यह आखिरी व्यक्ति कौन है, यह आँखों से देखे बिना तो मैं बता नहीं सकता बेटी। होगा कोई ज्यादा वेतन पानेवाला नौकर-चाकर। बड़े आदमी के बेटे के साथ घूमने-फिरनेवाला, खुलेआम या छिपे तौर पर इस-उस चीज की सप्लाई करके बालिग-नाबालिग दोनों पक्षों का

मन रखनेवाला–ऐसा ही कोई न कोई होगा शायद। मगर इसके लिए तो मैं चिन्ता नहीं करता हूँ सुरमा; वे आएँ, खाएँ-पीएँ, पश्चिम के हवा-पानी से गले और कलेजे की जलन दो दिन मिटा लें, तो मैं तो बहुत ही खुश होऊँगा, मगर चिन्ता इस बात की है कि मेरा घर तो छोटा है, राजे-रजवाड़ों की बात सोचकर तो मैंने घर नहीं बनवाया था, घर-बार का इन्तजाम भी तो उनके काम आने लायक नहीं है। हो सकता है, जरूरत से तीन गुना ज्यादा नौकर-नौकरानियाँ भी साथ आएँ। इसीलिए मैं सोच रहा हूँ कि तुम्हारे घर को अगर...''

अचला व्यग्र होकर बोली–''लेकिन उसके लिए तो अब वक्त नहीं है ताऊजी, इसके अलावा अकेले उतनी दूर रहना क्या उन लोगों के लिए सुविधाजनक होगा?''

रामचरण बाबू ने कहा–''वक्त है, अगर अभी उसका बन्दोबस्त करने में लगा जाए। और जगह तैयार रहने पर कहाँ किसे सुविधा होगी, इसका फैसला आसानी से हो सकेगा। सुरेश बाबू तो सुनते ही टमटम करके चले गए हैं। चूँकि तुम्हारी गाड़ी तैयार होने को आई, इसलिए तुम खुद अगर जरा जल्दी तैयार हो जा सको बेटी, तो मैं भी इसी मौके पर जूते बदलकर एक चादर ले लूँ। तुम्हारी घर-गिरस्ती का प्रबन्ध तो सचमुच हम लोग नहीं कर सकेंगे।''

अचला थोड़ी देर तक चुप रही। फिर उठकर खड़ी हो गई, बोली–''अच्छा, मैं कपड़े बदल लेती हूँ।'' इतना कहकर वह धीरे-धीरे चली गई।

रामचरण बाबू का प्रस्ताव न असंगत है, न ही अस्पष्ट। रिश्तेदार राजकुमार और राजामाता को रहने की जगह देने के लिए अब उसे यह घर छोड़कर अपने घर जाना होगा, यह बात अचला ने आसानी से समझी। लेकिन समझना आसान होने से ही उसका बोझ कुछ हल्का नहीं हो जाता है। मन के अन्दर यह जहाँ तक गया वहाँ तक भारी स्टील के रोलर की नाईं पीसता हुआ गया।

इतने दिनों के अन्दर एक दिन के लिए भी कोई उसे घर से बाहर निकलने को राजी नहीं कर सका था। पन्द्रह मिनट बाद जब आज पहली बार वह अपनी पुरानी सज-धज में तैयार होकर सिर्फ इसीलिए उतर आई तब चारों ओर का सब कुछ उसकी नजरों में नया और अजीब-सा लगा, यहाँ तक कि वह खुद अपने आपको दूसरी तरह की-सी महसूस करने लगी। फाटक के बाहर बहुत बड़ी बग्घी खड़ी थी। नई पोशाक पहने कोचवान ने मालकिन जानकर ऊपर से सलाम किया, साईस दरवाजा खोलकर सम्मान के साथ हटकर खड़ा हो गया और उसी के पीछे-पीछे चलकर बूढ़े रामचरण बाबू जब आगेवाली सीट पर बैठे तब सब कुछ अजीब, सपनों सा लगने लगा। उसकी अभिभूत दृष्टि गाड़ी के जिस हिस्से पर पड़ी, यही महसूस होने लगा कि यह सिर्फ बेशकीमती नहीं है, यह सिर्फ दौलतमंद की दौलत का घमंड नहीं है, इसका हर कतरा मानो किसी के असीम प्रेम से गढ़ा हुआ हो।

सख्त पत्थर के रास्ते पर चार जोड़े खुरों की टापों को गुँजाती हुई बग्घी दौड़ी। लेकिन अचला के कानों के अन्दर वह सिर्फ अस्पष्ट होकर घुसी। उसका पूरा मन और बाहरी इन्द्रियाँ ऐसी ही अभिभूत बनी रहतीं, लेकिन सहसा रामचरण बाबू की आवाज से वह चौंक उठी। उन्होंने सामने की तरफ उसका ध्यान आकर्षित करके कहा–''बेटी, वह तुम्हारा घर दिखाई पड़ता है। लोग-बाग, नौकर-नौकरानियों सभी की बहाली हो चुकी है। मोटे तौर पर

घर की सजावट और चीजों को तरतीब से रखने का काम भी शायद अब तक आगे बढ़ गया होगा, सिर्फ तुम लोगों के सोने के कमरे में, बेटी, मैंने किसी को हाथ लगाने से मना कर दिया है। जब सुरेश जा रहे थे तब मैंने कह दिया कि सुरेश बाबू, घर में और चाहे जहाँ जो मर्जी हो, कीजिए, मैं परवाह नहीं करता। मगर मेरी बेटी के कमरे में काम करके मेरी बेटी का काम बढ़ा मत दीजिएगा।" इतना कहकर वे एक लाज-भरी मुस्कान की आशा से नजरें उठाकर बिलकुल चुप हो गए।

वे क्यों इस तरह से रुक गए, अचला ने इसे उसी पल समझा, इसीलिए जब तक गाड़ी नए बँगले के दरवाजे पर न आ पहुँची तब तक उसने अपने मुरझाए बदरंग मुँह को बाहर की तरफ घुमाकर उनकी विस्मित दृष्टि से छिपाकर रखा।

गाड़ी की आवाज सुनकर सुरेश बाहर आया। नौकर-नौकरानियाँ भी अपना-अपना काम छोड़कर पीछे से डरते हुए अपनी नई मालकिन को देखने आए। मगर उस मुँह की तरफ निहारकर किसी को भी कोई उत्साह नहीं मिला।

रामचरण बाबू के साथ ही अचला चुपचाप उतर आई, सुरेश की तरफ उसने एक बार मुँह उठाकर भी नहीं देखा। उसके बाद तीनों चुपचाप धीरे-धीरे इस नए घर के अन्दर घुस गए। उसके अन्दर-बाहर, ऊपर-नीचे कहीं भी आनन्द की जरा भी झलक है, यह पल भर के लिए किसी तरफ निहारकर किसी को भी नजर नहीं आया।

36

लेकिन इसके अन्दर गलती कितनी बड़ी थी, यह भी जाहिर होने में देर नहीं लगी। घर को सजाने के काम में मशगूल रहकर वह इन सारे बेहद महँगे और इतने सारे उपकरणों के बीच खड़ी है, इसीलिए सारे विचारों को पार करके एक विचार सबके मन में बार-बार चोट करने लगा कि पैसेवाले ने खर्च किया है। यह एक पुरानी कहावत तो है, लेकिन यह सिर्फ इतना ही नहीं है। यह एक आदमी को आराम और आनन्द देने के लिए दूसरे आदमी की व्याकुलता का अन्त नहीं है। काम करते हुए चीजबस्त को इधर-उधर करने के बीच मामूली-सी बातचीत बहुत हुई, आँखें चार बहुत बार हुईं, लेकिन सबके अन्दर से एक अनकही बात, छिपा इंगित रह-रहकर इधर ही उँगली दिखाने लगा।

घर की साफ-सफाई करने का काम खत्म नहीं हुआ है। लिहाजा इसे थोड़ा-सा रहने लायक बना लेने में ही सारा दिन बीत गया। थके-माँदे होकर तीनों ही जब घर लौटने के लिए गाड़ी पर आकर बैठे तब रात का एक पहर बीत चुका था। हवा बहने से सामने का थोड़ा-सा आसमान साफ हो गया था। सिर्फ बीच-बीच में मटमैले बादलों का एक टुकड़ा एक क्षितिज से आकर नदी को पार करके दूसरी ओर तिरता हुआ चला जा रहा

था और उसी बीच कभी चमचमाती, तो कभी फीकी चाँदनी की धारा सप्तमी के टेढ़े-मेढ़े चाँद से चारों ओर के मैदान और पेड़-पौधों पर झर रही थी। इस सौन्दर्य को अपनी दोनों आँखों में भर लेने के लिए बूढ़े रामचरण बाबू खिड़की के बाहर आँखें फाड़कर निहारते रहे, लेकिन जो लोग बूढ़े नहीं हैं, और जिन लोगों की उम्र प्रकृति के सारे रसों, सारे माधुर्य का मजा लूटने की है सिर्फ वे ही गाड़ी के दो गद्दीदार कोनों पर सर रखकर आँखें मूँदे रहे।

जो बहुत पुरानी बात अचला के मन के अन्दर धुँधली हो गई थी वही बात आज बहुत दिनों बाद फिर उसे याद आने लगी। जिस दिन सुरेश के कलकत्ता के घर से वे लोग एक ऐसी ही शाम को ऐसे ही गाड़ी से लौट रहे थे, जिस दिन उसकी दौलत और ऐशोआराम की चीजें उसके अतृप्त मन को महिम से बहुत दूर खींच ले गया था, जिस दिन ऐसा नहीं लगा था कि इसी सुरेश के हाथों अपने आपको सौंप देना उसे बेहद असंगत और असम्भव है, उस दिन की बात आज उसे सहसा क्यों याद आई। जब उसने यह सोचने की कोशिश की, तो अपने मन की गहरी तसवीर उसे साफ-साफ दिखाई पड़ जाने की वजह से उसके अंग-अंग में मानो शर्म की आँधी बहने लगी।

शर्म है। शर्म है। शर्म है। यह गाड़ी, यह घर और उसकी कितनी चीजें, सब कुछ उसका है। एक दिन सभी ने ऐसा जाना कि सब कुछ उसके पति के दुलार का उपहार है; फिर एक दिन ऐसा आएगा जब सभी यह जानेंगे कि इस पर उसका सचमुच का अधिकार फूटी कौड़ी भर नहीं था। इसका सब शुरू से आखिर तक झूठ है। उस दिन वह अपनी लाज कैसे बचाएगी? हालाँकि आज के लिए यह बात हरगिज गलत है कि इसका सब कुछ सिर्फ उसी की पूजा के वास्ते बड़े जतन से सँजोया गया है और इसका सब कुछ शुरू से आखिर तक स्नेह, प्रेम और दुलार से भरा हुआ है। दिशाओं को कँपाती हुई चली जा रही जिस बहुत बड़ी बग्घी पर वह सवार है उसके कोमल स्पर्श का सुख, उसकी बेरोकटोक गति का आनन्द--सब कुछ आज उसका है। आज वे अनगिनत नौकर-नौकरानियाँ सिर्फ उसी का मुँह निहारते हुए आग्रह से इन्तजार कर रहे हैं।

देखते ही देखते उसके मन के अन्दर से होकर लोभ और त्याग, लज्जा और गौरव ठीक वैसे ही अलग-अलग बहने लगा जैसे गंगा-यमुना अलग-बगल बहती हैं और कुछ देर के लिए इनमें से किसी को वह काबू में नहीं कर सकी। लेकिन फिर भी घर पहुँचकर बूढ़े रामचरण बाबू के अपना शाम का पूजा-पाठ करने के लिए चले जाने पर वह अचानक थकान और सर-दर्द की दुहाई देकर बेहद बेवक्त तेज कदमों से जाकर अपने कमरे के किवाड़ को बन्द करके बिस्तर पर लेट गई, तब एकमात्र लज्जा और अपमान ने ही जैसे उसे निगल जाना चाहा। पिता की लाज, पति की लाज, नाते-रिश्तेदारों और सहेलियों-हमजोलियों की लाज, सबकी सामूहिक लाज सिर्फ आँखों के सामने गगनचुम्बी हो उठी और दूसरे सारे दुखों को ढँक दिया। सिर्फ यही लगने लगा कि यह फरेब एक दिन जब पकड़ा जाएगा तब उसे अपना मुँह छुपाने के लिए कहाँ जगह मिलेगी।

हालाँकि जिस समाज और संस्कार के बीच वह बचपन से पली-बढ़ी है उसमें किसी को भी मृग चर्म पर सोने या पेड़ के नीचे रहने को कामना की वस्तु कहते उसने नहीं सुना है।

उसमें उसने हरेक के चलने-फिरने, मिलने-जुलने, आहार-विहार के बीच विलासिता के प्रति विराग नहीं, अनुराग को ही क्रमशः प्रचंड होते जाते देखा है, उसमें हिन्दू धर्म के बीच किसी आदर्श के साथ उसका परिचय नहीं हो सका है, परलोक की आशा में इहलोक के सारे सुखों से अपने आपको वंचित करने की निष्ठुर निष्ठा को वह किसी दिन देख नहीं पाई है; उसने देखा है, सिर्फ दूसरे के देखा-देखी बने घरों के समाज को, जिसका हरेक नर-नारी दुनिया की भरपूर प्यास से दिन-पर-दिन सिर्फ मुरझाता चला जा रहा है।

इसीलिए इस एकान्त बिस्तर के बीच आँखें मूँदकर वह बतौर चीज ऐश्वर्य को यह कहकर उड़ा नहीं दे सकी कि वह कुछ भी नहीं है और इस बात पर भी उसके मन ने हामी नहीं भरी कि यह उसे नहीं चाहिए, इसकी उसे जरूरत नहीं है। उसकी जनम-भर की शिक्षा और संस्कार इनमें से किसी को भी तुच्छ मानने के पक्ष में नहीं है। हालाँकि ग्लानि से भी उसका सारा हृदय काला होता चला जा रहा है। इसीलिए जितनी दौलत, जितनी सामग्रियाँ–इस देह को हर तरह से सुख से रखने लायक तरह-तरह की चीजें आज अचानक उसके चरणों में आ पहुँची हैं, उसका दुर्निवार मोह उसे अविराम एक हाथ से खींचने और दूसरे हाथ से फेंकने लगा।

हालाँकि दुखद सपनों के बीच जैसे एक धुँधली मुक्ति की चेतना विचरण करती है वैसे ही उसकी यह समझदारी भी बिलकुल गायब नहीं हो गई है कि भाग्य की विडम्बना से आज जो फरेब है उसी के एक दिन सच हो जाने की राह में कोई अड़चन नहीं थी। यही सुरेश उसका पति हो सकता था और ऐसी बात भी कोई जोर देकर नहीं कह सकता है कि आनेवाले किसी दिन यह बिलकुल ही असम्भव है।

उन लोगों की तरह सभी समाजों में विधवाओं का दोबारा विवाह होता है। हिन्दू नारी की भाँति सिर्फ एक आदमी के साथ पत्नीत्व का बन्धन इस जनम से लेकर दूसरे जनमों तक ढोते फिरने का अटूट रीति-रिवाज उन लोगों को मानना नहीं पड़ता है। इसीलिए जीवन-मरण में यह कहकर कि दूसरा कोई उपाय नहीं है, सिर्फ एक ही आदमी की चिन्ता करने लायक संकीर्ण मन की उससे प्रत्याशा नहीं की जा सकती है। यह मन एक पति के जीते जी दूसरे को पति कहने के अपराध के बोझ से चाहे जितना भी क्यों न दबा हो, लाज और अपमान के मारे चाहे जितनी भी क्यों न अलग रहा हो, धर्म और परलोक की गदा उसे धराशायी कर देने का डर नहीं दिखा सकी।

बन्द दरवाजे पर दस्तक देकर रामचरण बाबू ने पुकारकर कहा–"पानी तक पिए बिना तुम सो गई बेटी; तबीयत क्या बहुत खराब महसूस हो रही है?"

अचला के विचारों का सिलसिला टूट गया। अचानक लगा, यह उसके पिता की आवाज है। जब वह गुस्सा करके अचानक सो जाती थी, तो ठीक ऐसी ही उद्विग्न आवाज में वे किवाड़ के बाहर खड़े होकर पुकारा करते थे।

इस विचार को वह हरगिज ठौर नहीं देती, मगर इस स्नेह-भरे बुलावे को वह रोक नहीं सकी। पलक झपकते उसकी दोनों आँखों में आँसू भर आए। जल्दी से उसने उन्हें पोंछ डाला और रुँधी आवाज को साफ करके आवाज दी, उसके बाद दरवाजा खोलकर उनके सामने आकर खड़ी हो गई।

बूढ़े रामचरण बाबू इतने दिनों की इतनी घनिष्ठता के बावजूद दूरी बनाकर चलते थे; शायद यह सोचकर कि इस घर में इन लोगों का आज आखिरी दिन है, पल भर में वे उस दूरी को लाँघ गए। उन्होंने अपना एक हाथ अचला के कन्धे पर रखा और दूसरे हाथ से उसके माथे को छूकर पल भर बाद ही मुस्कुराते हुए बोले–"बूढ़े ताऊ के साथ शरारत करती हो बेटी? तुम्हें कुछ नहीं हुआ है, आओ।" इतना कहकर उन्होंने उसका हाथ पकड़ा और लाकर बरामदे की एक कुर्सी पर उसे बिठा दिया।

करीब ही दूसरी कुर्सी पर सुरेश बैठा हुआ था, उसने मुँह उठाकर एक बार निहारा, फिर सर झुका लिया। बात थी कि रात में इत्मीनान से बैठकर दिन-भर के काम-काज की एक चर्चा की जाएगी, वह कुर्सी लिये सिर्फ अकेले बैठे-बैठे रामचरण बाबू के वापस आने का इन्तजार कर रहा था। उसकी तरफ निहारकर रामचरण बाबू तनिक मुस्कुराकर बोले–"सुरेश बाबू, आपकी घरवाली तो किसी विलायती बाप की बेटी है। वह दिन-तिथि, पंजी-पत्र नहीं मानती है। तब आप खुद यह मानें न मानें इससे खास कुछ आता-जाता नहीं है। मगर मेरा साठ बरसों का कुसंस्कार तो जानेवाला नहीं है। कल डेढ़ पहर के अन्दर ही एक शुभ मुहूर्त है..."

सुरेश ने इस इंगित को अचानक न समझ पाने की वजह से थोड़ा भौचक्का होकर प्रश्न किया–"किस चीज का शुभ मुहूर्त है?"

रामचरण बाबू ठीक सीधा जवाब नहीं दे सके। उन्होंने जरा आनाकानी करते हुए कहा–"लेकिन उसके बाद सप्ताह भर के अन्दर पत्रा में मुझे और कोई दिन ढूँढ़े नहीं मिला–इसीलिए मैं सोच रहा था..."

उनकी बात को अबकी बार सुरेश ने समझा तो, लेकिन हाँ या नहीं, किसी तरह का जवाब न दे पाने की वजह से उसने डरते हुए गुप्त रूप से एक बार मुँह उठाकर अचला की तरफ निहारने की कोशिश की, तो फिर अपनी नजरें नीची नहीं कर सका, देखा, वह अपनी दोनों स्थिर आँखें उसी पर टिकाए हुए चुपचाप बैठी हुई है।

अचला ने शान्त, मृदु स्वर में कहा–"कल सवेरे ही तो हम लोग उस घर में जा सकते हैं?"

विस्मय से अभिभूत सुरेश के मुँह से इस सीधे सवाल का सीधा जवाब हरगिज बाहर नहीं निकला। उसने सिर्फ अनिश्चित स्वर में किसी तरह से यही बात कहनी चाही कि वह घर अभी भी पूरे तौर पर रहने लायक नहीं हुआ है। उसका फर्श हो सकता है, अभी भी भीगा हो, नई दीवारें हो सकता है, अभी भी कच्ची हों, हो सकता है, अचला कोई बीमारी-वीमारी हो जाए, या हो सकता है उसे...

लेकिन आपत्तियों की सूची खत्म नहीं हो सकी। अचला तनिक मुस्कुराकर ही बोली–"सो होने दो। जिस दुर्दिन में सियार-कुत्ते तक अपने घरों को छोड़ना नहीं चाहते हैं उस दुर्दिन में अगर तुम मुझे खींचकर अनजानी जगह पर पेड़ के नीचे ला सकते हो, तो तनिक भीगे फर्श या जरा कच्ची दीवारों के डर से तुम्हें मेरे लिए सोचकर परेशान होने की जरूरत नहीं है। उस दिन जिसे मौत नहीं आई थी वह आज भी जिन्दा रहेगी।"

फिर वह रामचरण बाबू की तरफ मुड़कर बोली–"आप जरा भी चिन्ता मत कीजिए ताऊजी। हम लोग कल सवेरे ही यहाँ से चले जाएँगे। आपका कर्ज मैं दूसरे जनमों में भी

नहीं चुका सकूँगी ताऊजी। हम लोग कल ही विदा हो जाएँगे।" कहते-कहते वह रोती हुई दौड़कर भाग गई और अपने कमरे में जाकर किवाड़ बन्द कर दिया।

बूढ़े रामचरण बाबू ठीक वज्राहत की नाईं निश्चल होकर बैठे रहे। उनकी विह्वल-व्याकुल दृष्टि एक बार सुरेश के झुके मुँह की तरफ और एक बार उस बन्द दरवाजे की तरफ उठकर सिर्फ यह विफल प्रश्न करने लगी—यह क्या हुआ? क्यों हुआ? यह किस तरह से सम्भव हुआ? लेकिन अन्तर्यामी को छोड़ इस भयंकर अभिमान का जवाब और कौन देगा?

37

अगले दिन सवेरे से ही आसमान में बादल छाए हुए थे। उस मैले आसमान के नीचे सारी दुनिया ही एक तरह की न जाने कैसी खिन्न, उदास दीख रही थी। सजी-धजी गाड़ी दरवाजे पर खड़ी है, थोड़ा-बहुत ट्रंक, बिस्तर आदि गाड़ी के अन्दर रखा जा चुका है। पत्रे के शुभ मुहूर्त पर अचला नीचे उतर आई और गाड़ी पर चढ़ने के पहले ज्यों ही उसने रामचरण बाबू के पैर छुए त्यों ही उन्होंने जबरन मुँह पर हँसी लाकर कहा—"बेटी, बूढ़े की माँ बनने में बड़ा झंझट है। यह मत सोचना कि जरा पैर छू लेने और दो मील दूर भाग जाने से ही तुम्हें छुटकारा मिल जाएगा।"

अचला ने अपनी दोनों पुरनम आँखों को उठाकर धीरे-धीरे कहा—"मैंने छुटकारा पाना नहीं चाहा है ताऊजी।"

इस करुण बात को सुनकर रामचरण बाबू की आँखों में आँसू आ गए। उन्हें अचानक लगा, यह अपरिचित लड़की फिर परिचय के बाहर कितनी दूर चली जा रही है। वे स्नेह-भरी आवाज में बोले—"यह क्या मैं नहीं जानता हूँ बेटी? वरना पति के साथ अपने घर जाते वक्त आँखों में भला आँसू क्यों आते? मगर तब भी तो मैं तुम्हें रोक नहीं सका बेटी।" इतना कहकर उन्होंने हाथ से एक बूँद आँसू पोंछ डाला और फिर हँसकर बोले—"तुम नजदीक में थी, तो मैं तुम्हें दिन-रात तंग किया करता था, पर अब मैं तुम्हें तंग तो नहीं कर सकूँगा। मगर इसे सूद समेत वसूलने में कोताही नहीं होगी, यह भी तुम देख लेना।"

सुरेश पीछे था; उसने आज पहली बार सच्ची भक्ति के साथ रामचरण बाबू को पैर छूकर प्रणाम किया, तो उन्होंने चुपके-चुपके कहा—"यह मैं जानता हूँ सुरेश बाबू कि आप मेरे यहाँ सुख से नहीं थे। मैं तन-मन से आशीर्वाद देता हूँ कि अब अपने घर में आपका दुख दूर हो जाए।"

सुरेश ने कोई बात ही नहीं की, उसने सिर्फ दोबारा झुककर उन्हें प्रणाम किया और गाड़ी पर जा बैठा।

रामचरण बाबू ने और एक बार ऊँची आवाज में बता दिया कि उन्होंने भी एक इक्का मँगवाया है। हो सकता है, दिन ढलते न ढलते वे वहाँ जा पहुँचें। लेकिन तब गुस्सा करने से काम नहीं चलेगा। इतना कहकर उन्होंने मजाक करने की कोशिश की, तो एक लम्बी साँस छोड़कर वे चुप हो गए।

गाड़ी के चले जाने पर वे मन-ही-मन कहने लगे—यह अच्छा ही हुआ कि ये लोग समय रहते ही यहाँ से चले गए। इतना ही नहीं कि यहाँ सिर्फ जगह की कमी है, बल्कि अपनी विधवा बहन का स्वभाव भी तो वे अच्छी तरह जानते थे। दूसरे की नब्ज टटोलने में उसके कौतूहल की सीमा नहीं है। वह आते ही सुरमा की कड़ी तहकीकात करने में जुट जाएगी और उसका नतीजा और चाहे जो भी क्यों न हो, आनन्द मनाने की चीज नहीं होगा। इस लड़की का कुछ भी न जानते हुए भी उन्होंने यह जाना था कि वह सचमुच ही शरीफ औरत है। किसी सुविधा की खातिर वह हरगिज झूठ नहीं बोल सकेगी। वह ब्राह्म-पिता की बेटी है। वह खुद भी छुआछूत और देवी-देवता को नहीं मानती है, इनमें से किसी भी बात को वह नहीं छिपाएगी तब इस घर में जो तहलका मच जाएगा, इसकी कल्पना करने से भी कलेजा काँपने लगता है। मगर यह तो हुई उनकी अपनी सुख-सुविधा की बात। और भी एक बात थी, जिसे वे अपने लिए भी साफ-साफ कर लेना नहीं चाहते थे, उन्हें कोई लड़की नहीं थी, मगर उनकी पहली सन्तान के रूप में बेटी ही तो पैदा हुई थी। आज अगर वह जिन्दा रहती, तो वह अचला की माँ बन सकती थी, इसलिए उम्र या शक्ल-सूरत में कोई भी मेल नहीं था। लेकिन वह भूख कितनी बड़ी थी, इसका पता उन्हें उसी दिन चल गया था जिस दिन उन्होंने उस अपरिचित लड़की को राहों में रोती हुई डॉक्टर की तलाश करते देखा था। उस दिन लगा था कि वह पुरानी खोई हुई सन्तान उन्हें ढूँढ़े मिल गई है, तब से वह भूख हर दिन बढ़ती गई है, और यह सच है कि वे मन में यह अनुभव किया करते थे लेकिन कोई रहस्य इस लड़की को घेरकर उन लोगों की नजरों से बचाए हुए है ऐसा ही रहे, जो नजरों की ओट में है वह ओट में ही रहे, कोशिश करके उसे खींचकर बाहर लाने की कोई जरूरत नहीं है।

एक दिन राक्षसी ने थोड़ा-सा आभास दिया था कि शायद अन्दर कोई पारिवारिक झगड़ा होगा, शायद झगड़ा करके सुरेश बाबू पत्नी के साथ घर छोड़कर चले आए हैं। अचानक जिस दिन अचला ने ब्राह्म महिला के रूप में अपना परिचय दिया था, हालाँकि सुरेश के गले में इसके पहले ही जनेऊ दिखाई दिया था, उस दिन रामचरण बाबू चौंक गए थे, आघात पाया था, लेकिन मन-ही-मन इस गुप्त रहस्य का एक कारण उन्हें ढूँढ़े मिल गया था, उस दिन जरूर यह लगा था कि सुरेश ने ब्राह्म के घर शादी करके यह मुसीबत मोल ली है। इसमें अब कोई सन्देह नहीं है। क्रमशः यह विश्वास उनके अन्दर बद्धमूल हो गया था।

रामचरण बाबू सचमुच ही हिन्दू थे, इसीलिए हिन्दू धर्म की निष्ठा ही उन्हें मिली थी, इसकी निष्ठुरता उन्हें नहीं मिली थी। ब्राह्म के लड़के सुरेश की अगर यह दुगर्ति नहीं हुई होती, तो वे खुश होते। लेकिन यह प्यार करके शादी करना यह बात रिश्तेदारों से अलग होने, यह आँख-मिचौली करना, इसका सौन्दर्य, इसका माधुर्य अन्दर ही अन्दर उन्हें बड़ा

मुग्ध करता था। इसे जाने बिना बढ़ावा देने में उनका सारा मन रस में डूब जाता था। इसीलिए जब भी ये दो विद्रोही प्रणय-अभिमान उनके आगे बीच-बीच में मनमुटाव के रूप में प्रकट होते थे। तब बड़े दुख के साथ उन्हें यही लगता था कि दूसरे के घर की बेहद सँकरी-सिकुड़ी सीमा-रेखा के अन्दर जो मिलन सिर्फ ठोकरें खा रहा है, वही हो सकता है अपने घर के स्वाधीन और काफी मौके पर घर-गिरस्ती के अनगिनत कामों और फुरसत में शान्ति और सामंजस्य स्थापित करे।

उनके नहाने का समय हो गया था। जब वे गमछे को अपने कन्धे पर डालकर नदी के रास्ते आगे बढ़े, तो चलते-चलते वे मन-ही-मन बार-बार कहने लगे–बेटी जाते वक्त इस बूढ़े पर बड़ा अभिमान करके गई। उसने सोचा, अपने लोगों की खातिर ताऊजी ने हम लोगों को जगह नहीं दी, लेकिन दो-चार दिनों बाद जिस दिन मैं जाकर देखूँगा कि उसके मुँह-आँख पर हँसी अब समा नहीं रही है उस दिन मैं इसका बदला लूँगा। उस दिन कहूँगा, इस बूढ़े के सर की कसम है बेटी, सच-सच बताओ तो, पहले जितना गुस्सा था अभी क्या उतना गुस्सा है? देखूँगा, बेटी क्या जवाब देती है? जब उन्होंने इतना कहा, तो प्रशान्त, निर्मल हँसी से उनका समूचा मुँह चमक उठा। वे मन-ही-मन स्पष्ट देख पाए कि सुरमा मुँह दबाकर मुस्कुराती हुई काम के बहाने चली गई मगर दूसरे ही पल थाली में सन्देश लिये लौट आई और मुँह को बेहद गम्भीर बनाकर कहने लगी–"मेरे हाथ की बनाई इन मिठाइयों को अगर आप नहीं खाएँगे ताऊजी, तो सचमुच ही बहुत झगड़ा हो जाएगा।"

नहाने के बाद पानी में खड़े होकर जब वे गंगा-स्तोत्र पाठ कर रहे थे तब बीच-बीच में भी उस लड़की के अपनी खुशी को छिपाने की कोशिश की तुलना हथेली के ओट से सूरज को ढँकने की कोशिश से करके रामचरण बाबू को बड़ी हँसी आने लगी और मन के अन्दर जो क्षोभ बीती रात से लगातार बढ़ता ही चला जा रहा था, वह पूजा-पाठ करके लौटती बार कल्पना की स्निग्ध वर्षा से ठंडा हो गया।

तार आया है कि कल सवेरे ही सब पहुँचेंगे। साथ में राजकुमार नाती और राजवधू के संसर्ग में सम्भवतः लोगबाग कुछ ज्यादा आएँगे। आज उनके घर में काम कम नहीं था। ऊपर से आसमान का रंग-ढंग भी अच्छा नहीं था, लेकिन इस डर से कि कहीं पानी न आ जाए, कहीं जाने में खलल न पड़े, रामचरण बाबू ने दिन ढलते न ढलते इक्का किराया किया और कोचवान को बख्शिश की उम्मीद बँधाकर गाड़ी को तेजी से हाँकने को कहा। मगर रास्ते में ही पनीली हवा से मुलाकात हो गई और जब वे घर आ पहुँचे तब थोड़ी-बहुत बारिश शुरू हो गई थी।

अचला ने बाहर निकलकर कहा–"इस बुरे मौसम में आप आज फिर क्यों आए ताऊजी? आप भीगने से बाल-बाल बच गए।"

उसके मुँह या आवाज में बहुत आनन्द का निशान तक न देखकर रामचरण बाबू का मन हताश हो गया। इसके लिए वे बिलकुल ही तैयार नहीं थे–न जाने किसने उनकी कल्पना की माला को खींचकर तोड़ दिया। फिर भी वे अपने मुँह का उत्साह बनाए रखकर बोले–"इस बुरे मौसम में अगर मैं नहीं आता, तो क्या मेरी जान बचती? पानी में भीगने पर भी कुछ नहीं होता, लेकिन तुमसे दूर होकर हमेशा कौन रहेगा बेटी?"

इस नादान लड़की को रामचरण बाबू किसी भी दिन बहुत अच्छी तरह से नहीं पहचान सके हैं। खासकर कल रात के व्यवहार से तो वे विस्मय से हक्का-बक्का हो गए थे। लेकिन उसके आज के आचरण से वे बिलकुल दिग्भ्रान्त और आत्मविस्मृत हो गए। वह किसी दिन किसी भी कारण से वैसा कर सकती है, उतना सपना देखना भी असम्भव है। बात तो बस इतनी-सी है। लेकिन फौरन वह लड़की ठीक पागल होकर बिलकुल भागती हुई आई और उनकी छाती पर औंधी होकर दहाड़ें मारकर रो उठी। बोली–''ताऊजी, आप मुझे क्या इतना प्यार करते हैं, मैं तो लाज के मारे धरती में समा जा रही हूँ।''

बहुत देर तक रामचरण बाबू कोई बात नहीं कर सके, सिर्फ एक हाथ से वे उसे अपने सीने से लगाए रहे और दूसरा हाथ उसके सर पर फेरते रहे। उनका स्नेह-भरा चित्त सामाजिक रीति-रिवाजों के मुताबिक शादी करने, नाते-रिश्तेदारों का, हो सकता है माँ-बाप का कहा न मानने, झगड़ा करके घर छोड़ने आदि पुराने, परिचित और बहुप्रचलित ढर्रे पर चलने लगा, लेकिन उन्होंने हरगिज कोई नई बात छेड़ने की कल्पना तक नहीं की। इस तरह से मूक रामचरण बाबू और रोती हुई अचला बहुत देर तक एक ही ढंग से खड़े रहे; उसके बाद वे चुपके-चुपके कहने लगे–''इसमें भला शरमाने की कौन-सी बात है बेटी? तुम मेरी बेटी हो, तुम मेरी वही सती-साध्वी बेटी हो जो बहुत दिन पहले सिर्फ दो दिनों के लिए मेरी गोद में आकर चली गई थी–माया दूर न कर पाने की वजह से फिर बाप के कलेजे में लौट आई हो–मैं तो तुम्हें देखते ही पहचान गया था सुरमा।'' इतना कहकर उन्होंने उसे करीब की एक कुर्सी पर बिठाया और तरह-तरह से बार-बार यही बात समझाने लगे–''इसमें कोई लाज, कोई शर्म नहीं है। हर युग में हमेशा यह होता आ रहा है। जो सती हैं, जो स्वयं आदिशक्ति हैं वे भी एक बार पति का घर बसाने के लिए माँ-बाप, नाते-रिश्तेदारों सबसे झगड़ा करके चली गई थीं। फिर सब होगा, सब तुम्हें वापस मिलेगा, जिन लोगों ने आज तुमसे मुँह मोड़ा है वे मुँह घुमाएँगे, वे लोग अपने बेटे-बहू को जतन से लिवा लेंगे। देखना बेटी, मेरा यह आशीर्वाद कभी निष्फल नहीं होगा।''

यों ही कितना कुछ रामचरण बाबू अपने मन के आवेग से बकते रहे। उसका जो सार था उसे रहने दीजिए। लेकिन उसके बोझ से सुननेवाली का झुका सर धीरे-धीरे धूल में मिल जाने की तैयारी करने लगा। जोरों की बारिश आई थी। ऐसे समय देखने में आया, सुरेश भीगकर कीचड़ से लथपथ पता नहीं कहाँ से दनदनाता हुआ घर में घुस रहा है। उसे देखते ही अचला ने जल्दी से अपने आँसू पोंछ डाले, उठकर खड़ी हो गई, हाथ बढ़ाकर वर्षा का पानी हाथ में लेकर आँसुओं के सारे दागों को धो डाला और वापस आकर बैठी। रामचरण बाबू ने समझा, सुरमा जिस भी कारण से क्यों न हो, आँसुओं की कहानी को पति से छिपाकर रखना चाहती है।

ऊपर आकर जब उसने रामचरण बाबू को देखा, तो विस्मित होकर ज्यों ही कुछ कहने की कोशिश की त्यों ही वे व्यस्त होकर बोल उठे–''बातचीत बाद में होगी, सुरेश बाबू, मैं भागनेवाला नहीं हूँ। आप कपड़े बदलकर आइए।''

सुरेश ने हँसकर कहा–"इतना भीगने से कुछ नहीं होता है।"

इतना कहकर वह एक कुर्सी खींचकर बैठने की तैयारी कर रहा था कि तभी अचला ने मुँह उठाकर निहारा–"ताऊजी का कहा मानने में बुराई क्या है? तुम्हें इतनी बड़ी बीमारी से अच्छा हुए छह महीना भी नहीं हुआ है। बार-बार तुम मुझे और कितनी सजा देना चाहते हो?"

उसके कहने और देखने में इतना बड़ा अन्तर था कि दोनों ही विस्मित हुए। लेकिन इस विस्मय की धारा बहने लगी ठीक उलटी दिशा में। सुरेश कोई जवाब दिए बिना चुपचाप कहा मानने के लिए चला गया और रामचरण बाबू बाहर की तरफ निहारते हुए बैठे रहे।

बाहर वर्षा रुकने का नाम नहीं ले रही है। रात जितनी बढ़ने लगी, वर्षा का प्रकोप उतना ही बढ़ने लगा। बहुत दिनों से पानी की आस से धरती लगभग सूख गई थी। लगने लगा, उसकी सारी दीनता, सारे अभावों को आज की इसी रात के अन्दर पूरा कर देने के लिए विधाता ने कमर कस ली है।

रामचरण बाबू की चिन्ता को देखकर अचला ने धीरे-धीरे कहा–"वापस जाने में आपको बहुत तकलीफ होगी ताऊजी, आज रात अगर आप वापस नहीं गए, तो क्या कोई नुकसान होगा?"

वे मुस्कुराए। अपनी मानसिक चंचलता को दबाकर उन्होंने कहा–"मैं इसलिए नहीं जाता कि इस वर्षा में वापस जाने में मुझे तकलीफ होती, बल्कि इस बुरे मौसम में इस नई जगह में तुम लोगों को छोड़कर मैं नहीं जाता। मगर कल सवेरे ही तो वे सब आएँगे। रात के अन्दर ही अगर मैं वापस नहीं गया, तो काम नहीं चलेगा सुरमा। लेकिन लग रहा है कि बहुत देर तक इतने जोर से पानी नहीं बरसेगा। घंटे भर के अन्दर ही वर्षा रुक जाएगी। तब तक मैं इन्तजार करके देखता हूँ।"

इस प्रसंग में कल आनेवालों की बात से लेकर संसार, समान, धर्म-अधर्म, पाप-पुण्य, इहलोक-परलोक तक की चर्चा धीरे-धीरे छिड़ गई, दोनों इतने मगन हो गए कि उनमें से किसी को भी यह नजर ही नहीं आया कि वक्त कितना बीता, रात कितनी हुई, किसी ने यह भी नहीं देखा कि बाहर बादलों की गड़गड़ाहट और वर्षा कितनी बढ़ गई है और अँधेरा कितना घना होता चला जा रहा है। रामचरण बाबू के अन्दर जो ज्ञान, जो झूठा दर्शन, जो भक्ति जमा थी उसे अपनी परम प्रिय पात्र के आगे बेरोकटोक उड़ेलकर उन्होंने सिर्फ इन दो लोगों की एकान्त सभा को माधुर्य से भर दिया। अचला को सिर्फ यह होश बचा रहा कि वह एक ऐसे आदमी के हृदय की सच्ची अनुभूति की जानकारी पा रही है जो निष्पाप हैं, जिनका स्नेह, प्रेम और विश्वास उसने गुप्त रूप से प्राप्त किया है।

अचानक कदमों की आहट सुनकर दोनों ने चौंककर पीछे निहारा, तो देखा, नौकर खड़ा है। उसने कहा–"माँ जी, रात बहुत हो गई है, लगभग बारह बजे हैं, आपका खाना क्या यहीं दे जाऊँ?"

अचला ने चौंककर कहा–"बारह बज रहे हैं? और बाबू क्या कर रहे हैं?"

"वे अभी-अभी खाकर सोने गए।"

वह तब का गया अभी तक नहीं आया है, यह सिर्फ अभी नजर आया। अचला ने मुँह बढ़ाकर देखा, सोने के कमरे के परदे के पीछे रोशनी दिखाई पड़ रही है। रामचरण बाबू क्षुब्ध और लज्जित होकर बार-बार कहने लगे–"मुझसे बड़ा अन्याय हो गया है। मैंने तुम्हें ऐसे रोक रखा कि तुम अपनी आँखों से यह देख भी नहीं सकी कि उन्होंने खाया या नहीं। अब जाओ बेटी, तुम खाने..."

अचला ने इन सब बातों पर शायद कोई कान नहीं दिया। उसने नौकर से प्रश्न किया–"कोचवान ठीक वक्त पर गाड़ी क्यों नहीं लाया था?"

नौकर बोला–"नए घोड़े हैं, इस आँधी-पानी और अँधेरे में उन्हें निकालने की उसकी हिम्मत नहीं होती है।"

"तो फिर कोई दूसरी गाड़ी क्यों नहीं लाया था?"

नौकर चुप रहा। मगर इसका मतलब गुनाह कबूल करना नहीं है, बल्कि प्रतिवाद करना है कि यह हुक्म तो उन लोगों को नहीं मिला था।

रामचरण बाबू उत्कंठा के बदले शरमाकर लगातार कहने लगे–"गाड़ी की जरूरत नहीं है। न जाने पर भी कोई नुकसान नहीं है। सिर्फ तड़के स्टेशन पर जा पहुँचने से ही काम चल जाएगा। मैं रात को कुछ भी नहीं खाता हूँ, मेरे लिए वह झंझट भी नहीं है, सिर्फ तुम थोड़ा-सा खा लो और सोने जाओ बेटी। बातों-बातों में बहुत रात हो गई है, बड़ा अन्याय हो गया है।" इतना कह उन्होंने एक तरह से जबरन ही उसे नीचे जाने के लिए भेज दिया और पन्द्रह मिनट बाद जब वह ऊपर गई, तो वे व्यग्र और उत्सुक होकर कहने लगे–"अब एक मिनट की देरी मत करना बेटी। तुम सोने जाओ, मैं इस बैठकखाने में सोफे पर ठाठ से सो सकूँगा। मुझे कोई तकलीफ, कोई दिक्कत नहीं होगी, सिर्फ तुम सोने जाओ सुरमा। मैं देखता हूँ।"

रामचरण बाबू के साग्रह अनुरोध और बार-बार के उकसावे ने अचला को जड़वत् बना दिया। जिस झूठे सम्मान, प्रेम और विश्वास को वह अपने इस शुभाकांक्षी पिता समान वृद्ध से इतने दिनों तक सिर्फ धोखे से पाती आई है, वही झूठा सम्मान, प्रेम और विश्वास उसे इस बेहद बुरे वक्त में उसकी आवाज को बन्द करके बड़े जोर से सुरेश के सुनसान सोने के कमरे की तरफ धकेलने लगा। उसे याद आया, एक ऐसे ही आँधी-पानीवाले बुरे मौसम की रात में एक दिन उसने उसे अपने पति से अलग कर दिया था। आज फिर एक वैसे ही बुरे मौसम का गुप्त अभिशाप उसे हमेशा के लिए असीम अन्धकार में डुबोने को तैयार हो गया है। कल वह असहनीय अपमान और लाज के गहरे कीचड़ में गले तक डूब जाएगी, यह वह आँखों के सामने साफ-साफ देखने लगी। लेकिन तब भी आज के लिए इसी झूठ ने जयमाला पहनकर उसे किसी भी सूरत में सच्चाई को जाहिर करने नहीं दिया। आज जीवन के इस चरम पल में उसका अभिमान और मोह ही चिरजयी होकर रहा। उसने न बाधा दी, न बात की। एक बार पीछे नजरें उठाकर भी नहीं देखा। वह चुपचाप धीरे-धीरे सुरेश के सोने के कमरे में जा पहुँची।

बाहर मतवाली प्रकृति पहले की ही तरह शराबियों की सी हरकत करने लगी। घने अँधेरे में बिजली पहले की ही तरह हँस-हँस उठने लगी, रात भर कहीं भी उसमें जरा भी उलटफेर नहीं हुआ।

नई जगह में रामचरण बाबू को नींद नहीं आई थी, खासकर मन के अन्दर चिन्ता रहने की वजह से बड़े तड़के उनकी नींद टूट गई थी। वे बाहर आए तो देखा, वर्षा रुक तो गई है, मगर उनकी खुमारी दूर नहीं हुई है। यह देखने के लिए कि नौकरों में से कोई उठा है या नहीं, जब वे बरामदे के एक छोर पर आए, तो अचानक चौंक गए। न जाने कौन टेबल पर सर रखकर कुर्सी पर बैठा हुआ है। जब वे नजदीक आए, तो विस्मय से बोल उठे– ''सुरमा, तुम यहाँ क्यों बैठी हुई हो? इतनी भोर में तुम क्यों उठी हो बेटी?''

सुरमा ने सिर्फ एक बार मुँह उठाया और फिर पहले की ही तरह से टेबल पर सर रखा। उसका मुँह मुर्दों का-सा सफेद है, दोनों आँखों के नीचे घना कालापन है, और जैसे काली चट्टान पर से होकर झरने का पानी उतर आता है, ठीक वैसे ही दोनों आँखों से आँसू बह रहे हैं।

रामचरण बाबू सिर्फ एक धीमी आवाज करके एकटक उस अधमरी नारी की तरफ निहारते रहे, कोई भी शब्द उनके गले को भेदकर बाहर नहीं निकल सका।

38

सुबह थोड़े-से गरमागरम मुरमुरे के साथ चाय पीना खत्म करके केदार बाबू ने एक तृप्ति की साँस ली। जूठे बरतनों को लेने के लिए जब मृणाल कमरे में घुसी, तो उन्होंने कहा–''बेटी, तुम्हारे इस गरमागरम मुरमुरे और पत्थर के प्याले की चाय के अन्दर कौन-सा अमृत है, पता नहीं। मगर एक महीने के अन्दर मैं भला टस से मस नहीं कर सका।''

अचला के सम्बन्ध से मृणाल ने उन्हें पिताजी कहना शुरू किया था। बोली–''क्यों आप भागने के लिए इतना परेशान होते हैं पिताजी? आपकी यह...मैं क्या सेवा करना नहीं जानती हूँ?''

आपकी यह बेटी क्या–यही बात मृणाल ने असावधानी में कहने की कोशिश की थी, लेकिन उसने इसे दबा दिया और दूसरी तरह से इसे जाहिर किया। इसीलिए शायद इस इंगित को केदार बाबू ने समझ करके भी समझना नहीं चाहा। मगर उनकी आवाज सहसा करुण हो उठी, बोले–''अब कहाँ भागने के लिए परेशान होता हूँ बेटी! तुम्हारी बनाई चाय, तुम्हारे हाथ के बना खाना, तुम्हारे इस मिट्टी के घर को छोड़कर मेरा स्वर्ग जाने को भी जी नहीं चाहता है। इस छोटी-सी खिड़की के किनारे बैठकर मैं कितने दिन सोचता हूँ मृणाल कि और दो साल अगर भगवान की कृपा से जिन्दा रह सकूँ, तो कलकत्ता के अन्दर रहकर जिन्दगी भर मैंने खुद अपना जितना नुकसान किया है उसकी भरपाई कर लूँगा। और उसी मूलधन को हाथ में लेकर एक दिन उनके आगे जाकर खड़ा हो जाऊँगा।''

कितना बड़ा दुख पाने की वजह से उन्होंने ये बातें कहीं और कैसी भयंकर लाज से कलकत्ता के जनम से परिचित मुहल्ले, घर और पुराने समाज को छोड़कर उन्होंने इस जंगल के अन्दर झोंपड़ी में बाकी दिनों को बिताने का इरादा जाहिर किया, मृणाल ने इसे समझा और इसीलिए वह कोई जवाब दिए बिना चाय का प्याला हाथ में लेकर धीरे-धीरे चली गई।

यहाँ जरा शुरू की बात खोलकर बताना जरूरी है। केदार बाबू के यहाँ आए लगभग महीना भर हुआ और तब से लेकर अब तक वे फिर लौट नहीं सके हैं। महिम की बीमारी के वक्त सुरेश के कलकत्ता के घर में इस विधवा लड़की से उनकी पहली बार जान-पहचान हुई थी, लेकिन यहाँ उसके अपने घर में आकर उन्होंने उसका जो परिचय पाया, उससे उनका सारा तन-मन मानो सोने की जंजीर में बँध गया। इस बन्धन से वे किसी तरह से अपने आपको छुड़ा नहीं सके। हालाँकि दूसरी जगह उनका कितना काम बाकी पड़ा हुआ है।

महिम से उनकी मुलाकात नहीं हुई थी। उनके आने की खबर पाते ही वह घबराकर चला गया था। जाते वक्त मृणाल ने उसे रोक रखने के लिए खींचतान नहीं की थी। क्योंकि बचपन से अपने सँझले भैया के संयम, सहिष्णुता और सूझ-बूझ पर उसे इतना अगाध विश्वास था कि उसने पक्का समझा था कि वह सिर्फ इसीलिए यहाँ से इस तरह से भाग रहा है कि अचला से मुलाकात करना अभी उचित नहीं है। उसने सोचा था कि उसकी चिट्ठी पढ़कर केदार बाबू अपने बेटी-दामाद में एक समझौता करा देने के लिए इतनी जल्दी से उसे साथ में लेकर आ रहे हैं। मगर आए वे अकेले।

आज भी साफ कुछ भी नहीं हुआ है। सिर्फ संशय के बोझ से क्रमशः बोझिल दिन एक-एक करके चुपचाप गुजरे हैं। सिर्फ ऊपर की तरफ निहारकर जरा समझ में आया है कि आसमान में घने बादलों की परतें किसी दिन छँटें, तो छँट सकती हैं, लेकिन उसके पीछे अँधेरा ही इकट्ठा है, चाँदनी नहीं।

सुरेश की फूफी ने अपने लापता भतीजे के लिए व्याकुल होकर मृणाल को चिट्ठी लिखी है, वह चिट्ठी केदार बाबू के हाथों पड़ गई है। महिम ने यह जानकारी देते हुए कि उसने किसी बड़े जमींदार के घर उनके बच्चों को पढ़ाने की नौकरी पकड़ी है, जो चिट्ठी लिखी है उस चिट्ठी को भी उन्होंने बार-बार पढ़ा है, पर कहीं भी किसी भी चिट्ठी में उनकी बेटी का कोई भी जिक्र तक नहीं है। फिर भी दोनों चिट्ठियों की हर पंक्ति, हर अक्षर ने अभागे पिता के कानों में सिर्फ एक ही बात सैकड़ों बार कही है, जिसे सच मान लेने लायक शक्ति उनमें नहीं है।

इतना ही नहीं कि अचला सिर्फ उनकी इकलौती बेटी है बल्कि बचपन में जब उसकी माँ चल बसी थी तब से उन्होंने ही अपनी इस बेटी को माँ की तरह अपने सीने से लगाकर पाल-पोसकर इतनी बड़ी किया है। उसी बेटी के भारी अमंगल की आशंका से उनका शरीर दिन-पर-दिन दुबला और तपे सोने की नाईं काला होता चला आ रहा था। हालाँकि अमंगल जिस रास्ते को इंगित कर रहा था वह रास्ता सभी पिता के लिए दुनिया में सबसे ज्यादा बन्द है।

गाँव के दो-चार बूढ़े पड़ोसी उनसे बातचीत करने आते थे, मगर वे खुद कभी भी संकोच से किसी के भी घर नहीं जाते थे। मृणाल के कहने पर वे हँसकर कहते–"जरूरत क्या है बेटी? मुझ जैसे म्लेच्छ का किसी के घर न जाना ही तो अच्छा है।"

मृणाल कहती–"अगर आप म्लेच्छ होते, तो वे ही लोग भला आपसे बातचीत करने क्यों आते?"

केदार बाबू इस बात का जवाब दिए बिना छाता ओढ़कर खेतों के रास्ते बाहर निकल पड़ते। वहाँ वे खुद आगे बढ़कर किसानों से बातचीत करते, उनके सुख-दुख की बात, घर-गिरस्ती की बात, न्याय-अन्याय और पाप-पुण्य की बात–ऐसी कितनी बातें वे करते और जब दिन चढ़ जाता तब वे घर लौटते। रोज सवेरे चाय पीने के बाद यही था उनका काम।

पैदा होने के बाद से वे हमेशा कलकत्ता में रहे हैं। शहर के बाहर के अनगिनत गाँवों से उनका सम्पर्क कई पीढ़ियों पहले ही टूट गया था–जब उन्होंने धर्म बदल लिया, तो नाते-रिश्तेदारों ने फौरन उनसे किनारा कर लिया था। लिहाजा ज्यादातर नागरिकों की नाईं वे भी कुछ भी जाने बिना ही इन लोगों के बारे में तरह-तरह की अजीब धारणाएँ मन में पाल रखे हैं, यह भी विचित्र नहीं है। जो अनगिनत अनपढ़ किसान दूर के गाँवों में ही अपना सारा जीवन बिता देते हैं, शहर का मुँह देखना जिन्हें शायद ही नसीब होता है उन्हें वे एक तरह से जानवर समझते थे और उस समाज को भी उन्होंने जंगली समाज मान लिया था। लेकिन आज जब दुर्भाग्य ने अपने दो जहरीले दाँत उनके मर्म के बीचोबीच गड़ाकर उनके पूरे मन को अपने समाज से विमुख कर दिया तब जितना ही इन सब गाँवों के रहनेवाले अनपढ़, गरीब किसानों से उनका परिचय घनिष्ठ होता जाने लगा उतना ही उनका प्रेम और विश्वास उमड़ता जाने लगा, दूसरी तरफ उतना ही उनके अपने समाज, उसके आचार और आचरण, उसकी शिक्षा और संस्कार, उसके धर्म, उसकी सभ्यता, उसके रीति-रिवाज सबके खिलाफ उनका मन विद्वेष और वितृष्णा से भर जाने लगा।

वे यह साफ-साफ देखने लगे कि पढ़े-लिखे न होने के बावजूद ये लोग अशिक्षित नहीं हैं। युगों पुरानी सभ्यता आज भी इन लोगों के समाज के हाड़-मांस में घुली-मिली है। नीति की छोटी-मोटी बातें ये लोग जानते हैं। किसी धर्म के विरुद्ध इन्हें विद्वेष नहीं है, दुनिया के सभी धर्म, जो मूलतः एक हैं और तैंतीस कोटि देवी-देवताओं को ठुकराए बिना भी जो एकमात्र ईश्वर को स्वीकार किया जा सकता है, यह ज्ञान भी उन लोगों को है और यह ज्ञान उन्हें किसी से भी कम नहीं है। हिन्दुओं का भगवान और मुसलमानों का अल्लाह भी जो एक ही चीज है, यह सच्चाई भी उन लोगों से छिपी नहीं है।

उनका मन शर्मिन्दा होकर बार-बार कहता रहता है–ये लोग किस बात में हम लोगों से छोटे हैं। कौन-सी बात मैं इन लोगों से ज्यादा जानता हूँ? किसलिए इन लोगों के समाज, इन लोगों के संसर्ग को छोड़कर हम लोग दूर चले गए हैं? और यह दूरी इतनी बड़ी दूरी है कि इन सब लोगों के लिए मैं बिलकुल म्लेच्छ बन गया हूँ।

ऐसी मनःस्थिति में जब वे घर लौट आए तब दिन के लगभग दस बजे थे। मृणाल ने आकर कहा–"कल आपकी तबीयत अच्छी नहीं थी पिताजी, आज फिर आप तालाब में नहाने मत जाइएगा। आपके लिए मैंने पानी गरम कर रखा है।"

"मेरे लिए पानी तुमने गरम कर रखा है?" इतना कहकर केदार बाबू उसके मुँह की तरफ निहारते रहे।

नहाने के बाद मृणाल पूजा-पाठ करने बैठी थी कि उनकी आवाज सुनकर वह अभी-अभी उठकर आई है। भीगे बाल पीठ पर फैले हुए हैं, वह रेशम की साड़ी पहने है, उसका मुँह प्रसन्न है, उसके अंग-अंग को घेरकर अत्यन्त निर्मल पवित्रता विराज रही है। उस पर नजरें टिकाकर केदार बाबू ने फिर से कहा–"तुमने इतनी तकलीफ क्यों उठाई बेटी? इसकी तो जरूरत नहीं थी।" वे जरा रुके, फिर बोले–"मैं तो कलकत्ता का रहनेवाला हूँ, मैं हमेशा नल के पानी से ही नहाता हूँ। तुमने मुझे इतना सहारा दिया है मृणाल कि तुम्हारा कीचड़-भरा तालाब भी मेरी खातिरदारी किए बिना नहीं रह सका है। उसके पानी में नहाने से मैं किसी दिन बीमार नहीं पड़ता हूँ। मैं तालाब में ही नहाने जाऊँगा बेटी।"

मृणाल ने सिर हिलाकर कहा–"नहीं पिताजी, ऐसा नहीं हो सकता है। मैं ठीक जानती हूँ कि कल आप बीमार पड़े थे। मैं पानी लेकर आती हूँ। आप तेल लगाने बैठिए।" इतना कहकर वह जाने की तैयारी कर ही रही थी कि तभी केदार बाबू अचानक बोल उठे– "अच्छा, जैसा तुम कहती हो वैसा ही होगा। मगर आज यह बात मुझे बताओ तो मृणाल कि पराए की इतनी सेवा करने का हुनर तुमने इतनी कम उम्र के अन्दर किससे किस तरह से सीखा? ऐसा तो मैंने और कहीं नहीं देखा है बेटी?"

शर्म के मारे मृणाल का मुँह लाल हो उठा। लेकिन उसने जबरन हँसकर कहा–"मगर आप क्या मेरे लिए पराए हैं पिताजी?"

केदार बाबू बोले–"नहीं, मैं पराया नहीं हूँ। मैं तुम्हारा बेटा हूँ। मगर ऐसे टाल जाने से भी काम नहीं चलेगा। आज तुम जवाब दोगी, तब जा पाओगी।"

मृणाल मुड़कर खड़ी हो गई और पहले की ही तरह शरमाते हुए उसने मुस्कुराकर जवाब दिया–"यह भला ऐसा कौन-सा मुश्किल काम है कि कोशिश करके इसे सीखना पड़ेगा? यह तो हम लोग पैदा होते ही सीख लेती हैं। लेकिन आपका पानी तो ठंडा होता जा रहा है पिताजी।"

"पानी ठंडा हो रहा है, तो होने दो।" इतना कहकर केदार बाबू गम्भीर होकर बोले– "ठीक यही बात मैं कुछ दिनों से सोच रहा हूँ मृणाल कि आदमी पहले तैरना सीखता है तब जाकर तैरता है। मगर जो पंछी जलचर है वह पैदा होते ही तैरने लगता है। उसका यह तैरना सीखना कोई देख तो नहीं पाता है, लेकिन काम को ठोसा दिखाकर सिर्फ फल पाने की तो गुंजाइश नहीं है बेटी! यह तो भगवान का नियम नहीं है। कहीं न कहीं किसी-न-किसी रूप में सीखने का दुख उसे झेलना ही पड़ेगा। इसीलिए उन जलचर पंछियों की तरह जिस घोंसले के अन्दर तुमने पैदा होने के बाद से ही इतना बड़ा हुनर हासिल कर लिया है उस विशाल समाजरूपी घोंसले की बात ही मैं दिन-रात सोच रहा हूँ। मैं सोचता हूँ यह कि..."

"मगर आपका पानी तो बिलकुल..."

"रहने दो न बेटी, पानी को। तालाब तो भला सूखता नहीं जा रहा है! मैं सोचता हूँ कि तुम्हारा यह बूढ़ा बेटा बच्चों की तरह अपनी माँ से गुप्त रूप से कितनी बातें सीख ले

रहा है, इसकी तो उसकी माँ को कोई खबर ही नहीं है। आज भी तो मुझे देवी-देवताओं और तंत्र-मंत्र पर रत्ती भर भी विश्वास नहीं हुआ है। लेकिन तब भी जब भी माँ को देखता हूँ कि नहाने-धोने के बाद टसर की फीके रंग की साड़ी पहनकर पूजा-पाठ करने जा रही हैं तभी जी चाहता है कि मैं भी फिर जनेऊ धारण करके पूजा के बरतन लेकर पूजा करने बैठ जाऊँ।"

मृणाल बोली–"क्यों पिताजी, आप अपने धर्म, अपने समाज को छोड़कर दूसरे आचार का पालन क्यों करेंगे, उसे भी तो कोई दोष नहीं दे सकता है।"

केदार बाबू बोले–"उसे कोई दोष दे सकता है या नहीं, यह दीगर बात है। मगर मैं उसकी निन्दा करने नहीं बैठूँगा। वह अच्छा हो या बुरा, इस उम्र में उसे छोड़ने की सामर्थ्य नहीं है। मैं उसे बदलने की भी कोशिश नहीं करूँगा। इसी रास्ते से जीवन के अन्त तक चलना होगा। लेकिन तुम्हें जब देखता हूँ, इतनी कम उम्र में इतना बड़ा आत्मोसर्ग, जो स्वर्ग सिधारे हैं उनके प्रति इतनी निष्ठा, उनकी माँ को ही माँ मानकर...अच्छा रहने दो, रहने दो, और नहीं कहूँगा। लेकिन मैं भी तो मन-ही-मन उसकी तुलना किए बिना भला रह सकता हूँ जिसके बीच पल-बढ़कर मैं बूढ़ा हो गया बेटी। समाज के सिवा जो धर्म है उसके प्रति अब मैं अपनी आस्था को किसी भी सूरत में स्थायी नहीं बना सकता मृणाल।"

मृणाल मन-ही-मन खिन्न हुई। उसके व्यक्तिगत जीवन के दुर्भाग्य को उनके इस तरह से अपनी सामाजिक शिक्षा-दीक्षा पर आरोपित करने को उसने बेहद अनुचित माना। बोली–"पिताजी, ठीक इसी तरह से जब आप हम लोगों के समाज को देखेंगे तब इसके अन्दर भी आपको ढेरों खामियाँ, बहुतेरी बुराइयाँ नजर आएँगी। देखिएगा, हम लोग भी अपनी बुराइयों को अपने कन्धे के बदले समाज के कन्धे पर डाल देने में व्यस्त हैं। हम लोग भी..."

लेकिन मृणाल की बात अभी खत्म भी नहीं हुई थी कि केदार बाबू बाधा दे उठे। बोले–"मगर मैं तो व्यस्त नहीं हूँ बेटी। तुम्हारे समाज में रहें न बुराइयाँ, रहें न खामियाँ, लेकिन तुम तो हो। मैं सर पटककर मर जाऊँगा तो भी मुझे यही ढूँढ़े नहीं मिलेगा।"

फिर मृणाल का मुँह शर्म से लाल हो उठा, बोली–"इस तरह से अगर आप मुझे सैकड़ों बार शर्मिन्दा करेंगे पिताजी, तो फिर मैं ऐसे भागूँगी कि फिर मैं आपको हरगिज ढूँढ़े नहीं मिलूँगी। यह मैं पहले से ही कह रखती हूँ।"

केदार बाबू ने फौरन कोई बात नहीं की, चुपचाप उदास होकर उसके मुँह की तरफ निहारते रहे। उसके बाद धीरे-धीरे बोले–"मैं भी आज तुम्हें यह कह रखता हूँ बेटी कि मैं तुम्हें यह काम हरगिज नहीं करने दूँगा। तुम मेरी आँखों की पुतली हो, तुम मेरी माँ हो, तुम मेरा एकमात्र सहारा हो। जिस दिन इस अनाथ निकम्मे बूढ़े के बोझ से तुम्हें छुट्टी मिलनेवाली हो बेटी, वह दिन हो सकता है, ज्यादा दूर न हो, लेकिन मैं यह भी अच्छी तरह से जानता हूँ कि वह दिन मुझे अपनी आँखों से देखने की जरूरत नहीं।" कहते-कहते उनकी आँखों की कोरों में पानी आ गया।

केदार बाबू ने अपने कुर्ते की आस्तीन से उसे पोंछ डाला और बोले–"मेरा एक काम अभी भी बाकी है। वह है–महिम से मुलाकात करना क्योंकि वह भागता फिर रहा है। यह

मैं उससे एक बार साफ-साफ पूछना चाहता हूँ। ऐसा भी तो हो सकता है कि वह जिन्दा न हो?"

"क्यों पिताजी, आप यह सब सोचकर क्यों डरते हैं?"

"तुम मेरे डरने की बात कहती हो?" केदार बाबू के मुँह से एक आह निकली, बोले– "सन्तान की मौत ही बाप के लिए सबसे बड़ी नहीं है बेटी?"

39

इकलौती बेटी की मौत से भी जो दुर्गति पिता की नजरों में बड़ी हो उठी है, उसके आभास से ही मृणाल कुंठित और लज्जित होकर जब हट गई तब इस विधवा लड़की की लाज केदार बाबू के सीने पर ठीक वैसे ही आ गिरी जैसे मुद्गर गिरता है। उन्होंने कुछ देर तक अकेले चुपचाप अपनी सफेद दाढ़ी पर हाथ फेरा, उसके बाद एक लम्बी साँस छोड़कर धीरे-धीरे तेल के कटोरे को खींच लिया।

आज सवेरे आसमान बड़ा साफ था, लेकिन दोपहर के कुछ बाद घटा छाने लगी। केदार बाबू अभी-अभी बिस्तर पर उठ बैठे और पश्चिम की खिड़की खोलकर बाहर निहार रहे थे। सामने अमरूद के पेड़ की फुनगी फूलों से बिलकुल लद गई है और उस पर अनगिनत मधुमक्खियाँ भनभना रही हैं। करीब ही लम्बी रस्सी से बँधी मोटी चिकनी गाय जिसे मृणाल ने अपने हाथों नहलाकर साफ किया है, बड़ी-बड़ी साँसें छोड़ती हुई चरती फिर रही है और उसकी पीठ के ऊपर से होकर पगडंडी का थोड़ा-सा हिस्सा साफ दिखाई पड़ रहा है।

"पिताजी आपकी चाय मैं अभी ले आऊँ?"

केदार बाबू ने मुड़कर निहारा और कहा–"इतनी जल्दी चाय लाओगी बेटी?"

"वाह, दिन क्या अब बाकी है?"

उन्होंने तनिक मुस्कुराकर तकिए के नीचे से घड़ी बाहर निकाली और कहा–"मगर अभी भी तीन नहीं बजे हैं बेटी।"

मृणाल बोली–"भले ही तीन नहीं बजे पिताजी, सुबह से आपने कुछ भी नहीं खाया है।"

केदार बाबू ने मन-ही-मन समझा, आपत्ति करना बेकार है। इसीलिए उन्होंने कहा– "अच्छा, तो ले आओ।"

मृणाल पल भर स्थिर रही, फिर बोली–"अच्छा पिताजी, आप तो कहा करते हैं कि गरमागरम चिउड़ा खाना आप बहुत पसन्द करते हैं।"

"मैं तो गलत नहीं कहता हूँ बेटी।"

"तो थोड़ा-सा चिउड़ा भी ले आऊँ।"

"तो तुम चिउड़ा भी लाओगी? अच्छा, तो उसे भी ले आओ।" इतना कहकर वे उसके मुँह की तरफ निहारकर जबरन तनिक मुस्कुराए। मृणाल के चली जाने पर उन्होंने फिर उसी खिड़की के बाहर निगाह डालने की कोशिश की, तो देखा, सब कुछ धुँधला हो गया है। दूसरे ही पल गरम आँसू की पाँच-छह बूँदें टपटप करके उनकी गोद में टपक पड़ीं। व्यग्र होकर उन्होंने अपने कुर्ते की आस्तीन से आँसुओं की दोनों रेखाओं को पोंछ डाला और अपने मुँह को शान्त और सहज दिखाने की कोशिश में इमर्सन की खुली किताब को अपनी आँखों के सामने जल्दी से फैला लिया।

उस किताब के पन्नों के अन्दर चाहे जो भी क्यों न हो, उनके मन के अन्दर इसी बात की छाप पड़ने लगी कि कितनी अजीबोगरीब है यह सृष्टि। दुनिया के दिन जब गिनती के रह गए तभी क्या इस लम्बे जीवन की तमाम जानकारियों, सारी तैयारियों को रद्द करके फिर उन्हें नए सिरे से अर्जित करने की जरूरत पड़ी। मैं अच्छी तरह यह देख रहा हूँ कि मेरे इस जीवन का सारा अतीत ही एक तरह से व्यर्थ हो गया है। हालाँकि यह बात समझना भी बाकी नहीं है कि इस लम्बे सूनेपन को भर देने के लिए यह एक महीना ही काफी हुआ।

दरवाजे पर कदमों की आहट सुनकर उन्होंने मुँह उठाकर देखा। मृणाल पत्थर के प्याले में चाय और रकाबी में तला हुआ चिउड़ा लिये घुसी। उन्होंने अपने दोनों हाथों को बढ़ाकर प्याले और रकाबी को लेते-लेते कहा–"मुझे अभी इस बात का पता चल रहा है कि आज मैंने अच्छी तरह खाया नहीं है। मगर देखो बेटी..."

"नहीं पिताजी, आप बात करना शुरू करेंगे, तो सब ठंडा हो जाएगा।"

केदार बाबू ने चुपचाप चाय के प्याले को मुँह से लगाया और चाय पीना खत्म करके प्याले को नीचे रख करके एक साँस छोड़कर बोले–"मैं सिर्फ यही कामना करता हूँ मृणाल कि तुम अगली बार मेरी बेटी बनकर पैदा हो। बच्चे को कलेजे से लगाकर पाल-पोसकर बड़ा करने का हुनर मुझे अच्छी तरह आता है। बेटी, उस बार मुझे यही करने का मौका मिले।"

आखिरी बात कहते वक्त उनकी आवाज काँपने लगी। लेकिन इस तरह की चर्चा से मृणाल सबसे ज्यादा डरती थी। इसीलिए उनके धुँधले जोश की तरफ ध्यान दिए बिना ही उसने मुस्कुराकर कहा–"वाह यह तो अच्छी बात है पिताजी, आपके बहुत सारे बच्चों के बीच मैं भी एक बनूँगी।"

केदार बाबू ने तुरन्त सर हिलाकर कहा–"नहीं, मुझे बहुत बच्चे नहीं चाहिए बेटी, बहुत बच्चे नहीं चाहिए। सिर्फ तुम अकेली, मेरी एक बेटी होगी। अकेली तुम मेरे समूचे कलेजे से लगी रहोगी। अबकी बार जो कुछ मैं तुमसे सीखकर जा रहा हूँ, उन सबको एक-एक करके मैं अपनी बेटी को सिखा दूँगा और ठीक इसी तरह से बुढ़ापे में उससे वापस लेकर अगले जनम के रास्ते निकल पड़ूँगा।" इतना कहकर उन्होंने नजरें बचाकर अपनी आँखों की कोरों को हाथ लगाया।

मृणाल ने खिन्न आवाज में कहा–"आप सिर्फ मुझे शर्मिन्दा करते हैं पिताजी। मैं क्या जानती हूँ, बताइए तो?"

"मैंने खाना नहीं खाया है, यह मैंने खुद नहीं जाना, मगर तुम यह जानती थी।"

"यह जानना भी भला कोई जानना है? जिसे आँखें हैं वही तो यह देख पाएगा।"

"लेकिन यही आँखें तो सबको नहीं होती हैं, मृणाल।" इतना कहकर वे जरा रुके, फिर बोले–"मैं सबसे ज्यादा हैरान हो गया हूँ यह देखकर बेटी कि भगवान कहाँ, कब और किस तरीके से आदमी को अपने सच्चे लोगों से मिला देते हैं, यह कोई नहीं जानता। इसका न है कोई आडम्बर, न है कोई सम्बन्ध का झमेला, न है समय का कोई हिसाब। पल भर में कहाँ से क्या हो जाता है, सिर्फ मन भर जब उसे पाता हूँ, तभी यह लगता है कि इतने दिनों तक इतना बड़ा सूनापन मैंने किस तरह से बर्दाश्त किया था?"

मृणाल ने धीरे-धीरे कहा–"यह तो ठीक बात है पिताजी, वरना आपकी एक बेटी इस जंगल के अन्दर थी इतने दिनों तक तो आपने उसकी कोई खोज-खबर नहीं ली थी।"

केदार बाबू बोले–"मेरी क्या मजाल बेटी कि मैं तुम्हारी खोज-खबर लूँ, जब तक वे हुक्म नहीं दें। और फिर जब उन्होंने हुक्म दिया, तब कहीं जरा भी झिझक नहीं हुई। तब न जाने कौन-सी चीज दनदनाती हुई तुम्हें खींच ले आई। आज लोग देख रहे हैं, यह सिर्फ एक महीने की जान-पहचान नहीं है। लेकिन मैं जानता हूँ कि यह तो डेरे के किराए का हिसाब नहीं है कि पर्चे के पन्नों के साथ इसकी माहवारी गिनती का मोल होगा। मैं तो कितने युगों से तुम्हारी ही छाया में बैठा हुआ हूँ, इसका भला दिन, महीना, साल क्या!" इतना कहकर वे फिर जरा रुके।

मृणाल ने खुद कुछ कहने की कोशिश की, मगर सहसा उनके मुँह की तरफ निहारकर उसने बिलकुल चुप्पी साध ली। उसे लगा कि केदार बाबू के मन के अन्दर इतने दिनों से दुख की जो चिन्ता चुपचाप जल रही थी, वह न जाने किस तरह से बुझने-बुझने को आई और इसी के अन्तिम आभास ने उनके मुँह पर जो रोशनी डाली है उसी मद्धिम रोशनी में कहीं का कोई गहरा स्नेह असीम करुणा से सनकर खिल उठा है।

थोड़ी देर तक किसी ने कोई बात नहीं की। मृणाल की झुकी नजरें फर्श पर पहले की ही तरफ स्थिर बनी रहीं। इस चुप्पी को केदार बाबू ने ही तोड़ा। बोले–"मृणाल मैंने एक धर्म को छोड़कर जब दूसरे धर्म की दीक्षा ली थी तब मैंने बाहर के प्रति न सही, कम-से-कम अपने प्रति भी जवाब देने की झंझट में मैं पड़ा था। उसे इतने दिनों तक किसी तरह से मैं टाल तो गया हूँ, मगर अब उसे मैं शायद टाल नहीं सकता। धर्म के बारे में अब मैं यही बात समझ पा रहा हूँ।"

मृणाल ने पल भर के लिए ज्यों ही अपनी नजरें उठाईं त्यों ही केदार बाबू बोल उठे–"डरो मत बेटी, डरो मत। मैं बार-बार तुम्हारा नाम लेकर अब तुम्हें संकोच में नहीं डालूँगा, लेकिन इतने दिनों बाद मैं इस सच्चाई को जरूर समझ सका हूँ कि लड़ाई-झगड़ा, कहासुनी करके और चाहे जो भी क्यों न मिल जाए, बतौर चीज धर्म के पाने की गुंजाइश नहीं है।"

मृणाल ने उनके मन की बात का अनुभव करके धीरे-धीरे कहा–"यह बात सही हो सकती है पिताजी, मगर मुझे तो इस बात की कोई जरूरत दिखाई नहीं पड़ती है कि जिस धर्म को मैंने अच्छा समझा है उसे अपनाने के लिए लड़ाई-झगड़ा और कहासुनी करनी पड़ेगी।"

केदार बाबू बोले–"ऐसा भी नहीं है कि मुझे भी ठीक इतने दिनों तक इस बात की जरूरत दिखाई पड़ी थी। लेकिन इसकी जरूरत तो पड़ ही जाती है मृणाल! किसी भी चीज

को तो हम प्यार से, प्रेम से नहीं छोड़ते हैं। हम जिसे छोड़कर जाते हैं उसके बारे में मन छोटा बना रहता है, वह तो किसी दिन दूर नहीं होता है। इसीलिए तो आज बहुत बड़ी कैफियत देने के संकट में पड़ा हूँ बेटी। लेकिन तुम लोगों को जो धर्म पैदा होते ही खुद-ब-खुद बड़ी आसानी से मिल गया है, वह अच्छा हो या बुरा, उसी के सहारे चल रहे हो। दोनों के फर्क को जरा सोचकर देखो तो!"

मृणाल चुप्पी साधे रही, प्रतिवाद करने लायक जवाब सहसा उसे ढूँढ़े नहीं मिला।

केदार बाबू खुद भी थोड़ी देर स्तब्ध रहे फिर बोले--"बेटी, आज बहुत पुरानी भूली-बिसरी बातें भी धीरे-धीरे जाग उठी हैं। लेकिन इतने दिनों तक ये कहाँ छिपी थीं?"

मृणाल ने नजरें उठाकर प्रश्न किया--"आप किसकी बात कह रहे हैं पिताजी?"

केदार बाबू बोले--"मैं अपनी बात कह रहा हूँ बेटी। बड़ा बनने लायक अक्ल भी भगवान ने मुझे नहीं दी है। मैं बड़ा भी कभी बन नहीं सका हूँ। मैं मामूली आदमी हूँ, मामूली आदमियों के साथ घुल-मिलकर मैंने दिन गुजारे हैं, मगर हम लोगों के बीच जो लोग बड़े हैं, जो समाज के प्रधान हैं, जो समज के आचार्य बन गए हैं उन्हीं का कहा मैं हमेशा भक्ति और विश्वास के साथ मानता आया हूँ। उन लोगों की कही कितनी पुरानी भूली-बिसरी बातें आज मुझे याद आ रही हैं। तुमने कहा था मृणाल कि धर्म बदलते वक्त अच्छे को चुन लेने में भला होड़ क्यों मचेगी, होड़ मचने की जरूरत ही भला किसलिए पड़ेगी? मैंने भी तो इतने दिनों तक यही समझा है, और यही कहता फिरा हूँ। लेकिन आज मुझे दिखाई पड़ रहा है कि इस बात की जरूरत थी ही। आज मुझे दिखाई पड़ रहा है कि हिन्दुओं को जो लोग यह कहकर आरोप लगाते हैं कि देश-विदेश में हम लोग उनका सर जितना झुका दे सके हैं, उतना ईसाई पादरी भी नहीं झुका सके हैं। उनकी शिकायत को तो आज अब मैं गलत कहकर भी नहीं उड़ा ले सकता बेटी। वास्तव में विदेशी विधर्मियों के हाथों हम जैसा विभीषण और तो कोई नहीं है!"

मृणाल बड़ी चंचल हो उठी, मगर केदार बाबू ने उस पर ध्यान नहीं दिया। कहने लगे--"मृणाल, होड़ अगर नहीं मचेगी, तो फिर हमारे बीच जो लोग सभी विषयों में आदर्श हैं, यहाँ तक कि सभी लोगों के बीच जो आदर्श कहलाने योग्य हैं उनके मुँह से धर्म के मन्दिर में धर्म की वेदी पर खड़े होकर राम की जगह रेमो, हरि की जगह होरे और नारायण की जगह नाराण क्यों निकलेगा? सबको सम्बोधित करके वे लोग ऊँची आवाज में किसलिए इस बात की घोषणा करेंगे कि अभागे, अगर बेघाट में डूब मरना नहीं चाहते हैं तो हमारे इस बँधे घाट पर आवें। बेटी, अधर्मोपदेश के इस प्रचंड ताल ठोकने की वजह से हमारे समाज समेत सबका लहू तब भक्ति से जितना गरम हो जाता था, विश्वास से उतना ही रूखा हो जाता था। चर्चा के पुलक की मात्रा भी कहीं तिल भर कम नहीं पड़ती थी। लेकिन आज जीवन के इस आखिरी पड़ाव पर पहुँचकर मैं साफ-साफ समझ रहा हूँ कि उसके अन्दर उपदेश अगर भला हो, तो हो लेकिन कहीं भी जरा भी धर्म के रहने की गुंजाइश नहीं थी।"

मृणाल ने दुख-भरी आवाज में कहा--"पिताजी, यह सब बातें आप मुझे क्यों सुना रहे हैं? वे सभी के सभी मेरे पूजनीय हैं, मेरे आदरणीय हैं।" इतना कहकर उसने अपने

दोनों हाथ जोड़े और उन्हें अपने माथे से छुलाया। इस भक्तिमती युवती के नम्रता से झुके मुँह की तरफ निहारकर केदार बाबू विभोर हो गए और पल भर बाद बाहर नौकरानी के बुलाने पर जब मृणाल उठकर चली गई, तो भी वे पहले की ही तरह एक ही ढंग से बैठे रहे।

मृणाल यह सुनकर कि उसकी सास ने उसे क्यों बुलाया था, जब थोड़ी देर बाद वापस आई, तो केदार बाबू अपने दोनों हाथों को फैलाकर उमड़ते जोश से बोल उठे–"यों दूसरे की खामियों की शिकायत करने में क्या मेरा सारा जीवन बीतेगा? इससे क्या किसी भी दिन मुझे छुटकारा नहीं मिलेगा बेटी?"

मृणाल बोली–"आपकी मच्छरदानी का कोना जरा फट गया है पिताजी, आप एक बार हटकर बैठिए न। मैं उसकी सिलाई कर दूँ।" इतना कहकर उसने आले पर से सिलाई की छोटी-सी डिबिया उतार ली, केदार बाबू अपने बिस्तर से उठकर एक मूढ़े पर जाकर बैठे और उस कार्यरत मौन लड़की के झुके मुँह की तरफ एकटक निहारते रहे। वह किसी तरफ मुँह उठाए बिना ही अपने मन से काम करती जाने लगी। लेकिन उसे निहार-निहारकर केदार बाबू की दोनों आँखों में बेहद बेवजह आँसू भर आने लगे, और अपने धोती के खूँट से उसे बार-बार पोंछने लगे।

सिलाई खत्म करके मृणाल ने उस डिबिया को उसी आले पर रख दिया जिस पर से उसने उसे उतारा था। उसके बाद वह मुड़कर खड़ी हो गई और पूछा–"रात को आप क्या खाएँगे पिताजी?"

उसका प्रश्न सुनकर केदार बाबू ने एक लम्बी साँस छोड़ी, अपने रुआँसे मुँह के होंठों पर तनिक हँसी को इंगित किया और बोले–"मैं रात को क्या खाऊँगा, इस बात को सोचने के लिए इस वक्त व्याकुल होने की जरूरत नहीं है बेटी। इस बात को वक्त आने पर सोचा जाएगा। लेकिन तुम एक बार स्थिर होकर बैठो तो बेटी।" वे जरा रुककर फिर बोले–"इस अपराध का आज ही अन्त है। मेरे मुँह से तुम अब कभी किसी के भी नाम से शिकायत नहीं सुनोगी मृणाल।" जरा रुककर वे फिर से कहने लगे–"मगर मुझ पर तुम विरक्त न होना बेटी। मैंने ठीक इसी के लिए यह प्रसंग नहीं छेड़ा था।"

उनकी नम आवाज सुनकर मृणाल चौंककर बोली–"आपने ऐसी बात क्यों कही पिताजी? मैं क्या किसी दिन आप पर विरक्त हुई हूँ?"

केदार बाबू फौरन जोर से सिर हिलाकर बार-बार कहने लगे–"नहीं, तुम मुझ पर कभी विरक्त नहीं हुई हो बेटी, कभी नहीं। तुम मेरी माँ हो न, इसीलिए इस बूढ़े बेटे के सारे अत्याचारों को स्नेह के साथ मुस्कुराती हुई सहती आ रही हो। मगर इतने दिनों बाद जिस सच्चाई को कलेजे का खून देकर मैंने पाया है, मैंने उसे ही सिर्फ तुम्हें दिखाना चाहा है मृणाल। मैंने दूसरों की निन्दा-शिकायत करना नहीं चाहा है। आज मैं यह पक्का जान पाया हूँ कि बतौर चीज धर्म को एक दिन जिस तरह से हम लोगों ने दल बाँधकर कौशल से पकड़ना चाहा था उस तरह से उसे पकड़ा नहीं जा सकता है। अगर वह खुद पकड़ने दे तो हो सकता है, उसे पकड़ा ही न जाए। परम दुख का रूप धारण करके जिस दिन आदमी के चरम दुख पर कदम रखते हुए वे अकेले आकर खड़े होते हैं उस दिन उन्हें पहचानना होगा।

जरा भी भूल-चूक की देरी उन्हें बर्दाश्त नहीं होती है बेटी। वे मुँह घुमाकर लौट जाते हैं। लेकिन मैं अपने बड़े से बड़े दुश्मन के लिए भी वैसे दुभार्ग्य की कामना नहीं कर सकता मृणाल।''

मृणाल लगातार बाधा देती हुई जिस प्रसंग की बगल से होकर चली जा रही है यह तो उसी का इंगित है।

यह अनुभव करके उसके संकोच और दुख की सीमा नहीं रही। लेकिन आज अब उसने किसी भी बहाने भागने की कोशिश नहीं की, चुपचाप बैठी रही।

लगातार बाधा पाकर खुद केदार बाबू की निगाह भी इधर पैनी हो गई थी, लेकिन आज उन्होंने भी कोई खयाल नहीं किया, कहने लगे--''बेटी, यह बात बार-बार कहकर भी मेरा जी नहीं भर रहा है कि इतनी बड़ी दुनिया में तुम्हारे सिवा मेरा अपना और कोई किसी दिन नहीं था। इसीलिए शायद मेरे जीवन के अन्तिम दिनों का सारा बोझ, सारी अच्छाई-बुराई किस तरह से तुम्हारे ऊपर आकर टिक गई है, जो सारी विधि व्यवस्था के मालिक हैं यह उन्हीं का किया-धरा है। चूँकि मैंने बेशक यह समझ लिया है इसीलिए अब मुझे न कोई लाज है, न कुंठा। अपने आपको गले पड़ा बोझ मानकर पहले-पहल मुझे बड़ी झिझक हुई थी, लेकिन आज मेरे मन से उसका सारा झंझट खत्म हो गया है।''

मृणाल मुँह उठाकर तनिक मुस्कुराई। केदार बाबू ने थोड़ी सी आनाकानी की और फिर से बोले--''तब भी क्यों झिझक होती है मृणाल, तब भी क्यों गले से शब्द बाहर निकलने का हरगिज नाम नहीं लेता है?''

''तो रहने दीजिए न पिताजी। भले ही आज आपने नहीं कही वैसी बात!''

केदार बाबू ने गरदन हिलाकर कहा--''नहीं-नहीं, अब मैं रहने नहीं दूँगा। अब अगर मैं बिना कहे रहूँगा तो काम नहीं चलेगा। मुझे यह पक्का लग रहा है कि वह सुरेश के ही साथ...''

उनके गीले कंठस्वर से चकित होकर मृणाल बोली--''आपने यह क्यों कहा बाबूजी?''

इस संशय ने खुद मृणाल के मन को भी बहुत बार चोट पहुँचाई है, इसीलिए वह सर झुकाए बैठी रही। कुछ भी नहीं बोली। कुछ वक्त चुपचाप गुजर गया। केदार बाबू बड़ी कोशिश से अपने आपको पराजित करके बोल उठे--''मैं एक बार महिम के पास जाना चाहता हूँ मृणाल, मैं एक बार उसके मुँह की बात सुनना चाहता हूँ। लेकिन अकेले जाकर मैं उसके पास किस तरह से खड़ा होऊँगा?''

मृणाल ने तुरन्त मुँह उठाकर अपनी दोनों आँखों को अभागे केदार बाबू के लज्जित और भयभीत मुँह की तरफ स्थिर करके कहा--''क्यों पिताजी, आप अकेले क्यों जाएँगे? अगर जाना ही पड़ेगा, तो हम दोनों ही एक साथ जाएँगे।''

''सचमुच तुम जाओगी बेटी?''

''हाँ, पिताजी, मैं जाऊँगी। इसके अलावा मैं आपको अकेले भला छोड़ ही क्यों दूँगी? आप चाहे जहाँ कहीं भी क्यों न जाएँ, मैं साथ गए बिना हरगिज नहीं छोड़ूँगी। यह मैं कह रखती हूँ। मुझे कोई अपने साथ नहीं ले जाना चाहता है, मैं कहीं घूम नहीं सकती हूँ।''

उसकी बात के जवाब में केदार बाबू ने कोई बात नहीं की, उन्होंने सिर्फ अपनी दोनों हथेलियों को अपने मुँह पर रखा और अपने दोनों घुटनों पर औंधे हो गए। दूसरे ही पल देखने में आया कि इस एक छोर से लेकर दूसरे छोर तक यह दुबला-पतला बदन मन के अव्यक्त दुख से थर-थर काँप रहा है।

मृणाल चुपचाप उनके सिरहाने के पास बैठी रही, एक शब्द, सान्त्वना का एक शब्द तक उसने नहीं कहा, अपनी इकलौती बेटी की घिनौनी हरकत से जिस पिता का हृदय छलनी हो गया है उसे सान्त्वना देने के लिए भला उसके पास क्या था?

इस तरह से बहुत वक्त बीतने के बाद केदार बाबू ने अपने आपको सँभाला, वे उठकर बैठे और पुकारा–"बेटी!"

उनके मुँह की तरफ निहारकर मृणाल का कलेजा फट गया, मगर उसने जी-जान से अपने आँसुओं को रोककर आवाज दी–"क्या है पिताजी?"

"दुनिया में इतना ज्यादा भी दुख हो सकता है, यह तो मैंने कभी सोचा नहीं था, मृणाल। इससे छुटकारा पाने का क्या कहीं कोई उपाय नहीं है? क्या कोई नहीं बता सकता है?"

"लेकिन पिताजी, लोग मौत का शोक भी तो सह सकते हैं!"

केदार बाबू बोले–"मेरे लिए वह मर चुकी है। यही तो तुम कह रही हो बेटी! हाँ, एक हिसाब से वह मेरे लिए मर चुकी है। बहुत बार मुझे यह लगा भी है लेकिन मौत का शोक जितना बड़ा है, उसकी शान्ति उसका माधुर्य उतना ही बड़ा है। मगर उस सान्त्वना का उपाय क्या है मृणाल? इसकी असहनीय ग्लानि, असहनीय लाज मेरे कलेजे की राह को ऐसे बेधे हुए है कि कहीं भी उन्हें हिलाकर रखने के लिए जरा भी जगह नहीं है।" इतना कहकर उन्होंने अपनी आँखें पोंछी, अपनी छाती पर हाथ रखा और फिर धीरे-धीरे बोले–"बेटी, सन्तान को मौत जो देते हैं उन्हें हम यही कहकर माफ करते हैं कि उनके कार्य-कारण को हम नहीं जानते हैं। हम..."

मृणाल अचानक बाधा देकर बोल उठी–"पिताजी, तो फिर हम लोग भी ऐसा ही कर सकते हैं। जो कोई भी क्यों न हो, जिसका कार्य-कारण हमें मालूम नहीं है, उसे अगर हम माफ न भी कर सके, तो कम-से-कम मन-ही-मन उसका फैसला करके उसे गुनहगार बनाकर नहीं रखेंगे।"

केदार बाबू चौंक उठे। और अपनी दोनों आखों को मृणाल के मुँह की तरफ टिकाकर पत्थर की मानिन्द निस्पन्द होकर बैठे रहे।

मृणाल शरमाकर धीरे-धीरे कहने लगी–" इसके अलावा मैंने सँझले भैया से सुना है पिताजी कि दुनिया में ऐसा गुनाह कम ही है जिसे चाहने पर माफ नहीं किया जा सकता है।"

केदार बाबू उत्तेजना से तनकर उठ बैठे और बोले–"यह गुनाह क्या कोई किसी दिन माफ कर सकता है मृणाल?"

मृणाल चुप रही। वे पहले की ही तरह तीखी आवाज में कहने लगे–"इस गुनाह को कोई कभी माफ नहीं कर सकता है, कोई कभी माफ नहीं कर सकता है। बाप होकर मैं

उसकी इस बुरी हरकत को किसी भी दिन माफ नहीं करूँगा। वह माफी पाने लायक नहीं है, उसे माफ नहीं किया जाना चाहिए—यह मैंने तुमसे पक्का कह दिया।"

मृणाल धीरे-धीरे बोली—"कौन माफी पाने लायक है और कौन माफी पाने लायक नहीं है, यह तो फैसले की बात है पिताजी। उसे माफी नहीं कही जा सकती है। इसके अलावा माफी का फायदा क्या सिर्फ गुनहगार को ही मिलता है, माफ करनेवाले को क्या कुछ भी नहीं मिलता है पिताजी?"

केदार बाबू बिलकुल स्तब्ध हो गए। मृणाल की इन शान्त, स्निग्ध बातों ने पल भर में ही उन्हें अभिभूत कर डाला। वे थोड़ी देर तक जड़वत् बैठे रहे। फिर अचानक बोल उठे—"इस तरह से तो मैंने सोचकर नहीं देखा है मृणाल। तुमसे आज मैंने फिर एक नया सिद्धान्त प्राप्त किया बेटी। सही बात तो है। माफी पानेवाले को सौ फीसदी फायदा होगा और माफ करनेवालों को कोई फायदा नहीं होगा? यह तो हरगिज सच नहीं हो सकता है! ठीक-ठीक किसका गुनाह कितना बड़ा है, इस बात का फैसला जिसे मर्जी करे। मैं माफ करूँगा, सिर्फ अपना फायदा देखकर। यही है न बेटी तुम्हारी सलाह?"

"क्यों पिताजी, यह सब कहकर आप मेरा गुनाह क्यों बढ़ा रहे हैं?"

"तुम्हारा गुनाह? दुनिया में उसके लिए भी कोई जगह है बेटी?"

मृणाल अचानक उठकर खड़ी हो गई और बोली—"शायद माँ मुझे फिर बुला रही है। मैं अभी आती हूँ पिताजी।" इतना कहकर वह तेज कदमों से बाहर निकल गई।

40

मृणाल उठकर गई, लेकिन केदार बाबू ने उस तरफ कोई ध्यान नहीं दिया। सिर्फ अपनी बात के सुर में मगन रहकर अपने मन से कहने लगे—"मैं जी उठा, मैं जी उठा बेटी, तुमने मुझे जिन्दा कर दिया। दुगर्ति के दुर्गम जंगल में जब मेरी दोनों आँखों पर पट्टी बँधी हुई थी, मौत के सिवा जब मेरे लिए और सारे रास्ते बन्द थे तब हाथ की बगल में मुक्ति का इतना बड़ा राजपथ खुला हुआ था, इसकी जानकारी तुम्हारे अलावा और कौन दे सकता था! माफ करने की बात तो मैं कभी सोच ही नहीं सका था। अगर कभी ऐसा लगा था तो तभी उसे मैंने दोनों हाथों से जोर से धकेल दिया था और गर्व के साथ यही कहा था—नहीं, मैं उसे कभी माफ नहीं करूँगा। बेटी होकर जब वह इतना बड़ा गुनाह कर सकी, तो बाप होकर मैं उसे किसी भी सूरत में माफ नहीं कर सकता हूँ। लेकिन अरे अन्धा, अरे मूर्ख, अरे कंजूस, पिता होकर जो तू उसे नहीं दे सकता है, दूसरा वह उसे किस तरह से देगा? और वह भला तेरा कितना-सा हिस्सा ले जाएगा? तेरी माफी का सारा हिस्सा तो तेरे अपने ही घर वापस आएगा। अपनी मृणाल बेटी के इस सिद्धान्त को तू अपनी दोनों

आँखों को एक बार खोलकर देख।" इतना कहकर वे ठीक कुछ-न-कुछ देखने के लिए ही अपनी दोनों आँखों को फैलाकर बादलों-भरे आसमान की तरफ निहारते हुए मन-ही-मन जी-जान लगाकर कहने लगे–'मैंने माफ किया, मैंने माफ किया। सुरेश, मैंने तुम्हें माफ किया। अचला, मैंने तुम्हें भी माफ किया। पशु-पक्षी, कीट-पतंग, जो कोई जहाँ हो, मैंने सबको माफ किया। आज से किसी के भी विरुद्ध मेरा कोई अभिमान, कोई शिकायत नहीं है। आज मैं मुक्त हूँ। आज मैं स्वाधीन हूँ, आज मैं परमानन्दमय हूँ।' कहते-कहते अनिर्वचनीय करुणा से उनकी दोनों आँखें मुँदने को आईं और ज्यों ही उन्होंने अपने दोनों हाथों को जोड़कर अपनी गोद पर रखा त्यों ही उन मुँदी आँखों के छोर से पिता का स्नेह मानो आँसुओं की अनगिनत धाराओं में झर-झर गिरने लगा। और दोनों काँपते होंठ काँप-काँपकर धीमी आवाज में कहने लगे–"बेटी! बेटी! तू कहाँ है? तू सिर्फ एक बार लौट आ। मैं तुझे दुनिया में लाया हूँ। मैंने तुझे कलेजे से लगाकर बड़ा किया है। बेटी, तू अपना सारा गुनाह, सारा अपमान, लांछना लेकर और एक बार अपने पिता की गोद में लौट आ अचला। मैं तुझे अपने कलेजे से लगाकर तेरे सारे जख्मों, सारे दुखों को मिटाकर फिर पहले की ही तरह से पाल-पोसकर बड़ी करूँगा। हम घर से बाहर नहीं निकलेंगे, लोगों से नहीं मिलेंगे सिर्फ तू और मैं..."

"पिताजी!"

केदार बाबू ने मुँह घुमाकर मृणाल के मुँह की तरफ निहारा, शायद एक बार उन्होंने अपने आपको संयत करने की कोशिश भी की, मगर दूसरे ही पल फर्श पर लेट गए और बालकों की भाँति आर्त स्वर में रो उठे–"बेटी! बेटी! मेरा कलेजा फट गया। सभी उसे कितना दुख, कितनी तकलीफ दे रहे हैं। अब मुझसे रहा नहीं जाता है।"

मृणाल कुछ भी नहीं बोली, उसने सिर्फ उनके करीब आकर उनके फर्श पर पड़े सर को चुपचाप अपनी गोद में रख लिया और धीरे-धीरे उस पर हाथ फेरने लगी। उसकी अपनी दोनों आँखों से भी आँसू बहने लगे।

फागुन की शुरुआत का यह बादलों-भरा दिन हो सकता है, इसी तरह से खत्म हो जाता, मगर अचानक केदार बाबू आँखें खोलकर उठ बैठे, बोले–"मृणाल, महिम को चिट्ठी देने पर क्या जवाब नहीं मिलेगा?"

"जवाब क्यों नहीं मिलेगा पिताजी? मुझे तो लगता है कल-परसों के अन्दर ही उनका जवाब मुझे मिलेगा।"

"तो क्या तुमने उसे कुछ लिखा है?"

मृणाल ने गरदन हिलाकर बताया–"हाँ।"

केदार बाबू ने संकोच से यह नहीं पूछा कि उसने उस चिट्ठी में क्या लिखा है। उन्होंने बाहर निगाह डालकर कहा–"अभी भी दिन थोड़ा-सा बाकी है। मैं जरा घूम आता हूँ।" इतना कहकर उन्होंने चादर खींची और हाथ में लाठी ली, लेकिन दो-एक कदम आगे बढ़कर वे सहसा ठिठककर खड़े हो गए और बोले–"मगर देखो बेटी..."

"क्या पिताजी?"

"मैं डर रहा हूँ। नहीं, ठीक डर नहीं रहा हूँ, लेकिन मैं सोच रहा हूँ कि..."

"आप क्या सोच रहे हैं पिताजी?"

"मैं क्या सोच रहा हूँ, जानती हो बेटी! मैं सोच रहा हूँ...अच्छा, तुम क्या सोचती हो मृणाल कि हम लोग वहाँ जाना चाहेंगे, तो महिम एतराज करेगा?"

इस बात का डर और चिन्ता दोनों ही मृणाल को काफी थे और मन-ही-मन इसका जवाब भी उसने एक तरह से ठीक कर रखा था, इसीलिए उसने तुरत कहा–"अभी हमें यह जानने की जरूरत क्या है पिताजी? जब इसका पता मालूम पड़ जाएगा तब हम लोग वहाँ चले जाएँगे। उसके बाद सँझले भैया जब मुझे भगा देंगे, तब दुनिया की जानने लायक ढेरों बातें अपने आप मालूम पड़ जाएँगी पिताजी। उनके बारे में किसी से पूछने की जरूरत नहीं पड़ेगी।"

केदार बाबू पल भर स्थिर रहे फिर बोले–"तो फिर तुम सचमुच ही मेरे साथ जाओगी?"

मृणाल बोली–"हाँ, सचमुच ही मैं जाऊँगी। लेकिन मैं तो आपके साथ नहीं जाऊँगी, बल्कि आप ही मेरे साथ जाएँगे।"

उसकी बात के जवाब में केदार बाबू ने फिर कुछ-न-कुछ कहने की कोशिश की, लेकिन वे सिर्फ थोड़ी देर तक उसकी तरफ निहारते रहे, फिर मुँह घुमाकर चुपचाप बाहर निकल गए।

फागुन के ठीक एक ऐसे ही तीसरे पहर बंगाल के बाहर और भी दो नर-नारियों के आँसू उस दिन रोके नहीं रुक रहे थे। सुरेश ने बड़ा सा मोहरबन्द लिफाफा अचला के हाथ में देकर कहा–"अब तक तुम्हें देने की बात सोचकर भी यह कागज तुम्हारे हाथ में देने की मेरी हिम्मत नहीं हुई थी, मगर आज अब इसे तुम्हें दिए बिना मैं रह नहीं सकता।"

अचला ने उस लिफाफे को अपने हाथ में लेकर हिचकिचाते हुए कहा–"इसका मतलब?"

सुरेश तनिक मुस्कुराकर बोला–"तुम तो यह सोच रही होगी कि दुनिया में ऐसी अजीब भयंकर चीज भला क्या थी, जिसे देने की मेरी हिम्मत नहीं होती थी, तुम यह सोच सकती हो!"

"मैंने भी बहुत सोचा है। इसका मतलब अगर कुछ हो, तो एक दिन वह जाहिर होगा ही। लेकिन बहुत अपमान, बहुत दुख का बोझ तो तुमने दुनिया में मुझसे मतलब समझे बिना ही लिया है, इसको वैसे ही लो अचला।"

अचला ने शान्त आवाज में प्रश्न किया–"आखिर इसके अन्दर क्या है?"

सुरेश ने हाथ जोड़कर कहा–"अब तक जो कुछ मैंने तुमसे पाया है, डाकुओं की तरह जबरन पाया है, मगर आज सिर्फ विनती करता हूँ कि तुम यह मत जानना चाहो कि इसके अन्दर क्या है!"

अचला चुप रही, वह यह सोच नहीं सकी कि इसके बाद वह क्या कहे?

बाहर परदे के पीछे से बैरे ने पुकारकर कहा–"बाबूजी, इक्कावाला कह रहा है कि और देरी करेंगे, तो पहुँचने में रात हो जाएगी। रास्ते में हो सकता है आँधी-पानी भी आ जाए।"

अचला चौंककर बोली, "आज भला तुम कहाँ जाओगे? और ऐसे वक्त?"

सुरेश ने मुस्कुराकर उसकी बात को सुधार करके कहा—"यानी कि ऐसे खराब मौसम में मैं जा रहा हूँ माहुली। वहाँ प्लेग का डॉक्टर हरगिज नहीं मिल रहा है, हालाँकि गाँव के गाँव बिलकुल मरघट बन गए हैं। अबकी बार वहाँ मुझे पाँच-सात दिन रहना पड़ेगा और कौन जाने, हो सकता है, वहाँ मुझे बिलकुल ही रह जाना पड़े।" इतना कहकर वह फिर तनिक मुस्कुराया।

अचला स्थिर होकर उसके मुँह की तरफ निहारती रही। वह खुद भी थोड़ी-बहुत खबर जानती थी, यह खबर उसने सुनी थी कि सात-आठ कोस दूर कुछ गाँव प्लेग से इस साल मरघट बनते जा रहे हैं। यह भी विचित्र नहीं है कि शहर से इतनी दूर इस भीषण महामारी में गरीबों का इलाज करने में डॉक्टरों की कमी होगी। उसे इस बात का भी पता चला था कि सुरेश बहुत रुपयों का दवा-दारू गुप्त रूप से हर तरफ भेज रहा है; और वह खुद भी लगभग तड़के उठकर कहीं न कहीं चला जाता है। उसके लौटने में कभी शाम हो जाती है, तो कभी रात। परसों तो वह आ ही नहीं सका था; मगर वह इस बात की कल्पना भी नहीं कर सकी थी कि वह घर छोड़कर, उसे छोड़कर कुछ दिनों के लिए मौत के बीच में जाकर रहने की ठान लेगा। इसलिए उसकी बात सुनकर वह कुछ देर के लिए सिर्फ चुपचाप उसके मुँह की तरफ निहारती रही। जो महापापी न भगवान को मानता है और न पाप-पुण्य को, जो सिर्फ अपने दोस्त और उसकी बेकसूर पत्नी का इतना बड़ा सर्वनाश अनायास कर बैठा, जिसने कोई बाधा नहीं मानी, उसके मुँह की तरफ जब भी उसने निहारा है तभी उसका समूचा मन वितृष्णा से विषाक्त हो गया है, मगर आज इस पल उसी की तरफ निहारकर उसका समूचा मन विष से नहीं अचानक विस्मय से भर उठा। उस आदमी के होंठों की कोरों पर तभी जरा-सी मुस्कान की बेहद पतली-सी रेखा थी, लेकिन उसी मुस्कान के अन्दर अचला को दुनिया का सारा वैराग्य भरा दिखाई पड़ा। उसके मुँह पर न चिन्ता है, न उत्तेजना और न ही इस बात की शंका का निशान तक है कि वह मौत के बीच जाकर खड़ा होनेवाला है। तो क्या इस घोर स्वार्थी, नास्तिक के लिए भी उसकी अपनी जान इतनी सस्ती है? जो आदमी दुनिया में भोग के अलावा और कुछ भी नहीं समझता है, भोग की सारी चीजों के बीच डूबा रहकर भी क्या जिन्दा रहना उसके लिए इतना तुच्छ, इतनी अवहेलना की चीज है कि इतनी आसानी से सब कुछ छोड़-छाड़कर जाने के लिए वह पल भर में तैयार हो गया? हो सकता है, वह लौट भी न सके। यह चाहे जो भी क्यों न हो, मजाक नहीं है। लेकिन यह बात क्या इतनी आसानी से कही जानेवाली है।

अचानक अन्दर के धक्के से वह चंचल हो उठी; हाथ के कागज को दिखाकर उसने प्रश्न किया—"यह क्या तुम्हारी वसीयत है?"

सुरेश ने भी प्रश्न किया—"मैंने अभी-अभी तुमसे विनती की है कि तुम यह मत जानना चाहो कि इसके अन्दर क्या है, तो क्या तुम मेरी विनती को ठुकरा देना चाहती हो?"

अचला थोड़ी देर तक चुप रही, फिर बोली—"अच्छा, मैं यह जानना नहीं चाहती, लेकिन मैं तुम्हें वहाँ जाने नहीं दूँगी?"

"क्यों, तुम मुझे वहाँ क्यों नहीं जाने दोगी?"

उसकी बात के जवाब में अचला ने उस लिफाफे को फिर से हिला-डुलाकर तनिक आनाकानी की और बोली–''तुमने मेरा चाहे जो भी क्यों न किया हो, पर मैं अपने लिए तुम्हें मरने नहीं दूगी।''

सुरेश ने जवाब नहीं दिया। अचला अपनी बात पर जरा शर्मिन्दा होकर अपनी बात को हलकी करने के लिए फिर से बोली–''तुम कहोगे कि मुझे क्या पड़ी है कि मैं तुम्हारे लिए जान देने जाऊँगा, मैं जा रहा हूँ गरीबों के लिए जान देने। अच्छी बात है, पर मैं तुम्हें यह भी नहीं करने दूँगी।''

उसकी बात सुनते ही सुरेश को चट से महिम याद आ गया और उसके कलेजे के अन्दर से एक आह निकलकर स्तब्ध कमरे के अन्दर फैल गई। क्योंकि जीवन की ममता कितनी तुच्छ और कितनी सहज है, इसे जो छोड़ने को तैयार हो सकता है उसका एकमात्र गवाह आज भी है और वह है सिर्फ महिम। आज का यह सफर अगर उसका आखिरी सफर हो, तो वह अकेला बेहद मूक आदमी ही सिर्फ मन-ही-मन यह समझेगा कि सुरेश न लोभ से, न क्षोभ सें, न घृणा से और न इहलोक-परलोक की किसी चीज की आशा से जान देता है, बल्कि वह सिर्फ इसीलिए मरा है कि उसकी मौत आई थी।

उसकी दोनों आँखों में आँसू भरने-भरने को आए, मगर उसने उन्हें रोक लिया। बल्कि मुँह उठाकर उसने तनिक मुस्कुराने की कोशिश करते हुए कहा–''मैं किसी के भी लिए मरना नहीं चाहता अचला। चुपचाप बेकार में बैठे-बैठे अब अच्छा नहीं लगता है, इसीलिए मैं जा रहा हूँ जरा घूमने-फिरने के लिए। मैं नहीं मरूँगा अचला, मैं नहीं मरूँगा।''

''तो यह वसीयत किसलिए की गई है?''

''मगर यह वसीयत है, यह तो साबित नहीं हुआ है।''

''भले ही यह वसीयत न हो, लेकिन मुझे अकेले छोड़कर तुम चले जाओगे?''

''मैं चला ही जाऊँगा और फिर नहीं लौटूँगा, यह भी तो तय नहीं हुआ है?''

''तुम्हारा जाना तो तय ही है। इस परदेस में मुझे बिलकुल बेसहारा करके तुम...'' इतना कहकर अचला रो पड़ी।

सुरेश उठने की कोशिश करके भी बैठ गया। एक अदम्य आवेग को जीवन में आज उसने पहली बार संयत कर लिया, फिर थोड़ी देर तक स्थिर भाव से रहा, उसके बाद शान्त स्वर में बोला–''अचला, मैं तो तुम्हारा साथी नहीं हूँ। आज भी तुम अकेली हो, और वह दिन अगर सचमुच ही आ जाए तो तब भी तुम्हें इससे ज्यादा बेसहारा नहीं होना पड़ेगा।''

अचला की आँखों से आँसू बह ही रहे थे, उन्हीं दोनों आँसू-भरे आँखों को उठाकर उसने सुरेश के मुँह पर टिका दिया, लेकिन उसके होंठ थरथर काँपने लगे। उसके बाद जब उसने होंठों को दाँतों में दबाकर उस कम्पन को रोकने की कोशिश की तो अचानक वह फूट-फूटकर रो उठी–''मुझसे अब तुम क्या चाहते हो, अब मेरा क्या है?'' और कहते-कहते मुँह पर आँचल रखकर वह भागती हुई बाहर निकल गई।

बैरे ने आकर कहा–''जी, इक्कावाला....''

''अच्छा-अच्छा, उसे सब्र करने को कहो।''

जल्द ही साईस ने आकर बताया–"गाड़ी तैयार होकर बहुत देर से इन्तजार कर रही है।"

"गाड़ी तैयार होकर क्यों इन्तजार कर रही है?"

साईस ने जो कुछ कहा उससे समझ में आया कि माँजी ने ऐसा हुक्म दिया था कि वे घूमने उस घर जाएँगी, लेकिन नौकरानी कह रही है कि उनके कमरे का दरवाजा बन्द है और बहुत पुकारने पर भी आवाज नहीं मिल रही है। घोड़ों को खोल दिया जाए या नहीं, यही वह जानना चाहता है।

"अच्छा सब्र करो।"

इस कमरे के अन्दर की तरफ वाला किवाड़ खुला ही था, इसका परदा हटाकर सुरेश चुपचाप अपने सोने के कमरे में आ पहुँचा और उतने ही चुपचाप करीब की कुर्सी पर बैठ गया। यह कमरा उन दोनों का है, यहाँ वह अनधिकार नहीं घुसा है, लेकिन लम्बे-चौड़े सफेद खूबसूरत बिस्तर पर जो सुन्दर नारी औंधी होकर रो रही है उसकी किसी भी चीज ने आज उसे सामने नहीं खींचा, बल्कि सताकर उसे पीछे धकेलने लगी। अचला को इस बात का पता नहीं चला है कि वह आया हुआ है, वह रोती ही रही, और उसी की तरफ अपलक दृष्टि टिकाकर सुरेश चुपचाप सोचने लगा। कुछ दिनों से उसे अपनी गलती समझ में आ रही थी, लेकिन इस लोटती आकृति ने, उस दुख ने इसके सम्मिलित माधुर्य से उसकी आँखों की पट्टी को पल भर में दूर कर दिया। उसे लगा, उसने ठीक वैसी ही गलती की है जैसी गलती वह लोभी करता है जो सुबह के सूरज की किरणों में पत्तों पर गिरती ओस की बूँदों को हाथ में लेकर उसके अनूठे, अपार सौन्दर्य का मजा लूटना चाहता है। जिस झरने से अनन्त सौन्दर्य निरन्तर झर रहा है वह असीम उसके लिए झूठ है, इसीलिए स्थूल पर अपनी सारी दृष्टि एकाग्र करके उसने निःसन्दिग्ध रूप से यह समझा था कि इस सुन्दर देह पर दखल कर लेने से ही उसका पाना अपने आप पूरा हो जाएगा। आज उसका आसमान को छूता गलती का महल पल भर में चकनाचूर हो गया। प्राप्ति की उस अदृश्य पकड़ से अपने को अलग करके पाना कितना बड़ा बोझ है, कितनी बड़ी थकान है, यह तथ्य आज उसके मर्मस्थल में जाकर बिंधा। ओस की बूँद मुट्ठी के अन्दर किस तरह से एक बूँद पानी की तरह देखते ही देखते सूख जाती है, अचला की तरफ निहार-निहारकर वह सिर्फ इसी सच्चाई को देखने लगा। हाय रे, पत्ते का छोर ही जिसके लिए भगवान की दी हुई जगह है, उसे ऐश्वर्य की इस मरुभूमि में लाकर वह किस तरह से जिन्दा रखेगा?

अनजाने उसकी आँखों की कोरों में पानी आ गया, उसने उसे पोंछ डाला और पुकारा–"अचला।"

अचला चौंक उठी, मगर पहले की ही तरह चुपचाप पड़ी रही। सुरेश बोला–"तुम्हारे लिए गाड़ी तैयार है। आज तुम्हें रामचरण बाबू के यहाँ घूमने जाना है?"

फिर भी जवाब न पाकर वह बोला–"अगर जी न चाहे, तो आज घोड़े को खोल दे। मैं भी आज अब नहीं निकल सकूँगा। इक्के को लौटा देने के लिए मैं कह देता हूँ।" इतना कहकर वह बैठक में वापस चला गया।

वहाँ वह दस-पन्द्रह मिनट क्या सोच रहा था, यह वह खुद भी नहीं जानता है। अचानक जब उसने साड़ी की सरसराहट सुनी, तो सचेत होकर सामने देखा, अचला है। वह अपनी आँखों की लाली को पानी से धोकर बिलकुल धनी गृहिणी की तरह बन-ठनकर आई थी। बोली–''उन लोगों के यहाँ आज एक बार जाना ही होगा।''

यह साज-शृंगार उसने खुद अपने लिए नहीं किया है। यह उसने किया है वहाँ आए रईस मेहमानों के लिए; यह बात सुरेश ने समझी, फिर भी हीरे-मोती जड़े जेवर पहने इस सुन्दर नारी ने उसे पल भर के लिए मुग्ध कर डाला। उसने अचरज-भरी आवाज में प्रश्न किया–''ऐसी क्या बात है कि आज वहाँ जाना ही होगा?''

''राक्षसी को बुखार आया हुआ है, इसी हालत में वह कलकत्ता से लौटी है। मुझे खबर मिली कि खुद ताऊजी को भी कल से बुखार आया हुआ है।''

''जब से तुम यहाँ आई हो तब से लेकर आज तक क्या तुम एक दिन भी उनके घर नहीं गई हो?''

''नहीं।''

''उनमें से भी कोई यहाँ नहीं आया है?''

अचला ने गरदन हिलाकर कहा–''नहीं।''

''खुद रामचरण बाबू भी यहाँ नहीं आए हैं?''

''नहीं।''

जब से सुरेश इस घर में आया है तब से लेकर अब तक उसने अपने आपको प्लेग को लेकर इतना मशगूल रखा था कि घर-गिरस्ती और रिश्तेदारी की इन सब छोटी-मोटी खामियों पर उसने ध्यान ही नहीं दिया था। इसीलिए उसकी बात सुनकर उसने वास्तव में विस्मय के साथ कहा–''आश्चर्य है, अच्छा तो जाओ।''

अचला बोली–''आश्चर्य उन लोगों के लिए उतना नहीं है, जितना हम लोगों के लिए है। एक को बुखार आया हुआ है और एक खुद भी बीमार न पड़ने तक रिश्तेदारों को लेकर परेशान थे। उचित था हमीं लोगों का जाना।''

''अच्छा जाओ, पर जरा जल्दी लौटना।''

अचला पल भर चुप रही, फिर बोली–''तुम भी साथ चलो।''

''तुम अपने साथ मुझे क्यों ले जाना चाहती हो?''

अचला ने गुस्सा करके कहा–''भले ही तुम अपनी बीमारी की बात याद न कर सको, पर कम-से-कम इसलिए भी चलो कि तुम डॉक्टर हो।''

''अच्छा चलो।'' इतना कहकर सुरेश उठकर खड़ा हो गया और कपड़ा बदलने के लिए बगल के कमरे में चला गया।

इक्केवाला बेचारा कोई भी हुक्म न पाकर तब भी इन्तजार कर रहा था। नीचे उतरकर उसे देखते ही अचला खामखा गुस्सा हो गई और बैरे से इस बात की कैफियत माँगी और इक्केवाले को किराया देकर उसे फौरन चले जाने को कहा। उसने सुरेश के मुँह की तरफ निहारकर डरते-डरते पूछा–''कल...''

अचला ने ही उसका जवाब दिया–''नहीं, बाबू नहीं जाएँगे। इक्के की जरूरत नहीं है।''

गाड़ी पर चढ़कर सुरेश सामनेवाली सीट पर बैठने जा रहा था कि तभी अचला ने सहसा उसके कुर्ते का खूँट पकड़कर खींचा और उसे बगल में बैठने को इंगित किया। गाड़ी चलने लगी, किसी ने भी कोई बात नहीं की, अगल-बगल बैठकर दोनों ही दोनों तरफ की खुली खिड़की से बाहर की तरफ निहारते रहे।

बगीचे के गेट को पार करके गाड़ी जब रास्ते पर आ गई तब सुरेश ने धीरे-धीरे कहा– ‘‘अचला।’’

‘‘क्या है?’

‘‘आजकल मैं क्या सोचता हूँ, जानती हो?’’

‘‘नहीं।’’

‘‘इतने दिनों तक मैं जो सोचता आया हूँ, आजकल मैं ठीक उसका उलटा सोचता हूँ। तब मैं सोचता था कि किस तरह से तुम्हें पाऊँ, पर अब दिन-रात यह सोचता हूँ कि किस तरीके से तुम्हें छुटकारा दूँ। तुम्हारी जिम्मेदारी मैं अब ढो नहीं सकता हूँ।’’

इस अभूतपूर्व अत्यन्त निष्ठुर आघात के भारीपन से पल भर के लिए अचला का सारा तन-मन बिलकुल सुन्न हो गया। ऐसी भी बात नहीं है कि वह उसकी बात पर ठीक-ठीक विश्वास कर सकी, फिर भी वह अभिभूत की नाईं बैठी रही, फिर धीमे स्वर में बोली–‘‘मैं यह जानती थी, मगर यह तो...’’

सुरेश बोला–‘‘हाँ, यह तो मेरी ही गलती है। तुम लोग जिसे पाप का फल कहते हो। लेकिन तब भी यह बात सही है। मन-रहित जो तन है उसका बोझ इतना असहनीय भारी होता है, यह तो मैंने सपने में भी नहीं सोचा था।’’

अचला ने नजरें उठाकर कहा–‘‘तो क्या तुम मुझे छोड़कर चले जाओगे?’’

सुरेश ने जरा भी हिचकिचाए बिना जवाब दिया–‘‘अच्छी बात है, मान लो, मैं तुम्हें छोड़कर चला जाऊँगा।’’

उसका निःसंकोच जवाब सुनकर अचला बिलकुल चुप हो गई। उसके रुँधे हृदय को मथकर सिर्फ यही बात चारों ओर सर पटक-पटककर घूमने लगी कि यह वही सुरेश है, यह वही सुरेश है। आज उसके लिए वह असहनीय बोझ है, आज वही उसे छोड़कर चला जाना चाहता है। यह बात मुँह पर कहने में भी आज उसे कोई झिझक नहीं हुई।

हालाँकि सबसे बड़ा आश्चर्य यह है कि यही आदमी उसके असीम दुख की जड़ है। कल तक इसकी हवा से समूची देह विष से भर गई थी।

तीसरे पहर के बादलों-भरे आसमान के नीचे सूने राजपथ को गुँजाती हुई गाड़ी तेज रफ्तार से चली जा रही है, उसी के अन्दर बैठकर ये दोनों नर-नारी बिलकुल चुप हैं। सुरेश क्या सोच रहा था, यह वही जाने, लेकिन उसकी कही बातों की कल्पनातीत निष्ठुरता को लाँघ करके भी आज नए डर से उसका समूचा मन भर उठा। सुरेश नहीं है, वह अकेली है, यह अकेलापन कितना बड़ा है, कैसा आकुल है, यह बिजली की गति से उसके मन के अन्दर कौंध गया। भाग्य की विडम्बना से जिस नाव पर सवार होकर वह संसार-समुद्र में तिर रही है वह तो अनिवार्य मृत्यु के बीच तिल-तिल करके डूब रही है, यह उससे ज्यादा कोई नहीं जानता है, फिर भी उस सुपरिचित भयंकर आश्रय को छोड़कर आज वह अपार समुद्र में तिर

रही है। इसकी कल्पना करते ही उसका समूचा बदन बर्फ हो गया है। अब उसका कोई नहीं है, उसे प्यार करने के लिए, उससे घृणा करने के लिए, उसकी रक्षा करने के लिए, उसकी हत्या करने के लिए कहीं कोई नहीं है। दुनिया में वह बिलकुल ही अकेली है, यह बात सोचकर उसकी साँस रुकने को आई।

सहसा जब उसका कमजोर, सन्न दाहिना हाथ धम से सुरेश की गोद पर गिरा, तो उसने चौंककर निहारा। अचला ने शान्त गले को जी-जान से साफ करके कहा–"अब क्या तुम मुझे प्यार नहीं करते हो?"

सुरेश ने उसके हाथ को अपने हाथ में लिया और कहा–"इस सवाल का जवाब मैं उतने निःसन्दिग्ध रूप से नहीं दे सकता अचला। लगता है वह चाहे जो भी क्यों न हो, पर यह बात सही है कि इस अनचाही जिम्मेदारी को ढोते फिरने की अब मुझमें ताकत नहीं है।"

अचला फिर थोड़ी देर तक चुप रही, फिर अत्यन्त मृदु, करुण स्वर में बोली–"तुम मुझे और कहीं ले चलो।"

"जहाँ कोई बंगाली न हो?"

"हाँ, जहाँ शर्म मुझे हर पल न बींधे।"

"वहाँ क्या तुम मुझे प्यार कर सकोगी अचला? यह क्या सच है?" कहते-कहते आकस्मिक आवेग में उसने उसके सर को खींचकर अपने सीने से लगाया और उसके होंठों को चूमा।

अपमान से आज भी अचला का मुँह लाल हो उठा। उसके दोनों होंठों में ठीक वैसे ही जलन हुई जैसी बिच्छू के डंक मारने से होती है। लेकिन तब भी उसने गरदन हिलाकर चुपके-चुपके कहा–"हाँ, एक समय मैं तुम्हें प्यार करती थी। नहीं-नहीं, कोई देख लेगा।" इतना कहकर उसने अपने आपको छुड़ा लिया और सीधी होकर बैठी। लेकिन सुरेश उसके हाथ को पकड़े रहा। उसने उसके हाथ को बड़े स्नेह से दबा दिया और सिर्फ एक गहरी लम्बी साँस छोड़ी।

गाड़ी बड़े रास्ते को छोड़कर रामचरण बाबू के बँगले से लगी। फुलवारी के फाटक के अन्दर घुसी और वह भारी-भरकम बड़ी-सी वायलर समूचे घर को कँपाती हुई देखते ही देखते बरसाती के नीचे आकर रुकी।

चटकदार नई पोशाक पहने साईसों ने गाड़ी का दरवाजा खोल दिया, सुरेश खुद उतरा और हाथ पकड़कर अचला को उतारा। अचला की दृष्टि थी ऊपर के बरामदे पर। वहाँ अन्यान्य औरतों के साथ राक्षसी भी बिस्तर छोड़कर भागती हुई खड़ी हो गई थी। बहुत दिनों बाद जब उन दोनों की आँखें चार हुईं, तो दोनों सहेलियों के मुँह पर हँसी खिल उठी। रामचरण बाबू नीचे ही थे। उन्होंने ओढ़ी हुई गरम चादर को फेंक दिया और आनन्द और स्नेह के साथ कहा–"आओ-आओ, मेरी बेटी आओ।"

इस परिचित आवाज के व्यग्र-व्याकुल बुलावे को सुनकर उसकी मुस्कुराती निगाह पल भर में नीचे उतर आई और रामचरण बाबू पर पड़ी। मगर उन्हीं की बगल में खड़ा है महिम। उसकी तरफ निहारकर मानो पत्थर हो गई हो। उन दोनों की आँखें चार हुईं। लेकिन वे पलकें झपकीं नहीं। अचला के अंग-अंग में हीरे-मोती पहले की ही तरह चमकने लगे,

हीरे-मोती की चमक जरा भी कम नहीं हुई। लेकिन उन्हीं लोगों के बीच खिला कमल मानो पलक झपकते मुरझा गया। साँझ के समय एक अजनबी के सामने वह उदास और मुसीबत में पड़ गई है, रामचरण बाबू ने व्यस्त होकर उसके झुके माथे को अपने दोनों हाथों से पकड़ लिया और कहा–"रहने दो बेटी, तुम्हें मेरे पैर छूने की जरूरत नहीं। तुम ऊपर जाओ।"

लेकिन उतरती शाम के झुटपुट में रामचरण बाबू से गलती हो गई।

अचला कुछ भी नहीं बोली, लड़खड़ाते चली गई।

रामचरण बाबू ने कहा–"सरेश बाबू ये..."

सुरेश ने कहा–"बड़ी अजीब बात है। हम लोग तो सहपाठी थे, बचपन से हम दोनों..." इतना कहकर सहसा हँसने की कोशिश में उसने अपने मुँह को विकृत करके कहा–"क्या महिम अचानक तुम यहाँ कैसे आ गए...?"

लेकिन उसकी बात खत्म नहीं हो सकी। महिम मुँह घुमाकर तेज कदमों से कमरे के अन्दर जा घुसा।

हक्का-बक्का रामचरण बाबू ने सुरेश के मुँह की तरफ निहारा और सुरेश ने भी जवाब में हँसने का एक और प्रयास करना चाहा, मगर वह भी पूरा नहीं हो सका। ऊपर जाने की सीढ़ी पर अचानक जोर की आवाज सुनाई पड़ी, तो दोनों ही स्तब्ध हो गए। एक हलचल मची। रामचरण बाबू भागते हुए गए तो देखा, अचला औंधी गिरी हुई है। वह दो-तीन सीढ़ियाँ चढ़ पाई थी बस, उसी के बाद वह बेहोश होकर गिर गई है।

41

लौटती बार गाड़ी के कोने में सर टिकाकर आँखें मूँदे अचला यही बात सोच रही थी कि काश, आज की यह बेहोशी दूर न होती! अपने हाथों अपनी हत्या की बीभत्सता को वह अपने मन में जगह भी नहीं दे सकती है, मगर कोई ऐसी शान्त, स्वाभाविक मृत्यु–अचानक बेहोश होकर सो जाना और उसके बाद फिर न जागना पड़े। मौत को इतनी आसानी से पाने का क्या कोई उपाय नहीं है? कोई क्या यह नहीं जानता है?

सुरेश ने उसे छूकर कहा–"तुमने कहीं जाना चाहा था, जाओगी?"

"चलो।"

"इसके बाद कल तो वहाँ मुँह नहीं दिखाया जा सकेगा?"

"मगर वह तो किसी से कोई भी बात नहीं कहेगा।"

सुरेश के मुँह से एक आह निकली। वह थोड़ी देर तक चुप रहा, फिर धीरे-धीरे बोला– "नहीं, महिम को मैं जानता हूँ, वह नफरत से हमारी बदनामी तक अपनी जबान पर नहीं लाना चाहेगा।"

यह बात सुरेश ने आसानी से ही कही, मगर इसे सुनकर अचला का अंग-अंग सिहर उठा। उसके बाद जब तक गाड़ी घर आकर न रुकी तब तक दोनों ही चुप्पी साधे रहे। सुरेश ने उसे बड़े जतन और सावधानी से उतार दिया और कहा–"तुम थोड़ी देर सोने की कोशिश करो अचला। मुझे कई जरूरी चिट्ठियाँ लिखनी हैं।" इतना कहकर वह अपने पढ़ने के कमरे में चला गया।

बिस्तर पर लेटकर अचला सोच रही थी–वह तो अभी इक्कीस साल की है। इस बीच उसने किसके प्रति ऐसा कौन-सा गुनाह किया है जिसके लिए इतनी बड़ी दुर्गति उसे नसीब हुई। यह विचार नया नहीं है। वह जब तब अपने आपसे यही सवाल करती और जहाँ तक याद आता है, वह बचपन से यह सोचने की कोशिश करती। आज अचानक मृणाल के एक दिन के तर्क की बातें उसे याद आईं और उसी सिलसिले में सारी चर्चाओं को उसने एक-एक करके मन-ही-मन दोहराया। उसका अपना विवाहित जीवन एक तरह से पति के साथ झगड़ते ही बीता है। सिर्फ आखिरी कई दिन उसने पति को तब अपने बहुत करीब पाया था जब वह बीमार होकर बिस्तर पर पड़ा था। जब उसके जीवन को और कोई खतरा नहीं रहा, जब मन निश्चिन्त और निर्भय हुआ था। तब के उस स्निग्ध, सहज और निर्मल आनन्द के बीच दूसरे का दुर्भाग्य और दुख जब उसे बहुत ज्यादा टीसता था तब उसने एक दिन मृणाल के गले लगकर रुआँसी होकर कहा था–'मृणाल, तुम अगर हमारे समाज की, हमारे मत की होती, तो तुम्हारे सारे जीवन को मैं बेकार नहीं होने देती।'

मृणाल ने हँसकर पूछा था–'तो तुम क्या करती मँझली दीदी? तुम मेरी दोबारा शादी करा देती?'

अचला ने कहा था–'मैं तुम्हारी दोबारा शादी क्यों न करा देती? मगर रहने दो मृणाल, मैं तुम्हारे पैरों पड़ती हूँ, अब शास्त्र की दुहाई मत देना। इस बात को लेकर इतनी कुश्ती हो चुकी है कि यह सुनने पर भी कि यह कुश्ती फिर होगी, मुझे डर लगता है।'

मृणाल ने पहले की ही तरह हँसते हुए कहा था–'डर लगने की बात तो है। क्योंकि हम लोगों का हुड़दंग कर किस तरह से आ धमकेगा, कुछ भी कहने की गुंजाइश नहीं है। लेकिन एक बात तुमने नहीं सोची है सँझली दीदी, वह यह कि वे लोग इसलिए लड़ाई करते हैं कि लड़ाई करना उनका पेशा है, वे सिर्फ इसलिए लड़ते हैं कि उनके बदन में ताकत और हाथ में हथियार है। इसीलिए उनकी जीत और हार सिर्फ उन्हीं की जीत और हार है। इससे हम लोगों का कुछ नहीं आता-जाता है। हम लोगों से तो कोई भी पक्ष कोई बात नहीं पूछता है।'

अचला ने प्रश्न किया था–'लेकिन अगर वे लोग तुम लोगों से कोई बात पूछते, तो क्या होता?'

मृणाल ने कहा था–'यह मैं ठीक-ठीक नहीं जानती भई! हो सकता है, मैं तुम्हारी तरह सोचना सोचना सीखती, हो सकता मैं तुम्हारे ही प्रस्ताव पर राजी होती। एक दूल्हा भी, हो सकता है, अब तक मिल गया होता।' इतना कहकर वह हँसी थी।

इस हँसी से अचला ने बड़ी क्षुब्ध होकर जवाब दिया था–'जब हमारे समाज के बारे में कोई बात उठती है तो तुम उपेक्षा के साथ कहती हो कि यह मैं जानती हूँ। लेकिन हम लोगों की बात छोड़ ही दो, पर जो लोग इसको लेकर लड़ाई करते हैं वे लोग सभी के सभी क्या पेशेवर हैं? कोई क्या सचमुच की हमदर्दी के साथ लड़ाई नहीं करते हैं?'

मृणाल ने दाँतों तले जीभ दबाकर कहा था–'ऐसी बात मन में लाने से भी पाप होता है सँझली दीदी। मगर ऐसी बात नहीं है भई! कल सवेरे ही तो मैं चली जा रही हूँ। फिर कब मुलाकात होगी, मैं नहीं जानती। लेकिन जाने के पहले मैं क्या कोई मजाक भी नहीं कर सकती?' कहते-कहते उसकी आँखों में आँसू आ गए थे। उसने उन्हें सँभाल लिया था और बाद में गम्भीर होकर कहा था–'लेकिन तुम तो मेरी सारी बातें समझ नहीं सकोगी भई! बतौर चीज शादी तुम लोगों के लिए सिर्फ एक सामाजिक विधान है, इसीलिए उसके बारे में यह फैसला किया जा सकता है कि कौन-सी शादी अच्छी है और कौन-सी बुरी। तर्क और युक्ति से उसके बारे में राय बदलती है। मगर हम लोगों के लिए यह धर्म है। पति को हम लोग बचपन से ही इसी रूप में अपनाती आती हैं। इसीलिए यह चीज सारे तर्क-वितर्क से परे है।'

विस्मित अचला ने प्रश्न किया था–'अच्छी बात है, अगर ऐसा भी है, तो क्या आदमी का धर्म नहीं बदलता है मृणाल?'

मृणाल ने कहा था–'धर्म के बारे में राय बदलती है, लेकिन असली चीज को भला कौन बदलता है भई सँझली दीदी? इसीलिए इतने लड़ाई-झगड़े के बीच भी वह मूल चीज आज भी सभी जातियों में एक-सी बनी हुई है। हम लोग भी इस बात का फैसला करते हैं कि पति अच्छा है या बुरा। उसके बारे में हम लोगों की भी राय बदलती है–हम लोग भी तो भई आदमी हैं! लेकिन बतौर चीज पति हम लोगों के लिए धर्म है इसीलिए वह नित्य है। वह जीवन में भी नित्य है और मृत्यु में भी नित्य है। उसे अब हम लोग बदल नहीं सकती हैं।'

अचला ने थोड़ी देर तक स्थिर रहकर कहा था–'अगर यही सच है, तो इतना अनाचार क्यों है?'

मृणाल ने कहा था–'वह रहेगा इसीलिए वह है। जब धर्म नहीं रहेगा, तब वह भी नहीं रहेगा। कुत्ते-बिल्लियों में तो भई अनाचार नहीं है।'

अचला को अचानक जब कोई शब्द ढूँढ़े नहीं मिला, तो कई पल चुप रहकर उसने कहा था–'अगर तुम्हारे समाज की यही शिक्षा है, तो शिक्षा देनेवालों को इतना सन्देह क्यों होता है? वे इतने सावधान किसलिए होते हैं? इतना परदा, इतनी सख्ती क्यों बरती जाती है? सारी दुनिया की नजरों से बचाकर, छिपाकर रखने की जी-जान से इतनी कोशिश क्यों की जाती है? इतनी जबर्दस्ती सती बनाने की कीमत मैं तब समझती जब मुझे इसकी जाँच-पड़ताल करने का मौका मिलता।'

उसकी गरमी को देखकर मृणाल चौंक गई थी और हँसकर कहा था–'जो लोग यह विधि-व्यवस्था बना गए उनसे जवाब पूछो भई। हम लोगों ने माँ-बाप से जो सीखा है, सिर्फ उसी का पालन करती आई हैं। लेकिन एक बात मैं तुम्हें जोर देकर कह सकती हूँ, सँझली दी, वह यह कि पति को धर्म और परलोक के रूप में जो वास्तव में अपना सकी है उसके पाँवों की बेड़ी को बाँध दो या काट दो, उसके सतीत्व की परख अपने आप हो चुकी है।' इतना वह थोड़ी देर रुकी थी और धीरे-धीरे कहा था–'मेरे पति को तो तुमने देखा था? वे बूढ़े थे, घर-संसार में वे गरीब थे, उनमें रूप-गुण भी आम लोगों से ज्यादा नहीं था, मगर वे ही थे मेरे इहलोक और वे ही हैं मेरे परलोक।' इतना कहकर उसने आँखें मूँदकर पल भर

के लिए शायद उन्हें ही अपने मन के अन्दर देख लिए। बाद में आँखें खोलकर जरा उदासी-भरी हँसी हँसकर बोली–'उपमा, हो सकता है, ठीक न हो सँझली दीदी, लेकिन यह झूठ नहीं है कि माँ-बाप अपने काने-लँगड़े बेटे पर ही अपना सारा स्नेह उड़ेल देते हैं, दूसरे का सुन्दर और रूपवान बेटा पल भर के लिए, हो सकता है, उनके मन में एक विक्षोभ पैदा करे, मगर पितृ-धर्म उससे जरा भी क्षुण्ण नहीं होता है। जाते समय वे अपना सब कुछ कहाँ रख जाते हैं, यह तो तुम जानती हो? लेकिन अपने पितृत्व पर संशय होने की वजह से अगर उनका पितृ-धर्म भंग हो जाए, तब इस स्नेह का धुआँ भी कहीं ढूँढ़े नहीं मिलता है। मगर हमारी शिक्षा और विचारधारा अलग है भई! इसीलिए मेरी इस उपमा और बातों को तुम, हो सकता है, ठीक-ठीक न समझ सको। लेकिन मेरी इस बात पर गलती से भी अविश्वास मत करना कि जिस पत्नी ने अपने पति को धर्म के रूप में अपने मन में सोचना नहीं सीखा है उसके पाँवों की जंजीर हमेशा बँधी रहे या खुली ही रहे, और अपने सतीत्व के जहाज को वह चाहे जितना बड़ा, चाहे जितना भी विशाल क्यों न समझे, परीक्षा के चोरबालू में फँसने पर उसे डूबना ही होगा। वह परदे के अन्दर डूबेगा, बाहर भी डूबेगा।'

ऐसा ही तो हुआ। तब अचला ने इस सच्चाई को नहीं समझा था। लेकिन आज मृणाल का कहा वह चोरबालू जब उसे अभिभूत करके रोज रसातल की तरफ खींच रहा है तब यह समझना और बाकी नहीं है कि उसने उसे कौन-सी बात इतनी तरह से समझानी चाही थी। बन्धन-मुक्त समाज की अबाध स्वाधीनता में आँख-कान रखकर ही वह बड़ी हुई है। उसे इस बात का गर्व था कि उसने खुद अपना जीवन चुना है। मगर परीक्षा के बेहद बुरे वक्त में यह सब कुछ उसके काम नहीं आया। उसकी मुसीबत आई बेहद गुप्त रूप से दोस्त के वेश में; वह आई ताऊजी के स्नेह और विश्वास का छद्म रूप धारण करके। इन बेहद हितैषी स्नेही रामचरण बाबू के बार-बार आग्रह करने पर जिस दिन खराब मौसम की रात वह सुरेश के बिस्तर पर जाकर आत्महत्या कर बैठी उस दिन एकमात्र जो उसकी रक्षा कर सकता था वह था उसका अत्याज्य सती-धर्म जिसे मृणाल ने उसे यह कहकर समझाना चाहा था कि वह जीवन और मरण में अद्वितीय और नित्य है। लेकिन उस दिन उसके बाहरी केंचुल ने ही बड़ा होकर उसके धर्म को पराजित कर दिया। उन लोगों की जनम-भर की शिक्षा और संस्कार ने मन को तुच्छ करके उसे कारागार समझकर बाहरी दुनिया को ही हमेशा सबसे बड़ा माना है। जो धर्म गुप्त है, जो धर्म गुफा में पड़ा हुआ है मन का वह अव्यक्त धर्म किसी दिन उसके लिए सजीव नहीं बन सका है। इसीलिए बाहर के साथ ताल-मेल बनाए रखने के लिए उस दिन भी वह शरीफ औरत के सम्मान के बाहरी आवरण को ही गर्व से जकड़े रही। इस आवरण के मोह को दूर कर अपने आपको नंगी करके वह हरगिज यह नहीं कह सकी कि ताऊजी, मैं यह जानती हूँ कि मेरे इतने दिनों के पर्वत समान झूठ के बाद मेरी सच्चाई को दुनिया का कोई भी सही नहीं मानेगा। जानती हूँ, कल आप घृणा से मेरा मुँह नहीं देखेंगे, आपकी सती-साध्वी पतोहू के घर का दरवाजा भी मेरे मुँह पर बन्द हो जाएगा और मेरी लांछना जग-जाहिर हो जाएगी। वह सब मुझे बर्दाश्त होगा, मगर आपका आज का यउ भयंकर स्नेह मुझे बर्दाश्त नहीं होगा, बल्कि आप मुझे यही आशीर्वाद दें ता ऊजी कि मेरे इतने दिनों के सती नाम के बदले आप लोगों के लिए मेरा आज का

कलंक ही अक्षय बन सके। लेकिन हाय रे! यह बात उसके मुँह से उस दिन हरगिज बाहर नहीं निकल सकी थी।

आज निष्फल अभिमान और प्रचंड रुलाई से उसका गला बार-बार रुँध जाने लगा, और इस अखंड दुख को महिम की वह निष्ठुर दृष्टि मानो छुरी से चीरने लगी।

इस तरह से लगभग आधी रात बीती। लेकिन सारे दुखों का कोई विश्राम है। इसीलिए आँसुओं का उत्स भी एक समय सूख गया और दोनों नम पलकें भी मुँद गईं।

जब उसकी नींद टूटी तब दिन चढ़ चुका था। सुरेश के लिए दरवाजा खुला ही था, लेकिन यह ठीक-ठीक समझ में नहीं आया कि वह कमरे में आया था या नहीं। जब वह बाहर आई, तो बैरे ने बताया–"बाबूजी बड़े तड़के इक्के से मझोली चले गए हैं।'

"कोई साथ गया है?"

"नहीं, कोई साथ नहीं गया है। मैंने साथ जाना चाहा था, लेकिन उन्होंने मुझे अपने साथ नहीं लिया। बोले–अगर तू प्लेग से मरना चाहता है, तो चल।"

"तो इसीलिए तुम खुद नहीं गए, सिर्फ कृपा करके इक्के को बुलाकर ला दिया? तूने मुझे क्यों नहीं जगाया?"

बैरा चुप रहा।

अचला खुद थोड़ी देर तक चुप रही, उसके बाद उसने प्रश्न किया–"इक्के को बुलाकर लाया कौन? तू?"

बैरे ने मुँह नीचा किए ही बताया–"इक्के को बुला लाने की जरूरत नहीं थी। कल उसे चले जाने को कहते वक्त खुद बाबू ने गुप्त रूप से उसे आज तड़के आने को कहा था।"

उसकी बात सुनकर अचला स्तब्ध हो गई। उसने जो सोचा था, वैसी बात नहीं है। कल शाम की घटना के साथ इसका कोई वास्ता नहीं है। वह घटना नहीं घटती, तो भी वह जाता। जाने का इरादा उसने छोड़ा नहीं था। सिर्फ उसके डर से उसने अपने इरादे को कुछ देर के लिए स्थगित रखा था, बस।

अचला ने पूछा–"बाबू कब लौटेंगे, कुछ कह गए हैं?"

उसने आनन्द के साथ सर हिलाकर बताया–"वे बहुत जल्दी लौटेंगे। परसों या तरसों, नहीं तो, उसके बाद वाले दिन तो जरूर लौटेंगे।"

अचला ने और कोई प्रश्न नहीं किया। उसे ठीक-ठीक इस बात का पता नहीं चला था कि कल सीढ़ी पर गिर जाने से उसे कितनी चोट लगी थी, आज उसका सारा बदन दर्द के मारे सुन्न हो गया है। ऊपर से रामचरण बाबू के हाल-चाल पूछने के लिए आने की आशंका से उसका समूचा मन भी हर पल सिहरता रहा। महिम कोई भी बात जाहिर नहीं करेगा, यह वह सुरेश से कम नहीं जानती थी; तब भी हर तरह के संयोग के डर से बेहद दर्दवाली जगह को अगोरता हुआ समूचा चित्त जिस तरह से होशियार बना रहता है उसी तरह से उसकी सारी इन्द्रियाँ बाहर के दरवाजे पर पहरा देती हुई बैठी रहीं। इस तरह से सुबह बीती, दोपहर बीता, शाम बीती। रात को यह जानकर कि अब उनके आने की सम्भावना नहीं है, निश्चिन्त होकर अबकी बार वह अपने बिस्तर पर लेट गई। बगल की तिपाई पर खाली फूलदान के नीचे दबा पता नहीं कहाँ एक कविराजी दवाखाने का बहुत बड़ा सूची-पत्र था।

उसने उसे खींच लिया और उसी के पन्नों के अन्दर अपनी दोनों थकी आँखों को फैलाकर अचानक एक समय वह अपने दुख को भूलकर किसी एक श्रीमन्महाराजाधिराज के रोग-निदान से लेकर ब्राह्मणघाटी के माइनर स्कूल के तीसरे शिक्षक के प्लीहा ठीक होने के वर्णन तक को पढ़ते-पढ़ते सो गई।

42

बैरे ने कहा था कि बाबू परसों या तरसों लौटेंगे या उसके बाद वाले दिन तो जरूर लौटेंगे। लेकिन वह तरसों के बाद वाले दिन लौटेंगे ही, इस बात की दिन भर परीक्षा करने लायक शक्ति अब अचला में नहीं थी। इन तीन दिनों के अन्दर रामचरण बाबू एक दिन भी नहीं आए थे। पर यह सोचकर कि वे आएँगे, वह हृदय से डर गई थी, हालाँकि उनके न आने के निहित अर्थ की कल्पना करके भी उसका बदन काठ हो गया था। वे बीमार थे और इसी बीच उनकी बीमारी बढ़ भी सकती है, यह बात उसके मन में पैदा नहीं हुई थी। सिर्फ आज सवेरे उस घर का दरबान आया था। मगर अन्दर घुसे बिना बाहर पांडे जी से विदा लेकर वह लौट गया था। वह क्यों आया था, वह क्या जानकारी लेकर गया कोई बात अचला डर से किसी से भी पूछ तक नहीं सकी, लेकिन उसी के बाद से उसे ऐसा लगने लगा कि इस घर, इस घर-बार, इन सब लोगबाग सबसे दौड़कर वह भाग सके, तो वह जी उठे।

उसने बैरे को बुलाकर कहा–"रघुवीर, तुम तो इधर के ही रहनेवाले हो, तुमने मझोली गाँव का नाम सुना है?"

उसने कहा–"बहुत दिन पहले मैं एक बार बरात में वहाँ गया था माँ जी।"

"मझोली यहाँ से कितनी दूर है, बता सकते हो?"

रघुवीर इधर का ही रहनेवाला है, तो भी बहुत दिनों से बंगालियों के संसर्ग में रहने की वजह से वह बहुत कुछ हिसाब लगाना जानता था। उसने मन-ही-मन अन्दाजा लगाया और कहा–"छह-सात कोस से कम दूर नहीं है और माँ जी।"

"आज तुम मेरे साथ वहाँ जा सकते हो?"

रघुवीर ने बड़े अचरज में पड़कर कहा–"आप वहाँ जाएँगी? वहाँ तो भारी प्लेग फैला हुआ है?"

अचला बोली–"अगर तुम न जा सको, तो तुम किसी दूसरे नौकर को वहाँ जाने के लिए राजी कर दे सकते हो? वह जो बख्शिश माँगे, मैं दूँगी।"

रघुवीर ने खिन्न होकर कहा–"माँ जी, अगर आप वहाँ जा सकती हैं, तो भला मैं क्यों नहीं जा सकता? लेकिन रास्ता नहीं है। हमारी भारी गाड़ी तो नहीं जाएगी। वहाँ इक्के या खटोले से जाया जा सकता है, पर आप तो इनमें से किसी में से भी नहीं जा सकेंगी माँ जी।"

अचला बोली–"जो मिल जाए, मैं उसी से जा सकूँगी। लेकिन और देरी करने से तो काम नहीं चलेगा रघुवीर। तुम्हें जो मिले, वही ले आओ।"

रघुवीर और तर्क किए बिना थोड़ी ही देर के अन्दर एक खटोला ले आया। अपना लोटा-कम्बल लाठी में लटकाकर उसे अपने कन्धे पर डाला और वीर की भाँति पैदल साथ जाने को तैयार हुआ। घर की रखवाली की जिम्मेदारी दरबान और दूसरे नौकरों को सौंपकर किसी अनजान मझोली के रास्ते अचला जब एकमात्र सुरेश को ही ध्यान में रखकर आज घर के बाहर निकली तब सारी घटना खुद उसे बेहद अजीब सपने जैसी लगने लगी। उसे बार-बार लगने लगा, इस अजीब दुनिया में ऐसी घटना भी एक दिन घटेगी, यह बात कौन सोच सकता था!

धूल-बालू वाला कच्चा रास्ता एक है। मगर कभी वह विस्तृत मैदान के बीच खो जाता है, तो कभी छोटे-से गाँव के बीच लुप्त और बन्द हो जाता है। गृहस्थों की सहूलियत और मर्जी के मुताबिक उसका आकार और मकसद बदलकर कभी नदी के किनारे से होकर, तो कभी घर के आँगन से होकर वह दूसरे गाँव में चला गया है। पहले-पहल थोड़ी दूर तक उसका कौतूहल बीच-बीच में सजग होता चला जा रहा था। एक लाश को बाँस के एक टुकड़े में बाँधकर कई लोगों को नजदीक से ढोते हुए ले जाते देखकर छूत के डर से उसका बदन सिकुड़ गया था। उसका जी चाहा था कि वह यह पूछ ले कि वह किस बीमारी से मरा है, उसकी उम्र कितनी है और वह कौन है। लेकिन रास्ते की दूरी जितनी बढ़ती जाने लगी दिन उतना ढलता जाने लगा और पास या दूर के गाँव के अन्दर से रोने का चीत्कार जितना उसके कानों में आकर पहुँचने लगा उतना ही उसका मन न जाने कैसी जड़ता से ऊँघने लगा।

बहुत देर से उसे प्यास लगी थी। यहीं कुछ दूर नदी के ऊँचे तट पर से होकर जाते-जाते जब वह एक घाट के पास आई, तो वह खटोले को रुकवाकर उतरी और आँख-मुँह धोकर पानी पीने के लिए ज्यों ही नीचे उतरी त्यों ही उसे दिखाई पड़ा, दो अधजले शव करीब ही अटके हुए हैं। उनकी बीभत्स विकृति ने उसके मन पर ऐसा कोई आघात नहीं किया। बड़ी आसानी से उसने मुँह-हाथ धोकर पानी पिया और धीरे-धीरे जाकर अपने खटोले पर बैठी। किसी भी स्थिति में यह उसके लिए सम्भव है, कुछ दिन पहले यह बात शायद वह सोच भी नहीं सकती थी।

इसके बाद लगभग सभी गाँव उजड़े हुए हैं, खाली हैं। किसी बड़े दुस्साहसी व्यक्ति को छोड़ जो जहाँ भाग सका है, भाग गया है। कहीं न कोई शोर है और न आवाज। घर-द्वार बन्द हैं, गन्दे हैं, लगता है, जैसे झोंपड़ियाँ तक मौत को अनिवार्य मानकर आँखें मूँदे उसका इन्तजार कर रही हों। मौत की वजह से उजड़े उस सुनसान ठेठ गाँव के अन्दर से होकर चलते हुए रघुवीर और कहारों की दबी आवाज और डरे-सहमे कदमों की आहट हर पल अचला को मुसीबत का सन्देश देने लगी। मगर उसके मन के अन्दर डर पैदा ही नहीं हुआ, इसके साथ उसका मानो जनम भर का कोई परिचय हो, उसका समूचा अन्तःकरण ऐसा निर्विकार बना रहा।

इस तरह से बाकी दूरी तय करके जब वे लोग मझोली आ पहुँचे तब दिन खत्म होने को आया था। अचला को दृढ़विश्वास था कि उन लोगों के रास्ते का दुख पहुँचने के साथ ही दूर हो जाएगा। गाँव के कृतज्ञ नर-नारी भागते हुए आएँगे और उन लोगों की अगवानी करके उन्हें डॉक्टर साहब के दरबार में ले जाएँगे। यहाँ उन तमाम जगहों में, जहाँ बीमारों

और उनके रिश्तेदारों, यार-दोस्तों की आवाजाही रही होगी, जहाँ दवा-दारू बाँटे जाते होंगे, जो धूमधाम हो रही होगी, उसके बीच अचला की अपनी जगह कहाँ होगी, इस बात की उसने एक तरह से कल्पना कर रखी थी। लेकिन जब वह वहाँ आई तो, देखा कि उसकी कल्पना सिर्फ निरी कल्पना ही है। उसके साथ इसका कहीं किसी भी रूप में कोई मेल नहीं है। बल्कि जो तसवीर रास्ते के दोनों किनारे देखते-देखते वह आई है, यहाँ भी वही तसवीर है। यहाँ भी रास्ते में लोग नहीं हैं। घर, मकान, दरवाजे बन्द हैं। यहाँ के किस मुहल्ले में कहाँ सुरेश रह रहा है, यह ढूँढ़ पाना कठिन है।

इस गाँव में आज भी रोजाना हाट लगती और यह सच है कि दूसरे वक्त शाम तक हाट पूरे जोर-शोर से लगी रहती थी, लेकिन अभी बुरे वक्त के लिए खरीद-फरोख्त करके लोगबाग तीसरे पहर के बहुत पहले ही भाग गए हैं। हाट उठ गई है, इसका निशान जगह-जगह पर पड़ा हुआ है, बस।

रघुवीर ने ढूँढ़-ढाँढ़कर एक दुकान का पता लगाया। बूढ़ा दुकानदार अपनी दुकान बढ़ा रहा था। उसने कहा कि उसके सभी बच्चे दूसरी जगह चले गए हैं। सिर्फ वे दोनों बूढ़े-बूढ़ी दुकान का मोह दूर करके नहीं जा सके हैं। सुरेश के बारे में वह बस इतना-सा बता सका कि डॉक्टर नन्द पांडे के नीमतला के घर इतने दिनों तक तो थे, मगर अभी वहाँ हैं या मकदूमपुर चले गए हैं, उसे उसकी जानकारी नहीं है।

''मकदूमपुर कहाँ है?''

''यहाँ से दो कोस सीधे दक्षिण में है—मकदूमपुर।''

''नन्द पांडे का घर किस तरफ है?''

बूढ़े दुकानदार ने बाहर निकलकर उँगली के इशारे से दूर का एक बहुत बड़ा नीम का पेड़ दिखा दिया और कहा—''इसी रास्ते जाने पर वह घर मिल जाएगा।''

थोड़ी ही देर बाद डरे-थके कहारों ने जब नीमतला में आकर खटोला नीचे रखा तब सूरज डूब चुका था। घर बड़ा है, पीछे की तरफ ईंटों के दो-एक पुराने कमरे दिखाई पड़ते हैं, लेकिन ज्यादातर कमरे खपरैल हैं, सामने चहारदीवारी नहीं है। गजब का खालीपन है। ऐसा भी नहीं लगता है कि घर का मालिक गरीब है। मगर एक आदमी भी बाहर निकलकर नहीं आया। सिर्फ आँगन के एक किनारे बँधे एक टट्टू ने भूख-प्यास से निवेदन जताकर बड़ी करुण आवाज में मेहमानों की अगवानी की।

सदर दरवाजा खुला हुआ था। रघुवीर ने हिम्मत करके ज्यों ही गरदन बढ़ाई त्यों ही उसे दिखाई पड़ा, बगल के बरामदे में चारपाई पर सुरेश लेटा हुआ है और करीब ही खम्भे से टिककर एक बड़ी बूढ़ी औरत बैठे-बैठे ऊँघ रही है।

''बाबूजी।''

सुरेश ने आँखें खोलकर निहारा, कोहनी के बल सर उठाकर थोड़ी देर उसकी तरफ निगाह डाली और प्रश्न किया—''कौन है? बैरा? रघुवीर?''

रघुवीर सलाम करके उसके करीब जाकर खड़ा हो गया, मगर जब उसने अपने मालिक की लाल आँखों की तरफ निहारा तो उसके मुँह से शब्द नहीं निकला।

''तू यहाँ?''

रघुवीर ने फिर से सलाम किया और बाहर की तरफ इंगित करके सिर्फ कहा–''माँ जी...''

अबकी बार सुरेश विस्मय से तनकर उठ बैठा और पूछा–''उसने तुझे भेजा है?''

रघुवीर ने गरदन हिलाकर बताया–''नहीं, वे खुद ही यहाँ आई हैं।''

उसका जवाब सुनकर सुरेश इस तरह से उसके मुँह की तरफ एकटक ताकता रहा जैसे उसकी बात को ठीक से समझने में उसे देर हो रही हो। उसके बाद वह आँखें मूँदकर धीरे-धीरे लेट गया, कुछ भी नहीं बोला।

अचला आकर जब चुपचाप चारपाई के एक किनारे उसके बदन के करीब बैठी तब कुछ देर के लिए वह पहले की ही तरह आँखें मूँदे चुप रहा। शिष्टाचार निभाने के लिए एक मामूली-सा 'आओ' कहकर भी उसे बुला नहीं सका। बचपन से हमेशा अत्यधिक लाड़-प्यार से लालित-पालित होकर जोश और झोंक से प्रभावित होकर वह चलता है, इन्हें संयत करने की शिक्षा उसे किसी दिन नहीं मिली है। यह शिक्षा जीवन में पहली बार उसे सिर्फ उस दिन मिली थी जिस दिन उसके मुँह की हँसी को ठुकराकर मुँह घुमाकर महिम कमरे में चला गया। उस दिन पल भर में उसके कलेजे के अन्दर कौन-सी क्रान्ति मच गई, इसे सिर्फ अन्तर्यामी ने ही जाना और आज भी सिर्फ उन्होंने ही जाना कि उस शान्त, अचंचल देह के अंग-अंग में कितनी बड़ी आँधी बह गई है। उस दिन भी महिम ने आघात को जिस तरह से सहन किया था आज भी उसी से वह अपने उन्मत्त आवेग के साथ चुपचाप लड़ाई करने लगा–उसका जरा भी पछतावा जाहिर नहीं होने दिया।''

इस तरह से कितना वक्त गुजरता, यह कहा नहीं जा सकता है, लेकिन कहारों के बुलाने पर जब रघुवीर बाहर चला गया, तो उसके जाने की आवाज सुनकर सुरेश ने धीरे-धीरे आँखें खोलकर निहारा, बोला–''तुम्हें मेरी चिट्ठी मिली है?''

अचला ने मुँह उठाए बिना ही धीरे-धीरे कहा–''नहीं।''

सुरेश ने तनिक विस्मय प्रकट करते हुए कहा–''मेरी चिट्ठी न पाकर ही तुम यहाँ आई हो। आश्चर्य है, जो हो, यह अच्छा ही हुआ कि एक बार मुलाकात हो गई।'' इतना कहकर वह उसके झुके हुए मुँह की तरफ पल भर निहारता रहा। फिर खुद ही बोला–''मेरे चलते तुम्हें बहुत दुख झेलना पड़ा। बहुत सम्भव है, जब तक तुम जिन्दा रहोगी, इसकी अनुगूँज नहीं मिटेगी। मगर सब कुछ गलत हुआ था। महिम को तुम इतना ज्यादा प्यार करती थी, यह मैंने भी नहीं समझा था, शायद तुम भी किसी दिन यह नहीं समझ सकी थी! न?''

लेकिन अचला पहले की ही तरह मुँह नीचा किए चुपचाप बैठी रही, यह देखकर उसने फिर कहा–''इसके अलावा मेरा विश्वास है कि आदमी की मन नाम की कोई एक अलग चीज नहीं है। जो है वह इसी देह का धर्म है। प्यार करना भी देह का ही धर्म है। मैंने सोचा था कि तुम्हारी देह को किसी तरह पाऊँगा, तो तुम्हारा मन भी पाऊँगा। तुम्हारा प्यार भी दुष्प्राप्य नहीं होगा–कौन जाने, हो सकता है, सचमुच ही किसी दिन किस्मत मेहरबान होती–हो सकता है, मैंने अपना सब कुछ देकर इस तरह से माँगा था, इसीलिए तुम एक दिन अपनी मर्जी से मुझे भीख देती। मगर अब उसके लिए वक्त नहीं है। मुझे इन्तजार करने का मौका नहीं मिला।'' इतना कहकर उसने फिर से कोहनी के बल सर उठाया और शाम के झुटपुटे में अपनी दोनों तीखी आँखों को अचला के झुके मुँह पर टिकाकर स्तब्ध बना रहा।

एक आदमी की इस एकाग्र दृष्टि ने दूसरे आदमी की झुकी दृष्टि को मानो खींच लिया मगर पल भर के लिए। अचला ने तुरत अपनी नजरें झुका लीं और बड़े मृदु स्वर में बेहद शर्म के साथ बोली–"इस गाँव से तो सभी भाग गए हैं अगर यहाँ का काम खत्म हो गया हो, तो घर या कहीं और चलो। और भी तो कितनी जगह हैं। मैं डेहरी में पल भर नहीं टिक सकती।"

"यह मुझसे ज्यादा और कौन जानता है?" इतना कहकर सुरेश ने एक साँस छोड़ी, तकिए पर सर रखकर लेट गया और थोड़ी देर तक चुपचाप स्थिर भाव से रहा। उसके बाद धीरे-धीरे कहने लगा–"बड़ी मुश्किल से आज सवेरे मैं दो चिट्ठियाँ भेज सका हूँ। एक तुम्हें और दूसरी महिम को। वह अगर इस बीच वहाँ से नहीं चला गया हो, तो वह जरूर आएगा, मैं जानता हूँ।"

उसकी बात सुनकर अचला भय और विस्मय से चौंक उठी, बोली–"उसे तुमने चिट्ठी क्यों भेजी?"

सुरेश ने पहले की ही तरह धीरे-धीरे कहा–"अभी एकमात्र उसी की मुझे जरूरत है। बचपन से घर-गिरस्ती के बीच बहुत दिन मैंने बहुत-सी गाँठें बाँधी हैं, और उन्हें खोलने के लिए इसी आदमी की हमेशा जरूरत पड़ी है। इसीलिए आज भी मुझे उसी को बुलाना पड़ा है। दुनिया में इतना धैर्य तो और किसी में भी नहीं है।"

अचला के कलेजे के अन्दर उथल-पुथल मचने लगी। मगर वह मुँह नीचा किए स्थिर होकर सुनती रही। सुरेश बोला–"मेरी चिट्ठी में लगभग सारी बातें लिखी हुई हैं–वह उसे पढ़ेगा तो उसे पता चल जाएगा। उस दिन तुम्हारे हाथ में मैंने अपनी तमाम जायदाद की पक्की वसीयत दी थी। तुम चाहो तो उसकी बहुत सारी चीजें ले सकती हो, लेकिन मेरा कहना है कि तुम्हें मेरी कोई भी चीज लेने की जरूरत नहीं। बल्कि मैं जिन्दा रहता, तो भी जैसे गरीब-दुखियों को सब कुछ मिलता, वैसे ही मेरे मरने के बाद भी सब कुछ उन्हीं को मिले। मेरी किसी भी चीज के साथ अब तुम अपने आपको शामिल मत रखना अचला। तुम निश्चिन्त होओ, निर्विघ्न होओ। मेरे सारे सम्पर्कों से तुम अपने आपको हर तरह से अलग कर लेना। कोशिश करने पर दुनिया में ढेरों दुखों को सहा जा सकता है–मेरे दिए दुख को भी एक दिन तुम अनायास सह लेना।"

अचला जब से यहाँ आई है तब से लेकर अब तक उसके आचरण और बात करने के ढंग से उसके मन को न जाने कैसा डर सा लग रहा था, उसकी इस आखिरी बात को सुनकर वह वास्तव में ही डरकर बोल उठी–"तुम यह सब बात क्यों उठा रहे हो? उठकर बैठो न! ताकि हम अभी निकल जा सकें। उसकी तैयारी कर दो न।"

उसकी आशंका और उत्तेजना को देख करके भी सुरेश ने कोई जवाब नहीं दिया। जो बूढ़ी खम्भे से टिककर ऊँघ रही थी उसने सजग होकर पूछा–"बाबू, अब आप कमरे के अन्दर जाएँगे या बत्ती बाहर ला दी जाए।" उसकी बात का भी सुरेश ने कोई जवाब नहीं दिया। जगने लगा जैसे सहसा वह ऊँघ रहा हो। उद्विग्न अचला अपने पहले प्रश्न को दोहराने जा रही थी कि तभी सुरेश ने आँखें खोलकर बड़े सहज ढंग से कहा–"अभी भी मैंने तुम्हें अपनी असली बात नहीं बताई है अचला। मैं मरनेवाला हूँ। मेरे जिन्दा रहने की शायद अब कोई सम्भावना नहीं है।"

उसकी बात के जवाब में अचला के गले से सिर्फ एक धीमी अव्यक्त आवाज बाहर निकल आई, उसके बाद वह बुत की तरह निस्पन्द होकर बैठी रही।

सुरेश कहने लगा–"पहले से ही मैंने वसीयत कर तो रखी है, लेकिन अगर कोई यह सोचे कि मैं जान-बूझकर मर रहा हूँ, तो यह अनुचित होगा, गलत होगा। यह मेरे लिए मौत से ज्यादा दुखद होगा। मैंने सतर्कता बरतने में जरा भी कोताही नहीं की थी, मगर सतर्कता काम नहीं आई। अगर कभी कोई तुमसे पूछे, तो तुम उससे यही कहना कि दुनिया में और भी आम लोगों की जैसी मौत होती है उनकी भी मौत वैसी ही हुई है। चूँकि वे मौत को सिर्फ टाल नहीं सके थे इसीलिए वे मरे हैं, वरना उनकी मरने की इच्छा नहीं थी। मुझे कोई यह दोष न दे कि मरने में मेरा कोई हाथ, कोई खासियत थी।"

अचला कुछ भी नहीं बोली। उसकी बात करने की शक्ति चुक गई थी। यह बात झुटपुटे में उसके डरे हुए मुँह की तरफ निहारकर सुरेश समझ नहीं सका। थोड़ी देर तक उसने अपने आपको रोक लिया, उसके बाद फिर से कहने लगा–"चूँकि मैं आए बिना नहीं रह सकता था इसीलिए तुमसे छिपकर उस दिन भाग आया था। जब मैं यहाँ आया, तो देखता हूँ, गाँव लगभग खाली है। इस घर में एक नौकर मरा है और उसकी कोई गति किए बिना ही घर भर के सभी भागने को तैयार हो गए हैं। मैं उन लोगों को रोक तो नहीं सका, लेकिन मुर्दे का कोई उपाय हुआ। जब मैं वापस आया, तो सोचा मैं भी घर चला जाऊँ। मगर दोपहर में मकदूमपुर से एक लड़का रोते-रोते आया और बताया कि उसकी माँ बहुत बीमार है। उसका ऑपरेशन करने की कोशिश में मैंने अपने लिए यह मुसीबत मोल ले ली। ऐसा ऑपरेशन तो मैंने बहुत किया था, मैं सावधान भी कम नहीं था। लेकिन अबकी बार ऐसा दुर्भाग्य था कि इक्के के पहिए से छिला हुआ अँगूठे का पिछला हिस्सा तब नजर आया जब मैं हाथ का खून धोने गया। जल्दी से वापस आकर जो करना था मैंने सब किया। घर जाने का उपाय रहता, तो मैं चला ही जाता। हरगिज यहाँ नहीं रहता, मगर मैं कोई उपाय नहीं कर सका। कल रात महसूस हुआ कि मुझे बुखार आया है। जब यह समझना और बाकी नहीं रहा कि यह किस बीमारी का बुखार है तब मैंने बड़ी मुश्किल से बड़ी कोशिश करके एक आदमी से तुम दोनों को एक-एक चिट्ठी लिख भेजी थी।"

अचला रुआँसी आवाज में बोल उठी–"लेकिन अभी तो उपाय है, अपने खटोले पर तुम्हें लेकर अभी मैं निकल पड़ूँगी–अब एक मिनट मैं तुम्हें यहाँ नहीं रहने दूँगी।"

"मगर तुम कैसे जाओगी?"

"मैं पैदल जाऊँगी, मेरी बात तुम हरगिज मत सोचो।"

"पैदल जाओगी? इतनी दूर?"

"मैं तुम्हारे पैरों पड़ती हूँ, तुम अब बाधा मत देना।" कहते-कहते अचला रो पड़ी।

सुरेश पल भर चुप रहा, उसके बाद उसने एक लम्बी साँस छोड़ी और धीरे-धीरे कहा–"अच्छा भई चलो। लेकिन शायद अब इसकी जरूरत नहीं थी।"

अचला बाहर आई, तो देखा–रघुवीर पेड़ के नीचे बैठकर चुपचाप भूना हुआ चना चबा रहा है। बोली–"रघुवीर, बाबू बहुत बीमार हैं। उन्हें इसी वक्त यहाँ से ले जाना होगा।

कहारों से कहो, वे चाहे जितना रुपया माँगें, मैं उन्हें उससे ज्यादा रुपया दूँगी। मगर अब एक मिनट की भी देरी नहीं करनी होगी।''

मालकिन की व्याकुल आवाज सुनकर रघुवीर चौंका, वह उठकर खड़ा हो गया, बोला– ''मगर वे लोग तो आदमियों को खटोले पर चढ़ाकर नहीं ले जा सकेंगे माँ जी।''

''नहीं-नहीं, उन्हें दो आदमियों को खटोले पर चढ़ाकर नहीं ले जाना है। खटोले पर सिर्फ बाबू जाएँगे। मैं पैदल जाऊँगी। लेकिन अब एक मिनट की भी देरी करने से काम नहीं चलेगा रघुवीर। तुम जल्दी जाओ। उन्हें बुलाकर ले आओ। कहाँ हैं वे लोग?''

रघुवीर बोला–''किराए का रुपया लेकर वे लोग दुकान गए हैं खाने की कोई चीज खरीदने। मैं अभी उन्हें बुला लाता हूँ माँ जी।'' इतना कहकर वह अनखाए भूने चने को अपनी धोती के खूँट में बाँधते-बाँधते एक तरह से भागता हुआ चला गया।

वापस आकर अचला सुरेश के सिरहाने बैठी और हाथ से उसके माथे का ताप महसूस करके वह आशंका से भर उठी। मुनिया की माँ मिट्टी के तेल की ढिबरी जलाकर करीब ही फर्श पर रख गई थी; उसके धुएँ से सारी जगह काली होती चली जा रही थी। अचला ने जब उसे हटाने की कोशिश की, तो उसे एक दवा की शीशी नजर आई। उसने पूछा– ''क्या यह तुम्हारी दवा है?''

सुरेश बोला--''हाँ, यह मेरी ही दवा है। कल मैंने खुद ही इसे बनाया था। मगर मैंने पिया नहीं था। दो तो...''

उसकी बात ने तीव्र आघात पहुँचाया, लेकिन उसके दवा न खाने की वजह को लेकर भी अब उसका बात बढ़ाने को जी नहीं चाहा। उसे दवा देकर वह सिरहाने आई और पहले की ही तरह चुपचाप बैठ गई। बहुत देर से ही सुरेश चुप्पी साधे था, लेकिन वह चुपचाप कितना बड़ा दुख सह रहा है, यही समझकर अचला का कलेजा फटने लगा।

देर हो रही है–रघुवीर का कोई अता-पता नहीं है। बीच-बीच में वह दबे पाँव उठ-उठकर जाकर दरवाजे से मुँह बढ़ाकर अँधेरे में जहाँ तक देखा जा सकता है, देखने की कोशिश करने लगी। मगर कहीं किसी की भी आवाज नहीं। हालाँकि कहीं उसकी यह उत्कंठा किसी तरह सुरेश की समझ में न आ जाए, इस डर से भी वह व्याकुल हो गई।

रात बढ़ जाने लगी, खम्भे के पास मुनिया की माँ की नाक बज उठी–ऐसे समय भूखा-प्यासा, थका-हारा रघुवीर भग्नदूत की नाईं आ पहुँचा और उदास मुँह से बताया– ''कहार खटोला लिये कब के चले गए हैं, उन लोगों का कहीं पता नहीं चला।''

अचला सब कुछ भूलकर विकृत स्वर में बार-बार प्रश्न करने लगी–''वे लोग कब गए? किस रास्ते गए? और किसलिए गए? हमारा जो कुछ है सब देने पर भी क्या दूसरा खटोला नहीं मिल सकता है?''

रघुवीर मुँह नीचा किए स्तब्ध रहा। वह यह जानता था कि इतनी बड़ी मुसीबत उसी की नासमझी से आई। इसीलिए उसने उन लोगों को ढूँढ़ने की जी-जान से कोशिश की थी और जब वह उन्हें ढूँढ़ नहीं सका था तभी वह लौटा था।

लेकिन सुरेश उसी तरह चुपचाप स्थिर होकर बिस्तर पर पड़ा रहा। यह चंचलता उसे जरा भी छू नहीं सकी। रघुवीर के चले जाने पर उसने धीरे-धीरे कहा–''घबराने से क्या होगा

अचला? अगर वे लोग मिल भी जाते, तो भी कोई फायदा नहीं होता। यही अच्छा है, मेरे लिए यही अच्छा है।"

अब अचला ने बात नहीं की। सिर्फ उस अनन्त पथ के पथिक के गरम माथे पर अपना दाहिना हाथ रखे वह पत्थर की मूर्ति की नाईं स्थिर रही।

उसके चारों ओर सुनसान घर मौत की मानिन्द चुप है। बाहर गहरी रात और भी गहरी होती चली जा रही है। आँखों के सामने आसमान का कालापन घना होता चला जा रहा है। उस तरफ निहारकर उसे सिर्फ यह लगने लगा कि इसकी क्या जरूरत थी, इसकी क्या जरूरत थी।

उसके जीवन-कुरुक्षेत्र को घेरकर एक इतना बड़ा युद्ध चल रहा है, दुनिया में इसकी क्या जरूरत थी? दुनिया के सारे दुखों, सारी हीनताओं, सारे स्वार्थों को मिटाकर वह क्या इसी रात की तरह आज ही खत्म हो जाएगी? उसके बाद उसका सारा जीवन क्या कुरुक्षेत्र की भाँति सिर्फ मरघट बनकर युगों तक पड़ा रहेगा? यहाँ क्या चिता के जलने का निशान किसी दिन विलीन नहीं होगा? दुनिया में यह भी क्या जरूरत के अन्दर है?

लेकिन यह कुरुक्षेत्र क्यों छिड़ा, इसे किसने छेड़ा? जो आदमी अपने सारे ऐश्वर्य, सारे धन-दौलत, सारे नाते-रिश्तेदारों से अलग होकर ऐसी बेहद लाचारी में मरनेवाला है, क्या सिर्फ उसी ने अकेले यह इतनी बड़ी क्रान्ति मचाई है? और क्या किसी के भी मन के अन्दर कोई लोभ, कोई मोह छिपा हुआ नहीं था? क्या और किसी ने कहीं कोई पाप नहीं किया था?

लेकिन सहसा अपने इस विचार को उसने जोर से धकेल दिया और जरा हिलडुल उठी। न जाने कौन अपने दोनों हाथों से उसका गला दबा बैठा था। उस समय सुरेश ने पानी माँगा। अचला ने झुककर उसके मुँह में पानी डाला और फिर स्थिर होकर बैठी। उसे न आराम है, न थकान। उसकी आँखों से नींद का नाम तक गायब हो गया। वह अपनी दोनों सूखी आँखों को खोलकर चुपचाप आसमान की तरफ एकटक ताकती रही। बहुत दिन पहले बड़े जतन से उसने जिस महाभारत को खत्म किया था आज उसी का अन्तिम सर्वनाश मानो इसके मन के अन्दर जादू की नाईं बहता जाने लगा। वहाँ कितना लहू बह रहा है, कितने लोग एक दूसरे को मार-काट करके मर रहे हैं, कितनी चिताएँ जल रही हैं, बुझ रही हैं, उनके धुएँ से स्वर्ग-मर्त्य बिलकुल ढँककर एकाकार हो गया है।

थोड़ी देर के लिए शायद सुरेश तन्द्रा में डूब गया था, उसे चेत नहीं था। इस तरह से कितना वक्त गुजरा, किस तरह से बाहर समय बीतने लगा, किस तरह से रात सुबह के रास्ते आगे बढ़ रही थी, उस तरफ भी अचला हो होश नहीं था। उसकी बन्द आँखों की कोरों से आँसू बह रहे थे। उसके दोनों शिथिल हाथ सुरेश के तकिए पर पड़े हुए थे, और वह एकाग्र मन से कह रही थी—हे ईश्वर, मैंने बहुत दुख, बहुत दर्द पाया है। आज मेरे सारे दुख-दर्द के बदले इसे तुम माफ करके अपनी गोद में उठा लो। मेरी न माँ है, न बाप, न पति। इतने बड़े कलंक के साथ कहीं मेरे लिए खड़ा होने की जगह नहीं है। मैंने कितना कुछ सहा है, यह तो तुम जानते हो। अब मुझे जीने मत दो प्रभो! तुम मुझे अपने पास बुला लो।

इन बातों को उसने कितने ढंग से, कितनी तरह से मन-ही-मन दोहराया, इसकी सीमा नहीं है, कितने आँसू बहे, इसकी भी सीमा नहीं है।

"माँ जी!"

अभी-अभी सुबह हुई थी; अचला ने चौंककर देखा–रघुवीर घुसने के इन्तजार में सदर दरवाजा खोलकर बाहर खड़ा है।

"क्या है रघुवीर?" इतना कहते ही जिसके साथ उसकी आँखें चार हो गईं वह है महिम। एक बार वह काँप उठी और उसने अपनी नजरें झुका लीं।

दरवाजे के पास पल भर के लिए महिम का कदम नहीं उठा, उसने यह उम्मीद नहीं की थी कि यहाँ इस तरह से फिर उससे मुलाकात होगी। मगर दूसरे ही पल वह धीरे-धीरे उसके करीब आकर खड़ा हो गया। उसने बड़े मृदु स्वर में प्रश्न किया–"अभी सुरेश कैसा है?"

अचला ने न मुँह उठाया, न बात की। उसने सिर्फ सर हिलाकर शायद यही, बताना चाहा कि वह इसका कुछ भी नहीं जानती है।

मिनट-भर स्थिर रहकर महिम ने ज्यों ही सुरेश के माथे को छुआ त्यों ही उसने आँखें खोलकर निहारा। उन ज्योतिहीन लाल-लाल आँखों की तरफ निहारकर महिम के गले से सहसा स्वर नहीं फूटा। उसके बाद उसने कहा–"तुम कैसे हो सुरेश?"

"अच्छा नहीं हूँ, मैं चला। मैं जानता था कि तुम आओगे। तुम मेरे सामने आकर बैठो।"

महिम उठकर गया और उसके पैरों के पास बैठा। बोला–"डेहरी में डॉक्टर है। मेरे इक्के पर किसी तरह से..."

सुरेश ने सर हिलाकर कहा–"नहीं, खींचातानी मत करो। मजूरी भर नहीं पड़ेगी। मुझे क्वापटली जाने दो।"

"मगर अभी तो..."

"हाँ, अभी तो होश है, लेकिन बीच-बीच में भूल हो रही है। मैं अपना जीवन गरीब-दुखियों के काम में नहीं लगा सका। मगर मैं चाहता हूँ महिम कि मेरी जायदाद उन लोगों के काम आए। इसीलिए तकलीफ देकर मैंने तुम्हें इतनी दूर बुलाया है। वरना मरते वक्त माफी माँगकर कविता रचने का मेरा इरादा नहीं है।"

महिम चुप रहा।

सुरेश कहने लगा–"उस सब पर मैं विश्वास नहीं करता, वह सब मैं पसन्द भी नहीं करता। एक दिन की माफी पर मुझे लोभ नहीं है। हाँ, एक बात याद आई, एक वसीयत है। अचला को मैंने कुछ भी नहीं दिया है। उसे और अपमानित करने के लिए मेरा हाथ नहीं उठा। लेकिन अगर तुम जरूरी समझो, तो थोड़ा-बहुत उसे दे देना।"

महिम व्याकुल हो उठा–"अब तुम इसमें मुझे क्यों शामिल कर रहे हो सुरेश?"

सुरेश बोला–"ठीक इसीलिए कि तुम्हें शामिल नहीं किया जा सकता है। जिसे लोभ नहीं है, वो इस बात का फैसला कर सकता है कि क्या न्याय है और क्या अन्याय–अचानक उसने ऊपर की तरफ नजरें उठाकर कहा–लेकिन तुम रातभर बैठी हो अचला–जाओ, मुँह-हाथ धो लो। मुनिया की माँ तुम्हें सब दिखा देगी–जाओ..."

जब अचला उठकर चली गई तो, सुरेश ने कहा–"सिर्फ एक चीज के लिए मुझे बड़ा दुख होता है। अचला तुम्हें कितना प्यार करती थी, यह न ही मैंने समझा था, न ही तुमने

समझा था और न ही वह खुद समझ सकी थी। यह तुम्हारी गरीबी के साथ ऐसा घुल गया कि...रहने दो। ऐसी सुन्दर चीज को मैंने मिट्टी कर डाला–उसे न मैंने खुद पाया, न दूसरे को पाने दिया। मगर अब क्या किया जा सकता है। फूफी को जरा देखना, यह शोक उन्हें बड़ा सालेगा।''

बूढ़ी मुनिया की माँ जब दवा की शीशी लेकर उसके करीब आकर खड़ी हो गई, तो वह ऊब भरे स्वर में बोल उठा–''नहीं-नहीं, अब मैं दावा नहीं पिऊँगा। तू मुझे थोड़ा-सा पानी दे दे। मैंने एक नाटक लिखना शुरू किया था महिम। वह मेरे दराज में है। अगर हो सके, तो उसे पढ़ना।''

महिम उसके मुँह की तरफ निहार नहीं पा रहा था, वह मुँह नीचा किए सुन रहा था। अबकी बार जब महिम ने नजरें उठाकर कुछ कहने की कोशिश की, तो सुरेश ने उसे रोक दिया और कहा–''अब नहीं महिम। मैं जरा सोऊँ। खाने-पीने की सारी चीजों का इन्तजाम है। लेकिन वे चीजें तो तुम लोगों को अच्छी नहीं लगेंगी।'' इतना कहकर उसने आँखें मूँद लीं।

महिम थोड़ी देर तक चुप रहा, फिर धीरे-धीरे बोला–''मेरा एक आखिरी कहा मानोगे सुरेश?''

''क्या?''

''तुमने भगवान को किसी दिन नहीं माना है। उनकी बात...''

''वह मुझे अच्छा नहीं लगता है।'' इतना कहकर सुरेश ने अपना मुँह विकृत किया और करवट बदलकर लेट गया।

महिम ने जी-जान से एक अदम्य लम्बी साँस को दबा लिया और चुप्पी साधे रहा।

43

रामचरण बाबू घर पर नहीं थे। अगले दिन जब वे बक्सर से लौटे, तो महिम की चिट्ठी पढ़कर उन्होंने बाहर निकलने में पल भर देर नहीं की। समूचे रास्ते घोड़े को दौड़ाते हुए अधमरा करके जब वे मझोली पहुँचे तब दिन ढल चुका था। उन्हें पुलिस का दारोगा समझकर खुद दुकानदार ने रास्ता दिखाते हुए उन्हें नन्द पांडे के नीमतला पहुँचा दिया और उनके इक्के से उतरते वक्त उसने सम्मान के साथ घोड़े की लगाम पकड़ी। उसी से खबर पाकर रामचरण बाबू ने जाना कि अचला भी आई है। सदर दरवाजा खुला हुआ था। अन्दर कदम रखते ही बात समझना बाकी नहीं रहा। सुरेश का देहान्त हुए दो घंटे हुए। चारपाई पर उसकी लाश सिर से लेकर पैर तक ढँकी हुई है और करीब ही पैताने अचला चुपचाप बैठी हुई है।

अचानक इस दृश्य को रामचरण बाबू बर्दाश्त नहीं कर सके–बाप रे–कहकर वे उमड़ते शोक से रो उठे।

अचला ने मुँह उठाकर एक बार निहारा बस, उसके बाद वह पहले की ही तरह चुपचाप बैठी रही। यह आर्त स्वर सिर्फ उसके कानों में पहुँचा, मगर अन्दर नहीं पहुँचा।

महिम घर के अन्दर लकड़ियाँ ढूँढ़ रहा था। उसने जब रोने की आवाज सुनी, तो वह बाहर निकल आया। बोला–"कुछ ही देर पहले सुरेश चल बसा, रामचरण बाबू। आप आए हैं, यह अच्छा ही हुआ है। वरना मुझे अकेले बड़ी दिक्कत होती।"

रामचरण बाबू चुपचाप अपने आँसू पोंछने लगे। उनसे यह सोचते नहीं बना कि वे क्या करें, क्या कहें, किस तरह से उस लड़की की आँखों के सामने इस भीषण कठोर काम में मदद करने के लिए आगे बढ़ें।

महिम बोला–"नदी दूर नहीं है। रघुवीर थोड़ी-बहुत लकड़ियाँ ढोकर ले गया है, और भी कुछ लकड़ियाँ मिल गई हैं उन्हें भेजकर हम तीनों ही लाश को ले जाएँगे। वरना गाँव में कोई आदमी नहीं है। अगर होगा भी तो शायद कोई बंगाली की लाश को नहीं छुएगा।"

रामचरण बाबू यह जानते थे। अचला की नजरों से बचाकर उन्होंने चुपके-चुपके पूछा–"हम दोनों ही हैं, और कौन है?"

महिम बोला–"रघुवीर भी, हो सकता है, मदद करे।"

महिम की बात सुनकर रामचरण बाबू घबरा उठे, बोले–"नहीं-नहीं, मैं इस काम में रघुवीर की मदद हरगिज नहीं लेने दूँगा। ब्राह्मण की लाश को दूसरे किसी को भी मैं छूने नहीं दूँगा। नदी जब दूर नहीं है तब हम दोनों को ही, चाहे जैसे भी क्यों न हो, लाश को ले जाना पड़ेगा।"

"अच्छी बात है, ऐसा ही होगा।" इतना कहकर महिम फिर से अन्दर जाकर लकड़ियाँ इकट्ठा करने में मशगूल हो गया। रामचरण बाबू उसी बरामदे के एक छोर पर मुँह घुमाकर खम्भे से टिककर चुपचाप बैठे रहे।

वे उम्रदराज व्यक्ति हैं, इस लम्बे समय के अन्दर उन्होंने बहुतेरी मौतें देखी हैं, बहुत से गहरे शोकों के अन्दर से होकर भी उन्हें धीरे-धीरे राह चलनी पड़ी है। असहनीय दुखों के जो करुण सुर एक-एक करके उनकी हृदय-वीणा के तारों में बँध गए हैं, आज की यह घटना उन्हीं तारों पर चोट करके सिर्फ बेसुरा बजने लगी। एक दिन यही सुरमा ताऊजी कहकर उनके सीने पर पछाड़ खाकर गिरी थी। वह दृश्य वे भूले नहीं हैं। आज भी उनका पितृ-स्नेह उसी चीज के लोभ से अन्दर ही अन्दर घुमड़ने लगा। वे यह नहीं जानते हैं कि वे उसे क्या सान्त्वना दें, वे यह भी नहीं जानते हैं कि उसे दिलासा देने लायक दुनिया में कहाँ क्या है। तब भी उनका शोकाकुल मन सिर्फ यह चाहने लगा कि एक बार वे उस लड़की को अपने कलेजे से लगाकर कहें–'डरती क्यों हो बेटी, आज भी तो मैं जिन्दा हूँ।'

लेकिन वह सुर बजा कहाँ? उनकी यह प्यास बुझाने के लिए कोई तो एक कदम आगे बढ़कर नहीं आया। सुरमा पहले की ही तरह चुप है। पहले की ही तरह बड़ी दूर के गैर-रिश्तेदार की दूरी से उसने अपने-आपको अलग करके रख दिया।

दुख के दिन, मुसीबत के दिन उन लोगों के बड़े कठिन दुख और मार्मिक पीड़ा की बगल से होकर उन्हें चलना पड़ा है, गुप्त रहस्य के इंगित ने बीच-बीच में उन्हें कुरेदा है। मगर किसी दिन उन्होंने अपने आपको आहत नहीं होने दिया है। अपने सारे सन्देहों को स्नेह के आवरण से ढँककर बाहर के आकाश को निरभ्र और निर्मल रखा है, लेकिन आज सद्यःविधवा का यह अत्यन्त अपरिचित धैर्य उनके इतने दिनों के स्नेह के छिपाए आवरण को चीरकर कलुष के धुएँ से उनके हृदय को भर देने लगा।

सूरज डूब गया। महिम उधर का काम एक तरह से खत्म करके करीब आकर बोला– "रामचरण बाबू, अब तो लाश को ले जाना चाहिए।" उसके बाद वह अचला की तरफ मुड़कर बोला–"मैंने बत्ती जला दी है, तुम मुनिया की माँ के पास बैठी रहो। हम लोगों को लौटने में शायद बहुत देर नहीं होगी।"

अचला ने कोई बात ही नहीं की। रामचरण बाबू ने अपने आपको रोका और उठकर खड़े हो गए। उन्होंने अपना सर हिलाया। अचला के झुके मुँह की तरफ निगाह डालकर उन्होंने अपने रुँधे स्वर को साफ किया और भर्राई आवाज में बोले–"यह कहने में मेरा कलेजा फटा जा रहा है बेटी। लेकिन पत्नी का अन्तिम कर्तव्य तो तुम्हें करना होगा। तुम्हें ही तो मुखाग्नि..." कहते-कहते वे फूट-फूटकर रो उठे।

अचला का मुँह सूखा हुआ है, उससे भी ज्यादा सूखी हुई हैं उसकी दोनों आँखें। वह अपनी दोनों सूखी आँखें रामचरण बाबू पर टिकाकर पल भर स्थिर बनी रही, उसके बाद शान्त, मृदु स्वर में बोली–"अगर मुखाग्नि देना जरूरी हो, तो मैं मुखाग्नि दे सकती हूँ। हिन्दू धर्म में अगर उसका सचमुच का कोई फायदा हो, तो उसे अब मैं बेकार कर देना नहीं चाहती। पर मैं उनकी पत्नी नहीं हूँ।"

रामचरण बाबू वज्राहत की नाईं अपलक आँखों से निहारते रहे, अन्त में धीरे-धीरे बोले–"तुम सुरेश की पत्नी नहीं हो?"

अचला पहले की ही तरह अविचलित स्वर में बोली–"वे मेरे पति नहीं हैं।"

पल भर में रामचरण बाबू को सारी घटनाएँ याद आ गईं। उसके उनके घर में आकर रहने से लेकर उस दिन उसके मूर्च्छित हो जाने तक की सारी घटनाओं ने जब बिजली की रफ्तार से उनके मन के अन्दर चक्कर लगाया, तो सन्देह का नामोनिशान तक कहीं बाकी नहीं रहा। यह कौन है, किसकी बेटी है, किस जात की है, हो सकता है, यह वेश्या हो, इसे उन्होंने बेटी कहा है, उन्होंने इसका छुआ खाया है, इसके हाथ का अन्न उन्होंने अपने देवता तक को चढ़ाया है। उन बातों को याद करके घृणा से उनका अंग-अंग मैला हो गया और जिस स्नेह ने इतने दिनों तक उन्हें विश्वास, माधुर्य और करुणा से सींच रखा था वह स्नेह रेगिस्तान के पानी की बूँद की नाईं पता नहीं कहाँ गायब हो गया कि उसका आभास तक नहीं रहा।

लेकिन सिर्फ वे ही नहीं, महिम भी स्तम्भित की नाईं खड़ा था। उसने चौंककर कहा– "जब यह होने की गुंजाइश नहीं है–रामचरण बाबू, तो चलिए हम लोग लाश को ले चलें।"

"चलिए।" इतना कहकर रामचरण बाबू सपने में चलनेवाले की नाईं आगे बढ़ गए। उनकी अपनी दुर्घटना के आगे सारी दुर्घटनाएँ छाया-सी बिलकुल फीकी पड़ गई हैं। उनके दोनों कानों में सिर्फ गूँज रहा है–जात गई, धर्म गया, मेरी जिन्दगी ही बेकार हो गई।

सुरेश का दाह-संस्कार जैसे-तैसे करके खत्म करने में ज्यादा वक्त नहीं लगा। इस बीच रामचरण बाबू एक शब्द भी नहीं बोले और वापस आकर सीधे इक्के को तैयार करने को कहा।

महिम ने कहा–"आप क्या जा रहे हैं?"

रामचरण बाबू बोले–"हाँ, मुझे भोर की ट्रेन से काशी जाना होगा। अगर अभी नहीं निकलूँगा, तो समय पर पहुँच नहीं पाऊँगा।"

उनके मन का भाव महिम से छिपा नहीं था और उसने यह भी समझा था कि वे प्रायश्चित्त करने के लिए काशी जा रहे हैं। इसीलिए उसने बड़े संकोच के साथ कहा–"मैं परदेसी आदमी हूँ, इधर का मैं कुछ भी नहीं जानता हूँ। कृपा करके अगर आप इनके जाने का कोई इन्तजाम..."

महिम की बात खत्म नहीं हो सकी। अचला को साथ लेने के प्रस्ताव से रामचरण बाबू आग की नाईं जल उठे–"आप कृपा करने की बात करते हैं? आप क्या पागल हो गए महिम बाबू?"

महिम ने इस प्रश्न का प्रतिवाद नहीं किया। उसने डरते हुए विनम्रता से कहा–"शायद दो-तीन दिनों से उन्होंने कुछ खाया नहीं है। इस मौत के घर के अन्दर भयानक स्थिति में उन्हें छोड़ जाना..."

उसे इस बात को भी खत्म करने का वक्त नहीं मिला। आचारवान ब्राह्मण का जन्मजात संस्कार चोट खाकर प्रतिहिंसा से क्रूर हो उठा था। इसीलिए वे तीखे व्यंग्य से बोल उठे–"ओ, आप भी तो ब्राह्मण हैं, यह मैं भूल गया था। लेकिन महिम बाबू, आप चाहे जितने भी बड़े ज्ञानी क्यों न हों, अगर आप यह जानते कि मेरा कितना ज्यादा सर्वनाश हुआ है, तो आप इस कुलटा के प्रति दया-माया दिखाने की बात अपनी जबान पर नहीं लाते।" इतना कहकर वे गाड़ी पर चढ़ बैठे और बोले–"जाने दीजिए, ब्रह्मज्ञान की अब जरूरत नहीं है। हाँ, अगर आप अपनी जान बचाना चाहते हैं, तो चढ़ जाइए, जगह हो जाएगी।"

महिम ने चुपचाप नमस्कार किया। उसने इस बात को लेकर भी झगड़ा नहीं किया कि उनका कितना ज्यादा सर्वनाश हो गया है। जान बचाने के लिए गाड़ी पर चढ़ जाने की जो बात उन्होंने कही, उसे भी उसने नहीं माना। उनके चले जाने पर कलेजा चीरकर सिर्फ एक आह निकली–कितना सर्वनाश हो गया! वही तो!

अन्दर बैठे-बैठे गाड़ी की आवाज सुनकर अचला ने भी यह महसूस किया। यह भी बड़ा साफ है कि वे अन्दर क्यों नहीं घुसे, क्यों वे एक शब्द तक बोलकर नहीं गए।

अब तक सुरेश की अनिवार्य मृत्यु ने जो भयंकर दुश्चिन्ता का बहाना पैदा करके एक दूरी रखी थी, वह भी नहीं है। इस बार महिम उसके बहुत सामने, बहुत नजदीक आकर खड़ा होगा। लेकिन उसके मन ने हरगिज साथ देना नहीं चाहा। अपने लिए शर्म महसूस करने में भी वह थकान से भर उठा।

महिम ने आकर देखा–वह मिट्टी के तेल की ढिबरी को अपने सामने रखकर चुपचाप बैठी हुई है। बोला–"अब तुम क्या करोगी?"

"मैं क्या करूँगी?" इतना कहकर अचला उसके मुँह की तरफ निहारकर न जाने कितना कुछ सोचने लगी। अन्त में बोली–"मुझसे तो सोचते नहीं बनता। तुम मुझे जो करने को कहोगे मैं वही करूँगी।"

इस अप्रत्याशित बात और व्यवहार से महिम विस्मित हुआ, शंकित हुआ। इस तरह से उसने एक बार भी नहीं निहारा था। यह नजर जितनी सीधी है उतनी स्वच्छ है। इसके अन्दर से होकर उसके कलेजे का बहुत कुछ दिखाई पड़ा। वहाँ न डर है, न चिन्ता है, न कामना है, न कल्पना है। जहाँ तक देखा जा सकता है, भविष्य का आकाश धू-धू करके जल रहा है। उसका न रंग है, न रूप, न गति, न प्रकृति। वह बिलकुल निर्विकार है, बिलकुल बहुत सूना है।

मुसीबत में पड़े, अपमानित, क्षत-विक्षत नारी हृदय के इस चरम वैराग्य को वह पहचान नहीं सका। इस बात की कल्पना करके उसका समूचा मन कड़वाहट से भर गया कि एक की कमी ने दूसरे के हृदय को इतना कंगाल बना दिया है। लेकिन अपने दुख से दुनिया के दुख का बोझ उसने किसी दिन बढ़ाना नहीं चाहा था, इसीलिए अपने आपको अपने अन्दर रोक रखना ही उसकी हमेशा की आदत है। कहीं यह कलेजे की कड़वाहट उसकी आवाज में उमड़ न उठे, इस डर से उसने अपनी नजरें दूसरी ओर घुमा लीं और थोड़ी देर तक चुप्पी साधे रहा। उसके बाद सहज आवाज में बोला–"मैं क्यों तुम्हें हुक्म दूँगा अचला, और तुम्हीं उसे भला मानने को किसलिए बाध्य होओगी?"

"मगर तुम्हारे सिवा और तो कोई नहीं है। कोई तो अब मुझसे बात नहीं करता है।" इतना कहकर अचला पहले की ही तरह एक ही ढंग से महिम के मुँह की तरफ ताकती रही।

महिम बोला–"तुम क्या मुझसे यह उम्मीद करती हो?"

शायद उसका प्रश्न अचला के कानों में नहीं पहुँचा। वह अपनी बात का सिलसिला जारी रखती हुई अपने आपसे खुद ही कहने लगी–"मैंने जब से तुम्हें खोया है तब से लेकर अब तक मैं भगवान से कितना कह रही हूँ कि हे ईश्वर! मुझसे अब रहा नहीं जाता है, तुम मुझे बुला लो। लेकिन न ही उन्होंने मेरी सुनी, न ही तुम मेरी सुनना चाहते हो। मैं अब क्या करूँगी।"

महिम कोई जवाब दिए बिना बाहर चला गया। लेकिन इस निराशा-भरी आवाज और इस निरभिमान, निःसंकोच, निर्लज्ज कथन ने फिर उसके चित्त को दुविधा में डाल दिया। इस सुर को अपने कानों में लिये वह बाहर आँगन में टहलते-टहलते यही सोचने लगा कि क्या किया जाए! अपने बोझ से वह खुद ही बोझिल है, उसके सर पर सुरेश अपनी अच्छी-बुरी करनी का भारी बोझ लादकर अभी-अभी पता नहीं कहाँ हट गया, इस बोझ को भला वह कहाँ जाकर कैसे उतारेगा?

रघुवीर बड़ी मेहनत करके यह खबर लेकर आया कि डेहरी के रास्ते तीनेक कोस की दूर पर कल सवेरे एक हाट लगेगी, कोशिश करने पर वहाँ बैलगाड़ी मिल सकती है।

महिम को बहुत व्यग्र हो जाता देख उसने संकोच के साथ बताया–"वह खुद अभी जा सकता है, लेकिन कोई डर के मारे इस गाँव में आना नहीं चाहेगा। अगर माँ जी इतनी दूर..."

अचला ने उसकी बात सुनी, तो कहा–"चलो।" और तुरत उसने उठने की कोशिश की, तो उसके कदम डगमगा रहे थे। महिम ने ज्यों ही अपना हाथ बढ़ाया त्यों ही उसने

उसका हाथ जोर से धर दबोचा और खुद को स्थिर करके खड़ी हो गई। लेकिन लाज और वितृष्णा से महिम का समूचा बदन सिकुड़ने लगा। उसने अपने हाथ को खींच लेने की कोशिश करते-करते कहा—"आज रहने दो।"

"क्यों? अभी-अभी तो तुमने कहा कि यहाँ नहीं रहना चाहिए। और डेहरी से गाड़ी मँगवाने में भी कल का दिन बीत जाएगा।"

"मगर तुम तो बहुत कमजोर हो..."

अचला ने उसका हाथ नहीं छोड़ा था, न उसने उसका हाथ छोड़ा। वह सिर्फ सर हिलाकर बोली—"नहीं चलो। अब मैं कमजोर नहीं हूँ। तुम्हारा हाथ पकड़कर, चाहे जितनी दूर कहो, मैं जा सकती हूँ।"

"चलो।" इतना कहकर महिम रघुवीर को आगे बढ़ाकर चल पड़ा। वह मन-ही-मन आह भरकर अपने आपसे खुद हजारों बार प्रश्न करने लगा—'इसका अन्त कहाँ होगा? यह सफर कब और कैसे रुकेगा?'

44

डेहरी के घर में पहुँचकर अचला ने उस मोटे लिफाफे को बाहर निकाला और कहा—"यह है उसकी वसीयत।"

महिम ने हाथ फैलाकर उसे लिया। उसे याद आया, इसके अन्दर सुरेश की चिट्ठी है। उस चिट्ठी में कौन-सा अचिन्तनीय विवरण लिखा हुआ है, उसी स्थिति में यह जानने के लिए उसके मन के अन्दर आँधी बहने लगी। लेकिन अपनी इस प्रबल इच्छा को उसने शान्त होकर दबा दिया और उस कागज को अपनी जेब में रख लिया।

अचला ने पूछा—"तुम क्या आज ही डेहरी से चले जाओगे?"

"हाँ, यहाँ रहने में अब मुझे सुविधा नहीं होगी।"

"तो क्या मुझे हमेशा यहीं रहना होगा?"

महिम पल भर चुप रहा, फिर बोला—"तुम क्या और कहीं जाना चाहती हो?"

अचला बोली—"कल से ही मैं सिर्फ यही सोच रही हूँ। सुना है कि विलायत में मुझ जैसी अभागिनों के लिए आश्रम है, वहाँ क्या होता है, यह मैं नहीं जानती। लेकिन इस देश में क्या वैसा कुछ है..." कहते-कहते उसकी दोनों बड़ी-बड़ी आँखों में आँसू लबालब भर आए। यही पहली बार उसकी आँखों में आँसू दिखाई पड़े।

महिम के कलेजे में करुणा का तीर बिंधा, मगर उसने सिर्फ धीरे-धीरे जवाब दिया—"मैं भी यह नहीं जानता हूँ। लेकिन मैं पता लगा सकता हूँ।"

"अगर कभी मैं तुम्हें चिट्ठी लिखूँ, तो क्या तुम जवाब नहीं दोगे?"

"जरूरत होगी तो मैं जवाब दूँगा। लेकिन मुझे चीजों को सहेजकर निकालना होगा। मैं चला।"

अचला ने अपने अन्तिम दुख को आज मन-ही-मन पति के चरणों पर पूरी तरह से चढ़ा दिया, वहीं माथा टेककर उसे प्रणाम किया और जब वह बाहर निकल गया, तो वह चौखट पकड़कर चुपचाप खड़ी रही।

रास्ते में चलते-चलते महिम सोच रहा था, रामचरण बाबू के घर अब पल भर भी नहीं रहा जा सकता है। हालाँकि शहर के अन्दर और कहीं भी एक दिन के लिए रहना असम्भव है। चाहे जैसे भी क्यों न हो, इस शहर से उसे बाहर निकलना होगा। इसके अलावा अपने लिए उसे एक ऐसी निराली जगह की जरूरत है जहाँ दो पल बैठकर वह सिर्फ यह देखे कि उस लिफाफे में क्या है? इतना ही नहीं, बल्कि उसे आँखें खोलकर खुद अपने-आपको देखने का थोड़ा मौका मिले।

अचला को तिल-तिल करके प्यार करने की पहली कहानी उसके लिए धुँधली हो चुकी है। लेकिन इसी लड़की के चलते उसके जीवन के ऊपर से होकर जो कुछ बह गया है वह जितना प्रलय-सा असीम है उतना ही उपाय-विहीन है। ऊपर से विधाता ने उसे हिसाब करके इतनी शक्ति भी नहीं दी है कि वह सब कुछ चुपचाप सहन कर ले। उसका घर जब बाहर और अन्दर से जल उठा तब वह वहाँ खड़े-खड़े राख हो गया। थोड़ी-सी भी चिनगारी वह दुनिया में फैला नहीं सका। लेकिन आज उसकी शक्ति का बुलावा सिर्फ सहने के लिए नहीं आया है, बल्कि तोल-मोल बिठाने के लिए आया है। आज एक बार अपने जमा-खर्च की बही को बिना मिलाए देखने से अब काम नहीं चलेगा। थोड़ी-सी सुनसान जगह आज उसे चाहिए ही चाहिए।

घर पहुँचकर उसने अपनी चीजों को जल्दी से सहेज लिया। पाँच बजे की गाड़ी के आने में अब सिर्फ घंटे भर की देर है। रामचरण बाबू के काशी से लौटने में सम्भवतः देर होगी, क्योंकि वे वास्तव में प्रायश्चित्त करने गए हैं। और वे यह कहकर गए हैं कि जब तक वे प्रायश्चित्त नहीं कर लेंगे तब तक वे पानी तक नहीं छुएँगे। लिहाजा उनसे मिलकर नहीं जाया जा सकता है। छोटी-सी चिट्ठी में अपने जाने की बात बताने के लिए वह कागज-कलम लेकर बैठा। दो-एक पंक्तियाँ लिखते ही उनके उग्र, गरम ताने की उसे याद आने लगी और इसी के साथ अचला की रुआँसी आवाज की कातर प्रार्थना भी उसके कानों में आ पहुँची। तन्द्रा के अन्दर दुख की नाईं अब तक इसने उसकी चेतना को पूरी तरह जगाए रखकर भी जगाए नहीं रखा था, उसे सोने नहीं दिया था। लेकिन रामचरण बाबू की उन बातों ने मानो धक्का मारकर उसकी सुध लौटा दी।

इस बूढ़े व्यक्ति से उसका परिचय ज्यादा पुराना नहीं है। लेकिन इनकी कृपा, इनकी दया, इनकी भद्रता, इनकी सरल भगवद्भक्ति और धर्मनिष्ठा की ढेरों कहानियाँ उसने सुनी हैं। उनकी इन कहानियों ने अभी अचानक उसकी बन्द आँखों को मानो पूरी अनदेखी दिशा बता दी।

रामचरण बाबू ने अचला को अपनी सुरमा बेटी कहकर सम्बोधित किया था। इस लड़की को छोड़कर उन्होंने कभी किसी दूसरे गोत्र की लड़की के हाथ का अन्न छुआ नहीं था, यह भी उन्होंने महिम को स्नेह के सिलसिले में बताया था। लिहाजा महिम के लिए इस बात का अन्दाजा लगाना कठिन नहीं है कि उनका सर्वनाश किस तरफ से आया, लेकिन

अभी वह यही बात मन-ही-मन कहने लगा कि अचला के गुनाह का फैसला करने की बात वह बाद में सोचेगा, मगर इस आचारवान ब्राह्मण का यह धर्म कौन-सा सचमुच का धर्म है जो एक मामूली-सी लड़की के धोखा देने की वजह से पल भर में धूल में मिल गया, जो धर्म अत्याचारी के आघात से खुद की और दूसरे की रक्षा नहीं कर सकता है बल्कि उसको ही मृत्यु से बचाने के लिए सारी शक्ति रोज तैयार रखनी पड़ती है वह किस चीज का धर्म है और जीवन में उसकी जरूरत कहाँ है? जिस धर्म ने स्नेह की मर्यादा नहीं रखने दी, जिस धर्म ने असहाय, दुखी नारी को मौत के मुँह में डालकर जाने में जरा भी हिचकिचाहट महसूस नहीं की, जिस धर्म ने चोट खाकर इतने बड़े स्नेही बूढ़े को भी इतनी चंचल प्रतिहिंसा से ऐसा निष्ठुर बना दिया वह किस चीज का धर्म है? इसे जिसने अपनाया है वह कौन-सी सच्ची चीज को ढो रहा है? जो धर्म है वह तो कवच की भाँति आघात सहने के लिए ही है। यही तो उसकी अन्तिम परीक्षा है।

उसे सहसा लगा, तो क्या खुद उसका यह भागना भी—लेकिन अपने इस विचार को भी उसने पहले की ही तरह सहसा अपने दोनों हाथों से धकेल दिया, कलम उठा ली और जल्दी से छोटी-सी चिट्ठी खत्म करके स्टेशन के लिए चल पड़ा।

ट्रेन के आने पर जिस डिब्बे के दरवाजे को खोलकर महिम ने अन्दर घुसने की तैयारी की उसी डिब्बे के उसी दरवाजे से एक बूढ़े से सज्जन एक विधवा लड़की का हाथ पकड़ नीचे उतर पड़े।

उन बूढ़े सज्जन ने कहा—"यह क्या, महिम, तुम यहाँ?"

मृणाल ने महिम के पैरों के पास झुककर उसे प्रणाम किया और बोली—"सँझले भैया, तुम कहाँ जा रहे हो?" इतना कहने के बाद उन दोनों ने ही अचरज में पड़कर देखा—"महिम गाड़ी पर चढ़ बैठा है।"

महिम बोला—"मैं कलकत्ता जा रहा हूँ। गाड़ीवान से कहना कि सुरेश बाबू के घर जाना है। वह तुम लोगों को वहाँ पहुँचा देगा। वहाँ अचला है।"

केदार बाबू जड़वत् टकटकी लगाए खड़े रहे। महिम बोला—"सुरेश का देहान्त हो गया है। अचला ने मुझसे एक आश्रय की बात पूछी थी मृणाल, मगर मैं उसका जवाब नहीं दे सका था। तुमसे, हो सकता है, उसे कोई जवाब मिल भी जाए।"

मृणाल ने उसके मुँह पर नजरें टिकाकर सिर्फ कहा—"सो तो उसे मिल जाएगा सँझले भैया। मगर मैंने जो कुछ सीखा है सब तो तुम्हीं से सीखा है। आश्रय कहो या आश्रय, यह उसका कहाँ है। इस बात की जानकारी तो मैं दीदी को दे दूँगी, लेकिन यह जानकारी भी तो तुम्हारी ही दी हुई होगी।"

महिम ने बात नहीं की। शायद उसने इस तीक्ष्णदृष्टि नारी से अपने आपको छिपाने के लिए ही मुँह घुमा लिया।

गाड़ी की सीटी बज उठी। मृणाल ने केदार बाबू के छूटे हाथ को खींचकर अपने हाथ में लिया और बोली—"चलिए पिताजी, हम लोग चलें।"

❑❑❑